Uni-Taschenbücher 1111

UTB

Eine Arbeitsgemeinschaft der Verlage

Birkhäuser Verlag Basel und Stuttgart
Wilhelm Fink Verlag München
Gustav Fischer Verlag Stuttgart
Francke Verlag München
Harper & Row New York
Paul Haupt Verlag Bern und Stuttgart
Dr. Alfred Hüthig Verlag Heidelberg
Leske Verlag + Budrich GmbH Opladen
J. C. B. Mohr (Paul Siebeck) Tübingen
C. F. Müller Juristischer Verlag – R. v. Decker's Verlag Heidelberg
Quelle & Meyer Heidelberg
Ernst Reinhardt Verlag München und Basel
K. G. Saur München · New York · London · Paris
F. K. Schattauer Verlag Stuttgart · New York
Ferdinand Schöningh Verlag Paderborn · München · Wien · Zürich
Eugen Ulmer Verlag Stuttgart
Vandenhoeck & Ruprecht in Göttingen und Zürich

Rüdiger Ahrens (Hrsg.)

William Shakespeare

Didaktisches Handbuch
Band 1

Wilhelm Fink Verlag
München

ISBN: 3-7705-2038-6

Satz und Druck: Druckerei St. Otto-Verlag GmbH, 8600 Bamberg
Buchbindearbeiten: Graph. Betrieb Schöningh, Paderborn
Einbandgestaltung: Alfred Krugmann, Stuttgart

Inhalt von Band 1

Inhalt von Band 2

Inhalt von Band 3

Vorwort

Die in den vergangenen zehn Jahren durchgeführte Reform der gymnasialen Oberstufe und die dadurch eingeleitete Einrichtung von Kolleg- bzw. Studienstufen in den einzelnen Bundesländern konnten an der Tatsache nichts ändern, daß Shakespeares Werke immer noch zum festen Bestand des fortgeschrittenen Englischunterrichts in den deutschen Schulen gehören. Auch die häufig vehemente Diskussion um die Klassizität literarischer Werke und die daraus resultierende Beschränkung auf die Gegenwartsliteratur im Unterricht brachten keine totale Vernachlässigung oder sogar Verbannung Shakespeares aus den curricularen Empfehlungen und Richtlinien, die von den Kultusministerien zur Gestaltung und Lernzielbestimmung des englischen Oberstufenunterrichts erlassen wurden. Zwar sehen heute die Grundkurse im Gegensatz zu den Leistungskursen in der Kollegstufe keine obligatorische Lektüre von Shakespeares Werken mehr vor, doch wird generell wohl kaum ganz auf seine unterrichtliche Einbeziehung verzichtet. Mit der wieder festzustellenden stärkeren Hinwendung zur Literaturbehandlung und damit zur literarischen Erziehung allgemein wächst im Gegenteil augenblicklich die Bereitschaft, seine Dramen sowohl an den Schulen wie auch im akademischen Unterricht der Universitäten wieder stärker zu berücksichtigen. Damit steigert sich das Interesse an einer differenzierten didaktischen Durchdringung des angesprochenen Problemfeldes. Die Überprüfung der literaturdidaktischen Rezeption Shakespeares in der Geschichte des Englischunterrichts führt nämlich trotz seiner immer schon dominanten Stellung zu dem erstaunlichen Ergebnis, daß ihm zwar zahllose Betrachtungen und Aufsätze gewidmet sind, daß aber eine zusammenhängende, umfangreiche Analyse noch aussteht, die auf dem Hintergrund der methodologischen Diskussion Modelle für die unterrichtliche Verwendung zur Verfügung stellt. Die nachfolgende Sammlung von didaktischen Modellen, die in diesem dreibändigen Handbuch zusammengetragen wurden, will dazu beitragen, diese Lücke zu schließen und die Behandlung von Shakespeares Werken im gymnasialen wie auch im akademischen Englischunterricht zu fördern.

Um dem weiten Spektrum der möglichen methodologischen Ansätze bei der Analyse von Shakespeares Werken gerecht zu werden, mußte ein entsprechender Umfang zur Verfügung gestellt werden, der zu einer Aufteilung des Handbuchs in drei homogen strukturierte Bände zwang. Es war nicht die Absicht, alle Werke in gleicher Weise in den Analysen vorzustellen; vielmehr wurde, da Einzelinterpretationen zur Genüge vorliegen, der methodologische Ansatz mit seinen Erkenntniszielen und epistemologischen Leitlinien in den Vordergrund gerückt und somit dem Benutzer die Möglichkeit eröffnet, den Transfer des methodischen Vorgehens auf andere, von ihm ausgewählte Werke selbst vorzunehmen und in seiner Unterrichtssituation anzuwenden. Die in diesem Handbuch enthaltenen Analysen greifen insofern nicht planend und gestaltend in die Praxis ein, als sie immer noch die Anwendung und Einpassung in die jeweilige Unterrichtssituation einfordern, die lerntheoretisch zwar beschrieben werden könnte, die vorwegzunehmen aber auch ein einengendes Unterfangen darstellte. Dennoch ist in Intentionalität und thematischer Grundlegung eine Anbindung an curriculare Entscheidungen der gymnasialen Studienstufe, an die wissenschaftliche Methodendiskussion sowie an gegenwärtig gültige Forschungserkenntnisse gewährleistet. Um dem Benutzer angesichts der überwältigenden Zahl von Shakespeare-Ausgaben eine einheitliche Textgrundlage an die Hand zu geben, wurden die Zitate in allen Beiträgen dieses Handbuchs, wenn nicht aus besonderem Grund anders vermerkt, der derzeit besten und auch für andere wissenschaftliche Untersuchungen benutzten einbändigen Ausgabe *The Riverside Shakespeare,* ed. G. Blakemore Evans (Boston: Houghton Mifflin Company, 1974) entnommen. Diese Ausgabe, die nach neuesten texteditorischen Erkenntnissen erstellte, integrale Texte bietet, hält für den Benutzer auch Einleitungen zu den einzelnen Werken, Bildmaterial und andere wertvolle Lesehilfen wie Worterklärungen und ein bei einer einbändigen Gestaltung nicht selbstverständliches, angenehm rezipierbares Druckbild bereit.

Für die Mitarbeit an diesem umfassenden Handbuch ist der Herausgeber allen Autoren zu außerordentlichem Dank verpflichtet, da sie sich bereitwillig in den Dienst der notwendigen planerischen Vorgaben gestellt haben. Dabei war es durchaus nicht die Absicht des Herausgebers, Uniformität in den Meinungen und in der Anlage der einzelnen Artikel zu erreichen. Danken möchte ich auch der Deutschen Shakespeare-Gesellschaft West und ihrem Präsidenten, Professor Dr. Werner Habicht, für die erteilte sachkundige Unterstützung, sowie allen Kollegen und Bekannten, die mir bei diesem Unternehmen mit Rat und Tat zur Seite standen. Der Stiftung Volkswagenwerk gebührt mein Dank für die ehrenvolle Zuerkennung eines Akademie-Stipendiums, in dessen Rahmen ich auch dieses Projekt zügig vorantreiben konnte. Dem W. Fink-Verlag, München, sei für die vielfältige verlegerische Hilfe gedankt. Nicht zuletzt seien all die Mitarbeiter in meinen Dank eingeschlossen, die die umfangreichen Korrekturarbeiten und die Erstellung der Register besorgten.

Der Leser sei an dieser Stelle stichwortartig auf die im ersten Band enthaltenen Teile I bis III des Handbuchs hingewiesen:

Um den historischen Ort der derzeitigen Diskussion über die Lernziele des Literaturunterrichts im allgemeinen und über die Shakespeare-Behandlung im besonderen zu verdeutlichen, sind im ersten Teil des Handbuchs solche Beiträge zusammengefaßt, die die Tradition und Wirklichkeit der Shakespeare-Behandlung im Englischunterricht nachzeichnen. Dabei stehen nicht nur die didaktischen Konzepte im Vordergrund, die sich im 19. und 20. Jahrhundert im Anschluß an die Shakespeare-Forschung und die bildungspolitischen Zielsetzungen des Unterrichts herauskristallisiert haben (K. Schröder und R. Ahrens); vielmehr wird auch ein Licht auf die curricularen Richtlinien der Lehrpläne geworfen, die seit der Nachkriegszeit für den Englischunterricht erlassen wurden (R. von Ledebur). Eine derartige Bestandsaufnahme wäre aber ohne einen Blick auf die Shakespeare-Ausgaben, die von den Schulbuchverlagen für den Unterricht zur Verfügung gestellt werden und durch ihre Anleitungen die unterrichtliche Praxis beeinflussen, nicht vollständig (L. Hermes). Die Aufsätze des zweiten Teils tragen zur Klärung des politisch-kulturellen Hintergrunds der Shakespeare-Zeit und der literarischen Traditionen seiner Dramen bei. Dabei interessiert nicht nur die Verbindung der dramatischen Inhalte mit den historischen Gegebenheiten des elisabethanischen Zeitalters (W. Sedlak); auch der englische Sprachstand dieser Epoche, der sich immer als besonderes Problem der unterrichtlichen Behandlung darstellt, erhält hier eine entsprechende Würdigung, damit diesbezügliche Vorbehalte ausgeräumt werden können (J. Beneke). Die Besonderheiten der Shakespeare-Bühne, deren Erkenntnis zum adäquaten Verstehen der dramaturgischen Konventionen und der dramatischen Strukturen wesentlich beiträgt, müssen ebenfalls in die Unterrichtsarbeit einbezogen werden (W. Habicht). Schließlich stellt sich auch die Frage nach dem Shakespeare-Kanon, da der Schulunterricht in Vergangenheit und Gegenwart eine starke Bevorzugung von nur wenigen Dramen, zumeist *Macbeth* und *Julius Caesar*, gezeigt hat (F. Ungerer).

Den Aufführungsfragen, die sich mit der Bühnenrealisation der Dramen stellen, wenden sich die Beiträge des dritten Teils des Handbuchs zu. Dabei müssen nicht nur die impliziten Aufführungssignale, die im Text enthalten sind, aufmerksam beobachtet werden (J. Hasler); auch die Interpretation des dramatischen Textes als Aufführungspartitur erweist sich als legitime und fruchtbare Fragestellung, wie die Einbeziehung von Theateraufführungen sowie Film- und Fernsehinszenierungen verdeutlichen kann (P. Funke). In der erzieherischen Arbeit steht allerdings die eigens realisierte Schulaufführung als besonderes Unterrichtsziel in hohem Ansehen, was bei einer fremdsprachigen Textvorlage mit zusätzlichen Problemen behaftet ist (J. Beneke). Die Shakespeare-Behandlung im Englischunterricht muß ebenfalls bemüht sein, junge Menschen an moderne Bühnenaufführungen heranzuführen und sie für die Innovationen avantgardistischer Theaterinszenierungen empfänglich zu machen, ohne daß dabei der Blick für die originalen Textaussagen verloren geht (W. Hortmann).

Würzburg, im Januar 1981

R. A.

I. Tradition und Wirklichkeit der Shakespeare-Behandlung im Unterricht

KONRAD SCHRÖDER

Die Shakespeare-Würdigung in der Tradition des Englischunterrichts

0. *Vorbemerkung*

In den folgenden Erwägungen nimmt die Frühzeit der Shakespeare-Rezeption an Hochschule und Schule einen relativ breiten Raum ein. Dies geschieht aus drei Gründen:

– In den Jahren vor 1848 werden in Anglistik und Englischunterricht die Grundlagen für die gesamte spätere Entwicklung bis hin zu den Richert'schen Richtlinien von 1925[1] gelegt.

– Die Entwicklung nach 1880 ist in jüngster Zeit von Ahrens[2] überzeugend dargestellt worden; hierauf kann Bezug genommen werden.

– Die Geschichte der Shakespeare-Rezeption in der Schule ist bisher nicht im Zusammenhang erforscht; einzelne Versatzstücke wie beispielsweise eine systematische Analyse der zahlreichen Schuleditionen Shakespeare'scher Dramen nach 1880 oder aber eine Analyse der Stellung Shakespeares in den Reifeprüfungsordnungen und Staatsexamensordnungen fehlen.[3]

Die Geschichte der schulischen Shakespeare-Würdigung über annähernd zwei Jahrhunderte ist im übrigen so komplex, so sehr mit der Ideologiegeschichte des Gymnasiums und der deutschen Bildung überhaupt verwoben, daß sie im hier gebotenen Rahmen allenfalls impressionistisch dargestellt werden könnte. Auch daher erscheint eine gewisse Schwerpunktbildung günstig. Angesichts der Tatsache, daß der nachfolgende Beitrag von v. Ledebur den Zeitraum seit 1945 behandelt, werden mit der im folgenden gewählten Schwerpunktsetzung gewissermaßen die Pole markiert, zwischen denen sich eine – zum Teil noch ungenügend erforschte – Entwicklung abspielt. Auf die spezifischen Forschungslücken weist ein knapper abschließender *Research Guide* hin.

Die folgenden Ausführungen beschränken sich strikt auf den Schul- und Hochschulsektor. Natürlich sind die Beziehungen zwischen schulischer und außerschulischer Shakespeare-Rezeption stets vielfältiger Natur gewesen. Sie zu ergründen wäre wiederum Gegenstand einer besonderen Arbeit.

1. *Die Frühzeit der Shakespeare-Rezeption in Hochschule und Schule bis etwa 1848*

Wenn Rüdiger Ahrens[4] bemerkt:

> Erst gegen Ende des 19. Jahrhunderts ... etabliert sich Shakespeare als unverrückbare Größe im Englischunterricht, der zunächst den pejorativen Beigeschmack des bloßen Sprachunterrichts ablegen und die durch lange Personalunion mit Hannover nähergebrachten Kulturinhalte der aufstrebenden Wirtschafts- und Industriemacht des Inselstaates verarbeiten muß,

so bedarf dies doch vorsichtiger Korrektur. Zwar werden die Lehrpläne, was Shakespeare angeht, erst nach 1880 explizit, doch darf nicht übersehen werden, daß auch der Englischlehrer des 19. Jahrhunderts nur das in der Schule reproduzieren konnte, was ihm im Rahmen seines Studiums vermittelt worden war, und hier spielt Shakespeare schon im frühen 19. Jahrhundert die mit Abstand bedeutendste Rolle. Außerdem legen, wie zu zeigen sein wird, Formulierungen in den frühen Lehrplänen die Behandlung des Klassikers Shakespeare als Kernbestandteil des Englischunterrichts zumindest nahe. Schließlich deuten das Angebot an Schullektüren und eine Reihe im Umkreis der Schule entstandener Publikationen an, daß die „Erklärung des Shakespeare" in der Tat schon sehr viel früher an den Gymnnasien und verwandten Anstalten eine bedeutende Rolle spielte.

Aus den derzeit noch zugänglichen Vorlesungsverzeichnissen deutschsprachiger Universitäten aus der Zeit vor 1800 lassen sich 124 Vorlesungen über englische Literatur ermitteln, davon haben 6 Kollegs Shakespeare zum Gegenstand. Sehr frühe Beispiele für „reine" Shakespeare-Vorlesungen sind die von Friedrich Theodor Kühne, Lektor der englischen und italienischen Sprache an der Universität Helmstedt, im WS 1782/83 bzw. im SS 1788 u. ö. gehaltenen Vorlesungen über die „comoedias celeberrimi Shakespearii" (vierstündig) bzw. die „optimas tragoedias".[5] Noch stehen andere Themen im Vordergrund: 25 Kollegs behandeln Thomson, in 16 Vorlesungen wird Miltons *Paradise Lost* erklärt, über Popes *Essay on Man* und *Essay on Criticism* gehen immerhin 19 Vorlesungen. Doch das Bild ändert sich im 1. Viertel des 19. Jahrhunderts: Von 161 aus den Lektionskatalogen nachgewiesenen Vorlesungen beschäftigen sich nicht weniger als 57 Kollegs (35 %) mit Shakespeare. Milton ist nur noch mit 14 Vorlesungen (8 %) vertreten. Zwischen 1825 und 1850 steigt der Anteil der Shakespeare-Ankündigungen sogar auf 51 % des anglistischen Vorlesungsangebotes überhaupt: Von 629 nachgewiesenen Vorlesungen behandeln nicht weniger als 293 (47 %) einzelne Bühnenwerke Shakespeares. Weitere 29 Veranstaltungen beschäftigen sich allgemein mit Shakespeares Leben und Werk. Byron als der in jener Zeit am zweithäufigsten in Vorlesungen behandelte Dichter kommt demgegenüber nur auf 57 Kollegs (9 %).[6] In den Lektionskatalogen der gesamten ersten Hälfte des 19. Jahrhunderts werden an 344 Stellen die Titel von insgesamt 27 der 35 Bühnenwerke des Dichters namentlich aufgeführt. Am häufigsten wird über *Hamlet* (78 Belege) und *Macbeth* (77 Belege) gelesen, es folgen mit weitem Abstand *Romeo and Juliet* (31 Belege), *King Lear* (26 Belege), *Julius Caesar* (24 Belege), *Othello* (23 Belege), *The Merchant of Venice* (14 Belege), *Henry IV* (13 Belege), *Much Ado About Nothing* sowie *Richard III* (je 9 Belege), *A Midsummer Night's Dream* und *The Tempest* (7 Belege), *As You Like It* (4 Belege), *The Merry Wives of Windsor, Timon of Athens* und *King John* (je 3 Belege), *Coriolanus, Twelfth Night* und *Cymbeline* (je 2 Belege), *Henry V, Henry VI, Love's Labour's Lost, Titus Andronicus, Troilus and Cressida, The Comedy of Errors* und *All's Well* (je 1 Beleg). Im Mittelpunkt der Shakespeare-Betrachtung steht demnach die Beschäftigung mit den großen Tragödien, die Komödien treten stark in den Hintergrund, von den *Historical Plays* finden nur *Henry IV* (1. oder 2. Teil) und *Richard III* einige Beachtung. Es ist interessant, die hier gezeigte Staffelung der Werke dem Angebot an Schullektüren im späteren Verlauf des 19. Jahrhunderts gegenüberzustellen (vgl. Abschnitte 2 und 3). Verschiedentlich liegt den Shakespeare-Vorlesungen die deutsche Übersetzung von Schlegel/Tieck zugrunde, der englische Text wird dann nur hin und wieder konsultiert. In der Regel werden in den Shakespeare-Vorlesungen, vielleicht nach altphilologischem Vorbild, nur ein oder zwei Dramen pro Semester behandelt. Daß nicht nur anglistisches Erkenntnisinteresse, sondern auch der Gedanke an das oft lebenswichtige Hörgeld bei den Vorlesungsankündigungen Pate gestanden hat, zeigen die zahlreichen populär formulierten Titulaturen: Ein gutes Beispiel bietet der Baseler Lektionskatalog für das WS 1837/38, wo William Marriot in englischer Sprache „für ein gemischtes Publikum Shakespeare und seine Zeit" einmal wöchentlich darstellt. Zuweilen werden auch Shakespeare und Byron als Publikumslieblinge in einer Titulatur verbunden: In Gießen beispielsweise liest im SS 1843 Prof. Adrian eine „Erklärung des *Hamlet* von Shakespeare und ausgewählter Dichtungen Lord Byrons." Im folgenden Semester beschäftigt er sich in einer Vorlesung mit Shakespeares *Merchant of Venice* und Lord Byrons *Child Harold*, Canto I und II. Der Aspekt der zusätzlichen Einnahmen wird dann auch in den 40er Jahren wiederholt Gegenstand herber Kritik:

> An einigen Orten findet sich ... auch wohl in der Philosophischen Fakultät irgendein Professor, der zufällig einmal in England oder Frankreich gewesen ist und für den Lektoratsgehalt neben seinen Fachstudien sich bereitfindet, irgendein französisches oder englisches Kolleg anzukündigen. [Dabei] fehlt ... großenteils nicht nur die praktische Tüchtigkeit, sondern auch überhaupt eine gründliche Kenntnis der Sprache und ihrer Literatur.[7]

Dabei beschränkt sich die Shakespeare-Behandlung an der Universität keineswegs auf die in der obigen Statistik erfaßten Kollegs. Es darf als fast sicher gelten, daß in Vorlesungen wie „Abendländische Literaturgeschichte mit Erklärung klassischer Werke“ (Marburg SS 1821, Kühne) oder „Historiam litterarum elegantiorum Italiae, Hispaniae, Francogalliae et Angliae“ (Bonn WS 1818/19, Schlegel) Shakespeare eine bedeutende Rolle gespielt hat. Das geht nicht zuletzt aus expliziteren Ankündigungen wie den folgenden hervor: Im SS 1843 liest Winterling, Erlangen, „Über das Drama der Engländer und Franzosen, für solche, denen die hierher gehörigen Schriftsteller in der Ursprache zugänglich sind.“ Ein gigantisches Unternehmen im hier interessierenden Zusammenhang ist Flathes in den 40er Jahren insgesamt vier Mal (WS 1840/41 u. ö.) angekündigte achtstündige Leipziger Vorlesung „Über die vorzüglichsten Tragiker der neueren Zeit (Corneille, Racine, Calderon, Shakespeare, Lessing, Goethe, Schiller).“ Thematisch führt die Entwicklung über Vorlesungen wie „Die großen Dramatiker Shakespeare, Calderon, Goethe und Schiller“ (Freiburg WS 1824/25, Münch) zu Vorlesungen wie ‚Shakespeare's *Midsummer Night's Dream* sowie Boileaus *Satiren*“ (Gießen SS 1833, Adrian) oder „De Shakespearii Poeta ingenium et indole ... comparatione illo cum Dante et Goethio“ (Halle SS 1837, Ulrici). Die genannten Veranstaltungen zeigen, wie sich aus der älteren „Litterärgeschichte“ anglistische Literaturgeschichtsschreibung entwickelt. Angesichts der Tatsache, daß in der Frühphase der neuphilologischen Lehrerbildung eine ausgeprägte Fachspezifik weder vom universitären Angebot noch von den Prüfungsordnungen her gegeben ist, spielen vergleichende Vorlesungen und fächerübergreifende Überblicke eine wesentlich größere Rolle als etwa im letzten Viertel des 19. Jahrhunderts, als, bedingt durch die Entwicklung der neuphilologischen Seminare, die nationalphilologische Spezialisierung schnell fortschreitet.[8]

Die Beziehungen zwischen der Sprachpraxis und der Shakespeare-Behandlung sind in der Frühzeit der Neuphilologie aus verschiedenen Gründen sehr eng: Zum einen gibt es im Lehrkörper der Universitäten damals keine besondere Kaste der Sprachpraktiker; die wenigen vorhandenen Lektoren versuchen, sich durch literarische Kollegs zu profilieren. Gleiches gilt für Privatdozenten und Extraordinarien (verschiedener Fachgebiete), die aus finanziellen Gründen genötigt sind, Sprachunterricht zu erteilen. Zum anderen gilt der „bloße Sprachunterricht" ohnehin nur als Durchgangsstadium auf dem Wege zur Erreichung der höheren, literarischen Zielsetzungen.

Wozu dies in der Praxis führen konnte, zeigt eine Göttinger Ankündigung aus dem WS 1830/31: „Herr Lektor Banfield wird einige Trauerspiele von Shakespeare erklären und damit Stil-Übungen verbinden." Ein Jahr zuvor kündigt der Münchner Privatdozent Dr. Schmidt eine „Erklärung des Trauerspiels *Hamlet* von Shakespeare, mit Rücksicht auf die Eigenheiten der englischen Sprache" an. Schon im Gießener Vorlesungsverzeichnis WS 1823/24 heißt es, Professor Adrian werde „ein Shakespearesches Drama oder einen anderen englischen Schriftsteller erläutern, und dabei die Feinheiten der englischen Sprache entwikkeln."

Daß die Kombination von Shakespeare und Sprachpraxis für die Zeitgenossen nichts Schreckendes hatte, beweist eine Stelle bei Lafargue, der über Karl Marx schreibt:

> Als er nach 1848 vorhatte, sich in der englischen Sprache zu vervollkommnen, in der er schon früher lesen konnte, fing er an, alle Wendungen, die von Shakespeare geprägt waren, zu sammeln und sie in ein System zu bringen.[9]

Das oben zitierte Statement von Ahrens erscheint nicht nur unter den bisher diskutierten Aspekten revisionsbedürftig, auch Befunde, die unmittelbar mit Schule zusammenhängen, deuten darauf hin, daß Shakespeare von Anfang an einer der großen Bezugspunkte des weiterführenden Englischunterrichts ist: Nach 1824 sind die höheren Schulen in Preußen verpflichtet, einmal jährlich ein Schulprogramm zu veröffentlichen, das eine wissenschaftliche Abhandlung sowie Schulnachrichten enthält.[10] Damit ist für die Frage des Shakespeare-Unterrichts in der Schule ein interessanter Quellentyp geschaffen, der noch der systematischen Aufarbeitung harrt.[11] Von den insgesamt 999 für das 19. Jahrhundert nachgewiesenen Programmabhandlungen mit anglistischem Inhalt beziehen sich nicht weniger als 167 auf Shakespeare, davon sind lediglich 15 eher sprachwissenschaftlich orientiert. Die frühesten nachgewiesenen Shakespeare-Programme erscheinen im Jahre 1833, bis zur Jahrhundertmitte liegen immerhin 11 Programme vor, davon eines ausdrücklich didaktischen Inhalts mit dem Titel „Die Shakespeare-Studien auf dem Oldenburgischen Gymnasium, nebst Berichtigungen der Schlegelschen Shakespeare-Übersetzung" Kollaborator Hagena, 1847). Hagena berichtet, daß er die englischen Stunden in Prima gänzlich auf Shakespeare beschränkt und das „englisch Schreiben und Sprechen“ ganz beiseite läßt. Hierzu bemerkt Herrig in einer Rezension:

> Shakespeare hat ... auf unsere literarische Entwicklungen einen so bedeutenden Einfluß gehabt, daß ohne tiefere Kenntnis desselben auch ein tieferes Verständnis dieser nicht möglich ist, – und die hohe Wichtigkeit, welche Shakespeare für den studierenden Jüngling hat, springt deshalb leicht in die Augen; aber Ref. kann deshalb dennoch nicht der Ansicht des Verfassers beipflichten, daß man sich auf eine Behandlung anderer Dichter und Prosaiker nun gar nicht einlassen dürfe.[12]

Daß Shakespeare schon im ersten Viertel des 19. Jahrhunderts im Englischunterricht der Schulen eine gewisse Rolle spielt, zeigt ein Beleg aus der Zeit um 1820; es handelt sich hierbei um einen der wenigen zugänglichen Stoffpläne aus der Zeit vor der Institutionalisierung des Programmwesens: An der Herzoglichen Hauptschule zu Dessau ist das Englische „als obligatorisches Lehrfach eingeführt“ worden „wegen der Bedeutung der englischen Literatur und der Wichtigkeit der Sprache für den Weltverkehr.“ Der Lehrplan umfaßt im literarischen Bereich neben Goldsmith, Scott, Sterne, Thomson und der Anthologie von Rubens drei Dramen von Shakespeare: *King Lear*, *Hamlet* und *Julius Caesar.*[13] Zwar erscheint Shakespeare nicht in den frühesten, explizit formulierten staatlichen Lehrplänen der 30er und 40er Jahre, doch ist zu bedenken, daß diese Pläne für den Englisch- (und Italienisch-)Unterricht ohnehin sehr summarisch verfahren. Ein gutes Beispiel hierfür ist der um 1832 in Kraft getretene „Studienplan für die Gymnasien des Großherzogtums Hessen“, der bestimmt (§ 14):

> Der Unterricht in der italienischen und englischen Sprache wird auf Verlangen privatim durch Lektoren und zwar nach den selben Grundsätzen wie in der französischen erteilt.[14]

Nun schreibt aber der Stoffplan für den Unterricht im Französischen in Sekunda und Prima „die Lesung schwieriger Prosaiker und Dichter“ vor. Entsprechend formuliert die vom 28.-30. 12. 1848 tagende 2. Versammlung sächsischer Gymnasiallehrer im Französischen und Englischen:

> Bei dem Maturitätsexamen, bei welchem die Prüfung in den beiden Sprachen ebenso wesentlich ist wie in anderen Unterrichtsgegenständen, ist zu fordern ... im Englischen: a. Fertigkeit im Übersetzen der klassischen Prosaiker und Dichter. b. Literaturkenntnis.[15]

Was Unterrichtsmaterialien für die Shakespeare-Lektüre angeht, so verzeichnet schon Engelmann im Jahre 1842[16] eine Flut von Ausgaben, die großenteils in Deutschland erschienen sind und sich zum Ziel gesetzt haben, einem breiteren, der englischen Sprache kundigen Publikum Shakespeare in der Ursprache zugänglich zu machen. Unter diesen Ausgaben sind auch solche „with explanatory annotations", wie beispielsweise eine schon 1794 (Zeitz) erschienene Ausgabe des *King Lear* belegt. „German notes" gibt es spätestens in der von dem Erlanger Lektor Johann Christian Fick 1812 (Erlangen) herausgegebenen *Macbeth*-Ausgabe. Eine spätere *Macbeth*-Ausgabe von 1833 (Braunschweig) ist bereits „sprachlich und sachlich erläutert für Schüler".

Die „Schulnähe" der einzelnen Ausgaben ist ohne eingehende Analyse schwer auszuloten; an dieser Stelle mag der Hinweis genügen, daß seit 1840 eine von J. Foelsing besorgte Reihe *Schul-Ausgabe Shakespearescher Dramen – School-Edition of Shakespeare's Plays* erscheint,[17] die mit *Julius Caesar* und *The Tempest* eröffnet. Die Nähe zur zeitgenössischen Sprachpraxis offenbart sich erneut in einem 1836 von I. Eckenstein edierten Buch *Der Kaufmann von Venedig, Schauspiel in 5 Akten. Mit untergelegtem kritischem Kommentare, einer Einleitung und einem Anhang, enthaltend historische Erläuterungen des Stücks und eine Bibliographie des Dichters in englischer Sprache, nebst einer vollständigen Phraseologie. Ein Lehrbuch der englischen Sprache zum Schul- und Privatgebrauch für Anfänger sowohl als Geübtere.*[18] Im übrigen kann man davon ausgehen, daß Shakespeare in den zahllosen Chrestomathien, den Blütenlesen der damaligen Zeit, eine prominente Rolle gespielt hat. Daneben gibt es besondere Shakespeare-Anthologien wie etwa die 1835 von Berly herausgegebene zweibändige Sammlung „*The Beauties of Shakespeare*", die auch unter dem Titel „*Musterstücke aus Shakespeares Dramen. Englisch und Deutsch*" in Frankfurt a. M. erscheint. Besondere Shakespeare-Lesebücher für den Schulgebrauch kennt auch die 2. Hälfte des 19. Jahrhunderts.[19]

2. *Die weitere Entwicklung bis etwa 1918 im Überblick*

Überhaupt erscheint eine Statistik der einschlägigen Publikationen zum gegenwärtigen Zeitpunkt als geeignetes Mittel, die Entwicklung im schulischen Bereich zu quantifizieren. Hierzu bieten sich neben den Supplementen zu Engelmann (1849, 1868)[20] die frühen auf den Englischunterricht bezogenen Enzyklopädien von Schmitz (1859, Supplemente 1860, 1861 und 1864) und Wendt (1893)[21] sowie schließlich die Spezialbibliographie von Kressner (2. Auflage mit Supplement 1894)[22] an. Einen besonderen Stellenwert besitzt auch der 1912 erschienene Lektüre-Kanon des Allgemeinen Deutschen Neuphilologen-Verbandes.[23]

Die Verlängerung in die Ära der Kulturkunde hinein ergibt sich dann aus Müllers Kursbuch (1929),[24] sowie, was die schulspezifische Sekundärliteratur angeht, aus der Bibliographie von Kohl und Schröder.[25]

– Das 1. Supplement zu Engelmann verzeichnet weitere Ausgaben Shakespearescher Dramen, die im Titel bereits als Schulausgaben deklariert sind, allerdings interessanterweise nicht in der von Foelsing 1840 begonnenen Reihe. Möglicherweise ist diese also nicht fortgesetzt worden. Eine gewisse Kanonbildung deutet sich dabei schon in den späten 40er Jahren an: *Hamlet* erscheint 1845 (Braunschweig) und 1849 (Leipzig) in 2 Ausgaben, „sachlich zum Schul- und Privatgebrauch erläutert" bzw. „mit Sprache und Sachen erläuternden Anmerkungen für Schüler höherer Lehranstalten und Freunde des Dichters." *Julius Caesar* wird 1848 (Jena), ebenfalls „grammatisch und sachlich zum Schul- und Privatgebrauch" erneut ediert, *Romeo and Juliet* erscheint schon 1845 (Braunschweig) mit dem gleichen Zusatz. Interessant ist, daß 1848 in Düsseldorf ein Versuch unternommen wird, eine besondere Sammlung von *Shakespeare's Historical Plays* zu beginnen, „for the use of families and schools", wie es im Titel heißt. Die Reihe wird mit *King John* eröffnet. Bis zum Jahre 1868 (Engelmann, 2. Supplement)existieren 3 weitere *Julius Caesar*-Schulausgaben (Berlin 1856, Hamburg 1857, Köln 1861). Ludwig Herrig, der seit 1853 eine „Sammlung englischer Schriftsteller mit deutschen Anmerkungen" herausgibt, eröffnet mit *Macbeth,* es folgen noch im gleichen Jahr Ausgaben von *Romeo and Juliet* und *Othello,* im Jahr darauf *The Merchant of Venice* und die schon genannte *Julius Caesar*-Ausgabe. Neben diesen Schullektüren im eigentlichen Sinne stehen dem Publikum mehrere Teilsammlungen unterschiedlichen Inhalts sowie auch Textausgaben einzelner Dramen, etwa in den bekannten Tauchnitz-Taschenausgaben (Leipzig 1843 ff.) zur Verfügung.

Eine in diesem Zusammenhang sehr interessante, aus fachdidaktisch und fachwissenschaftlich kompetenter Feder stammende frühe Rezension einer Shakespeare-Lektüre stellen die Ausführungen von B. Schmitz aus dem Jahre 1860 dar.[26] Sie beziehen sich auf die obengenannte *Julius Caesar*-Ausgabe von 1857, besorgt von E. Meyer, Lektor der englischen und französischen Sprache am Johanneum zu Hamburg. Schmitz führt im einzelnen aus:

> Diese kleine Ausgabe ist der Vorrede nach hauptsächlich für die studierende Jugend bestimmt. Ich habe den „gründlichen Kommentar" bewundern hören und bin mit den besten Erwartungen an die Prüfung desselben gegangen: ich hoffte schon, dieses Werkchen künftig als die geeignetste Einleitung in das Studium der Sprache und der Werke Shakespeares empfehlen zu können.

Aber wie habe ich mich gewundert über all die schöne allgemein-sprachwissenschaftliche Gelehrsamkeit aus oder nach Jacob Grimm, Wilhelm von Humboldt, Pott usw., die hier, oft in sehr langen Anmerkungen, meist in unbequemer Sprache, nicht selten in abstruser Form, herbeigezogen ist und in ganz ungehöriger Weise den Shakespeare'schen Text „begleitet“! Hin und wieder kommt eine gute sprachliche oder ästhetische Bemerkung vor. Aber eigentlich müßte das meiste mit dem „Anhang zur Begründung der Redefiguren auf die Syntax“, – in welchem der Verf. erklärt, daß er eine Untersuchung über den Ursprung der Sprachen „nicht beabsichtigt“, – zusammen – und aus dem *Julius Caesar* herausgeworfen werden.

Bis zum Jahre 1891 hat sich das Angebot spezifischer Schulausgaben Shakespeare'scher Dramen gegenüber dem Stand von 1868 etwa versechsfacht. Gleichzeitig hat sich der andeutungsweise schon in den 60er Jahren vorhandene Kanon weiter verfestigt. Kressner (^{2}1894) verzeichnet 61 Schullektüren, das Supplement (für die Jahre 1892 und 1893) bringt weitere 8 Titel. Die 69 auf dem Markt befindlichen Lektüren verteilen sich auf die einzelnen Dramen wie folgt: *Julius Caesar* 15 Ausgaben, *The Merchant of Venice* 10 Ausgaben, *Macbeth* 9 Ausgaben, *King Lear* 5 Ausgaben, *Coriolanus* 4 Ausgaben, *Hamlet, The Midsummer Night's Dream, Othello* sowie *Richard II* je 3 Ausgaben, *Romeo and Juliet, Richard III* und *The Tempest* je 2 Ausgaben, *Antony and Cleopatra, As You Like It, Henry V, Henry VIII, Measure for Measure, The Merry Wives of Windsor, The Two Gentlemen of Verona,* und *Twelfth Night* je 1 Ausgabe. Kressner nennt leider keine Jahreszahlen, doch zeigen die angeführten Herausgeber-Namen, daß auch die älteren Ausgaben, beispielsweise die von Herrig (s. o.) berücksichtigt sind. Darüber hinaus bietet Kressner die bibliographischen Angaben zu einer Reihe von Rezensionen der einzelnen Lektüreausgaben, deren Quintessenz er jeweils in einer kurzen, wertenden Bemerkung wiedergibt. Die Editionen des *Julius Caesar* sind nach Meinung der Rezensenten beispielsweise „im ganzen brauchbar, empfohlen, recht brauchbar, wissenschaftlich und recht brauchbar, mit Vorbehalt empfohlen, nicht zu empfehlen, sehr brauchbar, empfohlen, wertvolles Hilfesmittel, brauchbar, warm empfohlen, wertvolle, nutzbringende Ausgabe“. Es fällt auf, daß die Urteile zu einzelnen Schulausgaben mitunter recht widersprüchlich ausfallen. Zuweilen ist auch Schultyp-Spezifik im Spiel: bestimmte Ausgaben werden – aus moralischen und curricularen Gründen – als für Töchterschulen in besonderem Maße geeignet hingestellt.

Inhalt und Problematik der Shakespeare-Schulausgabe gegen Ende des 19. Jahrhunderts werden deutlich in einigen exemplarischen Rezensionen, die Otto Wendt in sein Standardwerk *Enzyklopädie des engli-*

schen Unterrichts (1893) einbezieht. Da heißt es von einer *Macbeth*-Ausgabe des Verlages Meyer (Hannover) aus den 80er Jahren beispielsweise:

> Nicht nur durch die geschichtliche Beigabe [einen Auszug aus Holinsheds *History of Scotland*], sondern auch durch sachliche und metrische Erklärungen, sowie besonders durch Übersetzung auch bekannter Vokabeln wird den zur Lektüre Shakespeare'scher Stücke reifen Schülern das Drama so leicht gemacht, daß es von den Primanern humanistischer Gymnasien, sowie privatim leicht und gern gelesen wird.[27]

Eine *Othello*-Ausgabe des Verlags Schmidt (Döbeln) aus dem Jahre 1891 wird wie folgt kommentiert:

> [Der Herausgeber] verhehlte sich nicht die Schwierigkeiten, welche die Bearbeitung gerade dieses Dramas hinsichtlich der auszuscheidenden obszönen Stellen und Derbheiten sowie des Eifersuchtsthemas überhaupt darbieten mußten. Während er hinsichtlich der sittlichen Reinheit an den englischen Familienausgaben ein gutes Vorbild fand und mit Recht hervorhebt, daß man in diesem Punkte auch nicht Wohlanständigkeit und Prüderie verwechseln darf, rechtfertigt er das Thema einesteils mit der anstandslos gebilligten Zaïre, andernteils mit dem Umstande, daß der Ehebruch nur ein vermeintlicher ist. – Da der Herausgeber nach langjährigem Studium und praktischer Erfahrung mit Eifer und Geschick an seine Arbeit ging, ist eine recht brauchbare, dankenswerte Ausgabe entstanden. In der Einleitung gibt Doktor Wunder einen kurzen, klaren und anziehenden Abriß von Shakespeares Leben und Wirken sowie über die Theaterverhältnisse seiner Zeit, er gibt Aufschlüsse über die von ihm angewandte Metrik und belehrt dann noch über Quellen, Abfassung, Ausgaben und Übersetzungen, so daß der Schüler durch sein Buch so genau orientiert wird, daß dem Lehrer kaum noch Zusätze übrig bleiben. Auch die ... Anmerkungen sind überreich und mehr für den Privatgebrauch, obschon sie auch der Primaner nicht verschmähen wird. ...[28]

Eine weniger positive Renzension erfährt eine *Hamlet*-Ausgabe (aus den 80er Jahren?) des Leipziger Verlages Neumann:

> Der recht klare, ziemlich korrekte Abdruck ... ist nach Charles Knight gegeben und mit einer deutschen Einleitung und meist englischen Anmerkungen versehen. Erstere spricht sich in 8 Seiten, teilweise recht überschwänglich, über die psychologischen Grundlagen des Stückes aus und sucht besonders die Seelenstimmung des Prinzen sowie dessen innere Kämpfe und Regungen zu schildern, gibt auch Hinweise über Exposition und Entwicklung der Tragödie sowie eine kurze Charakteristik der Hauptpersonen. Um ihren Zweck ganz zu erfüllen, müßte diese Einleitung klarer und präziser abgefaßt sein, dürfte vor allem noch nicht die Konsequenzen ziehen (S. 9), welche der Leser bei uns nach der Lektüre selbst finden soll und kann. Die in Fußnoten nicht zu reichlich gegebenen Anmerkungen sind teils Sach-, teils Worterklärungen; von erstern hätte für Leser des *Hamlet* wohl solche über „Cyclopen" oder die Dauer des zweiten Punischen Krieges besser wegbleiben sollen, während andere, wie z. B. Pyrrhus = Neoptolemus ... vergebens gesucht

werden. Die Worterklärungen wollen teils die Etymologie feststellen, teils den Sinn erschließen helfen, auch hier ist es unnütz, dem Leser zu sagen, daß „crabe" Krabbe bedeutet ... oder darauf hinzuweisen, daß „bruit = to announce with noise" mit dem französischen bruire zusammenhängt, statt dessen hätte lieber „fretful porpentine" ... kommentiert werden sollen. Auch die Hinweise auf Parallelgedanken in deutschen und griechischen Klassikern, z. B. bei dem bekannten Monologe „To be or not to be" etc. auf *Wallenstein* I, 4 und *Tell* IV, 3, sind mindestens sehr gesucht; wozu aber die mehr als unbestimmte Frage: „Welche Unterschiede treten in den Monologen des *Hamlet, Faust, Wallenstein* und *Tell* hervor" (S. 76) dienen soll, ist zweifelhaft. Soll sie etwa eine Aufforderung zur Bereicherung der *Hamlet*-Literatur bilden?! Ist also die Arbeit nicht gerade mustergültig, so doch immerhin brauchbar, auch in der Prima, denn die anstößige Stelle II, 1 ist gestrichen, als solche hätten auch noch einige andere eliminiert werden können.... Für die Schullektüre gehören die Anmerkungen in ein gesondertes Heft.[29]

Die spätestens in den 90er Jahren völlig ausufernde Produktion von Schullektüren führt zu Beschlüssen im Rahmen des *7. Allgemeinen Neuphilologentages* in Hamburg (1897) sowie zu amtlichen Kanonlisten in einzelnen deutschen Provinzen und Ländern. Auch der Allgemeine Deutsche Neuphilologen-Verband ADNV führt, wie schon angedeutet, eine Kanonliste, die in einer gedruckten Fassung aus dem Jahre 1912 vorliegt. „Als Bedingung für die Aufnahme in die Kanonliste wird im allgemeinen gefordert, daß die Ausgabe von drei Beurteilern für ‚durchaus brauchbar' erklärt worden ist." Darüber hinaus gehen auch die Meinungen von Rezensenten, die nicht der Kommission angehören, in die Bewertung ein.[30] Shakespeare ist mit 51 Ausgaben vertreten, wobei *Julius Caesar* (12 Ausgaben), *Macbeth* (9 Ausgaben) und *The Merchant of Venice* (6 Ausgaben) die Liste anführen. Ganz neu im Programm ist *The Winter's Tale*, von dem 1912 eine erste Schulausgabe erscheint. Interessant ist auch, daß mit Wershovens in 2. Auflage vorliegender Lektüre *Shakespeare and the England of Shakespeare* ein besonderer Titel „Zur Einführung in die Shakespeare-Lektüre und ihre Ergänzung" vorliegt. *Hamlet* ist offenbar inzwischen ganz zur Domäne des Deutschunterrichts geworden: Die Kanonliste enthält lediglich eine, 1911 erschienene Ausgabe.

Wie schon angedeutet spielt Shakespeare in den Lesebüchern und Gedicht-Anthologien des gesamten hier interessierenden Zeitraums eine bedeutende Rolle. Im ausgehenden 19. Jahrhundert liegen darüber hinaus 3 besondere Shakespeare-Lesebücher vor: die 1873 erschienene und 1887 in 3. Auflage verlegte Anthologie *Readings from Shakespeare. Scenes, Passages, Analyses*" von Karl Bandow, das 1879 erschienene *Shakespeare-Lesebuch. Als erste Stufe der Shakespeare-Lektüre für höhere Lehranstalten ausgewählt, mit erklärenden Anmer-*

kungen und einem Abriß der Shakespeare-Grammatik versehen von Karl Meurer (²1890), sowie der *Shakespeare-Primer. Julius Caesar, The Merchant of Venice, King Richard III., Macbeth, Hamlet in gekürzter Form mit Anmerkungen,* der 1889 von Broder Carstens herausgegeben worden ist.[31]

Didaktische Literatur zur Shakespeare-Behandlung im Unterricht ist vor 1880 praktisch inexistent. Die bei Engelmann und Schmitz[32] auch für die Hand des Lehrers genannte Sekundärliteratur hat eine eindeutig „fachwissenschaftliche" Ausrichtung. Mag angesichts der Bedeutung Shakespeares für den Englischunterricht vor 1880 einerseits und des schon in den 40er Jahren sehr ausgeprägten fremdsprachendidaktischen Schrifttums andererseits der Befund zunächst verblüffen, so ist doch die Erklärung relativ einfach: Shakespeare ist die Krönung eines in erster Linie auf neuphilologische Studien an der Universität abzielenden Englischunterrichts, seine Behandlung erfolgt demnach unter (eng verstandenen) „wissenschaftspropädeutischen" Gesichtspunkten. Der an der „Gelehrtenschule" unterrichtende Lehrer leitet sein Selbstwertgefühl nicht zuletzt aus seiner Fähigkeit ab, schon mit den Herren Primanern *wissenschaftlich* über Shakespeare reden zu können. Und, ebenso wichtig: Shakespeare ist bildungspolitisch unkontrovers. Das *didaktische* Schrifttum der Jahre vor 1880 ist aber entweder rein methodisch, oder aber stark bildungspolitisch orientiert. So ist es auch verständlich, daß die zahlreichen Programmabhandlungen über Shakespeare, die ja von Lehrern geschrieben sind und deren Zweck die Lehrerfortbildung ist, mit der in Abschnitt 1 geschilderten Ausnahme bis in die 80er Jahre hinein fast ausnahmslos „fachwissenschaftlich" ausgerichtet sind.[33] Die Programme reproduzieren dabei mit einer gewissen Phasenverschiebung die frühanglistische Vorlesungsthematik. Für die Zeit zwischen 1850 und 1859 sind 14 Programmabhandlungen über Shakespeare belegt, zwischen 1860 und 1869 sind es bereits 27, und weitere 36 Titel kommen bis 1880 hinzu. 77 Programme über Shakespeare zwischen 1850 und 1880: das ist eine sehr stattliche Zahl, wenn man bedenkt, welch untergeordnete Rolle das Fach Englisch in dieser Zeit noch an den Gymnasien und den allmählich erstarkenden Schulen realgymnasialen Typs spielte. Elemente einer Didaktik der Shakespeare-Behandlung im modernen Sinne sind, wie die oben gegebenen Beispiele zeigen, allenfalls aus den zahlreichen Rezensionen von Shakespeare-Lektüren in den allgemein pädagogischen und den frühen neuphilologischen Zeitschriften deduzierbar.

Interessanterweise beginnt die didaktisch-kritische Auseinandersetzung mit Shakespeare zu einem Zeitpunkt, als der neusprachliche Unterricht an Gymnasien und Oberrealschulen (unbewußt unter Rekurs auf Positionen der Jahre 1846–1849) sich anschickt, die Fesseln bildungstheoretischer und methodischer Bevormundung durch neuhumanistisches und altphilologisches Gedankengut abzustreifen. Symptomatisch ist, daß David Asher,[34] einer der Exponenten der „Reformzeit", die neue Ära einleitet. Man wendet sich gegen das für den praktischen Spracherwerb nutzlose monatelange Übersetzen von Shakespeare-Dramen in Prima und zertrennt damit endgültig das angestammte Band zwischen Sprachpraxis und Shakespeare-Rezeption. Während die Preußischen Lehrpläne für Gymnasien von 1882 noch davon ausgehen, daß in einer gut vorbereiteten Prima 2 oder 3 Dramen von Shakespeare (etwa *Julius Caesar*, *Hamlet*, *King Lear*) gelesen werden können,[35] besteht in den Preußischen Richtlinien von 1890 kein Zwang zur Shakespeare-Lektüre mehr, was zu Spekulationen „über eine geplante Verbannung der Shakespeare-Lektüre"[36] führt. Die Einstellung der tonangebenden „Schulmänner des ausgehenden 19. Jahrhunderts zu Shakespeare ist, wie besonders Hengesbach[37] zeigt, zwiespältig: zum einen widerspricht die Shakespeare-Lektüre den sprachpraktischen Zielsetzungen der Reformzeit, zum anderen aber ist die Shakespeare-Begeisterung nach wie vor so groß, daß ein Unterricht ohne Shakespeare dann eigentlich doch nicht denkbar ist. Shakespeare, schon vor 1880 Klassiker par excellence und sozusagen anglistisches Gegenstück zu Aeschylos und Plautus, wird nun ganz

> in den Dienst der Menschenbildung gestellt und auf moralische Wertmaßstäbe hin analysiert, die den Schüler zur Erkenntnis transzendenter Qualitäten führen sollen.[38]

Im übrigen macht die Reformzeit „die lateinischen Stunden in der Realschule wie die französischen und englischen im Gymnasium ... für beide Parteien mehr und mehr zu verlorenen Positionen im Feindesland".[39] Damit aber muß die Shakespeare-Lektüre in jenen Schulformen, in denen die altsprachlichen Stundendeputate mehr und mehr gekürzt werden, jene Bildungsfunktionen übernehmen, die wahrzunehmen ursprünglich Vorrecht des lateinischen und griechischen Unterrichts war. Shakespeare dient forthin nur noch dazu, „jenen Idealismus [zu pflegen], der allzeit das Erbteil des deutschen Gymnasiums bleiben möge".[40]

Wenn die Zahl der spezifisch didaktischen Veröffentlichungen zu Shakespeare vor 1918 insgesamt recht gering bleibt, so hängt dies zum einen mit der hier skizzierten Selbstverständlichkeit der Shakespeare-Lektüre, mit der Shakespeare-Begeisterung, die inzwischen zur Tradition des deutschen universitären Lebens gehört,[41] zusammen, zum anderen aber auch mit der Tatsache, daß die Reformzeit sich – sieht man einmal von den Wendt'schen Thesen zur Auslandskunde und deren Rezeption ab – spätestens seit den 90er Jahren in methodischen Querelen erschöpft.

Entsprechend zurückhaltend formulieren auch die frühesten methodischen Handbücher. Bei Glauning (1895) heißt es beispielsweise:

> In den oberen Klassen von Realgymnasien und Realschulen sind ... größere Dichtungen epischen und dramatischen Inhalts zu lesen. Und da scheint es keinem Zweifel zu unterliegen, daß die Schüler mit den drei größten Dichtern der letzten Jahrhunderte, mit Shakespeare, Milton und Byron, bekanntgemacht werden müssen. Selbstverständlich ist unter den Werken derselben eine angemessene Auswahl zu treffen, und zwar so, daß die Schüler von der Eigenart eines jeden eine klare und deutliche Vorstellung gewinnen. Von Shakespeares Dramen sind mit Recht *Julius Caesar* und *Coriolanus* als Schullektüre empfohlen worden; es wäre freilich sehr wünschenswert, daß auch noch eines von den Königsdramen, etwa *Richard II.* oder *Richard III.* oder *Heinrich IV.*, gelesen werden könnte, weil gerade in der Darstellung nationaler Geschichte Shakespeares poetisches Schaffen eigenartig hervortritt, und weil die Lektüre eines solchen Dramas, ganz abgesehen von dem ästhetisch-literarischen Werte, die Kenntnis der Schüler von englischer Geschichte erweitert.[42]

Der Text, der etwa gleichzeitig mit der frühesten Fassung der Wendt'schen Thesen entstanden sein dürfte, stellt die Shakespeare-Lektüre bereits in einen – wenn auch vagen – kulturkundlichen Zusammenhang: Spätere Entwicklungen werfen ihre Schatten voraus.

Röttgers (1913) zitiert zunächst die einschlägigen Bestimmungen der „Lehrpläne und Lehraufgaben für die höheren Schulen in Preußen" von 1901, wo es heißt:

> Die Lektüre steht im Mittelpunkt des gesamten Unterrichts. Lesen gehaltvoller moderner Prosaschriften aus verschiedenen Gebieten, auch aus dem der Beredsamkeit, sowie geeigneter Dichtwerke, besonders ausgewählter Shakespearescher Dramen. Es ist darauf zu halten, daß der Schüler ein Bild von der Eigenart der englischen Literatur seit Shakespeare in Haupttypen erhält.[43]

Röttgers zieht sich dann ganz auf die offiziellen preußischen Positionen zurück, so etwa auf die Bestimmungen von 1908, in denen es für Prima heißt:

> Wieweit schon hier in das Verständnis eines Shakespeare'schen Dramas, wie *The Merchant of Venice* oder *Julius Caesar*, eingeführt werden kann, bleibt im Einzelfall dem Ermessen der Lehrenden anheimgestellt.[44]

Der vor österreichischem Hintergrund argumentierende E. Nader (1914) handelt die didaktische Seite der Shakespeare-Behandlung in 13 Zeilen ab:

> Zu seiner eigenen Vorbereitung wird der Lehrer die ihm zugänglichen deutschen und englischen Ausgaben Shakespeares mit Anmerkungen, A. Schmidts Shakespeare-Lexikon und die besten Übersetzungen zu Rate ziehen und bei der Erklärung in der Schule in bündiger Weise die phraseologischen und grammatischen Abweichungen der Sprache Shakespeares von dem heutigen Englisch feststellen. – Mit einer besonders tüchtigen VII. Klasse wird er ein Drama Shakespeares im Urtext lesen; sonst muß man sich wohl auf die Proben im Lesebuch beschränken. Damit ist aber der Bedeutung Shakespeares für die englische und für die deutsche Literatur, ja für die Weltliteratur noch lange nicht Genüge geleistet. Durch vorzügliche Übersetzungen, zumal A. W. Schlegels, ist Shakespeare auch ein deutscher Klassiker geworden. Die Schüler sind daher von dem Lehrer des Deutschen und des Englischen immer und immer wieder anzueifern, die Hauptdramen Shakespeares in guter Übersetzung zu lesen. Die Kenntnis dieser Dramen gehört zur allgemeinen Bildung.[45]

Der Gedanke, daß der Deutschunterricht die Shakespeare-Lektüre in vieler Hinsicht sinnvoller wahrnehmen könne als der englische Unterricht, spielt im Zusammenhang mit dem Schlagwort der „Konzentration“ in den 20er Jahren eine bedeutende Rolle. Die Problematik am Grunde dieser Einsicht ist – über die Iser'schen Ansätze[46] hinaus – bis heute nicht gelöst.

3. *Shakespeare zwischen Kulturkunde und Volkslebenslehre: Leitlinien der Entwicklung bis 1945*

Nach 1918 werden die didaktischen Äußerungen über Shakespeare recht zahlreich. Inzwischen hat sich der Fremdsprachenunterricht aus dem Gelehrtenschuldenken des 19. Jahrhunderts gelöst, die Fremdsprachendidaktik ist in den Sog allgemein-pädagogischer und psychologischer Strömungen geraten, die Bindung an die traditionelle, historisierende Anglistik und Romanistik ist in den Jahren nach 1900 bei weitem nicht mehr so stark wie vor Beginn der „Reformzeit“. Neben die traditionsreiche Universitätshörigkeit von Schule und Lehrerschaft ist ein Denken getreten, das dem weltfremden, rückwärts gewandten, ewig am Detail interessierten universitären Philologen, dem Theoretiker, den in der Schule souverän schaltenden, zukunftsorientierten Praktiker gegenüberstellt. Der neue Lehrer ist zunächst Pädagoge, dann Philologe, er versteht sich als Jugendpsychologe (auch wenn er dies von seiner einseitig-philologischen Ausbildung her nicht sein kann), er ist Führer (sic!) der Jugend und als solcher Wahrer der Kultur. Darüber hinaus ist besonders der Fremdsprachenlehrer im Anschluß an die Realienkunde des ausgehenden 19. Jahrhunderts „Vermittler des Völkerverständnisses, Förderer des Völkerfriedens".[47] Das Verhältnis des Lehrers zur Universität ist forthin und bis in allerneueste Zeit ein zwiespältiges, angesiedelt zwischen Vergötterung und Verachtung, wobei freilich schulische und allgemein erziehungswissenschaftliche Positionen seit der „Reformzeit" auf die universitäre Neuphilologie zurückwirken. Die sich dort etablierende antipositivistische, nicht historisierende, ganzheitlich ausgerichtete, psychologisierende Gegenrichtung verstärkt dann wieder — und noch vor Beginn des ersten Weltkriegs — entsprechende schulische, kulturkontrastive oder aber auf Erwecken und Erspüren ausgerichtete Ansätze. Allen divergierenden Denkweisen, den historisierenden und utilitaristischen wie den ganzheitlichen, psychologisierenden, wohnt dabei ein auch wieder einendes Grundprinzip inne: idealistisches Streben, ererbt aus dem Zeitalter des Neuhumanismus. Man will in jedem Falle das Beste, ob man sich nun im elfenbeinernen Turm überkommenen Philologentums ganz der Forschung weiht und die Politik getrost den anderen anheimstellt, oder ob man sich als Priester abendländischer Kultur auf den intuitiven Zugriff in allen Bereichen, von der Philologie bis zur Politik, verläßt: Die Pervertierbarkeit ist im System selbst angelegt.

Vor diesem Hintergrund muß die breite Rezeption der programmatischen Monographie von Friedrich Gundolf *Shakespeare und der deutsche Geist*[48] gesehen werden. Finden sich Ansätze zur Shakespeare-Heroisierung schon im Zeitalter der deutschen Klassik und besonders vor 1848, so wird diese Sichtweise nun konsequent durchgehalten. Noch Max Müllers Kursbuch (1929) nennt Gundolf (^{8}1927) unter den Hilfsmitteln für die Shakespeare-Lektüre im Unterricht an erster Stelle.[49] Gleichzeitig vollzieht sich im Bereich der Pädagogik eine weitreichende nationale Stereotypisierung, wie sie programmatisch in der Monographie von W. Franz *Britische Kulturkraft im Dienste national-deutscher Arbeit* (1914) vorgetragen wird:

> Britische Kulturkraft hat die neue Welt geschaffen und ein neues Menschentum hervorgebracht, das in sieghafter Größe am Anfang einer neuen Zeit steht. Bedienen wir uns seiner Kulturmittel, um in uns das bessere Selbst und die entwicklungsfähige germanische Eigenart sicher zu erkennen, um klarer in der Zukunft das Ziel zu erschauen und starkes Wollen in Taten umzusetzen, die ein neues Deutschland schaffen. . .[50]

Auch hier kündigen sich im Sprachgebrauch zukünftige Entwicklungen an.

Die Erfahrungen des ersten Weltkriegs führen schon 1916 zu einem Ruf nach „Mehr Völkerkunde!".[51] Die „Denkschrift des Preußischen Kultusministeriums über die Förderung der Auslandsstudien" (1917) spricht von einer „erschreckenden Unkenntnis des ausländischen Denkens".[52] In der Folgezeit wird die bloße Vermittlung von Kenntnissen abgelöst durch ein Streben nach möglichst umfassender Erkenntnis auf dem Wege einer Interpretation nationaler Charakteristika. Begriffe wie Seele, Charakter und Wesen erhalten einen hohen Stellenwert. Ihren Ausdruck findet die neue Richtung in den Richtlinien für die Lehrpläne der Höheren Schulen Preußens (1925). Ziel des „Neusprachlichen Kulturunterrichts" ist es danach, „die Jugend bei aller Treue zum eigenen Volkstum und der besonderen Verbundenheit mit der deutschen Kultur auch zu europäischem Gemeinsinn und tätiger Anteilnahme an der europäischen Gesamtkultur zu erziehen."[53] Die Kulturkunde der ausgehenden 20er Jahre ist nicht nur auf die Befassung der Jugend mit der „Eigenart einer fremden Kultur- und Volksseele" gerichtet, „damit die Jugend in freund-feindlicher Auseinandersetzung mit jener anderen sich der eigenen Volksseele deutlich bewußt werde",[54] sondern auch universalienbezogen: Letztlich ist es ihr Ziel, „in der Individualität doch auch das allgemeine Menschentum, die ewige Gesetzlichkeit menschlichen Geistes" sichtbar zu machen.[55]

Während noch die Methodik von Ernst Otto (1921)[56], die schon ganz dem neuen Ansatz verpflichtet ist, Shakespeare nur streift und mit dem Hinweis, daß zur Lektüre „zunächst solche Stoffe zu wählen [seien], die auch dem Zwecke der Sprachaneignung dienen",[57] Wert darauf legt, daß neben Shakespeare zumindest auch ein neuerer Schriftsteller als Klassen- oder Hauslektüre gelesen werde, findet sich in der Methodik von Philipp Aronstein (1922)[58] schon eine recht ausführliche Darstellung und Begründung eines Shakespeare-Kanons. Aronstein formuliert:

> Die dramatische Lektüre wird im Englischen besonders Shakespeare behandeln. Shakespeare in der Ursprache lesen zu können, ist eines der Hauptvorrechte des englischen Unterrichts in den oberen Klassen, und dieses darf nicht aus utilitarischen, praktischen Gründen verkümmert oder aufgegeben werden. . . .[59]

Aronstein zieht die Parallele zur Sophokles-Lektüre auf den Gymnasien. Was den Shakespeare-Kanon angeht, so verwirft er *Romeo and Juliet*, *Othello* und *Antony and Cleopatra* „aus stofflich-pädagogischen Gründen." Im übrigen ist er der Auffassung, in den Komödien habe Shakespeare „sein Größtes und Bestes nicht gegeben; sie waren mehr eine Erholung von ernsterer Arbeit, ein geniales Spiel. Einige jedoch kommen auch für die Schule in Betracht, wenn auch an zweiter Stelle, nämlich der *Sommernachtstraum, Was Ihr wollt, Wie es Euch gefällt* und *Der Kaufmann von Venedig.*"[60] Auch wenn die Historien „im allgemeinen eine ausgezeichnete Lektüre für Knaben" abgeben, so kommen doch die drei Teile *Heinrichs VI.* sowie *König Johann* und auch *Heinrich IV., 2. Teil* nicht in Betracht; *König Johann* schon deshalb nicht, „weil die sympathischste Persönlichkeit dieses Dramas ein Bastard ist." Von den Romanzen nennt Aronstein *The Tempest* und *A Winter's Tale* als für die Schule geeignet.[61] Als engsten Kanon empfiehlt Aronstein schließlich *Richard II.*, eventuell *Henry V., Julius Caesar, Coriolanus* und *Macbeth.* An zweiter Stelle werden *Henry IV., 1. Teil, Hamlet, King Lear, As you like it, What you will, The Merchant of Venice* und *A Midsummer's Night's Dream* sowie *The Tempest* und *A Winter's Tale* genannt.[62]

Die Richert'schen Richtlinien sprechen von Shakespeare als dem Exponenten der „nordischen Renaissance."[63] Hans Strohmeyer (1926)[64], der eine Exegese der preußischen Schulreform unter dem Gesichtspunkt der Daseinsberechtigung des Neusprachlichen Gymnasiums liefert, plädiert für die Lektüre eines Shakespeare-Dramas als Ganzschrift, weitere Proben sollen aus einem Shakespeare-Reader hinzukommen. Im übrigen schiebt er im Sinne des Konzentrations-Gedankens Shakespeare auch verstärkt dem Deutschunterricht zu: „Weitere Dramen Shakespeares sind deutsch im Deutschunterricht zu behandeln."[65] Die deutlich deutschnational ausgerichtete Monographie *Deutschkunde im englischen Unterricht* von Adolf Krüper (1925)[66] enthält als Novum ein eigenes, 12 Seiten umfassendes Shakespeare-Kapitel. Krüper bedauert einleitend, daß „aus der Lektüre des größten englischen Dichters heute noch nicht jene unermeßlich hohen Werte für unsere Jugendbildung sich ergeben haben, die sich in Wirklichkeit daraus ziehen lassen" und folgert:

> Shakespeare wird ... nur da im Unterrichte voll zu seinem Recht kommen, wo Deutsch und Englisch vom gleichen Lehrer vertreten werden, wo er gelesen wird mit der ausgesprochenen Absicht, immer wieder seine Bedeutung für das deutsche Geistesleben hervortreten zu lassen, wo stets von neuem der Nachdruck darauf gelegt und der Nachweis erbracht wird, daß wir seiner ganzen Art nach dazu berechtigt sind, ihn zu den unsrigen zu zählen. Nur so wird Shakespeare zu dem werden, was er uns zu sein vermag: eine Quelle höchsten künstlerischen Genießens und tiefster Erkenntnis in Fragen des Menschenschicksals. Hier ist die Hauptsache von vornherein das see-

lische Sichhineinleben in den Dichter ... Das ungeheure Schicksal, dem wir Shakespeares Menschen gegenüberstehen sehen, das wildbewegte Leben, das sie erfüllt, sind das nicht zwei Züge, die dem germanischen Menschen im besonderen eignen, die ihn von Menschen anderer Rasse, vor allem den Romanen, unterscheiden?[67]

Am Vorabend des Dritten Reiches vermischt sich die schon bei Aronstein anklingende und von Bohlen (1957)[68] weitergeführte Idee eines modernen Humanismus am Neusprachlichen Gymnasium mit Wesensschau, Erziehung zum Deutschtum und Führerideologie. Symptomatisch ist in diesem Zusammenhang das Kapitel „Shakespeare-Stunden“ bei Schwedtke und Salewsky (1930), wo es einleitend heißt:

> Das humanistische Gymnasium führt seine Schüler durch die Lektüre des Homer, der großen Tragiker, Platons und Horaz' in die Tiefen antiken und allgemeinmenschlichen Denkens und Fühlens. Ewigkeitswerte sind es, die die Jugend dieser Schule erfaßt und in sich lebendig werden läßt, eine nie versiegende Quelle schöpferischen Gestaltens auch in der komplizierten Manigfaltigkeit modernen Lebens. Um auch das Neusprachliche Gymnasium humanistisch zu fundieren, müssen wir unsere Schüler unbedingt in eine Gedankenwelt hineinführen, die an Größe, Weite und Tiefe der antiken nicht nachsteht. Daß wir bei dieser Forderung keinem Phantom nachjagen, daß es vielmehr auch außerhalb der Antike Führer gibt, die zu den Grundfragen menschlichen Denkens und Seins hinleiten, beweist der deutsche Klassizismus ...
> Das gründliche Studium Shakespeares ist für ein humanistisch orientiertes neusprachliches Gymnasium, das nicht in Gegenwartsrealien seine volle Befriedigung finden kann, eine unerläßliche Notwendigkeit.[69]

Schwedtke und Salewsky fordern, daß „die Historien Shakespeares bereits in der Obertertia der Schulen mit Englisch als erster Fremdsprache und in der Untersekunda der übrigen in je etwa 20 Unterrichtsstunden behandelt werden. Sie sprechen in diesem Zusammenhang vom Mittelstufen-Unterricht als dem „Shakespeare-Proseminar“, dem dann das „Shakespeare-Seminar“ auf der Oberstufe folgt:

> Nachdem auf der Mittelstufe eine umfangreiche Betrachtung Shakespeares dem Schüler seinem Alter gemäß eine Vorahnung von der Größe des Dichters gegeben hat, bleibt das Eindringen in die Tiefen der Shakespeare'schen Gedankenwelt und Kunst der Prima vorbehalten. ...
> Auch auf dieser Klassenstufe soll der deutsche Text dem Schüler immer zur Hand sein, wenn natürlich auch Ausgangspunkt und Grundlage für die Besprechung die englische Fassung sein muß. Durch nichts leidet die tiefe Betrachtung der Shakespeare'schen Kunst, durch nichts verleidet man den Schülern die Forscher- und Entdeckerfreude, durch nichts hemmt man sie in ihrem Streben nach der vertieften Erkenntnis der Ewigkeitswerte des Shakespeare'schen Werkes mehr, als durch ein kleinliches Zergliedern einzelner Szenen und Akte.[70]

Der Text markiert das Ende philologischer Akribie und vernunftgeleiteter Erklärung. Schwedtke und Salewsky widmen ihr Buch dem Nationalsozialisten W. Bolle, der 1933 formuliert:

> Geistig-seelisches Wecken ist ... die bildnerische Arbeit, die die höhere Schule an Shakespeare zu verrichten hat. Zurücktreten muß daher alle philologische und literatur- und kulturhistorische Arbeit an ihm.[71]

Der Weg ist frei zur „Rassenkunde" und „Volkslebenslehre": „Nur durch germanische Tugenden wird der germanische Staat gehalten. In diesem Sinne ist unser bester Lehrmeister der größte Dichter der Germanen — William Shakespeare."[72]

Das Lektüre-Angebot der ausgehenden 20er Jahre, wie es bei Max Müller (1929)[73] erfaßt ist, zeigt deutlich die kulturkundliche Einflußnahme: 8 Lektüren behandeln Shakespeare im Kontext seiner Zeit und im Kontext der englischen Literaturgeschichte. Im Sinne der Erwägungen von Strohmeyer stehen 10 Shakespeare-Reader zur Verfügung. 10 weitere Schullektüren erzählen Shakespeare nach, darunter befinden sich 7 Titel in Anlehnung an Lamb. Eine Statistik der Textausgaben selbst ergibt folgendes Bild: *As You Like It* 4, *Coriolanus* 2, *Hamlet* 6, *Henry V* 1, *Julius Caesar* 15, *King John* 1, *King Lear* 6, *Macbeth* 14, *The Merchant of Venice* 13, *A Midsummer Night's Dream* 5, *Much Ado about Nothing* 1, *Richard II* 2, *Richard III* 3, *Romeo and Juliet* 1, *The Tempest* 4, *Twelfth Night* 1 und *The Winter's Tale* 2 Ausgaben.

4. *Research Guide*

Im folgenden seien stichwortartig jene Bereiche genannt, deren Ausarbeitung für eine lückenlose Geschichte der schulischen Shakespeare-Rezeption als vordringlich erscheint:

- Bibliographie der Shakespeare-Schulausgaben einschließlich der Vorläufer seit etwa 1780
- Editionsgeschichte der Shakespeare-Schulausgaben
- Geschichte der Shakespeare-Vorlesungsthematik nach 1850 (anhand der Vorlesungsverzeichnisse)
- Aufarbeitung der Shakespeare-Bestimmungen in den Lehrplänen und Prüfungsordnungen der Jahre nach 1850
- Geschichte der Shakespeare-Behandlung (auch außerhalb der amtlichen Lehrpläne) anhand der Schulnachrichten in den Schulprogrammen seit 1824

– Geschichte der Wechselbeziehungen zwischen Hochschule und Schule hinsichtlich der Erklärung und Bewertung von Shakespeare
– Shakespeare in der autobiographischen Literatur des 19. Jahrhunderts.

Shakespeare-Geschichtsschreibung ist dabei als wichtiger Teil einer umfassenden Ideologiegeschichte des deutschen Schulwesens und des deutschen Bildungsdenkens zu sehen; Ideologiegeschichte aber ist unabdingbare Voraussetzung für eine sinnvollere Planung unserer schulischen Zukunft.

Anmerkungen

[1] Die 1925 erlassenen, im wesentlichen von dem preußischen Ministerialrat H. Richert besorgten *Richtlinien für die Lehrpläne der höheren Schulen Preußens* markieren einerseits den Endpunkt idealistisch inspirierten gymnasialen Bildungsdenkens, andererseits verleihen sie dem neuen, nach 1918 in die Schulen eingedrungenen fächerübergreifenden „kulturkundlichen Prinzip" Gesetzeskraft (cf. dazu Abschnitt 3). Obwohl nur für Preußen erlassen, werden die *Richtlinien* von den anderen Ländern des Reiches dem Sinne nach übernommen. Sie sind Anknüpfungspunkt für die erste Generation der Nachkriegslehrpläne in der Bundesrepublik.

[2] Rüdiger Ahrens, „Die Tradition der Shakespeare-Behandlung im Englischunterricht", in *Shakespeare im Unterricht*, ed. R. Ahrens, Anglistik und Englischunterricht, 3 (Trier, 1977), pp. 12–38.

[3] Zur Lage der anglistischen Geschichtsschreibung allgemein sowie zum Stand der Aufarbeitung der hier interessierenden Problematik cf. Thomas Finkenstaedt, *Research in Progress*, Augsburger I– & I–Schriften, 6 (Augsburg, 1979).

[4] Op. cit., p. 14.

[5] Eine Aufschlüsselung der gesamten frühanglistischen Vorlesungsthematik findet sich bei Konrad Schröder, *Die Entwicklung des Englischunterrichts an den deutschsprachigen Universitäten bis zum Jahre 1850* (Ratingen, 1969), pp. 70 ff. In die späten 80er Jahre des 18. Jahrhunderts fallen auch die frühesten Textausgaben einzelner Shakespearescher Werke für deutschsprachige Lernende, Ausgaben also, die als Vorläufer späterer Schulausgaben angesehen werden können (s. u.).

[6] 24 Kollegs behandeln Scott (Platz 3), 14 Vorlesungen gehen über Moore (Platz 4). Milton liegt auf Platz 5. Am Vorlesungsganzen sind die Romantik und das 19. Jahrhundert mit 104 Belegen (16 %) beteiligt.

[7] Anon., „Professuren der Neueren Sprachen", *Deutsche Universitätszeitung*, Jg. 1848, pp. 17 ff.

[8] Zur Geschichte der Seminargründungen cf. Gunta Haenicke, *Zur Geschichte der Anglistik an deutschsprachigen Universitäten 1850 bis 1925*, Augsburger I– & I–Schriften, 8 (Augsburg, 1979).

[9] Cf. N. B. Aristow, „Die Fremdsprachen im Leben und Schaffen von Karl Marx und Friedrich Engels", *Fremdsprachenunterricht*, 2 (1958), 505–511.

[10] Zielsetzung der Regelung war, die Lehrer zur Fortbildung anzuhalten und der Elternschaft Schulfragen nahezubringen. Die meisten deutschen Staaten folgten in den 20er und 30er Jahren dem preußischen Beispiel.

[11] Die folgenden Angaben entstammen Anton v. Walter, *Bibliographie der Programmschriften zum Englischunterricht*, Ausburger I- & I-Schriften, 3 (Augsburg, 1977).

[12] *Archiv für das Studium der neueren Sprachen und Literaturen*, 3, vol. 4 (1848), 200 f.

[13] O. Franke, *Geschichte der Herzoglichen Hauptschule zu Dessau 1785–1856*. Festschrift des Herzoglichen Gymnasiums und Realgymnasiums zu Dessau (Dessau, 1885), p. 74.

[14] F. Thiersch, *Über den gegenwärtigen Zustand des öffentlichen Unterrichts in den westlichen Staaten von Deutschland, in Holland, Frankreich und Belgien*. 3 Teile (Stuttgart, 1838), Teil 3, p. 116.

[15] *Neue Jahrbücher für Philologie und Pädagogik*, Bd. 57 (1849), p. 73.

[16] Wilhelm Engelmann, *Bibliothek der neueren Sprachen oder Verzeichnis der in Deutschland besonders vom Jahre 1800 an erschienenen Grammatiken, Wörterbücher, Chrestomathien, Lesebücher und anderer Werke, welche das Studium der lebenden europäischen Sprachen betreffen*, usw. (Leipzig, 1842).

[17] Verleger ist Voss in Berlin.

[18] Verleger ist Meyer in Braunschweig. – Zu den hier gegebenen und weiteren Belegen cf. Engelmann, op. cit., pp. 61 ff.

[19] S. u. p. XXX.

[20] Wilhelm Engelmann, op. cit., *Supplement-Heft, enthaltend die Literatur vom Anfang des Jahres 1841 bis zur Mitte des Jahres 1849* (Leipzig, 1850). – Engelmann, op. cit., *Zweites Supplement-Heft, enthaltend die Literatur von der Mitte des Jahres 1849 bis zur Mitte des Jahres 1868* (Leipzig, 1868).

[21] Bernhard Schmitz, *Encyclopädie des philologischen Studiums der neueren Sprachen* (Greifswald, 1859). – Schmitz, op. cit., *Erstes Supplement* (Greifswald, 1860). – Schmitz, op. cit., *Zweites Supplement* (Greifswald, 1861). – Schmitz, op. cit., *Drittes Supplement* (Greifswald, 1864). – Otto Wendt, *Encyklopädie des englischen Unterrichts. Methodik und Hilfsmittel für Studierende und Lehrer der englischen Sprache mit Rücksicht auf die Anforderungen der Praxis* (Hannover 1893).

[22] Anon. (Adolf Kressner), *Führer durch die französische und englische Schulliteratur* (Wolfenbüttel, ²1894). – Anon., op. cit., *Nachtrag zum Führer durch die französische und englische Schulliteratur. Enthaltend die neuen Erscheinungen und Besprechungen aus den Jahren 1892 und 1893* (Wolfenbüttel, 1894).

[23] Kurt Reichel, *Englischer Lektüre-Kanon*. Verzeichnis aller bis zum 1. 5. 1912 vom Kanonausschuß des Allgemeinen Deutschen Neuphilologen-Verbandes für brauchbar erklärten Schulausgaben englischer Schriftsteller (Marburg, 1912).

[24] Max Müller, *Kursbuch für den neusprachlichen Schullesestoff*. Ein kritischer Führer durch die Schulausgaben (Leipzig, 1929).

[25] Norbert Kohl und Konrad Schröder, *Bibliographie für das Studium der Anglistik, III, Englische Fachdidaktik*, 2 Bde. (Frankfurt a. M. 1972–1973), besonders Bd. 2, pp. 502 ff. – Historische Ausblicke bietet ferner Wilhelm Münch, „Shakespeare-Lektüre auf deutschen Schulen", *SJ*, 38 (1902), 118–143.

[26] B. Schmitz, *Erstes Supplement*, op. cit., p. 89.

[27] Otto Wendt, *Encyclopädie des englischen Unterrichts*. Methodik und Hilfs-

mittel für Studierende und Lehrer der englischen Sprache mit Rücksicht auf die Anforderungen der Praxis (Hannover, 1893), p. 209.

28 Ibid., p. 210.

29 Ibid., pp. 210 f.

30 Kurt Reichel, op. cit., p. 1.

31 Die genauen bibliographischen Angaben finden sich bei Konrad Schröder, *Lehrwerke für den Englischunterricht im deutschsprachigen Raum 1665–1900* (Darmstadt, 1975). Die Publikation verzeichnet auch die vor 1900 erschienenen Lesebücher und historisch-landeskundlichen Lesestoffe, nicht aber die Klassiker-Lektüren.

32 Cf. besonders Engelmann, op. cit., *Zweites Supplementheft*, pp. 71 f. sowie Schmitz, op. cit., *Drittes Supplement*, pp. 67–74.

33 Cf. Anton v. Walter, op. cit. – Ein Königsberger Schulprogramm von 1859: „Shakespeare und unsere Schulen" (Bernhard) war nicht zugänglich.

34 David Asher, „Shakespeare in der Schule", *Archiv*, 35, 64 (1880), 463–464. Asher tritt in einer Reihe von Publikationen für einen sehr konversationsbetonten Englischunterricht ein. Cf. hierzu auch Konrad Schröder, *Lehrwerke*, op. cit., p. 19 f.

35 A. Rambeau, *Der französische und englische Unterricht in der deutschen Schule, mit besonderer Berücksichtigung des Gymnasiums.* Ein Beitrag zur Reform des Sprachunterrichts (Hamburg, 1886), p. 48.

36 K. A. M. Hartmann: „Über eine geplante Verbannung der Shakespearelektüre", *AnglBbl.*, 3 (1892/93), 69–74.

37 J. Hengesbach, „Shakespeare im Unterrichte der Preußischen Gymnasien", *DNS*, 3 (1896), 513–523.

38 Rüdiger Ahrens, op. cit., p. 16.

39 Wilhelm Viëtor in *EStn*, 3 (1880), p. 106.

40 J. Hengesbach, op. cit., p. 523. Das Zitat wird bei Rüdiger Ahrens, op. cit., p. 16, kommentiert.

41 So ist beispielsweise Halle in den 60er Jahren des 19. Jahrhunderts „eine der Hauptpflegestätten dessen, was man damals Shakespeare-Kultus nannte." Im Herbst 1864, ein halbes Jahr vor Gründung der Deutschen Shakespeare-Gesellschaft, deren Erster Vorsitzender der in Halle lehrende Ästhetiker und Philosoph Hermann Ulrici wird, entsteht ein „ästhetisches Teekränzchen", „das sich in einen studentischen Shakespeare-Verein verwandelte. Anstelle der „Teezeitung" trat die Bierzeitung, Wichs und Vereinsfahne folgten später; man las an den wissenschaftlichen Abenden mit verteilten Rollen, jeder Aktive war zu einem Semestervortrag verpflichtet, Aufführungen von Szenen oder Stücken des Namensheiligen schmückten das Stiftungsfest." (H. Weyhe, „Aus Hallischer Anglistik", in: Anon., ed., *250 Jahre Universität Halle.* Streifzüge durch ihre Geschichte in Forschung und Lehre (Halle, 1944), 267.) Der Shakespeare-Verein mündet in die Burschenschaft Rhenania ein. – Cf. auch *SJ*, 25 (1890), 273–280.

42 Friedrich Glauning, „Englisch", in A. Baumeister. ed., *Handbuch der Erziehungs- und Unterrichtslehre für höhere Schulen*, Bd. 3: *Didaktik und Methodik der einzelnen Unterrichtsfächer*, Abteilung 6 (München, 1895), p. 34.

43 Benno Röttgers, *Methodik des französischen und englischen Unterrichts in höheren Lehranstalten jeder Art. Methodik des elementaren und höheren*

Schulunterrichts. Für den Gebrauch in Seminaren und Oberlyzeen, ed. Hermann Walsemann, Teil 3 (Hannover, 1913), p. 123.

[44] Ibid., p. 123.

[45] E. Nader, *Praktische Methodik des Unterrichts in der englischen Sprache, Praktische Methodik für den höheren Unterricht*, ed. August Scheindler (Wien, 1914), p. 72.

[46] Wolfgang Iser, „Überlegungen zu einem literaturwissenschaftlichen Studienmodell", in J. Kolbe, ed., *Ansichten einer künftigen Germanistik* (München, 1969, [3]1970), pp. 193 ff.

[47] Volker Raddatz, *Konzeptionen einer Englandkunde für höhere Schulen im Wandel deutscher Erziehungsziele (1886–1945)*, Diss. (Saarbrücken, 1974), p. 17.

[48] Berlin, 1911.

[49] Max Müller, op. cit., p. 110.

[50] W. Franz, *Britische Kulturkraft im Dienste national-deutscher Arbeit* (Tübingen, 1914), p. 66.

[51] Levin L. Schücking, „Mehr Völkerkunde!", *Internationale Rundschau*, 2 (1916), 553–561.

[52] Volker Raddatz, op. cit., p. 17.

[53] K. Ehrke, „Der neusprachliche Kulturunterricht", *DNS*, 35 (1927), 81–94.

[54] O. Maurer, „Zum neusprachlichen Kulturunterricht", *ZFEU*, 27 (1928), 241–258.

[55] Paul Hartig, „Kulturkunde und Humanität", *DNS Beiheft*, 15 (1928), 20–33.

[56] Ernst Otto, *Methodik und Didaktik des neusprachlichen Unterrichts*. Versuch einer wissenschaftlichen Unterrichtslehre (Bielefeld, 1921).

[57] Ibid., p. 312.

[58] Philipp Aronstein, *Methodik des neusprachlichen Unterrichts*, 2 vols. (Leipzig, 1921–1922).

[59] Ibid., vol. 2, p. 104.

[60] Ibid., vol. 2, p. 105.

[61] Ibid., vol. 2, p. 106.

[62] Ibid., vol. 2, p. 107.

[63] H. Richert, ed., *Richtlinien für die Lehrpläne der höheren Schulen Preußens* (Berlin, 1927, [8]1931), p. 227.

[64] Hans Strohmeyer: *Das Neusprachliche Gymnasium*. Eine Betrachtung (Braunschweig, 1926).

[65] Ibid., p. 194.

[66] Adolf Krüper, *Deutschkunde im englischen Unterricht* (Frankfurt, 1925).

[67] Ibid., p. 31.

[68] Adolf Bohlen, *Moderner Humanismus* (Heidelberg, 1957).

[69] Kurt Schwedtke und Rudolf Salewsky, *Arbeit und Forschung der Jugend*. Wege und Ziele des neusprachlichen Unterrichts nach praktischen Erfahrungen auf Grund der Preußischen Richtlinien (Leipzig, 1930), p. 107.

[70] Ibid., p. 117.

[71] W. Bolle, „Shakespeare im Rahmen der Bildungsarbeit der höheren Schule", *NMon*, 4 (1933), 366.

[72] W. Keller, „Shakespeare und die deutsche Jugend", *DNS*, 45 (1937), 278.

[73] Op. cit., pp. 110 ff.

RÜDIGER AHRENS

Die Shakespeare-Rezeption in der Literaturdidaktik des 20. Jahrhunderts*

Die Tradition der Shakespeare-Behandlung im Englischunterricht ist seit der Reformbewegung am Ende des letzten Jahrhunderts von heftigen Kontroversen in der Didaktik des Fachs begleitet worden und bezeugt die Anerkennung einer rational-wissenschaftlichen Basis mit unterschiedlicher Intensität. Die Entwicklung dieser literaturdidaktischen Diskussion soll nachfolgend in ihren wichtigsten Phasen nachgezeichnet werden. Im Vergleich zu anderen Themen, Autoren und Werken des englischen Literaturunterrichts ist Shakespeare, dem traditionell die höchsten Wertungsprädikate zugesprochen werden, in besonderer Weise mit bildungstheoretischen, politischen und literaturwissenschaftlichen Forderungen befrachtet worden. Seine funktionale Einbettung in die Lernzielbestimmungen des Englischunterrichts korreliert mit dessen bildungstheoretisch und politisch motivierten Aufgabenstellungen, die sich seit der großen „Neusprachlichen Reform" in den 80er Jahren des 19. Jahrhunderts mehrfach gewandelt haben. Auch wenn man die ministeriellen Richtlinien in die Analyse vergangener didaktischer Vorstellungen einbezieht, läßt sich Shakespeare als fester Bestandteil und als alle didaktischen Analysen begleitendes Kontinuum des Englischunterrichts seit seiner Institutionalisierung feststellen. Das Podest, auf das er gehoben wurde, ist zwar immer verschieden hoch gewesen, doch wird es auch heute trotz und bei aller kommunikationstheoretischen Akzentuierung nicht beiseite geschoben. An die Reformbewegung schloß sich die Kulturkundebewegung an, die sich nach dem 2. Weltkrieg zunächst zwar noch behauptete, dann aber den an literaturwissenschaftliche Methoden angelehnten Verfahrensweisen Platz geben mußte.[1]

* Dieser Beitrag stellt die leicht gekürzte Fassung meines Aufsatzes „Die Tradition der Shakespeare-Behandlung im Englischunterricht" dar, der bereits in *Shakespeare im Unterricht*, ed. R. Ahrens, Anglistik und Englischunterricht, 3 (1977, Trier, ^{3}1980), pp. 12–38, abgedruckt ist und auf den ich hier mit freundlicher Genehmigung des Verlags zurückgreifen darf. Er verbindet und ergänzt an dieser Stelle die Ausführungen von Konrad Schröder im vorausgehenden und Ruth Freifrau von Ledebur im nachfolgenden Beitrag.

I. *Shakespeare im Dienste humanistisch-klassischer Bildung*

Der hier angestrebte historische Rückblick auf Konzepte der Shakespeare-Behandlung im Englischunterricht wird nicht um seiner selbst willen geleistet, sondern zielt ab auf die Vergegenwärtigung möglicher Stellungnahmen, die sinnvolle Einbeziehung bewährter Reflexionen in die heutige Diskussion oder auch die Vermeidung von möglichen Irrwegen, damit der Lehrer seine heutige Position entsprechend einschätzen kann. Zur Erstellung eines soliden Bezugsrahmens didaktischer Kennzeichnungen würde sich die Berücksichtigung politisch-sozialer und geistesgeschichtlicher Entwicklungen empfehlen, doch erzwingt der vorgegebene Rahmen eine Beschränkung auf kurze Hinweise und vielleicht unzulässige Verallgemeinerungen.[2]

Bekanntlich ist die Shakespeare-Rezeption in Deutschland von Anfang an eine Angelegenheit der Literaturszene und wie auch in Frankreich und England von nationalem Pathos getragen.[3] Erst gegen Ende des 19. Jahrhunderts, nachdem die großen Auseinandersetzungen der deutschen Klassiker längst verklungen und die euphorischen Wellen der romantischen Begeisterung abgeebbt sind, etabliert sich Shakespeare als unverrückbare Größe im Englischunterricht, der zunächst den pejorativen Beigeschmack des bloßen Sprachunterrichts ablegen und die durch lange Personalunion mit Hannover nähergebrachten Kulturinhalte der aufstrebenden Wirtschafts- und Industriemacht des Inselstaates verarbeiten muß. Auch die emphatische, die „Neusprachliche Reform" einleitende Schrift „Der Sprachunterricht muß umkehren!" (1882) von Wilhelm Viëtor will dieses Stigma des Sprachunterrichts zunächst nicht beseitigen; im Gegenteil verfestigt er durch seine Anklage des formalen Grammatikprinzips, das nach dem Lateinunterricht ausgerichtet ist, die Qualifizierung des Englischunterrichts als bloßen Sprachunterricht. So fragt denn Viëtor etwas verwirrt wegen der ungeklärten Lage:

> Welchen Zweck sich die Schulroutine eigentlich mit der fremdsprachlichen Lektüre verbunden denkt, ist nicht so ganz klar. Ich glaube, man betrachtet sie als eine Art fortlaufender Bestätigung der Grammatik und ihrer Regeln. Sich über den Inhalt zu erwärmen, dazu ist der Schüler ja auch nicht trainiert.[4]

Das Verdienst, damit die direkte Methode als Unterrichtsprinzip des Fremdsprachenunterrichts initiiert zu haben, wird erst in den folgenden Jahrzehnten anerkannt. Das Verhältnis zur Lektüre und speziell zur Shakespeare-Behandlung aber ist und bleibt gespalten.

Als sprechendes Beispiel für diese Situation in den Anfängen der Fremdsprachendidaktik mag der Rechtfertigungsversuch von K.

Deutschbein gelten, der einerseits auf Shakespeare „als Zielleistung" des Englischunterrichts verzichten möchte, aber andererseits „eine propädeutische einführung der oberprimaner in die sprache und den geist Shakespeares" wünscht. Symptomatisch für den historischen Ort des Fremdsprachenunterrichts ist auch seine Äußerung, daß das Gymnasium mit Griechisch, Latein und Französisch „idealen Bildungsstoff genug" habe und deshalb Shakespeare „mehr oder weniger dem realgymnasium bzw. der oberrealschule überlassen werden kann".[5]

Mit einigem Mißtrauen begegnet einige Jahre später J. Hengesbach dem Zwang der Preußischen Richtlinien von 1890 zur Lektüre im Englischunterricht, die das „verständnis *leichterer* schriftsteller" fördern sollen.[6] Mit Verlegenheit versucht er deshalb, dem Zwang zur Berücksichtigung Shakespeares zu entgehen, der ihm nicht durch die Richtlinien, wohl aber durch die Lese- und Geschmacksgewohnheiten seiner Zeit nahegelegt wird:

> Ich verwerte diesen geschichtlichen rückblick zu dem schluß, daß die unterrichtsverwaltung *nicht* an Shakespeare dachte, als sie die englische lektüre der gymnasien auf *leichtere* schriftsteller beschränkte, ganz abgesehen davon, dass sie einen prosaiker und zwar einen modernen zu bevorzugen empfiehlt. Und leicht ist kein stück des Schwans vom Avon, auch der *Julius Caesar* oder *Kaufmann von Venedig* nicht.[7]

Um die Nutzlosigkeit der Shakespeare-Behandlung für die „*sprechfertigkeit*" vollends zu erweisen, genügt ihm ein Blick auf die grammatischen Abweichungen vom Neuenglischen in den ersten beiden Szenen des *Julius Caesar*. Mit Genugtuung stellt Hengesbach dann fest, daß etwa nur ein Drittel der Gymnasien in Preußen Shakespeare im Original gelesen haben. Für die spätere Shakespeare-Rezeption in der Schule werden hier aber schon die Argumente wichtig, die die Shakespeare-Lektüre dennoch rechtfertigen sollen. Ihm werden humanistisch-klassische Werte zuerkannt, die sich aus seiner „*universellen* Bedeutung" und seinem „schatz tiefster *lebensweisheit*"[8] ableiten lassen. Nicht die dramatische Kunst Shakespeares und ihre historische Verankerung sollen die Schüler erfahren, wohl aber die moralische Lehre, die er als „der lehrer seines volkes" erteilt. Da Shakespeare als „maßstab für die beurteilung des englischen volkes" dient, läßt sich bereits vom Beginn der Shakespeare-Behandlung das nationale Moment in der unterrichtlichen Bewertung feststellen. Es muß dann schlüssig erscheinen, daß der Text seiner Dramen in den Hintergrund tritt und durch englische Prosaerzählungen oder, besser noch, durch deutsche Übersetzungen ersetzt werden kann, denn dann entfällt „das mühselige ‚präparieren' des originals".[9] Shakespeare wird in den Dienst der Menschenbildung gestellt und auf moralische Wertmaßstäbe hin analysiert, die den Schüler zur Erkenntnis transzendenter Qualitäten führen sollen. Das Endziel dieser literarischen Erziehung bestätigt sich in der Tradition des deutschen Idealismus, denn „wir pflegen damit ... das dichterisch-schöne, jenes licht, das seiner selbst wegen licht ist, jenen idealismus, der allzeit das erbteil des deutschen gymnasiums bleiben möge".[10] Shakespeare übernimmt damit im Englischunterricht die Funktion, die in den klassischen Sprachen die Antike ausfüllte, wodurch eine neue Gewichtsverteilung vorgenommen wird, die sich in den literaturtheoretischen Auseinandersetzungen schon lange vorher vollzogen hat.

Die Entschlossenheit der Reformanhänger, den Englischunterricht vornehmlich als Sprachunterricht aufzufassen, sollte weiterhin jede Entfaltung von Phantasie im Literaturunterricht unterdrücken. Gustav Wendt läßt, wenn überhaupt, nur „*Werke* mit nationaler Färbung"[11] gelten und warnt mit beredten Worten davor, Shakespeare für den alles beherrschenden Sprachunterricht nutzbar zu machen.[12] Die Empfehlung, den Historien vor den Tragödien den Vorzug zu geben, ist sicherlich auf die vorherrschende geisteswissenschaftliche Richtung des Historismus zurückzuführen. Es überrascht deshalb nicht, wenn Julius Heuser in seinem Aufsatz „Behandlung und Würdigung Shakespearescher Dramen in der Schule"[13] diese Wertung wiederholt und die „Histories" für „ohne ausnahme zur darbietung in der schule geeignet" hält. Die Komödien und vor allem Falstaff in *Henry IV* aber erregen seinen Zweifel an der notwendigen moralischen Vorbildlichkeit und müssen deshalb „schülern einer gereiften oberprima"[14] vorbehalten bleiben. Auch für Heuser steht die Shakespeare-Behandlung im Dienste humanistisch-klassischer Bildung, denn er begründet die Begegnung des Schülers mit dem großen Dramatiker mit einem fächerübergreifenden Lernziel:

> Endzweck der darbietung klassischer dramen – deutscher sowohl als fremdsprachlicher – ist *erkennung* des begriffes des tragischen.[15]

Die Dramatisierung des Schicksals in den Historien – in zweiter Linie auch in den Tragödien selbst – soll den Schüler in den historischen Ablauf menschlicher Tragik einführen, wie er auch in seiner exemplarischen Analyse von *Richard II* darlegt.

Nicht im Sinne antiker Vorbildlichkeit, wohl aber unter dem Eindruck universeller Klassizität soll der Schüler in der Reformzeit des neusprachlichen Unterrichts mit dem Werk Shakespeares vertraut gemacht werden. Humanistische Bildung soll im Nachklang des Neuhumanismus mit seiner Hilfe auch im Englischunterricht angestrebt werden, wobei *Julius Caesar* mit der Möglichkeit des Quellenstudiums in Plutarchs Parallelbiographien die Brücke schlagen kann. Die menschliche Tragik soll an den Gestalten der Historien erfahren werden, deren Lektüre mit dem vom Historismus geprägten Interesse an geschichtlichen Vorgängen legitimiert wird. Schon in dieser Anfangsphase aber stellt sich die Erkenntnis der nationalen Eigenheiten des englischen Volkes als herausragende Motivation für die Shakespeare-Behandlung heraus, die sich sonst neben den sprachlichen Zielen des neusprachlichen Unterrichts sicherlich nicht hätte behaupten können.

II. *Shakespeare als Schlüssel zum Deutschtum*

Auf den idealistischen Ansätzen der frühen Phase aufbauend, leitet das Buch *Shakespeare und der deutsche Geist* (1911) von Friedrich Gundolf eine neue Ära der Shakespeare-Rezeption in Deutschland ein. Während sich die akademische Auseinandersetzung mit Shakespeares Werk mehr und mehr vom Platz greifenden Historismus leiten läßt, präsentiert sich hier eine in metaphernreicher Sprache vollzogene „Heroisierung des Dichters“,[16] die ihn als „das menschgewordene Schöpfertum des Lebens selbst“ feiert.[17] Mit dieser in das Reich der Metaphysik enthobenen Wesensschau künden sich neue Standpunkte auch in der literaturdidaktischen Begründung der Shakespeare-Behandlung im Englischunterricht an. Gundolf bestätigt den Engländern „entschiedene Weltlichkeit“, die sich „bei dem dumpfen Ernst und der bigotten Befangenheit des deutschen Wesens“ nicht wohl fühlen kann.[18]

Es verwundert nicht, daß die pädagogische Zwickmühle bilateraler Stereotypenbildung auch nicht an Shakespeare schonungslos vorbeigeht. Im Zuge des kulturkundlichen Unterrichtsprinzips bildet sich nun der Anspruch der Didaktik heraus, nationale Qualifizierungen aufgrund ihrer Theoriebildung zum Sprach- und Literaturunterricht vornehmen zu können. Englischunterricht tritt somit in den Dienst der eigenen Sache; die fremde Kultur wird zur „Folie für unser eigenes Volkstum“, wie Walter Hübner 1925 auf der Magdeburger Ferienwoche sagte.[19]

In demselben Jahr bietet Eduard Schön die für die Kulturbewegung gültige Definition dieses neuen Unterrichtsziels an:

> Fremdsprachliche Kulturkunde ist das Ziel einer Unterrichtsweise, welche die in Wertrichtungen sich offenbarenden Strukturmerkmale einer einzelnen Persönlichkeit wie eines Volksganzen zu dem Zweck zu erkennen strebt, die eigene Wesensart tiefer zu erfassen und entschiedener zu wollen.[20]

Der Unterricht soll also nicht ein möglichst objektives Erfassen einer anderen Sprache und Kultur ermöglichen, sondern „zum deutschen Werterlebnis führen".[21] Gundolfs Formulierung von der „entschiedenen Weltlichkeit" der Engländer klingt wieder an, wenn nach Schöns Meinung das Engländertum angeblich „dem Hunger der Jugend nach großer *Wirklichkeit*"[22] entgegenkommt. In Abkehr vom wissenschaftlichen Positivismus und mit Übersteigerung der dem Historismus inhärenten Generalisierungstendenz fordert deshalb Hübner an schon zitierter Stelle einen „einheitlichen Kulturwillen" und einen „einheitlichen Erziehungsstaat", der durch ein „nationenwissenschaftliches Studium"[23] auch im Fremdsprachenunterricht ermöglicht werden soll. Dabei weiß er sich in Übereinstimmung mit seinen englischen Partnern, denn auch im Inselreich wurde bereits 1916 die Einführung der „Nation Study" als zukunftsweisender Lösungsmechanismus politischer Probleme betrachtet. Die Erfahrungen der Schreckensereignisse dieser Jahre lassen den Versuch verständlich erscheinen, politische Fehleinschätzungen und -entscheidungen durch ein intensives und breites Studium der fremden Kultur, wenn nicht auszuschalten, so doch möglichst gering zu halten. Die aktivistische, auf die Steigerung des eigenen Volkswillens gerichtete Tendenz aber bietet bereits in den Ansätzen der Kulturkundebewegung die Versuchung zum Mißbrauch. Der Begriff des Typus und die „strukturpsychologische Schematik"[24] dieses Ansatzes sind zu diesem Zeitpunkt wie auch heute noch wissenschaftlich nicht erfaßt und erlauben deshalb den Weg zu nur schwer zu rechtfertigenden und nachvollziehbaren Klischeevorstellungen und Wertungen, denen bekanntlich Max Weber schon lange vorher in den Sozialwissenschaften durch die Einführung des Idealtypus entgegenwirken wollte.[25] Die Herausgeber der Didaktik von Walter Hübner unterstreichen denn auch diesen aktivistischen Auftrag der Bildung, wenn sie in ihrem Vorwort 1933 schreiben:

> Volkseinheit ist Bildungseinheit. [...] Allen [Schularten] gemeinsam ist die Aufgabe der Bildung zu freier, selbstbewußter Eigenpersönlichkeit und der Erziehung des hellsichtigen, warmherzigen, willenskräftigen und tatfrohen deutschen Menschen, des wahrhaft sozial empfindsamen verantwortungsfreudigen Staatsbürgers.[26]

Den offiziellen Rahmen erhielten diese Zielsetzungen durch die Preußische Bildungsreform von 1925, die auf eine Vereinheitlichung des Bildungssystems und Erziehungsauftrags im Sinne ihres engagierten Befürworters Richert abzielte. In diesen Auftrag fügen sich die „Englischen Literaturstunden auf der Oberstufe" von Eberhard Moosmann, der dem Englischunterricht das Lernziel auf den Weg gibt, „durch die Werke typischer Engländer wesentliche Eigenschaften des englischen Volkes zum Verständnis zu bringen".[27] Als Methode wählt er den

Lehrervortrag in englischer Sprache mit zusammenfassenden Fragen am Ende, um so den Primanern exemplarische Engländer von Edmund Spenser bis James Macpherson vorzuführen. Shakespeare kommt dabei ein eigenes Vorlesungsheft zu.[28]

Obwohl man bekanntermaßen auch heute noch sehr wenig über Shakespeares Biographie weiß, wird er nun zum exemplarischen Menschen schlechthin stilisiert, wobei die nationale Schizophrenie nicht davor zurückscheut, ihn alsbald auch noch als „unseren" Shakespeare zu requirieren; daß bei aller mit Intensität geflegten Wesensschau und völkerpsychologischen Akribie plötzlich der typische Engländer zum typischen Deutschen mutiert, gründet sich offensichtlich auf dem Versuch, seine Universalität nun so hoch anzusetzen, daß er alle nationalen Unterschiede unter sich begräbt.

Bei der verzweigten und andauernden Shakespeare-Rezeption in Deutschland darf auch nicht übersehen werden, daß wegen der seit 1750 sehr regen deutsch-englischen Literaturbeziehungen Shakespeare im 19. Jahrhundert auf dem Umweg über die deutsche Wirkungsgeschichte in seinem eigenen Land wiederentdeckt wird; so apostrophiert etwa Th. Carlyle ihn in seiner Vorlesung „The Hero as Poet" von 1840 mit direktem Rekurs auf die deutschen Klassiker und Romantiker als Verkörperung des „Outer Life of our Europe", während Dante als „Inner Life" leuchtet.[29] Die Tradition seiner Wirkungsgeschichte in England selbst mag dazu beigetragen haben, daß Shakespeare den Deutschen nun besonders ans Herz wächst und von ihnen zu ihrer eigenen Sache gemacht wird. Auch der Deutschunterricht, der nie auf die Shakespeare-Behandlung verzichtet hat, läßt aufgrund seiner früher nahezu ausschließlichen Benutzung der Schlegel-Tieckschen Übertragungen kaum den Verdacht bei den Schülern aufkommen, daß es sich um einen fremdsprachigen Dramatiker handeln könnte. So wird sich der heute noch bestehende Eindruck auch für die Bewertung dieses Phänomens in den 20er Jahren dieses Jahrhunderts als richtig erweisen, daß sich nämlich der Englischunterricht in Wertungs- und Methodenfragen häufig dem Primat des Deutschunterrichts unterwirft und hier ein Klischee und einen Anspruch des Deutschunterrichts zu übernehmen bereit ist.[30] Den Grund dafür, daß dieses nachhaltige Bild vom „deutschen Shakespeare" auch im Englischunterricht legitim erscheinen muß, hinterläßt bereits 1928 Hans Körbel der Nachwelt, denn nicht nur die Übersetzung von Schlegel-Tieck, sondern auch die inständige Suche der Deutschen nach seinem Wesen würden ein derartiges Ansinnen rechtfertigen:

> Ja, durch eine (reichbelohnte!) willige Hingabe an seine Schöpfung; durch bindende Wahlverwandtschaft, durch die größere seelische Freiheit und

> Unvoreingenommenheit des deutschen Menschen ist er fast mehr „unser", als er an der normalen seelischen Enge seiner konventionstreueren britischen Landsleute teil hat.[31]

Bei der Suche nach dem fremden Wesen und der Steigerung der eigenen völkischen Stärke gerät hier unversehens der anderssprachige Partner in schlechtes Licht, ja in den Schatten seiner eigenen Normalität. Das hohe Anliegen verlangt nun natürlich auch die Lektüre von Shakespeares Dramen in der „Ursprache", um den (verwöhnten!) Schülern „einen Trunk aus dem Urquell zu bieten".[32] Um das Ziel aber nicht zu verfehlen, können auch Dramenbearbeitungen und „Shakespeare-Reader" eingesetzt werden, die jetzt in großer Fülle von den Verlagen bereitgestellt werden.

Vergleichsweise zurückhaltend nehmen sich die Ausführungen von Max Draber aus, der „Shakespeare trotz aller sprachlichen Schwierigkeiten im Original in den englischen Unterricht" integrieren will.[33] Entsprechend den Reformzielen hält er an der direkten Methode fest und will auch auf „Reader"-Texte verzichten. Dem „größten Menschenkenner und Menschengestalter Shakespeare"[34] kann man nach seiner Ansicht nur mit der Behandlung einer Ganzschrift, möglichst mehrere Ganzschriften seiner Dramen, gerecht werden. Auffällig ist hier auch die Verschiebung in der Kanonbildung, die nun nicht mehr vom Primat der Historien uund der Römerdramen ausgeht, sondern die „großen Tragödien, Macbeth, Hamlet, King Lear"[35] in den Mittelpunkt der Shakespeare-Behandlung rückt. Die Erfahrung des Schicksalsbegriffs in den Historien wird zugunsten der existentiellen Konfrontation mit dem Tragischen in den zentralen Tragödien aufgegeben, damit der junge Mensch an ihr heranreife und deshalb den Stücken Shakespeares mit jenem Motivationspotential begegne, das in ihnen vermutet wird:

> Die Shakespeare-Stunde muß zu einer Stunde des Genusses für die Schüler werden, in der ihre Seelen aufgehen in der Gedankenwelt des größten Menschen- und Seelenkenners aller Zeiten, in der sie erst unbestimmt fühlen und dann sich zu immer größerer Klarheit darüber durchringen, daß ihnen aus des Dichters Werken nicht nur eine vergangene Welt entgegenblickt, die unserer Zeit der modernen Sachlichkeit nichts mehr zu sagen hätte, sondern daß sie Gedanken darin finden, die höchst modern sind, weil sie ewig sind.[36]

Gewisse Elemente klassischer Bildung schwingen hier noch mit, doch gehen diese dann doch in dem Nebel der nationalsozialistischen Erziehungsideale unter.

Wilhelm Bolle bekennt sich im Jahre 1933 – nur wenige Monate nach der Machtergreifung durch Hitler – klar und unmißverständlich zur Abhängigkeit der Bildungsziele von der neuen politischen Richtung:

> Die nationale Revolution hat der Jugenderziehung ein einheitliches Erziehungsziel in dem volksgebundenen deutschen Menschen gesetzt.[37]

Bewußt setzt er sich von einem geistigen, am Neuhumanismus orientierten Bildungsideal[38] ab und predigt ein „Erziehungssystem, das in deutsch-soldatischem Geist die gesamte Jugend zusammenfaßt und dessen Träger die überschulische Jugendgemeinschaft ist".[39]

Der totale Anspruch des Staates integriert die Bildung völlig in seine politische Zielsetzung und schafft eine Jugendgemeinschaft, die als staatliche Institution anderen Zielen verpflichtet ist als denen der überkommenen humanistisch-klassischen Bildung. Auch der neusprachliche Unterricht und die Shakespeare-Behandlung passen nach Bolles Ansicht vorzüglich in dieses Konzept, das nun das Theorem von der Funktionalisierung der fremden Kultur zur Erkenntnis der eigenen aufgreift und dieses noch zum hegemonialen Bildungsanspruch innerhalb der germanischen Völkergemeinschaft steigert:

> Tieferes Erleben des eigenen Volkstums, klares Sichselbstbewußtsein der völkischen Aufgaben steigern sich auch gefühlsmäßig ganz besonders an der Erkenntnis eines fremden Volkstums; sie wachsen insbesondere bei der Erweiterung des Blickfeldes vom deutschen Volkstum auf den germanischen Volkstumskreis, der naturgemäß Bildungsbereich des englischen Unterrichts sein muß.[40]

Hier verwirrt zunächst einmal die Metaphorik der Sprache; aber auch das Ineinander wohl zu trennender, sozialer Bereiche läßt das Unbehagen sich verstärken, das sich einem derartigen Bildungsanspruch gegenüber nur machtlos artikulieren kann. Shakespeares in der Reformzeit noch bezweifelte, aber dennoch vollzogene Integration in die Zielsetzung eines derartig überfrachteten Englischunterrichts läßt sich ohne Umschweife bewerkstelligen, „weil keiner auch nur annähernd deutschem Empfinden so verständlich wird wie er, der die germanische Seele trotz romanischer Einflüsse ebenso kündet, wie es Goethe in griechischer Form tut".[41] Die Tatsache, daß der Tragikbegriff Shakespeares besonders an den Machtusurpatoren der großen Tragödien mit Nachhaltigkeit illustriert werden soll, läßt sich mit einem derartigen Engagement stilvoll übergehen. Für die nachfolgende Entwicklung sollte auch die einseitige Festlegung auf die Inhaltsanalyse und die direkte, enthistorisierte Konfrontation mit dem Text von entscheidender Bedeutung werden. Das erlebnismäßige Erfassen sinntragender Bedeutungen soll zu einer sittlichen Grundhaltung führen, die sich selbst gegenüber den höheren Werten des Volkstums nicht in Frage stellt. Nur unter diesen Prämissen kann es vermutlich gelingen, die Shakespeare-Lektüre in die nationalsozialistische „Gesamtbildungsaufgabe" zu integrieren, die da lautet: „durch geistig-seelische Selbstklärung und Selbstbesinnung die Jugend zur Erkenntnis menschlich-völkischer Wertnorm zu führen und ihre geistig-sittliche Selbstentfaltung zu fördern durch ein seelisches Miterleben von menschlichen und völkischen Schicksalen, wie sie geniale Dichterschau bietet".[42] Das Ziel, Shakespeare zur Pflege und Steigerung des Deutschtums zu nutzen und dabei vor allem die Inhaltsanalyse der Dramen in den Vordergrund zu rücken, zieht zwar zunächst pietätvoll die Existenz englischsprachiger Originaltexte in Betracht, erlaubt zu seiner methodischen Realisierung aber auch Kurzausgaben und den „deutschen Shakespeare".[43]

Die Kulturkunde, die ihre Zielsetzung zunächst noch unpolitisch motiviert hat, liefert unversehens die entscheidenden pädagogischen Theoreme für die totale Inanspruchnahme von Shakespeares Werk für die „deutsche Sache". Die nationale Komponente, die seit je die Shakespeare-Behandlung im deutschen Bildungswesen begleitet hat, wird nach 1933 den politischen Zielen zur Stärkung der sittlichen Kraft des Deutschtums dienstbar gemacht. Dabei fehlt es allerdings an jedem Beweis, daß das angestrebte tiefe Empfinden der tragischen Krisen und Konflikte, wie sie in Shakespeares Tragödien erlebt werden sollen, ohne Außensteuerung zu einer derartigen Läuterung und Steigerung des Willens befähigen kann. Die Resonanz des z. T. modischen Existentialismus der Nachkriegszeit läßt auch eine entgegengesetzte Schlußfolgerung zu.

III. *Shakespeare im Widerstreit der Ziele und Methoden*

Die Einheitlichkeit des Bildungsauftrags der Kulturkundebewegung zersprang nach dem Zusammenbruch des Jahres 1945 ins Nichts und sollte sich bis zum heutigen Tag auch nicht mehr von diesem Schreckensende zu auch nur annähernd vergleichbarer Machtentfaltung erholen. Nur eine Tatsache läßt sich aus dem Trümmerhaufen der gescheiterten Bildungspolitik, der nun die Chance des Neuanfangs verspricht, nicht wegleugnen, nämlich daß Shakespeare mit seinem dramatischen Werk in den ministeriellen Richtlinien und in den Didaktiktheorien weiterhin zu den obligatorischen Fixpunkten des Englischunterrichts gerechnet wird. Shakespeare behält also, wie Ruth Freifrau von Ledebur in ihrer erschöpfenden Darstellung der Shakespeare-Rezeption seit 1945 schreibt, seinen „unverrückbar festen Platz im Englischunterricht der gymnasialen Oberstufe",[44] und dieses gilt nicht nur für die Bundesrepublik Deutschland, sondern für die DDR zunächst gleichermaßen.

Wenn man den Versuch unternimmt, die Stellungnahmen zur Shakespeare-Behandlung im Englischunterricht mit der Gesamtzahl der entwickelten didaktisch-methodischen Vorstellungen zu anderen Themen zu vergleichen, so fällt doch insgesamt ein Defizit auf, das auch nicht durch allgemeine Qualifizierungen und Forderungen nach der Berücksichtigung von Shakespeares Werk aufgehoben werden kann. Die Rückbesinnung auf den klassisch-universellen Charakter entpflichtet bei der Behandlung dieses Autors von jeglichem Anschein eines politisch-weltanschaulichen Engagements, das bei anderen literarischen Themen durchaus anzutreffen ist. Wenn jetzt, wie K.-H. Flechsig schreibt, Unterrichtsziele wie internationale Kommunikation, linguistisch-philologische Bildung und literarische Bildung für den Fremdsprachenunterricht genannt werden,[45] so muß man im Gegensatz zur Betonung der inhaltlichen Analyse des literarischen Werkes in der vorausgehenden Phase nun konstatieren, daß sich die Aufmerksamkeit mehr der formal-ästhetischen Interpretation zuwendet und damit der in der Literaturwissenschaft sich durchsetzenden werkimmanenten Methode folgt. Adolf Bohlen sieht in seiner *Methodik des neusprachlichen Unterrichts*[46] keine Veranlassung für den Lehrer, bei der Shakespeare-Behandlung „background"-Informationen mitzuliefern, und will sich auf die Texte selbst konzentrieren:

> Es erscheint richtiger, die Gewalt des Kunstwerkes für sich wirken zu lassen und sich auf gelegentliche Ausblicke, wo der Text zwangsläufig dazu führt, zu beschränken.

Die Dramen als Ganzes kommen wieder zu ihrem Recht, nicht mehr nur in Ausschnitt-Sammlungen oder in der „Reader"-Form. Im Anschluß daran kann Walter Hübner auch seine alte Forderung nach der philologischen „Interpretation der Einzelwerke"[47] aus den 20er Jahren wiederholen und das „Ganzwerk"[48] in den Mittelpunkt der Shakespeare-Lektüre stellen. Er sieht durchaus die Möglichkeit, diese neuerlich verbreitete Auffassung vom „sprachlichen Kunstwerk"[49] als „die heutige Ontologie, die Erforschung der Seinsform des Wortkunstwerks"[50] mit dem kulturkundlichen Unterrichtsprinzip zu vereinbaren. Dieser Begründungszusammenhang wird durch das gleichzeitig requirierte humanistische Bildungsziel erweitert und soll in den folgenden Jahren den Erziehungsauftrag des Englischunterrichts nachhaltig beeinflussen.

Die damit aufgestellten Markierungspunkte für die Shakespeare-Behandlung werden auch von Heinrich Schwamborn anerkannt, der in demselben Jahr als Ziel der Lektüre seiner Dramen formuliert:

Deshalb sollte man seinen Blick vor allem auf das wesenhaft und bleibend Menschliche richten, nicht zuletzt auch auf die Sprachgestalt.[51]

Nicht beantwortet wird hier aber offensichtlich die Frage, wie der Anspruch des humanistisch-klassischen Werkes mit dem Ziel der Formanalyse des Kunstwerks harmonisiert werden kann. Daß ihm Shakespeare immer noch als „schöpferischer und exemplarischer Mensch"[52] erscheint, ist sicherlich als Reminiszenz an traditionelle Wertungen begründbar, kennzeichnet aber auch die durchgängige Ausnahmestellung, die diesem zuerkannt wurde und wird. Welchen Ausgangspunkt Schwamborn wieder aufgreift, stellt er mit seiner Behauptung unter Beweis: „*Julius Caesar* ist wohl mit Recht das an unseren Schulen am meisten gelesene von Shakespeares Dramen."[53]

Dieser in der Shakespeare-Didaktik hervortretende Ansatz steht nicht im luftleeren Raum, sondern kann sich zu einem wesentlichen Teil auf die vorherrschende Tendenz in der wissenschaftlichen Shakespeare-Forschung stützen, die, wenngleich seit je fulminant, in der Nachkriegszeit einen besonderen Aufschwung nimmt, in ihren theoretischen Grundlegungen aber auch differenzierter sein kann und ist.[54] Obwohl die häufig herausgelösten Fragestellungen nach divergierenden theoretischen Fundierungen verlangen und damit eine Pluralität der methodischen Ansätze heraufbeschwören, gewinnt das von Wolfgang Clemen an *Richard III* durchgeführte Interpretationsverfahren ungeheuren Zuspruch, weil es eine Synthese der bisher praktizierten Interpretationsmethoden darstellt. Nicht der *New Criticism*, der die literaturwissenschaftliche Forschung in Deutschland in die Richtung der werkimmanenten Methode drängte, und auch wohl nicht die historisierende oder die psychoanalytische Methode können seine uneingeschränkte Zustimmung gewinnen; vielmehr erstrebt er „die fortlaufende Interpretation eines Shakespeare-Dramas, die sich jedoch nicht *einer* bestimmten Methode verschreibt oder nur *einen* bestimmten Aspekt in den Vordergrund rückt" und mit der dann „der Zusammenhang und die Begegnung zwischen den heute vielfach getrennt nebeneinanderstehenden Blickrichtungen und Methoden sich wiederherstellen würde".[55] Die Einbeziehung historischer Voraussetzungen für bestimmte Stilkonventionen, die Struktur- und Charakteranalyse, die Untersuchung der Metaphorik sowie die Berücksichtigung der Ergebnisse der „background"-Forschung – also die gegenseitige Ergänzung intrinsischer und extrinsischer Merkmale des Textes – fördern bei ihm alsdann einen derartigen Reichtum an Erkenntnissen für das Verständnis von *Richard III* zutage, daß ihm weltweiter Ruhm beschieden wurde. Der hohe Anspruch aber ruft zwar Nachahmer auf den Plan, doch läßt er sich nicht immer, und gleich gar nicht in der unterrichtlichen Praxis mit ihren zusätzlichen anderen Anforderungen, realisieren. Bezeichnenderweise gibt es auch in der Shakespeare-Forschung keinen direkten Nachfolger zu Clemens *Richard III*-Kommentar.

Dennoch geht man nicht fehl, wenn man feststellt, daß damit auch in der Shakespeare-Didaktik ein entscheidender Schritt eingeleitet wird, da sich nun Walter Hübners Versuch, die Methode geisteswissenschaftlichen Verstehens für ein kulturkundliches Unterrichtsprinzip zu nutzen, als nicht mehr textadäquat herausstellt. Joachim Höppner leistet diesen Schritt in seinem Aufsatz „Zur Interpretation von Dramen im Englischunterricht der Oberstufe", in dem er die nach Hübner nötige Auffindung einer zentralen „Idee" im Drama abhängig sieht vom „funktionalen Werkganzen", von der „Gestalt als der Einheit von Form und Gehalt".[56] Die in der Kulturkundebewegung hervorgetretene Vorrangstellung der Inhaltsanalyse muß nun einem Funktionalismus weichen, der auch in der unterrichtlichen Shakespeare-Behandlung das organische Zusammenspiel verschiedener Komponenten in der Textkonstitution der Dramen zur Geltung bringen will. Diese Konzeption vom Kunstwerk als eines „Organismus"[57] sieht noch nicht eine Einbeziehung historisch-politischer und anderer Ergebnisse der „background"-Forschung vor, denn sie ist vornehmlich auf die strukturelle Verzahnung von Inhalt und Form ausgerichtet. Im Zuge dieser Methodologie fordert auch Harry Weissel, „die literaturgeschichtlichen, biographischen und historischen Beigaben des Unterrichts auf ein Mindestmaß zu beschränken".[58] Die von ihm vertretene, allein zu legitimierende Konzentration auf den Text paßt ganz in die literaturwissenschaftlichen Hauptströmungen der 50er Jahre.

Dieser Richtung mit ihrer Betonung des ästhetischen Wertes verschreibt sich auch Rüdiger Reitemeier, der sich explizit auf O. Walzel und W. Kayser beruft und die „fortschreitende Interpretation" des Dramentextes vorschlägt, um „die Einheit von Erklärung und Deutung" zu gewährleisten.[59] Allerdings können auch seine methodischen Hinweise nicht die bei den Schülern auftretende Schwierigkeit aus dem Weg räumen, „die einzelnen Teile des Kunstwerks in ihrer Funktionalität und in ihrem Sinnbezug vom Ganzen her zu verstehen".[60]

Die hier skizzierte werkimmanente Methode, die sich also auch in den literaturdidaktischen Konzeptionen zur Dramenbehandlung niederschlägt, kann den von Clemen gesetzten Richtlinien seines Integrationsmodells nicht genügen. Die Vielfalt seiner argumentativen Möglichkeiten würde zu großen Beschränkungen unterliegen. Angesichts der Pluralität der Fragestellungen in der Shakespeare-Forschung[61] muß man zu der

Feststellung gelangen, daß die Literaturdidaktik sich selektiv verhält und nur bestimmte Richtungen der literaturwissenschaftlichen Methodologie mit einer gewissen Phasenverschiebung aufgreift, um diese in ihr Potential von Unterrichtsstrategien zu integrieren.[62] Wenn man die Notwendigkeit anerkennt – und darüber besteht heute kein Zweifel mehr[63] –, andere Wissenschaftsbereiche wie entwicklungs- und lernpsychologische, soziologische und pädagogische mit in die Theoriebildung der Literaturdidaktik einzubeziehen, so kann auch die unmodifizierte Übertragung literaturwissenschaftlicher Methoden in den Unterricht nicht der richtige Weg sein. Derartige Überlegungen finden sich bereits ansatzweise bei Reitemeier, der entwicklungspsychologische Momente heranzieht, um die Motivation von Schülern für die Dramenbehandlung zu unterstreichen.[64] Sie sollen aber voll zur Geltung kommen, als sich auch die Erkenntnisse der behavioristischen Lernpsychologie amerikanischer Provenienz, die von dem Pädagogen Heinrich Roth rezipiert werden, und zu Beginn der 60er Jahre die Implikationen des lerntheoretischen Ansatzes, der durch die Arbeiten von H. Blankertz, P. Heimann und W. Schulz Verbreitung findet, in die Fremdsprachendidaktik eingehen und dort zu neuen motivationstheoretischen Überlegungen in der Theorie der Curricula führen.[65] Schon 1958 weist Reinhold Arndt darauf hin, daß auch lernpsychologische Kriterien bei der Auswahl und Behandlung eines Shakespeare-Dramas in Erwägung gezogen werden müssen, um die Motivation zur Lektüre bei den Schülern zu gewährleisten.[66] Allerdings reduzieren sich damit fast notgedrungen didaktische Probleme zu methodischen, die Arndt dann auch nahezu ausnahmslos zu Fragen der Kurzausgabe, des Shakespeare-„Reader", der Übersetzung oder der neuenglischen Parallelausgabe vorträgt. Die didaktische Frage nach der Lernzielbestimmung, die sich auch mit der Shakespeare-Behandlung stellen muß, bleibt dabei zunächst ausgeklammert.

Wenn 1958 A. Schröder seine Gedanken zur „Lektüreauswahl im Englischen" äußert, so werden auch dort noch Problemstellungen, die über das literarische Werk hinausgreifen und Probleme der unterrichtlichen Rezeption einbeziehen, weitgehend ausgeschlossen.[67] Unter Berufung auf A. Bohlens „Modernen Humanismus"[68] werden Wertungen und Empfehlungen zur modernen anglo-amerikanischen Literatur ausgesprochen, die bei H. Schrey heftigen Widerspruch auslösen.[69] Für unseren Zusammenhang ist in dieser Kontroverse die völlige Abstinenz von einer Stellungnahme zur Shakespeare-Behandlung insoweit symptomatisch, als hier offensichtlich das Kriterium der Modernität überbewertet wird und deshalb nur Texte der Gegenwartsliteratur besprochen werden. Erst 1960 wird diese Fehleinschätzung von W. Hüllen wieder zurechtgerückt, der neben der modernen Literatur auch Shakespeare – allerdings „nur Shakespeare" – behandelt wissen will.[70] Ein bereits aus der Reformzeit des neusprachlichen Unterrichts bekanntes Argument trifft wieder auf einen fruchtbaren Nährboden, nämlich das der sprachlichen Präferenz im Fremdsprachenunterricht. Wurde gegen Ende des 19. Jahrhunderts der „Verkehrswert" des Englischen in den Vordergrund gerückt, so erscheint nun „Sprache als Informationsmittel", in dem sich zunächst noch im Humboldtschen Sinne „der Geist des Menschen am deutlichsten manifestiert",[71] das aber auch immer mehr zur formalen Analyse sprachlicher Strukturen herangezogen wird. Damit kündigt sich der Nachholbedarf einer synchronen Linguistik an, der im Vergleich zu der anglo-amerikanischen Linguistik entstanden war und nun nicht nur in den Schulen, sondern auch in den Universitäten bei Erziehungsentscheidungen dominant zu werden beginnt. Die Literaturdidaktik, der aber die Shakespeare-Behandlung als theoretisches Problem des Unterrichts verbleibt, steht nach Hüllens Meinung völlig unter der Schirmherrschaft der werkimmanenten Methode, denn

> Es mag hier und da eine kulturkundliche Beobachtung bei der Interpretation einer Dichtung abfallen, die eigentliche Blickrichtung muß Dichtung als Dichtung, als Kunstwerk ins Auge fassen und den Schüler zur Auseinandersetzung mit ihrem Gehalt und ihrer Form anregen.[72]

Es muß als eine Retardation literaturdidaktischer Bemühungen gegenüber den von W. Clemen und anderen Shakespeare-Forschern vorgetragenen und durchgeführten methodologischen Reflexionen empfunden werden, daß die dort gezeitigten Ergebnisse nicht schon eher unter Wahrung der besonderen schulischen Interessenlage in den Unterricht Eingang gefunden haben. Die von der Forschung auf den Unterricht übertragbaren Fragestellungen werden erst 1963 von Rudolf Haas bündig formuliert, indem er auf die Erkenntnismöglichkeiten textkritischer, biographischer, theatergeschichtlicher, historischer, dramaturgischer, usw. Fragestellungen bei der Shakespeare-Behandlung im Unterricht hinweist. Sein Verständnis unserer Zeit wird dann sichtbar, wenn er von „der empirischen Aufsplitterung" des ihm noch geschlossen erscheinenden Weltbildes Shakespeares spricht, und so setzt er der Lektüre seiner Dramen das Ziel, „den jungen Menschen freilich eher mit vertieften Fragen als mit fertigen Antworten ins Leben" zu entlassen.[73] Nicht nur die stärkere Anbindung an die Forschungsergebnisse und die z. T. damit verbundene, prononciert historische Betrachtungsweise, sondern auch die in der Didaktik sich langsam vollziehende Öffnung zu lernpsychologischen und -theoretischen Komponenten tragen zu einer insgesamt stärkeren Problematisierung der Interpretation bei, die nun nicht mehr von einer vorgegebenen Wertung dieses oder jenes Stückes oder des einen oder anderen Charakters in Shakespeares Dramen ausgeht.

Auch H. Combecher nimmt Abschied „von der nur-philologischen Methode“[74] und erwartet von der Shakespeare-Lektüre einen Entwurf der „Epoche Shakespeares“, weil er der Meinung ist, daß das Verstehen dieser Epoche „vertiefte Erkenntnis der Aufgaben, die der Führungsschicht von morgen gestellt sein werden“,[75] bedeuten könne. Hier schießt die hermeneutisch inspirierte und geistesgeschichtlich orientierte Methode weit über ihr ernsthaft erreichbares Ziel hinaus, jedoch entspricht es dem in diesen Jahren verstärkten Problembewußtsein, daß Combecher über die Einbeziehung von Shakespeares Publikum und seiner Bühne hinaus vor allem an Problemfragen wie der der Macht in den großen Tragödien Gefallen findet, so als ob Shakespeare im Verein mit Romano Guardinis „Dämonie der Macht“ zur politischen Bewältigung deutscher Vergangenheit beitragen sollte. Bemerkenswert aber ist in dieser Zeit der offensichtliche Wandel von der Formanalyse zur historischen, zum größten Teil auch literatursoziologischen Shakespeare-Behandlung. Wenn Combecher sich abschließend für „das ganzheitliche Prinzip“[76] der Interpretation einsetzt, so liegt hier offensichtlich ein Mißverständnis seines eigenen Ansatzes vor, denn sicherlich ist damit eher der Gesamtentwurf der elisabethanischen Zeit gemeint, dessen Erkenntnis er für den Unterricht anstreben will.

Angesichts eines vielleicht übersteigerten Problembewußtseins und einer verpflichtenden Offenheit gegenüber der Shakespeare-Forschung stellt sich, wenngleich nicht durchgängig, Unsicherheit ein. So konstatiert Wolfgang Sonntag zunächst mit Resignation und dann mit Entschlossenheit: „Eine verbindliche Methode für die Behandlung Shakespeares wird man nicht finden können und nicht finden wollen.“[77] Das offensichtliche Dilemma der Shakespeare-Behandlung artikuliert sich nun in den bereits aufgezeigten Schnittpunkten von verschiedenen Unterrichtszielen:

> Es ist eine dem Wesen des dramatischen Kunstwerks gerecht werdende und aus ihm hervorgehende, eine der Wissenschaft verpflichtete, eine den Schülern gemäße Form der Interpretation zu finden.[78]

Die an die Shakespeare-Lektüre herangetragenen Ansprüche enden in einer Disharmonie, die auch Sonntags eigene Ratschläge zur *Macbeth*-Behandlung nicht aus dem Weg räumen können. So bleibt ihm von diesem blanken Parkett eines noch nicht geklärten Beziehungssystems der sichere Weg zu den neueren Forschungsergebnissen, den er dann auch beschreitet.

Diese Unsicherheit in der methodischen Festlegung, die Gelegenheit zu fruchtbaren Innovationen geben könnte, bleibt aber in der Folgezeit noch ungenutzt. 1965 kehrt F. Schubel wieder zu dem überkommenen Ansatz der Erlebnispädagogik zurück, wenn er es zum Ziel der Shakespeare-Behandlung deklariert, „ein Shakespeare-Drama bei Schülern zum Erlebnis werden zu lassen".[79] Zwar erkennt er die Notwendigkeit von „background"-Wissen für die Dramenlektüre an, doch geht es ihm in dieser Hinsicht eher um nachrangige Zielsetzungen, denn erstrebenswert für den Unterricht soll sein:

> Vor allem ein Erahnen der künstlerischen und menschlichen Größe des Autors, Gewinn an Erkenntnissen fürs Leben damals und heute, Gepacktsein von Erlebnissen.[80]

Vornehmlich die Tragödien erscheinen ihm dazu geeignet, diese Ziele im Unterricht zu realisieren und literarische Texte in ihrer geschlossenen Ganzheit zu erfassen. Das Unterrichtsfach Englisch wird hier traditionell als „Bildungsfach"[81] konzipiert, aus dessen Kennzeichnung alle weiteren Qualifizierungen abgeleitet werden können. Auch schon in seiner *Methodik des Englischunterrichts*[82] hat Schubel dieselben Forderungen vorgetragen, und seine Ausführungen bleiben nicht ohne Einfluß auf andere didaktische Überlegungen. So argumentiert E. H. Hermann auf derselben Linie, wenn er davon spricht, „den Schüler an das Shakespeare-Erlebnis in der Originalsprache heranzuführen", und die Lektüre von *Macbeth* „mit äußerster innerer Beteiligung"[83] vorschlägt. Wenn er sich mit Nachdruck gegen die von W. Sonntag erhobene Forderung nach Einbeziehung von Forschungsergebnissen wendet, so manifestiert sich darin ein Rückschritt gegenüber den bereits vorher angedeuteten Möglichkeiten. Dieser Vorwurf macht auch nicht vor dem Beitrag von J. Ebert halt, der sich zwar auf ein semantisches Problem bei der Deutung einer Stelle aus *Julius Caesar* konzentriert, sich aber in seinem methodologischen Ansatz auf das ganzheitliche Prinzip besinnen will.[84]

Im Gegensatz zur Reform- und Kulturkundephase des Fremdsprachenunterrichts zeigt die Überschau dieser zwanzig Jahre nach 1945 kein einheitliches Bild. Neben Versuchen, kulturkundliche Erziehungsziele auch weiterhin mit der Shakespeare-Behandlung zu verbinden, breitet sich mehr und mehr die Tendenz aus, literaturwissenschaftliche Interpretationsansätze wie den der werkimmanenten und später der literatursoziologischen Methode auf die Lektüre Shakespeares anzuwenden und Forschungsergebnisse in die Unterrichtsarbeit zu integrieren, wodurch eine fruchtbare Bereicherung der didaktischen Diskussion angestrebt wird. Die bescheidenen Bemühungen, mit lerntheoretischen und -psychologischen Erkenntnissen zu tragfähigen Unterrichtshilfen zu kommen, finden keine wortgewandten Verfechter. So bleibt zunächst der Einfluß der Erlebnispädagogik bis in die Mitte der sechziger Jahre erhalten. Mit dieser konstanten Diskussion läuft die Empfehlung der ministeriellen Lehrpläne und Richtlinien der Bundesländer für die gymnasiale Oberstufe parallel, mindestens ein Shakespeare-Drama im Englischunterricht zu behandeln.

In der DDR wird ebenfalls nach 1945 zunächst – wie Ruth von Ledebur darlegt[85] – an der Shakespeare-Behandlung festgehalten, die schon bald unter dem Vorzeichen der Umorientierung durch die marxistische Literaturwissenschaft steht, doch verschwindet sein Name allmählich seit dem Jahre 1951, in dem Russisch an die erste Stelle der Fremdsprachenfolge im sozialistischen Unterrichtssystem tritt. Seit 1965 ist Shakespeare vollends aus dem obligatorischen und fakultativen Lektürekanon des Englischunterrichts gestrichen. Nur eine einzige Stimme aus dem Bereich der Fachdidaktik scheint hier laut geworden zu sein, die weiterhin auch mit der Unterstützung zahlreicher Fachkollegen an der Shakespeare-Behandlung festhalten will. Allerdings beschränken sich Walter Rehfeldts Gründe auf formal-sprachliche Aspekte der Lektüre, die die Schönheit der „Sprache Shakespeares“ vermitteln soll.[86] In Antithese also zur kulturkundlichen Inhaltsanalyse versucht er mit seiner Bescheidung auf Ausschnitte aus Shakespeares Tragödien und einigen Komödien, die Shakespeare-Lektüre überhaupt zu retten und eine fachdidaktische Diskussion auszulösen, die aber dann doch nicht stattgefunden zu haben scheint.

IV. *Heutige Probleme*

In der Reformzeit, die etwa 1967 durch neue Strukturierungspläne der gymnasialen Oberstufe eingeleitet wurde und 1972 durch die von der Kultusministerkonferenz getroffene Vereinbarung zur Umwandlung der Oberstufe in die Kolleg- bzw. Studienstufe ihren vorläufigen Abschluß fand, erlischt offensichtlich das didaktische Engagement zur Diskussion dieses Themas, so daß E. Mihm schließlich von einem „Sonderproblem: Shakespeare“ in der Fremdsprachendidaktik sprechen kann.[87] Doch kann er in Übereinstimmung mit den nun entwickelten Curricula für die Studienstufe feststellen, daß sich „schließlich die

Waage zugunsten der Shakespeare-Lektüre im Englischunterricht geneigt"[88] hat. Er knüpft an die in der Forschung von Clemen betonte Multifunktionalität intrinsischer und extrinsischer Momente bei der Interpretation der Shakespeare-Dramen an und wünscht sich im Unterricht eine „Synopsis" dieser verschiedenen Aspekte, damit die Behandlung für den Schüler übersichtlich bleibt.[89] Insgesamt aber sind die didaktischen Stellungnahmen bis zum heutigen Zeitpunkt spärlich, und als bedauerlich muß festgestellt werden, daß bei nur wenigen Versuchen[90] keine weiteren Bemühungen unternommen werden, die zahlreichen Möglichkeiten der kontrastiven und komparatistischen Analyse zu Shakespeare-Dramen und ihren gegenwärtigen Adaptationen und Bearbeitungen für den Unterricht zu nutzen.[91]

Angesichts dieser Lage erscheint die Initiative erklärbar, die ab 1974 von der „Deutschen Shakespeare-Gesellschaft West" ausgegangen ist und ihren ersten Niederschlag in dem Generalthema „Shakespeare im Unterricht" auf der Jahrestagung der Gesellschaft in Zürich fand.[92] Neben Problemen der Shakespeare-Rezeption und -Behandlung im Unterricht[93] erhielten die Teilnehmer an einem konkreten Beispiel einen Einblick in die Möglichkeiten von Schulaufführungen auch eines Shakespeare-Dramas, was mit der Darbietung einer verkürzten Fassung von *Love's Labour's Lost* durch eine Kantonsschule der Stadt Zürich demonstriert wurde. Die Frage der Shakespeare-Lektüre wird 1975 in dem von R. Haas gehaltenen Festvortrag „Shakespeare als pädagogische Herausforderung"[94] auf der Jahrestagung der Gesellschaft in Bochum wieder aufgegriffen und im Rahmen des Bildungsanspruchs der klassischen Literatur vertieft. Die Arbeit des Anglisten sieht Haas sich hier zwischen zwei Polen bewegen, einmal dem der Forschungsergebnisse, die an ihn während seines Studiums herangetragen werden, und dem Erlebnis, das sich dem Schüler bei seiner Shakespeare-Lektüre vermitteln soll.[95]

Aus dieser Prämisse sind die Antipoden seiner Argumentation leicht abzuleiten, die er in einer Politisierung der Bildung, der Betonung der Kommunikationsaspekte und dem Hang zur Modernität sieht. Für ihn liegen, anknüpfend an seine früheren, bereits oben erwähnten Ausführungen, die Legitimationsmöglichkeiten der Shakespeare-Behandlung vor allem in den anthropologisch-philosophischen Erkenntnissen, die die Dramen vermitteln können. Shakespeare soll deshalb als pädagogische Herausforderung akzeptiert werden, weil „die von ihm dramatisch formulierten Grenzsituationen besonders aktuelles und fruchtbares Unterrichtsmaterial bieten".[96] Daraus auf eine angestrebte, an philosophischen Fragen ausschließlich interessierte Shakespeare-Lektüre schließen zu wollen, würde aber bedeuten, die von ihm aufgezeigten Möglichkeiten für eine „kritische und kreative Begegnung mit Shakespeare“[97] zu übersehen. Seine Vorschläge reichen hier von der Analyse der den Charakteren eigenen Sprachform bis hin zu „sozialgeschichtlichen Ansätzen der Drameninterpretation“.[98] Das vielfältige Arsenal der Fragestellungen, das schon Clemen methodisch verwertete, wird auf diese Weise auf seine Verwendbarkeit in der unterrichtlichen Shakespeare-Rezeption hin durchleuchtet. Dieses als neuen Anknüpfungspunkt aufzugreifen und für weitere didaktisch-methodische Reflexionen zu nutzen, dürfte als Aufgabe an die Zukunft empfunden werden, da Shakespeare nicht nur in der Schule, sondern auch durch den Buchmarkt, die Massenmedien und das Theater ein breites Publikum auch heute noch erreicht.

So erscheint es folgerichtig, daß die Shakespeare-Gesellschaft im Jahre 1977 diesen Problemen weiter nachging – wenn auch in anderer organisatorischer Form: Bei den Shakespeare-Tagen in Gießen wurde ein Informationsseminar zu dem Thema „Shakespeare und die reformierte Oberstufe“ abgehalten, das sich regen Zuspruchs erfreute. Folgende Fragen standen dort im Mittelpunkt der Diskussion und wurden als Aufgaben zukünftiger didaktischer Bemühungen gekennzeichnet:

1. Die schulpraktischen Erfahrungen und die curriculare Relevanz in den für die Kolleg- bzw. Studienstufe erlassenen Richtlinien und Empfehlungen der einzelnen Bundesländer lassen nicht nur insgesamt für die englische Literatur, sondern speziell auch für die Behandlung von Shakespeares Dramen im Unterricht kaum noch Optimismus aufkommen. Bei der Analyse dieser Richtlinien ergeben sich, wenn Shakespeare genannt ist, gravierende Diskrepanzen im Hinblick auf den Verbindlichkeitsgrad der Shakespeare-Lektüre, ihre Zuordnung zu einer bestimmten Jahrgangsstufe, die Definition der damit zu verfolgenden Lernziele, die Textauswahl sowie ergänzende Themen und methodische Hinweise. Nicht nur die überwiegende Bevorzugung von *Macbeth* vor *Julius Caesar, King Lear, The Merchant of Venice, Hamlet, A Midsummer Night's Dream, Romeo and Juliet*, etc., sondern auch die zeitliche Ansiedlung der Lektüre in 12.2. oder 13.1. der Leistungskurse scheint sich verbreitet durchgesetzt zu haben. Es werden vor allem Handreichungen zu den Lehrplänen und zweisprachige Ausgaben der Dramen Shakespeares vermißt, die den gegenwärtigen Sprachstand repräsentieren.

2. Die methodischen Probleme der Shakespeare-Behandlung im Unterricht bedürfen wegen ihrer Vielfalt der Koordination und einer gewissen Organisation, zu deren Lösung der British Council, Köln, ne-

ben anderen Institutionen entscheidend beitragen kann. Der Gebrauch der zur Verfügung stehenden Medien (Theater, Film, Fernsehen, Schallplatten) und der Einsatz von schulgerecht kommentierten Ausgaben der Dramen können die Erfolgsmöglichkeiten der Shakespeare-Behandlung wesentlich erweitern. Bei der heutigen Forschungslage, die zahlreiche Fragen etwa der Charakterzeichnung, der Sprachgebung und Handlungsstruktur sowie der Einbeziehung des „background" an die unterrichtliche Drameninterpretation heranträgt, wird einer Neubelebung des Shakespeare-„Reader" mit Skepsis begegnet.

3. Ein besonderes Desiderat ergibt sich bei den didaktisch-methodischen Modellen für die Shakespeare-Behandlung, die nicht nur methodische Hinweise und Hilfen für die Interpretation geben, sondern die die Lernzieldiskussion um die Funktion des Literaturunterrichts im allgemeinen und der Shakespeare-Lektüre im besonderen einbeziehen. Nicht die Vielzahl durchaus nützlicher methodischer Hinweise erlaubt einen zeitgemäßen, schüleradäquaten Unterricht bei der Shakespeare-Behandlung, vielmehr müssen diese in ihrer Intentionalität und thematischen Grundlegung an übergreifende curriculare Entscheidungen angebunden werden. Die Mannigfaltigkeit der Möglichkeiten, die hier nur angedeutet werden kann, scheint sich dem Lehrer deshalb als neuer Anreiz darzustellen, weil die lerntheoretisch differenzierte Unterrichtssituation und ihr Motivationspotential mit einer Pluralität von Forschungsergebnissen korrelieren. Eine in bezug auf die Schulsituation unreflektierte Übertragung wissenschaftlicher Ergebnisse in den Unterricht wäre aber verfehlt; vielmehr bleibt die modellhafte, didaktische Erarbeitung derartiger Unterrichtseinheiten zur Shakespeare-Behandlung noch zu leisten.

Die Shakespeare-Gesellschaft hat zur Lösung all dieser Probleme ihre tatkräftige Mithilfe in Aussicht gestellt und zugesagt, bei ihren Tagungen und im *Shakespeare-Jahrbuch* dieser Entwicklung weiterhin Rechnung zu tragen. Doch lassen sich dadurch all die aufgezeigten Probleme des Literaturunterrichts und der Shakespeare-Behandlung im Englischunterricht aus dem Wege räumen? Sicherlich wird auch in diesen Fragen keine definitive Lösung erreicht und festgeschrieben werden können, denn die Diskussion um die Lernzielbestimmung des Literaturunterrichts wird weitergehen und neue Entwicklungen zeitigen, wodurch alle nachgeordneten Fragen etwa methodischer Art beeinflußt werden können.

Anmerkungen

[1] In den groben Markierungslinien dieser historischen Entwicklung folgen wir T. Rülcker, *Der Neusprachenunterricht an höheren Schulen. Zur Geschichte und Kritik seiner Didaktik und Methodik.* (Frankfurt: Diesterweg, 1969) und K. Schröder, „Englisch als Schulfach", *NM,* 24 (1971), 146–152.

[2] Cf. dazu K. Schröder in seinem hier wiedergegebenen Aufsatz und in seinem Werk *Die Entwicklung des englischen Unterrichts an deutschsprachigen Universitäten bis zum Jahre 1850* (Ratingen: Henn, 1969), pp. 33–38 und pp. 84–88. Ferner A. v. Walter, *Bibliographie der Programmschriften zum Englischunterricht. Alphabetisches und systematisches Verzeichnis der bis 1900 erschienenen Programmschriften und wissenschaftlichen Beilagen zu Schulprogrammen und Jahresberichten,* Augsburger I–&–I–Schriften, ed. Th. Finkenstaedt und K. Schröder (Augsburg, 1977).

[3] Cf. G. Erken, „Shakespeare in Deutschland", in I. Schabert, ed., *Shakespeare-Handbuch* (Stuttgart: Kröner, ^{2}1978), pp. 717–745, p. 723.

[4] W. Viëtor, „Der Sprachunterricht muß umkehren", in K.-H. Flechsig, ed., *Neusprachlicher Unterricht,* 1 (Weinheim: Beltz, 1963), pp. 155–172, p. 167.

[5] K. Deutschbein, „Zur Shakespeare-Lektüre auf dem Gymnasium. Entgegnung", *Anglia Beiblatt,* 3 (1892/93), 245–248.

[6] J. Hengesbach, „Shakespeare im Unterricht der Preußischen Gymnasien", *Die Neueren Sprachen,* 9 (1896), 513–523, p. 514.

[7] Ibid., pp. 514 f.

[8] Ibid., p. 517.

[9] Ibid., p. 521.

[10] Ibid., p. 523.

[11] G. Wendt, „Die Reformmethode in den oberen Klassen der Realanstalten", in K.-H. Flechsig, op. cit., pp. 179–189, p. 183.

[12] Ibid., p. 185: „Wie mancher von uns, dessen Studium des Englischen mit Shakespeare angefangen, hat in England das zweifelhafte Kompliment gehört: ‚*Oh, you talk like Shakespeare – not like a common christian*' ". Daß eine derartige Warnung heute auch noch angebracht ist, muß verwundern; cf. R. Lado, *Moderner Sprachunterricht* (München: Hueber, ^{3}1971), p. 193.

[13] *Die Neueren Sprachen,* 5 (1897/98), 367–394, p. 368.

[14] Ibid., p. 369.

[15] Ibid., p. 373.

[16] G. Erken, op. cit., p. 742.

[17] F. Gundolf, *Shakespeare und der deutsche Geist* (Bad Godesberg, 1947), p. X.

[18] Ibid., p. 10.

[19] W. Hübner, „Kulturkunde im neusprachlichen Unterricht", *DNS,* 33 (1925), 161–175, p. 174; abgedruckt in K.-H. Flechsig, ed., op. cit., pp. 207–217, p. 216. Cf. auch P. Freese, „Zur Auswahl von Texten für den fremdsprachlichen Literaturunterricht", in P. Freese u. L. Hermes, eds., *Der Roman im Englischunterricht der Sekundarstufe II* (Paderborn: Schöningh, 1977), pp. 29–50, p. 31.

[20] E. Schön, „Probleme der Französischen Kulturkunde in der Höheren Schule", in K.-H. Flechsig, ed., op. cit., pp. 192–206, p. 194.

[21] E. Schön, loc. cit., p. 195.
[22] Ibid.
[23] W. Hübner, loc. cit., pp. 208 f.
[24] W. Hübner, *Didaktik der Neueren Sprachen* (Frankfurt: Diesterweg, ²1933, Faksimile-Nachdruck 1969), pp. 32 f.
[25] M. Weber, „Die ‚Objektivität' sozialwissenschaftlicher und sozialpolitischer Erkenntnis", *Archiv für Sozialwissenschaft und Sozialpolitik*, 19 (1904), 22–87.
[26] W. Hübner, op. cit., p. VII.
[27] E. Moosmann, *Englische Literaturstunden auf der Oberstufe* (Marburg, 1927), Vorwort (= Beihefte zu den Neueren Sprachen, 11).
[28] E. Moosmann, *Shakespeare's Macbeth, Eine Vorlesung für Primaner in englischer Sprache* (Marburg, 1925), (= Beihefte zu den Neueren Sprachen, 9).
[29] Th. Carlyle, *On Heroes, Hero-Worship, and the Heroic in History* (London, 1896), p. 94. Zur Shakespeare-Rezeption in Deutschland cf. auch H. Oppel, *Englisch-deutsche Literaturbeziehungen*, 2 vols., vol. 1: *Von den Anfängen bis zum Ausgang des 18. Jahrhunderts* (Berlin: Schmidt, 1971), Kap. VIII, „Shakespeare in Deutschland".
[30] Cf. Ruth Freifrau von Ledebur, *Deutsche Shakespeare-Rezeption seit 1945* (Frankfurt: Akademische Verlagsgesellschaft, 1974), pp. 157 ff. und pp. 180 ff.
[31] H. Körbel, „Zur Shakespeare-Lektüre an den Höheren Schulen", *DNS*, 36 (1928), 106–109, p. 106.
[32] Ibid.
[33] M. Draber, „Ein Beitrag zur Methodik des Shakespeare-Unterrichts", *Neuphilologische Monatsschrift*, 3 (1932), 199–205, p. 201.
[34] Ibid.
[35] Ibid., p. 203.
[36] Ibid., p. 205.
[37] W. Bolle, „Shakespeare im Rahmen der Bildungsarbeit der höheren Schule", *Neuphilologische Monatsschrift*, 4 (1933), 362–374, p. 362.
[38] Ibid.
[39] Ibid., p. 363.
[40] Ibid., p. 365.
[41] Ibid.
[42] Ibid., p. 374.
[43] K. Schrey und K. Arns, „Kurz- oder Ganzausgabe von Shakespeare-Dramen?", *Neuphilologische Monatsschrift*, 7 (1936), 319–320. Schrey betont den glücklichen Umstand, daß Shakespeares Gesamtwerk in einer deutschen Übersetzung vorliegt, und fordert deshalb kategorisch: „Hiervon hat der Unterricht auszugehen." Der deutsche Text soll demnach der Inhaltsanalyse dienen, erst dann kann die Lektüre des originalsprachlichen Textes mit der Betonung auf die sprachliche Erarbeitung folgen.
[44] Ruth Freifrau von Ledebur, op. cit., p. 149.
[45] K.-H. Flechsig, ed., *Neusprachlicher Unterricht*, II (Weinheim: Beltz, 1970), Einleitung, p. 11.
[46] (Heidelberg: Quelle und Meyer, 1953), pp. 89 f.
[47] W. Hübner, *Didaktik der Neueren Sprachen*, loc. cit., p. 211.

[48] W. Hübner, „Der Bildungsauftrag der englischen Lektüre", *DNS* (1953), 298–312, p. 307.

[49] Cf. W. Kayser, *Das sprachliche Kunstwerk,* 1948 (Bern: Francke, [5]1959), Vorwort: „Eine Dichtung lebt und entsteht nicht als Abglanz von irgend etwas anderem, sondern als in sich geschlossenes sprachliches Gefüge."

[50] W. Hübner, op. cit., p. 309.

[51] H. Schwamborn, „Die Shakespearelektüre. Ihre Bedeutung und ihre Möglichkeiten", *DNS,* 2 (1953), 494–501, p. 500.

[52] Ibid., p. 496.

[53] H. Schwamborn, „Brutus und Cassius. Einige Betrachtungen zu Shakespeares ‚Julius Caesar' ", *DNS*, 4 (1955), 24–32, p. 24.

[54] Cf. K. L. Klein, ed., *Wege der Shakespeare-Forschung,* Wege der Forschung, 115 (Darmstadt: Wiss. Buchgesellschaft, 1971), p. XXIII.

[55] W. Clemen, „Zur Methodik der Shakespeare-Interpretation", in C. A. Weber, ed., *Sprache und Literatur Englands und Amerikas,* vol. 2 (Tübingen: Niemeyer, 1962), pp. 83–101, p. 84.

[56] J. Höppner, „Zur Interpretation von Dramen im Englischunterricht der Oberstufe", *DNS,* 5 (1956), 30–34, p. 32.

[57] J. Höppner, op. cit., p. 34. Dieses Ganzheitsprinzip bei der Shakespeare-Behandlung wird auch von R. Münch, *Prinzipien und Praxis des englischen Unterrichts an deutschen Schulen* (Berlin: Weidmann, [2]1962), p. 45, vertreten.

[58] H. Weissel, „Vom Sinn des fremdsprachlichen literarischen Unterrichts", in G. Geißler und H. Wenke, eds., *Erziehung und Schule in Theorie und Praxis* (Weinheim: Beltz, 1960), pp. 120–128, p. 127.

[59] R. Reitemeier, „Zur Behandlung von Dramen im Englischunterricht", *DNS,* 12 (1963), 72–78, p. 74.

[60] Ibid., p. 75.

[61] Cf. den Bericht bei Ruth Freifrau von Ledebur, op. cit., pp. 28–55.

[62] W. Hoffmann, *Literatur in Wissenschaft und Unterricht. Eine didaktische Untersuchung* (Braunschweig: Westermann, 1969), geht der Interdependenz von literaturwissenschaftlichen und literaturdidaktischen Ansätzen mit großer Ausführlichkeit nach und bemerkt in seinem Vorwort (p. 11): „Der Literaturunterricht ist im allgemeinen nur ganz bestimmten literaturwissenschaftlichen Richtungen verpflichtet; andere dagegen werden ignoriert."

[63] Cf. R. Ahrens, „Literaturwissenschaft in den lehrerbildenden Curricula", in K. Schröder und G. Walter, eds., *Fremdsprachendidaktisches Studium in der Universität* (München: Strumberger, 1973), pp. 82–96, p. 83. Cf. auch die Anwendung dieses Prinzips in ders., „Das moderne englische Drama. Möglichkeiten der Behandlung im Unterricht der gymnasialen Oberstufe", *Der fremdsprachliche Unterricht,* 1 (1970), 15–28.

[64] R. Reitemeier, op. cit., p. 75.

[65] Cf. F. Achtenhagen, *Didaktik des fremdsprachlichen Unterrichts. Grundlagen und Probleme einer Fachdidaktik* (Weinheim: Beltz, 1969), pp. 27 f.

[66] R. Arndt, „Shakespeare-Lektüre in der Schule", *Praxis,* 5 (1958), 35–41, p. 38.

[67] A. Schröder, „Zur Lektüreauswahl im Englischen", *DNS* (1958), abgedruckt in K.-H. Flechsig, ed., op. cit., pp. 332–349.

[68] A. Bohlen, *Moderner Humanismus* (Heidelberg: Quelle und Meyer, 1957).

[69] H. Schrey, „Noch einmal: Zur Lektüreauswahl im Englischen", *DNS* (1959), abgedruckt in K.-H. Flechsig, ed., op. cit., pp. 350–355.

[70] W. Hüllen, „Sprachunterricht – Sachunterricht – Literaturunterricht. Ein Beitrag zur Diskussion um die englische Lektüre auf der Oberstufe", *DNS* (1960), abgedruckt in K.-H. Flechsig, ed., op. cit., pp. 367–379, p. 375.

[71] Ibid., p. 369.

[72] Ibid., p. 372.

[73] R. Haas, *Anglistikstudium und Englischunterricht* (Heidelberg: Quelle und Meyer, 1963), pp. 50 ff.

[74] H. Combecher, „Zur Verbindung von Werk und Epoche Shakespeares im Unterricht", *Mitteilungsblatt des ADNV*, 15 (1962), 157–162, p. 157.

[75] Ibid., p. 162.

[76] Ibid.

[77] W. Sonntag, „*Macbeth* im Englischunterricht. Forschung – Methodik – Praxis", *DNS*, 14 (1965), 353–368, p. 353.

[78] Ibid., p. 355.

[79] F. Schubel, „Shakespeare im Unterricht", *Praxis*, 1 (1965), 91–99, p. 91.

[80] Ibid., p. 92.

[81] Ibid., p. 99.

[82] F. Schubel, *Methodik des Englischunterrichts* (Frankfurt: Diesterweg, 1958, ⁴1966), pp. 258–268.

[83] E. H. Hermann, „Shakespeare im neusprachlichen Unterricht", *Praxis*, 13 (1966), 198–199.

[84] J. Ebert, „Liberty! Freedom! (Julius Caesar, III, 1). Versuch einer schulischen Interpretation", *DNS*, 15 (1966), 234–237, p. 234.

[85] Ruth Freifrau von Ledebur, op. cit., pp. 185–191.

[86] W. Rehfeldt, „Die Shakespeare–Lektüre im Englischunterricht der Oberschulen. Ein Diskussionsbeitrag zu einem umstrittenen Thema", *FU*, 2 (1957), 83–88, p. 84.

[87] E. Mihm, *Die Krise der neusprachlichen Didaktik* (Frankfurt: Hirschgraben, 1972), p. 165.

[88] Ibid., p. 167.

[89] Ibid., p. 173.

[90] Cf. R. Freifrau von Ledebur, op. cit., pp. 172 ff.

[91] U. Broich, „Montage und Collage in Shakespeare-Bearbeitungen der Gegenwart", *Poetica*, 3 (1971), 333–360, analysiert zahlreiche Beispiele unter dem Aspekt der Adaptationstechniken. Auch auf den Jahrgang 1972 des *Jahrbuchs der Deutschen Shakespeare-Gesellschaft West* (Heidelberg: Quelle und Meyer), das in breiter Anlage dem Thema „Shakespeare im 20. Jahrhundert" nachgeht, soll an dieser Stelle hingewiesen werden.

[92] Es ist vielleicht kein Zufall, daß in demselben Jahr das *Shakespeare-Quarterly*, das Publikationsorgan der Folger Shakespeare Library, Washington, eine Sonderausgabe zu dem Thema „The Teaching of Shakespeare" herausbrachte, in dessen Vorwort der Herausgeber R. J. Schoeck betont, daß dieses Thema auf das stärkste Interesse des Abnehmerkreises gestoßen sei. Die dort abgedruckten Aufsätze beziehen sich weitgehend auf Erfahrungen mit „College"-Studenten und „High School"-Schülern und behandeln didaktisch-methodische Probleme von der sprachlichen Analyse bis zur Schulaufführung von Dramen.

93 H. Straumann weist in seinem Artikel „Shakespeare im Unterricht. Zwölf Überlegungen zu einem Podiumsgespräch", *Shakespeare-Jahrbuch 1975*, 31–40, auf die Podiumsdiskussion zu diesem Thema besonders hin und vertieft die dort erörterte Problematik, indem er auf die Alternativen des heutigen Literaturunterrichts aufmerksam macht und viele didaktisch-methodische Fingerzeige gibt. Dabei liegt ihm der Bezug zum Theater besonders am Herzen, der sich vom Theaterbesuch über kleine Sprech- und Stellproben bis hin zu der Einstudierung eines ganzen Shakespeare-Dramas herstellen läßt und dem in der pädagogischen Arbeit ein hoher Stellenwert beigemessen werden muß.

94 Abgedruckt in *Jahrbuch der Deutschen Shakespeare-Gesellschaft West 1976*, 128–153.

95 Ibid., p. 133.

96 Ibid., p. 148.

97 Ibid., p. 138.

98 Ibid., p. 140.

RUTH FREIFRAU VON LEDEBUR

Shakespeare in den gymnasialen Lehrplänen seit 1945 und in den Curricula der reformierten Oberstufe

1. *Einführung*

„Es ist die schönste Pflicht und das schönste Recht des Englischlehrers, seine Schüler in die Kunst Shakespeares einzuführen."[1] „Ein Schüler, der die Schule verläßt ohne das Erlebnis von Shakespeares Größe und in der Überzeugung, daß die auf seine Lektüre verwendete Mühe vertane Zeit sei, der hat im eigentlichen Sinne ‚das Ziel nicht erreicht'."[2] Die Reihe der Zitate aus der fachdidaktischen Literatur der 50er und 60er Jahre, die in Übereinstimmung mit den Lehrplänen Shakespeares „Welthaltigkeit" und „überzeitliche Lebensthematik" preisen,[3] sein Werk gar als „Schule wahrer Menschlichkeit" begreifen,[4] ließe sich beliebig fortsetzen. Freilich fehlt es auch in diesen Jahren nicht an kritischen Stimmen, die, aus welchen Gründen auch immer, Shakespeare am liebsten ganz aus dem Englischunterricht verbannen würden.[5] Die veränderte Situation in der fremdsprachlichen Literaturdidaktik wie auch in den amtlichen Richtlinien Anfang der 70er Jahre faßt Thomas Finkenstaedt wie folgt zusammen: „Die gesamte Oberstufe auf ‚Bildungswert' hin zu trimmen und Shakespeare auf Englisch zu traktieren, bringt mehr anti-Bildungswert-Effekt als Literaturkenntnis und Emanzipation. Und warum dann gerade Shakespeare und Corneille und nicht Dante und Vergil?"[6]

Die fraglos akzeptierte „schöne Pflicht" der Shakespeare-Lektüre einerseits, das provozierende „Warum gerade Shakespeare?" andererseits, beide markieren mögliche Positionen gegenüber dem Stellenwert Shakespeares in den Lehrplänen der Bundesländer. Sie werfen die Frage auf, welche Vorstellungen hinsichtlich der Shakespeare-Behandlung tatsächlich den älteren Lehrplänen bis Ende der 60er Jahre zugrunde liegen, und inwieweit diese von der Lehrplanreform betroffen wurden, die mit der Vereinbarung der Kultusminister zur Neuordnung der gymnasialen Oberstufe vom Juli 1972 eingeleitet wurde. Die folgende Analyse will dieser Frage nachgehen, indem sie zunächst die älteren Lehrpläne für den Englisch- und den Deutschunterricht untersucht, um mit diesen die seit 1972 gültigen Curricula zu vergleichen. Übergeordnete Gesichtspunkte der Analyse sind: Verbindlichkeit der Shakespeare-Lektüre, explizite und implizite Bildungs- und Lernziele, Dramenauswahl und Kanonbildung, didaktisch-methodische Hinweise.

2. *Shakespeare in den Lehrplänen vor der Oberstufenreform*

2.1 Lehrpläne für den Englischunterricht

Nach dem Zweiten Weltkrieg setzt wie für alle Fächer so auch für Englisch eine Neubesinnung über Inhalte und Ziele des Unterrichts ein. In den ersten Lehrplänen zeichnen sich zwei Tendenzen ab: einerseits die bewußte Abkehr von der nationalsozialistischen Bildungspolitik, andererseits der Versuch, wieder an die Konzeptionen der 20er Jahre anzuschließen. Dabei wird Shakespeare, der gegen Ende des 19. Jahrhunderts zur „unverrückbare(n) Größe" des gymnasialen Englischunterrichts geworden war,[7] zu einer Art Kristallisationspunkt für das Bemühen um die Tradierung bewährter Inhalte. So setzt z. B. der Übergangslehrplan für Nordwürttemberg vom Herbst 1945, einer der ersten Pläne nach Kriegsende, der sonst auf Werk- und Autorenangaben weitgehend verzichtet, eine der großen Shakespeare-Tragödien als verbindlichen Lesestoff fest. Hier schlägt sich, wie in anderen Plänen dieser Jahre, der Modellcharakter der Preußischen Lehrpläne von 1925 nieder, auf den einzelne Verfasser ausdrücklich verweisen.[8]

Daß die amtlichen Bildungsplaner die Beschäftigung mit Shakespeare über die Forderungen des Faches hinaus als Ausweis gymnasialer Bildung schlechthin verstanden, geben die Weisungen für die verschiedenen Schultypen zu erkennen. Selbstverständlich zählt in allen Bundesländern mindestens ein Shakespeare-Drama zu den obligatorischen Stoffen für Englisch als erste Fremdsprache. Aber auch diejenigen Schulzweige, in denen Englisch als zweite Fremdsprache oder, wie im naturwissenschaftlichen Gymnasium, nur mit reduzierter Stundenzahl gelehrt wird, verzichten nicht auf die verbindliche Shakespeare-Lektüre; selbst für das humanistische Gymnasium werden – für Englisch als dritte Fremdsprache – mindestens Leseproben aus den Dramen gefordert.[9] Der exemplarische Bildungswert, der Shakespeares Werk zuerkannt wird, hebt es über alle anderen traditionellen Inhalte des Faches hinaus. Er wird zum „Höhepunkt" des Englischunterrichts, auf den der gesamte Lehrgang vorbereitet. Dementsprechend schreibt eine große Zahl von Lehrplänen der 50er und frühen 60er Jahre eine zweimalige Beschäftigung mit Shakespeare vor; dabei soll das erste Drama (in Klasse 10 oder 11) den kulturkundlichen Hintergrund vermitteln, das zweite (in

Klasse 12 oder 13) zu existentiellen Fragen hinführen. Der hessische Plan von 1950 fordert gar eine dreifache Begegnung mit Shakespeare.[10] Der stufenweise Aufbau hierarchisiert die Schwierigkeiten und den Bildungswert der Gattungen: die Einführung fällt der Komödie als einem „leichteren" Drama zu; die nationale Komponente repräsentiert die zweite Stufe mit einer Historie; den Abschluß und Höhepunkt bildet eine Tragödie, die zugleich – es wird *Hamlet* vorgeschlagen – die Verbindung zur deutschen Wirkungsgeschichte stiften soll.

Im Zuge der Lehrplanrevisionen der 60er Jahre wird, nicht zuletzt wegen der stärkeren Berücksichtigung moderner Literatur, die Zahl der zu lesenden Dramen herabgesetzt, vor allem für Englisch als zweite Fremdsprache. Zwar weichen hier die Angaben der einzelnen Bundesländer voneinander ab; es bleibt jedoch durchgängig bei der obligatorischen Lektüre mindestens eines „großen" Shakespeare-Dramas in Klasse 11 oder 12; ein weiteres Drama wird verschiedentlich für die 13. Klasse vorgeschlagen. Abgesehen von geringfügigen, durch den Kulturföderalismus bedingten Divergenzen muß einheitlich für das gesamte Bundesgebiet festgehalten werden, daß im Verlauf der Lehrplanrevisionen nach 1945 bis hin zur Oberstufenreform von 1972 Shakespeare nirgendwo auch nur zeitweilig aus dem englischen Lektürekanon gestrichen wurde. Allein dieses Faktum erhellt schon die Bedeutung, die seinem Werk vom Gesetzgeber zugemessen wurde.

Die Bildungsziele, die mit der Shakespeare-Behandlung erreicht werden sollten, müssen hauptsächlich aus den allgemeinen Zielsetzungen für den fremdsprachlichen Unterricht erschlossen werden. Diese verlaufen in drei, z. T. sich überschneidenden Richtungen. Unter pädagogischem Aspekt soll Dichtung „zur Klärung von Grundfragen der menschlichen Existenz beitragen",[11] sie stellt „Daseinsfragen menschlich überzeugend und künstlerisch wertvoll" dar.[12] Durch die Inhaltsanalyse sollen diese erschlossen und unmittelbar wirksam werden. Damit korreliert die Vorstellung von der Zeitlosigkeit wahrer Dichtung; die „überzeitliche Größe" Shakespeares[13] prädestiniert ihn geradezu für diesen literaturdidaktischen Ansatz, der mit der zweiten, der kulturkundlichen Richtung, nicht ohne weiteres zu vereinen ist. Danach soll „die geistige Welt des fremden Volkes aus seinem Schrifttum" erschlossen werden.[14] Die unterschiedlichen Forderungen können jedoch harmonisiert werden, wenn man fremdsprachliche Literatur primär als „übernationalen Gemeinbesitz der gesamten Kulturmenschheit"[15] versteht. Dieses Kriterium dürfte auf Shakespeares Werke am ehesten zutreffen, das dann auch dazu nutzbar gemacht werden kann, „das Ideal der Humanität und des freien Menschentums"[16] vor dem Jugendlichen aufzurichten. Gegenüber diesen beiden weitverbreiteten Richtungen setzen sich in den Lehrplänen der 60er Jahre nur langsam die Grundsätze der werkimmanenten Methode durch. So fordert etwa der Lehrplan von Rheinland-Pfalz von 1960, an Shakespeares Dramen „Gehalt und Gestalt des Kunstwerks sichtbar zu machen".[17] Unmißverständlich wendet sich die folgende Formulierung gegen die Nutzbarmachung von Literatur als Lebenshilfe oder zur kulturkundlichen Belehrung: „Grundsätzlich ist jedes Werk aus sich heraus und um seines Eigenwertes zu interpretieren".[18] Mit einer gewissen Phasenverschiebung spiegeln so auch die amtlichen Lehrpläne die Methodendiskussion der Literaturwissenschaft und der Shakespeare-Forschung.

Die Dominanz der sittlichen Bildungsziele, zumal in den 50er und frühen 60er Jahre, erklärt, warum in den bundesdeutschen Lehrplänen fast einhellig der tragischen Gattung im Shakespeare-Kanon der Vorzug gegeben wird. Als Grundlage ist eine pädagogisch modifizierte Theorie von der Katharsiswirkung der Tragödie anzunehmen, der zufolge die tragischen Helden als „Leitbilder für sein (des Schülers) eigenes sittliches Verhalten" fungieren.[19] Die Festlegung auf die Tragödien und deren erzieherischen Wert wird durch fachdidaktische Beiträge bestätigt. Die Funktion der Welt- und Seinserschließung erscheint als Primat des Tragischen, jedoch „das Komische und die Komödie können wegen der tragischen Grundstruktur unserer Welt ... niemals derart umfassend sein".[20] Sofern die Angaben zur „großen Tragödie" im Lektüreplan präzisiert werden, dominieren eindeutig die seit je bevorzugten „Schuldramen" *Macbeth* und *Julius Caesar*; vorgeschlagen werden ferner *King Lear*, *Coriolanus* und *Hamlet*. Die Bevorzugung von *Julius Caesar* und *Macbeth* ist eindeutig auf den nachhaltigen Einfluß der traditionellen gymnasialen Bildungsgüter zurückzuführen. Indem Shakespeare gegen Ende des 19. Jahrhunderts die Funktion zugewiesen wurde, die in den klassischen Sprachen der Antike zukam, traten die Römerdramen, den humanistischen Bildungsidealen folgend, an die erste Stelle des Kanons, „wobei *Julius Caesar* mit der Möglichkeit des Quellenstudiums in Plutarchs Parallelbiographien die Brücke schlagen kann".[21] Die folgenreiche Vorliebe für *Macbeth* dürfte sich in derselben Zeit herausgebildet haben. Schillers *Macbeth*-Bearbeitung wurde im Vergleich mit dem Original und seinen Quellen zu einem beliebten Gegenstand des gymnasialen Englischunterrichts,[22] der vermutlich auch unter dem Einfluß des die literarische Kritik beherrschenden Streits um die Bedeutung Schillers und Shakespeares für das deutsche Theater stand. Diese historische Begründung wird allerdings in der fachdidaktischen Diskussion nicht beachtet; die Eignung des Dramas wird aus seiner Kürze, Geschlossenheit, der bannenden Atmosphäre u. a. m. gefolgert.[23]

Während um die Jahrhundertwende die Römerdramen und auch die Historien als adäquate Bildungsinhalte galten, hat die Kanonverschiebung zugunsten des tragischen Genres die Historien aus den Lehrplänen verdrängt. Lediglich *Henry V* wird zweimal als Lesestoff vorgeschlagen.[24] Auch die Komödien finden nach wie vor relativ wenig Beachtung. Die Wahlmöglichkeit ist auf vier Dramen begrenzt: *The Merchant of Venice,* der am häufigsten erscheint, einmal sogar als Alternative zu *Macbeth* und *Julius Caesar,*[25] ferner *A Midsummer Night's Dream, Twelfth Night* und *The Winter's Tale.* Da die Komödie als „leichter" gilt, wird sie meist in denjenigen Plänen als erstes Drama vorgeschlagen, die eine zweimalige Beschäftigung mit Shakespeare vorsehen. Bedenkt man jedoch die thematische und sprachliche Komplexität vieler Komödien, nicht zuletzt ihren für den heutigen Leser entlegenen gesellschaftlichen Kontext, ist diese Entscheidung anfechtbar. Indirekt wird hier auch deutlich, daß die ältere Shakespeare-Behandlung primär von den Prämissen des Lesedramas ausging, die Theaterdimension also weitgehend außer acht ließ.

Im Vergleich zu den Dramen werden die Sonette nur von wenigen Plänen berücksichtigt, entweder im Rahmen eines Zyklus themenverwandter Lyrik oder in Verbindung mit dem Elisabethanischen Zeitalter. Inwieweit mit der Shakespeare-Lektüre auch der zeit- und theatergeschichtliche Hintergrund erarbeitet werden soll, ist in den Lehrplänen nicht eindeutig verzeichnet. Sie beschränken sich meist auf globale Angaben wie „Das Zeitalter Elisabeths: Sozialer Wohlstand, kulturelle Blüte",[26] Shakespeares Bühne, das London der Shakespeare-Zeit, Marlowe und andere zeitgenössische Dramatiker. Die mangelnde Präzisierung der Inhalte oder das Fehlen jeglicher Verweise ist z. T. dadurch zu erklären, daß bereits in den historisch orientierten Phasen des landes- und kulturkundlichen Unterrichts der Mittelstufe das elisabethanische Zeitalter anhand entsprechender Kapitel in den gymnasialen Lehrwerken behandelt wurde. Auf diese Vorkenntnisse konnte also in der Oberstufe zurückgegriffen werden.

2.2 Lehrpläne für den Deutschunterricht

Nach der Maxime, daß jeder Schüler des Gymnasiums Shakespeare kennenlernen müsse, hatten auch im Deutschunterricht seine Dramen ihren festen Platz. Die Lehrpläne, die hier summarisch behandelt werden, gehen im allgemeinen von zwei Prämissen aus. Zum einen wird dem Deutschunterricht die Aufgabe zugewiesen, den Schüler mit den bedeutendsten Werken der Weltliteratur, zu denen die griechischen ebenso wie die Shakespeareschen Dramen gehören, vertraut zu machen. In dieser Hinsicht gilt, zumal im altsprachlichen Gymnasium, die Behandlung primär als Ersatz für die fehlende Originallektüre. Zum andern wird Shakespeare – unter dem Aspekt der Wirkungsgeschichte – in einen literarhistorischen Lehrgang eingebunden als notwendige Voraussetzung für die Behandlung der deutschen Klassik; er erhält so seinen Platz in der bekannten Entwicklungslinie von Lessing über Herder zu Goethe. Wiederum ist der Einfluß der Preußischen Richtlinien von 1925 unverkennbar, die ebenfalls in Obersekunda die Behandlung bedeutsamer Werke Shakespeares forderten, um dessen Wirkung auf das deutsche Geistesleben aufzuzeigen.[27] Jedoch stellen sich unter dieser Prämisse die Bildungsziele und Lehrverfahren grundsätzlich anders dar als im Englischunterricht. Der „deutsche Shakespeare" wird zum Angelpunkt des Interesses; in der Übersetzung von Schlegel-Tieck wird er schlichtweg zum deutschen Klassiker erklärt.[28] Shakespeares fortzeugende Wirkungskraft, seine „dramatische Welt, die an die letzten Fragen der menschlichen Existenz heranführt", lassen ihn zu einem „Hauptanliegen des Deutschunterrichts" werden.[29] Eine solche Vorstellung läuft der von Lehrplänen empfohlenen Kooperation der beiden Fächer entgegen. Nicht nur wird damit das Shakespeare-Bild der deutschen Klassik und Frühromantik als das primäre entwickelt, sondern indirekt wird damit auch die Shakespeare-Behandlung zum Privileg des Deutschunterrichts erhoben, der diese Aufgabe besser erfüllen könne als der Fremdsprachenunterricht. Die grundsätzlichen Unterschiede der Shakespeare-Lektüre in beiden Fächern, die einander ergänzen, aber nicht ausschließen sollten, werden auf diese Weise gefährlich verwischt.[30] Ein Blick auf den Lektürekanon der alten Pläne bestätigt diese Annahme. Ebenso wie in zahlreichen Lehrplänen für den Englischunterricht, sollen wiederum *Julius Caesar* und *Macbeth* exemplarisch für Shakespeares Werk stehen. Die Komödien – am häufigsten wird der *Sommernachtstraum* erwähnt, dessen Handwerkerszenen in Schulaufführungen beliebt waren – treten gleichfalls gegenüber den Tragödien in den Hintergrund. Im Unterschied zum Englischunterricht fällt die häufige Erwähnung von *Hamlet* auf, meist im Stoffplan der 13. Klasse. Dies kann ohne Zweifel aus der zentralen Bedeutung des Dramas für die deutsche Shakespeare-Rezeption hergeleitet werden. In dieser Hinsicht konnte der Deutschunterricht eine wertvolle Ergänzung leisten.

3. *Shakespeare in den neuen Curricula seit 1972*

Die durch die KMK-Vereinbarung von 1972 eingeleitete Lehrplanreform hat sich hinsichtlich der Shakespeare-Behandlung am deutlichsten im Deutschunterricht niedergeschlagen. Dort hat Shakespeare in den Grund- wie in den Leistungskursen seinen traditionellen, durch die Richtlinien garantierten Platz als verbindlicher Lesestoff verloren. Wegen der differenzierten Struktur der Sekundarstufe II kann auch mit einer Kooperation der Fächer nicht mehr gerechnet werden. Für den Englischunterricht ergibt sich hingegen ein anderes Bild, dessen Analyse allerdings durch die Heterogenität der Systematik und des Entwicklungsstandes der diversen Rahmenrichtlinien, curricularen Lehrpläne, vorläufigen Grundprogramme, Kursmodelle und Handreichungen der einzelnen Bundesländer erheblich erschwert wird. Generell spiegeln die neuen Pläne die seit Ende der 60er Jahre herrschenden Forderungen der Fachdidaktik nach einem erweiterten Textbegriff, der außer moderner und Trivialliteratur auch expositorische Texte umfaßt und – neben der Vorherrschaft der Linguistik – die klassische Literatur, zumal die ältere, weiter in den Hintergrund drängte. Entsprechend der Curriculumtheorie liegt das Schwergewicht auf der Begründung und Hierarchisierung von Lernzielen, nicht auf der Fixierung von Inhalten. Diese Akzentverlagerung impliziert in den Richtlinien, ähnlich wie in der literaturdidaktischen Diskussion,[31] den weitgehenden Verzicht auf einen verbindlichen Literaturkanon, ein Verzicht, der von anderer Seite in der Literaturdidaktik inzwischen wieder in Frage gestellt wird.[32] Die Lernzieldefinitionen für den neusprachlichen Literaturunterricht lassen allerdings keine generellen Übereinstimmungen erkennen, die über die vage Forderung nach der Befähigung der Schüler zur Teilnahme am kulturellen Geschehen hinausgingen. Die vielfältigen Begründungen der Richtlinien greifen sowohl auf literatursoziologische Prämissen, indem sie Literatur als Spiegel gesellschaftlicher Prozesse begreifen, wie auf Wirkungs- und Rezeptionsmodalitäten und ästhetische Kategorien (die viel erwähnte „ästhetische Sensibilisierung") zurück; daneben fehlen auch nicht die altbekannten Herleitungen aus der Kulturkunde und dem literaturdidaktischen Konzept der Lebenshilfe. Diese summarischen Hinweise werfen ein Licht auf das vielfach konstatierte Dilemma der neuen bundesdeutschen Richtlinien und die generell nicht lösbare Lernzielproblematik.

Gegenüber den älteren Lehrplänen bringt bereits die Differenzierung des Englischunterrichts auf der Sekundarstufe II in Grund- und Leistungskurse eine grundsätzliche Änderung für den Stellenwert der

Shakespeare-Lektüre mit sich. In den Grundkursen aller Bundesländer kommt Shakespeare nicht mehr vor; hingegen wird er in allen vorliegenden Curricula der Leistungskurse aufgeführt. Der Anspruch, daß Shakespeares Werk zu den unabdingbaren Inhalten gymnasialer Allgemeinbildung gehöre, wurde damit aufgegeben. „Shakespeare ... nur für die *happy few*"[33] ist die Konsequenz dieser Entscheidung, die inzwischen verschiedentlich zurückgewiesen wurde, u. a. mit dem Hinweis auf das auch für die Grundkurse gültige allgemeine Lernziel der kulturellen Kompetenz.[34] Eine Begründung für diese gravierende Änderung ist nur indirekt aus den allgemeinen Zielsetzungen der Grundkurse zu schließen. Diese sollen vor allem die auf der Sekundarstufe I erworbenen Kenntnisse vertiefen. Literarische Gegenstände, sofern sie überhaupt vorgeschlagen werden, beschränken sich auf kurze, moderne Texte. Die bewußte Reduktion der Lernziele und -inhalte in den Grundkursen bewirkt, daß Shakespeare nicht mehr zum „Grundbestand von Wissen, Erfahrung und Bildungsgütern, der auch heute noch von jedem Abiturienten zu fordern ist", gehört,[35] sondern lediglich zum Spezialwissen einer relativ kleinen Schülergruppe, die dieses möglicherweise nur als Ausweis für ein späteres Anglistikstudium versteht. Für die Leistungskurse setzen die neuen Curricula Shakespeare meist als verbindlichen thematischen Schwerpunkt für ein Studienhalbjahr fest. Wie Untersuchungen zu anderen Gattungen, etwa zum Roman im Englischunterricht ergeben, sind die inhaltlichen Vorschläge der neuen Curricula äußerst vielfältig und die Wahlmöglichkeiten entsprechend beliebig.[36] Die Sonderstellung Shakespeares, seine „Einmaligkeit", wird dadurch noch stärker hervorgehoben als in den Lehrplänen vor 1972; er bleibt exemplarisch für die tradierende Wirkung gymnasialer Lehrpläne.

Die allgemeine Verbindlichkeit der Shakespeare-Behandlung für die Leistungskurse muß jedoch insofern eingeschränkt werden, als einzelne Richtlinien gemäß dem Prinzip der Offenheit der Curricula Shakespeare z. B. in Kursen für die Einführung in das englische Drama lediglich neben anderen Dramatikern anbieten. Die Wahlfreiheit wird dadurch gerechtfertigt, daß das primäre Ziel des Kurses die Erarbeitung der grundlegenden Gattungsmerkmale ist. Anders verhält es sich jedoch, wenn weder die Bindung an Gattung, Epoche oder thematischen Schwerpunkt noch an ein wie immer definiertes Lernziel die Wahlmöglichkeit legitimiert. Dies ist z. B. der Fall, wenn ein Lehrplan für Jahrgangsstufe 13 nach der ausführlichen didaktischen Analyse von John Steinbecks *The Pearl*, eine früher besonders in der Mittelstufe beliebte Lektüre, mit der Bemerkung schließt: „Es wird ins Belieben des Fachlehrers gestellt, an der Stelle von Steinbecks ‚The Pearl' Shakespeares

'Macbeth' als Lektüre in 13/1 einzuführen".[37] Die Beliebigkeit der Wahl zwischen zwei in jeder Hinsicht disparaten Werken führt die Lernziele des fremdsprachlichen Literaturunterrichts *ad absurdum*. Selbst wenn grundsätzlich jeder Text, ob aus der klassischen oder der modernen, der hohen oder der Trivialliteratur, als „legitime(r) Unterrichtsgegenstand mit Eigenwert" aufgefaßt wird, so folgert daraus nicht ein „Freibrief für Willkür".[38] Ob man die literarische Wertungsproblematik, wie von Konrad Schröder vorgeschlagen, in Verbindung mit der „Literarizität" und der Historizität von Literatur in Wirkungs- und Rezeptionsanalysen berücksichtigt,[39] oder mit Peter Freese das Verfahren des Wertens selbst zum Gegenstand des Unterrichts macht,[40] wertfrei und beliebig, wie es das obige Beispiel nahelegt, wird die Wahl der Inhalte im fremdsprachlichen Literaturunterricht niemals sein können.

Daß die meisten Curricula auf eine spezifische Begründung der Shakespeare-Behandlung verzichten, ist wegen der ungelösten Lernzielproblematik verständlich. Umso mehr Beachtung verdienen die beiden Pläne, in denen dieser Versuch unternommen wird.

> Durch die Lektüre eines der Dramen Shakespeares sollen die für Shakespeare als Dramatiker wichtigen und typischen Elemente erfaßt werden. Dazu gehören: Plot, Charakter, dramatische Struktur, die zentralen Themen, Sprache, Imagery.[41]
>
> Der in der Fremdsprache zu vollziehenden Übertragung der Wirklichkeitserfahrung, die in den bedeutendsten Shakespeare-Dramen beispielhaft umfassend, differenziert und treffend versprachlicht ist, in die nicht-fiktionale zeitgenössische Sprache des Erklärens und Verstehens kommt im Leistungskurs besondere Bedeutung zu. Sie trägt entscheidend zur Bildung von Einstellungen bei, die der Heranwachsende in der kritischen Identifikation und Konfrontation mit den dargestellten Kommunikationsstrategien, Rollen, Mächten und Normen gewinnt.[42]

Die erste Angabe befaßt sich allein mit dem Gegenstand und setzt die Schwerpunkte für den Unterricht fest. Die „Elemente", die es zu erfassen gilt, Plot, Charakter, dramatische Struktur etc., gehören jedoch zu den Grundgegebenheiten der Gattung und könnten auch an den Werken anderer Dramatiker erschlossen werden. Keineswegs sind sie „typisch" für Shakespeare in dem Sinne, daß daraus seine Vorrangstellung gegenüber anderen Vertretern der Gattung überzeugend hergeleitet werden könnte. Wenngleich die Aussagen eindeutig und unprätentiös sind, leisten sie doch nicht das, was gegenwärtig von einer Lernzieldefinition verlangt wird. Diese Erwartungen scheinen die Erläuterungen des zweiten Curriculum auf den ersten Blick eher zu erfüllen. Sie greifen die Forderungen nach der „Bildung von Einstellungen" durch kritische Identifikation und Konfrontation aus dem allgemeinen Begründungszusammenhang ebenso wieder auf wie die Erweiterung der Kenntnisse und Fertigkeiten und den bekannten Literaturbegriff von der beispielhaften Versprachlichung der Wirklichkeitserfahrung im Kunstwerk. Die terminologische Übereinstimmung versucht den Lerninhalt zu rechtfertigen, wenn auch die Eindeutigkeit der Aussage durch die unklaren syntaktischen Zusammenhänge der beiden Satzgefüge beeinträchtigt wird. Es fragt sich jedoch, ob hier eine spezifische Begründung geleistet wird, die über die des ersten Beispiels hinausreicht. Die Epitheta „beispielhaft, umfassend, differenziert und treffend" unterstreichen lediglich den hohen literarischen Rang der „bedeutendsten" Shakespeare-Dramen; die in ihnen dargestellten „Kommunikationsstrategien, Rollen, Mächte und Normen" dienen eher dem Nachweis des modischen Vokabulars der Curriculumdiskussion als der Entscheidungshilfe für den Lehrer, der seine Shakespeare-Behandlung begründen will. Es ist auch zu bezweifeln, ob sich die Definition der „Bildung von Einstellungen" über die Terminologie hinaus wesentlich von den älteren Lehrplänen unterscheidet, in denen, wie oben dargelegt, von der Begegnung mit Shakespeares Werken u. a. die „Klärung von Grundfragen der menschlichen Existenz" erwartet wurde. Die vorgebrachte Kritik wendet sich nicht gegen die Lernzielbegründung der Shakespeare-Behandlung schlechthin; sie legt jedoch den Schluß nahe, daß diese kaum von allgemeinen Rahmenrichtlinien geleistet werden kann, wohl aber in auf den Stoff begrenzten curricularen Überlegungen, wie sie u. a. von Wilhelm Hortmann angestellt wurden.[43]

Besser als aus den oben zitierten Beispielen und aus den allgemeinen Begründungszusammenhängen lassen sich hingegen aus den Dramenvorschlägen der Curricula Rückschlüsse auf die Bildungs- und Lernziele ziehen, die der Gesetzgeber mit der Shakespeare-Behandlung verknüpft. Diese Angaben haben zwar nicht den Verbindlichkeitsgrad des früheren Literaturkanons, trotzdem interessiert die Häufigkeit, mit der einzelne Dramen genannt werden. In den Kursplänen derjenigen sechs Bundesländer, die spezielle Dramen vorschlagen, taucht *Macbeth* allein fünfmal auf; es folgen *Julius Caesar, Hamlet, King Lear, Othello* und *The Merchant of Venice*. Diese Auswahl ist nahezu identisch mit derjenigen der Lehrpläne vor 1972; nach wie vor dominiert, auf wenige Werke beschränkt, das tragische Genre; die Historien und Romanzen werden ganz ausgeschieden, von den Komödien findet nur eine *problem comedy* Beachtung; und *Macbeth* genießt noch immer den Ruhm der geeignetsten Schullektüre. Wenngleich die allerorts proklamierte Freiheit in der Wahl der Inhalte auch für die Shakespeare-Behandlung gilt, darf der prägende Einfluß der amtlichen Pläne (auch für die Schulbuchverlage) nicht unterschätzt werden. Immerhin ergaben Rundfragen in der Praxis, daß sich die Unterrichtspraxis im allgemeinen mit den Vorschlägen der Richtlinien deckt.[44] Mehr noch als in den älteren Lehrplänen muß sich die Kritik gegen diese unzulässige Verengung des Shakespeare-Bildes richten, die gerade mit dem wissenschaftspropädeutischen Charakter der Leistungskurse nicht in Einklang zu bringen ist. Entgegen dem vielfach erhobenen Anspruch der neuen Curricula, die Schüler zur kritischen Teilnahme am kulturellen Leben zu befähigen, drückt sich hier eine bedenkliche Wirklichkeitsferne aus; denn in den Spielplänen deutscher Bühnen dominieren traditionell die Komödien, während die beliebten Schuldramen *Julius Caesar* und *Macbeth* nur selten zur Aufführung gelangen.[45] Lediglich ein Plan (Baden-Württemberg) erwägt die Möglichkeit, die Dramenauswahl am aktuellen Angebot von Bühne, Film und Fernsehen zu orientieren. Der mangelnde Theaterbezug legt den Schluß nahe, daß – zumindest nach der Intention der neuen Richtlinien – Shakespeares Dramen noch immer primär um ihres bildenden Gehaltes willen gelesen werden sollen. Man fühlt sich an Ted Babbitts Stoßseufzer erinnert: "Oh, I guess I could stand to see a show by Shakespeare ... but to sit down in cold blood and *read* 'em ..."[46] Die Bevorzugung der Leserrezeption korreliert, wie in den älteren Lehrplänen, mit der Sonderstellung der Tragödien. Die Gattungszugehörigkeit allein kann jedoch nicht über die Eignung eines Shakespeare-Dramas für die Schule entscheiden. Demgegenüber ist Volker Schulz zuzustimmen, der für die verstärkte Beachtung der Komödien auch darum plädiert, weil so ein „für Lehrer wie Schüler willkommenes Gegengewicht zu der im schulischen Literaturunterricht insgesamt vorherrschenden Beschäftigung mit ernsten/tragischen Werken" gebildet werden kann.[47] Der fehlende Theaterbezug ist auch darum bedenklich, weil damit die Ziele und Methoden der neueren Shakespeare-Forschung außer acht gelassen werden, die ihr Augenmerk auf Shakespeares „plays in performance" richtet, also gerade die Theatralik und den Publikumsbezug einbegreift.[48] Die Theateraspekte sind aber, wie bereits oben erwähnt, viel zu lange aus der schulischen Shakespeare-Interpretation ausgeschlossen worden. Ihre Beachtung würde dem wissenschaftspropädeutischen Charakter der Leistungskurse eher entsprechen als die Analyse von „Normen und Mächten". Neuere Untersuchungen zur Shakespeare-Behandlung an amerikanischen Colleges und Universitäten weisen überzeugend nach, wie fruchtbar der ständige Bezug auf das lebendige Bühnengeschehen für die Textanalyse ist.[49]

Auch der Rahmen, in den die Dramenbehandlung eingebunden werden soll, gibt Auskunft über implizite Lernziele. Meist beschränken sich die Richtlinien auf knappe Angaben wie die folgenden: Einblicke in das England des elisabethanischen Zeitalters und der Stuarts (Weltbild, Politik, Gesellschaftsstruktur), Entwicklung des britischen Theaters, Sprachtheorie: *Elizabethan English*. Ähnlich lautende Anmerkungen aus anderen Lehrplänen ergänzen das Bild. Offensichtlich wird den *background studies* mehr Gewicht beigemessen als etwa in den 60er Jahren, die unter dem Primat der werkimmanenten Interpretation standen. Die Einbeziehung von Quellentexten zur Zeitgeschichte und zum Drama selbst (z. B. Holinsheds *Chronicles*) entspricht der allgemeinen Zielsetzung, innerhalb eines Kurses Dichtung mit themenverwandten nichtfiktionalen Texten zu verbinden. Die Behandlung von Shakespeares Sonetten, die allerdings selten erwähnt werden,[50] runden den Themenkreis ab. Die Untersuchung des *Elizabethan English* – das Curriculum NRW räumt diesem Gegenstand immerhin sechs Stunden des Shakespeare-Kurses ein – ist einerseits ein Reflex auf das starke Interesse an linguistischen Fragestellungen, andererseits trägt sie den bislang nur unzureichend geklärten Fragen nach den sprachlichen Schwierigkeiten der Shakespeare-Behandlung Rechnung. Daß die Schüler auch negative Erfahrungen mit Shakespeare verbinden und die Mühen der Texterschließung oft alle anderen Eindrücke überlagern, kann kaum bezweifelt werden. Daher ist es sinnvoll, daß die neuen Curricula den Lehrer zu didaktisch-methodischen Überlegungen veranlassen, wie diese „Sprachbarrieren" am besten zu überwinden sind. Über bühnengeschichtliche Gegebenheiten könnte schließlich der Weg der Analyse für die Theaterdimensionen der Texte geöffnet werden.

Die erwähnten Angaben geben den Shakespeare-Kursen ein beträchtliches historisches Gewicht. Diese Tendenz ist insofern positiv zu beurteilen, als dadurch eine bewußte Abkehr von der vielzitierten „Überzeitlichkeit" Shakespeares ebenso wie von einer ahistorischen Aktualisierung vollzogen wird. Die bewußte Historisierung – Shakespeare ist nicht unser Zeitgenosse – birgt andererseits die Gefahr eines akademisch trockenen Unterrichtsverfahrens in sich, das sicherlich nicht die Motivation des Schülers steigert. Das Spannungsverhältnis zwischen Vergangenem und gegenwärtig Wirkendem dürfte für die Schüler am ehesten erfahrbar werden, wenn sie auch mit modernen Adaptationen der Shakespeare-Stoffe konfrontiert werden. Lediglich das Berliner Grundprogramm schlägt die Brücke zum modernen Theater mit seiner Empfehlung, auch „moderne Versionen" Shakespearescher Stoffe heranzuziehen. Zwar werden die Beispiele Kops, Marowitz, Stoppard nicht näher begründet; die Möglichkeiten der konstrativen Analyse von

Shakespeare-Text und Adaptation sind jedoch derart vielfältig und reizvoll (sie sind außerdem unabhängig von den Zufälligkeiten des Theaterspielplans), daß hier neue Wege in der schulischen Shakespeare-Behandlung eingeschlagen werden können.[51] Hierzu enthalten die Handreichungen zu einem Lehrplan, der insgesamt von allen Curricula die detailliertesten Vorstellungen für die Shakespeare-Behandlung entwickelt hat, bemerkenswerte Anregungen. Dort werden drei ironisch-parodistische Texte angeboten: James Thurbers Geschichte "The Macbeth Mystery", ein Auszug aus Sinclair Lewis' Roman *Babbitt*, in dem Sinn und Nutzen der Shakespeare-Lektüre ironisch in Frage gestellt werden, und schließlich ein Dialogfragment aus *Punch*, in dem in „Who–dunnit?"–Manier berühmte Shakespeare–„Fälle" („King Lear's still lost. A fascinating trial in Venice ...") von Sherlock Holmes und Watson diskutiert werden. Die Texte sollen den Ausgangspunkt für die abschließende Diskussion bilden: „Lohnt es sich, Shakespeare in der Schule zu lesen?" Dieser lernpsychologische Ansatz gibt den Schülern Gelegenheit, vor dem distanzierenden Hintergrund der ironisch-parodistischen Texte ihre eigenen positiven und negativen Erfahrungen mit der Shakespeare-Lektüre zu artikulieren.

4. *Zusammenfassung*

Die wesentlichste Neuerung seit 1972 besteht darin, daß Shakespeare nicht mehr im Englisch- und im Deutschunterricht, sondern nur noch in den Leistungskursen des Englischunterrichts behandelt werden soll. Sein Werk gehört damit nicht mehr zu den verbindlichen Inhalten gymnasialer Allgemeinbildung. Die alten Lehrpläne setzten Inhalte verbindlich fest, ohne sie jeweils stringent zu begründen. Die Lernzielangaben der neuen Curricula sind uneinheitlich; sie reichen von der tradierten Setzung der Shakespeare-Behandlung bis zu präzisierten Begründungen einschließlich didaktisch-methodischer Kursmodelle. Die Dramenauswahl der alten wie der neuen Pläne bevorzugt eindeutig die Tragödien; die Vorschläge sind nahezu identisch. *Macbeth* und *Julius Caesar* gelten immer noch als exemplarische Shakespeare-Dramen. Die tradierende Wirkung gymnasialer Lehrpläne und damit auch der Bildungsinhalte, wird nirgendwo so deutlich wie in dieser Hinsicht. Gegenüber der älteren Vorstellung von Shakespeares Zeitlosigkeit hat sich eine deutliche Akzentuierung der historischen Aspekte durchgesetzt; auch linguistische Fragen werden mehr beachtet als früher. Die theatralischen Textdimensionen werden in den alten wie in den neuen Plänen nicht genügend berücksichtigt. Es dominiert die auf den Gehalt gerichtete Leserrezeption, es fehlt der Bezug zur Theaterwirklichkeit. Die zeitliche Diskrepanz zwischen den jeweils neuen Zielen und Methoden der Shakespeare-Forschung und der schulischen Shakespeare-Behandlung besteht nach wie vor.

Anmerkungen

[1] Gustav Hagemann, „Shakespeares ‚Macbeth'. Gehalt und Gestalt", in *Das Studienseminar,* vol. 3, ed. H. Lohmeyer (Frankfurt, 1958), pp. 33–57, p. 33.

[2] Heinrich Schwamborn, „Die Shakespearelektüre. Ihre Bedeutungen und ihre Möglichkeiten", *DNS,* 2 (1953), 493–501, p. 494.

[3] Wilhelm Bolle, „Die neueren Fremdsprachen, besonders das Englische, im Dienste von Denkschulung, Zeiterkenntnis und Bildung", *Die lebenden Fremdsprachen,* 2 (1950), 163–169, 202–208, p. 206.

[4] Schwamborn, loc. cit., p. 496.

[5] Cf. Emil Mihm, *Die Krise der neusprachlichen Didaktik* (Frankfurt, 1972), pp. 165 ff.

[6] Thomas Finkenstaedt, „Probleme des fremdsprachlichen Curriculum auf der Sekundarstufe II", *DNS,* 71 (1972), 578–583, p. 582.

[7] Rüdiger Ahrens, „Die Tradition der Shakespeare–Behandlung im Englischunterricht", in *Shakespeare im Unterricht,* ed. R. Ahrens, Anglistik und Englischunterricht, 3 (Trier, 1977), pp. 12–38, p. 14.

[8] Cf. Lehrpläne für die höheren Schulen des Landes Hessen: Eine Handreichung für die Jahre des Übergangs. Ministerium für Erziehung und Volksbildung (ca. 1948, Masch.), p. 2.

[9] Cf. *Stoffpläne für die höheren Lehranstalten in Bayern,* ed. Staatsminister für Unterricht und Kultus (München, 1956), p. 26.

[10] Cf. *Lehrpläne für die höheren Schulen des Landes Hessen*, ed. Minister für Erziehung und Volksbildung (Wiesbaden, 1950), p. 29.

[11] *Bekanntmachung über die Lehrpläne für Höhere Schulen in Bayern,* ed. Staatsminister für Unterricht und Kultus (München, 1964), p. 365.

[12] *Richtlinien und Stoffpläne für die höheren Schulen des Saarlandes,* ed. Minister für Kultus, Unterricht und Volksbildung (Saarbrücken, 1960), p. 4.

[13] *Richtlinien für den Unterricht an den Schulen des Landes Niedersachsen: Neuere Sprachen an höheren Schulen,* ed. Kultusministerium (Braunschweig, 1951), p. 22.

[14] *Lehrpläne für die Gymnasien im Lande Bremen,* ed. Senator für Bildungswesen (Bremen, 1959), p. 63.

[15] Englisch. Allgemeine Stellungnahme. Saarland (1950, Masch.), p. 2.

[16] *Lehrpläne Hessen 1950*, p. 29.

[17] *Lehrpläne für die höheren Schulen in Rheinland–Pfalz,* ed. Minister für Unterricht und Kultus (Grünstadt, 1960), p. 167.

[18] *Lehrpläne für das Gymnasium (Klassen 5–13),* ed. Schulbehörde Hamburg (Hamburg, 1968), p. 154.

[19] *Lehrpläne für die höheren Schulen in Rheinland–Pfalz,* ed. Minister für Unterricht und Kultus (Grünstadt, 1954), p. 98.

[20] Hans Combecher, „Zur Verbindung von Werk und Epoche Shakespeares im Unterricht", *Mitteilungen des ADNV,* 15 (1962), 157–162, p. 162. Näheres zur Diskussion um die Komödien cf. Ruth Freifrau von Ledebur, *Deutsche Shakespeare–Rezeption seit 1945* (Frankfurt, 1974), pp. 165 ff.

[21] Ahrens, loc. cit., p. 17.

[22] Cf. Thomas Finkenstaedt, „Shakespeare zwischen Wissenschaft und Unterricht – Sechs Fragen an die Schule", in *Shakespeare im Unterricht,* pp. 53–61, p. 59.

[23] Cf. Emil Mihm, op. cit., p. 168.

[24] Cf. *Lehrplan Hessen 1950,* p. 30; *Rahmenpläne für Unterricht und Erziehung in der Berliner Schule,* ed. Senator für Schulwesen (Berlin u. Neuwied, 1970), B III, c 8, p. 7.

[25] Cf. *Richtlinien für den Unterricht in der Höheren Schule. Englisch.* Die Schule in Nordrhein-Westfalen, Schriftenreihe des Kultusministeriums, 8 (Ratingen, 1963), p. 20.

[26] Lehrplan Bremen 1959, p. 73.

[27] Cf. *Richtlinien für die Lehrpläne der höheren Schulen Preußens,* ed. Hans Richert (1925; 7th ed. Berlin, 1927), vol. 2, p. 363.

[28] Cf. Klaus Werner, *Macbeth als erstes Shakespearedrama im Deutschunterricht,* (Lübeck u. Hamburg, 1964), p. 3.

[29] Wilhelm Poethen, „Shakespeare im Deutschunterricht", *Wirkendes Wort,* 9 (1959), 43–56, p. 43.

[30] Cf. Renate Lückemeier, „Shakespeare im Deutschunterricht", *Wirkendes Wort,* 17 (1967), 186–198.

[31] Cf. Peter Freese, „Aufgaben und Schwierigkeiten einer fremdsprachlichen Literaturdidaktik", in *Der Roman im Englischunterricht der Sekundarstufe II,* ed. P. Freese u. L. Hermes (Paderborn, 1977), pp. 9–28.

[32] Cf. H. D. Loebner, „Fremdsprachliche Literaturdidaktik in Vergangenheit, Gegenwart und Zukunft", *FU,* 45, 1 (1978), 12–24, p. 21.

[33] Konrad Schröder, „Zur Legitimation und Thematik von Literatur in den fremdsprachlichen Fächern", in *Literatur im Fremdsprachenunterricht,* ed. K. Schröder u. F. R. Weller (Frankfurt, 1977), pp. 62–74, p. 63.

[34] Cf. Eleonore Hombitzer, „Shakespeare–Lektüre in der reformierten Oberstufe – unter besonderer Berücksichtigung von Grundkursen", in *Shakespeare im Unterricht,* pp. 77–91, p. 78.

[35] Finkenstaedt, loc. cit., p. 56.

[36] Cf. Liesel Hermes, „Der Roman in den Richtlinien für den Englischunterricht der reformierten Sekundarstufe II", in P. Freese u. L. Hermes, eds., op. cit., pp. 72–89.

[37] Entwürfe und Vorentwürfe zum Curriculum Englisch für Grund- und Leistungskurs, Englisch, Klasse 11, Jahrgangsstufen 12/13, ed. Saarländ. Minister für Kultus, Bildung und Sport (Stand 1976, Masch.), 1–En–131–0676–08.

[38] Peter Freese, „Zur Auswahl von Texten für den fremdsprachlichen Literaturunterricht", in P. Freese u. L. Hermes, eds., op. cit., pp. 29–45, p. 43, p. 45.

[39] Cf. Konrad Schröder, loc. cit., p. 67.

[40] Cf. Peter Freese, loc. cit., pp. 35 f.
[41] Lehrplan Englisch, Klasse 11, Jahrgangsstufe 12/13, Handreichungen, ed. Kultusministerium Baden-Württemberg (März 1976, Masch.), p. 35.
[42] *Curriculum Gymnasiale Oberstufe Englisch*, Schulreform NW, Arbeitsmaterialien und Berichte, 4 (2nd ed. Krefeld, 1973), p. 15.
[43] Wilhelm Hortmann, „Shakespeare–Unterricht zwischen Text und Theater (Vorschläge für ein kontrastives Verfahren)", in R. Ahrens, ed., op. cit., pp. 101–131.
[44] Cf. Werner Habicht, „Nochmals: Shakespeare und die reformierte Oberstufe. Bericht über ein Informationsseminar und dessen Folgen", *SJ West* (1978/79), 303–307, pp. 303 f.
[45] Cf. die Bühnenberichte in den Jahrbüchern der Deutschen Shakespeare-Gesellschaft.
[46] Sinclair Lewis, *Babbitt* (1922; rpt. New York, 1961), p. 64.
[47] Volker Schulz, „ ‚Much Ado About Nothing' – Ein Unterrichtsmodell", in R. Ahrens, ed., op. cit., pp. 133–160, p. 137.
[48] Cf. Werner Habicht, „Zum Shakespeare–Bild heute – Tendenzen und Impulse neuerer Shakespeare-Forschung", in R. Ahrens, ed., op. cit., pp. 39–52, pp. 41 ff.
[49] Cf. *Teaching Shakespeare*, ed. W. Edens et al. (Princeton, 1977).
[50] So in den Curricula NRW und Rheinland–Pfalz.
[51] Cf. W. Hortmann, loc. cit., 120 ff.

Verzeichnis der ausgewerteten Richtlinien/Curricula

Preußen

Richtlinien für die Lehrpläne der höheren Schulen Preußens (1925). ed. Hans Richert. 2 vols. Berlin, 1927.

Baden-Württemberg

Ergänzung zum Übergangslehrplan vom Herbst 1945 für die Höheren Schulen Nordwürttembergs. 2. Fassung. (Nov. 1949, Masch.).

Lehrpläne für die Gymnasien Baden–Württembergs. Villingen, 1957.

Lehrpläne für die Gymnasien Baden–Württembergs. Villingen, 1961.

Lehrpläne für die Gymnasien Baden–Württembergs (16. 6. 1965, Masch.).

Lehrplan Englisch, Klasse 11, Jahrgangsstufe 12/13. Handreichungen (März 1976, Masch.).

Bayern

Stoffpläne für die höheren Lehranstalten in Bayern. München, 1952.

Stoffpläne für die höheren Lehranstalten in Bayern. München, 1956.

Bekanntmachung über die Lehrpläne für Höhere Schulen in Bayern. München, 1964.

Schulreform in Bayern. vol. 2. Kollegstufe am Gymnasium. München, 1972.

Handreichungen für den Englisch- und Französischunterricht in der Kollegstufe, 2. Folge (1972).

Curricularer Lehrplan für Englisch in der Kollegstufe (Leistungskurs). Amtsblatt des Bayerischen Staatsministeriums für Unterricht und Kultus, Nr. 9 vom 22. 5. 1975, 933–1019.

Berlin

Rahmenpläne für Unterricht und Erziehung in der Berliner Schule. Berlin u. Neuwied, 1970.

Neugestaltung der gymnasialen Oberstufe. Vorläufiges Grundprogramm für das Fach Englisch (ca. 1973, Masch.).

Bremen

Lehrpläne für die Gymnasien im Lande Bremen. Bremen, 1959.

Kurse im Sekundarbereich II, Neugestaltete gymnasiale Oberstufe. Englisch (o. J. Stand der Kursleisten: Januar 1976).

Hamburg

Richtlinien für den Deutschunterricht an den wissenschaftlichen Oberstufen Hamburgs. (1953, Masch.).

Richtlinien für den Deutschunterricht an den Hamburger Gymnasien. (1962, Masch.).

Richtlinien für den Englischunterricht an den Hamburger Gymnasien. (1963, Masch.).

Lehrpläne für das Gymnasium (Klassen 5–13). Hamburg, 1968.

Rahmenrichtlinien für den Unterricht im Vorsemester und in der Studienstufe, Oberstufe des Gymnasiums. Rahmenrichtlinien Englisch. Regensburg, 1974.

Hessen

Lehrpläne für die höheren Schulen des Landes Hessen. (Eine Handreichung für die Jahre des Übergangs). (ca. 1948, Masch.).

Lehrpläne für die höheren Schulen des Landes Hessen. Wiesbaden, 1950.

Bildungspläne für die allgemeinbildenden Schulen im Lande Hessen. Das Bildungsgut des Gymnasiums. Wiesbaden, 1957.

Bildungsplan für das Fach Deutsch an den Gymnasien des Landes Hessen. 3. Aufl., 1970.

Rahmenrichtlinien, Diskussionsentwurf Sekundarstufe II. Neue Sprachen, Teil 1. 1975.

Fachspezifische Differenzierung, Bd. 2. Deutsch, Neue Sprachen, Jahrgangsstufe 11. 1974.

Niedersachsen

Richtlinien für den Unterricht an den Schulen des Landes Niedersachsen. Neuere Sprachen an höheren Schulen. Braunschweig, 1951.

Richtlinien für den Unterricht an den Schulen des Landes Niedersachsen. Deutsch an höheren Schulen. Braunschweig, 1952.

Richtlinien für den Unnterricht an den Schulen des Landes Niedersachsen. Stoffverteilungspläne für die Neueren Sprachen. (Schulverwaltungsblatt, 1959).

Richtlinien für den Unterricht an den Gymnasien des Landes Niedersachsen. 1. Deutsch. Hannover, 1965; 2. Neuere Sprachen. Hannover, 1966.

Handreichungen für Lernziele, Kurse und Projekte im Sekundarbereich II für das sprachlich–literarisch–künstlerische Aufgabenfeld. 1. Folge 1972, 2. Folge 1973, 3. Folge 1975.

Nordrhein–Westfalen

Richtlinien für den Unterricht in den neueren Sprachen an Gymnasien im Lande Nordrhein–Westfalen, Düsseldorf, 1952.

Richtlinien für den Unterricht im Deutschen an Gymnasien im Lande Nordrhein-Westfalen. Düsseldorf, 1952.
Richtlinien für den Unterricht in der Höheren Schule. Die Schule in Nordrhein-Westfalen, 8I Englisch. 8–e Deutsch. Ratingen, 1963.
Curriculum Gymnasiale Oberstufe Englisch. Schulreform NW, Sekundarstufe II. Arbeitsmaterialien und Berichte, 4. Krefeld, 1. Aufl. 1972, 2., ver. Aufl. 1973.
Rheinland-Pfalz
Lehrpläne für die höheren Schulen in Rheinland-Pfalz. Grünstadt, 1954.
Lehrpläne für die höheren Schulen in Rheinland-Pfalz. Grünstadt, 1960.
Mainzer Studienstufe. Vorentwurf des Curriculums Englisch Grundkurs (Stand: 1. 8. 1974).
Mainzer Studienstufe. Entwürfe der Curricula für Englisch (Stand: 15. 1. 1973).
Saarland
Englisch. Allgemeine Stellungnahme (1950, Masch.).
Vorschläge für den Lehrplan in Deutsch (1950, Masch.).
Richtlinien und Stoffpläne für die höheren Schulen des Saarlandes. 2. Deutsch. 3. Englisch (1960, Masch.).
Entwürfe und Vorentwürfe zum Curriculum Englisch für Grund- und Leistungskurs, Klasse 11, Jahrgangsstufen 12/13 (Stand: 1976).
Schleswig-Holstein
Lehrplanrichtlinien für die Gymnasien. Lübeck, 1955.
Entwurf der Lehrplanrichtlinien für das Fach Englisch in der Studienstufe (Stand: November 1976).

LIESEL HERMES

Shakespeare-Ausgaben für die Schule: Eine didaktische Analyse

1. *Bestandsaufnahme*

Es geht im folgenden Beitrag um Shakespeare-Ausgaben, die für die Schule geeignet erscheinen, also nicht nur um echte *Schul*ausgaben, d. h. auf die vermuteten sprachlichen und sachlichen Bedürfnisse deutscher Oberstufenschüler zugeschnittene und damit bearbeitete Editionen. Rein literaturwissenschaftliche und literaturkritische Shakespeare-Ausgaben wie *The (New) Arden Shakespeare,*[1] *The New Shakespeare,*[2] *The New Clarendon Shakespeare*[3] bleiben allerdings aus der Betrachtung ausgeschlossen.

Man kann davon ausgehen, daß die Ausgaben deutscher Schulbuchverlage insgesamt an Schülerbedürfnissen ausgerichtet sind. Das wird unter anderem deutlich an den in deutscher Sprache verfaßten Einleitungen oder Anhängen, an den teilweise deutschen Vokabelerläuterungen, an gekürzten Fassungen und sogenannten Kurzausgaben. Zweisprachige Shakespeare-Ausgaben deutscher Verlage werden in die Betrachtung eingeschlossen, weil vermutlich ohnehin zahlreiche Schüler bei der Textvorbereitung zusätzlich mit zweisprachigen Ausgaben arbeiten und weil diese auch für den Unterricht fruchtbar gemacht werden können, wenn Vergleiche der englischen Textvorlage mit der Übersetzung in die Sprachbetrachtung eingeschlossen werden. Bei den zweisprachigen Ausgaben muß differenziert werden zwischen solchen, die die Übersetzung von Schlegel/Tieck wählen (Rowohlt), und denen, die, um möglichst nahe am sprachlichen Original zu bleiben, der Prosaübersetzung den Vorzug gegeben haben (Reclam, UTB).

Bei den in die Untersuchung aufgenommenen englischen Ausgaben lassen sich verschiedene Adressatengruppen unterscheiden. Der *New Penguin Shakespeare* wendet sich an den interessierten Laien. Die Ausgaben *New Swan Shakespeare Advanced Series, Macmillan Shakespeare, Kennet Shakespeare, Alexander Shakespeare, Players' Shakespeare* sind für englische Schüler konzipiert und im Text allesamt, was Orthographie und Interpunktion anbelangt, modernisiert,[4] mit allgemeinen Einführungen in das elisabethanische Theater und in die

Shakespeare-Zeit sowie mit extensiven sprachlichen Hilfen und Hinweisen versehen. Die zuletzt genannte, bei Heinemann vertriebene Ausgabe, setzt sich speziell zum Ziel, die Schüler zu eigenen Aufführungen anzuregen.

Der *New Swan Shakespeare* dagegen wendet sich ausdrücklich an Leser, die Englisch als „second language" lernen, d. h. daß alle Textanmerkungen mit einem auf 3.000 Einheiten beschränkten Vokabular erläutert werden, daß also der begrenzten fremdsprachlichen Kompetenz von Schülern besonders in den Anmerkungen Rechnung getragen wird.

Der folgende Raster gibt einen Überblick über die auf dem Markt befindlichen Shakespeare-Dramen der für den Schulgebrauch geeigneten Ausgaben.

Übersicht I	L	CVK	Sch	Ro	Rec	UTB	NS	NSA	P	A	K	M	Peng
Henry VI													
Richard III				X	X					X			X
John													X
Richard II					X	X				X	X		X
Henry IV a									X	X	X		X
Henry IV b													X
Henry V					X				X	X	X		X
Henry VIII													X
Com. of Errors													X
2 Gentlem. of V.													X
Taming of the Shrew													X
Love's L L													
Midsummer Night's Dream					X		X		X	X	X	X	X
Merchant of V.		XK	XK		X	X	X		X	X	X		X
Merry Mives of Windsor													
Much Ado about Nothing													X
As You Like It							X		X		X		X
12th Night					X		X		X	X	X	X	X
Troilus and Cressida													
All's Well that Ends Well													X
Measure for Measure						X							X
Pericles													X
Cymbeline													
Winter's Tale													X
Tempest									X	X	X	X	X
Two Noble Kingsmen													X
Titus Adronicus													
Romeo and Juliet				X	X		X		X	X	X		X
Julius Caesar	XK	X	XXK	X	X		X		X	X	X		X
Antony and Cleopatra								X	X				X
Coriolanus								X					X
Hamlet			X	X				X	X	X		(X)	
Othello					X	X		X	X				X
King Lear					X			X					X
Macbeth	XK	X	XXK		X		X		X	X	X	X	X
Timon of Athens													
Sonnets					X								
Rape of Lucrece													X

Erläuterungen:

K = gekürzte Fassung
( ) = erscheint demnächst

L = Lensing
CVK = Cornelsen-Velhagen & Klasing
Sch = Schöningh
Ro = Rowohlt
Rec = Reclam

UTB = Uni-Taschenbücher
NS = New Swan Shakespeare
NSA = New Swan Shakespeare, Advanced Series
P = The Player's Shakespeare (Heinemann)
A = The Alexander Shakespeare
K = The Kennet Shakespeare
M = The Macmillan Shakespeare
Peng = The New Penguin Shakespeare

Bei den Ausgaben deutscher Schulbuchverlage fällt deutlich eine Konzentration auf *Julius Caesar* und *Macbeth* auf, die beide von drei Verlagen angeboten werden. *The Merchant of Venice* ist überhaupt nur in einer gekürzten Fassung erhältlich. Jeder Lehrer, der also von dem früher beliebten Schema, *Julius Caesar* in einer reinen Jungenklasse oder ansonsten *Macbeth* zu lesen, abrücken will, ist auf eine englische Ausgabe angewiesen. Abgesehen vom *New Penguin Shakespeare* weisen auch die englischen Schulausgaben Konzentrationen auf. Doch ist die Vielfalt bedeutend größer: Neben den Historien kann der Lehrer zwischen mehreren Komödien, *The Tempest* als später Romanze, dem Römerdrama *Julius Caesar, Romeo and Juliet* als früher Tragödie und mehreren späten Tragödien wählen. Die größte Vielfalt an Ausgaben steht zur Verfügung bei *A Midsummer Night's Dream, Twelfth Night* und *Macbeth,* die jeweils in fünf verschiedenen Ausgaben erhältlich sind. Die Mannigfaltigkeit der Editionen, die unterschiedlichen Adressatengruppen und der damit verbundene unterschiedliche Anspruch der sachlichen und sprachlichen Hilfen lassen eine genauere Untersuchung der einzelnen Reihen erforderlich erscheinen.

2. *Aufbau der einzelnen Ausgaben*

Die Einzeluntersuchung erfolgt zweckmäßigerweise nach folgenden Kriterien: Die Einführung wird nach ihrer inhaltlichen Qualität, nach ihrem Informationswert für die spezifische Adressatengruppe der Schüler untersucht und beurteilt. Der Text wird auf Vollständigkeit und Übersichtlichkeit bzw. auf Transparenz bei Kürzungen hin befragt. Beim Anmerkungsteil ist zunächst die optische Anordnung von Bedeutung: parallel zum Text laufende und durchnumerierte bzw. im Text durch hochgestellte Ziffer kenntlich gemachte Anmerkungen lassen sich leichter lesen als durchgehend in getrennten Anmerkungsheften oder im Anschluß an den Text erscheinende sprachliche und sachliche Hilfen. Weiterhin sind bei einsprachigen Anmerkungen der sprachliche Anspruch und der Informationswert für Schüler von Bedeutung. Zusätzlich finden in den Anmerkungsteil integrierte Lese- und Interpretationshilfen Erwähnung. Unter Lesehilfen sollen hier text*externe* Hinweise auf historische Ereignisse und Zusammenhänge, auf typische Phänomene des elisabethanischen Weltbildes etc. verstanden werden, die zu einem besseren Textverständnis führen können. Mit Interpretationshilfen sind hier text*interne* Hinweise auf Strukturfragen, auf Themenkomplexe, Wiederholungen, Querverweise zu anderen Dramen, stilistische Mittel,

Metaphorik etc. gemeint, die einer besseren Textanalyse im „close-reading"-Verfahren dienlich sein können.

Weiterhin werden Appendices mit Hinweisen auf Quellen, Bühnenkonventionen und -praktiken und Bibliographien untersucht. Zur äußeren Aufmachung gehören *lay-out,* Übersichtlichkeit des Text- und Anmerkungsteils und Illustrationen. Der Grad der Brauchbarkeit ergibt sich daraus, in welchem Maße die verschiedenen Ausgaben dem Schüler die Shakespeare-Lektüre erleichtern helfen und es dem Lehrer möglich machen, einen anspruchsvollen, aber dennoch schülerzentrierten und schülergerechten Literaturunterricht zu halten.

2.1 *Ausgaben deutscher Verlage*

Im Lensing-Verlag sind *Macbeth* und *Julius Caesar* erschienen, beide in gekürzter Fassung.[5] Im kurzen Vorwort wird auf die Kürzungen hingewiesen (in beiden Ausgaben findet sich eine Liste der den Streichungen zum Opfer gefallenen Textpassagen) sowie — sehr isoliert — auf die Kennzeichnung des silbischen *past*-Morphems -ed durch -éd. Beide Ausgaben enthalten eine sehr kurze Einführung auf Englisch, die biographische Information, eine Werkübersicht, einen gedrängten Überblick über die Shakespeare-Bühne und Hinweise auf die jeweilige Entstehungszeit umfaßt. Text und Anmerkungen sind in relativ kleinem Druck, aber übersichtlich parallel angeordnet; die erläuterten Wörter, Wendungen etc. werden durch szenenweise fortlaufende Anmerkungsziffern gekennzeichnet. Diese Anmerkungen verstehen sich ausschließlich als sprachliche Erläuterungen, die teils einsprachig, teils in deutscher Übersetzung verfaßt sind. Phonetische Transkription findet sich bei zahlreichen Anmerkungen. Zusätzlich zu beiden Textausgaben sind getrennte *Notes* erschienen, die nicht nur Übersetzungen kurzer schwieriger Passagen enthalten (teilweise mehrere Versionen zum Zweck des Übersetzungsvergleichs), sondern ausführliche Lesehilfen, die Information über kulturelle Phänomene, über Bühnenpraktiken und über den Sprachgebrauch zur Zeit Shakespeares wie auch über Stilfragen enthalten. Daneben werden gezielte Interpretationshilfen gegeben, so unter anderem durch das Herstellen thematischer Bezüge und durch Hinweise auf die Metaphorik der Sprache Shakespeares. Es fehlen Angaben jeglicher Art über die benutzten Textvorlagen sowie über die Quellen für die Anmerkungen. Der Leser erhält keinerlei Einblick in die Shakespearesche Orthographie und Interpunktion. Sicher bedeuten modernisierte Textfassungen eine allgemein akzeptierte und praktizierte Leseerleichterung; doch sollten Hinweise darauf nicht fehlen, *daß* der

Text modernen Leserbedürfnissen angepaßt worden ist, und es sollten Angaben darüber gemacht werden, wie manche Wörter im 16./17. Jahrhundert geschrieben und/oder ausgesprochen wurden, nicht zuletzt deshalb, um den lauten Lesevortrag sinnvoller zu machen.[6] Die Kennzeichnung durch „archaic" allein reicht meines Erachtens nicht aus. Illustrationen (mit Ausnahme dreier Abbildungen von Bühnen der Shakespeare-Zeit) und weiterführende Literaturangaben fehlen.

Daß es sich bei *Julius Caesar* und *Macbeth* von Cornelsen-Velhagen & Klasing um ungekürzte, bei *The Merchant of Venice* dagegen um einen geringfügig gekürzten Text handelt,[7] geht nicht aus den Ausgaben selbst, sondern nur aus dem Verlagsverzeichnis hervor.[8] (Es besteht also die Möglichkeit, daß der Schüler bei dem zuletzt genannten Titel gar nicht erfährt, daß er nicht den vollständigen Text vor sich hat.) Dem Text selbst ist jeweils das bekannte Shakespeare-Bild von Michael Droeshout vorangestellt. In *Macbeth* finden sich einige zusätzliche Illustrationen im Text, in *Julius Caesar* im Anhang. Die Texte sind übersichtlich, allerdings etwas eng gedruckt. Ein in deutscher Sprache verfaßter Anhang führt jeweils in die Thematik ein. Dabei finden nicht nur biographische Fakten und eine Übersicht über das dramatische Werk Berücksichtigung; es werden vielmehr die jeweiligen Quellen und die Probleme der Datierung erörtert. In *The Merchant of Venice* und *Julius Caesar* finden sich außerdem Ausführungen über Sprache und Stil Shakespeares, die den Schülern einmal bewußt machen helfen, daß sie keinen originalen, sondern einen stark modernisierten Text vor sich haben, und die zugleich Einblick in die Besonderheiten der Shakespeareschen Sprache gewinnen lassen. Die Erörterung von Interpunktion und Bühnenanweisungen in *Julius Caesar* macht dem Schüler überdies klar, daß Shakespeares Interpunktion ganz anderen, nämlich dramaturgischen Zielen diente und daß ihm auch in dieser Hinsicht eine moderne Textfassung vorliegt: „Die vorliegende Schulausgabe regelt ... – ihren Zwecken entsprechend – die Zeichensetzung nach heute üblichem Gebrauch."[9]

Diese Informationen werden ergänzt durch die Anmerkungen. Sie sind als getrenntes Heftchen erschienen, verzeichnen in ihren Angaben zwar Seite und Zeile des Textes, doch sind die erläuterten Vokabeln nicht als weitere Auffindungshilfe im Text selbst durchnumeriert. Die Eintragungen, teilweise mit phonetischer Transkription versehen, dienen in der Hauptsache Wortschatzfragen und beschränken sich auf Paraphrasen. Hinweise auf unvollständige Sätze oder unterschiedliche Lesarten verdeutlichen dem Schüler die Textproblematik und die philologische Arbeit, die zu einer Entscheidung für oder gegen eine bestimmte

Lesart und für Emendationen notwendig ist. Die Anmerkungen sind nicht streng einsprachig. Zum Teil wird kommentarlos eine deutsche Prosaversion gegeben. Auch Interpretationshilfen sind, ohne daß eine Notwendigkeit dafür ersichtlich ist, häufig in deutscher Sprache verfaßt. Lesehilfen im oben definierten Sinn finden sich nur wenige.

Die Anmerkungen zu *The Merchant of Venice* sind, anders als die zu *Macbeth* und *Julius Caesar*, ganz zweisprachig und sehr unübersichtlich arrangiert, nämlich durchgehend in Zeilen, was das Auffinden erheblich erschwert. Zusätzlich ist ein alphabetisches Wörterverzeichnis erhältlich, in dem aber keinerlei Angaben darüber gemacht werden, nach welchen Kriterien das Vokabular ausgewählt worden ist und das auch keine Belegstellen im Text angibt. Angesichts der Tatsache, daß Oberstufenschüler in aller Regel ein Wörterbuch besitzen (einsprachig und/oder zweisprachig), erscheint dieses spezielle Wörterverzeichnis entbehrlich.

Bei allen drei Texten fehlen Angaben darüber, welche Textvorlage für die Ausgaben benutzt wurde. Doch heißt es im Anhang zu *Macbeth*: „In der vorliegenden Bearbeitung des Textes wurde die Foliofassung überall dort beibehalten, wo es sich auf Grund des elisabethanischen Sprachgebrauchs nur irgend verantworten ließ."[10] Die Literaturangaben zu *Macbeth* und *The Merchant of Venice*, die sich am Schluß des Textbandes befinden, verzeichnen als jüngste Eintragungen jeweils 1951 und 1953. Mir scheint, daß nicht einmal der Lehrer, geschweige denn ein Schüler, viel mit diesen Angaben anfangen kann.

Von den fünf bei Schöningh erschienenen Shakespeare-Dramen *Hamlet, King Lear, The Merchant of Venice, Julius Caesar* und *Macbeth*[11] sind die beiden zuletzt genannten in der vollständigen *und* in einer gekürzten Fassung, *The Merchant of Venice* nur als gekürzter Text erschienen, die beiden ersten liegen in der vollständigen Fassung vor. Hinweise auf Vollständigkeit bzw. Unvollständigkeit sind wiederum nicht dem Impressum, sondern allein dem Verlagsprospekt zu entnehmen.[12] Auch die Kennzeichnung von *The Merchant of Venice* als einer gekürzten Fassung fehlt im Textband; die gekürzte Fassung von *Macbeth* ist als „Kurzausgabe", die von *Julius Caesar* als „bearbeitet" gekennzeichnet. Eine Kennzeichnung oder zumindest Auflistung der Streichungen fehlt völlig.

Die vollständigen Ausgaben enthalten englischsprachige, teilweise identische Einführungen. Sie umfassen jeweils biographische Angaben, eine Werkübersicht, Informationen zum zeitlichen Hintergrund, kurze Hinweise auf die Besonderheiten des Shakespeare-Theaters und einen kurzen Kommentar zum jeweiligen Text. Hinweise auf benutzte Textvorlagen fehlen. Insgesamt beurteilt, enthalten die Einführungen einige Details, die im Hinblick auf die Schülerarbeit und die Zielsetzungen der Shakespeare-Lektüre als relevant angesehen werden können.

Die Anmerkungen sind bei den vollständig vorliegenden Textfassungen und bei *The Merchant of Venice* als getrennte Hefte erschienen und mit Ausnahme des Anmerkungsheftes zu *Hamlet* sehr unübersichtlich in durchgehenden Zeilen angeordnet, so daß das Suchen der Erläuterungen den Leseprozeß erheblich verlangsamen und dadurch beeinträchtigen muß. Im Fall von *The Merchant of Venice* sind die Anmerkungen zweisprachig, ansonsten überwiegend einsprachig. Sie beziehen sich fast ausschließlich auf Probleme der Lexik. Hinweise auf obsolete oder archaische Wörter und Wendungen fehlen, desgleichen auf orthographische, lexikalische, syntaktische und stilistische Eigenheiten Shakespeares. Überdies fehlen Lesehilfen, die ein besseres Textverständnis ermöglichen könnten; desgleichen gibt es keinerlei Interpretationshilfen oder Hinweise auf Textstellen, die aufgrund mehrerer möglicher Lesarten ambig und damit schwer interpretierbar sind. Abgesehen vom Droeshout-Bild Shakespeares in einigen Ausgaben finden sich keine weiteren Illustrationen.

Die gekürzten Ausgaben begnügen sich mit Einleitungen in deutscher Sprache, die bei *Julius Caesar* und *Macbeth* eine Seite nicht überschreiten und die mehr emotionale Bemerkungen über Shakespeares Größe und den moralischen Anspruch des jeweiligen Dramas als Information enthalten. Alle drei Einleitungen sind als Einführung zum Elisabethanischen Zeitalter allgemein und zum dramatischen Werk Shakespeares im besonderen wie auch als Einleitung zum jeweiligen Text denkbar ungeeignet. Die der Kurzfassung zum Opfer gefallenen Szenen werden in *Julius Casear* und *Macbeth* in ein bis zwei Sätzen zusammengefaßt, damit der Zusammenhang und die Entwicklung des *plot* nicht ganz aus dem Blickfeld geraten. Der Kürzungsumfang in *The Merchant of Venice* ist wesentlich geringer, doch werden die Streichungen weder im Text gekennzeichnet, noch findet sich ein entsprechendes Kürzungsverzeichnis, das Auskunft über Umfang und Lokalisierung gibt. Die Anmerkungen zu den Kurzfassungen von *Julius Caesar* und *Macbeth* finden sich jeweils hinten im Textband, gleichfalls in unübersichtlicher Druckanordnung. Sie beschränken sich auf lexikalische Erläuterungen, in *Macbeth* rein zweisprachig, in *Julius Caesar* teils auch einsprachig. Die genannten Merkmale und vor allem die unglückliche Lektüregestaltung verhindern m. E. nicht nur den Zugang der Schüler zum Text, sondern von seiten des Lehrers auch die Durchführung eines effizienten Shakespeare-Kurses.

Da die zweisprachigen Shakespeare-Ausgaben deutscher Verlage nicht in erster Linie für den Schulgebrauch konzipiert sind, aber in die Unterrichtsarbeit einbezogen werden bzw. den Schülern als zusätzliche, die Originallektüre erleichternde Textvorlage dienen können, sollen sie hier, wenn auch nur kurz, berücksichtigt werden.[13] In der Rowohlt-Ausgabe erscheinen Text und Schlegel/Tieck-Übersetzung parallel.[14] Insofern dürfte diese Ausgabe besonders bei schwierigen Textstellen eine Leseerleichterung ermöglichen. Andererseits darf man nicht übersehen, daß die Schlegel/Tieck-Übertragung aus der romantischen Epoche heraus verstanden werden muß, in der sie entstanden ist. Die Textanmerkungen beziehen sich auch in der Hauptsache auf Übersetzungsprobleme. Ein kurzer Essay „Zu Übersetzung und Urtext" führt in die Übersetzungsgeschichte des Werkes ein, der anschließende ausführliche Essay „Zum Verständnis des Werkes" umfaßt u. a. Quellen- und Datierungsfragen, aber auch strukturelle, thematische und stilistische Werkaspekte sowie eine Einführung in die Rezeptionsgeschichte.

In den Ausgaben der Reclam-Edition wird auf eine „poetische" Übersetzung verzichtet zugunsten einer sehr textnahen Prosaübersetzung, die als Hilfsmittel zur besseren Lesbarkeit des Originaltextes dient und die „ihr einziges Daseinsrecht in möglichst weitgehender Wortwörtlichkeit" sieht.[15] Die Anmerkungen enthalten nicht nur Erläuterungen zu Übersetzungsproblemen und Hinweise auf nicht gesicherte Lesarten, sondern auch Lesehilfen, denen die Apparate wissenschaftlicher Shakespeare-Ausgaben zugrunde liegen. Ein Essay zum besseren Werkverständnis und eine kommentierte Kurzbibliographie runden die Ausgabe ab, die wegen der Textnähe der Übersetzung eine noch bessere Hilfe beispielsweise bei der Textvorbereitung gewähren kann als die Schlegel/Tieck-Übersetzung, die eher für eine thematische Einbeziehung von Übersetzungsfragen geeignet ist.

Bei den bislang erschienenen zweisprachigen UTB-Studienausgaben, *Othello*, *Maß für Maß*, *König Richard II.* und *Der Kaufmann von Venedig*,[16] handelt es sich um wissenschaftliche Shakespeare-Ausgaben, die von der Deutschen Shakespeare-Gesellschaft gefördert werden. Sie enthalten sehr ausführliche Einleitungen mit Angaben zu Quellen, Handlungsstrukturen, Figuren, Themen, Bühnenpraxis etc. sowie eine Erörterung der Funktion der deutschen Prosafassung. Die zweisprachige Textausgabe ist jeweils mit Anmerkungen zu Textvarianten und -emendationen versehen sowie mit ausführlichen Anmerkungen sprachlicher, sprachhistorischer, literaturhistorischer und textvergleichender Art zur deutschen Übersetzung. Überdies werden in Kommentaren zu jeder Szene weitere Probleme aufgegriffen, die den Rahmen der knapp gehaltenen

Anmerkungen sprengen würden. Im Rahmen dieser Kommentare wird Bezug genommen auf verschiedene Interpretationsansätze in der Shakespeare-Literatur. Die Ausgaben, die ausführliche Bibliographien enthalten, sind kaum für den Oberstufenschüler geeignet, wohl aber als Studienausgabe für Studenten sowie für Lehrer und Schulbibliotheken.

2.2 *Ausgaben englischer Verlage*

Die Shakespeare-Ausgaben englischer Verlage unterscheiden sich von den bisher erörterten insofern, als sie – mit Ausnahme des *New Swan Shakespeare* – auf Leser zugeschnitten sind, die Englisch als ihre Muttersprache sprechen. Doch sind Sprache und Stil Shakespeares auch englischen Schülern zu wenig vertraut, als daß es nicht eines Anmerkungsapparates bedürfte, der die Lektüre verständlich machen hilft.[17] Es fehlen in den englischen Ausgaben Ausprachehilfen, also die phonetische Transkription, die für den deutschen Leser/Schüler häufig notwendig ist. Darin könnte ein Argument gegen den Einsatz englischer Schulausgaben gesehen werden. Doch wird dieser Mangel meines Erachtens dadurch kompensiert, daß die Ausgaben ausdrücklich auf Schülerbedürfnisse (unter anderem in Hinsicht auf das *A level*-Examen) zugeschnitten sind, daß ihre Anmerkungen, Hinweise, Fragen, Vorschläge sich also an den jugendlichen Leser wenden, der im *close-reading*-Verfahren Zugang zum dramatischen Werk Shakespeares zu gewinnen sucht.

Die Edition *The Players' Shakespeare*, aus der hier exemplarisch *Macbeth*[18] untersucht werden soll, dient vornehmlich dem Ziel, „to encourage pupils to study the play as a play".[19] Dieser Textzugang, der vornehmlich auf die Herausarbeitung der spezifisch dramatischen Qualitäten abzielt, wird vom Herausgeber im Hinblick auf das O *level*- und das *A level*-Examen als „most fruitful way of preparing for examinations"[20] angesehen. Darauf beruht dementsprechend das Bemühen des Herausgebers, möglichst adressatenspezifisch vorzugehen. Der Text ist vollständig in modernisierter Orthographie und Interpunktion abgedruckt, und es werden mehrere kritische Editionen als Textvorlage genannt. Doch versteht sich die Ausgabe nicht als eine literaturwissenschaftliche: „Little reference has been made to textual difficulties or inconsistencies, and to the various theories that have been put forward to account for them.'[21] Unter dieser Prämisse sind die ausführlichen – parallel gedruckten – Textanmerkungen zu sehen. Sie umfassen sprachliche Hilfen, zum großen Teil Paraphrasen, hin und wieder mehrere mögliche Textvarianten, des weiteren Lese- und Interpretationshilfen, Interpretationsanregungen und -vorschläge in Form von Fragen sowie – im Sinne der Konzeption der Ausgabe – Hinweise und Vorschläge zu möglichen Bühnenaufführungen. Sie geben Lehrer wie Schüler meines Erachtens konkrete Hilfen, den Text im Unterricht anzugehen. Die sehr ausführliche Einführung befaßt sich mit Fragen wie Datierung und ersten Aufführungen, Information über das elisabethanische Weltbild, soweit das für das jeweilige Drama von Relevanz ist, und mit an Themen und Charakteren orientierten Interpretationsfragen, die durch zahlreiche Textverweise Anregung für eigene Interpretationsversuche geben. Das Textverständnis wird überdies erleichtert durch eine Einführung in die Sprache Shakespeares, in den Gebrauch des Blankverses, in *puns*, Metaphern sowie in Bühnenpraktiken. Auf dem vorderen und hinteren Buchdeckel finden sich Abrisse mit biographischen Informationen sowie einer chronologischen Werkübersicht. Unter dem Titel „appendices" werden am Schluß jeweils Shakespeares Quellen, Besonderheiten des Shakespeareschen Theaters sowie weitere Interpretationsfragen abgehandelt, die allerdings genau so gut in der Einleitung Platz gehabt hätten. Ein nicht zu unterschätzendes Positivum der *Players' Edition* sind der harte Einband und die solide Bindung, durch die verhindert wird, daß sich bei längerem intensiven Gebrauch einzelne Seiten herauslösen können.

Der *Kennet Shakespeare*[22] ist bescheidener im Umfang, anders in der Zielsetzung. An Hinweise auf die benutzten Editionen und bibliographische Angaben schließt sich z. B. in *Macbeth* eine nur eine Seite lange Einführung, die kurz auf die Thematik eingeht, Bühnenpraktiken und Unterschiede des modernen zum Shakespeare-Englisch erwähnt. Die parallel zum Text gedruckten Anmerkungen sind sehr ausführlich und enthalten verstreut zahlreiche Hinweise, die in anderen Ausgaben im Einführungsteil enthalten sind, unter anderem auf die erste Folio-Ausgabe, auf Passagen, deren Echtheit bezweifelt wird, auf Bühnenkonventionen, auf das Publikum, daneben die üblichen Paraphrasen, aber auch Hinweise auf typische sprachliche Phänomene und Interpretationshilfen. Eine Reihe von Illustrationen (Holzschnitte) dient als Aufhänger zur kurzen Erläuterung der Bühnengeschichte. „Every meaning of the play differs from age to age, and changes of interpretation are mirrored in different styles of production."[23] Diese Hinweise bleiben allerdings zu sporadisch und zu unsystematisch, um dem Schüler Hilfen zum Textverständnis geben zu können. Ein thematisch geordneter Index zu den Anmerkungen trägt dazu bei, daß die Erläuterungen beispielsweise zu den Charakteren, zur Bildersprache oder zu sprachlichen Besonderheiten rasch aufgefunden werden können.

Eine Ausgabe vergleichbarer Qualität stellt der *Macmillan Shakespeare* dar, für den wiederum *Macbeth* exemplarisch beschrieben werden soll.[24] Auf dem hinteren Umschlag heißt es zur Zielgruppe: "The Macmillan Shakespeare is designed essentially for schools." Das impliziert für die Herausgeber, daß den „requirements of secondary school students" bei der Herausgabe vornehmlich Rechnung getragen wurde. Im Vorwort wird als Textvorlage die *First Folio* angegeben mit dem Hinweis: "The spelling and punctuation have been modernized, but something of the weight of the original punctuation has been retained."[25] (Ob allerdings Schüler – auch englische – zwischen den Subtilitäten der beiden Interpunktionsarten und -funktionen zu differenzieren vermögen, ist zu bezweifeln.) Die ausführliche Einleitung befaßt sich neben Datierung, Quellen, ersten Aufführungen mit strukturellen und thematischen Werkaspekten. Auf Besonderheiten der Sprache Shakespeares wird weder hier noch in den parallel gedruckten Anmerkungen eingegangen. Sie enthalten in der Hauptsache sprachliche Hilfen in Form von Paraphrasen und Synonymen, außerdem Interpretationshilfen sowie teilweise kurze Erläuterungen zu Szenen insgesamt, die sich überwiegend auf Bühnenpraktiken beziehen. Auch hier ist das Bestreben der Herausgeber zu erkennen, den Schülern die spezifisch dramatischen Qualitäten des Shakespeareschen Werkes nahezubringen.

Auch der *Alexander Shakespeare*, für den hier *Julius Caesar* herangezogen wird,[26] versteht sich als Schulausgabe, denn im Vorwort wird als Begründung für die Wahl des Alexander-Textes als Editionsvorlage gesagt, sie werde von „many Examining Boards" empfohlen. Ein Hinweis auf den modernisierten Text als Hilfe für den modernen Leser enthält den Zusatz, „whether English is his mother tongue or not", und läßt darauf schließen, daß die Ausgabe auch sprachlichen Bedürfnissen von Schülern/Studenten gerecht werden soll, die Englisch als zweite oder als Fremdsprache lernen. Dem entspricht auch der Verweis auf die Gestaltung der Anmerkungen. "The notes, intended primarily for examination candidates, are presented in a simple, direct style. The needs of those unfamiliar with British culture have been especially considered."[27] Die Anmerkungen (wiederum parallel gedruckt) beschränken sich denn auch auf sprachliche Erläuterungen in Form von Synonymen oder Paraphrasen oder längeren Erklärungen. Hinzu kommen zahlreiche Interpretationshilfen. Abgesehen von den Hinweisen auf *puns* finden sich weder hier noch in der Einführung Aussagen über

Sprache und Stil Shakespeares. Die Quelle für *Julius Caesar* wird zwar erwähnt, aber in keiner Weise in die Anmerkungen mit einbezogen, d. h. es wird allein dem *intrinsic approach* der Vorzug gegeben. Die Einführung umfaßt Erläuterungen zum Theater der Shakespeare-Zeit, einen chronologischen Abriß, der auch politische und kulturelle Ereignisse mit einschließt, und eine kurze Hinführung zur Thematik. Die eigentliche Einleitung zum Text zeichnet sich dadurch aus, daß sie ausdrücklich den Bezug zum modernen Leser herstellt und dadurch zu erreichen sucht, daß der Leser den Shakespeare-Text aus dessen Zeit heraus zu verstehen sucht und gleichzeitig die „Modernität" und „Aktualität" der zentralen Themen erkennt. Ein „Summing Up" am Schluß greift nochmals die Thematik des Werkes als „political study"[28] auf, hier vor allem in kurzen Charakteranalysen. Auf Bedürfnisse der Schüler sind die Vorschläge für „Further Reading" zugeschnitten, desgleichen der „Theme Index", der dem Ziel dient, „to assist those who study, or write on particular aspects of the play."[29]
Anders als die bisher erwähnten Shakespeare-Editionen englischer Verlage ist der *New Swan Shakespeare*, für den hier wiederum *Macbeth* herangezogen werden soll,[30] primär konzipiert „for students of English as a second language."[31] Die Konzeption wird dem Leser im Vorwort transparent gemacht. Der vollständige Text wird begleitet von parallelen Anmerkungen und einem alphabetischen, ca. 530 Einträge umfassenden Glossar. In den Textanmerkungen werden all die Wörter und Wendungen erläutert, „which are not used in everyday Modern English, as Shakespeare used them, or which are not now used at all."[32] Die Erläuterungen sind sprachlich auf die 3.000 am häufigsten gebrauchten englischen Wörter beschränkt, ohne daß allerdings hierfür eine Quelle angegeben würde wie z. B. Michael Wests *General Service List of [English] Words*. Das Glossar ist der Erläuterung der Wörter vorbehalten, „which are still used in ordinary Modern English, with their meaning unchanged, but which are not among the root words of the chosen list."[33] Diese Trennung hat den Vorteil, daß sich der Schüler zunächst auf die eigentlichen Schwierigkeiten konzentrieren kann und das Glossar nur im Bedarfsfall zusätzlich zu Rate zieht, da es eine Reihe von Eintragungen enthält, die deutschen Oberstufenschülern bekannt sein dürften. Die zum Text parallel gedruckten Anmerkungen sind immer noch sehr zahlreich und teilweise (bei Paraphrasen von mehreren Zeilen) recht umfangreich; daß sie nicht nach Zeilen, sondern mit hochgestellten Anmerkungsziffern im Text selbst durchnumeriert sind, erleichtert das Auffinden. Die eigentliche Lektüre wird aber wiederum durch einen recht klein geratenen Druck erschwert. Die Anmerkungen selbst

enthalten nicht nur ausführliche sprachliche Erklärungen, die zum Teil, besonders bei der Paraphrasierung ganzer Zeilen auch Interpretationshilfen bringen, sondern auch zu jeder Szene eine inhaltliche Zusammenfassung, die eine rasche Orientierung über den *plot* ermöglicht. Zahlreiche Illustrationen dienen überwiegend der Erläuterung sprachlicher Schwierigkeiten.[34]

Die Einführung befaßt sich ausführlich mit sprachlichen Aspekten, eine kurze alphabetische Liste verzeichnet typische Wörter und Wendungen der Shakespeare-Sprache, die nicht mehr in Gebrauch sind, und verkürzte Formen, die Shakespeare zur Wahrung der Metrik häufig verwendet und die daher in den Parallelanmerkungen nicht weiter berücksichtigt werden müssen. Ausführliche Erklärungen von Blankvers und Metaphorik führen den Leser zu einer möglichst genauen sprachlichen Textanalyse. Außerdem werden die Shakespeare-Bühne und die Struktur des Werkes erörtert. Interpretationen der einzelnen Figuren folgen. Hinweise auf Shakespeares Quellen und ihre Bearbeitung fehlen. Doch werden Textpassagen erörtert, deren Authentizität angezweifelt wird. Am Schluß finden sich „Hints for Examination Candidates“[35] für Schüler, die für sich allein arbeiten und/oder die sich auf das *GCE O-level*-Examen vorbereiten. Sie umfassen exemplarische „context-“ und „essay-questions“ mit Modellantworten und verweisen damit auf zwei mögliche schriftliche Formen der Lese- und Lernzielkontrolle.

Der *New Swan Shakespeare, Advanced Series* stellt sicherlich die anspruchsvollste der bisher untersuchten Ausgaben dar, wenn auch (in der *Hamlet*-Ausgabe) im Vorwort ausdrücklich betont wird, daß „alternative readings of the text and ... various conjectural explanations of difficult passages“[36] bewußt unberücksichtigt bleiben, um leichtere Lesbarkeit zu erreichen, daß es also nicht in der Absicht der Herausgeber liegt, eine kritische Ausgabe vorzulegen. Zielgruppen dieser Edition sind, wie es auf dem rückwärtigen Buchdeckel heißt „students at Senior Secondary (Higher School Certificate or ‚A‘ level examinations) oder University level“, damit kommt sie auch noch für deutsche Oberstufen-Leistungskurse in Frage. Die durch etliche zeitgenössische Illustrationen aufgelockerte Einführung, die an Umfang und gehaltlichem Anspruch alle anderen Ausgaben übertrifft, setzt sich zum Ziel, dem Leser unter etlichen verschiedenen Aspekten das Werk nahezubringen. Ausgangspunkt sind der Bezug des Werkes zum heutigen Leser und die gültig bleibende Relevanz der Thematik, kurz die Universalität Shakespeares. Anschließend wird *Hamlet* aus der Shakespeare-Zeit heraus zugänglich gemacht, aus der gesellschaftlichen und dramatischen

Tradition heraus, in der z. B. der Rachegedanke eine zentrale Position einnahm. Bühnenkonventionen der Shakespeare-Zeit finden ebenso Berücksichtigung wie die Sprache Shakespeares, die sehr ausführlich mit Beispielen zum Blankvers, zum Rhythmus, zur Metaphorik, zum Wortschatz (archaische, obsolete Wörter) untersucht wird. Die Praktiken der Textedition zur Zeit Shakespeares verdeutlichen dem Leser die Problematik der Herausgabe von Shakespeares Werken im Laufe der Geschichte. Auf die *Quarto*-Editionen und die *First Folio* wird besonders eingegangen. In ausführlicher Darstellung werden dann die Hauptfiguren charakterisiert und interpretiert. Die Einführung wird abgerundet durch exemplarische Auszüge aus der Hamlet-Kritik, die dem Leser die Mannigfaltigkeit der Zugänge zum Werk Shakespeares, die im Laufe der Geschichte sich wandelnden Sehweisen und die Vielfältigkeit der Interpretationsansätze einer so komplexen literarischen Figur wie Hamlet vor Augen führen. Die parallel gedruckten Textanmerkungen umfassen zu jeder Szene eine inhaltliche Zusammenfassung, eine kurze Interpretation ihrer Bedeutung in der dramatischen Struktur des Werkes sowie Einzelanmerkungen, wobei die erläuterten Wörter und Wendungen im Text selbst durch Sternchen gekennzeichnet sind. Es handelt sich meist um Paraphrasen und Synonyme, zum Teil aber auch um Hinweise auf Shakespeares Sprachgebrauch (grammatische und syntaktische Schwierigkeiten) sowie um längere Lese- und Interpretationshilfen und um Hinweise auf Bühnenpraktiken der Shakespeare-Zeit.

Wie der *New Swan Shakespeare* enthält auch diese Edition ein umfangreiches alphabetisches Glossar zur Erläuterung aller „rare and strange words in the text".[37] Der Vorteil der *Advanced Series* ist, daß die Textstellen, an denen die erläuterten Wörter auftauchen, jeweils bezeichnet sind und so das Auffinden erleichtern. Die Zielvorstellung des Glossars wird in der Einleitung ausdrücklich erwähnt: „The references are meant to encourage the student not to learn the words and their meanings in isolation but to use the index as a way of access to the relevant passages so that the words may be read in context and studied as they actually occur in the play."[38] Einführungs- und Anmerkungsapparat machen aufgrund ihres Gehalts und ihrer Qualität diese Edition zu der anspruchsvollsten, die für den Schulgebrauch denkbar erscheint.

Der *New Penguin Shakespeare*, für den wieder *Macbeth* untersucht wird,[39] soll hier erwähnt werden, weil diese Edition eine ganze Reihe von Dramen umfaßt, die in den anderen für den Schulgebrauch in Frage kommenden Ausgaben nicht vorhanden sind (cf. Übersicht). Die ausführliche Einleitung konzentriert sich auf eine Deutung des Gehalts,

Hinweise auf die Quelle und eine kurze Abhandlung über die Bühnengeschichte, die ansonsten kaum zu finden ist. Der Anhang enthält unter anderem eine Kollation verschiedener Lesarten und eine Liste der vermuteten „mislineations"; beide sind meines Erachtens für den unterrichtlichen Gebrauch einer Shakespeare-Ausgabe entbehrlich. Besonders für den Fremdsprachenschüler wird die Textlektüre dadurch erschwert, daß die Anmerkungen nicht parallel, sondern getrennt im Anschluß an den Text gedruckt sind. Sie enthalten in der Hauptsache sprachliche Erläuterungen, aber auch Hinweise auf Shakespeares Sprachgebrauch und vereinzelt Interpretationshilfen. Da die Ausgabe handlich, preiswert und vergleichsweise leicht zu beschaffen ist, empfiehlt sie sich in den Fällen, da der Lehrer vom herkömmlichen Schulkanon abweichen und ein etwas ausgefalleneres Shakespeare-Drama lesen will.

In einer vorläufigen Zusammenfassung läßt sich feststellen, daß die Ausgaben deutscher Verlage naturgemäß am stärksten auf vermutete Bedürfnisse deutscher Schüler zugeschnitten sind, daß sie aber auch die gravierendsten Mängel enthalten, wie z. B. stark gekürzte Texte, deren Kürzungen nicht kenntlich gemacht sind, Einführungen, die nicht als adressatengerecht bezeichnet werden können, und vor allem teilweise rein zweisprachige Anmerkungen, die auf Wortgleichungen beschränkt sind. Die Zielvorstellungen und -setzungen der Editionen als *Schul*ausgaben werden nirgendwo transparent gemacht.

Eine effiziente Shakespeare-Lektüre, die den Ansprüchen gerecht wird, die an einen Leistungskurs zu stellen sind, läßt sich meines Erachtens mit einer Shakespeare-Ausgabe eines englischen Verlages besser erreichen. Aufgrund der Beschreibung der einzelnen Editionen erscheinen mir der *New Swan Shakespeare* und der *Players' Shakespeare* am geeignetsten, der letztere nicht nur wegen seines soliden Einbandes, des großzügigen *lay-outs* und des übersichtlichen Drucks, sondern auch wegen der Ausführlichkeit der Erläuterungen und der Anregungen zur Interpretation in Form von Fragen, der erstere, weil Konzeption und sprachlicher Anspruch sowie Zielvorstellung weitaus besser transparent gemacht werden als in allen anderen Editionen, selbst wenn die Textanmerkungen in ihrer Ausführlichkeit an der einen oder anderen Stelle ausufern. Der nachfolgende Raster vermittelt einen Überblick über die inhaltliche Gestaltung der beschriebenen Editionen. (Übersicht II)

Übersicht II	L	CVK	Sch	Ro	Rec	UTB	NS	NSA	P	A	K	M	Pen
Vorwort	X				X		X	X	X	X		X	
Einführung (engl.)	X		X				X	X	X		X	X	X
Einführung (deutsch)		X	XK	X	X	X							
Biographie	X	X	X					X	X				
Werkübersicht	X	X	X						X	X			
Datierung	X	X	X	X	X	X	X	X	X			X	X
Charaktere				X	X		X	X	X	X		X	X
Themen				X	X	X	X	X	X	X		X	X
Sprache/Stil				X	X	X	X	X	X	X		X	X
Elisabeth.-Theater			X					X	X	X			
Quellen		X	X	X		X	X	X	X			X	
Text		X		X	X	X	X	X	X				X
Bühnengeschichte				X		X							X
vollständiger Text		X	X	X	X	X	X	X	X	X	X	X	X
gekürzter Text	X		X										
Kürzungsangaben	X												
Anmerkungen parallel	X					X	X	X	X	X	X	X	
Anmerkungen getrennt		X	X	X	X	X							X
Anmerkungen einsprachig			X				X	X	X	X	X	X	X
Anmerkungen ein/zweisprachig	X	X											
Anmerkungen zweisprachig			X	X	X	X							
Phonetische Transkription	X	X	X										
sprachliche Erläuterungen	X	X	X	X	X	X	X	X	X	X	X	X	X
Interpretationshilfen	X	X			X	X	X	X	X	X	X	X	X
Lesehilfen	X				X	X		X	X		X	X	
Bibliographie		X		X	X	X		X		X	X	X	X
Illustrationen	X	X					X	X	X			X	

Erläuterungen:

L = Lensing
CVK = Cornelsen-Velhagen & Klasing
Sch = Schöningh
Ro = Rowohlt
Rec = Reclam
UTB = Uni-Taschenbücher
NS = New Swan Shakespeare
NSA = New Swan Shakespeare, Advanced Edition
P = The Player's Shakespeare
A = The Alexander Shakespeare
K = The Kennet Shakespeare
M = The Macmillan Shakespeare
Peng = The New Penguin Shakespeare

3. *Exemplarische Analyse von Textanmerkungen*

Im folgenden soll anhand einer kurzen Textpassage aus *Macbeth*, das in den meisten Ausgaben vorliegt, ein vergleichender Überblick über Umfang und Qualität des Anmerkungsteils mehrerer Ausgaben deutscher und englischer Verlage gegeben werden. Es handelt sich um Macbeths Monolog in Akt V, Szene 5. Er wird hier zitiert, um die anschließenden Ausführungen zu erleichtern:

1 She should have died hereafter;
2 There would have been time for such a word.
3 Tomorrow, and tomorrow, and tomorrow,
4 Creeps in this petty pace from day to day,
5 To the last syllable of recorded time;
6 And all our yesterdays have lighted fools
7 The way to dusty death. Out, out, brief candle!
8 Life's but a walking shadow, a poor player,
9 That struts and frets his hour upon the stage,
10 And then is heard no more. It is a tale
11 Told by an idiot, full of sound and fury,
12 Signifying nothing.[40]

Folgende Interpunktionsabweichungen fallen auf: Die Schöningh-Kurzausgabe hat einen Doppelpunkt nach „no more", desgleichen die vollständige Schöningh-Ausgabe. Sie setzt außerdem einen Doppelpunkt nach „hereafter". Die Lensing-Ausgabe hat kein Komma nach „player" und ebenfalls einen Doppelpunkt nach „no more". Dasselbe gilt für die Cornelsen-Ausgabe, die allerdings kein Komma nach „fury" setzt, während der *Macmillan Shakespeare* kein Komma nach „player" und einen Punkt nach „no more" verzeichnet. Der *Kennet*-Shakespeare setzt wiederum kein Komma nach „player", aber einen Doppelpunkt nach „no more" und kein Komma nach „fury". Der *New Swan Shakspeare* verzeichnet kein Komma nach „player" und einen Doppelpunkt nach „no more". Die Abweichungen beziehen sich also auf insgesamt vier Stellen. Deutet man die Zeichen im Sinne der dramaturgischen Interpunktion, kennzeichnen sie lediglich kürzere und längere Sprechpausen. Jedenfalls wird durch die Varianten der Sinn des Textes nicht verändert.

Die sprachlichen Anmerkungen weisen deutliche Unterschiede auf hinsichtlich des Umfangs und der tatsächlich gebotenen Hilfen. In der Schöningh-Kurzausgabe sind lediglich drei Angaben zu finden: „to record" – geschichtlich überliefern, „dusty death" – Staub des Grabes, „to strut" – stolzieren. Es liegt wohl auf der Hand, daß mit diesen drei Vokabelgleichungen keine Hilfe zur Lektüre und erst recht zur Interpretation gegeben wird.

In der vollständigen Schöningh-Ausgabe finden sich zwei längere Hinweise, deren erster sich auf die ersten beiden Zeilen bezieht. Sie werden paraphrasiert und verglichen mit *Macbeth*, IV. 3. 12-15. Ein Zusatz dient als Interpretationshilfe: „Since Macbeth loves his wife, his words express the extreme of his hopelessness, not indifference."[41] Die Zeilen 4-12 werden anschließend insgesamt unter Zitierung der entsprechenden Zeilenteile paraphrasiert und erläutert. Diese Paraphrase stellt zugleich eine Interpretationshilfe dar.

Die Lensing-Ausgabe verzeichnet neun Anmerkungen und zusätzlich drei „notes". Die sprachlichen Erläuterungen bestehen weitgehend in Paraphrasen einzelner Wörter, wie „hereafter", „petty", „brief candle", „walking shadow". Zeile 5 wird in den Übersetzungen von Tieck und Flatter angeboten. In den „notes" werden zusätzlich die Zeilen 6-7 in den Übersetzungen von Flatter und Rothe angegeben, ohne daß ein Grund für diese unterschiedliche Zuordnung ersichtlich wäre. Zu „out, out brief candle" wird auf das Buch *Job* XVIII, 6 verwiesen, zu „life's but a walking shadow" auf das Buch der *Psalmen* XXXIX, 7 und wiederum auf *Job* VIII, 9.

Die Cornelsen-Ausgabe umfaßt sieben Anmerkungen. Zur ersten Zeile werden zwei Interpretationsmöglichkeiten angeboten: „1. She would have died sometime, anyway, 2. Her death should have been deferred to a more peaceful hour."[42] Weiterhin werden „to the last syllable", „recorded time" und „dusty" erläutert. Bei „brief candle" findet sich wieder der Hinweis auf *Job* 18, 6 sowie zu Zeile 8 auf *Job* 8, 9. Diese Zeile wird zusätzlich zum Anlaß einer kurzen Charakterisierung Macbeths genommen, die mit dem Hinweis endet: „To regard these lines as proof of the poet's pessimistic attitude to life is to do violence to the context."[43] Anschließend werden „poor player", „to strut", „to fret", „sound and fury" und „tale" erläutert, „tale" mit dem Hinweis auf die *Psalmen* 90, 9. Der Wechsel von kurzen Paraphrasen und längeren Erläuterungen stellt sicher eine Lesehilfe für die Schüler dar.

Die umfangreichsten Erläuterungen finden sich im *Players' Shakespeare.* Zwölf Anmerkungen von unterschiedlicher Länge dienen als Hilfe. Unter den sprachlichen Paraphrasen finden sich Alternativvorschläge wie z. B. für „recorded time": „(a) book of time, (b) i. e. until judgment day,"[44] außerdem für „poor player": „(a) bad actor, (b) pitiful actor."[45] Neben den Hinweisen auf *Job* und die *Psalmen* wird im Zusammenhang mit „shadow" auf *A Midsummer Night's Dream,* V. 1. 209, im Zusammenhang mit „struts and frets" auf *Measure for Measure,* II. 2. 118 verwiesen. Diese Verweise dienen als Anregung, die entsprechenden Textstellen aus den anderen Dramen zum Vergleich und zur Interpretation heranzuziehen. Zwei konkrete Fragen zum Text sollen zur eigenen Interpretation anleiten. Doch findet sich auch im Anmerkungsteil eine kurze Interpretation des ganzen Monologs:

> The soliloquy is the consummation of all Macbeth represents. Its images are closely linked, e.g. hereafter–tomorrow–day–recorded time–yesterdays;

> lighted–candle–shadow–player; and there are other occasions. There are, too, numerous echoes of the Bible. What effect does this have – solemnity, gravity, dignity, verity, persuasiveness, self-deception, desperation?[46]

Die Interpretation versteht sich also als Anregung zum selbständigen Weiterfragen und will vor allem zum genauen Lesen anhalten. Sie verhindert sicher nicht den eigenen Zugang zum Text.

Im *Macmillan Shakespeare* finden sich sieben Anmerkungen. Die erste Zeile wird wiederum auf zweierlei Weise erklärt: „She should have died later, at a less busy time – or, she would have died at some time or other. He does not even ask how she died."[47] Die folgenden Zeilen werden jeweils insgesamt paraphrasiert. Neben dem Hinweis auf *Job* 9, 8 wird hier auch auf das Buch *Jesus Sirach* VI, 12 verwiesen. Diese Ausgabe geht insbesondere auf die Bühnenmetaphorik ein; „player" und „struts and frets" werden im Zusammenhang erläutert und in Beziehung zu einer früheren Stelle gesetzt: „The imagery of the stage recalls the similar metaphor that Macbeth used when he was looking forward to being King (I. 3. 127-9) – he seems again to have subconsciously anticipated his later disillusionment."[48] Auch diese Querverweise sind dazu angetan, den Schüler zum aufmerksamen und genauen Lesen anzuleiten.

Die *Kennet*-Ausgabe enthält sieben Anmerkungen und eine Frage zur Zeile 3: „What is the effect of this line?",[49] die entbehrlich erscheint. Paraphrasiert werden die 2. und die 5. Zeile, außerdem „poor" und „frets his". Die Zeilen 6-7 werden wiederum mit Hinweisen auf *Job* ausführlich kommentiert. Der gesamte Monolog wird abschließend kurz interpretiert:

> From *word* the imagery extends in *syllable, heard, tale* and *sound,* and from *creeps* in *pace, way, walking* and *struts.* These two strands of imagery are interwoven with others of time and light. All end in *nothing.* Macbeth finds life meaningless and contemptible because by now his sins have bled all meaning and glory out of it.[50]

Das Problem solcher Interpretationen läßt sich, wenn sie gehäuft auftreten, allerdings nicht verkennen: Der deutsche Schüler zumindest könnte sich auf die vorgegebenen Formulierungen so sehr fixieren, daß er zu eigenen sprachlichen Äußerungen nicht mehr in dem Maße fähig ist, als wenn er von vornherein allein versucht, seine Gedanken fremdsprachlich zu formulieren.

Die *New Swan*-Ausgabe umfaßt acht Anmerkungen. „Hereafter" wird umschrieben, die zweite Zeile insgesamt paraphrasiert. Auch die Zeilen 3-7 werden in drei Anmerkungen als ganze erläutert. Der Zusatz: „The idea of the light of life being a candle is continued in what follows,"[51] gibt zwar eine Anleitung zur Textanalyse, nimmt diese aber nicht selbst vorweg. „Dusty death", „brief" und „but" werden anschließend knapp umschrieben.

Diese kurzen Ausführungen sollen deutlich machen, daß nicht nur hinsichtlich des Umfangs der Anmerkungen Unterschiede bestehen, sondern vor allem hinsichtlich der Schwerpunkte (z. B. bei der Interpretation der Metaphern), die durch die Auswahl der erläuterten und kommentierten Wörter und Zeilen gesetzt werden. Zusammenfassend kann festgestellt werden, daß dem Schüler am ehesten mit knappen sprachlichen Erläuterungen geholfen wird, die den Leseprozeß nicht allzu sehr aufhalten, daß ausführliche Erläuterungen dann angebracht erscheinen, wenn es sich um nicht eindeutige Lesarten handelt oder um längere Passagen, die dem Schüler aufgrund der Syntax, der Wortwahl oder der Metaphorik insgesamt dunkel bleiben würden. Interpretationsansätze sind dann hilfreich, wenn es bei Ansätzen bleibt, die zum Weiterdenken anregen, nicht aber, wenn sie Ergebnisse vorwegnehmen, zu denen der Schüler selbständig gelangen könnte.

4. *Forderungen an eine didaktische Shakespeare-Ausgabe*

Aus den Ausführungen ergeben sich Forderungen, die an eine didaktische Shakespeare-Ausgabe zu stellen sind. Sie sollen hier abschließend thesenartig zusammengefaßt werden, da sie von D. Kleine-Horst ausführlich dargestellt werden.[52]

1. Für den Schulgebrauch bearbeitete Shakespeare-Ausgaben müssen in jedem Fall den vollständigen Text abdrucken.

2. Bei längeren Dramen könnte der Herausgeber Kürzungsvorschläge machen unter Angaben von Akt, Szene und Zeile, die dem Lehrer als Entscheidungshilfe dienen.

3. Die einsprachigen Anmerkungen sollten parallel zum Text gedruckt werden, am besten unter szenenweise fortlaufender Numerierung der erläuterten Wörter und der kommentierten Zeilen. Die Zielsetzung und der sprachliche Anspruch des Anmerkungsteils müssen transparent gemacht werden. Die sprachlichen Hilfen sollten nicht nur Paraphrasen umfassen, sondern Hinweise enthalten auf archaische oder obsolete Wörter, auf syntaktische und stilistische Besonderheiten sowie auf Ausspracheunterschiede (z. B. Reimwörter, *rhyming couplets).* Der Anmerkungsteil sollte ferner kurze Lesehilfen in Form textexterner Information und Interpretationshilfen in Form textinterner Information bieten.

4. Die Einführung muß auf den Horizont der Schüler und auf die unterrichtlichen Erfordernisse und Möglichkeiten zugeschnitten sein und den Blick für spezifische Probleme der Shakespeare-Lektüre öffnen. Berücksichtigt werden sollten in jedem Falle Quelle und Datierung des Werkes, die Thematik, die Bühnen- und Rezeptionsgeschichte, die wichtigsten politischen, gesellschaftlichen und kulturellen Phänomene des elisabethanischen Zeitalters sowie die Spezifika der Shakespeare-Bühne.

5. Auch modernisierte Textfassungen machen eine Einführung in die Sprache Shakespeares erforderlich. Sie muß die Art der Modernisierung (Orthographie und Interpunktion) transparent machen, ferner sollte sie den Gebrauch von Blankvers und Prosa erläutern und Angaben machen über Aussprachebesonderheiten, über Wortschatz- und syntaktische Probleme sowie über Aspekte der Metaphorik Shakespeares.

6. Hinweise auf die für die Schulausgabe benutzten Textvorlagen (Quarto, Folio) und auf die herangezogenen Apparate wissenschaftlicher Shakespeare-Editionen für den Anmerkungsteil machen die Ziele der didaktischen Ausgabe transparenter.

7. In eine für den Schulgebrauch bestimmte Edition gehört m. E. ein didaktischer Kommentar, der Grobziele umreißt, Projekte vorschlägt und der vor allem auf weiterführendes zusätzliches Material (Verfilmungen, Plattenaufnahmen, Bearbeitungen, moderne Versionen etc.) hinweist.

8. Historische und zeitgenössische Illustrationen dienen nicht nur der optischen Auflockerung, sondern können auch dem besseren Verständnis z. B. der Shakespeare-Bühne oder verschiedener Arten von Bühnenproduktionen dienen.

9. Zur Erhellung des politischen und des geistesgeschichtlichen Hintergrundes sind zusätzliche Textauszüge hilfreich, desgleichen zur Bewußtmachung unterschiedlicher Interpretationsansätze der Shakespeare-Kritik, wie sie im *New Swan Shakespeare, Advanced Series* zu finden sind.

Anmerkungen

Mein herzlicher Dank gilt Frau Marga Sprissler für die Durchsicht des Manuskripts.

[1] *The (New) Arden Shakespeare*, ed. Frank Kermode (London: Methuen).

[2] *The New Shakespeare*, ed. Sir Arthur Quiller-Couch and J. D. Wilson (Cambridge UP).

[3] *The New Clarendon Shakespeare*, ed. J. R. Sutherland (Oxford: Clarendon Press).

[4] Hans Walter Gabler, „Editionsgeschichte", in *Shakespeare–Handbuch*, ed. Ina Schabert (Stuttgart, 1972), pp. 222–223.

[5] *Macbeth,* für die Schule bearbeitet von Peter Browning und Reinhold Arndt, rev. ed. (Dortmund, o. J.); *Julius Caesar,* für die Schule bearbeitet von Reinhold Arndt, rev. ed. (Dortmund, 1958).

[6] In den „notes“ zu *Macbeth* findet sich lediglich ein Hinweis auf ein „rhyming couplet in Shakespeare's time“ (p. 23).

[7] *Macbeth,* neubearbeitet von Dieter Riesner (Bielefeld, o. J.); *Julius Caesar,* neu herausgegeben von Friedrich Schubel (Bielefeld, o. J.); *The Merchant of Venice,* ed. Friedrich Lange (Bielefeld, o. J.).

[8] CVK, Neuere Sprachen '78, p. 19.

[9] *Julius Caesar,* op. cit., p. 119.

[10] *Macbeth,* op. cit., p. 106. Cf.: „Die jetzige Schulausgabe nimmt in den meisten Fällen die Folio als Vorlage, berücksichtigt aber an einigen Stellen die verdeutlichenden Hinweise neuester englischer Editionen.“ *Julius Caesar,* op. cit., p. 119.

[11] *Hamlet,* ed. Georg Schnöckelborg (Paderborn, 1972); *King Lear,* ed. Georg Schnöckelborg (Paderborn, 1961); *The Merchant of Venice,* ed. Herbert Hüsges (Paderborn, o. J.); *Julius Caesar,* ed. Georg Schnöckelborg (Paderborn, o. J.); *Julius Caesar,* bearbeitet von J. Kirchhoff (Paderborn, o. J.); *Macbeth,* ed. Georg Schnöckelborg (Paderborn, 1960); *Macbeth,* Kurzausgabe, bearbeitet von Karl Arns (Paderborn, 1976).

[12] Schöningh, Schulbuchkatalog 1978, p. 57.

[13] Zur Rolle der Übersetzung bei der Shakespeare–Lektüre cf. unter anderem Joachim Höppner, „Zur Interpretation von Dramen im Englischunterricht der Oberstufe,“ *Die Neueren Sprachen,* 1 (1956), p. 33; Harry Weissel, „Vom Sinn des fremdsprachlichen Literaturunterrichts. Bemerkungen zur Shakespearelektüre,“ in *Erziehung und Schule in Theorie und Praxis,* ed. Georg Geißler und Hans Warnke (Weinheim, 1960), p. 126 ff.; Friedrich Schubel, „Shakespeare im Gymnasium,“ *Praxis,* 12 (1965), p. 96; Reinhold Arndt, „Shakespeare–Lektüre in der Schule,“ *Praxis,* 5 (1958), pp. 37–38.

[14] Cf. allerdings Gabler, der bei den Rowohlt–Ausgaben den Textteil als oft „voll von Druckfehlern“ kritisiert, sich aber anerkennend über die „wertvollen Lesehilfen“ des Einführungsessays äußert. Gabler, op. cit., p. 233.

[15] *A Midsummer Night's Dream,* übersetzt, mit Erläuterungen und einem Nachwort herausgegeben von Wolfgang Franke (Stuttgart, 1975), „Vorwort zur Übersetzung“.

[16] *Othello,* bearbeitet von Balz Engler (München, 1976); *Maß für Maß,* Deutsche Prosafassung und Anmerkungen von Walter Naef, Einleitung und Szenenkommentar von Peter Halter (München, 1977); *König Richard II.,* bearbeitet von W. Braun (München, 1980); *Der Kaufmann von Venedig,* bearbeitet von J. Heine (München, 1981).

[17] „The English teacher in England has only Shakespeare's language which is very far removed from the pupils' own English.“ Mit dieser Bemerkung versucht Rachel Potter die Schwierigkeit der Shakespeare–Lektüre für englische Schüler und Lehrer anzudeuten, während sie die Probleme deutscher Schüler und Lehrer insofern abzuwerten versucht, als diese ausgezeichnete Übersetzungen zu Rate ziehen können. „Shakespeare in School,“ *Praxis,* 4 (1957), p. 77.

[18] *Macbeth,* ed. J. H. Walter (London: Heinemann Educational Books, repr., 1976, [1]1962). The Players' Shakespeare.

[19] Ibid., p. 1.
[20] Ibid.
[21] Ibid., p. 2.
[22] *The Kennet Shakespeare*, General Editior: Michael Davis. Exemplarisch: *Macbeth*, ed. M. Davis (London: Edward Arnold, repr., 1975, [1]1964).
[23] Ibid., p. 52.
[24] *The Macmillan Shakespeare*, Advisory Editors: Philip Brockbank and Peter Hollindale. Exemplarisch: *Macbeth*, ed. D. R. Elloway (Basingstoke and London: Macmillan Education, 1971).
[25] Ibid., „preface".
[26] *The Alexander Shakespeare*, General Editor: R. B. Kennedy. Exemplarisch: *Julius Caesar*, ed. R. B. Kennedy (London and Glasgow: Collins Publishers, repr., 1977, [1]1972).
[27] Ibid., Vorwort.
[28] Ibid., p. 231.
[29] Ibid., p. 237.
[30] *New Swan Shakespeare*, General Editor: Bernard Lott. Exemplarisch: *Macbeth*, ed. B. Lott (London: Longman, repr., 1977, [1]1965).
[31] Ibid., hinterer Buchdeckel.
[32] Ibid., p. V.
[33] Ibid.
[34] Cf. p. xxviii.
[35] Pp. 247–253.
[36] Vorwort zu *Hamlet*, das hier exemplarisch untersucht wird. *New Swan Shakespeare, Advanced Series*, General Editor: Bernard Lott. *Hamlet*, ed. B. Lott (London: Longman, repr., 1976, [1]1968). Cf. auch: „Very little space is devoted to textual cruces in this edition. Where they occur the notes suggest the general meaning of the passage, taking into consideration the context and the possible meanings of the doubtful words. Derivations of words are not normally given, since these are likely to distract the reader from the study of the play as drama and literature." p. xl.
[37] Ibid., p. xli.
[38] Ibid.
[39] *The New Penguin Shakespeare*, General Editor: T. J. B. Spencer. *Macbeth*, ed. G. K. Hunter (Harmondsworth: Penguin, repr., 1978, [1]1967).
[40] Zitiert nach *Macbeth*, Players' Shakespeare, op. cit., p. 193.
[41] „Notes" zu *Macbeth*, op. cit., p. 27.
[42] *Macbeth*, „Annotations", op. cit., p. 68.
[43] Ibid., p. 69.
[44] *Macbeth*, op. cit., p. 192.
[45] Ibid.
[46] Ibid.
[47] *Macbeth*, op. cit., p. 178.
[48] Ibid.
[49] *Macbeth*, op. cit., p. 158.
[50] Ibid., p. 160.
[51] *Macbeth*, op. cit., p. 218.
[52] Cf. in Band II, pp. 347–370. Schon 1958 stellte Reinhold Arndt Forderungen für eine schülergerechte Shakespeare-Ausgabe auf. Cf. op. cit., pp. 38–39.

II. Die Shakespeare-Zeit unter didaktisch-methodischen Gesichtspunkten

WERNER SEDLAK

Der politisch-kulurelle Hintergrund der Dramen Shakespeares

1. *Einleitung*

Schwerpunkt dieses Beitrags ist eine kritische Untersuchung von Darstellungen des politisch-kulturellen Hintergrunds der Shakespeare-Dramen für Lehrer und Schüler. In diesem Zusammenhang unumgänglich ist es jedoch, zunächst den Stellenwert einer historisch-kontextuellen Betrachtung im Rahmen der Beschäftigung mit Shakespeare zu klären, sowie im weiteren Verlauf unterschiedliche Konzeptionen einer historisch-kontextuellen Betrachtung zu diskutieren. Hieraus ergeben sich schließlich Konkretisierungsversuche anhand von *Richard II.*

Rudolf Haas hat in einem vor der Deutschen Shakespeare-Gesellschaft West gehaltenen Festvortrag „Shakespeare als pädagogische Herausforderung"[1] eine Reihe von Möglichkeiten einer Begegnung mit Shakespeare im Unterricht dargelegt. U. a. schlägt er eine Einführung in die politische Situation der Shakespeare-Zeit und einen Vergleich kultur- und theatersoziologischer Gegebenheiten unserer Zeit mit der Bühnengeschichte und der Theatersoziologie der Zeit Shakespeares vor;[2] vier Ansätze rückt Rudolf Haas ins Zentrum: eine kommunikationsbewußte Erschließung der Sprache der Shakespeare-Dramen, das Problem der schauspielerischen Umsetzung der Dramentexte, das Übersetzen Shakespearescher Texte ins Deutsche als schöpferisch-kritische Textbegegnung, sowie die Frage nach der universell-archetypischen Natur Shakespeares als Klassiker; diese letzte Frage nach der Gemeinsamkeit des Menschlichen über Epochen und wechselnde Bezugshorizonte hinweg[3] sollte nach Rudolf Haas' Meinung in der Auseinandersetzung mit dem Werk stets unausgesprochen mitschwingen.[4]

Einer solch vielseitigen Beschäftigung mit Shakespeare soll hier nicht entgegengetreten werden, auch keineswegs einem Zugang zu Shakespeare, der auf das „Zeitlos-Universelle" gerichtet ist, d. h. auf den gemeinsamen Nenner des modernen und elisabethanischen Verstehenshorizonts. Diese „universelle" Versteh- und Interpretierbarkeit der Shakespearetexte ist u. a. entscheidende Voraussetzung einer eigenständigen Rezeption Shakespeares durch heutige Schüler und Studenten. (Um dies zu illustrieren: Eine deutsche Gruppe von Neunzehn- und

Zwanzigjährigen gab im Anschluß an eine erste Begegnung mit *Richard II*, die 1977 in Form einer Schallplattenvorführung mit gleichzeitiger Textlektüre erfolgte, auf die Frage nach der psychologischen Thematik des Stücks z. B. folgende Antworten: „Das innere Schwanken eines Herrschers, der die Macht verloren hat", „Der Gegensatz zwischen dem psychologisch undurchsichtigen, tatkräftigen Bolingbroke und dem sein Inneres öffnenden, handlungsuntüchtigen Richard". Als politische Aussage wurde etwa genannt: „Beide Herrscher werden schuldig", „Ein Herrscher hat Verantwortung gegenüber seinem Volk".) Andererseits stößt man bei einer genaueren Textinterpretation, die sich den Grundregeln der Hermeneutik verpflichtet fühlt, an die Grenzen „universellen" Interpretierens. (So mußte sich für Shakespeare das Problem der politischen Herrschaft, wie es in *Richard II* aufgeworfen ist, zur Zeit des Nationalabsolutismus Elisabeths I. in wesentlichen Punkten anders darstellen als heute im Zeitalter demokratischer Verfassungen.) Man sollte darin nicht ein Handicap der Beschäftigung mit Shakespeare sehen, das es unglücklicherweise im Unterricht irgendwie zu überwinden gilt. Vorausgesetzt, daß das Problem der politischen Herrschaft im 20. Jahrhundert unverändert relevant ist, ist es für die Förderung des Geschichtsbewußtseins der Schüler, für die Steigerung ihrer Toleranz gegenüber dem Historisch-Abweichenden und für ihre eigene Standortklärung sehr bedeutsam, zu diesem Problem Haltungen unserer Zeit und der Shakespeares gegenüberzustellen. Der Shakespeare-Text wird bei dieser Fragestellung zum Teil distanzierter gesehen als bei einer „zeitlosen" Sicht; das heißt jedoch keineswegs, daß er dadurch an Interesse verliert. Die historisch-kontextuelle Betrachtung wird in diesem Beitrag begriffen als ein bewußt akzeptiertes Ziel im Rahmen der verschiedenen Lernziele und Formen der Beschäftigung mit Shakespeare wie auch mit Literatur allgemein.[5]

Es bleibt noch zu klären, wie der Begriff des politisch-kulturellen Hintergrunds verstanden werden soll. Er wird hier extensiv ausgelegt, letztlich im Sinne von „historischem Kontext". Als Zusammenhang zwischen den einzelnen Kontextbereichen erscheint es am günstigsten, eine konzentrische Relation um den Mittelpunkt des Textes selbst anzusetzen; diese ist in dem folgenden Einbettungsmodell graphisch vereinfacht.

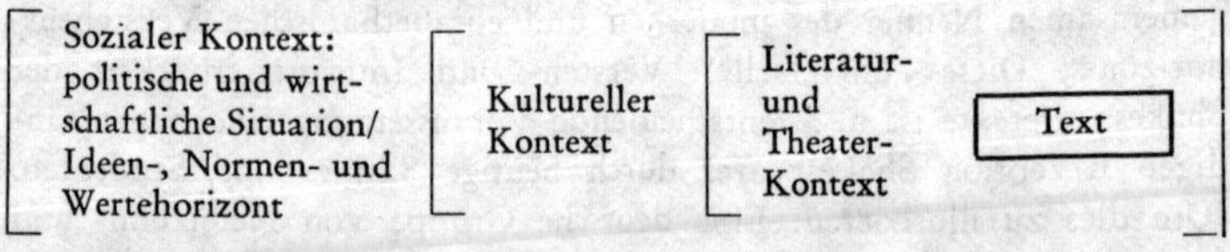

Hieraus wird deutlich, daß der Literatur- und Theaterkontext zu sehen ist als stets eingebettet in den weiteren kulturellen und letztlich in den allgemeinen sozialen Kontext, daß andererseits dieser allgemeine soziale Kontext nicht einfach im Text widergespiegelt wird, sondern die spezifische Textgestalt (und die durch sie gemachte Aussage) nur voll zu erklären ist, wenn der vermittelnde Einfluß von Faktoren der inneren Bereiche auf die Textentstehung mitberücksichtigt wird. *Richard II* ist ohne das zur Abfassungszeit schon vorliegende umfangreiche Historienschaffen undenkbar;[6] die komplexe Behandlung der Frage der Herrschaftslegitimation ist nicht allein von den Widersprüchlichkeiten der Geschichtsauffassung der Tudors herleitbar, sondern sehr wesentlich von den widersprüchlichen Haltungen innerhalb von Shakespeares heterogenem Theaterpublikum.[7] – Da wichtige Hintergrundsbereiche wie das elisabethanische Englisch, die Shakespeare-Bühne und die vorshakespeareschen Dramenformen in den folgenden Beiträgen von J. Beneke, Werner Habicht und A.-R. Glaap behandelt werden, wird dieser Beitrag das Augenmerk in erster Linie auf die dort nicht berücksichtigten Hintergrundsaspekte richten.

2. *Der politisch-kulturelle Hintergrund der Shakespeare-Dramen in den Darstellungen für Lehrer und Schüler*

Der kritischen Sichtung von Hintergrundsdarstellungen werden vor allem folgende Kriterien zugrundegelegt:

- Welche Bereiche des historischen Kontextes finden Berücksichtigung?
- Sind die Kontextinformationen auf einzelne Shakespearetexte bezogen bzw. beziehbar? Erhellen sie zentrale Themen und Probleme oder periphere Textaspekte?
- Wenn Beziehungen zu einzelnen Shakespearetexten explizit hergestellt werden: Ist die Art, wie diese hergestellt werden, hinreichend adäquat in Anbetracht der Erfordernisse einer Text–Kontext–Interpretation?
- Sind die Kontextinformationen sachlich richtig?
- Welche Implikationen hat das entworfene Hintergrundsbild vom elisabethanischen England für das Geschichtsbild der Schüler?
- Wenn gegeben: Welche didaktische Konzeption ist der betreffenden Darstellung zugrundegelegt?
- Welches ist ihr sprachliches bzw. gedankliches Niveau?

2.1. Lektürehefte und Oberstufenlesebücher deutscher Schulbuchverlage

Weiteste Verbreitung hat das von Vera Dale verfaßte Klett-Lektüreheft *Shakespeare and the age that made him* (Titel 1.2. der Bibliographie) gefunden. Ihm soll daher zunächst besondere Aufmerksamkeit gewidmet werden.[8] Das von Hans Combecher 1962 gefällte positive Urteil[9] ist leider aus heutiger Sicht nicht mehr haltbar. Das Heft berücksichtigt den kulturgeschichtlichen Kontext („Renaissance", „education", „inns and taverns", „dancing and music" etc.), den dramengeschichtlichen Hintergrund (besonders Christopher Marlowe), das elisabethanische Theater, Shakespeares Leben. Andererseits bleiben der politische und wirtschaftliche Hintergrund praktisch unberücksichtigt, der Ideenkontext wird nur sehr oberflächlich erfaßt. So lassen sich allenfalls von den Ausführungen zu Marlowes *Tamburlaine* und *Dr. Faustus*[10] Verbindungen zur zentralen Thematik von *Richard III* oder *Macbeth* herstellen; unmöglich ist dies jedoch in bezug auf die Themen anderer in der Schule gern gelesener Shakespeare-Dramen.[11] Shakespeare wird von Vera Dale einesteils als Genie gesehen, das vom historischen Hintergrund abgelöst erscheint;[12] wo andererseits Verbindungen zwischen Kontext und Texten explizit hergestellt werden, knüpfen diese an eine überholte biographistische Sicht an[13] oder laufen auf ein allzu primitives Widerspiegelungsverhältnis zwischen dem ländlichen England der Shakespearezeit und den Schäfern und Wäldern in *As You Like It* bzw. der Gartenmetaphorik in *Hamlet* (I. 2. 135—137) hinaus: abgesehen davon, daß hier Textdetails recht willkürlich aus dem Gesamtzusammenhang des jeweiligen Stücks gerissen werden, bleiben in diesen Fällen entscheidende Vermittlungsfaktoren des engeren kulturellen Kontextes unbeachtet, wie die pastorale Tradition[14] oder die Tradition der Gartenmetaphorik im politischen Schrifttum und in den mittelalterlichen Predigten.[15] Auch die historische Richtigkeit im einzelnen läßt zu wünschen übrig, wenn S. 6 suggeriert wird, daß die elisabethanischen *grammar schools* Arm und Reich Bildungschancen boten; in Wahrheit dienten sie im wesentlichen der *gentry* und dem begüterten Bürgertum, und auch hier nur dem männlichen Nachwuchs.[16] Bei der Darstellung der elisabethanischen Theatersituation propagiert Vera Dale Leslie Hotsons Anfang der Sechzigerjahre aktuelle Darstellung;[17] Hotsons Vorstellung, daß zur Kennzeichnung verschiedener Örtlichkeiten auf der elisabethanischen Bühne generell mehrere „houses" (doppelstöckige Gerüste) Verwendung fanden, hat keine allgemeine Anerkennung gefunden, auch nicht seine Vorstellung, daß sich die Schauspielergarderobe unter der Bühne befand.[18] Insgesamt wird von Vera Dale ein undifferenziertes Geschichtsbild der Schwarz-Weiß-Kontraste vermittelt und verstärkt: Mittelalter („narrowness") versus Renaissance („liberation of the human mind")[19] und *Merrie Old England* (ländlich und in mythischer Weise harmonisch) versus moderne Stadt- und Industriegesellschaft (implizites Gegenteil).[20] Daß von einem solchen harmonisierenden Bild der Shakespearezeit her die Gegensätze und Widersprüche, die etwa in den großen Tragödien oder Problemstücken gestaltet sind, nicht erfaßt werden können, liegt auf der Hand.[21] – Das fremdsprachliche und gedankliche Niveau des Lektürehefts bietet, berücksichtigt man die Anmerkungen mit, Oberstufenschülern keine Probleme. Überflüssig und motivationsmindernd erscheint die weitgehend klischeehafte Metaphorik; cf. p. 6: "the spirit of Greece hovered over the class-rooms of the Elizabethan schools" oder p. 9: "like a meteor Marlowe flashes across the literary sky of his generation, fiery and short-lived". Positiv zu werden sind die vielen Illustrationen. – Aus einzelnen Kommentaren zeichnet sich folgende didaktische Konzeption hinter dem Lektüreheft ab: Das Heft wird in größeren Abschnitten nach Art des herkömmlichen Lektüreunterrichts vor der Behandlung eines Shakespeare-Dramas durchgenommen. Der letzte Teil mit Charakterisierungen von einigen der bekanntesten Helden der Shakespeare-Dramen und Inhaltsangaben ist mit dem Ziel verfaßt "of inducing some of our readers to go from these pages to those of Shakespeare himself".[22] Günstig mag sein, daß dadurch die Schüler eine gewisse Wahlmöglichkeit zwischen verschiedenen Stücken erhalten. Ihre Aufmerksamkeit bei der Lektüre wird andererseits in Richtung einer ahistorischen Charakter- und Handlungsbetrachtung gelenkt. Zu dem zuvor entworfenen Bild vom elisabethanischen England wird erklärt, dieses sei nötig, da es an vielen Stellen in Shakespeares Dramen widergespiegelt werde. Aufgrund der aufgezeigten Mängel dürfte es eher den Blick der Schüler von den wesentlichen Fragen des jeweiligen Stücks ablenken.

In den Oberstufenlesebüchern für den gymnasialen Englischunterricht bleibt die Shakespearezeit meist unberücksichtigt.[23] Der einzige Band, in dem ausdrücklich versucht wird, Hintergrundsmaterial zur Behandlung Shakespeares im Oberstufenunterricht zur Verfügung zu stellen, ist das Oberstufenlesebuch des Unterrichtswerks *Britain and America* (1. 1.). Abgesehen von der bekannten Passage aus dem Vorwort zu Dr. Johnsons Shakespeare-Ausgabe, in der die Universalität Shakespeares herausgestellt wird, werden in drei Auszügen aus J. D. Wilsons *Essential Shakespeare* von 1946 (ursprünglich 1932) wesentliche Aspekte des historischen Kontexts von Shakespeares Dramen berücksichtigt: der Zusammenhang zwischen Renaissancekultur, speziell Theater, und höfischem Patronat,[24] Publikum und Aufbau der öffentlichen Theater,[25] und die politische und ökonomische Situation sowie die Grundstimmung unter Elisabeth I.[26] In Spannung nicht nur zu Dr. Johnsons Shakespeareverständnis, sondern auch zu J. D. Wilsons Bild vom elisabethanischen England steht schließlich ein Text von V. G. Kiernan aus dem Band *Shakespeare in a Changing World* (1964).[27]

Zunächst zu den J. D. Wilson-Auszügen: Die beiden Texte zu Theater und Patronat bzw. zu den öffentlichen Theatern sind, obschon etwas älter, zusammen mit den Abbildungen (u. a. De Witts *Swan Drawing*), unverändert geeignet; nur die Betonung der intimen Atmosphäre der öffentlichen Theater ist etwas zu relativieren, wenn man bedenkt, daß in ihnen schätzungsweise zwei- bis dreitausend Zuschauer Platz finden konnten. Sprachlich wie gedanklich anspruchsvoll, gleichzeitig recht lesbar, stellen die beiden Auszüge relevante Verbindungen her zur Spiegelung der höfischen Theateraufführungssituation im *Midsummer Night's Dream*, zur vielfältigen Verwendung von Musik und Tanz in Shakespeares Dramen sowie zur Schaffung einer imaginären Szenerie durch Shakespeares poetische Sprache. – Problematisch hingegen ist der dritte Auszug „England at the Time of Queen Elizabeth". Im einzelnen nicht uninformativ, zeichnet er insgesamt ein einseitig-idealisiertes Bild. Frohsinn, geistige Freiheit, Mobilität, zugleich Ruhe und Ordnung heben nach J. D. Wilson Elisabeths Regierungszeit ab gegenüber dem Mittelalter wie gegenüber der Epoche der Stuarts: eine fast einmalige Verbindung „of social stability with illimitable opportunity for the individual" – diese Deutung ist allenfalls aus der Sicht des elisabethanischen Landadels und begüterten Bürgertums haltbar. Schon im Hinblick auf Shakespeares Historien oder *The Merchant of Venice* muß man in dieses Bild die Angst vor Rebellion und Bürgerkrieg oder die ökonomischen Risiken selbst des begüterten Bürgertums hereinnehmen, für die Zeit nach 1600 (also für Shakespeares große Tragödien, Problemstücke und Romanzen) sind nicht mehr so sehr Frohsinn und dankbare Begeisterung für das Staatsoberhaupt und seine integrative Politik als ein Gefühl der wachsenden Polarisierung und die Ausbreitung einer skeptischen Grundstimmung charakteristisch.

Eine Relativierung von J. D. Wilsons idealisiertem Bild ergibt sich in *Britain and America* selbst durch die V. G. Kiernan-Passage. Diese beginnt mit einer leider recht schlagwort- und metaphernreichen, also schwierigen Skizze des sozialen Hintergrunds des elisabethanischen Dramas, der gesehen wird als eine Zeit des Übergangs von der mittelalterlich-feudalen zur kapitalistischen Epoche. Im Unterricht unbedingt historisch konkretisiert werden müssen die Charakterisierungen des Alten und des Neuen: „... the individual had been enclosed, snugly though crampingly, inside a narrow framework of institutions and beliefs ..." und „The epoch of free competition was coming in." Von der ambivalenten Bewertung der geschichtlichen Entwicklung („Life was ... both exhilarating and frightening") geht Kiernan über zu hochgeneralisierten Thesen über Shakespeares spezifische Reaktion auf diese Entwicklung. Kiernans Thesen müssen anhand des jeweils im Unterricht behandelten Stücks überprüft werden: „In a season of change one artist will fasten chiefly on what is bad in the situation, decline and decay, another on what is good, birth and growth. Shakespeare belongs emphatically to the second sort." Inwiefern erfaßt diese Formulierung die Gesamtstruktur einer Shakespeare-Romanze, etwa des *Tempest*? (Kiernan verweist im Zusammenhang seiner Formulierung auf die Romanzen.) Läßt sie sich auf die großen Tragödien beziehen? – „Over a great part of Elizabethan and especially Jacobean drama hangs a cloud of gloom and embitterment. Its preoccupations are with death and with madness ... Most typical among [its] bad [characters] are the ‚Machiavels', self-proclaimed villains emancipated from all bonds of conventional virtue." Welchen Stellenwert haben diese Elemente in Shakespeares großen Tragödien? – „... what really horrified [Shakespeare] was not any breakdown of ‚order' in the policeman's understanding of the word, but something more fundamental, the destruction of men's faith in one another that is always liable to accompany the break-up of an old social pattern whether authority remains intact or not."[28] Welchen Bezug hat diese Beobachtung zu dem jeweils behandelten Stück? –

Insgesamt gesehen ist das in *Britain and America* angebotene Material unterschiedlich geeignet und widersprüchlich; der Lehrer wird erheblich über die im Schülerarbeitsbuch und Lehrerbuch aufgeführten Informationen und Problemstellungen hinausgehen müssen, um mit den Schülern ein angemessenes Bild von der Shakespearezeit und eine befriedigende Kontextinterpretation des jeweiligen Shakespeare-Stücks erarbeiten zu können.

Ein weiteres Oberstufenlesebuch ist noch kurz zu berücksichtigen. In *The Lion and the Eagle* (1.4.) findet sich pp. 32–35 neben dem auch in *Britain and America* abgedruckten Text aus Dr. Johnsons *Preface* ein Auszug aus Lytton Stracheys biographischem Werk *Elizabeth and Essex* (1928). Strachey setzt dem idealisiert-heroischen Elisabethbild das Bild einer pragmatisch-taktierenden, z. T. entschlußlosen, typischweiblich inkonsequenten und sparsamen Regentin entgegen, die gerade durch diese Eigenschaften politisch überleben und im Innern den Frieden wahren konnte. Bezüge zu politischen Themen Shakespeares werden in diesem Auszug nicht hergestellt; die Sequenz der Textauszüge dieses Teils von *The Lion and the Eagle* ist intendiert als Addition historischer Schlaglichter von der Normannischen Eroberung bis zur Zeit nach dem Zweiten Weltkrieg. Um den Bezug z. B. zur komplexen politischen Thematik von *Richard II* zu ermöglichen (bei der eine pragmatische Sicht von Herrschaft durchaus eine wichtige Rolle spielt),[29] muß der Lehrer ergänzend die politische Doktrin des nationalabsolutistischen Gottesgnadentums erhellen. Darüber hinaus wird es dem Lehrer unnötige Arbeit bereiten, die personalistische Geschichtsbetrachtung des Textes, auch das in ihm mitschwingende unreflektierte weibliche Rollenbild zu korrigieren. Schließlich ist die Passage für Schüler sprachlich schwierig (cf. die Dichte der Anmerkungen) und setzt eine zu große Menge an historischen Informationen voraus (Kenntnis der politischen Hauptfiguren und der internationalen Situation der Zeit, Kenntnis der besonders für die englische Kunstgeschichte schwierigen Unterscheidung von Barock und Renaissance).

Schließlich ist noch auf den für die 9. und 10. Klasse Gymnasium gedachten Abschlußband des Lehrwerks *English for Today* (1.3.) zu verweisen. Das Kapitel II „An age of discovery and adventure" ist im Rahmen des englandkundlichen Themas „Englands Weg vom isolierten Inselstaat zur maritimen Großmacht" der Regierungszeit Elisabeths I. gewidmet. Das Kapitel enthält entsprechend der allgemeinen Konzeption des Lehrwerks einen Teil A, welcher sprachlich und landeskundlich den Teil B vorbereitet, nämlich drei originale Lesetexte aus der Zeit Elisabeths I. (sie sind z. T. gekürzt). Der Teil C schließlich zielt auf grammatische und stilistische Vertiefung ab. Der sprachlich und gedanklich bewußt einfach gehaltene Teil A berücksichtigt folgende wirtschaftlichen und politischen Hintergründe: die Entwicklung des Handels auf internationaler und nationaler Ebene; die Innenpolitik der Tudors; die *Merchant Adventurers;* die siegreiche Auseinandersetzung mit Spanien. (Leider ist bei *Merchant Adventurers* die Vokabelerklärung „person who seeks adventures" unrichtig; es muß von „one who undertakes, or shares in, commercial enterprises; speculator" ausgegangen werden – cf. das OED.) Im Teil B sind ein zeitgenössischer Bericht über Elisabeths Hofstaat (von Paul Hentzner) und Elisabeths Rede von 1588 an ihr Heer bei Tilbury abgedruckt, außerdem ein Auszug aus der berühmten letzten Szene von Shakespeares *Henry VIII*, in der Archbishop Cranmer in Form einer Prophezeiung Elisabeth verherrlicht. (Unglücklicherweise gibt das Lehrerbegleitheft für diese kritiklose Verherrlichung eine unrichtige Erklärung. Die Passage ist nicht als „Zeugnis für das optimistische Zeitgefühl des erwachenden England" zu werten. Vielmehr wurde *Henry VIII* 1613, d. h. zur Regierungszeit von James I. verfaßt, als dieser schon offen mit dem *House of Commons* in Konflikt geraten war und die nostalgische Idealisierung der Zeit Elisabeths I. als goldenes Zeitalter ihren Anfang nahm.) — Bei dem Kapitel II von *English for Today* stellt sich die Frage: Ist das vermittelte historische Wissen für die Shakespeare-Behandlung auf der Oberstufe reaktivierbar? — Außerdem sind sehr viele zusätzliche Informationen erforderlich, damit eine differenzierte Kontextinterpretation einzelner Historien oder z. B. des *Merchant of Venice* möglich wird.

Insgesamt läßt sich folgern, daß die von deutschen Schulbuchverlagen angebotenen Darstellungen des politisch-kulturellen Kontexts der Shakespearedramen nicht recht zufriedenstellen. Der Lehrer wird daher nach weiteren Möglichkeiten suchen. Es bieten sich an: 1) Einführungen und Handbücher zu Shakespeare, die an ein breiteres Leserpublikum gerichtet sind; 2) in England publizierte Lehrmaterialien zur elisabethanischen Zeit; 3) Interpretationshilfen zu einzelnen Dramen (sowie Einleitungen in Schulausgaben), soweit sie auf den politisch-kulturellen Kontext eingeht.

2.2. Einführungen und Handbücher zu Shakespeare, die an ein breiteres Leserpublikum gerichtet sind

Schon J. D. Wilsons Band *The Essential Shakespeare* (2.6.) ist sowohl an englischen als auch an deutschen Schulen vielfach zur Bereitstellung von Hintergrundsinformationen herangezogen worden. (Cf. zu diesem die Diskussion der *Britain and America*-Auszüge im vorangehenden Abschnitt.)

W. Schlegelmilch[30] berichtet, wie er vor der *Othello*-Durchnahme seinen Schülern mit Hilfe des Penguinbands *Introducing Shakespeare* von G. B. Harrison (2.2.) den Autor und seine Zeit umrißhaft vorstellte. Das Buch bietet u. a. inhaltlich und sprachlich recht geeignete Kapitel zur Shakespeare-Biographie, zu Shakespeares Theatergruppe und zum Theater der Shakespearezeit, alle mit sinnvoller Bebilderung. Sehr problematisch hingegen sind die Ausführungen zu „Shakespeare's Age". Zwar enthält das breit angelegte Kapitel durchaus informative Darlegungen zum Humanismus und zur elisabethanischen Geschichtsauffassung, zu den Generationenrollen innerhalb der Familie und zur

Rolle der Frau, jeweils mit relevanten Bezügen zu elisabethanischen Dramen. Andererseits geht Harrison in Antithese zum *Merrie Old England*-Bild und zum Renaissance-Klischee von der Befreiung des Individuums, indem er – von der Nachkriegszeit her aktualisierend – die Tudors als totalitäre Diktatoren einstuft. Harrison verweist zurecht auf die erheblichen Gefahren, die denen drohten, die sich nicht den religiösen und sozialen Normen anpaßten. Seine Einordnung ist jedoch auf jeden Fall staatstheoretisch irreführend. Auch muß Shakespeares letztlich affirmative Haltung gegenüber den Tudors in den Historien einigermaßen unverständlich erscheinen. (Harrison schränkt daher in zweifelhaft pragmatischer Weise p. 90 ein: „Shakespeare himself ... expressed the theory [that the Prince was semi-divine] even more eloquently [than Elizabeth]. There are certain political advantages in such an attitude, provided that the Supreme Governor is expert in the art of government, as Elizabeth I certainly was.") Ausgeprägt moralisierend ist der Tenor von Harrisons Darstellung des ökonomischen Wandels im 16. Jahrhundert,[31] auch der religiösen Entwicklung[32] oder der Veränderungen unter James I.[33] Allzu vordergründig ist es, wenn Hamlets Brüten über die Natur des Menschen auf die Abschaffung der Ohrenbeichte im Protestantismus zurückgeführt wird. Hier sind ideengeschichtliche Bezüge, zumal zu Montaignes Skeptizismus, unerläßlich. Die Darstellung der sozialen Schichtung der elisabethanischen Gesellschaft schließlich ignoriert praktisch alle Bevölkerungsgruppen unterhalb des Landadels, damit aber den weitaus größten Teil der Bevölkerung.

Ebenfalls Einführungscharakter besitzt das von Erik Frykman und Göran Kjellmer verfaßte Buch *Aspects of Shakespeare* (2.1.). Gedacht für schwedische Studenten, also Leser, deren Muttersprache nicht Englisch ist, und z. T. entstanden aus einer Universitätsvorlesung, erscheint der Band auch für deutsche Kollegstufenschüler geeignet, was seine sprachliche Schwierigkeit und den Umfang der in ihm gebotenen Information anbelangt. Die Verfasser geben einen bei aller Knappheit hinreichend differenzierten Überblick über die politische Entwicklung unter den Tudors und James I. Das Kapitel zum kulturellen und ideengeschichtlichen Kontext berücksichtigt u. a. den Humanismus, die Vielfalt des literarischen Kontexts, das kulturelle Leben in London, das vom Mittelalter her überkommene Weltbild, nicht jedoch die Ende des 16. Jahrhunderts eine breitere Wirkung erlangende Kritik an ihm (Montaigne, Machiavelli etwa). Das Kapitel über das elisabethanische Theater beschäftigt sich im wesentlichen nur mit den öffentlichen Theatern. Wie die recht elementar gehaltenen Kapitel zur Sprache Shakespeares sind die Ausführungen zum politisch-kulturellen Hintergrund in erster Linie eine Hilfe für die genauere Textlektüre, nicht so sehr jedoch für ein historisches Verständnis von Shakespeares komplexen thematischen Aussagen. Auffallend hoch für deutsche Verhältnisse ist leider der Preis des Bandes.

Aus praktischen Gründen (da der Platz mangelt und da ältere Bücher heute oft nicht mehr erhältlich sind) soll hier nur noch auf die neuesten Handbücher zu Shakespeare eingegangen werden, die gerade im Bereich des politischen und des ideengeschichtlichen Kontextes entscheidend verbesserte Darstellungen enthalten. So findet sich in dem von Kenneth Muir und Samuel Schoenbaum herausgegebenen *New Companion to Shakespeare Studies* (2.4.)[34] ein Aufsatz von Joel Hurstfield zum "Social and historical background" (pp. 168–179). Hurstfield sieht als Historiker in Shakespeares Werken insbesondere ihre politische Thematik: „... the plays ... show over and over again the insecure grasp of crown and government upon the authority they have inherited and claim." (p. 168) Daher betont er bei seiner Hintergrundsdarstellung besonders die sozialen Spannungen der Zeit um 1600. Leider ist die einleitende Übernahme der „Two Nations"-Vorstellung des 19. Jahrhunderts zunächst irreführend. Hurstfield geht zwar (pp. 173/174) auch auf die besonders für die niederen Stände gravierende soziale Unsicherheit ein, auf Hunger, Krankheiten, Bevölkerungswachstum, Unterbeschäftigung bzw. Arbeitslosigkeit, Inflation; er verweist darüber hinaus auf die beginnende Ausbildung eines sozialen Gewissens bei den politisch einflußreichen Schichten. Das Hauptinteresse des Aufsatzes gilt jedoch – zu Recht, im Hinblick auf die Ausgangsbeobachtung zur politischen Thematik Shakespeares – dem Verhältnis zwischen Herrscher bzw. Regierung einerseits und den zunehmend aggressiv und „expansionistisch" gestimmten Bevölkerungsgruppen andererseits. In diesem Zusammenhang sind für Hurstfield besonders wesentlich auf der einen Seite die Legitimation von Elisabeths Herrschaft, die enorme Ausweitung des staatlichen Einflusses im Verlauf des 16. Jahrhunderts, auf der anderen Seite die schon für die Zeit um 1600 belegte latente Bedrohung der gesellschaftlichen Stabilität durch die Mobilität der begüterten Kaufleute, Grundbesitzer und *civil servants*, die Ausbreitung des Puritanismus. Hurstfield sieht hinter der ab den 90er Jahren intensiven Diskussion um das Wesen politischer Herrschaft („the nature of authority") jedoch nicht nur deren latente Bedrohtheit, sondern auch eine im Volk weitverbreitete geistige Lebendigkeit und Unabhängigkeit. Hurstfield mag bei der Herausarbeitung der Spannungen innerhalb der Gesellschaft etwas zu wenig Nachdruck auf den *Elizabethan compromise*, die Integration der unterschiedlichen Interessen, legen; als Ausgangspunkt für Beobachtungen, wie Shakespeare auf die zum Ende des 16. Jahrhunderts deutlicher werdenden Spannungen durch die komplexe Behandlung der Frage der Herrschaftslegitimation reagierte, ist Hurstfields sprachlich und gedanklich anspruchsvoller, zugleich klarer und auch hinreichend dokumentierter Aufsatz sehr geeignet.[35]

Nicht nur auf die politische Thematik der Shakespeare-Dramen ausgerichtet, sondern von noch breiterer Relevanz ist der Aufsatz von R. W. Elton, „Shakespeare and the thought of his age" (pp. 180—198). Elton stellt einerseits die analogischen Denkgewohnheiten der Renaissance heraus, in denen das bei E. M. W. Tillyard im einzelnen beschriebene mittelalterliche Weltbild weiterwirkte.[36] Andererseits zeichnet er Shakespeares Zeit als Übergangszeit, als Zeit des beginnenden Niedergangs des überkommenen Weltbilds mit seinen als unverrückbar erachteten Hierarchien und Korrespondenzen. Montaignes Relativismus und Skeptizismus insbesondere wird als für das geistige Klima um 1600 bezeichnend angesetzt. Elton zeigt, wie diese Krise der Weltdeutung die verschiedensten geistigen Bereiche erfaßt und sich auch in den vielfältigsten Aspekten von Shakespeares Dramen spiegelt: sie erfaßt den theologischen Bereich (Fragwürdigwerden der Idee der göttlichen Gerechtigkeit – cf. *King Lear* – oder der Idee des sinnerfüllten menschlichen Handelns – cf. *Hamlet*); sie erfaßt den Erkenntnisbereich (Relativität der Wahrnehmung – cf. die Komplizierung der Schein-Sein-Thematik); die Überlegenheit der abendländischen Zivilisation erscheint nicht mehr als gesichert (cf. die *noble savage*-Diskussion, die auch in den *Tempest* hineinwirkt); das Urteilen und Werten wird zum Problem (Nebeneinander von metaphysisch begründeten und pragmatischen Kriterien, von christlichen und nicht-christlichen Wertsystemen); auch die Idee der harmonischen Einheit des *body politic*, das geozentrische Weltbild, das Vertrauen auf ein Leben nach dem Tode werden erschüttert.[37] Zum Schluß zeigt Elton knapp auf, daß Shakespeare diese Konflikte und Relativierungen in sein Drama umsetzt: es entsteht „a dialectic of ironies and ambivalences, avoiding in its complex movement and dialogue the simplifications of direct statement and reductive resolution";[38] so gelingt die Untersuchung der unterschiedlichsten Wertvorstellungen im Rahmen des Dramas. – Elton setzt einige philosophiegeschichtliche Kenntnisse voraus. Auch aufgrund der Fülle von Shakespeare-Verweisen und der Gedrängtheit der Darstellung wird der Aufsatz im englischen Original und als ganzes mit Sicherheit die Schüler überfordern. Einzelne Passagen oder Gedankengänge wird der Lehrer jedoch stets mit Gewinn in den Unterricht einbringen, um zentrale Aspekte des jeweiligen Dramas in den Ideenkontext der Shakespearezeit einbetten zu können. – Eine Reihe weiterer Beiträge des Bandes sind für den Lehrer kennenswert; obwohl sie den kulturellen Bereich ansprechen („Shakespeare's reading", elisabethanische Bühne, Musik, etc.), können sie hier nicht im einzelnen berücksichtigt werden.

Falls sich der Lehrer angesichts der Schwierigkeit einzelner historischer Fragestellungen entschließt, den Schülern deutschsprachige Informationsquellen an die Hand zu geben, oder dies im Rahmen einer Shakespeare-Behandlung im Deutschunterricht ohnehin das Angebrachte ist, so bietet sich (abgesehen von der deutschen Übersetzung des *New Companion to Shakespeare)* das von Ina Schabert herausgegebene *Shakespeare-Handbuch* (2.5.) an. Wie der *New Companion to Shakespearte* intendiert als breit angelegte Information über den Stand der Shakespeare-Forschung, bietet das *Shakespeare-Handbuch* eine noch umfassendere Darstellung; cf. etwa die über zweihundertfünfzig Seiten zur Wirkungsgeschichte oder die detaillierten Abhandlungen zu den einzelnen Werken Shakespeares, zu seinem dramatischen Stil und seinen Aussageanliegen, zur Textüberlieferung, zur Biographie Shakespeares, zum elisabethanischen Theater und zur dramatischen Tradition, auch den konzisen Abschnitt zur Sprache der Shakespearezeit.[39] Die notwendigerweise starke Untergliederung des Buches bringt es mit sich, daß der Leser, wenn er sich möglichst umfassend zum politisch-kulturellen Hintergrund der Shakespearedramen informieren will, nicht einfach nur auf das Kapitel I. A. „Das elisabethanische Zeitalter" (pp. 2-40, verfaßt von Wolfgang Weiß) zurückgreifen kann. Im Hinblick auf Shakespeares komplexe Behandlung politischer Themen etwa sind relevant die Abschnitte (pp. 4-17) „Die politische Entwicklung im 16. Jahrhundert", „Die Regierungsform unter Elisabeth" (zu den Regierungs- und Verwaltungsorganen der Tudors), „Die elisabethanische Gesellschaft",[40] und „Die wirtschaftliche Entwicklung Englands unter den Tudors", außerdem pp. 20-22 (zum Staatskonzept innerhalb des noch wirksamen mittelalterlichen Weltbilds sowie zu Machiavelli), eventuell pp. 362-368 (zum Stellenwert von Gesellschaftsmodellen, zu pastoralen Gegenwelten und zur Diskussion von Zeitgeschehen in Shakespeares Dramen), schließlich unbedingt die allgemeinen Einleitungskapitel zu den Historien und Römerdramen (pp. 374-383 und pp. 567-569). Eine umfassende ideengeschichtliche Einordnung Shakespeares wird dem Leser ermöglicht, wenn er auf die folgenden Abschnitte zurückgreift: I. A. 1. (pp 2-4, zum englischen Humanismus), I. A. 6-10 (pp. 17-33, zur Vielfalt und Entwicklung des philosophischen Denkens im 16. Jahrhundert, zum elisabethanischen Weltbild zu

Psychologie, Tugend- und Lasterlehre, Erziehung und Bildungsideal),[41] und das in die 2. Auflage 1978 neu aufgenommene Kapitel III. BB. 2 (pp. 350-373, ein sehr wertvoller Versuch von Ina Schabert, „thematische Zentren von Shakespeares Vision zu skizzieren, so wie sie in bestimmten Dramen hervortreten und wie sie die Forschung ... im Rückbezug auf elisabethanisches Denken besser zu verstehen gelehrt hat." Als thematische Zentren werden gesehen die Frage nach der Natur des Menschen, die nach der Stellung des Menschen in der Gesellschaft – mit den Unteraspekten „Naturzustand und Zivilisation", „Ehrbegriff", „Rache, Gerechtigkeit, Vergebung", „Liebe" –, der Themenkomplex Gesellschaft und Staat, die Beziehung zwischen der Ordnung der Gesellschaft und den künstlerischen Gestaltungsprinzipien, schließlich die religiösen Implikationen von Shakespeares Dramen.) Trotz der insgesamt klaren Darstellung ist die Benützung des Shakespeare-Handbuchs für Schüler nicht einfach. Der Lehrer wird durch gezielte Angaben den Schüler lenken und zu einer angemessenen selektiv-integrativen Auswertung führen müssen. In jedem Falle wird der Lehrer selbst die in dem Handbuch vereinigten Hintergrundinformationen auf das zu behandelnde Stück hin selektieren und bei seiner historischen Interpretation sinnvoll verwerten können.

Eine deutschsprachige Einführung zu Shakespeare, die in knapper, dabei verständlicher Form die Ergebnisse und Fragestellungen der neueren Forschung auswertet, liegt vor in Gerhard Müller-Schwefes Band *William Shakespeare. Welt – Werk – Wirkung* (2.3.). Der zeit-, theater- und literaturgeschichtliche Kontext von Shakespeares Werken ist einer der Schwerpunkte der Darstellung. Ähnlich wie Joel Hurstfield in Muir und Schoenbaums *New Companion to Shakespeare Studies* arbeitet Müller-Schwefe den Übergangscharakter und die Spannungen der Shakespearezeit heraus. Er behandelt im allgemeinen zutreffend das politische Denken der Zeit (die Diskussion um das Gottesgnadentum),[42] soziale Schichtung[43] und Mobilität, die Kulturexpansion, die Situation im religiös-kirchlichen Bereich und im Bereich des allgemeinen Denkens. (Leider finden sich hier keine Informationen zu Montaigne und Machiavelli.) Im Kapitel 2 „Bildung und Ausbildung" werden u. a. Humanismus, Schulwesen und Shakespeares entsprechende Klassikerkenntnis dargestellt. Recht knapp und ohne jede Illustration ist Kapitel 3 zur Entwicklung von Schauspielstil, Theater und Publikum. Wenngleich die expliziten Bezüge zu Shakespeares Dramen in den ersten Kapiteln wenig zahlreich sind, wird sich für Lehrer und Schüler von Müller-Schwefes Darstellung her ein vertieftes historisches Verständnis des jeweiligen Shakespearestücks ergeben.

2.3. Englische Lehrmaterialien zur elisabethanischen Zeit

Im folgenden werden nur einige wenige Publikationen dieser Art nach ihrem sprachlichen und gedanklichen Niveau unterschieden. Im wesentlichen ist ihnen gemeinsam, daß sie ein differenziertes und sehr anschauliches Bild von der politischen und gesellschaftlich-wirtschaftlichen, weniger jedoch der ideengeschichtlichen Situation zur Zeit Elisabeths I entwerfen. Direkte Bezüge zu zentralen Themen Shakespeares lassen sich meist nur begrenzt herstellen; besonders nützlich für die Entwicklung einer konkreteren Vorstellung vom Hintergrund Shakespeares ist hingegen das meist reichhaltige Bildmaterial.

V. E. Chancellor, *Medieval and Tudor Britain* (3.1.), der zweite Band einer bei Penguin Education erschienenen *History of Britain*, hat inhaltlich gehobenes Mittelstufenniveau. Kapitel 17 bis 20 (pp. 168-213) behandeln informativ die Regierungszeit Elisabeths I und versuchen, wichtige historische Zusammenhänge herauszuarbeiten; die Darstellung ist sprachlich für deutsche Oberstufenschüler auch ohne Lehrerhilfe gut verständlich. Unpraktisch ist, daß die Regierungszeit von James I erst im nächsten Band behandelt ist.[44]

Nathaniel Harris' Buch *The Shakespeares* (3.3.) ist der sprachlichen Schwierigkeit und dem inhaltlichen Anspruch nach ähnlich einzustufen. Um die Sozialgeschichte der zweiten Hälfte des 16. Jahrhunderts für Schüler zu konkretisieren, versucht Harris eine geglückte Rekonstruktion der Auswirkungen der großen geschichtlichen Entwicklung auf die Lebensbedingungen der Stratforder Bürgerfamilie, der Shakespeare entstammt.[45]

Joy Thwaytes' Medienkassette zu *Shakespeare's England* in der Reihe der *Beaver Units* (3.7.) ist für jüngere Schüler gedacht, bei denen über vier verwandte Themen („Shakespeare's life and family", „playhouses, players and playwrights", „houses and households", „London, its buildings und people") ein Interesse an Sozialgeschichte, am Hintergrund der englischen Literatur und an der Geschichte ihrer Heimatstadt geweckt werden soll. Die Schüler werden auf Kosten historischer Information angeregt, ihre eigenen Erfahrungen auf die Elisabethaner zu projizieren („to see the Elizabethans as real people who lived in a real world"). Das Niveau der Arbeitskarten und Modellbauanleitungen (etwa für das Globe Theatre, nach Hodges) ist für Oberstufenschüler zu niedrig; die Stadtpläne und Illustrationen, ein Diastreifen und eine kleine Schallplatte mit elisabethanischer Musik wären gewiß brauchbar, doch ist der Preis der Kassette erheblich (viele der Materialien werden mehrfach geliefert, da die Einheit für Gruppen- und individuelle Arbeit gedacht ist).

Im Preis günstig, inhaltlich Oberstufenniveau, von den sprachlichen Anforderungen her anspruchsvoll sind zwei *Jackdaw*-Materialmappen zu *Elizabeth I* (3.2.) und *Shakespeare's Theatre* (3.6.). Die Mappen enthalten je eine Reihe von illustrierten Informationsblättern und eine Serie von Dokumenten (z. T. Originalreproduktion und Transkription). Die Dokumente dürften einesteils geschichtliches Interesse wecken, andererseits wegen ihrer sprachlichen Schwierigkeit nur auszugsweise im Oberstufenunterricht Verwendung finden können. Die Mappe zum elisabethanischen Theater berücksichtigt die Aufführungsbedingungen in öffentlichen und privaten Theatern sowie am Hof. Bei den Materialien zu Elisabeth I kann der Lehrer eine rein biographische Geschichtsbetrachtung umgehen, indem er die allgemeinen gesellschaftlich-politischen Informationen in den *broadsheets* angemessen zum Tragen kommen läßt.

Schließlich sei auf die im Handel erhältlichen Studienbegleittexte des *Open University Course* A201 zur Renaissance und Reformation (3.5.) hingewiesen. Recht anspruchsvoll, erscheinen die Texte doch für Kollegstufenschüler zugänglich, da sie in einem intensiv leserorientierten Stil verfaßt sind und nicht die Faktenanhäufung, sondern das Verständlichmachen von Zusammenhängen anstreben. Die vierunddreißig Einheiten gehen das Thema sehr breit im europäischen Kontext seit dem Mittelalter an; so sind z. B. die 14. Einheit Machiavelli, die 15. und 16. Einheit Kopernikus gewidmet. Vom Stoffumfang her auf jeden Fall geeignet ist *Unit* 28 *The Elizabethan Renaissance* (zur politischen und sozialen Entwicklung im 16. Jahrhundert, zur Beziehung zwischen den Künsten und dem Hof Elisabeths, auch zur Entwicklung Londons und zum Problem der Armut und sozialen Unsicherheit).

Nicht auf eine bestimmte Lehrsituation hin konzipiert, jedoch wegen des Bildmaterials recht wertvoll ist M. Husseys Band *The World of Shakespeare and his Contemporaries* (3.4.). Man findet hier auch Bildmaterial zu elisabethanischen Denkmodellen.

2.4. Interpretationshilfen zu einzelnen Dramen, soweit sie auf den politisch-kulturellen Kontext eingehen

Informationen und Anregungen für die Betrachtung einzelner Shakespeare-Dramen in ihrem historischen Kontext wird der Lehrer nicht nur schulorientierten Publikationen, sondern darüber hinaus den verschiedensten literaturwissenschaftlichen Veröffentlichungen entnehmen; andererseits ist auch in der Literaturwissenschaft nicht durchgehend eine historische Sicht anzutreffen.[46] Dies wird z. B. deutlich, wenn man zwei sehr handliche Reihen von Interpretationssammlungen zu einzelnen literarischen Werken, darunter auch vielen Werken Shakespeares, durchsieht, die *Twentieth Century Interpretations* (4.9.) und die *Casebook Series* (4.1.). Z. T. ist die Ausbeute enttäuschend, z. T. findet man so hervorragend für Lehrer wie Schüler geeignete Aufsätze wie Theodore Spencers „Hamlet and the Nature of Reality"[47] – eine sehr verständliche Darstellung des ideengeschichtlichen Kontexts (mittelalterliches Weltbild versus Kopernikus, Machiavelli und Montaigne), die zugleich die Beziehung zu Shakespeares Drama klarstellt. – Im folgenden sollen nur noch kurz unterrichtsorientierte Reihen berücksichtigt werden, soweit sie den politisch-kulturellen Hintergrund der Shakespeare-Dramen einbeziehen. Leider ist es unmöglich, dabei jedem einzelnen Bändchen, das in Frage kommt, gerecht zu werden.

Zielgruppe der Reihe *Notes on English Literature* (4.5.) sind Oberstufenschüler („upper forms of schools"). Nicht alle, aber doch einige der Bändchen gehen auf wesentliche Kontextbezüge ein, um ein genaueres Verständnis des jeweiligen Shakespearetextes zu ermöglichen. So enthält z. B. John Harveys Einführung zu *Macbeth*[48] brauchbare Abschnitte zum „Elizabethan Theatre" (zu den öffentlichen Theatern, leider ohne Illustrationen) und zum „Elizabethan World Picture" (nur zum traditionellen Weltbild, auch – sehr vereinfachend – zum Hexenglauben). Helen Morris stellt ihrer Einführung zu *Richard II*[49] ein Kapitel „Elizabethan Views of History and Politics" voran, in dem sie allerdings nur die offizielle Doktrin des Gottesgnadentums vor dem Hintergrund des traditionellen Weltbilds darlegt und in Beziehung zu Shakespeares Historien setzt.

Als Einführungen für Studenten gedacht, daher sprachlich etwas anspruchsvoller, aber keineswegs zu schwierig sind die *Outline Guides* zu einer Anzahl von Shakespeares Dramen in der Reihe der *Focus Books* (4.2.). Der Band zu *Macbeth*[50] enthält eine Hintergrundsdarstellung, welche über die dramen- und theatergeschichtliche Entwicklung bis zur Shakespeare-Zeit (leider ohne Illustrationen), über die politische und soziale Situation unter Elisabeth I (mit besonderer Berücksichtigung Londons) und über Shakespeares Leben informiert. Diese Darstellung ist weder explizit noch implizit besonders auf *Macbeth* bezogen und ist auch in einigen anderen Bänden der Reihe z. T. unverändert abgedruckt (zu *Othello* oder *King Lear*), z. T. in recht willkürlich selektierten Teilen (zu *Midsummer Night's Dream* oder *As You Like It*).

Die Reihe der *Macmillan Critical Commentaries* (4.3.) wendet sich ebenfalls an Studenten bzw. an das breite Leserpublikum; die Texte sind sprachlich nicht zu schwierig. Jeweils auf wenigen Seiten, aber gezielt mit dem Stück in Verbindung gebracht, findet der Leser auch historische Informationen. Das Heft zu *Richard III*[51] etwa geht auf das elisabethanische Geschichtsbild, auf das Theater und auf relevante dramatische Konventionen ein. Knapper sind die Ausführungen in den Heften zu Teil 1 und Teil 2 von *Henry IV*.[52] Eine informative historische Interpretation bietet der Band zum *Tempest*.[53]

Auf recht anspruchsvollem Niveau sind die für Oberstufenschüler und Studenten gedachten *Studies in English Literature* (4.8.) angesiedelt. Die in der Regel differenzierten, auch die neuere literaturwissenschaftliche Diskussion einbeziehenden Interpretationen bauen unterschiedlich stark auf historischen Informationen auf. In bestimmten Bänden sind dabei eigene Abschnitte dem historischen Bezug einzelner Texte zum Entstehungs- bzw. Erstaufführungshorizont gewidmet, so im Falle von *Richard II*, *Measure for Measure* und *Macbeth*.[53]

Auf Germanisten hin orientiert ist der Band zu *Hamlet* in der Reclam-Reihe *Erläuterungen und Dokumente* (4.7.). Er bietet zum geistesgeschichtlichen Hintergrund längere Texte von verschiedenen Autoren des 16. Jahrhunderts, darunter auch Montaigne (Themen der Texte: Melancholie, Dämonologie, Natur des Menschen, Tod); die Texte werden sich, weil sie in deutscher Sprache vorliegen, ziemlich lang und keineswegs einfach sind, allenfalls im Deutschunterricht einbeziehen lassen. Es liegt am Lehrer, die Beziehungen unter den Texten bzw. zwischen ihnen und Shakespeares *Hamlet* herzustellen.

Die verschiedenen Schulausgaben von Shakespeares Dramen werden in diesem Band im Beitrag von Liesel Hermes untersucht. Hier sei nur auf zwei Reihen von kommentierten Textausgaben eingegangen, die vor allem für englische Oberstufenschüler („Advanced Level candidates") gedacht sind und in ihren ausführlichen Einleitungen bzw. Anhängen auch Informationen zum politisch-kulturellen Hintergrund und historisch-kontextuelle Interpretationen anbieten.

Die Ausgaben des *Players' Shakespeare* (4.6.) enthalten stets knappe Anhänge zu „Shakespeare's Theatre" (schwach illustriert) und zu wenigen auf das jeweilige Stück hin ausgewählten Gattungs- oder Themenaspekten. Die Einleitungen präsentieren in erster Linie Ergebnisse der literaturwissenschaftlichen Forschung (oft Stand der frühen 60er Jahre, je nach Erscheinungsjahr der Ausgabe), d. h. der historische Kontext wird im wesentlichen dort miteinbezogen, wo dies auch in einschlägigen literaturwissenschaftlichen Abhandlungen geschieht. Z. T.

ist die Darstellung recht vereinfacht, manchmal auch nicht ausführlich genug und dann ohne Voraussetzungen nicht gut verständlich.

Die Einleitungen zu den Ausgaben der *Advanced Series* des *New Swan Shakespeare* (4.4.) sind im allgemeinen anspruchsvoll, aber auch für deutsche Kollegstufenschüler nicht zu schwer. Gerade weil die Bände in der Kollegstufe vielfach Verwendung finden und im allgemeinen recht brauchbar sind, sollen sie hier noch genauer betrachtet werden.

Bernard Lott kontrastiert in der Einleitung zu seiner *Hamlet*-Ausgabe[54] explizit eine heutige („universelle") Rezeption des Stücks mit einer elisabethanischen. Er sieht dabei das Stück im Rahmen der politischen Entwicklung unter den Tudors, zugleich der Entwicklung in ethischer Hinsicht. (Hier sind ergänzende Informationen durch den Lehrer nötig zur staatlichen Organisation unter Elisabeth[55] und zur ideengeschichtlichen Situation.)[56] Eng auf das Stück bezogen und erhellend sind auch die Kapitel zur Rachetragödien-Tradition, zum elisabethanischen Theater (gut illustriert) und zur Sprache Shakespeares (u. a. zur Verwendung des Worts *nature*). Die z. T. problematischen Spekulationen um die Funktion der Innenbühne bei der elisabethanischen Inszenierungspraxis lassen sich korrigieren.

Praktisch identisch aufgebaut ist Lotts Einleitung zu seiner *King Lear*-Ausgabe.[57] Leider ist hier der Abschnitt "The significance of *King Lear* to Shakespeare's contemporaries" z. T. recht unklar und zu wenig historisch informativ. Der Abschnitt zur Praxis der Hofaufführungen sollte illustriert sein (pp. XL-XLV).

Die Einleitung der *Othello*-Ausgabe von Gamini Salgado[58] übernimmt den Aufbau von Lotts Einleitungen, unterscheidet aber noch genauer zwischen einer naiven und einer differenzierten modernen Rezeption sowie einer Rekonstruktion der intendierten Wirkung auf das elisabethanische Publikum. Letztere setzt bei den zeitgenössischen Vorstellungen von Schwarzen, von Venedig bzw. Venezianerinnen und Cypern an und ist sehr überzeugend dargestellt.[59] Leider fehlen im Kapitel zum elisabethanischen Theater jegliche Abbildungen.

Die *Coriolanus*-Ausgabe von John Ingledew[60] hat eine ähnlich informative Einleitung (das Kapitel zur Shakespeare-Bühne ist zudem ordentlich illustriert). Ingledew lehnt allerdings modern-aktualisierende Auffassungen von *Coriolanus* deutlich ab (p. IX): „... a danger which we must avoid in our approach to the play, namely the distortion of its meaning through the tendency to squeeze it into the mould of our own political beliefs or situation". Er setzt an ihre Stelle eine recht geglückte historisch gut informierende „ideale Rezeption". Etwas weniger geglückt erscheint Ingledews Interpretation von *Antony and Cleopatra,*[61] da er dem Wertkonflikt zwischen individueller Außergewöhnlichkeit und erfolgreichem politischen Handeln nicht gerecht wird.

Weitere Shakespearedramen sind nur in der für GCE *Ordinary Level*-Kandidaten gedachten einfachen Ausgabe des *New Swan Shakespeare* zugänglich; deren Einleitungen gehen nicht auf den politisch-kulturellen Hintergrund ein, abgesehen von einem sehr einfachen, dafür durchaus brauchbaren Abschnitt in der *Merchant of Venice*-Ausgabe.[62]

3. *Unterrichtliche Konzeptionen für die Betrachtung von Shakespearedramen in ihrem historischen Kontext*

Bei der vorangehenden Untersuchung von vorliegenden Unterrichtsmaterialien und Informationsquellen sind unterschiedliche Konzeptionen zur Einbeziehung des historischen Hintergrunds zu beobachten gewesen, die hier resümiert und anhand *Richard II* illustriert werden sollen.

Erste Konzeption: Zunächst wird den Schülern ein vom Text unabhängiges Bild von Shakespeare und seiner Zeit vermittelt. Die anschließende Textbehandlung ist nicht eigentlich historisch ausgerichtet. (Es werden zunächst Texte wie die auf pp. 191-194 in *Britain and America* erarbeitet, es kann auch ein Aufsatz wie Joel Hurstfields zum „Historical and social background" im *New Companion to Shakespeare Studies* von Muir/Schoenbaum als Referat eingebracht werden. Im Anschluß finden bei der Lektüre von *Richard II* z. B. die Charakterentwicklung Richards, die Kontrastierung von Richard und Bolingbroke oder die im Text angelegte dramatische Kunst Shakespeares Beachtung; es werden Überlegungen zu Inszenierungsmöglichkeiten angestellt, schließlich wird der Text auf Schallplatte vorgespielt.)

Zweite Konzeption: Eine genaue Textanalyse strebt ein differenziertes, auch historisch fundiertes Textverständnis an. Die subjektiveren Sehweisen der Schüler – mit ihren vom heutigen Erfahrungshorizont ausgehenden Projektionen und selektiven Wahrnehmungen – werden gezielt zurückgedrängt. (In der Szene I. 2 von *Richard II* z. B. werden die Schüler Gaunts Antwort Zeile 37–41 auf die Rede der Duchess of Gloucester zunächst im Sinne der Duchess als feige Ausflucht empfinden. Die historische Information bringt den Schüler dazu zu erkennen, daß Gaunt die zur Zeit Elisabeths I offiziell gültige Doktrin des absoluten Königtums vertritt. Unter Einbeziehung weiterer Stellen wird eine Antwort auf die Frage gesucht, welche Haltung Shakespeare in *Richard II* gegenüber dem absoluten Königtum einnimmt.)

Dritte Konzeption: Unmittelbare Reaktionen auf den Text bzw. einzelne Szenen und eine differenzierte, nicht jedoch explizit historische Interpretation werden nebeneinandergestellt. Außerdem wird auf verschiedene zentrale Textaspekte hin eine knappe Rekonstruktion des Horizonts der Shakespearezeit versucht. (Differenziert, jedoch nicht explizit historisch wäre etwa eine Deutung der Szene V. 5. in der folgenden Richtung:

> Richard [kommt] im großen Kerkermonolog (V. 5) endgültig zu der Einsicht, daß die naive und passive Identifizierung seines Ichs mit der Königswürde und seine politischen Fehlleistungen zu seinem Untergang führen mußten. Zugleich wird hier die historische Entwicklung zu ihrem notwendig vorgezeichneten Abschluß geführt: der abgesetzte König muß sterben, weil für ihn in der neuen Machtkonstellation kein Platz mehr ist. Richards Handeln oder besser Nicht-Handeln ist stets bezogen auf die politische Situation des Landes: Historie und Tragödie bedingen einander.[63]

Was die Rekonstruktion des historischen Horizonts anbelangt, so wird man im Falle von *Richard II* neben der Theatersituation und der Gattung des Geschichtsdramas die elisabethanische Diskussion um das Wesen der Herrscherautorität berücksichtigen. Zu dieser letzten Frage könnte z. B. etwas von dem Material herangezogen werden, das A. R. Humphreys, *Shakespeare's Richard II*[64] bietet. Humphreys bezieht seine Hintergrundsdarstellung auf die schon in Gaunts Rede I. 2. 37-41 zutage tretende „paradoxe" Sicht des Königs als absoluter Herrscher von Gottesgnaden und zugleich als Mensch, der gegen die politische Gerechtigkeit schwer verstoßen hat.)

Gegen die zweite Konzeption ist einzuwenden, daß Projektion ein notwendiges Moment des Textverstehens ist, dem bei allem Bemühen um eine differenziertere und historische Interpretation einzelner Szenen des Shakespearetextes immer wieder Platz eingeräumt werden sollte.[65] Insgesamt liegen die Konzeptionen jedoch nicht so konträr, daß nicht in der Praxis sogar verschiedene Verbindungen zwischen ihnen denkbar sind. Alle drei Konzeptionen erscheinen in einem Kollegstufen-Leistungskurs unter einigermaßen günstigen Umständen durchaus praktikabel, auch unter weitgehender Beibehaltung der englischen Unterrichtssprache.

Im Zusammenhang mit der historischen Textinterpretation bzw. Kontextrekonstruktion sind noch zwei Forderungen überlegenswert, die Edward Partridge aufgestellt hat:

> We should not locate the play somewhere back around 1600 and leave it there. Our students are less interested in historical research than we are, though they should learn as much about the past as they need to. This may be a great deal. Nor should we locate the play simply in 1974 and restrict

our responses to what we can now naturally feel. The currently fashionable attempts of Jan Kott, Peter Brook, and Jerzy Grotowski to find in Shakespeare's plays problems that are relevant to our times, though often valuable as ways to keep the theater alive, can end by impoverishing the plays themselves.[66]

Für beide Forderungen werden von Partridge gute Gründe angeführt. Wie aber lassen sie sich, da sie antithetisch gelagert sind, im Unterricht in die Tat umsetzen? Meines Erachtens allein durch ein bewußtes und bewußtzumachendes Nebeneinander der verschiedenen Sehweisen. Natürlich werden die verschiedenen Ansätze nur jeweils unter Konzentration aufs Zentrale durchführbar sein – weniger ist oft mehr, d. h. hinterläßt oft einen nachhaltigeren Eindruck. Dies gilt auch für die historisch-kontextuelle Rekonstruktion. Wie Partridges erste Forderung deutlich macht, stellt sich dabei das Problem, das z. T. recht begrenzte Interesse und Verständnis der Schüler zu erweitern. Eine historistische Haltung des Lehrers wird auf Schwierigkeiten stoßen. „We should not locate the play somewhere back around 1600 and leave it there" – als eine Lösung bietet sich im Falle zentraler Themen des Textes die Gegenüberstellung von Shakespeares Aussage innerhalb seines Kontexts mit Äußerungen an, die für den heutigen Kontext charakteristisch sind. Abschließend sei entworfen, wie dies im Rahmen einer Behandlung von *Richard II* mit Hilfe zweier knapper Materialblätter geleistet werden kann.

Sheet I: Monarchical authority at the time of Shakespeare; the latent crisis of traditional rule.

A) Tudor absolutism (1485-1603)

a) Medival political theory regarded the king as responsible to the lords of the realm as well as to God, as King John had been forced to acknowledge in signing Magna Carta; it was only with the coming of the Tudors that kings came to be considered responsible to God alone.

b) In Elizabethan times the Divine Right of Kings was promulgated e. g. in the homilies read in churches, and evidence of it is to be found in numerous references to the sanctity of rulers and the heinousness of rebellion. Cf. the homily *Against Disobedience and Wilful Rebellion* (1571), which discusses the question „What if the prince be indiscreet and evil indeed?" The answer is expressed in a rhetorical question:

> Shall the subjects both by their wickedness provoke God for their deserved punishment, to give them an indiscreet or evil prince, and also rebel against him, and withal against God, who for the punishment of their sins did give them such a prince?

c) Elizabeth, however, was conscious not only of the many forces that threatened the Tudor monarchy but also of the latent crisis of traditional rule (i. e. the dispute about the concept of Divine Right). Elizabeth based her authority on two claims: that monarchy was of divine origin and that she governed by consent of the whole people. (These claims were not necessarily contradictory since in sixteenth century political thought representation did not imply election.)

The functioning of these two claims can be observed, e. g., in her last address to the House of Commons in 1601:

> ... though God hath raised me high, yet this I account the glory of my crown, that I have reigned with your loves. ... Of myself I must say: I never was any greedy, scraping grasper, nor a strict, fast–holding prince, nor yet a waster; my heart was never set upon any worldly goods, but only for my subjects' good. *What you do bestow on me* [she is referring here to taxes], *I will not hoard up, but receive it to bestow on you again; yea, my own properties I account yours, to be expended for your good, and your eyes shall see the bestowing of it for your welfare. ... It is not my desire to live or reign longer than my life and reign shall be for your good.* And though you have had, and may have, many mightier and wiser princes sitting in this seat, yet you never had, nor shall have any that will love you better.

The sentences in italics may be interpreted as a deliberate appeal to an unmetaphysical, pragmatic attitude toward government which had gained importance during her reign (especially among the economically powerful gentry and citizens who sat in the House of Commons), and which was to develop further e. g. into one of the central assumptions of John Locke's theory of government: „The great and chief end ... of men uniting into commonwealths, and putting themselves under government, is the preservation of their property." *(Essay Concerning the True Original, Extent and End of Civil Government* – 1690)

B) The crisis of traditional rule

This crisis of traditional rule became widely felt toward the end of Elizabeth's reign. Under James I and Charles I, who tried to assert the doctrine of Divine Right and absolute monarchy, it increased, ultimately leading to the Civil War of 1642-1649, to revolution and the temporary abolition of the monarchy.

Sheet II: The establishment of constitutional monarchy and parliamentary democracy; twentieth century problems of parliamentary authority.

A) Constitutional monarchy

1649–1660:	Commonwealth. The attempt to establish a republic ends in Cromwell's military dictatorship.
1660–1689:	Restoration. Return to traditional rule, i. e. absolute monarchy.
1689:	Declaration of Rights. Social contract between Parliament, as representative of the people, and William and Mary of Orange. Final establishment of constitutional monarchy. (The authority to govern is no longer derived from God but from the People. The monarchs are given this authority for life under condition that they submit to existing and future laws made by an independent Parliament; the division of powers between the legislative and the executive.)
Eighteenth century:	Under the Hanoverians the actual power to govern passes from the monarch to the Prime Minister and his cabinet.
A twentieth century commentary:	In a dictatorship the power and the glory belong to the same person. In England the real power belongs to unprepossessing men in bowler hats: the creature who rides in a gilded coach behind soldiers in steel breastplates is really a waxwork. It is at any rate possible that while this division of functions exists a Hitler or a Stalin cannot come to power. (George Orwell, „London Letter to Partisan Review", 15 January, 1944)

B) The development of parliamentary democracy

John Locke's description of the ideal:	Though in a constituted commonwealth . . . there can be but one supreme power, which is the legislative, to which all the rest are and must be subordinate, yet the legislative being only a fiduciary power to act for certain ends, there remains still in the people a supreme power to remove or alter the legislative, when they find the legislative act contrary to the trust reposed in them.

	(*Essay Concerning the True Original, Extent and End of Civil Government* – 1690)
Eighteenth century:	Just as in the 16th and 17th centuries, the House of Commons has no truly representative character. Power lies almost exclusively in the hands of an oligarchy based on the nobility and gentry.
1832/1867/ 1884/1918/ 1928:	Reform Bills extend the franchise and finally establish universal suffrage ("one man, one vote").
1911:	Parliament Act restricts the powers of the non-representative House of Lords in favour of the House of Commons.

C) Twentieth century problems of parliamentary authority

a) What is the actual influence of parliament?

In the course of this century, with two world wars, the multiplication of the civil service and the strengthening hold of the political parties, the influence and standing of parliament have seemed to most MPs to be seriously threatened. ... In theory and in law the sixhundred and thirty members have absolute sovereignty. ... But in practice the sovereignty of parliament gets lost in the intricate labyrinths of power that surround it: and the ordinary citizen, trying to find ‚how his life is shaped for him by someone else', finds himself like the member of parliament, in the midst of a maze with no centre."
(Antony Sampson, *The New Anatomy of Britain*, 1971)

b) Can the executive be controlled effectively?

The increase of organisation has brought into existence new positions of power. Everybody has to have executive officials, in whom, at any moment, power is concentrated. It is true that officials are usually subject to control, but the control may be slow and distant. From the young lady who sells stamps in a post office all the way up to the Prime Minister, every official is invested, for the time being, with some part of the power of the State. You can complain of the young lady if her manners are bad, and you can vote against the Prime Minister at the next election if you disapprove of his policy. But both the young lady and the Prime Minister can have a very considerable run for their money before (if ever) your discontent has any effect. This increase in the power of officials is a constant source of irritation to everybody else.
(Bertrand Russell, *The Impact of Science on Society*, 1953)

c) Participatory democracy?

It is generally assumed that the democratic process has been essentially completed, with parliamentary and local government solidly established

on universal suffrage, and with the class system apparently breaking up. ... (But) it is difficult to feel that we are really governing ourselves if in so central a part of our livings as our work most of use have no share in decisions that immediately affect us. ... We do not get enough practice in the working of democracy, even where its forms exist. Most of us are not expected to be leaders, and are principally instructed, at school and elsewhere, in the values of discipline and loyalty, which are real values only if we share in the decisions to which they refer.
(Raymond Williams, *The Long Revolution*, 1961)

d) What is the present-day impact of a total rejection of the idea of government?

The State must give up all idea of government. It must give it up because, as a wise man once said many centuries before Christ, there is such a thing as leaving mankind alone; there is no such thing as governing mankind. *All modes of government are failures.* Despotism is unjust to everybody, including the despot, who was probably made for better things. Oligarchies are unjust to the many, and ochlocracies are unjust to the few. High hopes were once formed of democracy; but democracy means simply the bludgeoning of the people by the people for the people. It has been found out. I must say that it was high time, for all authority is quite degrading. It degrades those who exercise it and degrades those over whom it is exercised. ... Authority, by bribing people to conform, produces a very gross kind of overfed barbarism amongst us.
(Oscar Wilde, *The Soul of Man under Socialism*, 1891)

Kurze Kommentierung: Als Thema dieser Unterrichtsteileinheit wird das Problem der Legitimation politischer Herrschaft gewählt. Anhand von Blatt I kann zunächst herausgearbeitet werden, wie sich das Problem zur Zeit Shakespeares stellt und welche Aussagen Shakespeare in *Richard II* zu dem Problem macht. A. a: Es ist deutlich zu machen, daß Shakespeare in *Richard II* die Legitimationsfrage von den Voraussetzungen der Tudorzeit und nicht von denen der Regierungszeit Richards II aus angeht. A. b: An welchen Stellen wird in *Richard II* die Unantastbarkeit des Königs und die Abscheulichkeit der Rebellion betont? – Wem wird in dem Propagandatext der Homilie die Schuld am schlechten Tun des Herrschers zugewiesen, wem in *Richard II*? A. c: Vor dem Hintergrund von Elisabeths Eingehen auf pragmatische Erwartungen an den Herrscher ist Richards Konfiszierung von Bolingbrokes Besitz, das auslösende Moment für Bolingbrokes Rebellion, genauer zu interpretieren. Inwieweit werden weitere pragmatische Aspekte von Herrschaft an der Figur Bolingbrokes sichtbar? Welche Funktion hat Szene III. 4? Wie löst Shakespeare in *Richard II* den Konflikt zwischen den beiden Prinzipien der Unantastbarkeit des Herrschers und seiner Verpflichtung gegenüber dem Volk?[67] B: Die Verbindung zwischen der Krise der traditionellen Legitimierung und dem letztlichen Scheitern der Stuarts ist historisch korrekt; nicht gesagt wird damit, daß die Krise unbedingt zur Rebellion von 1642 führen mußte. – Anhand von Blatt II, Teil A und B wird der Wandel des Legitimierungskonzepts vor dem Hintergrund relevanter politischer Ereignisse knapp skizziert. Teil C versucht, mit Hilfe von Zitaten verschiedene Ansatzpunkte zu umreißen, von denen her die heute für die Herrschaftslegitimierung ausschlaggebende Idee der parlamentarischen Demokratie in Frage gezogen wird. Die Krise äußert sich am massivsten in der Position d, einer völlig undifferenzierten Ablehnung jeglicher Form der politischen Herrschaft. Oscar Wilde wurde gewählt, weil die Passage knapp ist; die Position könnte ebenso etwa an Edward Bonds Drama *Lear* (1972) herausgearbeitet werden.[68]

Anmerkungen

[1] Abgedruckt in *SJ West* (1976), 128–153.

[2] Ibid., p. 137.

[3] Ibid., p. 151.

[4] Ibid., p. 138.

[5] Von einem relativ breiten Spektrum von Zielvorstellungen und Betrachtungsansätzen im Literaturunterricht, welches die bewußte historisch-kontextuelle Betrachtung miteinschließt, gehen mittlerweile die Konzeptionen der meisten Bundesländer zu den Leistungskursen der Sekundarstufe II aus; cf. den Überblick in U. Bliesener, K. Schröder, *Elemente einer Didaktik des Fremdsprachenunterrichts in der Sekundarstufe II*, Schule und Forschung, 27 (Frankfurt, 1977), pp. 32–61. Dies gilt auch für den bayerischen „Curricularen Lehrplan für Englisch in der Kollegstufe – Leistungskurs"; cf. *Amtsblatt des Bayerischen Staatsministeriums für Unterricht und Kultus*, No. 9 (1975) vom 22. Mai 1975, pp. 961–967 und 975. Den Versuch der zusammenhängenden theoretischen Grundlegung eines solchen Betrachtungsspektrums von Literatur hat der Verfasser unternommen in „Concepts for the Teaching of English Literature", in: Staatsinstitut für Schulpädagogik München, ed., *Handreichungen für den Englischunterricht in der Kollegstufe des Gymnasiums*, 3. Folge (Donauwörth: Auer, 1978), pp. 150–181.

[6] Knapp dargestellt etwa bei I. Schabert, ed., *Shakespeare-Handbuch* (Stuttgart, ²1978), pp. 374 ff.

[7] Cf. die Darstellung in Robert Weimann, *Shakespeare und die Tradition des Volkstheaters* (Berlin, 1967), pp. 265–275 und pp. 296/297.

[8] Die Kritik bezieht sich auf die Ausgabe von 1971; die frühere Ausgabe von 1961 war dem Verfasser leider nicht zugänglich, so daß nicht überprüft werden konnte, ob der ursprüngliche Text verändert wurde. Die zitierten Quellen deuten alle auf den Stand von 1960.

[9] „Zur Verbindung von Werk und Epoche Shakespeares im Unterricht", *Mitteilungen des ADNV,* 15 (1962), 157–162, p. 157.

[10] Cf. p. 9: „We see clearly the mingling of the old and the new ways of thought in the tragic conflict between Faustus' Renaissance ideal of worldly power and his medieval fear of God's wrath" – bei aller Mißverständlichkeit der letzten Formulierung.

[11] Zu Shakespeares Aussageanliegen und Themen cf. Ina Schabert, ed., *Shakespeare–Handbuch* (Stuttgart, ^{2}1978), pp. 350–373.

[12] Siehe p. 9 oder p. 26.

[13] Siehe etwa p. 11 zu Shakespeares Sonetten: „What is certain is that many of them were addressed to the Earl of Southampton, and the others to a woman, a mysterious ‚Dark Lady', by whom the poet seems to have been fascinated."

[14] Cf. etwa I. Schabert, ed., op. cit., pp. 364–366.

[15] Cf. Shakespeare, *Richard II,* (New Arden Shakespeare), ed. P. Ure (London, 1956), pp. LI–LVII zur Gartenszene III. 4.

[16] Cf. I. Schabert, ed., op. cit., p. 3.

[17] *Shakespeare's Woodon* O (London, 1959); siehe V. Dale, pp. 20 ff.

[18] Cf. in diesem Band den Beitrag von W. Habicht.

[19] Cf. p. 5.

[20] Cf. p. 15. Die kurzen Verweise pp. 17–19 auf die Grausamkeit der Bestrafung von Gesetzesbrechern, auf Krankheiten, und auf die Rolle des Aberglaubens korrigieren dieses Bild nicht.

[21] Dies zeigt sich noch expliziter in Combechers Aufsatz „Zur Verbindung von Werk und Epoche Shakespeares" – cf. Anmerkung 9. Combecher legt ähnlich wie Vera Dale den Nachdruck auf den „Golden Age"–Charakter der Shakespearezeit (cf. pp. 158–159) und ist angesichts von Shakespeares Weiterentwicklung weg von den Historien zu den Tragödien „überrascht, ja, bestürzt: Als Shakespeare an die Grenzen der kraftstrotzenden, empfindungsstarken, optimistischen Glücksepoche seines Landes gelangt ist (mit den beiden Historientetralogien, die die Zeit zwischen 1398 und dem Beginn der Tudorherrschaft behandeln), da schreibt er vor allem Tragödien ..." (p. 161). Man muß vor allem einen gewissen Rückgang der Begeisterung für den Elisabethanischen Kompromiß in den letzten Regierungsjahren Elisabeths, die Ausbreitung einer skeptischen Grundstimmung um 1600 mitsehen; sonst wird Shakespeare wie bei Combecher zum Hellseher, der eine von Combecher negativ gesehene spätere Entwicklung in manchen Zügen voraussieht (p. 161 unten).

[22] Siehe p. 26.

[23] Dies trifft etwa zu auf *The Changing Scene in Britain and the USA,* eds. K. Blohm, H. Röhr (Frankfurt: Diesterweg, 3. Aufl., 1972), oder *An English and American Reader,* ed. D. F. Simoneit (Paderborn: Schöningh, 5. Aufl., 1967). In *Modern Life*, eds. H. J. Lechler, F. Ungerer (Stuttgart): Klett, 1971) wird zwar in einem Textauszug von Peter Hall das Problem der historischen und interpretatorischen Differenz angesprochen, jedoch kein weiteres Material bereitgestellt.

[24] Cf. „The Cultural Background of Shakespeare's Time".

[25] Cf. pp. 193–194.

[26] Cf. pp. 172–173 „England at the Time of Queen Elizabeth".

[27] A. Kettle, ed., (London, 1964).

[28] Die Formulierung „the destruction of men's faith in one another" wird noch genauer bestimmt durch „disloyalty and ingratitude ... men's incapability of fellow-feeling".

[29] Cf. Teil 3 dieses Beitrags.

[30] „Shakespeares *Othello* in Oberprima", *Praxis*, 4 (1960), 148–150.

[31] Cf. p. 88: „The new rich were demoralized by sudden chances of vast unearned wealth."

[32] Cf. p. 89 „The result [of the Act of Supremacy] was that the English who had been the most religious race in Europe, ceased to be interested in religion ...".

[33] Cf. p. 104 die Abwertung von James I in erster Linie wegen des Niedergangs des äußeren Decorum!

[34] Dieses Buch tritt an die Stelle des von H. Granville-Barker und G. B. Harrison herausgegebenen *Companion to Shakespeare Studies* (Cambridge, 1934).

[35] Etwas weniger pointiert, zugleich vielleicht sprachlich noch etwas einfacher, da ursprünglich als Vorlesung konzipiert, ist Hurstfields Beitrag „The Elizabethan People in the Age of Shakespeare" in Sutherland, Hurstfield, eds., *Shakespeare's World* (London, 1964).

[36] *The Elizabethan World Picture* (London, 1943).

[37] Elton formuliert nicht überall den Bezug zu Shakespeare explizit. Doch ist klar, daß das Problem des Wertens und Urteilens schon in *Richard II* aufgeworfen ist (Nebeneinander von metaphysisch begründeten und pragmatischen Kriterien) und insbesondere in den *problem plays* zugespitzt wird. – Ein unwesentlicher Irrtum unterläuft Elton, wenn er (p. 193) Richard Hakluyt in die Reihe der englischen Seefahrer und Entdecker einordnet. Hakluyt war nie auf See.

[38] Da Shakespeare Widersprüche in der Regel in seinen Dramen nicht mittels eines dialektischen Sprungs auflöst, erscheint – genau genommen – statt einer dialektischen eine dualistische Konzeption angemessener.

[39] 2. Auflage 1978, p. 33–40.

[40] Dieser Abschnitt zur sozialen Schichtung bzw. Umschichtung im 16./17. Jahrhundert enthält p. 11 eine irreführende Formulierung. Die Aussage, daß es sich bei der *yeomanry* (p. 10 definiert als das landbesitzende Großbürgertum) um „die zahlenmäßig stärkste" Schicht handelte, ist nur haltbar, wenn der Blick auf die am politischen Einfluß beteiligten gesellschaftlichen Gruppen beschränkt wird und die unteren Schichten (Handwerker, Diener, Kleinbauern, Lohnarbeiter, Arbeitslose, Bettler und Vagabunden etwa) ignoriert werden. – Diese Blickverengung ist allerdings nur punktuell und trifft nicht auf das ganze Kapitel zu.

[41] Die Ausführungen zu Montaigne (p. 22) sind im Verhältnis etwas knapp. Die Aussage (p. 18), daß der gegen Ende des 16. Jahrhunderts und zu Beginn des 17. Jahrhunderts ausgelöste Prozeß einer allgemeinen philosophischen Neuorientierung erst „später allmählich auch auf die Literatur übergriff", ist unklar. Ist nicht schon an einem Drama wie *King Lear* (1604/5) eine neue Orientierung abzuleiten?

[42] Um Mißverständnisse zu vermeiden, wäre (p. 13) deutlich zu machen, daß das Prinzip der repräsentativen Demokratie nicht nur noch nicht praktiziert

wurde, sondern auch theoretisch keine offizielle Gültigkeit besaß und noch nicht im heutigen Sinne ausgebildet war. – Der Einfluß des Parlaments unter Elisabeth wird von Müller–Schwefe wohl etwas *zu* groß angesetzt.

43 Die Wiedergabe von *yeomen* mit „Landpächter“ (p. 16) ist unrichtig; der Begriff bezieht sich ebenso auf die Landbesitzer ohne *gentleman*-Status.

44 A. J. Patrick, *The making of a nation 1603–1789* (Harmondsworth, 1967). Ähnlich sind bei der für den Lehrer recht wichtigen *Pelican History of England* die Bände 5 und 6 heranzuziehen: S. T. Bindoff, *Tudor England* Harmondsworth, 1950) und J. P. Kenyon, *Stuart England* (Harmondsworth, 1978). Dieser Band ersetzt den älteren Bd. 6 von M. Ashley, *England in the Seventeenth Century* (Harmondsworth, 1967, urspr. 1952). Besonders empfehlenswert im Zusammenhang mit der Zeit um 1600 sind Kenyons Vorwort und Einleitung (pp. 7–47).

45 Ein umfassenderes Bild, das auch die Krone, London oder die Entwicklung der Kunst berücksichtigt, entwirft N. Harris in seinem Büchlein *The Age of Shakespeare* (Hamlyn all-colour paperback, London, 1971). Dieses richtet sich an ein breites Publikum und ist sprachlich auch für Oberstufenschüler geeignet.

46 Cf. in diesem Zusammenhang etwa den Überblick über die Entwicklung der Shakespeareforschung von Manfred Pfister im *Shakespeare-Handbuch*, ed. I. Schabert (Stuttgart, 2. Aufl., 1978) pp. 915–946.

47 *Twentieth Century Interpretations of ‚Hamlet‘*, ed. D. Bevington (Englewood Cliffs, 1968), pp. 32–42.

48 (Oxford, 1960), pp. 1–22.

49 (Oxford, 1966), pp. 1–17.

50 New York, 1963), pp. 100–124.

51 P. Haeffner (London, 1966), pp. 1–15.

52 *A Critical Commentary on Shakespeare's Henry IV, 1*, von D. R. C. Marsh (London, 1967), pp. 4–9, pp. 67–70; *A Critical Commentary on Henry IV, 2*, von P. Hollindale (London, 1971), pp. 7–13; *A Critical Commentary on Henry V*, von M. A. O'Brien (London, 1967), pp. 4–8, pp. 17–19.

53 A. R. Humphreys, *Shakespeare, Richard II* (London, 1967), pp. 9–14, 34–38; Nigel Alexander, *Shakespeare, Measure for Measure* (London, 1975), pp. 20–28; J. R. Brown, *Shakespeare, Macbeth* (London, 1963), pp. 15–22.

54 (London: Longman, 1968).

55 Cf. etwa *Shakespeare-Handbuch*, ed. I. Schabert, pp. 4–9.

56 Cf. etwa Anmerkung 47.

57 (London: Longman, 1974).

58 (London: Longman, 1976).

59 Eine vergleichsweise banale, für das Textverständnis der Schüler jedoch relevante historische Differenz wäre noch zu ergänzen: die gegenüber heute andersgearteten Generationenrollen bei der Eheschließung. Lawrence Stone stellt die Entwicklung so dar: „In the last thousand years ideas about the proper method of arranging marriage have passed through four successive phases. In the first, marriage was arranged by parents with relatively little reference to the wishes of the children; in the second, parents continued to arrange the marriage, but granted the children the right to veto; in the third, the children made the choice, but the parents retained the power of veto; and in the fourth, which was only reached in this century, the child-

ren arrange their own marriages with little reference to the opinion of the parents. In the late sixteenth and early seventeenth centuries, England passed from the first to the second of these phases." (Aus: „Marriage among the English Nobility in the 16th and 17th centuries", in *Comparative Studies in Society and History*, 3 (1960–61), p. 204.

60 (London: Longman, 1975).

61 (London: Longman, 1971).

62 Shakespeare, *The Merchant of Venice*, ed. B. Lott (London: Longman, 1962), pp. XIII–XIX.

63 *Shakespeare-Handbuch*, ed. I. Schabert (Stuttgart, 1978), pp. 407–408. Cf. auch die am Textverlauf orientierte Analyse von Nicholas Brooke, „Divine Substitutes and Streams of Blood", in N. Brooke, ed., *Shakespeare. Richard II. A Casebook* (London: Macmillan, 1973), pp. 230–247; ursprünglich in N. Brooke, *Shakespeare's Early Tragedies* (London, 1968), pp. 107–137.

64 Cf. Anmerkung 53, A. R. Humphreys, pp. 34–38.

65 Cf. in diesem Zusammenhang Heinz Hillmanns Folgerungen aus seiner Untersuchung „Rezeption – empirisch", in Heuermann, H. et al., eds., *Literarische Rezeption* (Paderborn, 1975), pp. 113–130, speziell p. 123 und pp. 127–128.

66 „Re-presenting Shakespeare," *Shakespeare Quarterly*, 25 (1974), 201–202.

67 Das Material kann auch auf die anderen Texte der zweiten Historientetralogie bezogen werden. Im Hinblick auf die Römerdramen (z. B. *Julius Caesar*) oder auf die Tragödien (etwa *King Lear* oder *Macbeth*) muß der jeweiligen Verlagerung der Thematik angemessen Rechnung getragen werden.

68 Diese Fragestellung wird natürlich der zentralen Thematik von Bonds *Lear* nicht voll gerecht. Cf. die Interpretation von G. Stratmann in *Das zeitgenössische englische Drama*, eds. K. D. Fehse, N. H. Platz (Frankfurt, 1975), pp. 274–298.

Anhang

(Die folgenden Titel sind in der Untersuchung kommentiert.)

1. Publikationen deutscher Schulbuchverlage.

(1.1.) *Britain and America. Oberstufe*. Eds. Alpers, M. et al. Berlin: Cornelsen–Velhagen u. Klasing, Neue Ausgabe 1969.

(1.2.) Dale, Vera. *Sh. and the age that made him*. Stuttgart: Klett, 1971, ursprünglich 1961.

(1.3.) *English for Today*, Bd. 5/6. Dortmund: Lensing/Schroedel, 1969.

(1.4.) *The Lion and the Eagle*. Ed. K. Weiler. Karlsruhe: Braun, o. J.

2. Einführungen und Handbücher zu Shakespeare.

(2.1.) Frykman, Erik, Kjellmer, Göran. *Aspects of Sh.* Stockholm: Almqvist u. Wiksell, 1969.

(2.2.) Harrison, G. B. *Introducing Sh.* Harmondsworth: Penguin, 1954.

(2.3.) Müller–Schwefe, Gerhard. *William Sh. Welt – Werk – Wirkung*. Sammlung Göschen, Bd. 2208. Berlin: de Gruyter, Neufassung 1978.

(2.4.) Muir, Kenneth u. Schoenbaum, Samuel, eds. *A New Companion to Sh. Studies*. Cambridge: Cambridge Univ.Press, 1971.
Deutsche Übersetzung: *Sh. Eine Einführung*. Stuttgart: Reclam, 1972.

(2.5.) Schabert, Ina, ed. *Shakespeare-Handbuch*. Stuttgart: Kröner, 2. veränderte Auflage, 1978, ursprünglich 1972.

(2.6.) Wilson, J. D. *The Essential Sh*. Cambridge: Cambridge Univ. Press, 1946, ursprünglich 1932.

3. In England publizierte Lehrmaterialien zur elisabethanischen Zeit.

(3.1.) Chancellor, V. E. *Medieval and Tudor Britain*. A History of Britain, vol. 2, Harmondsworth: Penguin Education, 1967.

(3.2.) *Elizabeth I*. Jackdaw No. 53. London: Jackdaw Publications, 1968.

(3.3.) Harris, Nathaniel. *The Shakespeares*. Families in History Series. London: Dent, 1976.

(3.4.) Hussey, M. *The World of Sh. and his contemporaries*. London: Heinemann Education, 1971.

(3.5.) *Renaissance and Reformation*. Open University Course A 201. Milton Keynes: Open Univ.Press, 1976. Besonders Begleittextband zu Unit 28: *The Elizabethan Renaissance*.

(3.6.) *Sh.'s Theatre*. Jackdaw No. 54. London: Jackdaw Publications, 1968.

(3.7.) Thwaytes, Joy. *Sh.'s England*. Beaver Unit. London: George Philip, 1978.

4. Interpretationshilfen zu einzelnen Dramen (auch Einleitungen in Schulausgaben), soweit sie Hintergrundsbezüge herstellen.

(4.1.) *Casebook Series*. London: Macmillan.

(4.2.) *Focus Books on Sh*. New York: Barnes and Noble.

(4.3.) *Macmillan Critical Commentaries*. London: Macmillan.

(4.4.) *New Swan Sh., Advanced Series*. London: Longman.

(4.5.) *Notes on English Literature*. Oxford: Blackwell.

(4.6.) *Players' Sh*. Ed. J. H. Walter. London: Heinemann.

(4.7.) Rudnick, H. H., ed. *Erläuterungen und Dokumente zu Sh.'s ‚Hamlet'*. Stuttgart: Reclam, 1972.

(4.8.) *Studies in English Literature*. London: Arnold.

(4.9.) *Twentieth Century Interpretations*. Englewood Cliffs, N. J.: Prentice-Hall.

JÜRGEN BENEKE

Das elisabethanische Englisch im Vergleich zum heutigen Englisch

1. *Vom Sinn der Beschäftigung mit Shakespeares Sprache*

Das Englische gehört zu den lebenden Sprachen; die in dieser Feststellung enthaltene organische Metapher legt den Gedanken an gerontologische Prozesse nahe: Was lebt, altert auch, und zuletzt stirbt es. So gesehen, wäre es folgerichtig, das wahrhaft Beständige nur in den „toten" Sprachen zu suchen, denn nur sie sind dem Alterungsprozeß entzogen. In der Tat haben herausragende Geister der europäischen Renaissance und noch der frühen Neuzeit so gedacht und gehandelt. Thomas Morus hat seine Werke selber ins Lateinische übersetzt, um ihnen ihre Wirksamkeit auch für künftige Generationen zu erhalten; auch Francis Bacon wäre zu nennen, und noch Isaac Newton schrieb seine *Principia* (1689) lateinisch. Für das 16. und 17. Jahrhundert ergibt sich somit, paradox formuliert: Nur das Medium der toten Sprache garantiert die Lebendigkeit, indem es die geistigen Inhalte in eine Form gibt, die nicht veralten kann und die zudem international verständlich ist.

Was für den Bereich der Wissenschaften, Theologie und Philosophie praktikabel war, wurde jedoch für die vielfältigen Kommunikationsbedürfnisse der übrigen Lebensbereiche als nicht ausreichend empfunden. So übernimmt das Englische seit der Zeit Chaucers in Kultur und Vewaltung zunehmend die führende Rolle. In der Regierungszeit Elisabeths I. wird es in Bezug auf Wortreichtum (*copia, copiousness*) und rhetorische Reliefierung (*eloquentia, eloquence*) zu einem Kommunikationsmedium entwickelt, das allen Bedürfnissen nach stilistischer Variation und situationsangemessenem Sprechen voll gerecht wurde, wenn auch die klassizistische Sprachbetrachtung eines Samuel Johnson diesen Vorgang erst mit Dryden als abgeschlossen ansah:

> To him we owe (...) the refinement of our language (...) What was said of Rome, adorned by Augustus, may be applied by an easy metaphor to English poetry embellished by Dryden, „lateritiam invenit, marmoream reliquit." He found it brick, and he left it marble.[1]

Hinter Johnsons Diktum steht ein Vorbehalt gegenüber der Sprache der Elisabethaner, den auch die Romantik nicht vollständig abbauen konnte; er richtet sich gegen die angeblich zügellose Üppigkeit, die keinerlei Regeln zu gehorchen schien. Diese Einstellung zur englischen Sprache läßt sich bis auf den Humanismus zurückführen und wirkt bis heute nach. Sie leitet sich ab aus der – sprachwissenschaftlich unhaltbaren – Erklärung des Lateinischen zur Norm, an der gemessen das Englische dann scheinbar ohne Grammatik ist.

Angesichts der Historizität von Sprache und der Tatsache ihres Wandels sind unterschiedliche Haltungen eingenommen worden. Während in der Renaissance die oben erwähnte Tendenz zum Ausweichen in das Lateinische zu beobachten ist, wähnt sich der Klassizismus im Besitz gültiger Normen, hinter denen er die Elisabethaner noch zurückbleiben sieht. Erst in der Romantik wird von der Untrennbarkeit von sprachlicher Form und Inhalt her argumentiert. In den Dramen Shakespeares ist etwas gestaltet worden, das an eben diese sprachliche Form gebunden ist. Insofern muß der Prozeß des Sprachwandels sich schädlich auswirken auf das Vermögen, Shakespeare in seiner ursprünglichen Gestalt zu verstehen. Vor mehr als 200 Jahren schon empfindet Johann Gottfried Herder ein Gefühl der Trauer über die Zwangsläufigkeit, mit der Shakespeares Dramen und seine Sprache veralten. Herder preist sich (und den jungen Goethe) glücklich, „daß ich noch im Ablaufe der Zeit lebte, wo ich ihn begreifen konnte". Er befürchtet, daß dieses Begreifen den Späteren nicht mehr möglich sein wird:

35. Trauriger und wichtiger wird der Gedanke, daß auch dieser große Schöpfer von Geschichte und Weltseele immer mehr veralte! daß, da Worte und Sitten und Gattungen der Zeitalter wie ein Herbst von Blättern welken und absinken, wir schon jetzt aus diesen großen Trümmern der Ritternatur so weit heraus sind, daß selbst Garrik, der Wiedererwecker und Schutzengel auf seinem Grabe, so viel ändern, auslassen, verstümmeln muß, und bald vielleicht, da sich alles so sehr verwischt und anderswohin neiget, auch sein Drama der lebendigen Vorstellung ganz unfähig werden und eine Trümmer von Kolossus, von Pyramide sein wird, die jeder anstaunet und keiner begreift.[2]

Herders Befürchtungen haben sich nicht erfüllt – oder doch nur zum Teil. Die Philologie hat den Späteren die Mittel in die Hand gegeben, fast stets den historischen Wortsinn aufsuchen zu können und Sozial- und Geistesgeschichte erhellen, soweit möglich, das „Weltbild" der Elisabethaner. Dennoch ist uns, trotz aller wissenschaftlicher Bemühungen, der „elisabethanische" Shakespeare nicht in vollem Umfang wiederherstellbar. Der Verstehenshorizont heutiger Zuschauer und Leser bleibt von dem des Londoner Publikums um 1600 unterschieden, was so lange kein Schade ist, wie man sich dessen bewußt bleibt.

Aber es wäre keine Philologie und kein Bedarf an ihr, wenn nicht hinter dem Fleiß der Gelehrten jene Herdersche Trauer stünde, daß etwas Wertvolles unbegreiflich zu werden und sich dem Verstehen zu verschließen droht. Der Philologie vorausgesetzt ist demnach die Wertentscheidung, daß es sich lohnt, den genauen Wortsinn zu erfassen, und von diesem Grundsatz muß auch jede didaktische Überlegung zur Erschließung des elisabethanischen Englisch ausgehen. Es ist jedoch nicht nur die wissenschaftliche Bemühung um Shakespeare, die uns den Text zugänglich erhält, sondern auch die Theaterpraxis, die auf englischsprachigen Bühnen ständig den Nachweis erbringt, daß Shakespeares Texte noch verstehbar sind, daß mithin die englische Gegenwartssprache sich nicht so weit von der Shakespeares entfernt hat, daß sie ohne philologische Erläuterungen unverständlich wäre. Zwischen diesen beiden Positionen bewegt sich demnach der englischsprachige Leser Shakespeares; der Text ist in seinen Grobstrukturen unmittelbar verstehbar, insofern das elisabethanische Englisch eben (Früh-) *Neu*englisch ist, die Feinstrukturen werden jedoch erst bei einer besonderen Anstrengung erkennbar. Andernfalls bleibt eine zu große Differenz bestehen zwischen dem ursprünglich intendierten Textsinn und dem gegenwärtig rezipierten Sinn, oder, wie Ernst Leisi es anschaulich ausdrückt, „... we will realize that ‚the play that is' differs greatly from ‚the play that was' ".[3]

2. *Ausgangsbedingungen und Begründung der Lernziele*

Allgemein besteht Einigkeit darüber, daß die Befähigung der Schüler zur Kommunikation in der Fremdsprache das für alle Altersstufen und Kurstypen verbindliche, übergreifende Lernziel ist. Darüber hinaus haben die Leistungskurse der Sekundarstufe II jedoch weitergehende, nämlich wissenschaftspropädeutische Zielsetzungen. So lassen sich für das Fach Englisch kursspezifische Lernziele definieren, die grundsätzlich den gleichen Ansprüchen an wissenschaftlichen Rigorismus unterliegen wie beispielsweise das Fach Chemie.

Ausgangspunkt der folgenden Überlegungen ist die Annahme, daß die Beschäftigung mit dem elisabethanischen Englisch im Zusammenhang mit der Lektüre entweder eines ganzen Dramas und/oder Ausschnitten aus mehreren Stücken stattfindet. Darauf sollen die Schüler in einem Vorkurs vorbereitet werden, für den im wesentlichen zwei Lernziele formulierbar sind:

1. Befähigung zur Lektüre Shakespeare'scher Texte

2. Erkennen des Englischen als eines synchronisch-diachronischen Systems.

Im Verhältnis zur interpretierenden und evaluierenden Lektüre ist 1) ein subsidiäres Lernziel; 2) hingegen kann selbständig begründet werden und ist besonders geeignet, in philologische und sprachwissenschaftliche Fragestellungen einzuführen. Es ist insofern wissenschaftspropädeutisch.

3. *Durchführung*

Der Vorkurs sollte in drei Lernbereiche gegliedert werden:
1. Sensibilisierung für die Problematik
2. Die wichtigsten Merkmale des elisabethanischen Englisch als Voraussetzungen für die Shakespeare-Lektüre
3. Einsicht in die Historizität von Sprache.

3.1 Sensibilisierung für die Problematik

In der Kolumne „Strictly Personal“ des satirischen Wochenblattes *PUNCH* macht der englische Architekt Sir Hugh Casson eine Beobachtung über das Kommunikationsverhalten gebildeter englischer Sprecher:

> On to Paddington to catch train to Oxford to speak to E. S. U. seminar at Jesus College. About sixty people – all age groups, many nationalities. Most earnest questions, as always, from Americans – Strange how elliptical English speakers seem to them, how many allusions are taken by us for granted and have to be explained. (PUNCH, Aug. 17, 1977, 277).

In der gleichen Zeitschrift findet sich wenig später ein Beispiel für eben diese Anspielungstechnik, das geeignet ist, über die Verwunderung angesichts der Selbstverständlichkeit, mit der sie gebraucht wird, hinzuführen zu dem Stellenwert, den Zitate und Anspielungen im Englischen haben. Patrick Ryan berichtet über eine Reise nach Nordafrika, auf der er seine Frau, nachdem er einen Augenblick lang mit dem Gedanken gespielt hat, sie in einer kleinen marokkanischen Stadt einfach sitzenzulassen, triumphal zum Reisebus zurückgeleitet, verfolgt von den neidvollen Blicken der Mitreisenden:

> As I escorted her down the aisle [of the bus], they surveyed me with eyes that said there could be no justice in a world where such as I possessed such as she. I sat her in the window and if the bus had been a barge it would have burnt upont the waters. (PUNCH, Jan. 25, 1978, 147.)

Der letzte Satz ist für jemanden, der ihn nicht als Zitat erkennt, völlig unverständlich: Warum sollte ein Reisebus denn eine Barke sein, und warum sollte diese obendrein noch auf den Wassern brennen? Als Folie dient die Cydnus-Passage aus *Antony and Cleopatra,* in der Enobarbus den staunenden Römern ein Bild der unvergleichlichen Faszination der Cleopatra entwirft:

> The barge she sat in, like a burnish'd throne,
> Burnt on the water: the poop was beaten gold. (II, 2. 191 f.)

Shakespeare-Zitate, auch in abgewandelter Form, gehören offenbar zu den hörerseitigen Voraussetzungen in bestimmten Kommunikationssituationen. Eine beträchtliche Anzahl von feststehenden Wendungen geht auf Shakespeare zurück, ohne daß dies notwendigerweise den Sprechern bewußt ist, so z. B. „it beggars all description" und „infinite variety" (beide aus der gleichen Passage). Mit diesen Beispielen kann belegt werden, daß Shakespeare – in unterschiedlicher Intensität – in das System der englischen Gegenwartssprache integriert ist.

Auf der anderen Seite hat die Vertrautheit der englischen Sprachgemeinschaft mit Shakespeares Stücken zu Sinnverfälschungen geführt, die sich in der Sprache festgesetzt haben, von denen der fremdsprachige Leser jedoch weniger betroffen ist. Man kann gelegentlich geradezu von einer Bevorzugung nicht-englischer Leser sprechen, die darin liegt, daß ihnen der Sinn eines Wortes nicht so unmittelbar gegeben ist wie einem *native speaker*. Die besondere Chance etwa des deutschen Lesers liegt in der Distanzhaltung, zu der er von vornherein genötigt ist; er muß sich englischen Texten in einer Fragehaltung nähern, die ihn vor allzu schnellen Schlüssen auf die Bedeutung schützt. Dies gilt nicht nur für ihm noch unbekannte Wörter, sondern ebenso für neue, ihm unvertraute Bedeutungen. Das bekannte Phänomen der interlingualen Ähnlichkeit der *faux amis (false friends)* vom Typ „sensible" = „sensibel" hat für den englischen Leser seine intralinguale Parallele in den „diachronischen *faux amis*"; die Gleichheit der (Wort-) Form suggeriert Gleichheit der Bedeutung.[4] Als Beispiel mag eine Passage aus *Othello* dienen, in der Iago Othello von Cassio erzählt, dessen Traum er angeblich belauscht hat:

> Oth. O monstrous! montrous!
> Iago Nay, this was but his dream.
> Oth. But this denoted a foregone conclusion:
> [Iago] 'Tis a shrewd doubt, though it be but a dream. (III, 3, 427–429)

Der englische Zuschauer und Leser kennt die Fügung „foregone conclusion" aus seinem Sprachgebrauch in der Bedeutung „abzusehendes

Ende, ausgemachte Sache"; der deutsche Schüler hingegen wird sich um den Sinn bemühen müssen und daher nicht in die „Ähnlichkeitsfalle" tappen. Er wird dann mit Hilfe von Anmerkungen oder Wörterbüchern zur hier vorliegenden Bedeutung „eine vorausgegangene Erfahrung" gelangen können. Auch „shrewd" wird kaum in seiner heutigen Bedeutung „wohlüberlegt, weise" bekannt sein, so daß er nach einer (hier) passenden Bedeutung suchen wird; „ein ernster Verdacht" wäre wohl angemessen.

Eine im heutigen Sprachgebrauch fest etablierte Verfälschung des ursprünglichen Sinnes liegt zum Beispiel vor in „single blessedness", das nur ironisch für „Unverheiratetsein" verwendet wird, während ursprünglich in *A Midsummer Night's Dream* (I. 1. 78) die Gottwohlgefälligkeit des Unverheiratetseins in durchaus unironischer Weise gemeint ist. Man wird G. L. Brook beipflichten:

> Although gross misunderstandings may be rare, the reader of Elizabethan literature is constantly liable to fail to appreciate the precise shade of meaning with which a word is used or the precise tone of feeling which it implies.[5]

„Gross misunderstandings" auf seiten deutscher Leser können jedoch entstehen aufgrund von Archaismen im elisabethanischen Englisch, die dem englischen Leser aus Kontexten wie Predigt, Kirchenlied, Bibel und literarischer Tradition bekannt sind. Hierzu gehören die Formen der Kopula und des Personalpronomens 2. Sg., „art" und „thou", so daß folgendes Mißverständnis entstehen kann: „Well, Brutus, thou art noble" (*Julius Caesar*, I. 2. 305) wurde übersetzt mit „Brutus, deine edle Kunst". „Art" ist als Substantiv bekannt, die Nachstellung des Adjektivs wird nach flüchtiger Berührung mit dem elisabethanischen Englisch für möglich oder normal gehalten, und „thou" wird als Possessivpronomen interpoliert.

Wenn man das gesteuerte Lesen von Texten als Prozeß auffaßt, so lassen sich lehrer- und schülerseitige Voraussetzungen sowie vielfältige Interaktionsprozesse im Verlauf der Lektüre unterscheiden. Die Voraussetzungen wiederum lassen sich untergliedern in Motivation, Befürchtungen, Erwartungen, sprachliche und kulturelle Kompetenz, die in den Leseprozeß eingebracht werden und sich und damit die Beteiligten verändern.

Die Lektüre Shakespeares hat von den Voraussetzungen der Schüler (und Lehrer) auszugehen; diese Feststellung ist an sich trivial. Es liegen jedoch darüber keine systematischen Erhebungen vor, so daß man auf einige wenige Daten unterschiedlicher Zuverlässigkeit angewiesen bleibt.[6] Diese müssen ergänzt werden durch die Beschreibung der Voraussetzungen, die die Texte selber setzen. Die Motivation der Schüler wird durch die Vorstellung, etwas sehr Anspruchsvolles zu lesen, bestimmt. Wegen der undeutlich empfundenen hohen Geltung Shakespares und dem diffusen Urteil über dessen „Schwierigkeit" kommt der Erstbegegnung mit dem Originaltext günstigenfalls der Charakter einer Herausforderung zu. Eben daraus leiten sich jedoch auch die Befürchtungen ab, die in Schüleräußerungen fast stets in die Formel gefaßt werden, Shakespeares Sprache sei „altenglisch", insofern kaum verständlich und obendrein noch schädlich für die eigene Sprachbeherrschung im Neuenglischen. Dem wird der Lehrer begegnen müssen; dazu sollen unter anderem die folgenden Erörterungen Hilfen anbieten. Die Erwartungen richten sich im allgemeinen auf die „poetische" Qualität Shakespeares, auf ästhetisch geformte Sprache. Man wird dem Rechnung tragen müssen, indem man ihre Wirkungsweise beschreibbar und analysierbar macht, jedenfalls in Ansätzen. Die sprachliche Seite der Schülerkompetenz ist zu unterschiedlich, als daß sie hier systematisch berücksichtigt werden könnte. Es lassen sich jedoch Hinweise geben auf Techniken, die für jede Art von Textarbeit erforderlich sind und die aus Gründen, die hier nicht erörtert werden können, in der Schule oft vernachlässigt werden. Ich möchte sie hier als Inferenztechniken bezeichnen, heuristische Verfahren zur Erschließung von Bedeutungen unter Zuhilfenahme von Kenntnissen etwa des Lateinischen, Französischen, deutscher Fremdwörter sowie von Ableitungsbeziehungen und Kenntnissen der Wortbildung. Die Beispielanalyse wird dies verdeutlichen. Zur kulturellen Kompetenz sind Kenntnisse rhetorischer Strategien, eine Sensibilität für poetische Sprachverwendung, Verstehen von Allegorien, Metaphern, Emblemen sowie die Fähigkeit zur Visualisierung der Handlungskomponente in dramatischen Texten zu rechnen.

Der folgende Ausschnitt aus *Twelfth Night* wird unter den Aspekten der Ähnlichkeit mit und der Verschiedenheit vom Neuenglischen analysiert. Es geht also nicht darum, „Drahtverhaue" vor den Texten aufzurichten, sondern ihre grundsätzliche Zugänglichkeit zu demonstrieren, ohne andererseits die Schwierigkeiten zu kaschieren. Basis für das, was als „Neuenglisch" im Sinne des heute Gültigen verstanden werden kann, ist das *Advanced Learner's Dictionary of Current English* (ALD). Es werden nur semantische und grammatikalische Abweichungen sowie eventuell unerwartete Einträge kommentiert.

Viola, in Diensten des Grafen Orsino, überbringt der Gräfin Olivia eine Botschaft ihres Herrn, in der dieser erneut um ihre Liebe wirbt. Viola ist als „gentleman" verkleidet; sie kann sich nur mit Mühe gegen den mürrischen Haushälter Malvolio durchsetzen und sich Zugang zu Olivia ertrotzen:

Viola The honorable lady of the house, which is she? (I. 5. 167)

Olivia Speak to me, I shall answer for her. Your will? 170

Viola Most radiant, exquisite, and unmatchable beauty - I pray you 170
tell me if this be the lady of the house, for I never saw her.
I would be loath to cast away my speech; for besides that it
is excellently well penn'd, I have taken great pains to con it.
Good beauties, let me sustain no scorn; I am very comptible,
even to the least sinister usage. 176

Olivia Whence came you, sir?

Viola I can say little more than I have studied, and that question's
out of my part. Good gentle one, give me modest assurance if
you be the lady of the house, that I may proceed in my speech. 180

Olivia Are you a comedian?

Viola No, my profound heart; and yet (by the very fangs of malice
I swear) I am not that I play. Are you the lady of the house? 185

Olivia If I do not usurp myself, I am.

Viola Most certain, if you are she, you do usurp yourself; for what
is yours to bestow is not yours to reserve. But this is from my
commission; I will on with my speech in your praise, and then
show you the heart of my message. 191

Olivia Come to what is important in't. I forgive you the praise.

Viola Alas, I took great pains to study it, and 'tis poetical. 195

Olivia It is the more like to be feign'd, I pray you keep it in. I heard
you were saucy at my gates, and allow'd your approach rather
to wonder at you than to hear you. If you be not mad, be gone.
If you have reason, be brief. 'Tis not that time of moon with
me to make one in so skipping a dialogue. 201

Maria Will you hoist sail, sir? Here lies your way.

Viola No, good swabber, I am to hull here a little longer. Some mollification for your giant, sweet lady. Tell me your mind– I am
a messenger. 205

Olivia Sure you have some hideous matter to deliver, when the courtesy of it is so fearful. Speak your office.

Viola It alone concerns your ear. I bring no overture of war, no
taxation of homage; I hold the olive in my hand; my words 209
are as full of peace as matter. 209

Olivia Yet you began rudely. What are you? What would you? 213

Viola The rudeness that hath appear'd in me have I learn'd from my
entertainment. What I am, and what I would, are as secret as
maidenhead: to your ears, divinity; to any other's profanation. 217

Olivia Give us the place alone, we will hear this divinity. [*Exeunt
Maria and Attendants.*] Now, sir, what is your text? 220

Viola Most sweet lady–

Olivia A comfortable doctrine, and much may be said of it. Where lies
your text?

Viola In Orsino's bosom. 224

Olivia In his bosom? In what chapter of his bosom?

Viola To answer by the method, in the first of his heart.

Olivia O, I have read it; it is heresy. Have you no more to say?

Viola Good madam, let me see your face.

Olivia Have you any commission from your lord to negotiate with my face? You are now out of your text; but we will draw the curtain, and show you the picture. Look you, sir, such a one I was this present. [*Unveiling.*] Is't not well done?

Viola Excellently done, if God did all.

Olivia 'Tis in grain, sir, 'twill endure wind and weather.

Viola 'Tis beauty truly blent, whose red and white Nature's own sweet and cunning hand laid on. Lady, you are the cruell'st she alive If you will lead these graces to the grave, And leave the world no copy.

Olivia O, sir, I will not be so hard-hearted; I will give out divers schedules of my beauty. It shall be inventoried, and every particle and utensil labell'd to my will: as, *item*, two lips, indifferent red; *item*, two grey eyes, with lids to them; *item*, one neck, one chin, and so forth.

167:

which is she stellt eine grammatikalische Abweichung dar, die allerdings nicht sinnentstellend oder -gefährdend ist. Sie bietet Anlaß für den Hinweis, daß die Festlegung des Interrogativpronomens (*who* für Personen, *which* für Sachen) noch nicht existiert.

171:

I pray you ALD vb 3: (*formal request equivalent to*) *please: Pray don't speak so loud.* Diese Bedeutung ist nahe genug, um das neuenglische (ne.) Äquivalent *I ask you to* erschließen zu können.

171:

if this be the lady gehört noch zum ne. System, doch hat der Konjunktiv eine sehr geringe Frequenz.

172:

I would be loath: loath ist als prädikatives Adjektiv in der Fügung *loath to do sth, unwilling* aufgeführt (ALD).

172:

cast away: nicht „idiomatisch"; es müßte ne. *cast off* oder *throw away* heißen. Die Verständlichkeit ist allerdings nicht gefährdet.

173:

besides zeigt eine unbedeutende syntaktische Abweichung.

174:

well penned ALD vt *write (a letter, etc.).* An diesem Wort lassen sich Inferenztechniken üben. Ausgangspunkt ist *ball pen* oder einfach *pen;*

davon wird durch Konversion (Nullableitung) das Verb abgeleitet: „(mit einer Feder) schreiben". Kulturelle Kompetenz spielt insofern hinein, als man über die ältere Schreibtechnik informiert sein sollte.

174:

con. ALD *con* (1) *learn by heart; study;* ist etymologisch verwandt mit *can*, können.

175:

let me sustain no scorn. ALD vt 3: *suffer, undergo,* also „Spott erleiden".

175:

comptible. ALD. Hier hilft nur noch ein Glossar weiter, das die Verbindung zu *compt* im Sinne von *account, reckoning* herstellt. Schmidt, *Shakespeare-Lexicon* (SL) gibt *sensitive* und glossiert *properly, quick at reckoning,* also jemand, der schnell rechnen kann; mit einiger „semantischer Phantasie" läßt sich eine Brücke herstellen. Jemand, der gut rechnen kann, ist geistig rege und damit sensibel oder empfänglich. OED gibt unter dem Stichwort *countable* 1. c. *Liable to answer to, sensitive to,* wobei unsere Stelle der einzige Beleg ist. An diesem Beispiel läßt sich u. a. illustrieren, daß die Schreibweise der elisabethanischen Zeit noch weitgehend unfest war, denn nach heutiger Orthographie müßte *comptible countable* geschrieben werden. Weiterhin ist *countable* eine Verkürzung (Aphärese) von *accountable*, so daß eine andere Deutung im Zusammenhang mit der Buchführung der Kaufleute zu sehen wäre. Jemand, der *accountable* ist, muß für den *account*, das Konto, geradestehen, er ist „ansprechbar", insofern der Eigentümer ihn zur Rechenschaft ziehen kann und in diesem Sinne ist er „sensibel". Da die Belege jedoch nicht ausreichen, muß die eine Lösung (Schmidt) wie die andere hypothetisch bleiben. Grundsätzlich bleibt die Festlegung von Bedeutung, wie dieses Beispiel zeigt, ein Sinnfindungsprozeß, der mit allen Problemen der Hermeneutik behaftet ist. Auch der Kompilator von Wörterbüchern ist auf gleiche Verfahren angewiesen, was jedoch nur in Grenzfällen wie diesem deutlich wird. Wir werden die Stelle also verstehen als „ich bin empfindlich".

176:

even to the least sinister usage. Ein naheliegendes Mißverständnis wäre: Ich bin empfindlich gegenüber einem Sprachgebrauch, der auch nur im mindesten „böse" ist, d. h. ich mag keine gemeinen, schmutzigen Wörter. Wer so interpretiert, geht von der verbreiteten Bedeutung „Sprachgebrauch" (*usage*) aus, ohne zu erkennen, daß diese Bedeutung ein Spezialfall von *usage* ist, also eine semantische Spezialisierung. Hier läßt sich ein kardinales Problem schulischer Wortschatzarbeit wenigstens kognitiv aufhellen, wenn auch nicht lösen. Es handelt sich um die „Eindimensionalität" der Bedeutungsstruktur im Bewußtsein der Lerner, die entweder die erstgelernte Bedeutung oder die häufigste verabsolutiert und damit die Möglichkeit der Anlagerung weiterer Bedeutungen verhindert. *Usage* müßte gelernt werden als „Art und Weise, wie etwas gebraucht wird"; die Bedeutung „Sprachgebrauch" fügt sich als Spezialfall gut in dieses Muster ein. ALD gibt für *usage* n. 1 *way of using sth: treatment. Sinister* ALD 2: *showing ill will* paßt hinreichend genau, so daß sich ergibt: *I am sensitive to a treatment that shows the least bit of ill will.*

177:

whence. ALD adv (*old use*) 1 (*in questions*) *from what place or cause.*

179:

that question's out of my part. Hier ist ein Hinweis auf übliche Kontraktionen bei den Verben *be, have* und *will* erforderlich. Auch *his* und *it* werden in unbetonter Stellung kontrahiert: *in his garden, in's; speak it again, speak't. It is* wird häufig zu *'tis*, im Gegensatz zu NE, wo es in der Regel zu *it's* verkürzt wird.[7]

179:

part. ALD part[1] 4 (...) *what an actor in a play, film etc. says and does.* (...) *He spoke/acted his part very well.*

An dieser Stelle sind einige grundsätzliche Erwägungen nötig. Bis hierher war die Bedeutung der Wörter und Phrasen weitgehend mit den Verfahren der Wortsemantik zu bestimmen. Im darauf folgenden Textabschnitt sind Bedeutungen enthalten, die erst auf einer höheren Organisationsstufe konstituiert werden und für die daher die Kenntnis eben dieser Textorganisation erforderlich ist. Für den hier gegebenen Zweck sind drei Ebenen der Analyse nötig. Von der Wortebene war schon die Rede; innerhalb der Grenzen des Satzes läßt sich oft eine Entscheidung über das Vorliegen einer bestimmten Bedeutung von zahlreichen möglichen unter Zuhilfenahme des Wörterbuches treffen.[8] Die nächsthöhere Analyseebene ergibt sich aus der semantischen Verknüpfung von Wörtern zu übergeordneten Textstrukturen. Die Verknüpfung erfolgt über gemeinsame semantische Merkmale; so sind z. B. *ship* und *mast* über die Relation Ganzes – Teil verknüpft. Die dritte Ebene ist die der Einstellung der Sprecher zu den Redebeiträgen, also ob etwa eine Äußerung drohend, ironisch usw. gemeint ist. Auf dieser Ebene wird deutlich, was „hinter den Worten" steht. Linguistisch gesprochen, handelt es sich um die Ebenen der Wortsemantik, Textsemantik und Textpragmatik. In 179: *that question's out of my part* wird die erste derartige „Vertextungsstruktur" deutlich erkennbar; sie wird über das Thema „Theater und Rollenspiel" zusammengehalten.

Ein Haupthindernis auf dem Wege, Shakespeares Texte zu verstehen, liegt darin, solche Vertextungsstrukturen zu übersehen. Dazu sind Lese- und Verstehensgewohnheiten nötig, die bei Schülern erst ausgebildet werden müssen; andererseits werden sie von den Texten jedoch vorausgesetzt und offenbar konnten sie zu Shakespeares Zeit auch vorausgesetzt werden. Es kommt das Problem hinzu, daß man das Vorliegen einer solchen Vertextungsstruktur erst im allmählichen Vollzug der Wahrnehmung des Textes bemerkt. Nun gibt es in den Dramen Shakespeares zahlreiche durch die literarische und kulturelle Tradition vorgeprägte Vertextungsstrukturen, die ein Autor der elisabethanischen Epoche nur anzudeuten brauchte, weil sie so vertraut waren, daß wenige Hinweise genügten, um die Wahrnehmung der Hörer/Leser entsprechend zu steuern. Dazu gehören etwa das Verhältnis von Schein und Sein, die Beziehung zwischen König und Untertan, zwischen Sonne und Planeten, der Bereich des Theaters, oft assoziiert mit Schein und Sein, aber auch eher enzyklopädische Zusammenhänge wie Naturphänomene sowie schließlich – ohne daß diese Aufzählung vollständig sein könnte – emblematische und heraldische Beziehungen.

Wenn *part* demnach als Element einer Vertextungsstruktur „Theater und Rollenspiel" erkannt ist, werden rückblickend auch schon 174: *con* und 178: *studied* im Sinne dieser Thematik umgedeutet. 181: *proceed in my speech* und 182: *Are you a comedian?* breiten nunmehr keine Probleme, außer daß *comedian* aus dem Kontext heraus interpretiert werden muß als „Schauspieler", nicht im Sinne von ALD actor *who plays comic parts in plays.* Das deutsche „Komödiant" bedeutet allgemein „Schauspieler" (Wahrig, s. v.) und ist damit dem elisabethanischen Sinn näher als das NE.

183:

No, my profound heart bereitet Schwierigkeiten in der Zuordnung (an wen ist es gerichtet?), nicht jedoch sprachlich: ALD 1 *deep.*

180:

modest assurance. Modest ALD 2 *moderate, not large in size or amount;* demnach: Gebt mir ein klein wenig „Versicherung", Gewißheit.

184:

I am not that I play. NE: *I am not what I play.* Zum vollen Verstehen gehört hier der situative Zusammenhang, der Teil der Textsemantik ist, daß nämlich Viola als Edelmann verkleidet ist.

186:

usurp myself. „Wenn ich mich selbst usurpiere", d. h. an meine eigene Stelle trete oder mich selbst ersetze, eine paradoxe Redeweise. Diese wird fortgeführt in

187:

you do usurp yourself. In der Replik wird, indem das spielerische Paradoxon Olivias ins Wörtliche gewendet wird, in der Redeweise des Rechts etwas für die Gesamtthematik dieses Stückes sehr wichtiges auf leichte, spielerische Weise angedeutet. Olivia verfügt in illegitimer Weise über sich, sie nimmt Rechte wahr, die ihr nicht zukommen, weil man, nach der Philosophie dieses Stückes und der Sonette 1-17, sich nicht „für sich behalten" darf. 180: Was Eures ist, um es zu verschenken (d. h. die Totalität der eigenen Person), ist nicht Euer Eigentum; Ihr dürft es nicht zurückhalten. Der Tenor dieser zweigliedrigen Vertextungsstruktur ist: Es ist ein Bruch des (Natur-) Rechts, sich nicht zu „verschenken".

189:

But this is from my commission. From entspricht ne. *outside.*

191:

heart. Metaphorisch zu deuten im Sinne von „Kern".

192:

forgive. ALD 2 *not demand repayment of (a debt),* also „erlassen".

195-196:

poetical, feigned. Feign ALD vt. 2 *invent* kommt nahe genug. Die Beziehung zwischen *poetical* und *feigned* ist eine elisabethanische Standardassoziation: Dichtung ist „erlogen". Ein Hinweis auf die Etymologe kann die grundsätzliche Identität von *feign* und *poet/ical* durchschaubar machen; *feign* geht auf lat. *fingere,* machen, zurück und *poetical* auf griechisch *poietés,* der Macher.

200:

'Tis. Entspricht *It's. Time of moon.* Die Standardassoziation von Wahnsinn und Mond gehört zu den enzyklopädischen Voraussetzungen (cf. *lunatic).*

201:

skipping. ALD *skip[1] jump lightly and quickly.* Von hier ist die Bedeutung der Stelle zu erschließen: Ein unernster, frivoler Dialog.

202:

hoist sail. ALD *lift with an apparatus of ropes and pulleys or a kind of elevator: hoist a flag/sail,* also „Segel setzen". Damit wird eine neue Vertextungsstruktur begonnen, die fachsprachliche Ausdrücke aus der Seefahrt verwendet. Bemerkenswert ist, daß die Vertextung über die Redebeiträge im Dialog hinweg erfolgt. Viola setzt in diesem Geplänkel (textpragmatische Betrachtungsebene) das Thema „Seefahrt" fort und bezeichnet in 203 Maria als *swabber,* „Decksschrubber". Hieran lassen sich wieder Inferenztechniken üben. *Swabber* ist in ALD nicht gegeben, wohl aber *swab* n. *mop or pad for cleaning,* e. g. *floors, decks.* Das Wort ist im Deutschen entweder als „Schwabbel" (Poliergerät) oder „Schwabber" (maritimer Fachausdruck für das Reinigungsgerät) bekannt. Viola verwendet es ironisch in der vom Verb abgeleiteten Bedeutung „jemand, der die Handlung des Verbs ausführt" und verweist zugleich auf die soziale Stellung Marias als Dienstbote.

203:

I am to hull here a little longer. Dies ist ein weiteres Element der Vertextungsstruktur „Seefahrt". Mit Inferenztechniken läßt sich aus *hull* ALD *body or frame of a ship* erschließen, daß es sich um eine Tätigkeit handeln muß, die in einem Zusammenhang mit „Schiff" steht, und zwar so, daß der Aspekt der Fortbewegung unter Segeln nicht im Vordergrund steht. Der Schluß auf die Bedeutung „vor Topp und Takel, beigedreht liegen", dürfte allerdings sehr schwierig sein. SOED gibt s. v. *hull* v.[2] *intr.* Naut. *Of a ship: to float or be driven on the hull alone; to lie a-hull* – 1708. Die ne. Entsprechung dieses nautischen Fachausdrucks ist also *to lie a-hull.* Es bezeichnet ein antriebsloses Driften. Der erklärende Wert einer Analyse der elisabethanischen Form liegt in der Erkenntnis, daß fachsprachliche Elemente in poetischen Texten vorkommen und ihre Kenntnis beim Hörer vorausgesetzt wird. Der Herkunftsbereich ist die unmittelbare Anschauung des zeitgenössischen Londoner Publikums. Darüber hinaus belegt dieses Beispiel einmal mehr die wechselseitige Bedeutungserhellung durch den Bezug einzelner Elemente auf die jeweilige Vertextungsstruktur und die Verankerung solcher Strukturen in den Wahrnehmungsgewohnheiten des zeitgenössischen Publikums. In ähnlicher Weise sind heute Ausdrücke aus der Psychologie („Minderwertigkeitskomplex", „Triebsublimation"), der politischen Philosophie („Entfremdung") oder der verbraucherorientierten Technik („neuartige, runde Tauchspule ohne Stahlkern mit geschlossener Achterspiralwicklung", aus einer Anzeige für einen Plattenspieler) Teil unserer Wahrnehmungsgewohnheiten.

Es dürfte bisher hinreichend deutlich geworden sein, in welch hohem Ausmaß ALD bei Anwendung entsprechender Techniken und „semantischer Phantasie" das „Einlesen" in den Text ermöglicht. Die Schwierigkeiten liegen nicht so ausschließlich wie oft, vor allem auch von Schülern, angenommen wird („altenglisch"), in einer radikalen Veränderung des Englischen seit der Zeit Shakespeares, sondern zu einem Gutteil in Wahrnehmungsgewohnheiten, die von den Texten vorausgesetzt werden und – dies ist noch weiter auszuführen – in einer gewissen „Unfestigkeit", Flexibilität der sprachlichen Zeichen in der elisabethanischen Zeit, auf die Schüler bei der vorherrschenden Eindimensionalität der schulischen Wortschatzarbeit nicht vorbereitet sind. Der verbleibende Teil der Passage soll nur noch im Hinblick auf textsemantische Strukturen untersucht werden.

208:

overture of war. Durch Bezug auf Ouvertüre und franz. ouverture sowie ALD n 1 (often *pl*) *approach made (to sb) with the aim of starting discussions* wird die Bedeutung „Eröffnung" gewonnen. Damit ist eine weitere textsemantische Struktur etabliert, „Krieg", und zwar in einem feudalen System.

209:

taxation of homage. Taxation ALD *raising money by taxes* paßt nur annäherungsweise. Man wird die Bedeutung offenlassen, bis *homage* geklärt ist. ALD 2 (*in feudal times*) *formal and public acknowledgement of loyalty to a lord or ruler.* Zusammengenommen ergibt sich jetzt eine Neuinterpretation für *taxation.* Statt „Besteuerung" paßt jetzt „Erhebung, Forderung", in Verbindung mit „Krieg": Forderung nach Unterwerfung.

209:

I hold the olive in my hand wird textsemantisch durch Bezug auf „Krieg" deutlich als „Ich halte den Ölzweig in meiner Hand".

210: *peace* fügt sich problemlos ein.

Eine weitere Vertextungsstruktur ist um „Heiligkeit und Profanität" herum gruppiert: 217: *divinity;* 217: *profanation;* 219: *divinity* (ironisch); *220: text;* 222: *comfortable doctrine;* 225: *chapter;* 228: *I have read it* und *it is heresy.*

Comfortable und 215: *entertainment* gehören zu den wenigen Wörtern, die sprachhistorisch kommentiert werden müssen. Bei beiden müßte der Leser Anstoß nehmen, weil keine der ne. Bedeutungen paßt. Bei *comfortable* genügt schon der Hinweis darauf, daß man durch eine Änderung des Suffix leicht auf eine passende Bedeutung kommen kann, wenn man die Bedeutung des Grundwortes kennt: Trost (*comfortable/-ing*), also „trostreich". Bei *entertainment* kann man ausgehen von ALD 1 *receive (people) as guests.* Die Einschränkung *as guests* wird gestrichen: *receive people.* Die Entwicklung vom elisabethanischen Englisch zum NE ist demnach in diesem Falle als Spezialisierung oder semantische Verengung zu verstehen. Die Etymologie (von lat. intertenere) legt eine Ausgangsbedeutung „behandeln" nahe.

233:

picture initiert wiederum eine neue Vertextungsstruktur: „Malerei als Kunst und Künstlichkeit". Hierzu gehören 235: *well done;* 236: *if God did all,* d. h. wenn Gott der alleinige Schöpfer dieses Gemäldes (des Gesichts der Olivia) ist und sie nicht mit Kosmetika nachgeholfen hat; 237: *in grain,* ein ursprünglich fachsprachlicher Ausdruck aus der Färberei: in der Rohfaser gefärbt, daher „waschecht". 239: *truly blent:* Schönheit, die richtig gemischt ist und von der Malerin Natur in gefälliger und kunstreicher Manier „aufgetragen" wurde. *Sweet* und *cunning* bedürfen der Erläuterung. Bei *sweet* besteht im NE, ähnlich wie im Deutschen, die Gefahr der „Verkitschung"; es muß klargemacht werden, daß *sweet pleasing* im weitesten Sinne bedeutet, nicht nur für den Geschmackssinn, sondern für die Totalität der Wahrnehmung einschließlich der ästhetischen und moralischen.

Cunning wird im ALD definiert als 1 *clever at deceiving* (dt. „gerissen") und 2 *(old use) skilful.* Der Hinweis auf die Wurzelverwandtschaft mit dt. „kundig" und „können" dürfte hilfreich sein.

Mit 243: *copy* beginnt die letzte Vertextungsstruktur unserer Passage. Olivia mißversteht Viola absichtlich und führt damit ein Thema ein, das als „Inventarisierung" bezeichnet werden kann. Viola meint *copy* im Sinne von „Kind", also metaphorisch, Olivia wörtlich. Sie will deshalb ihrem Testament (247: *will*) *a list or statement* of details (ALD s. v. *schedules*) beigeben. Diese Liste wird geschrieben in der Sprache der Buchhalter und Kaufleute: *item, two lips, indifferent red.*

Es kann als Hinweis auf den hohen Grad sprachlichen Bewußtseins der elisabethanischen Zeit betrachtet werden, daß Shakespeare Viola einen metasprachlichen Kommentar in den Mund legt: 226: *To answer by the method* bedeutet „ich folge dem bildhaften Sprachgebrauch und setze die Metapher fort". Viola liefert dem in der Rhetorik Geschulten damit ein Beispiel für die *metaphora continuata.*

3.2 Einige wichtige Merkmale des elisabethanischen Englisch

Nachdem in der ersten Phase des Vorkurses eine Vorstellung von der Problematik des Verstehens Shakespeare'scher Texte gewonnen und einige Techniken der Erschließung eingeübt wurden, sollten im zweiten Lernbereich in einer konzentrierten Anstrengung die wichtigsten Verstehenshindernisse, soweit sie systematisierbar sind, beseitigt werden. Dieses Vorgehen hat den Vorteil, daß der Lehrer sich nicht durch die Zufälligkeiten des jeweiligen Textes einzuschränken braucht und er nicht zu immer neuen Exkursen genötigt ist. Aus Gründen der Ökonomie wird man das grammatikalische System in den Vordergrund stellen und das Problem der Bedeutungsveränderung nur exemplarisch behandeln.

3.2.1 Das Personalpronomen und die Formen von *to be*

Die auffälligste Erscheinung ist hier die Differenzierung zwischen *you* and *thou*. Anknüpfungspunkt kann die Ähnlichkeit zum deutschen *du* als formale Entsprechung zu *thou* sein. Das System im Nominativ und Akkusativ ist:

I thou he, she, it we you/ye they
me thee him, her, it us you/ye them.

Thou and *thee* sind aus dem Standard verschwunden, existieren jedoch noch im Dialekt, in archaisierender Diktion (in der Dichtung noch bis in das 19. Jh.) und in der Bibel. Sie sind daher jedem Sprecher des heutigen Englisch wohlvertraut. Auf eine genaue Darstellung der funktionalen Differenzierung bei Shakespeare muß verzichtet werden. Es genügt der Hinweis, daß *you* die neutrale Form der Anrede ist, während *thou* die „markierte“ Form ist; es drückt eine affektbetonte, entweder positive, vertrauliche oder negative, verächtliche Beziehung aus. Zur Illustration können dienen:

1. Das Gespräch zwischen Prospero und seiner Tochter Miranda:

I have done nothing, but in care of *thee*
(Of *thee* my dear one, *thee* my daughter), who
Art ignorant of what *thou* art. (*The Tempest*, I. 2. 16-18)

The very minute bids *thee* ope *thine* ear. (I. 2. 37)

Mir. Sir, are not *you* my father?
Pros. *Thy* mother was a piece of virtue, and
She said *thou* wast my daughter; and *thy* father
Was Duke of Milan. (I. 2. 55-58)

2. Der Ratschlag, den Sir Toby in *Twelfth Night* dem törichten Sir Andrew Aguecheek gibt, um ihm zu einem Mittel zu verhelfen, seinen Rivalen zum Duell zu reizen:
   If *thou thou'st* him some thrice, it shall not be amiss. (III. 2. 45)

Die Übereinstimmung mit dem beleidigenden Duzen im letzten Beispiel wird deutlich. Die genaue Analyse der Beziehung zwischen Personen, soweit sie durch die Verwendung von *you* oder *thou* ausgedrückt wird, muß der jeweiligen textanalyse überlassen bleiben. Wichtig sind vor allem Übergänge von der einen in die andere Form, die eine Veränderung des Intimitätsgrades und Respekts anzeigen. So beginnt Prospero das Gespräch mit Miranda mit „Tell *your* piteous heart..." (I. 2. 14) und geht dann zum intimeren *thou* über. Hamlets Mutter wechselt gar mehrmals, je nach ihrer Einschätzung der Stimmungslage, zwischen den Formen (III. 4).

In den zitierten Passagen wird zugleich das Possessivpronomen illustriert. Als Abweichungenn vom heutigen Standard sind *thy/thine* zu nennen sowie die Verwendung von *his* als Possessiv 3. Person neutrum, anstelle von heutigem *its:*

I will rend an oak
And peg thee in *his* knotty entrails. *(The Tempest*, I. 2. 294-295)

Die wichtigsten abweichenden Formen von *to be* sind:

thou *art* (2. Sg. Präs.); thou *wert/wast* (2. Sg. Präteritum).

Nach *if* erscheint häufig *beest*: Stephano! If thou *beest* Stephano, touch me, and speak to me. *(The Tempest*, II. 2. 100-101).

3.2.2 Modale Hilfsverben

Die Tabelle faßt die wichtigsten Abweichungen vom heutigen Stand zusammen:

can:	*thou canst*	(Präs.),	*thou couldst*	(Prät.).
shall:	*thou shalt*, erhalten z. B. in der Bibel: *Thou shalt not kill. thou shouldst*	(Prät.)		
will:	*thou wilt*	(Präs.),	*thou wouldst*	(Prät.)
may:	*thou mayst*	(Präs.),	*thou mightst*	(Prät.)
dare:	*thou darest*	(Präs.),	*thou durst*	(Prät.)

3.2.3 Personalendungen des Verbs und von *do* und *have*

„Im Fne. [Frühneuenglischen] gleicht der Formenbestand aller Wortarten schon weitgehend dem des Ne".[9] Ungewöhnliche Formen, die evtl. Verständnisprobleme bereiten, sind bei den Verben 3. sg. Präs. -*-eth*/*-th* sowie *hath* und *doth*:

The quality of mercy is not strain'd,
It dropp*eth* as the gentle rain from heaven
Upon the place beneath. It is twice blest:
It bless*eth* him that gives and him that takes. (*The Merchant of Venice*, IV. 1. 184-187
It do*th* appear you are a worthy judge;
You know the law, your exposition
Ha*th* been most sound. (*The Merchant of Venice*, IV. 1. 236-238)

Die Möglichkeit, je nach den Erfordernissen des Metrums zwischen der einsilbigen Form *drops* und der zweisilbigen *droppeth* wechseln zu können, eröffnet dem Dichter willkommene Variationsmöglichkeiten. Die *-eth*—Form scheint die förmlichere gewesen zu sein. Im Spätwerk nimmt sie deutlich gegenüber -s ab,[10] ein seltenes Beispiel für dokumentierten sprachlichen Wandel innerhalb einer einzigen Generation.

3.2.4 Syntax

Vieles von dem, was zu den wichtigsten grammatikalischen Merkmalen des heutigen Englisch zählt (und im Schulunterricht oft große Probleme bereitet), erweist sich als Festlegung erst der Grammatiker des 17. und 18. Jahrhunderts.

To do wird heute im wesentlichen zur Emphase (I *do* know him), zur Frage (Do you know him?) und zur Verneinung bei Vollverben gebraucht (He doesn't know him.). Es kommt bei Shakespeare in all diesen Funktionen vor, ohne daß dies jedoch funktional eindeutig festgelegt wäre.[11] Man kann mit Görlach sagen, daß „syntaktisch (...) die Neuzeit der englischen Sprache erst um 1700" beginnt.[12]

Beispiele

Nicht-emphatischer Gebrauch, oft aus Gründen des Metrums:

Dear earth, I *do* salute thee with my hand. (*Richard II*, III. 2. 6)

Frage *ohne to do:*

Revolt our subjects? (*Richard II*, III. 2. 100)
Verneinung *ohne to do:*

This is a thing that Angelo *knows not.* (*Measure for Measure*, IV 2. 199)

Frage *mit to do:*

When at your hands did I deserve this scorn? (*A Midsummer Night's Dream*, II. 2. 124)

Die doppelte Verneinung, heute ein Merkmal des *Non-Standard English* und damit meist negativ bewertet, diente bei Shakespeare der Emphase, wie noch lange nach Shakespeare und heute noch im *Non-Standard:*

I can*not* go *no* further. (*As You Like It*, II. 4. 9)

Der Aspekt, die Unterscheidung zwischen *past tense* und *present perfect* sowie die Festlegung von *shall* (1. Sg. und Pl. Futur: I/we *shall* come) gegenüber *will* bei der 2. und 3. Person wurden ebenfalls erst im 18. Jahrhundert verbindlich.[13]

Zwar gibt es einige Belege für die Verwendung der Konstruktion *to be ... ing*, auch in der gleichen Funktion wie heute, doch gibt es keine funktionale Differenzierung etwa im Sinne des heutigen Aspekts, dergestalt, daß die Vorstellung des Nichtabgeschlossenseins durch die „continuous form" *im Gegensatz* zur „simple form" ausgedrückt würde:

He's walking in the garden – thus. (*Antony and Cleopatra*, III. 5. 16)

I *am dying*, Egypt, *dying*. (*Antony and Cleopatra*, IV. 15. 18)

In den frühen Stücken kommt die „continuous form" fast gar nicht, in den späten insgesamt sehr wenig vor.

Statt des heutigen „continuous in the past" (was . . . ing) steht im allgemeinen das historische Präsens:

At the helm
A seeming mermaid steers. (*Antony and Cleopatra*, II. 2. 208-209)

Der Gebrauch der *tenses* ist nicht so regularisiert wie heute. Es verträgt sich z. B. *since* mit *past tense:* You spoke not with her since? (*King Lear*, IV. 3. 35)

3.2.5 Semantische Probleme

Durch den Wegfall bzw. den Abbau der Flexionsendungen in mittelenglischer Zeit werden die Grenzen zwischen den Wortarten fließend, und in der Zeit Shakespeares wird mehr als jemals vorher oder nachher mit den Ausdrucksmitteln der Sprache experimentiert. Für den Schüler, der auf die Lektüre eines Dramas vorbereitet wird, ist eine grundsätzlich andere Orientierung notwendig, als er sie in seinem vorausgegangenen Englischunterricht kennengelernt hat. Er sollte sich auf überraschende Übergänge z. B. vom transitiven zum intransitiven Verb, vom Substantiv zum Verb, von einem vertrauten Suffix auf ein anderes und ähnliches mehr einstellen.

Die wichtigste Erkenntnis ist die der Analysierbarkeit und Motiviertheit von Wörtern, die ihm an Beispielen vorgeführt werden sollte. Wenn Cleopatra über Caesar sagt: „Ass unpolicied“ (*Antony and Cleopatra,* V. 2. 307), dann muß zunächst erkannt werden, daß sich diese Form analysieren läßt als „Caesar is an ass who is unpolicied by me.“ Es handelt sich um das Partizip Perfekt eines Verbs *to policy,* das hier durch *un-* negiert und attributiv verwendet wird. Das Verb seinerseits ist offenbar abgeleitet vom Substantiv *policy,* das ein breites Bedeutungsspektrum hat, von „Staatskunst“, „Politik“ bis hin zu „Kriegslist“ oder „Gerissenheit“ (Schmidt, SL). Der Kontext erst ergibt die volle Bedeutung; Caesar, der alle Listen und Finten, auch raffinierteste psychologische Tricks anzuwenden versucht, um Cleopatra am Leben zu erhalten, damit er sie in seinem Triumphzug in Rom vorführen kann, wird durch den gelungenen Selbstmord zum Esel werden, der nicht nur an List *übertroffen* wurde – dies müßte *outpolicied* heißen, analog zu anderen Verben dieses Typs – sondern von Cleopatra *vollständig* um seine Fähigkeit zur Anwendung von List gebracht wurde. Das Wort wird interpretierbar, wenn man einen grundsätzlich „offeneren“ Charakter der sprachlichen Zeichen ansetzt und die Wortbildungsmuster beherrscht.

Eine weitere wichtige vorbereitende Erkenntnis ist die häufig gegebene Analysierbarkeit von der Etymologie her. In *Antony and Cleopatra* wird Lepidus von Caesar „beseitigt“; Eros berichtet: „Caesar, having made use of him in the wars 'gainst Pompey, presently denied him *rivality.*“ (III. 5. 8-9). Das Wort geht zurück auf lat. *rivalis,* jemand, der am gleichen Fluß wohnt. Die Bedeutungsentwicklung ist also von „Nachbarschaft, Partnerschaft“ hin zum modernen „Rivalität“ gegangen, und der Leser muß lernen, diesen Prozeß nachzuvollziehen und, wenn nötig, umzukehren.

Im Falle von *silly* führt der Rückgriff auf die ursprüngliche Bedeutung zu einer überraschenden Verschiebung gegenüber der heutigen: There was a fourth man, in a *silly* habit. (*Cymbeline,* V. 3. 86). *Silly* geht auf altenglisch *saelig* „selig“ zurück und bedeutet an der angegebenen Stelle „einfach“.

Conscience ist in der folgenden Verwendung noch näher an seinem lat. Ursprung „Bewußtheit": Thus *conscience* does make cowards of us all. (*Hamlet*, III. 1. 82).

Conference, heute stets eine ernste Angelegenheit, bedeutet ursprünglich das „Zusammentragen", z. B. von Gedanken und wird heute in weniger ernstem Sinne ersetzt durch *conversation.*

Smart heißt bei Shakespeare noch nicht „smart, elegant", sondern „schmerzhaft"; es ist verwandt mit Deutsch „schmerzen".

Hilfreich zur Bedeutungsfindung oder zum Nachvollzug der Bedeutungsentwicklung ist es oft, auch stammverwandte Wörter des heutigen Englisch einzubeziehen. *To affect* heißt heute u. a. „sich verstellen", „vortäuschen", „zur Schau tragen" („he affects an Oxford accent"). Die Hauptbedeutung bei Shakespeare ist „to be fond of"; diese ist nun zwar nicht in ne. *affect,* wohl aber in *affection* und *affectionate* erhalten.[14]

Doff und *don* sind relativ leicht analysierbar als *do off* „ablegen" und *do on* „anlegen" (von Kleidern); auch *atone* ist durchschaubar als „(*to make s. o.*) *at one*", d. h. „vereinen, versöhnen".

Danger hat neben der heutigen auch noch die Bedeutung „Herrschafts-, Einflußbereich". Auch hier liefert die Etymologie den Schlüssel; *danger* geht zurück auf eine spätlateinische Form *dominium,* der Bereich eines *dominus.*

Beispiel: You stand within his *danger,* do you not? (*The Merchant of Venice*, IV. 1. 180).

Zur Illustration *erheblicher* Bedeutungsverschiebungen vom elisabethanischen zum heutigen Stand genügen wenige Beispiele, da sich in den englischsprachigen Ausgaben in der Regel Anmerkungen finden, die Abweichungen glossieren und kommentieren.

Modern, heute durchweg ein positiv besetztes Wort, bedeutet bei Shakespeare *ausschließlich* „gewöhnlich, abgegriffen"; Schmidt (SL) glossiert „commonplace, common, trite".

Beispiele:

They say miracles are past, and we have our
philosophical persons, to make *modern* and familiar,
things supernatural and causeless. (*All's Well That Ends Well*, II. 3. 1-3)
In *Macbeth* beklagt Rosse den Zustand Schootlands unter der
Schreckensherrschaft Macbeths:
Alas, poor country (. . .) where violent sorrow seems
A *modern* ecstasy. (IV. 3. 164-170)
Das Leiden ist demnach so allgegenwärtig, daß der Ausdruck heftigen Schmerzes wie eine alltägliche, abgegriffene Gefühlsäußerung erscheint.

Eine Gruppe für sich bilden *archaische Wörter,* die sich zum Teil nur deswegen in der Sprache halten, weil sie bei Shakespeare vorkommen: *wight* wird heute entweder im Dialekt oder in bewußt archaisierender Manier in Fügungen wie „a wretched/luckless *wight*" gebraucht und entspricht sowohl stilistisch als auch etymologisch dem deutschen „elender Wicht." (Im Lernbereich 3 lassen sich aus solchen Querbeziehungen allgemein gültige Erkenntnisse über die Verwandtschaft des Deutschen mit dem Englischen und die Prozesse der allmählichen Auseinanderentwicklung ableiten.) Bei Shakespeare bedeutet es „person, being" (Schmidt, SL).

Hight ist schon bei Shakespeare archaisierend; es bedeutet „geheißen, genannt" und ist etymologisch identisch mit deutsch „heißen": This child of fancy, that Armado *hight.* (*Love's Labour's Lost,* I. 1. 170)

Brook wird heute überwiegend in negativen Aussagen verwendet: I cannot *brook* this any longer („aushalten, ertragen"). Es ist etymologisch identisch mit deutsch „brauchen", und in ähnlicher Bedeutung findet es sich in Shakespeare: My business cannot *brook* this dalliance (*The Comedy of Errors,* IV. 1. 59) heißt demnach: Diese Tändelei kann ich nicht gebrauchen, d. h. nicht ertragen.

Die Gruppe der im heutigen Englisch so gut wie ausgestorbenen Wörter wird hinreichend illustriert durch das Verb *to let* in der Bedeutung „hinder, obstruct" (COD). Als Hamlet den Geist seines Vaters sieht, will er zu ihm, und seine Freunde versuchen, ihn daran zu hindern. By heaven, I'll make a ghost of him that *lets* me! (*Hamlet,* I. 4. 85) ruft Hamlet und macht sich den Weg frei.

3.2.6 Wortspiele

Im Wortspiel wie im Reim wird die Formseite des sprachlichen Zeichens, die im allgemeinen bei der Übermittlung von Inhalten zurücktritt oder ganz ausgeblendet wird, beachtet und ernstgenommen. Damit wird den Wörtern gewissermaßen ein Eigenleben zugestanden, das sie neben ihrer Funktion als Träger von Inhalten führen. Die Reaktion auf Wortspiele ist individuell und historisch unterschiedlich. Wer mehr an der rationalen, intellektuellen Seite der Sprache orientiert ist, wird dazu neigen, das Wortspiel als unseriös abzulehnen. Die spielerische Freude daran greift hingegen zurück auf wortmagische Vorstellungen, die jederzeit neue und überraschende Beziehungen zwischen den sonst so säuberlich geschiedenen Elementen der Wirklichkeit herstellen können. Shakespeare ist im 18. und 19. Jahrhundert oft wegen seiner Neigung zum Wortspiel gerügt worden; heute wird es gesehen als „a major poetic device, comparable in its effectiveness with the use of recurrent or clustered images."[15]

Die einfachste Form liegt im homophonischen Wortspiel vor: *Eine* Lautgestalt repräsentiert unterschiedliche Wörter, wie es z. B. *Julius Caesar* von dem Flickschuster (cobbler) verwendet wird:

Mur. But what trade art thou? Answer me
directly.
Cob. A trade, sir, that I hope I may use with a safe
conscience, which is indeed, sir, a mender of bad *soles*. (I. 1. 10-13)

Der Volkstribun Murelius hat in seinem Zorn keinen Sinn für Spielereien mit Wörtern; er versteht *souls*, „Seelen", statt *soles*, „Sohlen". Die Umstehenden verstehen und genießen das Wortspiel, und indem sie lachen, wird der Zornesausbruch lächerlich und mit ihr die Autorität.

An jedem homophonen Wortspiel wird erneut deutlich, daß der Text in seiner lautlichen Realisierung wahrgenommen werden muß. Doch die historische Differenz der Aussprache verdeckt zuweilen das Vorliegen eines Wortspiels, das für die Elisabethaner offensichtlich war. Ein Beispiel ist der Gleichklang von *reason* und *raisin* in Falstaffs Worten: if *reasons* were as plentiful als blackberries, I would give no man a *reason* upon compulsion. (*1 Henry IV*, II. 4. 239-240).

Eine kompliziertere Form des Wortspiels ist in der bewußten oder unbewußten Verwendung unterschiedlicher Bedeutungen *desselben* Wortes gegeben. Hier wird die grundsätzliche Mehrdeutigkeit (Polysemie) ausgenutzt, so daß man analog zum homophonen vom polysemen Wortspiel sprechen kann. Ein Beispiel für die vielfältigen Möglichkeiten, das Wortspiel als Träger komplexer, oft widersprüchlicher oder den Sprechern unbewußter Untertöne zu verwenden, findet sich in den Worten des Friar Laurence, in denen er der Liebe zwischen Romeo und Juliet ein gewaltsames Ende und zugleich Erfüllung voraussagt:

These violent delights have violent ends,
And in their triumph die, like fire and powder,
Which as they kiss consume. (*Romeo and Juliet*, II. 6. 9-11)

Consume bedeutet einerseits „Erfüllung finden" und andererseits auch „aufgezehrt, verbraucht werden", wie Schießpulver in einer Explosion.[16]

Die grundsätzlich andere Ästhetik, die dem elisabethanischen Wortspiel zugrundeliegt, wird deutlich im sogenannten „serious pun". Für heutige Leser bedarf es einer besonderen Anstrengung, das Wortspiel für andere als humoristische Zwecke zu akzeptieren. Der sterbende

Mercutio sagt: Ask for me to-morrow, and you shall find me a *grave* man. (*Romeo and Juliet*, III. 1. 97-98) („würdig“ und „im Grabe liegend“). Lady Macbeth verwendet ein Wortspiel im Augenblick höchster dramatischer Spannung:

If he [King Duncan] do bleed,
I'll *gild* the faces of the grooms withal,
For it must seem their *guilt*. (*Macbeth*, II. 2. 52-54)

3.2.7 Der gemischte Wortschatz

Die Fähigkeit, semantische Beziehungen zu erkennen, die auf dem romanischen Element des Englischen beruhen, gehört zu den leserseitigen Voraussetzungen. Die stilistischen Möglichkeiten, die dadurch gegeben sind, daß germanisch-romanische Synonympaare wie *fleshly-carnal, hearty-cordial* oder gar Dreiergruppen wie *kingly-royal-regal* im Sprachsystem bereitliegen oder vom Autor geschaffen werden, sind zu vielfältig, als daß sie hier dargestellt werden können.[17]
In unserem Zusammenhang ist zunächst wichtig, die Schüler für das Phänomen aufnahmebereit zu machen. Die Bestimmung der stilistischen Funktion muß der jeweiligen Textanalyse vorbehalten bleiben.

Beispiele

Buckingham's army is *dispers'd* and *scatter'd*. (*Richard III*, IV. 4. 511)
Tremble, thou wretch (...) to pieces *shake* (*King Lear*, III. 2. 51-55)
Thou mad'st thine enemies *shake*, as if the world
Were feverous and did *tremble*. (*Coriolanus*, I. 4. 60-61)

Hiergeht es wohl nur um stilistische Variation, die Vermeidung der Wiederholung.

Der Typ des durch *and* verbundenen germanisch-romanischen Synonympaares dient, wie Schäfer nachweist, überwiegend der Emphase[18] wie in „this *rich* and *precious* gift (*Much Ado about Nothing*, IV. 1. 28).

Wichtiger noch, besonders im Zusammenhang mit dem Lernziel des Erkennens der Historizität der Sprache, ist die glossierende Synonomie. Sie bietet Einblick in die Mechanismen der Anreicherung des Sprachsystems in frühneuenglischer Zeit, die unmittelbar zum heutigen Nebeneinander der romanischen *hard words* und der germanischen *homely words*, der einfachen, alltäglichen Wörter, führt. Die ursprüngliche Funktion der glossierenden Synonomie, bei der einem neu entlehnten romanischen Wort ein vertrautes germanisches erklärend beigegeben wird (like a *phantasma* or a *hideous dream*, *Julius Caesar*, II. 1. 65) besteht darin, dem Hörer ein unbekanntes Wort zu verdeutlichen. Obwohl die Blütezeit dieses didaktisch motivierten Sprachgebrauchs zur Zeit Shakespeares schon vorüber ist – sie liegt in der ersten Hälfte des 16. Jahrhunderts – findet sich der Typ noch in Shakespeare und kann somit unterrichtlich verwertet werden.

Die im strengen Sinne glossierende Funktion tritt jedoch bei Shakespeare zugunsten anderer Effekte zurück. In *Twelfth Night* beispielsweise verwendet Sir Toby diese Figur zur Illustration seiner Wortgewandtheit und wegen der komischen Wirkung: Am not I *consanguineous?* Am I not *of her blood?* (II. 3. 77-78).[19]

Die Verwechslung romanischer Wörter dient Shakespeare als ein wesentliches Mittel komischer Charakterisierung in der später so benannten Tradition des Malapropismus, für die als Beispiel Bottoms Verwechslung von *aggravate* und *alleviate* dienen kann: but I will *aggravate* my voice so that I will roar you as gently as any sucking dove (*A Midsummer Night's Dream*, I. 2. 81-82). Shakespeare führt dieses an sich oberflächliche Stilmittel jedoch über die vordergründige Komik weit hinaus; wenn er den Clown in *Antony and Cleopatra* über den Biß der Giftschlange sagen läßt: his biting is *immortal* (statt *mortal*, V. 2. 246-247), so wird darin das „poetische Paradoxon" dieses Stückes ausgedrückt, daß nämlich die „Giftschlangen ... wirklich den Weg in die Unsterblichkeit (eröffnen)"[20].

3.2.8 Wortbildung

Wenn Rilke schreibt

> Mädchen
> wartet sie ab und *befreundet* sie.

und

> Naht aber Nacht, so wandeln sie leiser, und bald
> *mondets* empor, das über Alles
> wachende Grab–Mal. (Duineser Elegie X),

so erscheint dieser Sprachgebrauch dem Leser so auffallend poetisch, weil er deutlich von den üblichen Wortbildungsmustern des Deutschen abweicht. Während sich jedoch Rilkes Diktion nicht durchgesetzt hat, läßt sich für gleiche oder ähnliche Wortbildungsmuster der elisabethanischen Zeit feststellen, daß sie zu einem festen Bestandteil des heutigen Sprachsystems geworden sind. Ihre Kenntnis dient ganz wesentlich der

Lesefähigkeit Shakespeare'scher Texte und gewährt Einblick in den Entstehungsprozeß des heutigen Englisch.

Die auffälligste Erscheinung in diesem Zusammenhang dürfte die *Null-Ableitung von Verben aus Substantiven* sein: He *childed* as I *fathered.* (*King Lear,* III. 6. 110), er ist so „be-kindet" wie ich „be-vatert" bin.

Weitere Beispiele:

I'll *queen* it no inch farther (*The Winter's Tale,* IV. 4.449) „die Königin spielen".

to hear my nothings *monster'd* (*Coriolanus,* II. 2. 77) „meine unbedeutenden Taten als etwas ganz Ungewöhnliches herausgestellt zu hören".

that kiss
I carried from thee, dear; and my true lip
Hath *virgin'd* it e'er since. (*Coriolanus,* IV. 3. 46-48) „ich habe den Kuß jungfräulich keusch auf meinen Lippen bewahrt".

Dieses Muster ist heute noch außerordentlich produktiv, z. B. *to axe:* Mr Heath is expected *to axe* some cabinet ministers. („aus Kostenersparnisgründen abschaffen") und: in some cases accounts were *doctored* („gefälscht", man hat an ihnen „herumgedoktert").

Bei den *Bildungen mit Präfix* verdienen die Verben mit *out-*, *be-*, *en-* und *un-* hervorgehoben zu werden, weil sich an ihnen Inferenztechniken schulen lassen und weil sie, wenn sie für den Schüler analysierbar sind, eine Erleichterung der Lektüre bewirken.

Out- fügt der Bedeutung des Stamms die Bedeutung „übertreffen in Bezug auf das im Stamm Bezeichnete" hinzu. Das Muster ist im heutigen Gebrauch bekannt aus *outdo.* In Shakespeares Sprache kommt es häufiger und in ungewöhnlicheren Kombinationen vor als heute:

outbid „überbieten; *outbrag:* die im Deutschen analoge Form wäre „überprahlen", d. h. „an Prahlerei übertreffen"; *outcrafty* „in Bezug auf/an Gerissenheit übertreffen, jemanden reinlegen"; *outstare* „jemanden so eindringlich anschauen, daß er den Blick abwendet", vergl. Enobarbus über Antony: Now he'll *outstare* the lightning (*Antony and Cleopatra,* III. 13. 194): Antony ist so verblendet in seiner Selbstüberschätzung, daß er glaubt, dem Blitz mit dem Auge standhalten zu können; ganz ähnlich ist *outfrown* interpretierbar, als psychologischer Machtkampf.

In Verbindung mit Eigennamen bedeutet *out-* „jemanden in der für ihn charakteristischen Eigenschaft noch übertreffen: it *out-Herods* Herod (*Hamlet,* III. 2. 13—14) „übertrifft sogar Herodes noch an Bombast".

Die Verben mit *be-* sind einerseits vom Deutschen her leicht zu analysieren, andererseits kann es jedoch auch zu Fehldeutungen führen. *Be-* ist die Schwachform der Präposition *by* (wie in I can't get *by* oder sit *by* my side), es enthält also ein Element des (auf einen Ort) Gerichteten. Somit sind folgende Verben analysierbar als Transitivierungen:

> *behowl* „howl at", wie deutsch beweinen; *bemock* „mock at", wie deutsch bespötteln, allerdings ohne die darin enthaltene Abschwächung; *bethink* wie deutsch bedenken; *betrim* „to make something trim", schmücken; *bedew* „mit Tau versehen, bedecken mit Tau".
> *Bestow* gibt dem Stamm *stow*, „stauen, stellen", eine Richtungskomponente: „etwas an einen Ort stauen, stellen, plazieren".

Be- kann auch „privative" Bedeutung erzeugen, entsprechend dem deutschen *be-* oder *ent-*: *bereave* entspricht, auch etymologisch, deutsch „berauben" und *behead* deutsch „enthaupten".

In *befriend* hat das Englische genau jene Form zur Verfügung, die Rilke mit „befreundet" geprägt hat und die sich im Deutschen nicht hat durchsetzen können. Die Gründe dafür wären im Lernbereich 3 zu erörtern. Doch auch im Englischen haben sich nicht alle Verben mit *be-*, die bei Shakespeare vorkommen, halten können: *belock* „umschließen" und *belee* „in eine leeseitige, d. h. für das Manövrieren ungünstige Position bringen" sind heute nicht mehr gebräuchlich.

En- als Präfix ergibt zahlreiche auch heute noch gebräuchliche Verben, jedoch auch eine Reihe von obsoleten Formen. Es bedeutet in Kombination mit einem Substantiv oder Adjektiv „etwas oder jemanden in die im Stamm bezeichnete Lage bringen": *enslave* „versklaven", *endanger* „in Gefahr bringen". Schwerer zu durchschauen ist schon *enfreedom*, das Armado als gesuchte Variation für *set at liberty* verwendet: I mean setting thee at liberty, *enfreedoming* thy person (*Love's Labour's Lost*, III. 1. 123-124). *Enring* (*A Midsummer Night's Dream*, IV. 1. 44), „umringen" und *enwheel* (the grace of heaven *enwheel* thee round, *Othello*, II. 1. 87) verbinden in heute ungebräuchlicher Weise *en-* mit einem germanischen Stamm. So müßte man heute *encircle* sagen statt *enring*. *Enskied* ist nach dem gleichen Muster analysierbar als „in den Himmel versetzt, geheiligt" (I hold you as a thing *enskied*, and sainted, *Measure for Measure*, I. 4. 34).

Un- als Präfix zur Bildung von Verben, oft in Verbindung mit Nullableitung, ist bei Shakespeare ungleich häufiger als im heutigen Englisch. Dieses Muster ist wie kaum ein anderes geeignet, die Experimentierfreude der Zeit und des Autors zu belegen. Es ist ja nicht nur Shakespeares Phantasie, die hieran zu beobachten ist, sondern auch die kreative Leistung des zeitgenössischen Publikums, dem derartige Bildungen unmittelbar einsichtig sein mußten und bei dem die Freude am schöpferischen Umgang mit der Sprache vorausgesetzt werden konnte. „Shakespeare has more than six hundred words beginning with *un-*, half of them occurring only once. They often express concisely ideas that need a dozen words or so if they are paraphrased."[21]

Beispiele:

un- mit Substantivstamm (Nullableitung): Verb mit Negation der Stammbedeutung

unroofed (the rabble should have first unroof'd the city, *Coriolanus* I. 1. 218) „die Stadt ent–dacht, d. h. die Dächer abgedeckt";

unkinged God save King Henry, *unking'd* Richard says, *Richard II*, IV. 1. 220) „der ent-königte, d. h. entthronte Richard";

unchild (he hath widowed and *unchilded* many a one, *Coriolanus*, V. 6. 151) „er hat viele zu Witwen gemacht und viele ihrer Kinder beraubt;

unsex wird von Lady Macbeth gebraucht, in ihrer Beschwörung der Geister des Bösen und bedeutet „nehmt mir meine weiblichen Eigenschaften" (Macbeth, I. 5. 41).

un- mit Verbstamm: Negation

Vielen Formen gemeinsam ist die Perspektivierung der Aussage, die dadurch erreicht wird, daß die Bedeutung des Stamms als die „Normallage" gesetzt wird, von der das Verb mit *un-* die Abweichung bildet:

undrown ('Tis as impossible that he's *undrown'd*,/As he that sleeps here swims. *The Tempest*, II. 1. 237–238): Antonio geht im Aufbau seiner Argumentation davon aus, daß das Ertrinken das Normale ist. Der Sohn des König ist „nicht nicht ertrunken";

unfair (Those hours ... will that *unfair* which fairly doth excel, *Sonnets* 5, 4): „Die Zeit wird das ver–unschönen, was an Schönheit herausragt", d. h. der Schönheit berauben;

unlive (Where shall I live now Lucrece is *unlived*, *The Rape of Lucrece*, 1754): „jetzt, da Lucrece ums Leben gekommen ist".

In anderen Formen geht es darum, das Resultat des Stammverbs aufzuheben: *unthink* „den Gedanken nicht denken, ihn aufheben oder löschen" (*Henry VIII*, II. 4. 104); *unshout* (*Unshout* the noise that banish'd Martius! *Coriolanus*, V. 5. 4) „aufheben, was durch das Schreien bewirkt wurde".

un- mit Adjektiven bewirkt Negation: es konkurriert bei Shakespeare noch mit *in-*, so daß sich *uncivil* neben *incivil*, *uncapable* neben *incapable* findet. Eine Form, die an die Fähigkeit zur Analyse relativ hohe Anforderungen stellt, ist *unwedgeable:* Merciful heaven, ... thou splits the *unwedgeable* and gnarled oak (*Measure for Measure*, II. 2. 114-116): „die nicht mit Keilen spaltbare Eiche".

Bei den *Suffixbildungen* sollen zwei Beispiele darauf hinweisen, daß mit grundlegenden Unterschieden zu rechnen ist.

-ful kann entweder passivische oder aktivische Bedeutung haben: *fearful* ist „furchtsam, d. h. voll von Furcht" oder „Furcht bewirkend, furchtbar", und Horatios Bericht über das Erscheinen des Geistes

spricht von der *dreadful secrecy* (*Hamlet*, I. 2. 207), die furchteinflößend war.

3.2.9 Stilistische Differenzierung und Varianten

Zu diesem Komplex lassen sich hier nur summarisch einige Fakten hervorheben. Die wichtigste vorbereitende Erkenntnis für den Schüler ist die, daß der *Unterschied zwischen Vers und Prosa* funktionalisiert ist. Auf eine grobe Formel gebracht, läßt sich sagen, daß der Vers bei Standespersonen und „hoher" Thematik verwendet wird, Prosa bei „niedrigen" Personen, Bauern, „Volk" u. ä. und bei „komischen" Sujets. Des weiteren tendiert Prosa eher zu einer skeptischen oder distanzierenden Sicht auf die Dinge, der Blankvers hingegen auf eine idealisierende. Für die Textanalyse sind vor allem die Übergänge von der einen in die andere Redeweise wichtig und ergiebig.

Die „Haupt- und Staatsaktion" wird nach diesem Schema also in Blankversen dargestellt, aber es gibt auch Szenen, in denen Vers und Prosa in *einem* Dialog gemischt werden. So nimmt sich die Sprache des höfisch gebildeten Ritters, die Pericles gegenüber den Fischern, die ihm das Leben gerettet haben, verwendet, als ein Idiom aus, daß die Unverlierbarkeit des Chevaleresken dokumentiert und zugleich in der Situation komisch ist (*Pericles*, II. 1).

Sprache als Indikator für soziale Rollen und regionale Herkunft, als Indiz für Bildung oder Mangel an ihr, und zur individuellen Personencharakterisierung, in all diesen Funktionen findet sie sich im Werk Shakespeares. Schon hier scheint sich die Gleichsetzung von regionalem Akzent mit sozialem Status herauszubilden, dergestalt, daß der Standard des Hofes und der Londoner Region das höchste Prestige genießen. So ließe sich Orlandos Bemerkung über Rosalinds „accent" interpretieren:

Orlando Are you a native of this place?
Rosalind As the cony that you see dwell where she is kindled.
Orlando *Your accent is something finer* than you could purchase *in so remov'd a dwelling*.
Rosalind I have been told so of many; but undeed an old religious uncle of mine taught me to speak, who was in his youth an *inland man*, one that *knew courtship* too well, for there he fell in love. (*As You Like It*, III. 2. 338-346)

Dieser erfundene Onkel Rosalinds lehrte sie so sprechen wie bei Hofe, und genau dies verwundert Orlando. Höfische Sprache, erkennbar am „accent“, erwirbt man im Zentrum der Kultur, „inland“, das als Gegenbegriff zu der als „außen“ gedachten „wilden“, unzivilisierten Welt der Schäfer gesehen wird.

3.2.10 Einzelprobleme: Formelhafte Wendungen und einzelne Auffälligkeiten

Aye für *Yes* ist heute nur noch regional, z. B. im Schottischen und als Antwort auf Kommandos in der Marine (Aye, aye, sir!) geläufig. Im Standardenglisch ist es archaisch, außer als Substantiv bei Stimmenauszählungen: the *ayes* sind die Ja-Stimmen. *Aye* wird gelegentlich wortspielerisch mit *I* kombiniert, so in *Richard II: Bullingbrook Are you contented to resign the crown?*

King Richard *Ay*, no, no *ay;* for *I* must nothing be. (IV. 1. 200-201)

Neben *aye* gibt es *yes* und *yea* und für die Negation *no* und *nay*. Auch letzteres ist bei Abstimmungen heute noch gebräuchlich: the *yeas* und the *nays*.

Aye als Partikel darf nicht mit dem Adverb *aye, ever* verwechselt werden.

And und seine Kurzform *an'* kann im Sinne von *if* gebraucht werden, häufig auch in den Fügungen *an* it please you „wenn es Euch gefiele“, *an't* shall please you (= and it shall ...) und *an't* like you. *An 'twere* ist demnach aufzulösen in *and it were = if it were*.

Beseech kommt u. a. formelhaft vor in Wendungen wie I *beseech* your Grace that I may know/The worst *(A Midsummer Night's Dream,* I. 1. 62—63). Es bedeutet „ersuchen“, ist abgeleitet von *seech* und etymologisch verwandt mit *suchen*.

In der Funktion verwandt mit beseech ist *prithee,* eine verschliffene Form von *I pray thee*. Wegen des darin enthaltenen *thee* wird es nicht gegenüber Ranghöheren angewandt.

'em als Variante von *them* ist nicht, wie heute, auf die Umgangssprache beschränkt. Der Herzog Prospero verwendet es z. B.: chang'd *'em,*/Or else new form'd *'em (The Tempest,* I. 2. 82-83).

form'd *'em* (*The Tempest,* I. 2. 82—83).

Als Beteuerungsformeln werden *forsooth,* „wahrlich“ (von *sooth,* „Wahrheit“), *in faith* oder in der verschliffenen Form *i'faith* „wahrhaftig, wirklich“ und *by my troth* oder *o' my troth* „bei meiner Treue, bei meiner Ehre“ verwandt.

Quoth he, quoth she wird im Präsens und Präteritum, oft ironisch oder sarkastisch, zur Einleitung eines Zitats gebraucht: „wie er sagt" oder „so sagt er". Daneben gibt es die Kontraktion *quotha* = *quoth he*, wobei *'a* die Schwachform von *he* ist.

Schließlich wären noch die Tabuformeln, die sich auf religiöse Inhalte beziehen, zu nennen: *'sblood* entsteht aus *God's blood, 'swounds* aus *God's wounds*.

3.3 Einsicht in die Historizität von Sprache

Implizit wird dieses Lernziel schon in den vorausgegangenen Kapiteln berücksichtigt. Hier sollen noch einige Hinweise zur Systematisierung folgen.

3.3.1 Archaismen

Archaismen gehören insofern zur Kompetenz des Sprechers des Englischen, als sie zur stilistischen Variation verwendet werden können, beispielsweise in „he was a luckless *wight*" oder in der Wendung „I must be *wending my way* to London" „Ich muß mich nach London begeben".

3.3.2 Fragen der Grammatik

Das grammatische System wird durch die Konfrontation mit abweichenden Strukturen erkennbar als Ergebnis historischer Prozesse und bewußter Festlegungen. Das System der Shakespeare-Zeit wird in Teilbereichen vereinfacht, so beim Übergang vom *thou/you*-Paradigma zu *you* als einziger Form des Standards und bei der Reduktion z. B. von *wast/wert/was* auf *was*. Die Flexibilität der Grammatik und des Wortgebrauchs nehmen in neuerer Zeit ab. Die Verwendung von *to do*, die Festlegung der *tenses* und die Komplettierung des Systems durch das Futur II erschließen neue Ausdrucksmöglichkeiten ebenso wie der Aspekt. „Unlogische" Formen wie der doppelte Komparativ (*more greater*) und doppelte Negation (I can*not* go *no* further) zeigen ein verändertes Verhältnis zur Sprache und bieten sich nunmehr als Indikatoren für Sozialstatus der Sprecher an.
„Unregelmäßigkeiten" wie das gemischte Paradigma *go/went/gone* oder *be/was* sollten erklärt werden. *Went* ist Präteritum eines Verbs *wend*, das bei Shakespeare noch im Präsens vorkommt: *Wend* you with

this letter (Measure for Measure, IV. 3. 150). Es bedeutet ursprünglich „sich hinwenden nach, gehen". *Was* geht zurück auf ein altenglisches Verb *wesan,* das verwandt ist mit deutsch Wesen und ver-*wesen,* letzteres erklärbar als „sein Wesen verlieren".

3.3.3 Ähnlichkeitsbeziehungen zum Deutschen

Auch hierzu finden sich oben schon Hinweise, von denen man ausgehen kann, z. B. *reave* und *rauben.* Leicht lassen sich Listen von Wörtern zusammenstellen, die in der gleichen Weise korrespondieren: dream-Traum, team-Zaum, beam-Baum. An dem letzten Paar kann illustriert werden, wie mit der Hereinnahme des skandinavischen *tree* das ältere wort *beam* frei wurde für andere Bedeutungen: jede Art von langem Holz, das zweckvoll eingesetzt wird: Balken, aber auch „Baum" als Teil der Takelage von Segelschiffen. Die Bedeutung „Strahl" wird erkennbar als Metaphorisierung; ein Lichtstrahl „sieht aus wie" ein Balken.

An der Beziehung zwischen *neighbour* und *Nachbar* lassen sich sprachliche und sozialgeschichtliche Betrachtungsweisen verbinden. *Neighbour* ist „der *nigh,* d. h. nahe, Wohnende", wobei deutsch *-bar* identisch ist mit *Bauer* und englisch *-bour,* die alle auf einen (erschlossenen) gemeingermanischen Stamm *bu,* bauen, bebauen, wohnen, zurückgehen. Das Wort *boor,* Bauer, wird im Mittelalter aus dem Holländischen übernommen, ergänzend zum französischen Wort *peasant,* das aus der Sprache der normannischen Eroberer stammt. *Farmer* ist ursprünglich jemand, der einen festen Zins zu zahlen hat (zu lat. *firma,* feste Zahlung), und so erklärt sich Richards Äußerung: „We are enforc'd to *farm* our royal realm". *(Richard II,* I. 4. 45) als „verpachten". *Villain,* ebenfalls aus diesem Umfeld stammend, meint ursprünglich den Leibeigenen, dem die feudale Oberschicht nicht nur niedrigen Sozialstatus zuwies; als Angehöriger eines niederen Standes war er auch nicht zu „hohen", „edlen" (adligen) Taten und Gedanken fähig.

3.3.4 Erweiterung des englischen Wortschatzes und der englische Synonymreichtum

Shakespeare zählt mit der *Authorised Version* der Bibel und Sir Thomas Browne zu „the three richest sources of new words in English"[22]. Eine kurze unvollständige Liste mit bekannten Wörtern, die bei Shakespeare erstbelegt sind, kann dies illustrieren: *assassination, barefaced, countless, dwindle, laughable, lonely;* Zusammensetzungen: *lack-lustre, dog-weary.* Dazu kommt eine große Anzahl sprichwörtlich gewordener Fügungen: *in the mind's eye; misery acquaints a man with strange bed-fellows,* meist gebraucht in der Form *makes strange bed-fellows,* der „Wunsch als Vater des Gedankens": *Thy wish was father, Harry, to that thought (2 Henry IV,* IV. 5. 92).

Shakespeares Wortschatz wird auf 20.-21.000 Wörter geschätzt (genaue Angaben würden eine präzise Definition des Wortes voraussetzen). Der so auffällige Synonymreichtum des Englischen erklärt sich aus der Möglichkeit der Doppelbildung vom Typ *work/labour, freedom/liberty, bewitch/enchant.* Die Tendenz zur Romanisierung hat seit Shakespeare noch zugenommen und damit die Sonderung der Sprache in eine einfache, verständliche Ausdrucksweise und ein nur dem am Lateinischen Geschulten noch durschschaubare. Wo Shakespeare noch *self-slaughter* oder *self-murder* sagt, heißt es heute *suicide,* wo Shakespeare *great with child* oder *big with child* hat, heißt es heute *pregnant* (das bei Shakespeare, „gekonnt, klug, bedeutungsvoll" heißt).

Abschließend sei auf die große Flexibilität im Bereich der Wortbildung verwiesen, ein Erbe der elisabethanischen Zeit, das sich bis heute, wenn auch mit einigen Einschränkungen, erhalten hat, so daß man englisch sagen kann *a face-saving campaign,* im Deutschen jedoch nicht „eine gesichtswahrende Kampagne."

Anmerkungen

1 Samuel Johnson, „Dryden". In: *Lives of the English Poets.* 2 vols. (London, New York, Everyman's Library), Vol. 1, p. 262.

2 Johann Gottfried Herder, „Von deutscher Art und Kunst. II. Shakespeare". *Herders Werke.* Hrsg. Theodor Matthias. Kritisch durchgesehene und erläuterte Ausgabe. Bd. II (Leipzig und Wien, o. J.), p. 94.

3 Ernst Leisi, Hrsg., William Shakespeare, *Measure for Measure. An Old-Spelling and Old-Meaning Edition* (Heidelberg, 1964), p. 14.

4 Die Anmerkungen in *englischen* Schulausgaben (vergl. den Beitrag von Liesel Hermes in diesem Band) können als Arbeitsmaterial dienen für ein in Gruppen zu bearbeitendes Projekt, das die Abweichungen vom heutigen Englisch zusammenstellt und systematisiert.

5 G. L. Brook, *The Language of Shakespeare* (London, 1976), p. 40.

6 Der Verf. kann sich hier auf eine Serie von Interviews mit Studenten und Aufzeichnungen von Klassendiskussionen stützen, in denen diese Fragen besprochen wurden. Eine kurze Auswertung des Materials liegt vor in Verf., *„The play's the thing:* Praktische Theaterarbeit mit Studienanfängern und Schülern". *Shakespeare–Jahrbuch,* 1980.

[7] Beispiele nach Brook, op. cit., p. 145.

[8] Streng genommen, ist dies eine unzulässige Vereinfachung, denn auch schon auf der Satzebene werden heuristische Verfahren angewendet, die sich auf größere Kontexte beziehen. Vergl. zu dieser Problematik auch W. Kallmeyer et al., *Lektürekolleg zur Textlinguistik*. Bd. 1. Einführung. Bd. 2 Reader (Frankfurt, 1974); Bd. 1, bes. pp. 97 ff. Mit anderen Worten: Die Textsemantik ist immer schon Voraussetzung der Wortsemantik.

[9] Manfred Görlach, *Einführung ins Frühneuenglische* (Heidelberg, 1978, UTB), p. 78.

[10] Vergl. dazu jüngst H.–J. Neuhaus, „Wortbildungsstrukturen bei Shakespeare“, Vortrag auf den Shakespeare–Tagen 1979 in Bochum.

[11] Manfred Görlach, op. cit., p. 113.

[12] Manfred Görlach, op. cit., p. 91.

[13] Manfred Görlach, op. cit., p. 93.

[14] G. L. Brook, op. cit. p. 41.

[15] M. M. Mahood, *Shakespeare's Wordplay* (London, 1957), p. 11.

[16] M. M. Mahood, op. cit., pp. 65-66.

[17] Vergl. hierzu die ausführliche Studie von Jürgen Schäfer, *Shakespeares Stil. Germanisches und romanisches Vokabular* (Frankfurt, 1973).

[18] Jürgen Schäfer, op. cit., p. 136.

[19] Jürgen Schäfer, op. cit., p. 142.

[20] Jürgen Schäfer, op. cit., p. 113.

[21] G. L. Brook, op. cit., p. 132.

[22] Th. Finkenstaedt, D. Wolff, *Ordered Profusion. Studies in Dictionaries and the English Lexicon* (Heidelberg, 1973), p. 47.

Literaturverzeichnis

Ausführliche weiterführende Literaturangaben finden sich bei Brook und Görlach; daher wird hier nur die unmittelbar verwertete und zitierte Literatur aufgeführt, nicht jedoch Werke allgemein linguistischen Inhalts.

I. Wörterbücher

ALD *Oxford Advanced Learner's Dictionary of Current English*. New Ed. ed. A. S. Hornby (London, 1974).

CED *A Chronological English Dictionary*. Ed. Th. Finkenstaedt *et al.* (Heidelberg, 1970).

COD *The Concise Oxford Dictionary of Current English*. Sixth Ed. ed. J. B. Sykes (Oxford, 1976, sixth impr. 1978).

OED *The Oxford English Dictionary*. Ed. J. A. H. Murray *et al.* (Oxford, 1933); Supplement I, II (Oxford, 1972, 1976).

SL *Shakespeare–Lexicon*. Alexander Schmidt, rev. Gregor Sarrazin. Fifth Ed. (Berlin, 1962).

SOED *The Shorter Oxford English Dictionary*. Rev. and ed. C. T. Onions (Oxford, 1956, repr. 1964).

Wahrig, Gerhard, *Deutsches Wörterbuch* (Gütersloh, 1968).

II. Untersuchungen

Beneke, J., „*The play's the thing:* Praktische Theaterarbeit mit Studienanfängern und Schülern“. Shakespeare-Jahrbuch, 1980 (im Druck).

Brook, G. L., *The Language of Shakespeare* (London, 1976).

Finkenstaedt, Th. und Wolff, D., *Ordered Profusion. Studies in Dictionaries and English Lexicon* (Heidelberg, 1973).

Franz, W., *Shakespeare–Grammatik*. 3. Aufl. (Heidelberg, 1924).

Jespersen, O., *Growth and Structure of the English Language* (Oxford, 91946).

Görlach, M., *Einführung in die englische Sprachgeschichte* (Heidelberg, 1974).

–, *Einführung ins Frühneuenglische* (Heidelberg, 1978).

Kallmeyer, W. *et al.*, *Lektürekolleg zur Textlinguistik*. 2 Bde (Frankfurt, 1974).

Leisi, E., *Das heutige English* (Heidelberg, 1960).

–, Hrsg., *William Shakespeare, Measure for Measure. An Old–Spelling and Old–Meaning Edition* (Heidelberg, 1964).

Mahood, M. M., *Shakespeare's Wordplay* (London, 1957).

Neuhaus, H.-J., „Wortbildungsstrukturen bei Shakespeare". (Vortrag auf den Shakespeare–Tagen 1979 in Bochum).

Schäfer, J., *Shakespeares Stil. Germanisches und romanisches Vokabular* Frankfurt, 1973).

WERNER HABICHT

Die „Shakespearebühne"

Reale Bühne oder Idealbühne?

Kaum jemand bestreitet noch, daß Shakespeares Dramen – und Dramen überhaupt – nicht lediglich wie Literatur gelesen und gewürdigt sein wollen, sondern als Spielvorlagen zu gelten haben, gleichsam als Systeme von Aufführungssignalen, die es aufzunehmen und theaterbewußt auszufüllen gilt. Dem Unterricht stellt sich demgemäß die Aufgabe, zusammen mit Shakespeare-Dramen klare Vorstellungen von deren Bühnenwirkung zu erarbeiten. Die Frage indes, wie nützlich hierzu die Vermittlung von Sachkenntnissen zum elisabethanischen Theater- und Bühnenwesen sei, scheint in ein didaktisches Dilemma zu führen. Einerseits: Wenn die Dramen als die durch die Aufführung sich verwirklichenden und ihr Publikum erreichenden Texte erfaßt werden sollen, als die sie vom Autor konzipiert wurden, dann erscheint es, namentlich bei einem so theaterverbundenen Autor wie Shakespeare, unentbehrlich, die Eigenart der ihm verfügbaren Aufführungsbedingungen permanent zu berücksichtigen, den Nachvollzug des dramatischen Vorgangs in sie zu binden – was durchaus mehr zu sein hätte als die nur einleitende Unterbreitung theatergeschichtlicher Hintergrundinformation. Andererseits: Wenn überhaupt so etwas wie ein Gespür für Bühnenwirkung nahegebracht und geschärft werden soll, dann wäre sinnvollerweise an tatsächliche, den Schülern zugängliche Aufführungserlebnisse anzuknüpfen; diese aber sind, gerade wo es sich um Shakespeare handelt, überall im heute lebendigen Theater unmittelbar verfügbar, wo sie nicht gar (was noch häufiger geschehen dürfte) über den Film oder das Fernsehen die Schüler erreichen. Mithin sind Aufführungseindrücke nachhaltig von Faktoren geprägt, die das elisabethanische Theater eben n i c h t kannte – abgedunkelter Theatersaal, Rampenbühne, Vorhang, Bühnenbild, Beleuchtungseffekte usw., ganz zu schweigen von der Bildregie beim Film. Allem dem gegenüber auf der kuriosen Andersartigkeit von Aufführungen in elisabethanischen Schauspielhäusern insistieren hieße das Aufführungserlebnis eher abwürgen als fördern, erbrächte ein museales Shakespeare-Bewußtsein und müßte zudem historisches Phantasiespiel bleiben, weil die reale Totalität einer elisabethanischen Theateraufführung (zu der beispielsweise auch ein elisabethanisches Publikum gehört) ohnehin unwiederbringlich ist.

Der Rückzug auf die pure Lektüre, den einst Romantiker propagiert haben, wäre aus dem Dilemma kein Ausweg – auch dann nicht, wenn dabei ein imaginativ inszenierendes Lesen erstrebt wird, das die Dramen in einem (wie das zuweilen ins didaktische Feld geführte Schlagwort lautet) „theatre of the mind“ erstehen läßt, also gleichsam auf einer unbegrenzten idealen Weltbühne im Kopfe des Lesers. Mit einer solchen Idealbühne wird – bewußt oder unbewußt – auch operiert, wenn unter völliger Absehung von den realen Vorgaben der Theatereinrichtung vorab die in den dramatischen Texten selbst enthaltenen theatralischen Impulse zu erfassen getrachtet werden, etwa die vom Dialog geforderten und reflektierten schauspielerischen Bewegungen oder die von Worten suggerierten imaginären „Kulissen“. Auf diesem Wege mag sich eine Sensibilisierung für die Spielbarkeit der Dramen erzielen lassen, deren theatralische Umsetzung, wie Shakespeares Bühnengeschichte zeigt, bei unterschiedlichsten Bedingungen denkbar ist; aber die Gesamtwirkung der Aufführung ist damit keineswegs erfaßt. Auch ist die gedachte Idealbühne eben doch von des Lesers subjektiven, mehr oder weniger (oder überhaupt nicht) kompetenten Vorstellungen vom Theater beeinflußt; sie ist etwas anderes und Unkontrollierteres, daher letztlich Unlehrbareres als die definierbaren Möglichkeiten, Grenzen und Alternativen des veritablen Theaters. Aufführung ist allemal eine konkrete Erfahrung. Auch schon elementarste Einsichten in die Theaterpraxis, mit der die Berührung über die Dramaturgien der Stadttheater meist bereitwillig vermittelt zu werden pflegt, sowie auch Versuche mit Schulaufführungen können über die Aufführungswirkung von Dramen mehr lehren als die noch so phantasiereich im Kopfe des Dramenlesers entgrenzte ideale Weltbühne.[1]

Gerade von hier aus bietet sich im Angesicht der für den Unterricht vorgesehenen Shakespeare-Texte der praktisch verstehende, vergleichende und kontrastierende Rückgriff auf Shakespeares ursprüngliche Theaterbedingungen gewinnbringend an. Dabei sollten ganz gewiß nicht die hochgezüchteten technischen Details einer Bühneneinrichtung von heute gegen die angeblichen Primitivitäten eines elisabethanischen Theaters aufgerechnet werden. Vielmehr kann kontrastiv gezeigt werden, daß sich auch auf modernen Bühnen Shakespeares Substanz dann am besten entfaltet, wenn der ursprünglichen Aufführungsbedingungen gedacht wird und diese der je aktuell gegebenen Bühne anverwandelt werden. Ähnliches bezeugt die Theatergeschichte. Bemühungen um lebendige Shakespeare-Inszenierungen waren es ja zu einem guten Teil, was die Erforschung der elisabethanischen Theaterarchitektur erst motiviert hat. Während auf die als fortschrittlich erachteten Bühnen von der Restaurationszeit bis ins 19. Jahrhundert Shakespeare-Dramen nur in mitunter stark adaptierter Gestalt paßten, sind Reorientierungen der Shakespeare-Inszenierung immer wieder mit der rekonstruktiven Rückbesinnung auf die Gegebenheiten elisabethanischer Bühnen einhergegangen. Schon Ludwig Tieck erntete Beifall, als er beispielsweise 1843 am Berliner Hoftheater den *Sommernachtstraum* in einer dem elisabethanischen Vorbild (nach dem damaligen Wissensstand) nachempfundenen Ausstattung spielen ließ, und vollends gingen von den praktischen Rekonstruktionsbühnen um die vorige Jahrhundertwende, die William Poel in London und Jocza Savits in München (Münchener Shakespeare-Bühne) benützten, zündende Impulse aus.[2] Daß sich gerade moderne Konzepte von offener Bühne und antiillusionistischer Dramaturgie samt den entsprechenden Tendenzen der Theaterarchitektur mit elisabethanischen Prinzipien stärker berühren als mit solchen des 19. Jahrhunderts, ist den Beteiligten bewußt; nicht von ungefähr ist bei vielen Dramatikern und Regisseuren der Gegenwart die Suche nach neuen Ausdrucksformen mit der Auseinandersetzung mit Shakespeare gepaart. Um so zwingender stellt sich auch dem Shakespeare-Unterricht die Aufgabe, verläßliche theatergeschichtliche Orientierungen bereitzustellen.

Unsichere Rekonstruktion vs. typisiertes Klischeebild

Nun läßt sich keineswegs ein für allemal dartun, wie d a s elisabethanische Theater recht eigentlich gewesen ist. Weder die spärlich verbliebene dokumentarische Evidenz noch der Stand ihrer Erforschung[3] rechtfertigen die Illusion zweifelsfreien Wissens, die durch entproblematisierend pauschalisierte Kurzdarstellungen in manchen Schulbüchern und -ausgaben suggeriert wird, oder auch durch detailfreudige Modelle, die an Zentren der Shakespeare-Verehrung prominent ausgestellt zu sein und auch in Form von Ausschneidebögen zum Nachbasteln angeboten zu werden pflegen. Hierbei handelt es sich zumeist um Varianten der von J. C. Adams erstellten Modellrekonstruktion des Globe Theatre,[4] die somit als Klischeebild der Shakespeare-Bühne fortlebt, samt der dadurch festgeschriebenen Vorstellung einer Dreiteilbühne, bestehend aus Vorder-, Hinter- und Oberbühne, obschon dies alles von der seitherigen Forschung in entscheidenden Punkten und in vielen Details plausibel genug widerlegt worden ist. Anstatt jenes Klischeebild weiterzureichen und zu seiner Assoziierung mit jedwedem Shakespeare-Drama einzuladen, sollte ihm der Unterricht nach Kräften entgegensteuern oder es möglichst gar nicht erst aufkommen lassen.

Das Globe Theatre als Epitome des elisabethanischen Theaters auszugeben, widerspräche ja schon den zweifelsfreien historischen Realitäten. War das Globe doch nur einer selbst von den feststehenden öffentlichen Theaterbauten Londons (‚public theatres'), die nach dem Vorgang des von James Burbage 1576 gebauten Theatre während der elisabethanisch-jakobäischen Blütezeit der Dramatik entstanden und z. T. nach Abbruch oder Brand wiederentstanden (Curtain, 1576; Rose, 1587; Swan, 1595; Globe 1599; Fortune, 1600; Red Bull, 1605; Hope, 1613; Globe-Neubau, 1614; Fortune-Neubau, 1622) – eine Bauserie, in deren Verlauf zwar Grundmuster beibehalten, aber doch wohl Varianten ersonnen, gemachte Erfahrungen verwertet, neue Ideen verwirklicht worden sein dürften, um so mehr als die Konkurrenz der Bauträger, der Schauspielertruppen, dazu anspornen mußte. Darüber hinaus aber wurden von alters her gewohnte Spielstätten weiterhin benutzt: mindestens 10 verschiedene Londoner Wirtshöfe (z. B. Boar's Head, ab 1557; Bull Inn, ab 1583 usw.), wohl unter Verwendung der transportablen Budenbühne (‚booth stage') der Wanderschauspieler; die Festsäle in aristokratischen Häusern und in den Juristenakademien, unter Nutzung des dekorativ holzgeschnitzten, lettnerartigen ‚screen' als Bühnenrückseite. Überdies wurden in vorhandenen Bauwerken permanente Theatersäle eingerichtet, die sog. ‚private theatres' (Blackfriars, 1576; Second Blackfriars, 1596, 1600; Whitefriars, 1606), über deren um elitäreres Publikum werbende Einrichtung leider fast nichts bekannt ist. Hinzu kamen endlich Hoftheater, auf die sich ab 1605 die dann von Inigo Jones ins Land gebrachte Renaissancearchitektur niederschlug (z. B. Cockpit-in-Court, 1630). Im Zuge einer solch kontinuierlichen Theaterbaugeschichte werden Entwicklungen und wechselseitige Beeinflussungen kaum ausgeblieben sein.[5] Sowohl die rekonstruktive Isolierung eines bestimmten Theaterbaus als auch die Erstellung eines Typenbildes ist unter diesen Umständen ein heikles Geschäft.

Von einer einheitlichen „Shakespeare-Bühne" kann erst recht nicht die Rede sein. An das Globe Theatre, das seiner Truppe gehörte und dessen Mitaktionär er war, kann Shakespeare nur beim kleineren Teil seiner Stücke (darunter allerdings die großen Tragödien) von vornherein gedacht haben – es wurde erst 1599 gebaut, als gut die Hälfte seiner Dramen schon andernorts aufgeführt worden war (nicht nur in älteren öffentlichen Schauspielhäusern wie Theatre und Curtain, sondern auch unter den aufwendigeren Bedingungen bei Hof und den kargeren auf provinzieller Tournee). Für die späteren Stücke stand auch das 1609 von Shakespeares Truppe (King's Men) übernommene „private“ Blackfriars Theatre zu Gebote. Der Neubau des 1613 niedergebrannten Globe Theatre freilich, der von einem Zeitgenossen als „the fairest that ever was in England“ bezeichnet wurde, und dem die Rekonstruktionsbemühungen jüngsten Datums besonders gelten,[6] entstand erst, als Shakespeare keine neuen Dramen mehr schrieb. Kurz, einheitlich waren die Theater- und Bühnenbedingungen keineswegs, weder bei Shakespeareschen noch sonstigen elisabethanischen Dramen. Eher wäre auf die enorme Flexibilität und Anpassungsfähigkeit an variable Bühnenverhältnisse hinzuweisen, mit der die professionellen Schauspielertruppen die Aufführungen zuwege brachten.

Der eigentliche Grund für die Unsicherheit über das Aussehen der elisabethanischen Theater indes ist die Notwendigkeit und die Schwierigkeit der Rekonstruktion als solcher. Anders als selbst von Theatern der Antike sind reale Spuren nicht geblieben; nur auf wenige zufällige, verstreute, grobe und teils unklare Bilddokumente, auf zwei verklausulierte Bauverträge, auf ein paar impressionistische zeitgenössische Beschreibungen, vor allem aber auf Rückschlüsse aus der dramaturgischen Anlage der auf jenen Bühnen gespielten Dramentexte selbst kann sich die Rekonstruktion stützen. Das dabei eingeschlagene Verfahren hängt daher in besonders hohem Grade von der Interpretation der Evidenz durch den Rekonstrukteur ab, von seinen Grundannahmen und Prämissen, die von der Erfahrung, den Interessen und dem Wissensstand seiner eigenen Zeit eingefärbt zu sein pflegen. Je nachdem, welche Auffassungen von der elisabethanischen Aufführungstechnik zugrunde gelegt, welche Orientierungen an historisch vorausgegangenen Bühnenformen gesucht werden, oder welche gegenwärtigen Theatererfahrungen mehr oder minder bewußt einfließen, ergeben sich unterschiedliche Resultate. Beispielsweise verrät sich Adams' Annahme einer Hinterbühne (‚inner stage‘), die einst als gesichert galt und heute nicht mehr akzeptabel ist, als Ausgeburt einer Rückprojektion der Rahmenbühne späterer Zeiten, als deren Keimzelle Adams jene ‚inner stage‘ deklarierte, sichtlich unter Zugrundelegung eines evolutionären Geschichtsdenkens. Selbst von ein und demselben Theater, wie namentlich dem Globe, konnten mithin beträchtlich voneinander abweichende Rekonstruktionsvorschläge und Rekonstruktionsmodelle vorgelegt werden;[7] die nur erschließbaren Einzelheiten bleiben weiterhin umstritten.

Problematisierende Demonstration

Die spezialistische Diskussion der theaterarchäologischen Rekonstruktionsproblematik kann gewiß nicht in ihrer vieldiskutierten Breite Gegenstand des Schulunterrichts sein. Sie sollte sich aber auf diesen immerhin insoweit niederschlagen, daß allzu fertige, traut-museale Vorstellungen unterbunden bleiben und daß ein parates Modell wie das Adamssche nicht unhinterfragt mit historischer Wirklichkeit identifiziert wird. Es entsteht somit die delikate Aufgabe, einerseits den Erkenntnisstand in seinen wesentlichsten Bestandteilen so anschaulich, unkompliziert und operabel wie möglich zu präsentieren, andererseits aber seine hypothetischen Faktoren nicht zu verschleiern. Nur so läßt sich das Medium bezeichnen, auf das Shakespeare vertraute, und zugleich der Sinn wecken für die Wechselwirkung von Drama und Bühne, die keineswegs nur eine Abhängigkeit des ersteren von der letzteren zu sein braucht. Dabei wäre wohl nicht von ausgeführten Rekonstruktionen, sondern eher von ausgewählten Originaldokumenten auszugehen, deren nackte Fragmenthaftigkeit und (scheinbare) Widersprüchlichkeit durchaus zutagetreten und vom Dramentext wie von der Theatereinsicht inspirierte eigene Überlegungen generieren könnten. In zwei Demonstrationsschritten ließe sich beispielsweise ein Begriff (1) vom Gesamtbau und (2) von der Bühne der öffentlichen Theater vermitteln, samt deren möglichen Varianten.

(1) Vom Äußeren der ‚public theatres' zeugen bekanntlich die diversen zeitgenössischen Stadtansichten von London, die auch zur Datierung verhelfen. Werden auch nur zwei davon (gegebenenfalls in Aus-

Abb. 1: John Norden, Londoner Stadtansicht, rev. Fassung von 1600

Abb. 2: J. C. Visscher, London, ca. 1615

schnitten) gegenübergestellt [Abb. 1 und 2], so ergeben sich, nebst Informationen zur geographischen Lage der (erstaunlich prominent markierten) Schauspielhäuser und zu ihrer Einbettung in Stadtbild und Stadtarchitektur, hinreichend deutliche Umrisse vom Rundbau mit nicht-überdachtem Innenhof. Nach dem Baukontrakt für das Fortune Theatre lassen sich dazu Einzelheiten über die dreistöckige innere Galeriekonstruktion belegen sowie die Abmessungen kalkulieren; zwar war das Fortune quadratisch, nicht rund, mit einer Seitenlänge von 80 Fuß (24,38 m) außen und 55 Fuß (16,76 m) innen; doch kann für den Globe-Rundbau, auf den sich der Fortune-Kontrakt bezieht, ein Durchmesser von ca. 92 Fuß (28 m) außen und ca. 67 Fuß (20,5 m) innen abgeleitet werden.[8] – Unsicher bleibt trotzdem, ob Bauten wie Swan oder Globe kreisförmig oder polygonal waren; die Stadtansichten widersprechen einander hierzu; Plausibilitätsargumente gibt es für beides – die Holzbauweise läßt den eckigen Bau vermuten, Shakespeares Anspielung auf „this wooden O“ *(Henry V)* den runden, vielleicht aufwendigeren. Mit unterschiedlichen Formen bei den einzelnen Theatern (das Fortune war, wie erwähnt, ohnehin quadratisch) kann ebenso gerechnet werden wie mit der Verbindung von beidem zum geometrischen Symbol des Menschen in der harmonischen Relation zu Makrokosmos und Mikrokosmos.[9]

(2) Wird in ähnlicher Weise der berühmten zeitgenössischen Innenansicht des Swan Theatre, der erst 1880 wiederentdeckten Kopie einer von dem holländischen Englandreisenden Johannes de Witt angefertigten Skizze, wenigstens ein weiteres relevantes Bilddokument gegenübergestellt, etwa die im Titelblatt des Dramas *Roxana* (1632) enthaltene Bühnen-Vignette, so ergibt sich auch in bezug auf die eigentliche Bühne grundsätzlich Gemeinsames und individuell Variables [Abb. 3 und 4]. Da ist die in den Innenhof hineinragende, erhöhte Bühnenplatt-

Abb. 4: Vignette from the Title Page of *Roxana*, 1632

◀ Abb. 3: Interior of the Swan Playhouse

form; ob sie rechteckig war (Swan) oder sich nach vorn verjüngte (*Roxana*), bleibt unentschieden und war vielleicht eine Sache des jeweiligen Theaters. – Den hinteren Bühnenabschluß zu verstehen, mag zunächst schwieriger dünken (er ist auch das hauptsächliche Streitobjekt der Forschung): Wo sich auf der Swan-Skizze eine solide Fassade mit zwei Türen befindet, zeigt die *Roxana*-Vignette einen Vorhang. Aber der Widerspruch ist scheinbar und entsteht nur, wenn mit dem Gedanken an heutige Theater der Vorhang sogleich als ein vorderer Bühnenabschluß aufgefaßt, dahinter also eine weitere Bühne gemutmaßt wird (die ‚inner stage‘ früherer Rekonstruktionen). Daß in Wahrheit jener Vorhang nicht den vorderen, sondern den hinteren Bühnenabschluß bildete, der die Bühnenplattform vom ‚tiring house‘, dem Ankleideraum für die Schauspieler, trennt, legt die Analogie zur durch mancherlei zeitgenössische Bilder bezeugten Budenbühne (‚booth stage‘) der Wanderschauspieler nahe [Abb. 5]. Mit dieser Einsicht gewappnet, stößt man auf

Abb. 5: Budenbühne (boothstage), 16. Jh. (R. Southern)

das für die Aufführungspraxis grundsätzlich wesentliche, gemeinsame Element: auf die Bühneneingänge von hinten, aus dem ‚tiring house‘ heraus, wobei den beiden Enden eines Vorhangs dieselbe Funktion zukommt wie den beiden Türen, und wobei dem Mittelspalt des Vorhangs eine dritte, mittlere Tür entsprochen haben konnte, wenn schon nicht im Swan, so doch beispielsweise im Globe.[10] Auch die Kombination aber ist plausibel und mit Rückschlüssen aus Dramentexten demonstrierbar: die Verhängung, sei es der gesamten Fassade, sei es nur einer Tür, durch einen Vorhang oder ein zeltartiges Gebilde, was immerhin Ver- und Enthüllungseffekte ermöglichte. In etwa gemeinsam ist den beiden Bildern auch der obere Teil des hinteren Bühnenabschlusses: eine Art Galerie oder auch Fenster. Wer die Träger der eingezeichneten Gesichter sein sollen (Zuschauer? Mitspieler?), kann man nur raten; doch um eine voll ausspielbare ‚Oberbühne‘, wie ältere Rekonstruktionen sie angenommen hatten, handelt es sich kaum – wohl aber um eine Möglichkeit für den gelegentlichen Einbezug einer erhöhten Spielebene, auch wenn im übrigen dort privilegierte Zuschauer Platz gefunden haben können. – Insgesamt erscheinen die grundlegenden Gemeinsamkeiten, die die beiden Bilddokumente aufweisen, wesentlicher und aufführungsrelevanter als die Unterschiede, welche eher dekorative Details betreffen. Dem über einen Teil der Bühne vorspringenden, baldachinartigen, säulengestützten Dach in der Skizze vom Swan etwa scheint in der *Roxana*-Vignette nichts zu entsprechen; wahrscheinlich waren nicht alle Theater damit ausgestattet, jedenfalls nicht in identischer Form.

Für die pure Demonstration der historischen Bühnenverhältnisse werden im Unterricht derartige Andeutungen genügen können, mit denen hinreichend greifbare, dennoch Strittiges nicht vertuschende Vorstellungen vermittelt werden, auf die sich die Bemühung um ein aufführungsbezogenes Verständnis der Shakespeare-Dramen fortan beziehen kann. kann.

Funktionen der Bühne

Vom Text des jeweils behandelten Dramas her wird sich im Einzelfall ergeben, welche besonderen Aspekte der Bühne weiterverfolgt werden müssen und vertieft werden können, gegebenenfalls unter Hinzuziehung weiterer sachlicher Einzelheiten, Erläuterungen und Hypothesen, mit dem eigentlichen Ziel freilich, daß der Beitrag erkannt wird, den die Bühne zur Verwirklichung der Shakespeareschen (und elisabethanischen) Dramaturgie leistet – ihre Funktionen also, bei denen auch die Frage der Wiederholbarkeit unter veränderten, auch heutigen Aufführungsbedingungen sich legitim stellt und Ansätze für theaterpraktische Erörterungen liefert. Nur einige markante von vielen möglichen Gesichtspunkten seien hier angedeutet.

(1) Volkstheater. Die bei der Shakespeare-Lektüre beobachteten Abstufungen der Stilformen, das Nebeneinander und die Interrelationen von Tragik und Komik, Rhetorik und Drastik, Ernst und Parodie, Ritual, Realistik und Phantastik usw.: alles dies läßt sich zwar aus literarischen und theatergeschichtlichen Traditionen erklären, muß aber die Aufmerksamkeit auch auf das rezipierende elisabethanische Publikum lenken, auf seine Zusammensetzung und seine Prädispositionen, und damit auf die Theaterbauten, von denen es angezogen, in denen es zusammengebracht und ergötzt wurde, und die, kommerzielle Unternehmen wie sie es waren, schon von ihrer Struktur und Einrichtung her auf breite Attraktivität angelegt sein mußten. Ihre Lage außerhalb der Londoner Mauern, zuerst in Finsbury Fields im Nordosten, später in Bankside im Süden, hat zwar mit feuer- und gesund-

heitspolizeilichen sowie moralischen Einwendungen der puritanischen Stadtbehörden zu tun, bezeugt aber auch ihre Popularität; waren sie doch in der Nachbarschaft von Volksvergnügungsstätten wie Stierkampf- und Bärenhatzarenen angesiedelt, deren Aussehen auf den alten Stichen dem der Theater täuschend ähnelt. Alles dies bezeugt den Appell an die Massen. Dem entsprach auch die Größe der Schauspielhäuser; Schätzungen ihres Fassungsvermögens reichen von 1000 bis 3000 Zuschauern, die, wie aus zeitgenössischen Beschreibungen hervorgeht, nachgerade allen Schichten entstammten und den ihrer Geldbörse gemäßen Platz fanden: stehend im Gedränge des offenen Hofes für einen penny, oder für den doppelten Eintrittspreis auf den Sitzen der Galerie, oder auch in besonders bevorzugten Logen (‚gentlemen's rooms'), mitunter sogar geltungsbedürftig auf der Bühne selbst. Das elisabethanische Drama ereignete sich als Volkstheater im weitesten Sinn. Die hier gespielten Stücke mußten ein sozial gemischtes Publikum erreichen, den Handwerkslehrling ebenso wie den Diplomaten; zudem sollten sie auch für das elitäre Publikum der ‚private theatres' und vollends bei Hof akzeptabel sein. In der Spannweite, Gemischtheit und Komplexität der Shakespeare-Dramen spiegelt sich die von den elisabethanischen Theatern gewährleistete soziale Spannweite des Publikums.[11]

Auch die Vorstellungswelt der Dramen mit ihren „Anachronismen" und Verschmelzungen des Fremden und des Vertrauten (wie wenn zum Beispiel in Komödien, die sich in einem exotischen Italien oder Athen abspielen, auf aktuelle englische Wirklichkeit verwiesen wird, oder wenn – wie im *Julius Caesar* – klassische Römer zwar in die Toga gewandet sind, aber auch den Hut schwenken) hat ihr Gegenstück in der Atmosphäre, die in den öffentlichen Theatern von vornherein herrschte. Es ist gewiß nicht unstrittig, welche baulichen Eindrücke die Zuschauer um sich gehabt haben mögen – ob den aus dem normalen Stadtbild der Tudorzeit vertrauten schwarz-weißen Fachwerkstil (wie ihn Adams' Modellrekonstruktion ansetzt) oder aber barocke Prachtentfaltung (wie sie C. W. Hodges[12] beweisen zu können glaubt). Von der letzteren, von Schnitzwerk, marmorierten Säulen und bunten Malereien künden immerhin unüberhörbare Hinweise (sogar im Baukontrakt des Fortune), wiewohl das Ausmaß der Aufwendigkeit schwer abschätzbar ist. Gleichwohl waren die Theater keine abgeschirmten Kunsttempel. Zuschauergedränge spielte sich ab, Tageslicht und gewiß auch Regengüsse fielen in die dachlose Arena, Realitäten des Alltags (einschließlich Taschendieben) waren gegenwärtig; kurz, das Dekorativ-Besondere und das Normal-Vertraute waren im Theater ebenso miteinander wie in den aufgeführten Stücken.

(2) Einheitsbühne. Die örtlich und zeitlich weitläufige, dabei rasche und zuweilen abrupte Szenenfolge der Shakespeareschen Dramen sich allein auf der einen Bühnenplattform aufgeführt zu denken, mag heutigen Lesern immer noch schwerfallen. Die frühere Annahme einer szenenweise abwechselnd bespielten Dreiteilbühne ist immerhin begreiflich, wenn auch nicht haltbar. Daß gerade das Spiel auf dieser ungeteilten Einheitsbühne den Eindruck der assoziativen Weiträumigkeit und Welthaltigkeit zu erzeugen vermag, bedarf der Verdeutlichung. Wie sehr die Plattform in der Tat der beherrschende Bühnenbestandteil – oder vielmehr: die eigentliche Bühne – war, belegt schon ihre selbst für heutige Begriffe stattliche Größe – im Fortune Theatre war sie laut Kontrakt 43 Fuß (ca. 13 m) breit und 27,5 Fuß (ca. 8,38 m) tief; sie reichte also bis in die Mitte des Zuschauerhofes hinein.

Daß bei der Ausnutzung dieser Plattformbühne vor allem der körperlich raumschaffenden und raumgestaltenden Aktion der Schauspieler entscheidende Bedeutung zukam (nebst dem gesprochenen Wort), läßt sich mit einfachen Modellübungen verdeutlichen: Auf einer rechteckigen Platte, einer maßstabgerechten Verkleinerung der Bühnenplattform, werden die hinteren Bühneneingänge markiert; mit unterschiedlich gefärbten Holzsteinen (etwa aus einem Mühlespiel) werden die vom Verlauf einzelner Szenen geforderten Auftritte und Stellungen der Figuren durchprobiert, auf der Suche nach den überzeugendsten Lösungen; einfache und komplexe Bewegungsmuster, Abfolgen von Dynamik und Statik, wiederkehrende und kontrastierende Gruppierungen, diverse Relationen zwischen Einzelfigur und Gruppe und dergleichen mehr zeichnen sich ab – kurz, der Sinn wird geschärft für die Bewegungsregie auf der Einheitsbühne, die sich dann freilich mit der Sprechweise, dem körperlichen Verhalten, der Gestik verbindet (alledem können analoge Übungen gelten).[13] Namentlich die Bedeutung der zwei (oder drei) hinteren Bühneneingänge (Türen oder Vorhangspalten) tritt dabei zutage. Begriffen wird auch die technische Direktheit originaler Bühnenanweisungen in Shakespeares Texten, etwa vom Typ „*Enter a Fairy at one door and [Puck] at another*" (*A Midsummer Night's Dream,* II. 1. 1; dies selbst bei einer „Waldszene"!); die theatralische Funktion des gleichzeitigen Auftretens mehrerer Figuren durch die auseinanderliegenden hinteren Eingänge wird erkennbar, ebenso der raumschaffende Effekt des Auftretens einer Figur durch die eine und ihres Abtretens durch die andere Tür, worauf die Bühnenanweisungsformel „over the stage" hinweisen dürfte (cf. *Macbeth,* I. 7. 1: „*Enter a Sewer and divers Servants with dishes and service over the stage*"; oder *King*

Lear, V. 2. 1: „*Enter with Drum and Colours, Lear, Cordelia and Soldiers, over the stage, and exeunt*“). Wie besonders bei Massenszenen, Schlachtszenen oder Waldszenen mit einfachsten Mitteln ein Maximum an Dynamik erzielt werden kann, läßt sich besonders interessant nachvollziehen.

Den anderen technischen Bühnenbestandteilen kommt demgegenüber eher eine sporadische, zusätzliche, stets auf das Spiel auf der Plattform bezogene, dabei dennoch signifikante Bedeutung zu. Vorhänge oder zeltartige Gebilde am hinteren Bühnenabschluß (wie immer ihre schwer rekonstruierbare Beschaffenheit gewesen sein mag) haben überraschende – und darum, wenn überhaupt, sparsam eingeplante – Enthüllungseffekte (‚discoveries‘) gestattet, die die Texte mitunter ausdrücklich markieren, nicht nur in originalen Bühnenanweisungen (z. B. *Tempest*, V. 1. 172: *“Here Prospero discovers Ferdinand and Miranda playing at chess“)*, sondern auch indirekt durch den Sprechtext (cf. *The Winter's Tale*, V. 3., bei der Enthüllung der „Statue“ Hermiones). – Die Galerie (oder ein Fenster) der Bühnenrückwand hatte gleichfalls ihre Funktion nicht in der Bereitstellung einer besonderen Spielfläche für ganze Szenen, sondern in der Ermöglichung eines ausdrucksvollen und nicht selten symbolischen Bezugs zwischen dem kontinuierlichen Spiel auf der Bühnenplattform und einer erhöhten Ebene, zwischen „unten“ und „oben“, auch dies von Bühnenanweisungen oder vom Sprechtext („above“ oder „aloft“) gefordert – etwa um räumliche Entfernung zu kennzeichnen (der vor einem Heer auf dem Wall der belagerten Stadt erscheinende Herold; z. B. *King John,* II. 1. 201), oder auch die Unerreichbarkeit des geliebten Partners (Julia auf dem „Balkon“; *Romeo and Juliet*, II. 2. 1. ff.), oder um den schicksalhaften Niedergang eines Königs in der vertikalen Bewegung zu symbolisieren (*Richard II*, III. 3. 178: „Down, down I come ...“). Umgekehrt konnten vermittels der Versenkungsfalle, mit der die Bühnenplattform zweifellos ausgerüstet war, tiefere Regionen – ein Abgrund, eine Unterwelt, eine Hölle – angedeutet werden. Und die Stützsäulen des Bühnendaches ließen sich, soweit vorhanden, als Posten für versteckte Lauscher nutzen, die das Belauschte gleichwohl *ad spectatores* (‚aside‘) weitergaben. Gerade weil derartiges stets auf das Spiel auf der Einheitsbühne bezogen ist, kann es seine besonderen Wirkungen entfalten.

(3) Offene Bühne. Die Leistung jener Einheitsbühne ergibt sich im besonderen aus ihrer „Offenheit“. Das Prinzip der offenen Bühne[14] bildet zu dem der Illusionsbühne die Alternative, nicht die primitive Vorstufe; seine Wiederentdeckung für die moderne Dramatik spätestens seit der „epischen“ Dramaturgie Bertolt Brechts und sein Niederschlag

auf die neuere Theaterarchitektur tun dies eindringlich dar. Sollen die in Shakespeares Dramen vielfach zu beobachtenden zwanglosen Übergänge zwischen mimetischer Darstellung und direktem Publikumsappell verständlich sein, muß die vorausgesetzte Offenheit der Bühne vor Augen geführt werden. Diese Bühne ist auf (mindestens) drei Seiten von Zuschauern umgeben; sie ist von Natur aus der illusionsschaffenden Bestandteile (Rampe, Rahmen, Vorhang) bar; weder perspektivisch gemalte Prospekte und Kulissen, noch raumdefinierende Wände haben auf ihr Platz. Schon die geläufige Terminologie der Bühnenanweisungen will in ihrer Anwendung auf die offene Bühne recht verstanden sein. „Enter X" heißt für den Spieler hier nicht eigentlich sich in eine Bühne hineinbegeben, sondern auf sie (aus dem ‚tiring house') heraustreten; denn „within" bedeutet im ‚tiring house', d. h. „hinter" der Bühne; der dem Publikum sichtbare Schauspieler befindet sich „without" – selbst wenn er die Rolle eines Unsichtbaren spielt (cf. *Tempest*, III. 2. 41: *„Enter Ariel, invisible"*). Und *„Enter ... Desdemona in her bed"* (*Othello*, V. 2. 1) heißt nicht, daß sich Desdemona ins Bett begibt, sondern daß ein Bett samt Desdemona auf die Bühne hinausgeschoben wird. Da diese offene Bühne vom Publikum eingerahmt ist (nicht von Bühnenportal und Kulissen) treten dem Zuschauer bei der Aufführung stets Szene und Publikum zusammen vors Auge; auch deshalb vermischt sich die mit Körpern und Worten auf der Bühne geschaffene imaginative Welt mit der aktuellen Realität. Die gesprochenen Worte können sich an die Partner auf der Bühne richten, aber auch ohne Gezwungenheit direkt an die Zuschauer appellieren, oder beides zugleich. Überhaupt fordert die offene Bühne die Leistung des gesprochenen Wortes in hohem Maße heraus, und sie garantiert der Poetizität der Sprache die freie Entfaltung. Wird dagegen, wenn die medialen Zwänge der Illusionsbühne und erst recht die des Films es verlangen, die sprachlich erzeugte Phantasie in Bühnenbildern dingfest gemacht oder in die Bildsignale des Films übersetzt, dann wird es nicht ausbleiben, daß solch konkretisierte Imagination die ursprüngliche dramatische Poesie der Sprache überdeckt.

(4) Ortsneutralität. Zum Wesen der offenen Bühne, die der offenen Dramaturgie der elisabethanischen Stücktexte adäquat ist, gehört ganz besonders ihre Ortsneutralität – ein Prinzip, das samt seiner theatralischen Wirkung im Unterricht nahezubringen noch immer besonderer Anstrengung bedarf, nicht zuletzt deshalb, weil Verständnisbarrieren, die es hier abzubauen gilt, durch Generationen von Shakespeareausgaben zementiert worden sind: durch die einheitlich allen Szenen mehr oder minder lapidar vorangestellten Ortsangaben, deren

keine vom Autor stammt, und die überhaupt der elisabethanischen Dramatik wesensfremd sind. Sie wurden von den Shakespeare-Herausgebern des 18. Jhs. eingeführt – begreiflicherweise; denn es standen dann andere Theater bereit, deren Illusionsbühnen die schaubare Festlegung der Szenenorte ermöglichten und verlangten, auch wenn es dann galt, sich mit der im Vergleich zur klassischen Dramatik ungewöhnlichen Häufigkeit des Szenenortwechsels herumzuschlagen. Erst manche Shakespeare-Ausgaben neuesten Datums lassen jene Ortsangaben wieder fort; dies geht bezeichnenderweise mit der theaterpraktischen Wiederentdeckung der offenen Bühne einher. Tatsächlich sind die Szenen, in die sich die Dramen gliedern, eben nicht durch die Einheitlichkeit und Umgrenztheit eines „Schauplatzes“ definiert und limitiert. Was eine Szene ist, wo sie anfängt und aufhört, bestimmt die schauspielerische Aktion – die völlige Leerung der Bühne vorher und nachher. Primär ist das Geschehen bedeutsam, nicht der Ort des Geschehens. Wird die Gebundenheit an eine konkrete Ortsvorstellung dennoch dramatisch relevant, dann wird diese *ad hoc* durch den Sprechtext signalisiert; die Skala der Möglichkeiten reicht von lapidaren Dialoganfängen wie „Well, this is the Forest of Arden“ (*As You Like It*, II. 4. 12) bis zu poetisch ausladenden Beschreibungen, in denen Schauplatzverweise und sprachliche Metaphern, imaginiertes Bild und poetische Imagination ineinandergreifen; schauspielerische Gebärden, Kostüme, Musik, Geräuscheffekte, bis zu einem gewissen Grad auch einzelne Requisiten, können die Ortsevokation, wo und solange es ihrer bedarf, unterstützen. Die solchermaßen unter Mobilisierung der Zuschauerphantasie, aber eben doch auf der Bühne, momentweise realisierten „Schauplätze“ sind durchaus unterschiedlichen Ausmaßes – Innenräume oder Außenräume, ummauerte Gärten, unermeßliche, bald lieblich, bald beängstigend dünkende Wälder, Schlachtfelder, oder auch Städte, Länder, Kulturkreise, an denen die entsprechenden Assoziationen haften. Großräume können sich auftun; „Waldszenen“ etwa vergegenwärtigen den Wald schlechthin, nicht in fragmentierten Ausschnitten, nicht jeweils „another part of the forest“ (wie die apokryphen Ortsangaben oft lauten). Die Zuschauerphantasie kann angesichts der offenen Bühne in die unterschiedlichsten Bezirke gelenkt werden, und die disparatesten Eindrücke haben auf ihr Platz.[15]

(5) Bühnen-Emblematik. Daß elisabethanische Aufführungen dennoch auch mehr an das Auge appellierten, als sich dies der Textlektüre unmittelbar offenbart, und daß auch dafür die Bühne selbst mehr hergab, als es beim Gedanken an ihre blanke Plattform zunächst scheinen mag, ist von der neueren Forschung zu Recht hervor-

gehoben worden[16] und sollte auch im Unterricht nicht unberücksichtigt bleiben. Zwar war es weder möglich noch beabsichtigt, Szenenschauplätze zu visualisieren; wohl aber wurden die schaubaren Elemente der Aufführung, die an vertraute und verbreitete Motive der Bildkunst erinnern mochten, indem vom gesprochenen Wort, von der schauspielerischen Gebärde die Aufmerksamkeit auf sie gelenkt und ihre Präsenz reflektiert wurde, mit einer Verweisungsfunktion aufgeladen, die sie zu Emblemen machte. Schon durch die Aktion selbst ließen sich ja auf der Bühne „Schaubilder" erzeugen – signifikante Gesten, Gruppierungen, Pantomimen. Aber auch die dem Theater zugehörigen Objekte wurden emblemhaft in die Aufführungswirkung integriert und korrelierten mit der sprachlichen Bildhaftigkeit. Der Theaterbau als solcher bot sich als visueller Bezugspunkt für die Theater-Metapher dar, für die Gleichsetzung der Welt mit einer Bühne, des Lebens mit einem Schauspiel (z. B. *Macbeth*, V. 5. 24 f.), die sich durch Shakespeares Dramen (und nicht nur durch diese) wie ein Leitmotiv zieht. Das Bühnendach, astrologisch bemalt und „heavens" genannt, wie es ohnehin war, und die Versenkungsfalle konnten Kosmos und Inferno bedeuten und so die Bühnenplattform in der Tat zum Sinnbild der mittleren, irdischen Welt machen. Die Bühnenrückwand, namentlich wenn sie mit dekorativem Schnitzwerk versehen war, konnte beispielsweise die Außenseite eines Schlosses ebenso darstellen wie den Repräsentationssaal in seinem Inneren, was etwa in *Macbeth* den Übergang von der Mordszene (II. 2.) zur Pförtnerszene (II. 3.) eindrücklich gewichtet. Der Einbezug der erhöhten Spielebene konnte zuweilen schlicht die Aufmerksamkeit auf die obere Etage eines Hauses lenken (z. B. *The Merchant of Venice*, II. 5.), aber auch, wie erwähnt, Vorgänge sinnbildhaft deuten. Namentlich die dramaturgisch wichtige Funktion der Auftrittstüren potenzierte sich suggestiv, wenn diese im szenischen Kontext als Haustüren, Gartentore, Schloßportale, Stadttore u. a. m. identifiziert wurden.

Requisiten zudem – Standardobjekte wohl zumeist, deren Verfügbarkeit ein Verzeichnis des elisabethanischen Theatermanagers Philip Henslowe bezeugt,[17] setzten noch spezifischere ikonographische Akzente. Der Thron etwa, am Bühnenbrennpunkt plaziert, gehörte zu Staatsszenen – wiederum freilich nicht zuvörderst, um die Pracht eines höfischen Palastraumes heraufzubeschwören, sondern um auf die Präsenz königlicher Macht zu deuten. Bankettafeln veranschaulichten nicht nur die Situation eines repräsentativen Gastmahls, sondern verwiesen zugleich auf gesellschaftliche Ordnung und Hierarchie (und ggf., wie *Macbeth*, III. 4., auf deren Desintegration) und vermochten Anspielungen auf bildliche Darstellungen des biblischen Abendmahls auf sich zu ziehen. Ein Bühnenbaum markierte, je nachdem wie Wort und Gebärde ihn einbezogen, bald Gärten, bald Wälder, bald Wüsten und brachte die an alledem haftenden traditionellen Assoziationen in oft beunruhigender Vielfalt zur Geltung. Nicht zuletzt gehören zu den schaubaren Aufführungselementen die Kostüme, die, da sie weitgehend der Mode ihrer Zeit folgten, Wirklichkeitsbezüge herstellten, andererseits aber mit besonderen Attributen auf historische Epochen und vertraute Symbolmotive verwiesen; gerade hinsichtlich der Kostümierung stellt sich im Lichte heutiger Theaterpraxis die Frage, wie jene sichtbare Verbindung von aktueller Wirklichkeit und Emblemhaftigkeit mit modernen Mitteln wiederholbar ist.

Die Reihe funktional bedeutsamer historischer Theateraspekte läßt sich leicht ergänzen, modifizieren und zur Förderung der Stückinterpretation an gegebene Unterrichtssituationen anpassen. Fragen der Theaterorganisation und der Schauspielkunst mögen sich ebenso aufdrängen wie solche der Bühnenmaschinerie, und nicht zuletzt wäre des Beitrags der Bühnenmusik zu gedenken – gehörte doch auch der ‚music room' zur Einrichtung der elisabethanischen Theater. Nicht antiquarisches Realwissen ist indes das Ziel, sondern der verstehende Einblick in die Art und Weise, wie konkretes Theater, und wie speziell die im elisabethanischen Schauspielhaus ausgeprägte Konzeption von Theater, Shakespeares Dramen recht eigentlich zu verlebendigen vermag.

Anmerkungen

1 Näheres und Bibliographisches hierzu siehe Werner Habicht, „Shakespeare im Buch und auf der Bühne", *Anglia,* 96 (1978), 349–370.

2 Siehe hierzu etwa Heide Nüssel, *Rekonstruktionen der Shakespeare-Bühne auf dem deutschen Theater* (Diss. Köln, 1967); J. L. Styan, *The Shakespeare Revolution* (Cambridge, 1977).

3 Grundlegende dokumentarische Gesamtdarstellungen: E. K. Chambers, *The Elizabethan Stage* (Oxford, 1923), vol. 2; Glynne Wickham, *Early English Stages,* vol. 2 (London, 1963/1972); G. E. Bentley, *The Jacobean and Caroline Stage,* vol. 6 (Oxford, 1968). Informative Zusammenfassungen: A. M. Nagler, *Shakespeare's Stage* (New Haven, 1958); Andrew Gurr, *The Shakespearean Stage 1576–1642* (Cambridge, 1970); Richard Hosley, „The Playhouses", in *The Revels History of Drama in English,* vol. 3 (London, 1975), pp. 119–235. Wichtige Einzelstudien in G. E. Bentley, ed., *The Seventeenth-Century Stage* (Chicago/London, 1968). Cf. auch die einschlägigen Kurzdarstellungen in *A New Companion to Shakespeare Studies,* ed. K. Muir und S. Schoenbaum (Cambridge, 1971), pp. 15–34, und *Shakespeare Handbuch,* ed. Ina Schabert, 2. Aufl. (Stuttgart, 1978), pp. 79–130.

4 J. C. Adams, *The Globe Playhouse,* 2. Aufl. (New York, 1961).

[5] Cf. hierzu D. F. Rowan, „The English Playhouse 1595–1630", *Renaissance Drama*, N. S. 4 (1971), 37–51.

[6] Cf. insbesondere C. W. Hodges, *Shakespeare's Second Globe: The Missing Monument* (London, 1973).

[7] Übersicht bei James Stinton, „Reconstructions of Elizabethan Public Playhouses", in *Studies in the Elizabethan Theatre*, ed. C. T. Prouty (1961).

[8] Cf. Hodges, *Second Globe*, p. 49.

[9] Cf. F. A. Yates, *Theatre of the World* (London, 1969), p. 133.

[10] Cf. hierzu u. a. J. W. Saunders, „Staging at the Globe, 1599-1613", *Shakespeare Quarterly*, 11 (1960), 402–425; Bernard Beckerman, *Shakespeare at the Globe* (New York, 1962), pp. 72 f.

[11] Cf. Alfred Harbage, *Shakespeare's Audience* (New York, 1941); Robert Weimann, *Shakespeare und die Tradition des Volkstheaters* (Berlin, 1967), bes. pp. 289–300.

[12] C. W. Hodges, *The Globe Restored* (London, 1968), pp. 64–82.

[13] Siehe J. R. Brown, *Free Shakespeare* (London, 1974), pp. 102 f.

[14] Cf. Richard Southern, *The Open Stage* (London, 1953).

[15] Cf. hierzu auch Clifford Leech, „The Function of Locality in the Plays of Shakespeare and His Contemporaries", in *The Elizabethan Theatre*, ed. D. Galloway (London, 1969), pp. 103–116.

[16] Cf. insbesondere G. Kernodle, *From Art to Theatre* (Chicago, 1944); A. C. Deesen, *Elizabethan Drama and the Viewer's Eye* (Chapel Hill, 1977); ferner Dieter Mehl, „Emblematik im englischen Drama der Shakespearezeit", *Anglia*, 87 (1969), 126–146; id., „Schaubild und Sprachfigur in Shakespeares Dramen", *SJ* (West), 1970, 7–29; Werner Habicht, „Tree Scenes and Tree Properties in the Elizabethan Theatre", *Renaissance Drama*, N. S. 4 (1971), 69–72.

[17] *Henslowe's Diary*, ed. R. A. Foakes and R. T. Rickert (Cambridge, 1961).

ALBERT-REINER GLAAP

Das englische Drama bis Shakespeare: Gattungen und Formen in der unterrichtlichen Präsentation

1. *Ziele einer Beschäftigung mit dem englischen Drama bis Shakespeare*

Die Einrichtung von Leistungskursen in der reformierten Oberstufe des Gymnasiums hat Möglichkeiten eröffnet, traditionelle Stoffe intensiver als bisher zu behandeln und bisher nicht behandelte Themen in Unterrichtsreihen einzubeziehen. Das gilt auch für die Shakespeare-Lektüre und die dafür notwendigen Hintergrundinformationen. Daß die Beschäftigung mit den Werken Shakespeares im Unterricht Kenntnisse über Sprache, Weltbild und Theater der Zeit voraussetzt, ist zwar nie bestritten worden, doch der Realisierung entsprechender Vorhaben waren schon durch die geringe Stundenzahl allzu oft Grenzen gesetzt. Wer die Ziele und Möglichkeiten des Englischunterrichts realistisch einschätzt, wird auch in unseren Tagen – trotz erhöhter Stundenzahl in der Sekundarstufe II – nicht ernsthaft fordern, daß „Die Entwicklung des englischen Dramas bis Shakespeare" über mehrere Wochen Gegenstand einer eigenständigen *Unit* sein solle. So lohnend dies sein könnte, es gibt mit Rücksicht auf die Schüler, die nach dem Abitur nicht Anglistik studieren, wichtigere Aufgaben für den Englischunterricht als ein „Pro-Proseminar" über das vor-Shakespearesche Drama. Dennoch ist die Beschäftigung mit diesem Themenbereich gerechtfertigt und sinnvoll. Gerechtfertigt, weil die spätmittelalterlichen Dramen- und Spielformen in Shakespeares Werken spürbar nachwirken und der Lehrer daher über wesentliche Details hinreichend informiert sein muß, damit sie ihm bei der Planung des Unterrichts ad hoc zur Verfügung stehen. Sinnvoll ist ein solches Vorhaben, weil häufig Shakespeare-Texte in ihrer Abhängigkeit, aber auch in ihrer Eigenständigkeit vor der Kontrastfolie entsprechender Szenen aus vor-Shakespeareschen Dramen besser zu verstehen sind. Diese beiden Gesichtspunkte bestimmen den Aufbau der folgenden Ausführungen. Zunächst werden wichtige Stationen des frühen englischen Dramas im Überblick dargestellt, danach Szenen für den Vergleich mit entsprechenden Szenen aus Shakespeare-Dramen vorgeschlagen.

2. *Das Drama bis Shakespeare: Wichtige Stationen im Überblick*

Die mittelalterlichen Vorläufer des englischen Dramas werden von Literaturhistorikern meist in drei Kategorien eingeteilt: *mystery plays*, die Ausschnitte aus der Heilsgeschichte auf biblischer Grundlage darstellen; *miracle plays*, die sich an Heiligenlegenden anschließen; *morality plays*, die den Kampf zwischen Tugend und Laster um die Seele des Menschen zum Gegenstand haben. R. Potter[1] verdeutlicht, warum eine solche Dreiteilung nicht vorbehaltlos zu akzeptieren ist. Wichtiger als die Unterschiede seien die Gemeinsamkeiten der verschiedenen mittelalterlichen Spiele. Folgt man Potter, nach dessen Auffassung das Grundmuster der Moralität nicht der Kampf um die Seele des Menschen als vielmehr die Abfolge von *innocence – fall – redemption* im Leben der Menschen ist, dann läßt sich das mittelalterliche religiöse Drama verstehen als eine „totality, in which the morality play performs the same ceremony in the microcosm of the individual human life as that of the Corpus Christi cycle in the macrocosm of historical time".[2] Daß die verschiedenen Varianten des mittelalterlichen Dramas ein *gemeinsames* Ziel haben, ist entscheidend.

Die Ursprünge der Mysterienspiele sind eng mit dem Fronleichnamsfest verbunden (1320 war die Fronleichnamsprozession eingeführt worden). Die bekannten Zyklen, die in Chester, Coventry, Wakefield und York aufgeführt wurden, und nach diesen Orten benannt sind, enthalten neben anderen auch Auferstehungs- und Weihnachtsspiele. Das Drama der Tudorzeit hat aus diesen Zyklen eine Reihe von Figuren übernommen, so den Typ des zänkischen Weibes und den randalierenden Wüterich, der in der Gestalt des Herodes auftrat und auf den sich Hamlet (III. 2. 12-14) bezieht: "I would have such a fellow whipt for o'erdoing Termagant, it out-Herods Herod, pray you avoid it". Im *Towneley-Zyklus*, der dem Wakefield Master zugeschrieben wird, ist das dritte Stück dem Bau der Arche Noah gewidmet. Nach dem Dialog zwischen Gott und Noah folgt als Kontrast der Streit zwischen Noah und seiner Frau, die hier Uxor genannt wird. Sie überhäuft ihren Gatten mit Vorwürfen, will die Arche erst gar nicht besteigen und provoziert Noah so sehr, daß sich schließlich beide einen handfesten Schlagabtausch liefern. Uxor ist eine Vorläuferin von Katherina in *The Taming of the Shrew*. In Predigten und in der Bußliteratur haben vermutlich die *mystery plays* ihre Quellen. Sie wurden von Handwerkerzünften aufgeführt, so die Arche Noah-Szene von Zimmerleuten, die Dreikönigs-Szenen von Goldschmieden. *Morality plays*, die von herumziehenden Schauspielern aufgeführt wurden, waren mit den Festen der Kirche weniger eng verbunden. Sie waren offener für neue Inhalte, ließen sich stärker in das Alltagsleben integrieren und boten daher auch nach der Reformation Möglichkeiten zur Weiterentwicklung. Ihre Herkunft ist umstritten. Manche sehen in ihnen eine Weiterentwicklung der Lectio[3], andere erklären sie allgemeiner als „eine Übertragung der allegorischen Darstellungsweise ins dramatische Medium".[4] Das Grundmuster der Moralitäten läßt sich so umschreiben: Der Mensch existiert, macht sich schuldig, kommt zu Fall, kann aber dennoch gerettet werden. Der Topos vom Leben als einem Durchgangsstadium, als einer Reise, zu der jeder, weil er Mensch ist, aufbrechen muß, wird von Jaques in *As You Like It* (II. 7. 139-166) aufgegriffen. Zur Moralität gehören eine zentrale dramatische Figur und untergeordnete Figuren mit bestimmten (oft Ratgeber-) Funktionen. Am bekanntesten ist *Everyman*, zu Beginn des 15. Jahrhunderts geschrieben, eine Übersetzung des niederländischen *Elckerlijk*, das der bürgerlichen Kultur der flandrischen Städte des Spätmittelalters entstammt, in dem der Held nicht mehr ein König, sondern ein reicher Bürger ist. Wichtiger als *Everyman*, in dem es um die Erlösung der Menschen ging, „kein Thema, das einer möglichen Säkularisierung Raum bot",[5] waren für die Entwicklung des Tudordramas die Moralitäten vom Psychomachie-Typ, mit dem Kampf zwischen Tugend und Laster, der „sehr wohl zu einer Auseinandersetzung zwischen Wissen und Ignoranz, Fleiß und Trägheit säkularisiert werden (konnte)".[6]

Im Verlauf des 16. Jahrhunderts entwickelten sich Mischformen (vgl. *Hamlet* II. 2. 392 ff.), die mehr und mehr den Platz der mittelalterlichen Spiele einnahmen, die sogenannten *interludes.* Sie wollten nicht nur belehren, sondern auch unterhalten. Statt *Everyman* traten nun wirkliche, meist akademische Bürger auf. Nicht mehr der Mensch, der sich zwischen Virtue und Vice entscheiden kann, sondern der von Vice übertölpelte Mensch trat in den Mittelpunkt. Farcenhafte und komische Elemente, wie sie sich in den Mysterienspielen andeuteten – etwa im Streit zwischen Noah und seiner Frau – wurden nun zu konstitutiven Elementen. Nicht mehr das Seelenheil, eher schon das Staatsexamen stand in jenen *interludes,* die häufig auch Allegorien des Studentenlebens waren, auf dem Spiel. Es bildeten sich verschiedene Varianten heraus: humanistische, polemische, moralische, schwankhafte, politische *interludes.* Die Anonymität des Autors hörte auf: John Heywood (1497-1578) ist als einer der bedeutendsten Verfasser von Interludien bekannt.

Neben der Weiterführung der heimischen Tradition war für die Entwicklung des englischen Dramas im 16. Jahrhundert auch die Rezeption klassischer Dramen bestimmend. Während in den Moralitäten der schuldig gewordene Mensch stets auf die göttliche Gnade hoffen konnte und daher tragische Elemente nur in Ansätzen vorhanden waren, wurde unter dem Einfluß Senecas zwar die moralisierende Tendenz der mittelalterlichen Spiele fortgeführt, gleichzeitig aber der Weg für die Entwicklung der englischen Tragödie geebnet. Die Schuld des Einzelmenschen und die notwendige Sühne wurden jetzt im Verhältnis von Ursache und Wirkung gesehen. Einen sozusagen außengesteuerten Gnadenakt gab es nicht mehr. Als erste Tragödie gilt *Gorboduc* or *The Tragedy of Ferrex and Porrex* (1562), eine Gemeinschaftsarbeit von Thomas Norton und Thomas Sackville. Der Einfluß der Moralitäten zeigt sich in der symmetrischen Anordnung der Figuren: der König hat eine zentrale Stellung, er hat gute und böse Ratgeber. Publikumsanrede und andere Konventionen der *morality plays* sind leicht nachzuweisen. Andererseits zeigen Fünf-Akt-Struktur, Rachemotiv, Chor und Botenbericht den Einfluß der Seneca-Tragödie. *Gorboduc* trägt deutlich politische Züge; nicht nur weil der Herrscher durch die Verteilung des Reiches unter seine beiden Söhne Aufruhr stiftet und schließlich das ganze Land ins Chaos stürzt, sondern vor allem durch den didaktischen Exkurs (im 5. Akt) über die Schrecken eines herrscherlosen Staates. Hier wird eindeutig auf die ungewisse Thronfolge und die damit verbundene Bedrohung durch einen *civil war* unter Elisabeth I angespielt. Die sogenannten *dumb shows* vor den Akten, deren Herkunft letztlich ungewiß ist, stellen die politische Moral in allegorischer Form dar. Nimmt man hinzu, daß *Gorboduc* als erste elisabethanische Tragödie in *blank verse* geschrieben wurde, dann ist verständlich, warum Kritiker von einem *political morality play in blank verse*[7] sprechen.

Während *Gorboduc* im Inner Temple of the Inns of Court erstaufgeführt wurde, fanden die Aufführungen der Komödien in Schulen (Eton, Westminster, St. Paul's) statt. Vorbilder waren Terenz und Plautus, deren Werke in der Tudorzeit auf dem Lehrplan standen, und Menander. Komödien und Tragödien waren zuvor Gattungen der erzählenden Dichtung gewesen; die Texte wurden mit entsprechenden Gesten von einem Vortragenden deklamiert. Erst als die Stücke nicht mehr in der Kirche aufgeführt wurden, entstand die eigentliche Komödie, die sich im Verständnis der damaligen Zeit von der Tragödie dadurch unterschied, daß sie im Unglück begann und im Glück endete, während in der Tragödie hochgestellte Persönlichkeiten für eine Weile vom Glück begünstigt waren, dann aber doch im Unglück endeten. Als erste englische Komödie gilt *Ralph Roister Doister* (ca. 1550) von Nicholas Udall, der Headmaster von Eton und Westminster war. Terenz lieferte das Hauptmotiv: Der Held wirbt vergeblich um eine Dame, die einen anderen liebt. Hier findet man nicht nur eines der ersten Exemplare vom Typ „Spaßmacher" – in der Gestalt des Merrygreek –, sondern ebenso Vorbilder des bei Shakespeare beliebten komödienhaften Spiels auf der Ebene der Diener. Auch der minuziöse Umgang mit dem Wort ist ein Charakteristikum der frühen Komödien. Ralphs Brief an die Dame Custance, dessen Sinn durch falsche Zeichensetzung verkehrt wird, legt den Vergleich mit *A Midsummer Night's Dream*, V. 1 nahe.

Neben dem direkten Anschluß an antike Vorbilder hat auch der Einfluß der italienschen *Commedia dell'arte* seine Spuren in Shakespeares Komödien hinterlassen. Da sich im damaligen Italien Mädchen auf der Straße nicht zeigen durften, die Straße aber meist Handlungsort war, erschienen die weiblichen Figuren auf dem Balkon oder – wenn auf der Straße – in männlicher Kleidung, wie Viola in *Twelfth Night* und Julia in *The Two Gentlemen of Verona*.

Die heimische Tradition wurde in England im 16. Jahrhundert in den *chronicle plays* weitergeführt, die an mittelalterliche Vorbilder, insbesondere an die *mystery plays*, anknüpften. Unumstritten war nach wie vor die Stellung des Königs und die hierarchische Ordnung, aus der die Notwendigkeit der Bestrafung für übertriebenen persönlichen Ehrgeiz und unrechtmäßig erlangte Herrschaft abgeleitet wurde. Marlowes *Edward II* als das wohl bekannteste Beispiel weist auf Shakespeares *Richard II* hin und wird daher oft mit diesem verglichen.

3. *Das Drama bis Shakespeare: Einzelszenen als Kontrastfolien*

3.1 Zänkische Frauen: Mrs. Noah und Katherina

Noahs Frau, die in der Bibel nur am Rande erwähnt wird, spielt im *Third Play* der *Wakefield Mystery Plays*[8] eine wichtige Rolle. Sie ist geschwätzig und zänkisch, scharfzüngig und widerspenstig; trotz der drohenden Sintflut weigert sie sich, in die Arche zu gehen und schlägt alle Bitten und Mahnungen ihres Mannes in den Wind.

Noah Lord, homeward will I fast in haste as that I may; (*Exit* God)
My wife will I ask what she will say,
And I am all aghast lest there be some fray
Between us both;

For she is full tetchy,
For little oft angry,
If anything wrong be,
Soon is she wroth.

He goes to his wife.

God speed thee, wife, how fare ye?

Wife Now, as ever might I thrive, the worse to see thee;
Tell me, on your life, where thus long could thou be?
To death may we drive, because of thee,
Alack.
When work weary we sink,
Thou dost what thou think,
Yet of meat and drink
Have we great lack.

Noah Wife, we are hard pressed with tidings new.

Wife But thou ought to be dressed in stafford blue;
For thou art always depressed, be it false or true;
God knows I am oppressed, and that may I rue,
Full ill;
All I hear is thy crow,
From even till morrow,
Screeching ever of sorrow;
God send thee once thy fill.
We women may harry all ill husbands;
I have one, by Mary! That loosed me of my bands;
If he twits I must tarry, however so it stands,
And seem to be full sorry, wringing both my hands
For dread.
But in a little while,
What with game and guile,
I shall smite and smile
And pay him back instead.

Noah Hush! Hold thy tongue, ramshit, or I shall thee still.

Wife As I thrive, if thou smite, I shall pay back with skill.

Noah We shall see who is right, have at thee, Gill!
Upon the bone shall it bite!

Wife Ah, by Mary! Thou smitest ill!
But I suppose
I shall not in thy debt
Leave this place yet!
This strap is what you get
To tie up thy hose!

Noah Ah! Wilt thou so? Mary, shat is mine.

Wife Have thou three for two, I swear, by God divine,

Noah I shall requite each blow, your skin will bear my sign.

Wife Out upon thee, ho!

Noah Thou can both bite and whine
For all thou art worth.
For though she will strike,

Her shrieks my ears spike,
There is not her like
On all this earth.

Ganz offensichtlich ging es dem Wakefield Master um den *comical effect*, den die Streitereien zwischen Noah und Uxor auslösten. Die Zuschauer erkannten sich und ihre Freunde in diesen beiden wieder, lachten über sie und mit ihnen über sich selbst. Uxor ist wohl die erste der *shrewish wives* gewesen, die uns später in unterschiedlichen Ausformungen als zentrale Figuren in Interludien und Farcen, insbesondere auch in Shakespeares Werk begegnen. Katherina in *The Taming of the Shrew* ist die bekannteste von ihnen. Bei der Behandlung der Szene zwischen Petruchio und Katherina (II. 1. 182 ff.) liegt der Vergleich mit dem Streit zwischen Noah und Uxor nahe. Ging es schon dem Wakefield Master vor allem um den *comical effect*, so sind deutlich auch in der Katherina/Petruchio-Handlung bei Shakespeare Elemente der Farce zu finden. Hier wie dort geht es um das altbekannte Motiv des *battle between the sexes*. Aber es geht bei Shakespeare um mehr als dies: Petruchio will letztlich erreichen, daß Katherina die Rolle der Widerspenstigen, die sie nicht naturbedingt, sondern nur zu ihrer Verteidigung spielt, aufgibt, ihre eigene Natur erkennt und anerkennt und schließlich in der Ehe Liebe und auch Freiheit findet. So wie sich von *The Taming of the Shrew* eine Linie zurückverfolgen läßt bis zu den Mysterienspielen, zu Balladen und zu *jest books*, in denen so etwas wie eine Tradition der *shrew literature* zu erkennen ist, so läßt sich diese Linie nach vorne weiterziehen bis zur modernen Adaptation, wie *The Shrew* (1975) von Charles Marowitz, der die zentrale Aussage seines Stücks und insbesondere die Bedeutung der Katherina/Petruchio-Handlung mit den folgenden Worten kommentiert:

> What I wanted to say was, in fact, much more dismal and depressing; namely: that no human relationship has the stamina to withstand long periods of intimate exposure; that familiarity not only breeds contempt but dissipation and stasis; that deep within the very fabric of human relationships, relationships founded on love and togetherness, there was an insiduous canker which slowly but surely gnawed away at the euphoria that infused every love affair . . .[9]

3.2 Einflüsse der Moralitäten auf Szenen und Figuren in Shakespeares Dramen

In Shakespeares *Hamlet* findet sich das Grundmuster der Moralitäten im „Stück im Stück“ (II. 2) wieder. Es weist dem Helden einen

Weg aus dem Dilemma, in das er geraten ist. Aber auch im eigentlichen *plot* sind Spuren des *morality play* auffindbar: Zu Beginn (I. 5), wo Claudius und Gertrude als Moralitäten-Figuren gesehen werden – Gertrude als die Figur des schwachen Menschen, Claudius als Vice-Figur. Rainer Lengeler hat die Umstimmungsszene (III. 4) im Hinblick auf Aufbau und Sprache untersucht[10] und sie mit der sogenannten Bußsituation in der Moralitätenhandlung verglichen. Gemeinsamkeiten zwischen Moralitäten und Shakespeare-Dramen lassen sich auch in den an das Publikum gerichteten moralisierenden Kommentaren erkennen, die im Prolog von *Romeo and Juliet* und im Epilog von *The Tempest* nachwirken. Entscheidende Unterschiede werden bei einem Vergleich zwischen dem schon erwähnten Monolog in *As You Like It* (II. 7. 139-166) und dem Prolog des Messenger in *Everyman*[11] deutlich.

> *Messenger.* I pray you all give your audience,
> And hear this matter with reverence,
> By figure a moral play;
> The Summoning of Everyman called it is,
> That of our lives and ending shows,
> How transitory we be all day:
> This matter is wonders precious,
> But the intent of it is more gracious,
> And sweet to bear away.
> The story saith: man, in the beginning
> Look well, and take good heed to the ending,
> Be you never so gay:
> Ye think sin in the beginning full sweet,
> Which in the end causeth thy soul to weep,
> When the body lieth in clay.
> Here shall you see how Fellowship and Jollity,
> Both Strength, Pleasure, and Beauty,
> Will fade from thee as flower in May;
> For ye shall hear, how our Heaven King
> Calleth Everyman to a general reckoning:
> Give audience, and hear what he doth say.

Everyman steht für humanum genus, für den Menschen, den bei seinem Tode alle – bis auf Good Deeds und Knowledge – verlassen „as flower in May". Aber hier ist das Ende nicht „second childishness, and mere oblivion" (*As You Like It* II. 7. 165). Der Tod erscheint als Engel, der die Seele willkommen heißt und zu Gott führt. Everyman wird das Kontobuch seines Lebens vorgelegt; er muß Stellung nehmen, Rechenschaft ablegen, kann aber auf die Gnade Gottes hoffen und erlöst werden, während – folgt man Shakespeares Monolog – die Existenz eines jeden Menschen am Ende seines Lebens unwiderruflich ausgelöscht wird.

Nicht nur an Einzelszenen ist der Einfluß der *moralities* abzulesen, auch eine Reihe Shakespearescher Figuren erinnern an die aus den *morality plays* bekannten Virtues und Vices. Gaunt in *Richard II,* Kent und Cordelia in *King Lear* sind aufrichtige, loyale, gute Ratgeber; sie werden wie die Virtue-Figuren verkannt, entlassen, verachtet. Häufig lassen sich die „Helden" von Vice-Figuren, die sich meist als Virtues ausgeben, blenden und beeinflussen: Richard III von Bucking-*Fourth*, 1) gehört zu diesen Vice-Figuren ebenso wie Claudius, den Hamlet gar „a Vice of kings" nennt (III. 4. 98) – in Anspielung auf seine, dem Verhalten der Vice-Figur vergleichbaren Verstellungskünste. Häufig sehen die verbrecherisch gewordenen Figuren ihre Schuld ein und tun Buße wie Clarence in *Richard III* und auch Richard II, oder sie werden demaskiert wie Jago in *Othello* und Malvolio in *Twelfth Night.*

3.3 Die Reichsaufteilung in *Gorboduc* und *King Lear*

Zu Beginn der Tragödie verteilt König Gorboduc das Reich unter seine Söhne Ferrex und Porrex und stiftet durch diese törichte Aktion schwere Konflikte, die schließlich zum Untergang der ganzen Familie führen. Gorboduc selbst und die Königin werden vernichtet, das Land endet im Chaos. Der Vergleich mit Shakespeares *King Lear* liegt nahe. Insbesondere läßt sich vor der Folie der Reichsaufteilung zu Beginn von *Gorboduc*[12] (Act I, Scene 2) die Eingangsszene von *King Lear* (I. 1. 36 ff.) erörtern.

> *Gorboduc.* My lords, I thank you all. This is the case:
> Ye know the gods, who have the sovereign care
> For kings, for kingdoms, and for commonweals,
> Gave me two sons in my more lusty age,
> Who now in my decaying years are grown
> Well towards riper state of mind and strength,
> To take in hand some greater princely charge.
> As yet they live and spend [their] hopeful days
> With me and with their mother here in court:
> Their age now asketh other place and trade,
> And mine also doth ask another change;
> Theirs to more travail, mine to greater ease.
> When fatal death shall end my mortal life,
> My purpose is to leave unto them twain
> The realm divided in two sundry parts:
> The one, Ferrex mine elder son shall have,
> The other, shall the younger Porrex rule.

That both my purpose may more firmly stand,
And eke that they may better rule their charge,
I mean forthwith to place them in the same:
That in my life they may both learn to rule,
And I may joy to see their ruling well.
This is in sum what I would have ye weigh:
First, whether ye allow my whole device,
And think it good for me, for them, for you,
And for our country, mother of us all:
And if ye like it, and allow it well,
Then for their guiding and their governance,
Show forth such means of circumstance,
As ye think meet to be both known and kept.
Lo, this is all; now tell me your advice.

Hier wie in Shakespeares Drama steht ein legendärer König des alten Britannien im Mittelpunkt. Gorboduc will schon zu seinen Lebzeiten das Reich in *sundry parts* aufteilen und den beiden Söhnen vermachen, damit diese unter seiner Anleitung „learn to rule". Dazu erbittet er sich den Rat und die Meinung seiner Lords – eine Parallele zum *love test,* dem sich die Töchter Lears unterziehen müssen. Ganz so wie in den alten Moralitäten gibt es in *Gorboduc* böse, aber auch einen guten Ratgeber. Dieser, Eubolus mit Namen, mahnt später, daß „within one land, one single rule is best". Ferrex werde, so meint er, nicht widerspruchslos hinnehmen, daß er als rechtmäßiger Thronprätendent um sein Anrecht gebracht werde. So wie Cordelias „plainness" (I. 1. 129) von Lear als „pride" ausgelegt wird, schlägt auch Gorboduc die Warnungen des Eubolus in den Wind. Aber ebenso wie die Wiedervereinigung zwischen Lear und Cordelia versöhnlich stimmt, so ist auch der Grundtenor von *Gorboduc* letztlich positiv. Eubolus, der erfahrene und gute Ratgeber, überlebt den Bürgerkrieg und den König und prophezeit England bessere Zeiten. Den elisabethanischen Theaterbesuchern wurde aber in *Gorboduc* vor allem deutlich vor Augen geführt, was Unordnung im Staat bewirken und welche Folgen insbesondere eine ungelöste Thronfolge haben kann. Die Aufführung am 18. Januar 1562 durch Mitglieder des Inner Temple vor Königin Elisabeth muß daher ein Ereignis von besonderer politischer Brisanz gewesen sein.

3.4 Der Brief des Ralph Roister Doister und der Prolog des Quince

Udalls *Ralph Roister Doister* (ca. 1550) enthält Szenen, die vor dem Hintergrund der weiteren Entwicklung der Komödie aufschlußreich sind; so etwa die Szene III. 3, in der der liebeskranke Ralph sterben möchte, was Merrygreek sofort veranlaßt, dessen Begräbnis schon vorzubereiten. Die Schlacht mit den Haushaltsgeräten (IV. 4) ruft Erinnerungen an den Schlagabtausch zwischen Noah und Uxor in den *Wakefield Mystery Plays* wach und nimmt gleichzeitig das *ranting* in Shakespeares Komödien vorweg. Ein unmittelbarer Vergleich läßt sich zwischen Ralphs Brief an Dame Custance (III. 4) und dem Prolog in *A Midsummer Night's Dream* (V. 1. 106-117) ziehen.

[Enter Philostrate.]
Phil. So please your Grace, the Prologue is address'd.
The. Let him approach. *[Flourish trumpet.]*
Enter [Quince *for*] the Prologue.
Pro. If we offend, it is with our good will.
That you should think, we come not to offend,
But with good will. To show our simple skill,
That is the true beginning of our end.
Consider then, we come but in despite.
We do not come, as minding to content you,
Our true intent is. All for your delight
We are not here. That you should here repent you,
The actors are at hand; and, by their show,
You shall know all, that you are like to know.
The. This fellow doth not stand upon points.
Lys. He hath rid his prologue like a rough colt;
he knows not the stop. A good moral, my lord: it is
not enough to speak, but to speak true.
Hip. Indeed he hath play'd on this prologue like
a child on a recorder – a sound, but not in government.
The. His speech was like a tangled chain;
nothing impair'd, but all disorder'd. Who is next?

Beim Vortrag des Prologs gelingt es Quince nicht, an den richtigen Stellen Atem zu holen. Er macht Pausen, wo er keine machen dürfte, rezitiert ohne Rücksicht auf den Sinnzusammenhang und sagt das Gegenteil von dem, was er eigentlich sagen will, so etwa: „Our true intent is. All for your delight we are not here." Bei Aufführungen von *A Midsummer Night's Dream* wird gelegentlich den Zuschauern das fehlerhafte Rezitieren dadurch verständlich gemacht, daß sich die Schriftrolle, aus der Quince rezitiert, immer wieder zusammenrollt, und er daher gezwungen ist, nur die *bits and pieces* zu lesen, die seine Augen gerade wahrnehmen. Für Lysander als einen der Zuhörer steht fest, daß Quince seinen Prolog wie ein „wildes Füllen geritten" hat. Theseus vergleicht dessen Rede mit einer verwickelten Kette „nothing impair'd, but all disorder'd" (V. 1. 126). Diese Unordnung kommt im gedruckten Text durch die falsche Interpunktion zum Ausdruck, die ihr

Vorbild in Udalls *Ralph Roister Doister*[13] findet. Dort liest Merrygreek böswillig der schönen Dame Custance einen Liebesbrief so vor, daß diese falsche Schlüsse ziehen muß.

> *Merrygreek*. ‚Sweet mistress, whereas I love you
> nothing at all,
> Regarding your substance and riches chief of all,
> For your personage, beauty, demeanour and wit
> I commend me unto you never a whit.
> Sorry to hear report of your good welfare.
> For (as I hear say) such your conditions are
> That ye be worthy favour of no living man;
> To be abhorred of every honest man;
> To be taken for a woman inclined to vice;
> Nothing at all to virtue giving her due price.
> Wherefore concerning marriage, ye are thought
> Such a fine paragon, as ne'er honest man bought.
> And now by these presents I do you advertise
> That I am minded to marry you in no wise.
> For your goods and substance, I could be content
> To take you as ye are. If ye mind to be my wife,
> Ye shall be assured for the time of my life
> I will keep you right well from good raiment and fare;
> Ye shall not be kept but in sorrow and care.
> Ye shall in no wise live at your own liberty;
> Do and say what ye lust, ye shall never please me;
> But when ye are merry, I will be all sad,
> When ye are sorry, I will be very glad;
> When ye seek your heart's ease, I will be unkind;
> At no time, in me shall ye much gentleness find.
> But all things contrary to your will and mind
> Shall be done: otherwise I will not be behind
> To speak. And as for all them that would do you wrong
> I will so help and maintain, ye shall not live long.
> Nor any foolish dolt shall cumber you but I.
> I, whoe'er say nay, will stick by you till I die.
> Thus good mistress Custance, the Lord you save and keep
> From me Roister Doister, whether I wake or sleep.
> Who favoureth you no less (ye may be bold)
> Than this letter purporteth, which ye have unfold.‘

Dame Custance reagiert auf den Brief wie nicht anders zu erwarten ist; sie wendet sich von Ralph ab, der sich diese Reaktion überhaupt nicht erklären kann und deshalb den Schreiber bittet, er möge ihm den Brief vorlesen.

> *Scrivener*. ‚Sweet mistress, whereas I love you –
> nothing at all
> Regarding your riches and substance, chief of all

For your personage, beauty, demeanour and wit –
I commend me unto you. Never a whit
Sorry to hear report of your good welfare;
For (as I hear say) such your conditions are
That ye be worthy favour; of no living man
To be abhorred; of every honest man
To be taken for a woman inclined to vice
Nothing at all; to virtue giving her due price.
Wherefore, concerning marriage, ye are thought
Such a fine paragon, as ne'er honest man bought.
And now by these presents I do you advertise
That I am minded to marry you – in no wise
For your goods and substance: I can be content
To take you as you are. If ye will be my wife,
Ye shall be assured for the time of my life
I will keep you right well. From good raiment and fare,
Ye shall not be kept; but in sorrow and care
Ye shall in no wise live; at your own liberty,
Do and say what ye lust: ye shall never please me
But when ye are merry; I will be all sad
When ye are sorry; I will be very glad
When ye seek your heart's ease; I will be unkind
At no time; in me shall ye much gentleness find.
But all things contrary to your will and mind
Shall be done otherwise; I will not be behind
To speak. And as for all they that would do you wrong
(I will so help and maintain ye), shall not live long.
Nor any foolish dolt shall cumber you; but I –
I, whoe'er say nay – will stick by you till I die.
Thus, good mistress Custance, the Lord you save and keep.
From me, Roister Doister, whether I wake or sleep,
Who favoureth you no less (ye may be bold)
Than this letter purporteth, which ye have unfold.'

Es stellt sich dann heraus, daß der Fehler „was in reading and not in writing". Die Gegenüberstellung der beiden Lesarten läßt die peinliche Wirkung ahnen, die Merrygreek mit seinem Vortrag erzielt hat.

Im Unterricht ließe sich an diesem Beispiel aufzeigen, wie durch falsche Interpunktion bzw. zusammenhanglosen Vortrag Kommunikationsbarrieren aufgebaut und auch komische Effekte erzielt werden. Daß in analytischen Sprachen derartige Mittel besonders erfolgreich verwendet werden, leuchtet ein. Es ist bekannt, daß englische Testamente häufig ohne Satzzeichen abgefaßt werden, um einen Rechtsstreit zu vermeiden, der sich leicht aus durch falsche Interpunktion verursachten Ambiguitäten ergeben kann.[14]

3.5 Abdankungsszenen: *Edward II* und *Richard II*

Bei der unterrichtlichen Behandlung von Shakespeares Historien muß von Anfang an deutlich werden, daß die Historiker der elisabethanischen Zeit bei ihrer Darstellung geschichtlicher Ereignisse und Vorgänge gleichzeitig das politische Zeitgeschehen kommentierten. Parallelen wurden aufgezeigt; Elisabeth I insbesondere wurde mit Richard II verglichen, und es ist daher verständlich, daß die Abdankungsszene in den Ausgaben von Shakespeares *Richard II* bis zum Erscheinen der Fourth Quarto (1608), d. h. bis nach dem Tode der Königin, fehlte. Für das Verständnis dieses Stücks ist die Beschäftigung mit dem historischen Hintergrund unabdingbare Voraussetzung. Das Studium von Ausschnitten aus Holinsheds Chronik und deren Vergleich mit Szenen aus *Richard II* kann verdeutlichen, wie Shakespeare seine historischen Quellen verarbeitet und dramatisiert hat. Eines der Ziele der Interpretation dieser Historie muß sein, den Schülern die Erkenntnis zu vermitteln, daß die historischen, den Quellen entnommenen Fakten nicht nur den *plot* der Historie konstituieren, sondern in ihrem Zusammenwirken auch den tragischen Konflikt zwischen Richard und Bolingbroke begründen. Allerdings ist der Charakter Richards nicht allein historisch zu begreifen. Schon der *historische* King Richard ist für viele ein unlösbares Rätsel. So sah Winston Churchill in seinem Wesen „fantastic error and true instinct" vereint. Shakespeares Richard ist noch facettenreicher, ein „unripened Hamlet", wie W. B. Yeats formulierte.[15] In *Richard II* geht es nicht nur um die Frage, wie die Theorie der hierarchischen Ordnung mit der Forderung nach der Abdankung des schwachen Königs zu vereinbaren ist; es geht auch um den König selbst, dessen menschliche Qualitäten nach seiner Abdankung deutlich hervortreten und unsere Sympathien wecken. In Shakespeares *Richard II* sind die moralischen, politischen und sozialen Implikationen entscheidend; sie signalisieren den Unterschied zu früheren *chronicle plays.* So handelt es sich bei Marlowes *Edward II* um die „Tragödie" eines königlichen Versagers, fast um ein psychologisches Charakterstück mit viel Pathos, dessen Held ein dekadenter Renaissance-Herrscher ist, der durch eigene Schuld seinem machiavellistischen Gegenspieler unterliegt, sein Königtum verspielt und als Mensch am Ende nur noch Mitleid erregt.

Die Abdankungsszenen aus beiden Werken bieten sich für einen Vergleich besonders an. Gemeinsam ist beiden die erzwungene Aufgabe des königlichen Amtes, die in vergleichbaren Formulierungen zum Ausdruck kommt.

But what are kings when regiment is gone
But perfect shadows in a sunshine day?
Edward II (V. 1. 26-27)
God save King Henry, unking'd Richard days,
And send him years of sunshine days!
Richard II (IV. 1. 220-221)

Der hier schon wahrnehmbare Unterschied wird beim genauen Vergleich der beiden Szenen sehr viel deutlicher.[16]

Ah Leicester, weigh how hardly I can brook
To lose my crown and kingdom without cause,
To give ambitious Mortimer my right,
That like a mountain overwhelms my bliss,
In which extreme my mind here murthered is.
But what the heavens appoint I must obey;
Here, take my crown, the life of Edward too,
Two kings in England cannot reign at once;
But stay awhile, let me be king till night,
That I may gaze upon this glittering crown,
So shall my eyes receive their last content,
My head, the latest honour due to it,
And jointly both yield up their wished right.
Continue ever thou celestial sun,
Let never silent night possess this clime;
Stand still you watches of the element,
All times and seasons rest you at a stay,
That Edward may be still fair England's king.
But day's bright beams doth vanish fast away,
And needs I must resign my wished crown;
Inhuman creatures, nursed with tiger's milk,
Why gape you for your sovereign's overthrow?
My diadem I mean and guiltless life;
See, monsters, see, I'll wear my crown again;
What, fear you not the fury of your king?
But hapless Edward, thou art fondly led;
They pass not for thy frowns as late they did,
But seek to make a new-elected king,
Which fills my mind with strange despairing thoughts,
Which thoughts are martyred with endless torments,
And in this torment comfort find I none,
But that I feel the crown upon my head,
And therefore let me wear it year awhile.

Edward meint, daß er Krone und Reich "without cause" verliere. Wenigstens bis zum Abend möchte er noch König sein, die glänzende Krone betrachten, die kurze, ihm verbleibende Zeit seiner Herrschaft voll auskosten. Als Trussel von ihm eine ultimative Antwort auf die Frage verlangt, ob er denn nun zurücktreten werde oder nicht, wird er zornig, und für einen Augenblick scheint es, als würde er seine Entscheidung rückgängig machen. Dann aber läßt er, weil er selbst nicht die Kraft hat zu sprechen, durch Leicester verkünden, daß er abdanken werde. Doch er weigert sich zunächst, eigenhändig die Krone zur Verfügung zu stellen; seine – unschuldigen – Hände sollen mit der Freveltat nichts zu tun haben. Wer Mörder des Königs genannt werden wolle, der solle ihn entthronen. Schließlich legt er dann doch die Krone nieder und wünscht sich den Tod herbei.

Deutlich hebt sich das Ritual der Abdankung in Shakespeares *Richard II* von Edwards Rücktritt ab. Richard fordert Bolingbroke auf, gemeinsam mit ihm die Krone zu halten; er vergleicht die Krone mit einem Brunnen, gibt seine Macht auf, übergibt schließlich Henry Bolingbroke Krone und Zepter. Nicht nur durch das Zeremoniell selbst, auch durch die hier verwendete Sprache mit dem Wortspiel auf *care*, mit den Ambiguitäten von *Ay* und *I* und mit der Bildersprache (*well; buckets*) wird der Unterschied zu Marlowes *Edward II* deutlich, dessen Fall das logische und unausweichliche Ergebnis von Charakterfehlern ist, während Richard auf Kosten seiner Herrschaft zur Erkenntnis seiner eigenen Menschlichkeit gelangt.

4. *Schlußbemerkungen: Verbindungslinien zum modernen Drama*

Die Behandlung des „englischen Dramas vor Shakespeare" ist im Unterricht der Sekundarstufe II vor allem deshalb gerechtfertigt, weil auf diese Weise die Geschichtlichkeit der Shakespeare-Dramen durch *dramatische* Texte erschlossen wird und nicht durch die Vermittlung von *dates and facts*, die aus einschlägigen Handbüchern für didaktische Zwecke „herausdestilliert" wurden. Häufig ist der direkte Hinweis auf Parallelen zwischen dem Shakespeare-Text und vor-Shakespeareschen Stücken lohnend und für den Interpretationsvorgang nützlich. Auch von modernen Dramen lassen sich Verbindungslinien zu spätmittelalterlichen Vorläufern ziehen. Dies gilt insbesondere für die angloamerikanischen *morality plays*, die im Laufe unseres Jahrhunderts eine Renaissance erlebten. William Poel, der als Begründer der Elizabethan Stage Society bekannt ist und elisabethanische Stücke unter elisabethanischen Bedingungen aufführen ließ, inszenierte am 13. Juli 1901 *Everyman* im mittelalterlichen Rahmen, im Master's Courtyard of the Charterhouse. Seither ist dieses *morality play* in Opern und Kantaten umgesetzt und häufig in Schulen aufgeführt worden. Die Offenheit des Werks forderte geradezu moderne Versionen und Adaptationen heraus. Shaw schuf in *Man and Superman* die Figur der Everywoman in der Gestalt der Ann Whitefield: „As I sat watching Everyman at the Charterhouse I said to myself Why not Everywoman? Ann was the result: every woman ist not Ann; but Ann is Everywoman".[17] Bei der unterrichtlichen Behandlung von *Man and Superman* müßte verdeutlicht werden, wie sich Züge des Everyman mit der Life Force verbinden, die durch Ann Whitefield verkörpert wird. T. S. Eliots *Murder in the Cathedral* weist ebenfalls auf *Everyman* zurück, und Eugene O'Neills *The Iceman Cometh* ist eine Allegorie, um nicht zu sagen eine Moralität. Der moderne Everyman, dessen Erlösung zweifelhaft ist, begegnet uns bei Thornton Wilder, und von Sean O'Casey ist bekannt, daß er von *Everyman* wußte, das Stück ablehnte,[18] aber sein 1933 geschriebenes Drama *Within the Gates* im Untertitel „A Morality in Four Acts" nannte.

So gibt es bei der Interpretation moderner Dramen im Englischunterricht Anlässe genug, an die Moralitätentradition anzuknüpfen. Schon ein einfaches *play*, das häufig zur Einführung in die Dramenlektüre gelesen wird, bietet sich dazu an: J. B. Priestleys *An Inspector Calls*, von dem Robert Speaight sagt: „It is quite frankly a modern morality and its characters, though they are never real, are typical rather than exceptional people".[19]

Anmerkungen

[1] Robert Potter, *The English Morality Play* (London and Boston, 1975), p. 7.

[2] Ibid., p. 8.

[3] Cf. Ewald Standop/Edgar Mertner, *Englische Literaturgeschichte* (Heidelberg, 1967), p. 152.

[4] Cf. H.-J. Diller, „Das mittelalterliche Drama von den Misterien- und Mirakelspielen zu den Moralitäten" in *Das Englische Drama*, ed. J. Nünning (Darmstadt, 1973), p. 51.

[5] Ibid., p. 55.

[6] Ibid., p. 55.

[7] Cf. Potter, op. cit., pp. 113–115.

[8] Martial Rose, ed., *The Wakefield Mystery Plays* (London, 1961), pp. 77–92. Der hier zitierte Ausschnitt findet sich auf den Seiten 82–83.

[9] Charles Marowitz, *The Shrew* (London, 1975), p. 19.

[10] Rainer Lengeler, „‚Scourge and minister': Zur Nachwirkung der Moralitäten in *Hamlet* III, 4", in *Deutsche Shakespeare-Gesellschaft West. Jahrbuch 1978/1979*, ed. Hermann Heuer (Heidelberg, 1978), pp. 100–113.

[11] J. S. Farmer, ed., *The Summoning of Everyman.* Early English Drama Society (London, 1906), pp. 1–2.

[12] Thomas Norton and Thomas Sackville, „The Tragedy of Ferrex and Porrex", in *The Dramatic Writings of Richard Edwards, Thomas Norton and Thomas Sackville,* ed. J. S. Farmer, Early English Drama Society (London, 1906), pp. 93–94.

[13] Nicholas Udall, „Ralph Roister Doister", in *Five Pre-Shakespearean Comedies* (Early Tudor Period), ed. F. S. Boas (London, 1934), pp. 165–166; pp. 172–173.

[14] Cf. Susanne Turck, „Shakespeare: A Midsummer Night's Dream. Handreichungen für den Lehrer", in *Der neusprachliche Unterricht in Wissenschaft und Praxis* 8, ed. E. Zellmer (Dortmund, 1963), pp. 58–59.

[15] Cf. Arthur Mizener, ed., *Teaching Shakespeare.* A Mentor Book (New York/Toronto/London, 1969), p. 272.

[16] Die hier abgedruckte Stelle aus *Edward II* ist zitiert nach: Christopher Marlowe, *Edward the Second,* ed. W. M. Merchant (London, 1967), pp. 84–85.

[17] *The Complete Prefaces of Bernard Shaw* (London, 1965), p. 161.

[18] Cf. Robert Hogan, *The Experiments of Sean O'Casey* (New York, 1960), p. 12.

[19] Cf. Robert Speaight et al., *Drama Since 1939,* vol. 2, (London, 1949).

Bibliographie

I. Bibliographische Information

Wells, Stanley, ed. *English Drama (excluding Shakespeare). Select Bibliographical Guides.* London, 1975.

II. Textausgaben

(in Ergänzung zu den in den Anmerkungen verzeichneten Texten)

Abrams, M. H. et al., eds. *The Norton Anthology of English Literature.* 3rd ed. New York, 1974.

Adams, J. Q., ed. *Chief Pre-Shakespearean Dramas.* Boston, 1924.

Cawley, A. C., ed. *The Wakefield Pageants in the Towneley Cycle.* Reprinted. Manchester, 1975.

Everyman starring Burgess Meredith (Schallplatte). Monuments of Early English Drama. Caedmon Literary Series, TC 1031.

III. Spezialuntersuchungen

Bradbrook, M. C. *The Growth and Structure of Elizabethan Comedy.* London, 1955.

Craig, Hardin. *English Religious Drama of the Middle Ages.* Oxford 1955.

Farnham, Willard. *The Medieval Heritage of Elizabethan Tragedy.* Oxford, 1956.

Habicht, Werner. *Studien zur Dramenform vor Shakespeare: Moralität, Interlude, Romaneskes Drama.* Anglistische Forschungen, 96. Heidelberg, 1965.

Hardison, O. B. *Christian Rite and Christian Drama in the Middle Ages.* Baltimore, 1968.

Margeson, J. M. R. *The Origins of English Tragedy.* Oxford, 1967.

Potter, Robert. *The English Morality Play.* Origins, History, and Influence of a Dramatic Tradition. London, 1975.

Rossiter, A. P. *English Drama from Early Times to the Elizabethans.* London, 1950.

Steane, J. B. *Marlowe: A Critical Study.* Cambridge, 1964.

Thomsen, C. W. „Von den Interludien bis zu Marlowes Tod." *Das Englische Drama.* Ed. Josefa Nünning. Darmstadt, 1973. 67–140.

Wolf, Rosemary. *The English Mystery Plays.* London, 1972.

FRIEDRICH UNGERER

Der Shakespeare-Kanon für den Schulunterricht

0. *Vorbemerkung*

„Früher soll es zwei ‚Shakespeare-Typen' unter den Lehrern gegeben haben: Typ 1 las *Macbeth*, Typ 2 *Julius Caesar* und das ein Leben lang." Dies von Arndt zitierte[1] und mehrfach aufgenommene Bonmot kann seine Wirkung vor allem deshalb nicht verfehlen, weil es trotz seiner Überzeichnung auch die heutige Situation noch illustriert: Wie Erhebungen bei Fortbildungstagungen und Shakespeare-Seminaren,[2] Umfragen bei Anglistikstudenten[3] und, soweit sie sich festlegen, die Lehrpläne[4] bestätigen, sind *Macbeth* und *Julius Caesar* nach wie vor die verbreitetsten Shakespeare-Lektüren an unseren Schulen; erst mit Abstand folgen die Tragödien *Othello*, *Hamlet*, *King Lear*, *Romeo and Juliet* und *Coriolanus;* von den Komödien wird meist nur *The Merchant of Venice* genannt, seltener *A Midsummer Night's Dream* and *Twelfth Night*, von den Historien ist kaum die Rede.

Das Zitat wirft aber auch ein gewisses Licht auf die Art, in der die nun schon seit fast einem Jahrhundert währende Diskussion um den Shakespeare-Kanon oft in der fachdidaktischen Auseinandersetzung geführt wurde. Da ist von „unbegründeter Verengung des Kanons auf das tragische Genre" und „Verzerrung des Shakespeare-Bilds"[5] die Rede, da wird als Grund für die Tatsache, daß heute noch dieselben Dramen bevorzugt werden wie am Ende des vergangenen Jahrhunderts „unreflektierte Tradition" zumindest in Erwägung gezogen.[6] Manches dieser Urteile mag erklärlich sein aus der Enttäuschung des Shakespeare-Forschers und Shakespeare-Kenners, der das Werk des Dramatikers in seiner ganzen Breite, in der Vielfalt seiner gattungsmäßigen Ausformungen, der Fülle seiner thematischen, sprachlichen und dramatischen Interpretationsmöglichkeiten vor Augen hat. Es zeugt aber nicht unbedingt von Verständnis für die Situation, in der sich der Lehrer befindet, der mit der Lektüre eines einzigen Dramas nicht nur den Zugang zu Shakespeares Werk eröffnen soll, sondern der dabei auch noch eine Reihe allgemeiner Lernziele, unterrichtliche Vorbedingungen und Motivierungsprobleme zu berücksichtigen hat.

Nun muß man allerdings zugestehen, daß es die Vertreter der Schule in ihren Publikationen der Shakespeare-Forschung nicht leicht gemacht haben, in ein fruchtbares Gespräch über den Dramen-Kanon einzutreten. Indem sie bei der Entscheidung für *Macbeth* oder *Julius Caesar* meist in getreuer Reflexion geistesgeschichtlicher Strömungen historisierende, moralisierende und existenz-philosophische Begründungen oder auch schlicht die subjektve Wertung in den Vordergrund stellten und dabei mit großen Worten wie „Lebenshilfe“ und „Schule wahrer Menschlichkeit“ nicht geizten,[7] haben sie sich ihrer legitimen Argumentationsbasis begeben. Nur am Rande nämlich ist von didaktisch-methodischen Auswahlkriterien wie Umfang, sprachliche Schwierigkeit, Handlungskomplexität, usw. die Rede, die sonst bei der Selektion von Texten angelegt werden. Häufig werden diese Aspekte nur als Einleitung und Rechtfertigung für die Einzelinterpretation des gewählten Dramas benutzt,[8] was der objektiven Anwendung dieser Kriterien nicht gerade förderlich ist. Auch in Publikationen, die die Kanondiskussion in den Mittelpunkt stellen, werden solche Argumente zwar erwähnt, aber nicht weiter verfolgt,[9] die eigentliche Auswahl wird mit den schon erwähnten ‚höheren‘ Kriterien begründet, Kriterien also, die man, soweit sie durch die Entwicklung relativiert sind, genießerisch belächeln kann, wie etwa Münchs Besorgtheit um das moralische Wohl der Schüler,[10] denen man aber, soweit sie noch heute vorgebracht werden, mit Sachargumenten kaum begegnen kann.

Wenn die Diskussion um den Kanon konkrete Ergebnisse zeitigen soll, ist deshalb eine Versachlichung unabdingbar. Ausgehend von der curricularen Entscheidung, daß die Lektüre nur eines einzigen Shakespeare-Dramas vorzusehen ist,[11] sollte man sich zunächst die bereits angesprochen didaktisch-methodischen Kriterien, die zum Handwerkszeug jedes Lehrers bei der Textauswahl gehören, einzeln vornehmen; man sollte sie daraufhin überprüfen, inwieweit sie sich für einen didaktisch orientierten Vergleich von Shakespeare-Dramen eignen, welche der daraus resultierenden Fragestellungen sich heute beantworten lassen oder überhaupt beantwortbar erscheinen und welche Schlüsse diese Antworten zulassen. Natürlich wäre es ideal, wenn sich die Diskussion der Vergleichskriterien auf die „chronologischen Tagebücher“ von Unterrichtsversuchen stützen könnte, die Finkenstaedt vorschlägt.[12] Solange diese Materialien aber nicht in ausreichendem Maß vorliegen,[13] dürfte es zumindest ein erster Schritt zur Versachlichung der Diskussion sein, wenn man die in der fachdidaktischen Literatur verstreuten vergleichenden Beobachtungen sammelt, durch eigene Erfahrungen ergänzt und auf Leerstellen aufmerksam macht; dies soll hier zunächst versucht werden.

1. *Das Umfangskriterium*

Daß Shakespeares Dramen, zum Teil aufgrund der unterschiedlichen textlichen Überlieferung, verschiedenen Umfang haben, wird den Lehrer, der sich stets mit einer stofflichen Überfülle konfrontiert sieht, nicht unbeeinflußt lassen, auch wenn es dem Shakespeare-Kenner banal erscheinen mag. So wurde die Wahl von *Macbeth* und *Julius Caesar* unter anderem mit dem geringen Umfang begründet, während *Hamlet, King Lear* und *Coriolanus* als ‚zu lang' empfunden wurden.[14] Daß sich selbst hier offensichtliche Vorurteile in die Diskussion einschleichen können, zeigt Schubels Feststellung, daß von einigen Lehrern *The Merchant of Venice* als zu umfangreich bezeichnet wurde.[15] Tatsächlich ist dieses Drama kaum länger als *Julius Caesar* – und erst recht müßte der geringe Umfang zugunsten anderer Komödien wie *A Midsummer Night's Dream* und *The Two Gentlemen of Verona* ins Gewicht fallen, die in der Länge etwa *Macbeth* entsprechen.[16]

Natürlich kann der Umfang eines Dramas nur Anhaltspunkt für die Dauer der Lektüre sein, die den Lehrer eigentlich interessiert, und die entscheidend von der Wahl der Lektüreform abhängt.[17] Dehnt man bei einem längeren Drama die kursorische Lektürephasen etwas aus, so wird sich die Umfangsdifferenz nur marginal auf die für die Behandlung des Dramas nötige Stundenzahl auswirken; bei der verbreiteten Verwendung der deutschen Übersetzung für die kursorische Lektüre dürfte der zusätzliche Aufwand für die häusliche Vorbereitung kaum ins Gewicht fallen. Immerhin sollte man festhalten, daß, auch wenn man die objektive Länge des Dramas als Maßstab wählt, sich eine Reihe von Komödien mindestens ebenso zur Lektüre empfehlen wie *Macbeth* oder *Julius Caesar*.

2. *Das Kriterium der sprachlichen Schwierigkeit*

Eng verknüpft mit dem Umfangskriterium ist das der sprachlichen Schwierigkeit. Hier soll nicht auf die generelle Diskussion eingegangen werden, ob die historische Sprachstufe der Shakespeare-Dramen dem Schüler im Englischunterricht überhaupt zugemutet werden kann,[18] sondern – dem Thema entsprechend – nur auf eventuelle Unterschiede zwischen den einzelnen Dramen. Zu dieser Frage enthält die Literatur nur spärliche Hinweise. So wird, was die Tragödien betrifft, *Julius Caesar* als sprachlich relativ einfach charakterisiert,[19] *Hamlet* sowie *Antony and Cleopatra* gelten als schwierig,[20] zu *Macbeth* und *Othello* finden sich keine Angaben. Pauschaler ist das Urteil von Hombitzer, die die Komödien für „sprachlich weniger dicht" hält, den Tragödien aber eine „hohe Komplexität der Sprache"[21] zuschreibt. Wie aber ist diese Komplexität aufzufassen? Denkt Hombitzer nur an die großen Monologe mit ihrer die syntaktischen Grenzen sprengenden Bildersprache? Ist es so, daß – entsprechende lexikalische Hilfen vorausgesetzt – diese ineinanderfließenden Bilder, ja generell die Sprache der Tragödien sich dem Schüler schwerer erschließt als etwa eine Folge von Wortspielen, wie sie für eine Reihe von Komödien so typisch und zentral sind – man denke an *Love's Labour's Lost* oder, im Rahmen einer realistischeren Kanonwahl, an die Figur des Feste in *Twelfth Night*. Die Bemerkung Straumanns,[22] daß die Überwindung der rein sprachlichen Schwierigkeiten gerade bei den Komödien schwer falle, sollte uns zur Vorsicht mahnen, vielleicht auch der auf der Erfahrung englischer *O-level*-Kurse beruhende Hinweis Dysons: "In the great comedies almost everything depends on the ability to respond to poetry and fantasy."[23] Wie schließlich sieht es bezüglich der sprachlichen Schwierigkeiten aus, mit denen der Schüler beim Gebrauch deutscher Übersetzungen konfrontiert ist – auch sie sind ja nicht völlig abzustreiten. Ergeben sich hier Unterschiede zwischen den einzelnen Dramen? Kann der Schüler bei einer Tragödie eher auf seine Leseerfahrungen mit deutschen Dramen zurückgreifen als bei den Komödien? Gerade in diesem Bereich macht sich das Fehlen einschlägiger Untersuchungen schmerzlich bemerkbar. Was dabei nottäte, wäre nicht die exemplarische Analyse einiger weniger Textpassagen auf der Basis irgendeines linguistisch definierten Komplexitätsbegriffs, auch nicht die von Finkenstaedt beschworenen statistischen Eskapaden,[24] sondern z. B. eine vergleichende Aufschlüsselung der Annotationen in verschiedenen Bänden von möglichst einheitlich redigierten Schulausgaben, außerdem natürlich die schon erwähnten detaillierten Erfahrungsberichte von Unterrichtsversuchen. Solange diese Materialien fehlen, sollte man Hinweise auf den unterschiedlichen Schwierigkeitsgrad von Shakespeare-Dramen nur sehr zögernd als didaktisches Auswahlkriterium heranziehen.

Im übrigen hat der Schüler bei der Shakespeare-Lektüre nicht nur mit rezeptiven, sondern auch mit sprachproduktiven Problemen fertigzuwerden, wenn man bedenkt, daß das Unterrichtsgespräch ausschließlich oder zumindest überwiegend in englischer Sprache ablaufen soll. Wiederum stellt sich die Frage, ob die Entscheidung für ein bestimmtes Shakespeare-Drama diese Probleme vergößert oder verringert. Was die dramatischen, aufführungsbezogenen Aspekte betrifft, so dürfte die

Kanonwahl kaum ins Gewicht fallen. Welches Drama man auch aussucht, stets wird lexikalisch manches nachzutragen sein. Bezüglich der thematischen Diskussion könnte man vermuten, daß durch die Bevorzugung soziologisch-politischer Sachtexte im Englischunterricht der Schüler sprachlich besser auf die Behandlung von Problemen wie Staatsform, Diktatur, Rebellion, Manipulation der Massen, Bürgerkrieg[25] vorbereitet ist, daß er Reflektionen zu Gerechtigkeit, Gnade, der Liebesthematik[26] weniger leicht in der Fremdsprache artikulieren kann; dies würde etwa für die Wahl von *Julius Caesar*, in geringerem Maß für einige Historien sprechen, vor allem aber gegen die Komödien. Freilich läßt man sich hier bereits auf gefährliche Spekulationen ein, im Grunde fehlen auch im produktiven Bereich beim augenblicklichen Kenntnisstand die Maßstäbe für eine verläßliche Beurteilung sprachlicher Schwierigkeiten.

3. *Die Kriterien der Handlungskomplexität und Figurenvielfalt*

Wie in jeder anderen Hinsicht, sind Shakespeares Dramen auch bezüglich der Handlungsstruktur durch eine große Mannigfaltigkeit gekennzeichnet. Sie in ihren verschiedenen Ausprägungen zu analysieren und zu werten, ist Aufgabe der Forschung, kann aber durchaus auch als Ziel für die schulische Interpretation eines Shakespeare-Dramas gewählt werden. Im Rahmen der Kanonfrage erscheint die Handlungsstruktur zunächst unter einem anderen Aspekt, der nichts mit ästhetischer Wertung zu tun hat, dem der Zugänglichkeit. Auf ihn spielt wohl Hagemann an, wenn er den „Inhalt" von *Macbeth* für „leicht verständlich" hält;[27] deutlicher drückt dies Lott aus, indem er feststellt:

> *Macbeth* is perhaps the easiest to follow of all Shakespeare's plays. It is constructed in such a way that almost everything which takes place refers directly to the main story, that of Macbeth's rise to power and downfall.[28]

Läßt sich der äußere Handlungsablauf eines Dramas leicht nachvollziehen, so kann dies für seine schulische Behandlung in zweifacher Weise nützlich sein: Einmal erleichtert es dem Schüler das „Hineinfinden" in die Handlung. Zwar darf man annehmen, daß ein Kollegiat der reformierten Oberstufe, vor allem wenn er von der deutschen Übersetzung ausgeht, durchaus imstande ist, eine mehrsträngige komplexe Handlungsstruktur zu durchdringen; er wird diese Aufgabe aber doch vielleicht als eine Belastung empfinden, die sich negativ auf seine Haltung dem Drama gegenüber auswirken kann. Zum andern vereinfacht eine leicht zugängliche Handlungsstruktur auch die spätere Orientierung im Drama. Da die Shakespeare-Lektüre in der Schule unter dem Diktat des Stundenprinzips auf verschiedene Unterrichtseinheiten verteilt wird, muß sich der Schüler in jeder Stunde erneut im Handlungsablauf zurechtfinden. Man braucht nur einen Theaterbesucher, der seinen Shakespeare nicht schon im Kopf hat, nach dem Besuch der entsprechenden Aufführung zu bitten, eine Szene in den Ablauf des Dramas einzuordnen, um zu sehen, daß hier doch wesentliche Unterschiede etwa zwischen A *Midsummer Night's Dream* und *Macbeth* bestehen. Natürlich kann der Lehrer in jeder Stunde im Unterrichtsgespräch diese Orientierung herbeiführen; die Frage ist nur, wieviel Zeit er darauf verwenden will, und ob er damit wirklich bei allen Schülern klare Vorstellungen schafft.

Was sind nun die konkreten Merkmale, die den Handlungsablauf eines Shakespeare-Dramas leichter oder schwerer erschließbar machen? Sicher spielt die Zahl der Handlungsstränge eine Rolle, ebenso ihre Aufteilung auf verschiedene Personengruppen und Schauplätze. Wiederum erweisen sich – im Rahmen der einsträngig konzipierten Tragödien[29] – *Macbeth* und *Julius Caesar* als relativ unproblematisch; auch in den letzten beiden Akten dieser Dramen, in denen die Handlung deutlich auf verschiedene Personengruppen aufgesplittert ist, läßt sich die Zuordnung der einzelnen Szenen leicht vollziehen, während dies z. B. bei *Hamlet* schwieriger sein könnte. In den Komödien und Historien dagegen ist die Handlungsführung durchwegs mehrsträngig aufgebaut, wobei *sub plot* und *main plot* zum Teil nebeneinander herlaufen, sich aber dann unerwartet auf komplizierte Weise verschränken – man denke an *As You Like It*.[30] Daß dahinter bei den Komödien eine bewußte Symmetrie der Verknotung und Entwirrung der Handlungsfäden steckt, durchschaut der Schüler bei der Lektüre nicht unbedingt; ähnliches gilt für das Kompositionsprinzip des thematischen Bezugs, das die meisten Historien kennzeichnet.

Erleichtert wird der Zugang zum Drama auch, wenn der Handlungsablauf durch eine Vielzahl äußerer Ereignisse markiert ist, die sich schon rein oberflächlich deutlich voneinander abheben, wie dies in *Julius Caesar*, *Macbeth* und *Hamlet* der Fall ist. Bei *Othello* dagegen haben erfahrungsgemäß manche Schüler Schwierigkeiten, die verschiedenen Phasen von Iagos Intrige zu unterscheiden, und sich so in den späteren Akten des Dramas zurechtzufinden.[31] Erst recht gilt dies für die Historien, wo – wie in *Richard III* – die einzelnen Phasen des äußerst bewegten Geschehens häufig von ähnlicher Art sind.

Eine größere Rolle dürfte bei den Historien allerdings das umfangreiche Personeninventar spielen. Hinderlich für den Zugang wirkt hier nicht nur die große Zahl der Figuren, mehr noch fallen die Schwierigkeit und Länge der Namen,[32] der Wechsel zwischen Namen und Titel sowie die komplexen Familienbeziehungen ins Gewicht, die den in dieser Gattung unerfahrenen Leser leicht in Verwirrung bringen.

In den Komödien treten durchwegs nicht mehr Personen auf als in den Tragödien, meist sogar weniger. Soweit die Figuren den mittleren und höheren Gesellschaftsschichten angehören, sind sie aber – wie etwa die Liebhaber in *A Midsummer Night's Dream*[33] – oft weniger deutlich durch äußere Merkmale und Handlungen voneinander unterschieden als die Hauptcharaktere und die bedeutsameren Nebenfiguren in den Tragödien. Dazu kommen Probleme, die sich durch die häufigen Verkleidungsstrategien und Verwechslungssituationen ergeben. So kann gerade das, was den vom Dramatiker intendierten Reiz der Komödien ausmacht, bei den im komischen Genre meist wenig bewanderten Schülern zu einem gewissen Lektürehindernis werden.

Überblickt man nach diesem kursorischen Durchgang Shakespeares Dramen unter den besprochenen Gesichtspunkten, so wird es vielleicht verständlicher, warum der Lehrer, der den gegebenen oder vermuteten Schwierigkeiten aus dem Weg gehen will, sich für *Macbeth* oder *Julius Caesar* entschließen wird. Andererseits kann man nicht behaupten, daß sich irgendeines der Shakespeare-Dramen in seiner Handlungsstruktur dem Schüler völlig verschließt; stets läßt sich durch rechtzeitige zusätzliche Information der Zugang ermöglichen, sei es durch die Vorgabe von Handlungsdiagrammen und dynastischen Stammbäumen, sei es – dies gilt vor allem für die Komödien – durch Hinweise auf die Herr-Diener-Beziehung und die generelle Symmetrie der Personenkonstellation.

4. *Das Kriterium der „kulturellen Distanz"*[34]

Auch wenn Shakespeares Werk immer wieder als ‚zeitlos' bezeichnet wurde, so zeigen die Ergebnisse der Shakespeare-Forschung doch in fast überdeutlicher Weise, wie sehr seine Dramen in der elisabethanischen Epoche verankert sind. Daß Informationen über die politischen und soziologischen Zeitumstände, über literarische Konventionen, Aufführungsmodalitäten und Zuschauererwartung, um nur einige Bereiche zu nennen, auch für die schulische Interpretation jedes Shakespeare-Dramas förderlich sind, wird heute weniger bestritten als noch vor einigen Jahren. Für die Bestimmung des Kanons ist vor allem bedeutsam, ob diese Information für alle Dramen gleich nötig ist, ob sich die kulturelle Distanz also bei jedem Shakespeare-Drama in gleichem Maß bemerkbar macht oder ob Unterschiede bestehen.

Beginnen wir mit einem extremen Beispiel, den Historien. Hier wird die kulturelle Distanz für den Schüler in doppelter Weise spürbar. Einmal wird er mit einem historischen Stoff, der mittelalterlichen englischen Geschichte, konfrontiert, die durch die Betonung der ‚öffentlichen' Aspekte auch bewußt als Geschichte empfunden wird;[35] dieser Stoff wiederum wird ihm in der Brechung durch eine – allerdings problematisierte – Geschichtsauffassung der Tudorzeit präsentiert.[36] Es ist unwahrscheinlich, daß der heutige Schüler mit diesen geschichtlichen Gegebenheiten schon früher in Berührung gekommen ist. Der Englischunterricht ist auf der Mittelstufe weitgehend enthistorisiert, zumindest wenn man die neueren Lehrbücher zugrundelegt; auch der Geschichtsunterricht, der vom exemplarischen Prinzip dominiert ist, wird die entsprechenden Perioden der englischen Geschichte kaum berühren. Zwar kann der historische Kontext durch zusätzliche Informationen vor und während der Lektüre verständlicher gemacht werden; durch entsprechende Texte kann man auch dem Schüler das Spektrum der Gesellschafts- und Ordnungsvorstellungen der Shakespeare-Zeit erläutern.[37] Trotzdem bleibt der Einwand von Haas bestehen, daß „die hierarchisch geordnete Gesellschaft der Historien für uns Geschichte und nicht politische Wirklichkeit, das Wort ‚degree' eher museal als aktuell [ist]"[38] – und diese Feststellung wird in unseren Schulen nicht immer, wie von Haas, als „pädagogische Herausforderung" verstanden, als Aufforderung zur historischen Rückbesinnung. Im Grunde ist damit heute in der Kanondiskussion die Gegenposition zu der um die Jahrhundertwende vertretenen Ansicht erreicht, nach der die Lektüre der Historien gerade wegen ihres geschichtlichen Inhalts propagiert wurde.[39]

Im übrigen müssen die bisherigen Aussagen zu den Historien in der richtigen Perspektive gesehen werden. Wie erfolgreiche Aufführungen von *Richard III* und *Richard II* und sogar der York-Tetralogie in der Gegenwart beweisen, üben diese Dramen im Theater auch beim geschichtlich weniger versierten Zuschauer heute noch ihre Wirkung aus.[40] Bei den Überlegungen zum schulischen Kanon muß aber berücksichtigt werden, daß das Drama im Unterricht trotz möglicher Schallplatten- und Tonbandvorführungen zunächst als Text vorliegt, der nicht nur verstanden, sondern auch besprochen werden soll. Deshalb wird man bei der unterrichtlichen Behandlung zur Erleichterung des Zugangs und der Diskussion auf zusätzliche Informationen und Materialien nicht verzichten können.

Anders verhält es sich bei den Tragödien, obwohl auch die meisten von ihnen ‚geschichtliche' Stoffe behandeln. Im Vergleich zu den Historien wird bei den Tragödien die kulturelle Distanz gleichsam ‚überspielt'. Dies gilt auch – wenngleich aus ganz unterschiedlichen Gründen – für die in der Schule bevorzugten Dramen *Julius Caesar* und *Macbeth*. *Julius Caesar* befaßt sich zwar mit geschichtlichen Vorgängen, doch sind diese auch dem heutigen Schüler vertraut, ihre historische Relevanz leuchtet ihm ein (für die anderen Römerdramen trifft dies wohl in geringerem Maß zu). Den Stoff von *Macbeth* empfindet der Schüler – ähnlich wie im Fall von *Hamlet* – nicht als kontextheischende historische Darstellung von Geschichte; das Studium von Holinsheds Bericht wird deshalb immer eine interessante Zutat, nicht aber notwendiger Bestandteil der unterrichtlichen Behandlung von *Macbeth* sein. Schließlich ist zu Recht betont worden, daß die Tragödien im Vergleich zu den Historien die private, menschliche Sphäre mehr in den Vordergrund rücken,[41] daß sie den Stoff also auch in dieser Hinsicht aus seiner geschichtlichen Bedingtheit herauslösen. Natürlich läßt sich auch die Thematik der Tragödien aus den Gegebenheiten der Shakespeare-Zeit heraus interpretieren, doch ist auch ohne entsprechende Vorkenntnisse eine breite thematische und charakterorientierte Diskussion im Unterricht möglich, zu der der Schüler selbst Anregungen beisteuern kann. Man muß nicht völlig der gängigen fachdidaktischen Konzeption der Gesprächsanlässe und kommunikativen Lernziele verfallen sein, um zu sehen, daß die Tragödien so in besonderem Maß den Schüler zur aktiven Teilnahme an der gemeinschaftlichen Reflexion über das Drama auffordern, die ein Merkmal unterrichtlicher Rezeption ist. Daß dabei gegenwartsbezogene Aspekte mit berücksichtigt werden können, ist selbstverständlich, wenn auch vor allzu penetrant und gequält wirkenden Aktualisierungen zu warnen ist – Beispiele wären etwa die von Schwamborn vorgeschlagene Kontrastierung von Caesar und Hitler bzw. die Interpretation von *Julius Caesar* unter der Dichotomie von Demokratie und Kommunismus.[42] Zumindest sollte man sich bei der Wahl des Dramas nicht allein von solchen aktualisierenden Erwägungen leiten lassen; denn wie die Unterrichtspraxis zeigt, sind selbst einleuchtende aktuelle thematische Parallelen oder Transfermöglichkeiten meist nur ‚Aufhänger', deren Diskussion bestenfalls eine Unterrichtsstunde füllt, von denen aber ein Großteil der Interpretationsarbeit unberührt bleibt.

Ähnliches gilt für die übergreifenden Themen, wie sie vor allem im Rahmen der curricularen Modelle für die reformierte Oberstufe angeboten werden. Rahmenthemen wie „Rebellion of youth" oder „Society and its outsiders"[43] mögen zwar dem Systemdrang der Unterrichtsplanung entgegenkommen, werden aber kaum soviel zur Substanz der Interpretation beitragen, daß sie allein zur Grundlage der Dramenauswahl gemacht werden sollten.

Ertragreicher ist dagegen die kontrastive Betrachtung von Shakespeare-Dramen und modernen Adaptationen, die ja ebenfalls als Reaktivierung, als Versuch der Überwindung der kulturellen Distanz verstanden werden kann.[44] Wie die Beiträge dieses Bands zu *Romeo and Juliet*, *Hamlet* und *Coriolanus* zeigen,[45] ergibt sich eine Fülle von Vergleichsmöglichkeiten und methodischen Wegen. Freilich sollte man, wenn man den kontrastiven Ansatz zum Hauptkriterium der Kanonentscheidung macht, den Vergleich nicht nur zur einleitenden Motivierung der Shakespeare-Lektüre oder zu ihrer abschließenden Aktualisierung heranziehen; vielmehr muß der Vergleich die Behandlung des ganzen Shakespeare-Dramas begleiten und möglichst viele Interpretationsaspekte durchdringen.

Während wir uns bisher auf Historien und Tragödien konzentrierten und dabei eine unterschiedliche kulturelle Distanz feststellten, vergleicht Straumann Tragödien und Komödien und postuliert dabei für die Komödien eine größere kulturelle Distanz, wobei er vom „jugendlichen Leser" ausgeht.[46] Nun spiegeln, wie die Forschung nachweist,[47] auch die Komödien elisabethanische Gesellschafts- und Wertvorstellungen wider, doch scheint dies dem Erfassen der Handlung, ihrer komischen Effekte und sonstigen dramatischen Wirkungen, kein Hindernis in den Weg zu legen, auch wenn sich in den Augen historisch orientierter Forscher manches Mißverständnis einschleichen mag. Spürbar kann die kulturelle Distanz allerdings bei einer thematischen Diskussion der Komödien im Unterricht werden, doch lassen sich die Aussageanliegen der Komödien ohnehin in der Schule weniger leicht herauskristallisieren, von den schon erwähnten Schwierigkeiten der Versprachlichung einmal abgesehen. Vielleicht meint Straumann auch nicht so sehr die durch sachliche Informationslücken und unterschiedliche Denkansätze geprägte „intellektuelle Distanz", auf die wir bisher unser Augenmerk richteten, und will mehr auf die allgemeine Haltung gegenüber Komödie und Tragödie anspielen, die wir im folgenden Abschnitt unter den Begriffen der Sympathie und des Engagements zu fassen suchen.

5. *Die Kriterien der Spannung, der Sympathie und des Engagements*

Die Wahl von *Macbeth* und *Julius Caesar* als Schullektüre wurde u. a. mit „exciting plot" und „unablässiger Spannung" begründet.[48]

Während der erste Begriff auch im Sinn einer werkimmanenten Interpretation verstanden werden kann, führt der zweite eindeutig in den Kreis der Kriterien, die die Interaktion von Rezipient und Werk beschreiben. Dabei bezieht sich die Spannung auf die „linear-sequentielle Ablaufstruktur des Textes“,[49] und hier wiederum auf den Ausgang der Handlung, den dabei eingeschlagenen Weg, die Art der Charakterentfaltung, wobei Shakespeare in seinen Dramen vor allem die beiden letztgenannten Formen virtuos zu handhaben weiß.[50] Spannung, so müßte man meinen, sollte demnach ein hervorragendes Mittel sein, um den Schüler zur Lektüre, besonders zum Weiterlesen zu motivieren; die Kanonentscheidung müßte sich also mit der Suche nach dem ‚spannungsreichsten‘ Shakespeare-Drama verbinden. Damit verfällt man jedoch in einen Trugschluß: Die Spannung eines Dramas realisiert sich nämlich nur bei einer Aufführung, eventuell auch bei einer zusammenhängenden ungestörten Lektüre. Es wäre eine Illusion anzunehmen, daß in der notwendigerweise sezierenden Behandlung im Unterricht Spannung unmittelbar wirksam werden könnte; hier läßt sie sich bestenfalls in ihren auslösenden Momenten und Wirkungen auf den Dramenaufbau beschreiben, also reflektierend aufnehmen, verliert aber damit ihre eigentliche motivierende Kraft.

Von verschiedenen Spannungszuständen abgesehen, ist die Reaktion des Zuschauers im Theater auch durch Sympathie und Antipathie gekennzeichnet. Im Gegensatz zur Spannung sind diese beiden Reaktionen nicht an bestimmte Rezeptionsformen (Theateraufführung, zusammenhängende Lektüre) gebunden; sie können auch bei einer mehrfach unterbrochenen Beschäftigung mit dem Drama, also auch bei einer Lektüre im Unterricht, spürbar werden. Dabei ist die Intensität der Sympathie- bzw. Antipathiereaktion abhängig vom Grad des Engagements, d. h. der ästhetischen und ganz wesentlich auch emotionellen Einstellung, die der Rezipient gegenüber den Figuren und dem Handlungsablauf im Theater einnimmt und die zwischen Identifikation und kritischer Distanz schwanken kann.[51] Dieses Engagement ist für die Kanonfrage deshalb so bedeutsam, weil man bei Schülern altersbedingt ein besonderes Bedürfnis nach Identifikation feststellen kann, das sich in einer extremen Ausprägung als engagierte Sympathie für Leitbilder darstellt,[52] die sich der Jugendliche entweder im realen Leben sucht (Albert Schweitzer, Che Guevara, etc.) oder aber in den fiktiven Figuren der Literatur – man muß nur an die Rezeption von Schillers *Räubern* erinnern. Auch die fachdidaktische Literatur hat versucht, sich dieses Motivationspotential zunutze zu machen, indem sie etwa Coriolan als Leitbild anpries und damit die Auswahl dieses Dramas begründete.[53]

Indirekt sind auch die moralischen Vorbehalte, die gegen einzelne Figuren und Dramen Shakespeares vorgebracht wurden,[54] aus Angst vor einer eventuellen Identifikation des Schülers zu erklären. Beide Richtungen haben, indem sie das Identifikationsbedürfnis zu manipulieren suchten, das Engagement des Schülers als Kriterium für die Dramenwahl zu Unrecht in Verruf gebracht. Bei der immer wieder beklagten Unlust gegenüber der schulischen Shakespeare-Lektüre kann es sich der Lehrer einfach nicht leisten, auf diese Motivationsmöglichkeit zu verzichten. Deshalb muß er sich auch heute die Frage stellen, welche der Shakespeare-Figuren und Shakespeare-Dramen die Anteilnahme des Schülers erwecken. Verfehlt wäre es dabei freilich, in Shakespeares Werk nach Leitbildern zu suchen, mit deren Handlungen und Gedanken sich der Schüler das ganze Drama hindurch in identifikatorischer Sympathie verbunden fühlt; dazu ist Shakespeares Sympathielenkung, wie die Forschung gezeigt hat,[55] viel zu differenziert. So erledigt sich in gewisser Weise auch die Frage, ob Shakespeares Dramen ‚Lebenshilfe' bieten können, wie das in der Literatur des öfteren für gewisse Dramen postuliert wurde.[56] ‚Lebenshilfe', um diesen vagen Begriff einmal aufzunehmen, ist etwas, das der Jugendliche in erster Linie von seinen Leitbildern erwartet, für deren Tun und Handeln er sich in totaler Sympathie oder Antipathie engagieren möchte. Solches Engagement kann und will Shakespeare nicht erzeugen; ‚Lebenshilfe' kann deshalb auch im Rahmen der Kanondiskussion keine Rolle spielen. Vielmehr muß die Frage lauten, ob sich zwischen den einzelnen Shakespeare-Dramen relative Unterschiede innerhalb eines ohnehin nicht extremen Engagements ergeben.

Ausgangspunkt kann hier die Bemerkung Pfisters sein, daß sich generell

> für die Tragödie eine stärkere Tendenz zur ästhetischen Identifikation und Anteilnahme, für die Komödie ... dagegen zur ästhetischen Distanz behaupten [läßt].[57]

Welche der Tragödien, die als Gattung größeres Engagement erwecken als die Historien oder Komödien, zu mehr Identifikation anregt, ist nur schwer zu entscheiden, da dies einem schnellen zeitlichen Wechsel unterworfen ist und u. a. von populären Aktualisierungen der Dramenfiguren abhängt.[58] Im Grunde müßte man, wenn man sich nicht dem Vorwurf der Manipulation aussetzen will, die Schülermeinung erkunden. Theoretisch ließe sich dabei zwar an Befragungen im Anschluß an Theateraufführungen denken, praktikabel aber wäre es bestenfalls, einer Gruppe von Schülern Filme oder Videoaufzeichnungen verschiedener Shakespeare-Tragödien vorzuführen und dann ihre Meinung zu erfragen, wobei das Ergebnis durch Inszenierungsunterschiede und Ermüdungsfaktoren verzerrt sein könnte und außerdem nicht unbedingt repräsentativ wäre. So muß man sich auch hier auf subjektive Erfahrungen verlassen, nach denen ein relativ großes Maß von Engagement für Brutus, für Hamlet (und Ophelia), eventuell auch für Romeo und Juliet anzusetzen wäre. Othello und Desdemona werden, wenn die Tragödie nicht in problematischer Weise als Rassendrama aktualisiert wird, weniger Identifikation zulassen;[59] Distanz wird man auch zu Antony und Cleopatra feststellen, so daß das Drama aus diesem Grund, nicht wegen der heute unangebrachten moralischen Bedenken, aus der engeren Wahl ausscheiden würde. *Macbeth* ist unter dem Gesichtspunkt des Engagements noch schwieriger zu beurteilen als andere Tragödien. Obwohl eine durchlaufende Identifikation mit dem Helden hier auszuschließen ist, geht von der Figur des Macbeth doch insofern eine besondere Faszination aus, als hier der Wechsel von der Antipathie zur (eingeschränkten) Sympathie vom Dramatiker besonders eindringlich suggeriert wird.[60]

Daß auch engagierte Antipathie ihre Wirkung nicht verfehlt, zeigt sich deutlich in Theateraufführungen von *Richard III*; es ist aber doch fraglich, ob diese Form des Engagements sich bei der Schullektüre als ebenso tragend erweist wie intensive Formen der Sympathie oder die deutliche Hinführung zu dieser Form des Engagements (wie in *Macbeth*). Was die übrigen Historien betrifft, so darf man den Grad der Identifikation des Schülers wohl als relativ gering ansetzen – wobei die Beurteilung des Falstaff ein besonderes Problem darstellen dürfte. Geringeres Engagement gilt, wie schon das Zitat andeutete, auch den Komödien, da hier selbst relativ sympathische Figuren durch die Artifizialität der dramatischen Darbietung in die Distanz rücken.[61] Einen Sonderfall stellt die Figur des Shylock in *The Merchant of Venice* dar, die sicher beträchtliches Engagement hervorrufen kann. Dabei illustriert Shylock in extremer Weise ein Phänomen, das in abgeschwächter Form auch andere Dramenfiguren betrifft, daß nämlich selbst in einer kleinen, zumindest altersmäßig homogenen Gruppe im Klassen- oder Kursverband, sich das Engagement bei einzelnen Schülern in durchaus konträren Sympathie- bzw. Antipathiereaktionen äußern kann,[62] was – bei aller zeitgeschichtlich bedingten Brisanz des Shylock-Themas – didaktisch willkommenen Gesprächsanlaß bietet.

Diese Beobachtung läßt sich insofern verallgemeinern, als das Engagement nicht nur die allgemeine Motivation des Schülers für die Lektüre fördert; indem es den Bezug zum Drama über die Charaktere herstellt, erhöht es generell auch die Bereitschaft, sich über die Figuren zu äußern. Wenn sich der Schüler dabei, wie es leicht geschehen kann, in eine psychologische Schau, einen *real life approach* gegenüber den Charakteren verliert, so wird der erfahrene Lehrer daran, auch wenn es modernen Forschungstendenzen zuwiderläuft, keinen Anstoß nehmen,[63] solange auf diese Weise das Unterrichtsgespräch in Gang gehalten wird und sich interessant gestaltet.

6. *Theaterbesuch und Schulspiel als Kriterium der Kanonwahl*

Wie schon mehrfach festgestellt wurde,[64] besteht eine merkwürdige Diskrepanz zwischen dem Kanon der Schullektüre und den vom Theater bevorzugten Shakespeare-Stücken. Auffällig ist, daß in den letzten Jahren nicht nur ein breites Spektrum von Tragödien und Historien zur Aufführung gelangte, sondern daß auch rein numerisch die Inszenierungen von Komödien die der Tragödien überwiegen. Nun muß man festhalten, daß das Theater unter anderen Voraussetzungen an das Shakespeare-Repertoire herantritt als die Schule. Eine Reihe der besprochenen Auswahlkriterien, die für die unterrichtliche Behandlung eine Rolle spielen, fallen bei der Inszenierung angesichts der akustischen und visuellen Möglichkeiten des Theaters weniger ins Gewicht, so die Handlungskomplexität und die Personenvielfalt.[65] In geringerem Maß gilt dies auch für die Kriterien der Länge und sprachlichen Schwierigkeit, da das Theater auf eine lange und anerkannte Tradition der Textkürzung und -adaptation zurückblickt und außerdem im deutschsprachigen Raum stets von der deutschen Übersetzung ausgeht. Trotzdem muß man der Schule den Vorwurf machen, daß sie die besonderen Möglichkeiten, die ein Theaterbesuch, in geringerem Maß auch eine Fernsehübertragung oder Videoaufzeichnung bieten, nicht genügend genutzt hat. Ohne Zweifel stellt der Besuch einer Aufführung die stärkste außerschulische Motivation für die Shakespeare-Lektüre dar, die manches didaktische Hindernis überwinden läßt. Zugleich ist der Theaterbesuch, der im Zeitalter organisierter Theaterfahrten auch für abgelegene Schulen möglich sein sollte, die beste Garantie dafür, daß sich der Schüler auch später aus eigenem Antrieb für Shakespeare interessieren und andere Shakespeare-Dramen kennenlernen wird.

Auch noch ein anderer Aspekt der unterschiedlichen Kanonschwerpunkte von Schule und Theater ist zu bedenken. Es steht uns nicht an, umfassende Hypothesen aufzustellen, warum die Komödien zur Zeit auf der Bühne bevorzugt werden. Einer der Gründe aber dürfte sein, daß sie als eminent spielbar gelten, daß sie sich in besonderem Maß erst in der Aufführung vollziehen. Dies sollte den Lehrer nicht nur veranlassen, bei der Behandlung von Komödien die aufführungsbezogenen dramatischen Aspekte speziell zu betonen[66] und Tonband wie Schallplatte in noch größerem Umfang einzusetzen als bei den anderen Gattungen. Gerade bei den Komödien sollte man noch einen anderen Zugang zu Shakespeare in Erwägung ziehen, die ‚kreative Behandlung', die auch als ‚direct method' bezeichnet wurde.[67] Diese Methode braucht sich nicht auf das meist zu enttäuschende ‚Lesen mit verteilten Rollen' zu beschränken, sie muß andererseits nicht unbedingt das Ziel einer ausgewachsenen Schulaufführung ansteuern, obwohl diese Aufführungen – in Originalsprache oder Übersetzung – bei Komödien wie *A Midsummer Night's Dream* oder *The Two Gentlemen of Verona* meist besser gelingen als bei den Tragödien. Die Schulaufführung soll hier – wie in der Überschrift dieses Abschnitts – nur als Signal für eine ganze Skala von Möglichkeiten aufgefaßt werden, die alle Formen des szenischen Lesens[68] mit einschließt, ebenso Stellproben in den Unterrichtsstunden, Video- bzw. Tonbandaufnahmen einzelner Szenen, eventuell mit Musik. Hier kann der Schüler nicht nur als Darsteller, sondern auch als Musiker, Bühnenbildner, Kostümzeichner, Regieassistent an der Realisierung des Dramas beteiligt werden.[69]

Eine notwendige Ergänzung müssen diese Aktivitäten – auch mit dem Seitenblick auf den meist nötigen Leistungsnachweis in Form einer Klausur – in der Besprechung des Dramas finden, wobei ausgesprochen dramaturgische Aspekte im Mittelpunkt stehen könnten, Fragen der Mimik, der Gestik, des Sprechtempos, der Requisiten und andere Regiefragen; hier wären im Rahmen des kreativen Konzepts die Sprechanlässe zu sehen, weniger in der theoretischen Diskussion sprachlich-poetischer und thematischer Aspekte, die zum Teil bei dem nunmehr voll motivierten Anspielen von Szenen erfaßt, wenn auch nicht reflektiert würden – insgesamt könnte man so auch in der Schule eine Art Probeatmosphäre schaffen, die sicher stimulierend wirken würde. Berücksichtigt man diese Möglichkeiten der Shakespeare-Behandlung, so ergeben sich zweifellos auch für die Kanonbildung neue Perspektiven.

7. *Vorschläge zum Shakespeare-Kanon*

„Warum immer Macbeth?"[70] – in dieser lapidaren Frage faßt Finkenstaedt die Kanondiskussion zusammen, wobei er diese Formulierung mit dem Zusatz „Tradition oder reflektierte Erfahrung?" versieht. Nehmen wir diese Frage abschließend nochmals auf und beziehen wir *Julius Caesar* mit ein, so ist festzuhalten, daß die Bevorzugung dieser beiden Dramen nicht auf bloßer Tradition beruhen muß, sondern daß sich die „reflektierte Erfahrung" in einer Reihe von konkreten didaktisch plausiblen Begründungen niederschlägt – zu nennen wären der geringe Umfang der beiden Dramen, die Zugänglichkeit ihrer Handlungsstruktur, die weniger spürbare kulturelle Distanz, das relativ große Maß an Engagement, das sie erzeugen. All diese Momente bedingen, daß diese Dramen als Lektüre ‚funktionieren', ohne daß der Lehrer durch zusätzliche Hilfen, Materialien, Einführungen, durch die Sondermotivation des Theaterbesuchs die Rezeption unterstützen muß. Für eine solche ‚isolierende Behandlung' eines Shakespeare-Dramas, aus welchen Gründen auch immer sich der Lehrer dazu entschließen mag, empfehlen sich *Macbeth* und *Julius Caesar* auch weiterhin.

Der schulische Kanon kann jedoch eine wünschenswerte Ausweitung erfahren, wenn man zusätzliche Elemente mit in den Unterricht integriert. Zunächst ist an die Kontrastierung mit modernen Adaptationen zu denken. Da sich die meisten von ihnen auf Shakespeares Tragödien beziehen – von *Romeo and Juliet*, *Hamlet* und *Coriolanus* war schon die Rede, *King Lear* ließe sich ergänzen[71] – so bietet die kontrastive Methode die Möglichkeit, den Kanon auf die meisten Dramen dieser Gattung auszudehnen.[72] Voraussetzung ist wie schon angedeutet, daß sich der Vergleich nicht auf eine knappe kumulative Gegenüberstellung beschränkt, sondern daß mit den Mitteln der Parallellektüre, des Referats, des Detailvergleichs versucht wird, die kontrastive Sicht in möglichst vielen Bereichen und Stadien der Interpretation anzuwenden. Soweit es sich um englischsprachige Adaptationen handelt, ist die Besprechung im Rahmen des Englischunterrichts ohnehin gerechtfertigt. Für den Vergleich mit deutschsprachigen Dramen – etwa Brechts *Coriolan* – bietet sich die fächerübergreifende Zusammenarbeit mit dem Deutschunterricht an, die sich im Rahmen der reformierten Oberstufe aber aus organisatorischen Gründen oft schwer durchführen läßt; deshalb sollte man keine Skrupel haben, einmal ein deutsches Drama in einem englischen Leistungskurs zu berücksichtigen und hierfür vom Prinzip der Einsprachigkeit abzuweichen.

Nicht aus den Augen verlieren darf man außerdem, daß praktisch jedes Shakespeare-Drama[73] für die Schullektüre in Frage kommt, wenn sich durch einen bewußt eingeplanten, abschließenden Besuch einer entsprechenden Theateraufführung eine besondere Motivation ergibt. Freilich darf der Lehrer dieses Motivationspotential nicht allzu sehr strapazieren. Die Lektüre sollte deshalb stärker gerafft werden als in anderen Fällen; sie ist außerdem durch die genannten Zusatzmaterialien zu ergänzen (Handlungsdiagramme, aufbereitete Personenübersichten, Hintergrundsinformation, usw.), wobei darauf zu achten ist, daß diese Materialien nicht wieder in sich selbst sprachliche Probleme aufwerfen, die die Behandlung ausdehnen und so die Motivation für die eigentliche Lektüre schmälern. Teil der Vorbereitung des Lehrers wäre es, sich vor Beginn der Lektüre die gewählte Inszenierung bereits einmal anzusehen, sich das Theaterprogramm, eventuell auch genauere Informationen über Regisseur und Schauspieler zu beschaffen, die er dann als zusätzliches Motivationselement in den Unterricht einbringen könnte.

Schließlich zeigt die schon ausführlicher beschriebene ‚kreative Methode' einen zwar nicht generell gangbaren, im Einzelfall aber doch lohnenden Weg für die Besprechung einiger der Komödien auf, die sich unter den üblichen schulischen Auswahlkriterien nicht so sehr für die Lektüre empfehlen – erinnert sei an *A Midsummer Night's Dream* und *The Two Gentlemen of Verona*. Eine wesentliche Bedingung dafür ist, daß der Lehrer eine Ader für schauspielerische und Regieaufgaben hat und daß auch die Schüler entsprechend interessiert sind, was sicher nicht nur an musischen Gymnasien der Fall sein wird. Eine weitere Voraussetzung ist, daß dem Schüler sowohl die Techniken der Shakespeare-Inszenierung wie auch die sprachlichen Mittel zu ihrer Artikulation zugänglich gemacht und erläutert werden. Als Quelle kommen die zum Teil publizierten Regiebücher der *Royal Shakespeare Company* und sonstige Inszenierungsprotokolle in Frage[74] oder die Drehbücher von Shakespeare-Filmen. Da diese Materialien für den Lehrer nur schwer greifbar sein werden, wäre es eine wesentliche Erleichterung für ihn und den Schüler, wenn zunächst für einige wenige Shakespeare-Komödien Schulausgaben zusammengestellt würden, in die diese Hilfsmittel integriert sind, Ausgaben, die in ihrer ganzen Anlage und durch entsprechendes Bildmaterial zu einer kreativen Shakespeare-Lektüre anregen würden.[75]

So zeigt sich, daß der Schulkanon keineswegs auf einige wenige Shakespeare-Dramen festgeschrieben bleiben muß. Eine Öffnung ist, wenn sie Erfolg haben soll, zwar nicht einfach dekretierbar, sie setzt die Entwicklung auch dramaturgisch orientierter Schulausgaben und die Verbesserung der sonstigen Hilfsmittel[76] voraus – hier ließen sich die Verlage sicher beeinflussen – vor allem aber die sorgfältige Planung der Lektüre und damit eine zusätzliche Arbeitsleistung des Lehrers. Gerade bei Shakespeare sollte die Sache den Versuch wert sein.

Anmerkungen

[1] Reinhold Arndt, „Shakespeare-Lektüre in der Schule", *Praxis*, 5 (1958), 35-41, p. 40.

[2] Friedrich Schubel, „Shakespeare-Lektüre im Unterricht", *Mitteilungsblatt des ADNV*, 15 (1962), 155/156; Ruth Freifrau v. Ledebur, „Shakespeare im Unterricht", *DNS*, 24 (1975), 176–179; Werner Habicht, „Nochmals: Shakespeare und die reformierte Oberstufe. Bericht über ein Informationsseminar und dessen Folgen", *SJ West* (1978/79), 303–307. Die Meinung der fachdidaktischen Literatur referiert zusammenfassend: Ruth Freifrau v. Ledebur, *Deutsche Shakespeare-Rezeption seit 1945* (Frankfurt: Akademische Verlagsgesellschaft, 1974), pp. 167 ff., im folgenden: v. Ledebur 1974.

[3] Rudolf Haas, „Shakespeare als pädagogische Herausforderung", *SJ West* (1976), 128–153, p. 129. *Julius Caesar* wird in dieser Umfrage allerdings seltener genannt.

[4] Rüdiger Ahrens, „Die Tradition der Shakespeare-Behandlung im Englischunterricht", in *Shakespeare im Unterricht*, ed. R. Ahrens, *Anglistik und Englischunterricht* 3 (Trier, 1977), pp. 12–38; p. 34. Ruth Freifrau von Ledebur, „Die Shakespeare-Lektüre in den Curricula der reformierten Oberstufe", in *Shakespeare im Unterricht*, ed. R. Ahrens, op. cit., pp. 63–76, pp. 68 f.; im folgenden: v. Ledebur 1977.

[5] v. Ledebur 1977, op. cit., p. 69.

[6] Thomas Finkenstaedt, „Shakespeare zwischen Wissenschaft und Unterricht – Sechs Fragen an die Schule", in *Shakespeare im Unterricht*, ed. R. Ahrens, op. cit., pp. 53–62, p. 59.

[7] Cf. dazu v. Ledebur 1974, op. cit., pp. 161 ff. und die dortigen Literaturverweise, die sich durch weitere Belege ergänzen ließen.

[8] Gustav Hagemann, „Shakespeares *Macbeth*. Gehalt und Gestalt", in *Das Studienseminar*, ed. K. Hoss und H. Lohmeyer, vol. 3 (Frankfurt/M., 1959), pp. 33–57 und pp. 91–116; Wolfgang Schlegelmilch, „Shakespeares *Othello* in der Oberprima", *Praxis*, 7 (1960), 148–150; Volker Schulz, „ ‚Much Ado about Nothing' – ein Unterrichtsmodell", in *Shakespeare im Unterricht*, ed. R. Ahrens, op. cit., pp. 133–160; Heinrich Schwamborn, „Brutus und Cassius. Einige Betrachtungen zu Shakespeares *Julius Caesar*", *DNS*, 4 (1953), 24–32.

[9] Cf. die sehr ausführliche, wenn auch schon weit zurückliegende Diskussion von Wilhelm Münch, „Shakespeare-Lektüre auf deutschen Schulen", *SJ* (1902), 118–143.

[10] Ibid., pp. 127 ff.

[11] v. Ledebur 1977, op. cit., p. 65. Deshalb sind auch die Überlegungen der angelsächsischen Literatur zum Shakespeare-Kanon nur bedingt auf unsere Verhältnisse übertragbar, da dort die Behandlung mehrerer Dramen vorgesehen ist. Cf. A. E. Dyson, „O-Level-Shakespeare", *Critical Survey*, 1 (1963), 90–94, sowie den Sammelband *Teaching Shakespeare*, ed. Walter Edens et. al. (Princeton, 1977).

[12] Finkenstaedt, op. cit., p. 60.

[13] Die in der Literatur vorliegenden Berichte sind dafür nicht umfassend ge-

nug. Cf. Schlegelmilch, op. cit. und Wolfgang Sonntag, „*Macbeth* im Englischunterricht: Forschung – Methodik – Praxis“, *DNS*, 14 (1965), 209–220, wo nur der erste Akt ausführlich behandelt wird.

14 Schubel, op. cit.

15 Ibid.

16 Nach E. K. Chambers, *William Shakespeare. A Study of Facts and Problems* (Oxford, 1930), vol. 2, p. 398; danach haben *The Comedy of Errors* und *The Tempest* den geringsten Umfang.

17 Cf. pp. X ff.

18 Cf. pp. X ff.

19 Schwamborn, op. cit., pp. 24 f.

20 Walter Rehfeld, „Die Shakespeare-Lektüre im Englischunterricht der Oberschulen. Ein Diskussionsbeitrag zu einem umstrittenen Thema“, *Fremdsprachenunterricht* (1957), 83–88, p. 86; ebenso Schulz, op. cit., p. 137.

21 Eleonore Hombitzer, „Shakespeare-Lektüre in der reformierten gymnasialen Oberstufe – unter besonderer Berücksichtigung von Grundkursen“, in *Shakespeare im Unterricht*, ed. R. Ahrens, op. cit., pp. 77–92, p. 79 und p. 82.

22 Heinrich Straumann, „Shakespeare im Unterricht. Zwölf Überlegungen zu einem Podiumsgespräch“, *SJ West* (1975), 31–40, p. 35.

23 Dyson, op. cit., p. 92.

24 Finkenstaedt, op. cit., p. 60, schlägt als „köstliche Themen“ z. B. „Prozentuale Metaphernerkennung bei deutscher und englischer Lektüre großer Reden im *King Lear*“ vor.

25 Straumann, op. cit., p. 38.

26 I. Schabert, in *Shakespeare-Handbuch*, ed. I. Schabert (Stuttgart: Kröner, [2]1978), pp. 357 ff.

27 Hagemann, op. cit., p. 33, dessen Urteil nicht unbedingt eine moralische Komponente aufweisen muß, wie v. Ledebur, 1974, op. cit., p. 168, meint.

28 B. Lott, *Macbeth*, New Swan Shakespeare, (London, [3]1970), pp. xiii f.

29 Zur Typologie der Handlungsführung cf. I. Schabert, op. cit., pp. 258 ff. Hieraus sind die im folgenden verwendeten Fakten entnommen, nicht die Kommentare.

30 Cf. Schulz, op. cit., p. 137, der die drei Problem Comedies und die vier Romanzen u. a. wegen ihres unübersichtlichen Handlungsaufbaus aus dem Schulkanon ausscheiden möchte.

31 Insofern relativiert sich das Urteil von Schlegelmilch, op. cit., p. 149, der die Übersichtlichkeit von *Othello* hervorhebt.

32 Jay L. Halio, „ ‚This Wide and Universal Stage‘: Shakespeare's Plays as Plays“, in *Teaching Shakespeare*, ed. W. Edens et al. (Princeton, 1977), pp. 273–289, p. 273.

33 Cf. Werner Habicht, „Shakespeare – *A Midsummer Night's Dream*“, in *Das englische Drama*, ed. D. Mehl (Düsseldorf, 1970), vol. 1, pp. 79–95, p. 81; Habicht spricht hier von den Liebhabern – durchaus positiv – als von „austauschbaren Marionetten“.

34 Diesen Begriff übernehmen wir von Straumann, op. cit., p. 35, p. 38, der ihn mit „kommunikativer Distanz“ gleichsetzt.

35 Zur Einführung cf. Hans Heck und Monika Müller, „Die Historien“, in *Shakespeare-Handbuch*, ed. I. Schabert, loc., cit., pp. 375 ff.

[36] Zur Problematik des ‚Tudor Myth' und zur Gefahr der Pauschalisierung des elisabethanischen Geschichtsbilds in den Historien cf. Werner Habicht, „Zum Shakespeare-Bild heute – Tendenzen der neueren Shakespeare-Forschung", in *Shakespeare im Unterricht*, ed. R. Ahrens, op. cit., pp. 39–52, p. 46 ff.; im folgenden: Habicht 1977.

[37] Cf. p. XX.

[38] Haas, op. cit., p. 133.

[39] Münch, op. cit., p. 123.

[40] Cf. Heck/Müller, op. cit., p. 383.

[41] Ibid., p. 376.

[42] Cf. Schwamborn, op. cit., pp. 24 ff. und v. Ledebur 1974, op. cit., p. 172.

[43] Hombitzer, op. cit., p. 82.

[44] Deshalb dürfte der von Wilhelm Poethen vorgeschlagene Vergleich zwischen Shakespeares *Macbeth* und Schillers Bearbeitung kaum motivierend wirken; cf. W. Poethen, „Shakespeare und die Jugend", *Wirkendes Wort*, 17 (1967), 132–137.

[45] Cf. pp. XX. Eine Übersicht über die modernen Adaptationen und ihre Tendenzen bietet R. Cohn, *Modern Shakespeare Offshoots* (Princeton, 1976).

[46] Straumann, op. cit., p. 35.

[47] I. Schabert, op. cit., pp. 350 ff.

[48] Dyson, op. cit., pp. 90 ff.; Poethen, op. cit., p. 135; Schwamborn, op. cit., pp. 24 f.

[49] M. Pfister, *Das Drama. Theorie und Analyse* (München, 1977), pp. 141 ff., p. 142.

[50] F. Ungerer, *Dramatische Spannung in Shakespeares Tragödien*, Diss. München, 1964.

[51] Hier folgen wir M. Pfister, „Zur Theorie der Sympathielenkung im Drama", in *Sympathielenkung in den Dramen Shakespeares*, ed. W. Habicht und I. Schabert (München, 1978), pp. 20–34, p. 21; im folgenden: Pfister 1978.

[52] H. Nickel, *Entwicklungspsychologie des Kindes- und Jugendalters* (Bern, ^{2}1975), vol. 2, pp. 339 ff.

[53] Cf. Münch, op. cit., p. 126 und v. Ledebur 1977, op. cit., p. 68.

[54] Cf. Münch, op. cit., pp. 127 ff., Heinrich Schwamborn, „Die Shakespeare-Lektüre, ihre Bedeutung und Möglichkeiten", *DNS*, 2 (1953), 494–501, p. 497 f., sowie Ahrens, op. cit., p. 16 und v. Ledebur 1977, op. cit., p. 69.

[55] Cf. den Band *Sympathielenkung in den Dramen Shakespeares*, ed. W. Habicht und I. Schabert (München, 1978).

[56] Zusammenfassung bei v. Ledebur 1974, op. cit., p. 163.

[57] Pfister 1978, op. cit., p. 21.

[58] Cf. die Wiederaufnahme der Romeo-und-Julia-Thematik in dem Musical *Westside Story*, die eine breitere Wirkung haben dürfte als manche Adaptation des Sprechtheaters.

[59] Insofern kann man dem Urteil von Schlegelmilch, op. cit., p. 148, zugunsten von *Othello* nicht voll zustimmen, auch wenn er sich auf Hazlitts Bemerkung beruft: „It [= *Othello*] comes directly home to the bosom and business of men." Zur Aktualisierung der Rassenfrage cf. Charles Marowitz' Collage *An Othello*.

[60] Ein Teil dieser Wirkung ist auf die gegenläufige Sympathielenkung auf den

Ebenen der ‚Geschichte' – (‚histoire') bzw. der ‚Darstellung der Geschichte' (‚discours') zurückzuführen. Cf. Pfister 1978, op. cit., p. 27.

61 Diesen Hinweis verdankt der Vf. Herrn Pfister.

62 Cf. Habicht 1977, op. cit., pp. 48 f.

63 Diese Meinung vertritt auch Wolfgang Clemen in: „Die Fortbildungsseminare für Gymnasiallehrer an der Shakespeare-Bibliothek München", in *Shakespeare im Unterricht,* ed. R. Ahrens, op. cit., pp. 173–180, p. 176.

64 Cf. Habicht 1977, op. cit., p. 40 und v. Ledebur 1977, op. cit., p. 69.

65 Ausgegangen wird von den Möglichkeiten eines großen Theaters.

66 Zu den entsprechenden Interpretationsmöglichkeiten cf. Jackson G. Barry, „Shakespeare with Words: The Script and the Medium of Drama", *SQ* 25 (1974), 161–171.

67 J. L. Styan, „Direct Method Shakespeare", *SQ*, 25 (1974), 198–200.

68 Cf. pp. XX.

69 Diese Vorschläge macht Straumann, op. cit., p. 36, p. 39.

70 Finkenstaedt, op. cit., p. 59.

71 Die Kontrastierung mit Bonds *Lear* dürfte allerdings nicht leicht zu bewältigen sein.

72 Cf. dazu die Vorschläge von Habicht 1977, op. cit., p. 50, und Hombitzer, op. cit., p. 82, die nicht nur Kontrastierungsmöglichkeiten für *Othello,* sondern auch für die Komödien *The Taming of the Shrew* und *Much Ado About Nothing* aufzeigen.

73 Realistischerweise wird man einige Werke wie *Love's Labour's Lost* (u. a. wegen der sprachlichen Schwierigkeiten der Wortspiele), *Titus Andronicus und die Heinrich VI*-Historien (wegen der Handlungsstruktur) ganz ausschließen müssen.

74 Cf. entsprechende Hinweise bei Habicht 1977, op. cit., p. 45 f., vor allem p. 46, Anm. 11.

75 Einen ersten Versuch in dieser Richtung stellt die *Othello*-Ausgabe von John R. Brown dar. Cf. *Shakespeare' Othello. The Harbrace Theater Edition,* ed. John R. Brown (New York, 1973).

76 Cf. pp. XX.

III. Aufführungsfragen zu den Dramentexten

JÖRG HASLER

Methoden des inszenierenden Lesens: Interpretation der Aufführungssignale im Text

Interpretation der Aufführungssignale im Text

Was meint der Begriff „theatralische Notation“ und was spricht dafür, im Unterricht darauf einzugehen? Wollen wir die Einsicht fördern, daß sich ein Drama erst im Ereignis der Aufführung realisiert, wo das Theater mit all seinen Mitteln, verbalen und nichtverbalen, auf Geist und Sinne des Zuschauers einwirkt, so sind einige Hinweise auf die Besonderheiten Shakespearescher Dramentexte als Theater-Vorlagen unerläßlich. Bei rein philologischer Arbeit an dem als Literatur aufgefaßten Text kann übersehen werden, daß sich die Konventionen von Shakespeares Dramaturgie fundamental unterscheiden von denjenigen des Realismus oder gar Naturalismus, also von der Illusionsdramatik der „vierten Wand“ mit ihrer Zwangsjacke der Plausibilität und Wirklichkeitstreue, inszeniert auf einer zweidimensional wirkenden Guckkastenbühne. Im Zusammenhang mit den Versuchen der *Royal Shakespeare Company*, diese Erbschaft des 19. und frühen 20. Jahrhunderts abzustreifen, charakterisiert Ronald Bryden das Shakespearesche Theater als „theatre of convention“ im Gegensatz zum „theatre of illusion“ und unterstreicht, welch radikales Umdenken eine Rückkehr zum ersteren erfordert:

> It is the simpler of the two yet infinitely more difficult. For it requires the audience to work with the actors, using its imagination as strenuously as children do in play. Above all, it requires today the overthrow of more than a century of aesthetic habit and expectation: a total break with the 19th century theatre of spectacle and verisimilitude.[1]

Der angedeutete Unterschied manifestiert sich auch in der technischen Beschaffenheit der Dramentexte, unter anderem im Verhältnis zwischen Haupt- und Nebentext. Im Vergleich zu den ausführlichen Bühnen- und Spielanweisungen eines Tschechow, Shaw, Ibsen oder O’Neill nimmt sich der überlieferte (nicht editorische) Nebentext Shakespeares kärglich aus.[2] Insbesondere entfällt fast völlig der „auktoriale Nebentext“, der „gerade in neueren Dramen eine Ausweitung ins Deskriptive und Kommentierende erfahren hat" und oft gar nicht „unmittelbar in die Bühnenrealisierung" eingehen kann.[3] Nun wäre es aber voreilig, aus diesem Manko seiner Dramentexte zu folgern, Shakespeare habe in bezug auf die Inszenierung nichts festgelegt. Es läßt sich nicht einmal behaupten, daß seine Texte wenig fixieren. Vielmehr wäre es für ein adäquates Erfassen der direkten oder indirekten Realisierungshinweise förderlich, bei Shakespeare (und auch bei seinen Zeitgenossen) die Unterscheidung zwischen Haupt- und Nebentext zunächst einmal aus dem Spiel zu lassen. Es könnte sein, daß diese Kategorien ebenfalls zu jener „aesthetic habit and expectation" einer späteren Epoche gehören, welche uns den Zugang zu seiner Eigenart eher verstellt als erleichtert. Abstrahieren wir einmal von dem (gar nicht so unwichtigen) Nebentext, der uns in der Zeit nach Ibsen, Tschechow, Shaw und O'Neill rudimentär erscheinen mag, und konzentrieren wir uns auf den Haupttext. Betrachten wir nun Manfred Pfisters systematische Zusammenstellung aller überhaupt möglichen „Techniken der Figurencharakterisierung" im Drama,[4] so stellen wir fest, daß von den 25 aufgelisteten Techniken nur eine einzige bei Shakespeare (fast) entfällt, nämlich die auktorial explizite Charakterisierung durch „Beschreibung im Nebentext". Shakespeare verwendet also alle bekannten Charakterisierungstechniken außer jener, die, als „äußerste Textschicht", eigentlich undramatisch ist und bei allzu breiter Anwendung zu dem nicht mehr bühnentauglichen Lesedrama hinführen muß. Dieser Befund würde für andere Bereiche dramatischer Gestaltung nicht viel anders ausfallen. Es ist daher wichtig, an den Text die Frage zu stellen, ob und in welchem Umfange der Dramatiker darin selbst Regie führt. Granville-Barkers Auffassung der Shakespeareschen Dramentexte als „a score waiting for performance"[5] begründet die Erforschung von deren theatralischen Qualitäten, also der Notation in dieser Partitur. Diese stellt eine manchmal offen an der Oberfläche erscheinende, manchmal mehr oder weniger tief verborgene Schicht des Textes dar. Sie ist aber eine Methode, die Shakespeare, jedenfalls dort, wo es ihm darauf ankommt, einen viel direkteren und zwingenderen Einfluß auf die Bühnenrealisierung erlaubt, als dies ein noch so aufwendiger Nebentext-Apparat vermöchte: „Gerade weil Shakespeares Direktiven für die Aufführung im Sprechtext selbst enthalten sind, können sie sich, sofern sie nur wahrgenommen werden, als theaterunmittelbarer erweisen, denn die expliziten oder gar novellistischen Bühnenanweisungen realistischer Dramen ...".[6]

„Sofern sie nur wahrgenommen werden ...". Der Versuch, die Augen für dieses Wahrnehmen zu schärfen, sollte auch im Unterricht seinen Platz finden. Dabei kann wohl realistischerweise nicht erwartet werden, daß das ganze, hochentwickelte Instrumentarium etwa eines Rudolf Stamm zur Anwendung gelangt.[7] Es geht einfach darum, den Leser auf ein „richtiges, d. h. gestologisches Erfassen des Textes" zu trainieren und damit die „Achtung vor dem Shakespeare-Text in seiner Gesamtheit" zu fördern.[8] Eine Ermutigung für solches Bemühen ist dabei der Umstand, daß gerade die ausgesprochen theaterbewußten Dramenforscher unserer Zeit Shakespeares Texte mit großer Selbstverständlichkeit als Aufführungsvorlagen im Sinne Granville-Barkers lesen. Für J. R. Brown ist das in den Text „hineingeheimnißte"[9] Regiebuch der unabdingbare Ausgangspunkt für die theatralische Umsetzung: „We must look, first, for the gestures and business that can be definitely implied from the text ... This will not supply all the necessary business ..., but enough to render this the best start".[10] J. L. Styan bringt den hier diskutierten Tatbestand auf die einleuchtende Formel, Shakespeare schreibe so, wie ein Schauspieler schreiben würde (was er ja auch war). Dies bringt übrigens gerade auch ein „improvisatorisches Element", eine Offenheit für immer neue Variationen in der Ausgestaltung einer Rolle mit sich.[11] Eine Verslücke wie diese:

K. Rich. Give me the crown. Here, cousin, seize the crown;
Here, cousin,
On this side my hand, [and] on that side thine.
(*Richard II*, IV. 1. 181-183)

kann oft als Hinweis auf irgendwelche Bühnenvorgänge gelesen werden, mit welchen die Pause zu füllen ist, und Styan zögert nicht mit seiner Folgerung: „This business of the crown represents the action of application and usurpation, and Bolingbroke's hesitation, marked by the pause of the broken line, is highly appropriate".[12] Richard zelebriert seine eigene Absetzung wie ein Ritual, und Styans Hinweis auf Bolingbrokes widerwilliges Zögern ist nicht spekulativer als textkritische Detektivarbeit darüber, ob Burbage als Hamlet „solid flesh" oder „sullied flesh" sagte, oder etwa die Beantwortung der Frage, ob ein elisabethanisches Publikum in „nunnery" die Bedeutung Bordell für „nunnery" mithörte oder nicht. Auch Kenneth Muir in seiner *Macbeth*-Ausgabe beweist sein Gespür für das Schauspielerische in den Versen des Schauspieler-Dramatikers:

Dun. What bloody man is that? He can report,
As seemeth by his plight, of the revolt
The newest state.
Mal. This is the sergeant,

Who like a good and hardy soldier fought
'Gainst my captivity. Hail, brave friend!
Say to the King the knowledge of the broil
As thou didst leave it. (I. 2. 1-7)

Muir kommentiert: „The various attempts which have been made to regularize the metre are superfluous. The gap in 5 may indicate a pause for a gesture, and there might be a pause in 7 while the wounded captain collects himself to speak".[13] Man beachte seinen Hinweis auf die Tendenz früherer Editoren, solche Unregelmäßigkeiten ausschließlich als Zeichen der Verstümmelung durch unzulängliche Überlieferung des Textes zu sehen. Dazu ein Beispiel aus *The Merchant of Venice:*

Now, Balthazar,
As I have ever found thee honest-true,
So let me find thee still. Take this same letter,
And use thou all th' endeavour of a man
In speed to [Padua] . . . (III. 4. 45-49)

J. D. Wilson hat sich mit seinen textkritischen Untersuchungen, die für ihn unabdingbare Grundlage für seine Herausgebertätigkeit waren, große Verdienste erworben. Für ihn kann die abgebrochene Zeile 45 lediglich bedeuten, daß der Text fehlerhaft überliefert ist.[14] Für J. R. Brown dagegen, „. . . it probably indicates that Portia pauses until the others are clear off the stage before speaking to Balthazar".[15] Brown hat offensichtlich den unmittelbaren Situationskontext im Auge. Portia hat Lorenzo soeben ihre überstürzte Abreise damit erklärt, sie wolle die Rückkehr Bassanios in einem Kloster „in prayer and contemplation" abwarten. Tatsächlich hat sie ganz andere Pläne, und sie ist in Eile damit, nur kann sie Balthazar nicht zu Dr. Bellario nach Padua entsenden, solange Lorenzo und Jessica in Hörweite sind. Der Auftrag an ihren Diener verträgt sich schlecht mit ihrer frommen kleinen Lüge. Eine kurze Verlegenheit – die delikate Situation dauert nicht länger als wir brauchen, ihrer gewahr zu werden. Eine Feinheit, die uns in der Aufführung als origineller Regie-Einfall ein Schmunzeln entlockt, die wir aber als ein Leser, der nur „Worte" liest, nicht beachten. Es kann nicht darum gehen, Brown gegen Wilson auszuspielen. Im Hinblick auf eine Lektüre im Unterricht ist jedoch festzustellen, daß Browns theaterbezogene Entzifferung des Textes den Leser unmerklich dahin bringt, ständig die sich dynamisch verändernde Situation im Auge zu behalten. Gehen wir mit solcher Fragestellung an andere, vergleichbare Stellen heran, so schärft sich das Bewußtsein für den Text als auf die Aufführung hin angelegtes „Regiebuch". Solches Bewußtsein soll keineswegs etwa an die Stelle literarischer Fragestellungen treten; es ist vielmehr eine notwendige Ergänzung, wie Bernard Beckerman aus seiner eigenen Lehrerfahrung weiß:

> Where the theatre student will read for situation, for stage business, for audience response, the literature student will read for symbolic significance, for thematic strands, for intellectual nuance. What is so rewarding in having these two kinds of reading intermix is that they complement one another marvelously. One way of reading feeds the other.[16]

Es wäre daher verfehlt, die Freilegung der theatralischen Notation, für die hier plädiert wird, mit dem Schlagwort vom „theatre of the mind" zu belegen als ein theaterfernes, bühnenfeindliches Unterfangen dilettantischer Besserwisserei. „Theatre of the mind", so verstanden, kann nur dort entstehen, wo man die Aufforderung „piece out our imperfections with your thoughts" (Prolog zu *Henry V*) als Ausdruck von Shakespeares eigenem Ungenügen an seinem Medium, unter Ausklammerung aller Ironie wörtlich nimmt und mißversteht. Darf man Shakespeares Appell an unsere Phantasie niemals auf diese Weise verabsolutieren, so ist es andererseits richtig, daß er sich immer wieder auf die Einbildungskraft des Zuschauers verläßt, ja deren schöpferische Mitarbeit voraussetzt. „We should, as it were, keep the plays in constant rehearsal in the theatre of our mind".[17] Shakespeares Dramen sind weitgehend – auch und gerade während der Aufführung – „theatre of the mind" in einem anderen Sinne, im Sinne des bereits zitierten Ronald Bryden nämlich „a theatre which takes place not before the eyes of an audience but within its head".[18] Besonders deutlich wird dies am Beispiel der Wortkulisse, Shakespeares Methode der Lokalisierung und der auch atmosphärischen Evokation seiner Schauplätze im Dialog. Wenn der Prolog zu *Henry V* sagt: „And let us ... On your imaginary forces work", so ist dies programmatisch für gewisse Techniken Shakespeares, etwa der Ort- und Zeitregie; es setzt aber auch eine Imagination voraus, die mitzuarbeiten bereit ist. Cleopatras Ägypten, der Athener oder der Ardenner Wald sind nicht als Herausforderung an den Bühnenbildner konzipiert, sondern als Herausforderung des Textes an unsere Phantasie.[19] Die Wortkulisse macht es möglich, daß Prosperos Insel für Gonzago grün, freundlich und fruchtbar ist, Antonio jedoch trostlos und unbewohnbar erscheint, was die beiden charakterisiert. Sie ermöglicht ähnliche Diskrepanzen in bezug auf den „Forest of Arden", je nach der sich ändernden Stimmung der Sprechenden. Bei näherem Hinsehen zeigt sich überhaupt, „wie es eigentlich keine ‚Atmosphäre'-Suggestion um ihrer selbst willen gibt, daß die ‚wordscenery' mit Übergängen ins Symbolische, mit Beziehungen zu Figurenaufbau, Arrangement und Szenenwechsel simultane dramaturgische Funktionen hat bzw. eine Funktion des integrierten Textes ist".[20] Die Suggestion von Nachtsituationen[21] und deren Aufrechterhaltung im Dialog gelingt Shakespeare ebenfalls mit äußerster Ökonomie der Mittel, unaufdringlich und fast beiläufig, so daß seine Regie nicht als solche wahrgenommen wird. Etwas anders verhält es sich bei dem Kunstmittel der berichteten Szene, die oft in längeren Reden dargeboten wird und, darin dem „soliloquy" ähnlich, als Ruhepause im Fluß der Aufführung empfunden werden kann. Im Gegensatz zum rein narrativen Bericht ist die berichtete Szene charakterisiert durch direkte Zitate, den Wechsel von der Vergangenheits- in die Präsenzform, sowie durch gestische Nachahmung der Personen, über die berichtet wird. Wortkulisse und berichtete Szene haben gemeinsam den Appell an die Imagination – d. h., der Zuschauer hat hier dem Leser am wenigsten voraus. „Shakespeare's imagination certainly knew how to amend the resources of his stage ... His very success in this is the main reason why many readers and critics, to their loss, tend to forget the stage for which he wrote and the performances which crowned his achievement".[22] Bei der Bewertung der berichteten Szenen käme es vor allem darauf an, diese nicht immer nur als zweitbeste Option zu begreifen, als Verlegensheitslösung des Dramatikers in Fällen, wo die direkte szenische Darbietung nicht möglich ist. Daß Desdemonas Schlafgemach auf der Bühne erscheint, Macbeths Mord an Duncan hingegen nur in unserer Phantasie, ist mit technischen Gründen nicht zu erklären. Gewiß spielen praktische Schwierigkeiten der Darstellung oft eine Rolle (Bolingbrokes Einzug in London, hoch zu Roß, in *Richard II*, V. 2.; Gertrudes Bericht über Ophelias Tod, *Hamlet*, IV. 7) oder auch Fragen des Dekorums. Für eine berichtete Szene wie die von Ophelia vorgetragene über den rätselhaften Besuch des stummen Hamlet lassen sich solche, rein praktischen Argumente nicht anführen. Der große Vorteil dieser Technik der indirekten Präsentation, der zwingende Charakter der textimmanenten Spielanweisungen, erweist sich an diesem Beispiel als besonders wertvoll. Es ist eine Sache, Hamlets schlotterndes Knie und die völlig verwahrloste, unordentliche Kleidung des emblematisch signalisierten „unglücklichen" Liebhaber Hamlet (II. 1. 74-81) und seine Gesten (Z. 84-97) von der tief betroffenen Ophelia beschreiben und nachahmen zu lassen. Es wäre eine andere, äußerst riskante Angelegenheit, Hamlet dies alles als Pantomime selbst spielen zu lassen. Eine für den tragischen Helden tödliche Gefahr des Absturzes ins unfreiwillig Komische hätte beim geringsten Ungeschick des Darstellers gedroht. Es ist also einleuchtend, warum Shakespeare hier die Zügel der Regie straff in seiner eigenen Hand behielt, obwohl die Szene in keiner Weise die Darstellungsmöglichkeiten des Theaters übersteigt.

Aufs Ganze gesehen bleiben aber Wortkulissen und berichtete Szenen Spezialitäten der Shakespeareschen Dramaturgie, verglichen mit der unmittelbar physischen, sinnlichen Komponente der Dramentexte. Ihre Notation erschließt Mimik, Gestik, überhaupt Bewegung im weitesten Sinne wie etwa räumliche Figurenführung auf der Bühne, „stage business", Requisiten und Requisitenspiel, Gruppierung, Choreographie, dynamische Szenenbilder oder statische Tableaus, Geräusche und Musik, soweit diese Dinge im Sprechtext direkt gespiegelt oder impliziert sind. Dabei erweisen sich als besonders aufschlußreich die Spiegelstellen (ob objektiv zuverlässig oder aus der Perspektive der sprechenden Figur verfälscht), Impulswörter wie Demonstrativa oder das die Geste zwingend erforderliche Adverb "thus", Impuls-Sprachformen wie Anrede, Imperativ oder adversative und antithetische Muster, metrische Unregelmäßigkeiten sowie das subtilere und schwerer faßbare Regiepotential des Sprachrhythmus in Vers und Prosa. Eine solche, keineswegs vollständige Liste relevanter Phänomene mit Einzelbeispielen zu illustrieren wäre wahrscheinlich im Hinblick auf eine Anwendung im Unterricht weniger sinnvoll als der folgende Versuch, das visuelle Potential einer zusammenhängenden Textpassage zu skizzieren. Da *Macbeth* zu den in der Schule am meisten gelesenen Dramen gehört, soll dies anhand der Bankett-Szene (III. 4. 1-120), vom Beginn bis zum Abgang der „Lords", geschehen. Da hier verhältnismäßig viele Dinge offen an der Oberfläche erscheinen – die Szene ist reich an expliziten Textanweisungen – eignet sie sich besonders für ein erstes Einüben in das szenische Entziffern des Dialogs.

Die Bühnenanweisung verlangt ein „banquet", also Tische und Stühle für die Gäste. Daß wir uns im Thronraum befinden, ergibt sich aus Z. 5, „Our hostess keeps her state": Der erhöhte und überdachte Prunkthron ist ebenfalls aufgestellt worden, frontal zum Publikum und zentral hinter dem „banquet". Lokalität und Kontext – die neuen Herrscher geben den Edlen ihres Reiches ein Festmahl – erfordern einen feierlichen, zumindest geordneten Einzug; die bei zeremoniellen Einzügen sonst übliche Musik wird aber in der Bühnenanweisung nicht erwähnt. Das gestische Spiel mit dem einfachen Kontrast zwischen Stehen und Sitzen sowie die schockierenden, sensationellen Auftritte des Mörders und von Banquos Geist gliedern die Szene in Abschnitte, die man nach Manfred Pfister als Handlungsphasen bezeichnen kann. Die erste Phase (1-12) hat überwiegend zeremoniellen Charakter. Rangordnung und Hierarchie werden in der Eröffnungszeile des Königs angesprochen: „You know your own degrees. Sit down …“. Symmetrie ist in der zwischen Macbeth und Lords geteilten Z. 2 impliziert,[23] letztere folgen danach ihrer Einladung, sich zu setzen. Symmetrie spiegelt sich auch in beiden möglichen Lesarten von Macbeths „Both sides are even“: Bezogen auf Z. 9 heißt dies, der Dank der Gäste ist ebenso herzlich wie der Willkommensgruß der Königin; bezogen auf Z. 10 („Here I'll sit in the midst“) – die Tische sind links und rechts gleichmäßig besetzt. Ein Schlüsselwort der Eröffnungsphase ist das dreimal ausgesprochene „welcome“ der Macbeths. Bis zum Erscheinen des Mörders also hierarisch geordnete Harmonie, symmetrisches Gleichgewicht, Einklang zwischen Szenenbild und Dialog? Nicht ganz, denn die Symmetrie ist nicht vollkommen, Macbeths Platz auf dem Thron neben der Königin bleibt leer: „Ourself will mingle with society, / And play the humble host“. (3 f.)

Er nimmt den ihm zustehenden Platz nicht ein, weil er seine offizielle Rolle nicht spielen mag. Er ist nicht bei der Sache; auch Banquo ist „geladen“, und noch hat Macbeth keine „Vollzugsmeldung“ von den in III.1 gedungenen Mördern erhalten. Es ist der Gedanke an Banquo, der ihn ruhelos macht und von seinem Thron fernhält. „Play“ in „play the humble host“ ist nicht ohne Ironie und erhellt seinen inneren Zustand. Er scheint bis Z. 10 zwischen den Lords zu zirkulieren, aber was ihn herumtreibt, ist nicht das Verlangen nach Geselligkeit. Auf der Ebene des privaten, psychologischen Dramas der Macbeths zeigt sich bereits durch die räumliche Trennung die nachher schnell fortschreitende Entfremdung der beiden, wenn Macbeth die Wahrung der äußeren Formen völlig der Königin überlassen muß. Bei „Here I'll sit in the midst“ (10) steht er immer noch inmitten seiner Gäste, scheint aber zur Ruhe zu kommen: Der Text läßt ihm kaum Zeit, sich wirklich zu setzen, bevor er den inzwischen eingetretenen Mörder bemerkt. Nicht einmal ein erster Umtrunk (11 f.) ist möglich, da ist Banquos Blut bereits auf der Bühne: „There's blood upon thy face“ (13). Der Auftritt des Mörders leitet über zur zweiten Phase: Hier spricht zunächst der visuelle Kontrast zwischen der Hofgesellschaft und der blutverschmierten Figur am Rande. Der Zuschauer erblickt den Mörder vor Macbeth; der Kunstgriff dieser Verzögerung wird später mit Banquos Geist voll ausgekostet. Macbeth muß sich aus dem Kreis seiner Lords lösen und geht zu seinem Schergen. Eine Pause nach „the table round“[24] deutet an, daß dieser Gang durch einen Augenblick der Stille herausgehoben ist und so das veränderte Szenenbild wirken läßt: Macbeth nun am Rande der Bühne, konspiratorisch mit dem verschmierten Mörder tuschelnd –

„beiseite“ an der Rampe, wohin der Mörder seit seinem Auftritt unterwegs war.[25] Die verhaltene Ruhelosigkeit steigert sich zu empfindlicher Störung der zeremoniellen Symmetrie. Dem entspricht der abrupte Wechsel in der Sprache: Der sarkastisch-brutale Witz über Banquos Blut, „'Tis better thee without than he within“, dann das Stichwort Sicherheit, Macbeths Inneres erschließend. Das zynisch-ängstliche "But Banquo's safe?“ (24), die Frustration durch die Flucht von Fleance. Mit dem Abgang des Mörders (31) geht diese erste Störung zu Ende. Was denken, wie reagieren die Gäste? Lady Macbeth ist sich der Peinlichkeit bewußt; noch peinlicher ist die Notwendigkeit, Macbeth zur Ordnung zu rufen. Die dritte Phase beginnt mit ihrer Ermahnung: „... To feed were best at home; / From thence, the sauce to meat is ceremony, / Meeting were bare without it.“ (34-36) Die deutliche Rüge für ihren „royal lord“ erreicht ihn über die Tafelgesellschaft, d. h. über die ganze Bühne hinweg vom Thron her und ist deshalb allgemein-epigrammatisch gehalten und rhetorisch elaboriert ("meat / meet“). Durch den Bericht des Mörders wenigstens für den Augenblick befriedigt, hat Macbeth nun doch Lust zum Zechen (37) und ist bereits zurück in der Runde, wo ihm Lennox einen Sessel anbietet, im selben Augenblick, da Banquos Geist hereinkommt und darin Platz nimmt. In seiner Gewißheit, daß Banquo nicht kommen wird, hält jedoch Macbeth seine kleine Tischrede, Banquos Abwesenheit heuchlerisch beklagend und den Fernbleibenden tadelnd – derweil dieser nur allzu pünktlich eingetroffen ist. Niemand auf der Bühne reagiert darauf; bis zu Z. 48 weiß nur der Zuschauer, was Macbeth erwartet. Der Widerspruch zwischen dem, was wir hören, und dem, was wir gleichzeitig sehen, schafft Ironie und Spannung zugleich. Wir können von „szenischer Ironie“ sprechen, da diese aus solchem Zusammenwirken von Sprache und szenischem Bild erwächst; wir denken dabei auch an Styans Formel vom Wechselspiel zwischen „perception“ (was wir sehen, respektive hören) und „conception“ (was der Zuschauer aus der Kombination als Aussage gewinnt). Erneut wird Macbeth eingeladen, sich zu den Lords zu setzen. Seit Beginn der Szene ist ausgerechnet der König als einziger (fast?) ununterbrochen herumgelaufen oder -gestanden, beinahe wie ein Mundschenk: eine Normendurchbrechung, die allerdings für Shakespeares Publikum eklatanter gewirkt haben mag als für ein heutiges. Endlich ist er bereit, den Einladungen von Lennox und Rosse, den Sprechern der Lords, zu folgen:

Macb. The table's full.
Len. Here is a place reserv'd, sir.
Macb. Where?

Len. Here, my good lord. What is't that moves your Highness? (45-47)

Der deiktische Impuls in „Here is a place reserv'd, sir" signalisiert uns endgültig, daß für Lennox der Sessel nach wie vor leer ist. Zunächst sieht Macbeth lediglich die vollbesetzte Tafel – dann, in Z. 47, spiegelt Lennox seine Schreckgebärde, sein Zurückweichen oder Zusammenzukken. Der Moment des Erkennens führt uns sehr rasch in eine neue, vierte Phase, eine ernste Krise. Macbeth spricht den Geist sofort an, verteidigt sich naiv („Thou canst not say I did it") und verrät uns in einer Spiegelstelle das Wesentliche über das Aussehen des Geistes: „never shake / Thy gory locks at me" (50). Zum zweitenmal leuchtet Banquos Blut, „without", auf der Bühne auf. Schlagartig wechselt die Situation vom bloß Peinlichen zur höchsten Gefahr, und Rosse macht der um sich greifenden Bestürzung Luft: „Gentlemen, rise, his Highness is not well". (51) In höchster Bedrängnis schreitet Lady Macbeth ein:

Lady M. Sit, worthy friends; my lord is often thus,
And hath been from his youth. Pray you keep seat. (52-53)

Die Gäste müssen fast wie ein Mann aufgestanden, aufgesprungen sein – in zunehmender Verlegenheit scheinen sie auf das Signal von Rosse nur gewartet zu haben. Der Kampf zwischen Ordnung und Unordnung, zwischen Dekorum und der Entladung der latenten Spannung wird gestisch übersetzt in den Widerstreit zwischen „rise" und „sit". In der Wiederholung der Aufforderung, sich wieder zu setzen, wird widerstrebendes Zögern der Gäste deutlich. Lady Macbeth kämpft nun erbittert darum, das Gesicht zu wahren und den festlichen Anlaß doch noch über die Runden zu bringen. Mit der Notlüge von Macbeths Krankheit wird die Ruhe notdürftig wiederhergestellt – jetzt muß sie aber ihren Mann wieder einmal in den Senkel stellen. Die nächste Phase ist ein längerer Beiseitedialog der beiden, ein Umschlag vom öffentlichen in den privaten Bereich. Die Logik der visuellen Sprache der ganzen Szene gibt G. K. Hunter recht, der bei „Sit, worthy friends" eine Spielanweisung für Lady Macbeth setzt: *Descends from her throne.*[26] Macbeth geht in seiner jetzigen Geistesverfassung gewiß nicht zu ihr hin, und die technische Notwendigkeit spricht auch hier wie beim Mörder (was anderes ist Macbeth?) für die Rampe, nahe beim Publikum. Gegenüber dem Eröffnungsbild also die Verschärfung der Krise: Der Thron ist jetzt völlig verwaist, und beide Macbeths verlassen die Gesellschaft. Die Beschwichtigung der Gäste muß die Lady vielleicht gar während ihres Ganges zu Macbeth fortsetzen, denn in Z. 57 ist sie bei ihm angekommen. „Feed, and regard him not. – Are you a man?" Der Wechsel von offizieller Rede zur zornig zischenden Frage an ihren Weichling von einem Mann zeigt die Bedrängnis an. Fast schon verzweifelt ihre letzten Worte an die Lords: Das Verb „feed" hatte sie schon in Z. 34 verwendet („To Feed were best at home") – für bloßes animalisches „Abfüttern" könne man auch zu Hause bleiben, hatte sie gemahnt. Jetzt ist sie schon froh, wenn ihre Gäste ruhig am Trog verharren. Ihre Schlüsselworte sind jetzt „man", „unmanned" und „woman's story". Macbeth ist für sie das Opfer weibischer Hirngespinste; in ihrem Zorn spiegelt sie für uns sein erregtes Mienenspiel: „Why do you make such faces? When all's done, / You look but on a stool". (66 f.) Eine weitere Spiegelstelle Macbeths deutet erneut auf gestisches Spiel des Geistes hin: „if thou canst nod, speak too" (69). Durch seinen Abgang (72) verwirrt und blamiert der Geist Macbeth nur noch mehr:

> *Lady M.* What? quite unmann'd in folly?
> *Macb.* If I stand here, I saw him.
> (73–74)

Die Wortwahl seiner Beteuerung ermöglicht einen erneuten Hinweis auf sein andauerndes Stehen, und damit auf ein konkretes gestisches Motiv der Szene. In seiner nächsten Rede wird das Motiv des Aufstehens (Auferstehens) zum Thema eines makabren Witzes, einer schon fast metaphysischen Farce auf Kosten Macbeths: Er ist naiv und ehrlich aufgebracht darüber, daß sich die Toten nicht mehr an die Spielregeln halten:

> , . . but now they rise again
> With twenty mortal murthers on their crowns,
> And push us from our stools.
> (79-81)

„And push us from our stools" ist mehr als schwarzer Humor oder konventioneller Ausdruck des Schreckens. Schon zu Beginn der Szene war es die Obsession durch Banquo gewesen, die ihn von seinem Thron fernhielt, dann nahm ihm dessen Geist wörtlich seinen Platz weg. Nicht zufällig verwendet Macbeth dasselbe Wort wie die nüchterne Lady vor ihm („You look but on a stool"). Hat der Zuschauer Zeit, darüber hinaus einen Hinweis auf Macbeths baldigen Verlust des Thrones zu registrieren? Noch einmal gelingt es der Lady, die Situation zu stabilisieren. Das höfliche "My worthy lord, / Your noble friends do lack you" ist nicht mehr beiseite gesprochen. Über ihre Rückkehr zum Thron schweigt sich der Text aus, doch Macbeth übernimmt seine Gastgeberrolle wieder, kehrt zum „banquet" zurück, wiederholt die (gar nicht mehr so fiktive) Fiktion seiner „infirmity“ und schickt sich an, einen Trinkspruch auszubringen. Für wenige Augenblicke wird so der Zustand der Eröffnungsphase wiederhergestellt, da folgt bereits in der nächsten Phase eine beschleunigte und verschärfte Wiederholung der Effekte beim ersten Auftritt des Geistes, als solche Intensivierung markiert durch verbale wie gestische Parallelen. “Come, love and health to all, / Then I'll sit down. Give me some wine, fill full.“ (86 f.) Nach seinem gleich anschließenden Trinkspruch (88-91) also will Macbeth sich endlich setzen. Doch schon ist der Geist wieder auf der Bühne erschienen und begibt sich zu seinem alten Platz. In neuem Übermut – oder in der Absicht, einen Zusammenhang zwischen Banquos Fernbleiben und seinen eigenen wilden Reden zu verwischen, schließt Macbeth auch Banquo in seine Wünsche für „general joy“ (88) ein. Er erblickt Banquos Geist wiederum genau in dem Augenblick, als er sich zu den Gästen setzen will. Wiederum auch redet er den Geist sofort an, doch diesmal läßt sich dieser sozusagen von Macbeth wegschicken (106). Seine Worte an den Geist verraten deutlich, daß er sich bei allem Schrecken an die ebenso schrecklichen Vorwürfe der Lady erinnert. („What man dare, I dare“ – „I am a man again“.) Hatte diese von „a woman's story“ gesprochen, so steigert er selbst dies in Z. 106 zur Hyperbel „The baby of a girl“. Kaum ist der Geist verschwunden, wendet er sich an die Gesellschaft, und seine Worte spiegeln die um sich greifende Bestürzung, auch gestisch durch (vereinzeltes?) Aufspringen ausgedrückt: „Pray you sit still“. (107) Doch dazu ist es nun endgültig zu spät. Das weiß Lady Macbeth nur zu gut; diesmal spricht sie ihren Tadel offen aus:

> *Lady M.* You have displac'd the mirth, broke the good meeting,
> With most admir'd disorder.
> (113-115)

Sie endet mit dem die Schlußphase charakterisierenden Schlüsselwort „disorder“, das, zunächst auf Macbeths Krankheit bezogen, die visuelle Aussage des Bühnengeschehens zusammenfaßt und benennt. Macbeths tief betroffene Rede (109-115), zunächst in bestürzter Verwunderung an sich selbst, dann erst an die Lady gerichtet, gibt uns das volle Ausmaß seiner Entfremdung von ihr. Zudem wird ihre Auseinandersetzung nunmehr offen vor den Gästen ausgetragen, denn Rosse knüpft ja an Macbeths Rede an. In

> When now I think you can behold such sights,
> And keep the natural ruby of your cheeks,
> When mine is blanch'd with fear
> (113–115)

haben wir es dabei in Z. 115 mit jener besonderen Art von Spiegelstellen zu tun, die Daniel Seltzer „literarische“ Anweisungen nennt, “evoking a reaction no actor, of any period ... could effect at will”[27] Die anschließende Frage von Rosse „What sights, my lord?“ ist so gefährlich, daß es Lady Macbeth nicht riskieren kann, die Antwort abzuwarten. Sie kann nur noch schnellstens die Notbremse ziehen, die letzte Phase des allgemeinen Aufbruchs einleitend:

> *Lady M.* I pray you speak not. He grows worse
> and worse,
> Question enrages him. At once, good night.
> Stand not upon the order of your going,
> But go at once.
> (116-119)

Der Kontrast zwischen „You know your own degrees. Sit down ...“ (1) und „Stand not upon the order of your going, / But go at once“ (118 f.) sagt alles über ihre totale Niederlage. Z. 118 f. ist eher ein hastiges Fortschicken als die zu erwartende, zeremonielle Erlaubnis, sich aus der „presence“ zu entfernen; wahrscheinlich ist es gar eher ein beschreibender Kommentar zu dem sich ohnehin abzeichnenden, nun völlig ungeordneten Aufbruch. Lennox (119 f.) ist ihr noch behilflich beim Versuch, die Formen zu wahren, dann bleiben Macbeth und Lady Macbeth allein in dem leeren Prunksaal zurück.

In unserer Skizze wurde gewiß viel „Selbstverständliches“ gesagt, und doch ist es bezeichnend, daß auch in dieser von Shakespeare sehr dicht notierten Szene manches bloß wahrscheinlich bleibt oder offengelassen werden muß. Was geschieht mit Macbeths Weinpokal – siehe Z. 87 – wenn er den Geist zum zweitenmal erblickt? Läßt er ihn klirrend zu Boden fallen? Der offenen Fragen ist kein Ende. Auch stumme und im Dialog nicht erwähnte Figuren, wie die „attendants“ in unserer Szene, sind Teil des Bühnengeschehens und wollen so eingesetzt sein, daß die Beobachtung J. R. Browns auch auf sie zutrifft: „They are meaningful as soon as they are *seen*“.[28] Da eine Schullektüre wenn immer möglich nicht ohne Theaterbesuch abgeschlossen werden sollte, sei hier noch etwas gesagt über das Verhältnis zwischen der stets fragmentarisch bleibenden theatralischen Notation und der Aufführung. Die im Text angelegten Aufführungselemente haben ja, wie Werner Habicht nicht ohne ironische Untertreibung anmerkt, „an der intendierten Wirkung ... erst kraft ihrer Aufführung, und dies durchaus nicht unwesentlich, teil“.[29] Jeder analytische Beschreibungsversuch fällt notwendigerweise abstrakt und statisch aus – als Zuschauer denkt niemand bewußt in Kategorien wie z. B. der „Handlungsphase". Die Analyse kann und soll die konkret sinnliche, dynamische Wirkung der Aufführung, die Belebung der Figuren durch Schauspieler mit ihrer individuellen Statur, Physiognomie, Stimmqualität, Kostümierung usw. niemals ersetzen. Was gibt also eine solche Analyse her? Sehr viel, wenn wir bedenken, daß der Folio-Text außer *Enter-* und *Exit-*Anweisungen fast keinen Nebentext aufweist. Wenig genug hingegen, wenn es ans Inszenieren geht: Da müssen viele Fragen ohne Hilfe des Textes beantwortet werden. Deshalb kann die Partitur für J. R. Brown, wie schon erwähnt, lediglich Ausgangspunkt sein, von dem die Theaterarbeit fortschreiten muß zu text-unabhängigen Effekten, „limiting, denying or extending the more textual effects".[30] Auf diese Weise wird die visuelle Sprache Shakespeares, jedenfalls in ihren wesentlichen Wirkungen, automatisch in die Aufführung eingehen. Wie groß der Freiraum bei der szenischen Realisation selbst dann noch bleibt, ergibt sich schon aus dem fragmentarischen Charakter der Partitur und aus der Tatsache, daß wichtige Effekte und Vorgänge, ja eigentliche Höhepunkte mit Augenblicken des Schweigens zusammenfallen können, bei denen keine Spiegelung im Sprechtext möglich ist: Wirkungen also, die überhaupt erst bei der Inszenierung zutage treten. Wenn systematisch aus dem Text heraus- und nicht subjektiv in ihn hineingelesen wird, setzt sich jedoch die Erkenntnis Beckermans wieder durch, daß die Inszenierung nicht ohne Bezug auf den Regisseur Shakespeare als eine erste, wenn auch nicht einzige Instanz vor sich gehen sollte, weil sonst ein wesentlicher und bestimmender Sinnträger seiner Dramen unberücksichtigt bleibt:

> I would argue that in becoming attuned to the visual elements of a dramatic text and in weighing its choices, we are testing the limits of the play. Not all visual images are appropriate; not all choices are valid ... Despite common misapprehensions, a close, systematic examination of a good text does not restrict the free play of the imagination or reductively limit the opportunities available for effective performance. Rather, it brings into more exciting relationship the most provocative features of a dramatic work. Feeling at liberty to interpret a role or a scene in totally unlimited ways is not truly being free imaginatively. It is far more thrilling and emancipating to discover the limits within which a given work allows legitimate interpretation.[31]

In diesem Sinne wäre eine kritische Sensibilisierung des Schülers und angehenden Theaterbesuchers gegenüber den Auswüchsen eines seinerseits subjektiven, in Wirklichkeit ohne Instanzen arbeitenden „Regisseurtheaters" auch ein Dienst am Theater.

Wie steht es mit der historischen Bedingtheit der visuellen Komponente im Dramentext? Das Motiv des inmitten seiner Vasallen stehenden Königs mag illustrieren, daß es, genau wie in Shakespeares Wortschatz, selbstverständlich auch in seiner visuellen Sprache Bedeutungsverschiebungen gegeben hat, im genannten Falle eine gewisse Abschwächung. Lassen sich gar die vom Text geforderten Effekte nur auf einer, nach wie vor problematischen, Rekonstruktion des *Globe* oder *Blackfriars Theatre* erzielen? Keineswegs. Das gestische Spiel ist an keine besondere Bühnenform gebunden, elementare Gruppierungseffekte wie der in unserem Beispiel beobachtete Gegensatz zwischen Symmetrie und deren zunehmender Störung lassen sich wohl ebenfalls auf jeder Bühne erzielen. In seinem Plädoyer für theaterbezogenes Lesen und textbezogenes Inszenieren macht Beckerman eine nützliche Unterscheidung:

> Scholars of the Elizabethan theatre, for example, almost always employ the word „staging" to mean the way actors use the features of the physical stage – doors, stage traps, properties, and so forth. For me, on the other hand, while „staging" includes the use of the physical stage, it also encompasses far more significant features such as actor relationships and performing rhythms.[32]

Es sind gerade auch diese letzteren, für Beckerman wichtigeren Effekte, welche uns Shakespeares theatralische Notation erschließt. Es sind dies in weit geringerem Maße historische Phänomene als die Detailfragen elisabethanischer Bühnentechnik. Trotzdem bleibt zu beachten, daß Shakespeare für ein spezifisches Theater schrieb, und daß daher die theatralische Physiognomie oder Gestalt seiner Dramen die Züge dieses Theaters trägt. Er nimmt ja gelegentlich direkt oder in seiner Bildersprache auf architektonische Gegebenheiten seiner Bühne Bezug.[33] Ein echtes und gravierendes Hindernis liegt im Unvermögen der Guckkastenbühne,[34] der Dreidimensionalität der Shakespeareschen Dramen gerecht zu werden: der Tiefenwirkung einer weit ins Auditorium hinausragenden Bühne mit ihrer größeren Publikumsnähe, der Intimität bei direkter Anrede an die Zuschauer, im Monolog und Beiseitesprechen, oder den effektvoll langen „Anmarschwegen" für neu auftretende Figuren. Auch bei der neuerdings vielerorts zu beobachtenden Rückkehr zu dieser offenen Bühnenform kann es nie um den hoffnungslosen Versuch gehen, in falsch verstandener Werktreue die Uhr um 400 Jahre zurückzudrehen.

Der Weg zur fertigen Inszenierung führt durch ein Spannungsfeld zwischen den Vorgaben des Textes einerseits und der eigengesetzlichen Dynamik des Theaterschaffens, in welcher sich auch die besonderen Interessen und Belange der jeweiligen Epoche spiegeln, auf der anderen Seite. So mag man die Arbeit der Regisseure und Schauspieler mit einem

Balance-Akt vergleichen. Die Lösung der Aufgabe kann nicht ohne Kompromisse gelingen. Weder dürfen wir die Seiltänzer in eine präskriptive und historisierende Zwangsjacke stecken, in der sie nicht einmal die Leiter besteigen können, noch sollten sie sich auf das hohe Seil wagen, ohne sich mit dem Fangnetz der Shakespeareschen Partitur abzusichern. Im einen Fall droht sonst ein Erstarren im Theater als Museum, im anderen der Sturz in eine Anarchie, die sein Werk bis zur Unkenntlichkeit verstümmelt.

Anmerkungen

1 Ronald Bryden, „Afterword", *Henry V for the Centenary Season at The Royal Shakespeare Theatre*, ed. Sally Beauman (London, 1976), 244–248, p. 245.

2 Cf. Jörg Hasler, „Bühnenanweisungen und Spiegeltechnik bei Shakespeare und im modernen Drama", *SJ West* (1970), 99–117.

3 Manfred Pfister, *Das Drama. Theorie und Analyse* (München, 1977), p. 107.

4 Ibid., p. 252.

5 Harley Granville-Barker, *Prefaces to Shakespeare*, 2 vols. (London, 1927/1930), I, p. 5.

6 Werner Habicht, „Shakespeare im Buch und auf der Bühne", *Anglia*, 96, 3/4 (1978), 349–370, p. 353 f.

7 Cf. Rudolf Stamm, „The Theatrical Physiognomy of Shakespeare's Plays", *The Shaping Powers at Work* (Heidelberg, 1967), pp. 11–84; „Über die theatralische Physiognomie der Tragödien Shakespeares, insbesondere des *Hamlet*", *Shakespeare-Verständnis heute*, ed. Paul Rieger (Göttingen, 1969), 36–58.

8 Arthur Gerstner-Hirzel, *Erasmus*, 28 (1976), 235, und Günter Walch, *SJ Ost*, 113 (1977), 201, in Rezensionen von Jörg Hasler, *Shakespeare's Theatrical Notation: The Comedies* (Bern, 1974).

9 Richard Flatter, *Das Schauspielerische in der Diktion Shakespeares* (Wien, 1954), p. 34.

10 John Russell Brown, *Shakespeare's Plays in Performance* (Harmondsworth, 1969), p. 52 f.

11 Cf. J. L. Styan, *Drama, Stage and Audience* (Cambridge, 1975), p. 151.

12 Ibid., p. 44.

13 Kenneth Muir, ed., *Macbeth*. The Arden Shakespeare (London, 1957), n. II. 1. 3, 5, 7, p. 5. Muir weiß dabei, daß die Interpretation dieser Unregelmäßigkeiten – ohnehin keine „exakte Wissenschaft" – durch die Möglichkeit einer „mislineation" im Folio-Text in einigen Fällen noch schwieriger wird: „Shakespeare's irregularities were deliberate, but it is not always possible to distinguish between such irregularities and those for which transcriber or printer is responsible". (ibid., p. XV–XVI).

14 „This broken line, which Q. prints with l. 46, certainly denotes adaptation

of some kind". John Dover Wilson, ed., *The Merchant of Venice.* The New Shakespeare (London, 1968, 1st ed. 1926), p. 157.

15 John Russell Brown, ed., *The Merchant of Venice.* The Arden Shakespeare (London and Cambridge, Mass., 1955), n. III. 4. 45, p. 96.

16 Bernard Beckerman, „Explorations in Shakespeare's Drama", *SQ*, 29, 2 (1978), 133–145, p. 136.

17 Brown, op. cit. (1969), p. 82. Ebenso Styan, op. cit., p. 143: „... the accomplished reader of a play will constantly assume the actor's role as he reads".

18 Bryden, op. cit., p. 245.

19 Peter Brooks berühmt gewordene Inszenierung von *A Midsummer Night's Dream,* deren blendend weiße und grell ausgeleuchtete – die „daylight convention" künstlich wiederherstellende – Bühne jedes elisabethanische Original an Leere gewiß übertraf, brachte dieses Prinzip der Wortkulisse zur vollen Wirkung. Zur Wortkulisse, cf. Rudolf Stamm, op. cit. (1976), Kapitel I, 3: „Word Scenery in *Macbeth* and Some Other Plays", pp. 51–73, und Jörg Hasler, op. cit. (1974), Kapitel VII, „Word Scenery", pp. 179–203.

20 Walch, op. cit., p. 200.

21 Zu *Macbeth,* cf. Stamm, op. cit. (1976), pp. 61 ff., und zu *The Merchant of Venice* cf. Hasler, op. cit. (1974), pp. 181–192.

22 Stamm, op. cit. (1976), p. 73.

23 Der Folio–Text teilt Macbeths Zeilen noch anders ein: „You know your own degrees, sit down: / At first and last, the hearty welcome". Die beiden gleich langen Kurzzeilen sind allgemein als „mislineation" verworfen und korrigiert worden.

24 Auch diese Pause ist in der Folio–Ausgabe noch nicht so deutlich markiert wie in den modernen Editionen.

25 Jedenfalls so nahe wie möglich beim Publikum. *Goes to the door* (Riverside) geht nicht auf F zurück und darf vom inszenierenden Leser nicht wie eine authentische Anweisung gelesen werden, wo „door" auf die „stage doors" im „tiring house", im Hintergrund der Bühne, verweisen könnte. Es kann sich nur um den durch jede Inszenierung neu zu lokalisierenden Eingang zum imaginierten Thronsaal handeln. *He rises and goes to the Murderer* (New Penguin) vermeidet möglicherweise irreführende örtliche Festlegung.

26 G. K. Hunter, ed., *Macbeth.* The New Penguin Shakespeare (Harmondsworth, 1967), III. 4. 51, p. 97.

27 Daniel Seltzer, „The Actors and Staging", *A New Companion to Shakespeare Studies*, eds. Kenneth Muir and S. Schoenbaum (Cambridge, 1971), p. 44.

28 Brown, op. cit. (1969), p. 46.

29 Habicht, op. cit., p. 359.

30 Brown, op. cit. (1969), p. 53.

31 Beckerman, op. cit., p. 138, 145.

32 Ibid., p. 137.

33 Cf. Nevill Coghill, *Shakespeare's Professional Skills* (Cambridge, 1965), Kap. I, „Visual Meaning", pp. 1–31.

34 Das heutige, 1932 eröffnete Royal Shakespeare Theatre in Stratford–

upon–Avon hat eine, wenn auch tiefe „proscenium stage". Es ist bezeichnend, daß man gerade hier in letzter Zeit immer wieder versucht hat, durch bauliche Veränderungen an der Bühne etwas aus dem Guckkasten auszubrechen.

PETER FUNKE

Der Dramentext und seine Aufführung, dargestellt an *As You Like It*

1. *Die theoretischen Grundlagen*

Wird in meinem Aufsatz über den strukturalistischen Ansatz entwickelt, wie der Weg über die Strukturanalyse zu einer Interpretation des einzelnen Dramas und zu einem Verständnis von Literarizität führen kann, so soll hier gezeigt werden, wie das Verständnis von Drama ergänzt werden muß durch den Einbezug der Aufführungskomponente des literarischen Dramentextes. Dabei wird der Begriff Aufführungskomponente sowohl rezeptiv zu verstehen sein, bezogen auf die Rezeption von Aufführungen, als auch produktiv, bezogen auf Versuche, im Unterricht über das Lesen und Diskutieren des Textes hinaus einzelne Szenen oder Auftritte anzuspielen. Die Beispiele werden wiederum aus *As You Like It* stammen.

Im englischen Sprachgebrauch, wie auf den Regalen englischer Bibliotheken und Buchhandlungen, werden Drama und Literatur streng getrennt, denn "drama is not, in the strict sense, ‚literature' ".[1] Dieses Begriffsverständnis, das Drama dem Theater zuordnet und den Dramentext als Vorlage für seine Aufführung, als Aufführungspartitur, sieht, steht im Gegensatz zu dem Verständnis von Drama als literarischem Text, der in der gedruckt vorliegenden Form vollständig ist. Doch das ist er, genau genommen, nicht, denn

> the printed play is not a finished piece of work until it is played on the stage by actors and brought to life by genuine human emotions; the same can be said of a musical score, it is not really a symphony until it is executed by an orchestra of musicians in a concert.[2]

Jeder dramatische Text, von wenigen Ausnahmen abgesehen, ist als Aufführungspartitur konzipiert und für eine Aufführung geschrieben worden. Dennoch sind der Dramentext und seine Aufführung nicht identisch, weder in der Form der Darstellung (was offensichtlich ist) noch in der Bedeutung, d.h. in der Art der Realisierung, da es sich um unterschiedliche Rezeptionsvorgänge und damit Verwirklichungsformen handelt. Während im literarischen Lesetext Bedeutung durch die geschriebene Sprache vermittelt wird, nach Ingarden dem Haupttext, unterstützt von ebenfalls geschriebenen, sprachlichen Regieanweisungen, dem Nebentext, wird die Bedeutung einer Aufführung sprachlich und bildlich, akustisch und visuell, also plurimedial vermittelt.[3] Will man den literarischen Dramentext mit seiner Aufführungskomponente untersuchen, so gilt es, aus der Perspektive des Lesers bzw. des Zuschauers die verschiedenen Rezeptionsformen zu unterscheiden, die Leserezeption bzw. Hörrezeption von den verschiedenen Formen der Aufführungsrezeption, der Theater-, der Film- und der Fernsehrezeption, und die Bedingungen zu untersuchen, unter denen sie entstehen. Dabei ist das Ziel nicht der Rezeptionsprozeß an sich, sondern das Ergebnis des Rezeptionsprozesses, die Interpretation des Dramas unter den Bedingungen der jeweiligen Rezeption.

Geht man davon aus, daß der gedruckt vorliegende Dramentext als Partitur seiner Aufführung zu sehen ist, dann folgt, daß erst die Aufführung eine Verwirklichung dieses Textes ist. Allerdings ist jede Aufführung nur eine Verwirklichung und damit eine Interpretation. Denn der Dramentext liefert der Aufführung nur die sprachliche Vorlage des Haupt- und Nebentextes, die in der Aufführung sprachlich, bildlich und akustisch dargestellt wird. Die Aufführung bedient sich also mehrerer Formen der Vermittlung von Bedeutung oder kommunikationstheoretisch ausgedrückt, verschiedener Kommunikationskanäle mit verschiedenen Codes.[4] Der Zuschauer sieht ein Geschehen, das von Personen in einer szenisch dargestellten oder angedeuteten Situation gespielt wird. Er sieht ein situatives Handlungsspiel, dessen Bedeutung er entschlüsseln muß, wobei alle Elemente der Aufführung in sich und im Zusammen-

1 Rede 2 Ton	gesprochener Text	Aktor-gebunden	Auditive Zeichen	Zeit
3 Mimik 4 Geste 5 Choreographie	körperlicher Ausdruck		Visuelle Zeichen	Raum und Zeit
6 Schminke 7 Coiffüre 8 Kostüm	externer Schmuck des Aktors			Raum
9 Requisit 10 Dekoration 11 Beleuchtung	Aspekt des szenischen Raums	nicht-Aktor-gebunden		Raum und Zeit
12 Musik 13 Geräusch	nicht artikulierte sonore Effekte		Auditive Zeichen	Zeit

spiel miteinander sinntragend sind. Tadeusz Kowzan hat diese sinntragenden Elemente als Zeichensystem des Schauspiels gesehen und in vorausgehender Tabelle zusammengefaßt, die einen ersten Überblick ermöglicht.[5]

Diese Zusammenstellung zeigt die Vielfalt der sinntragenden Elemente und ihren plurimedialen Charakter. Sie berücksichtigt noch nicht die relative Funktion der einzelnen Elemente im Kommunikationsprozeß zwischen Autor – Dramentext – Aufführung – Leser – Zuschauer. Sie beinhaltet auch noch keine Reihen- oder Rangfolge der Elemente bei der Rezeption, macht also keine Aussage über ihre zeitliche Folge oder ihre relative Bedeutung im Rezeptionsprozeß.

Stark vereinfacht und schematisiert läßt sich der hier angesprochene Kommunikationsprozeß wie folgt darstellen.

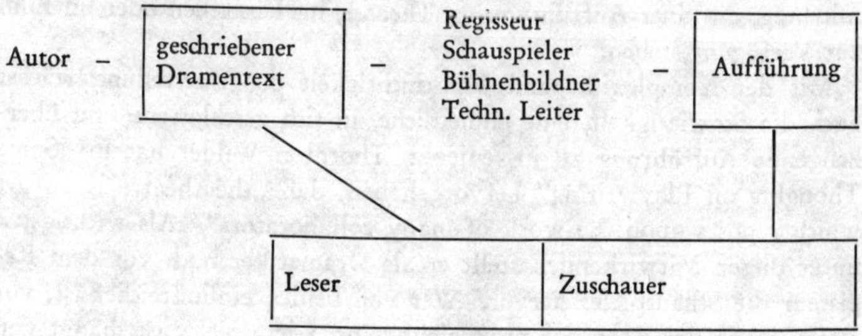

An dieser Skizze wird deutlich, daß die Kommunikation zwischen Autor und Leser anders verläuft als die zwischen Autor und Zuschauer, wobei nicht davon ausgegangen werden kann, daß Leser und Zuschauer identisch sind. Während die Kommunikation zwischen Autor und Leser über den geschriebenen Dramentext von allen Faktoren abhängt, die diese literarische Kommunikation auf seiten des Produzenten (Autor) und des Rezipienten (Leser) beeinflussen, wie Einstellung, Intention, Kodierungs- bzw. Dekodierungsfähigkeit, räumlicher und zeitlicher Kontext, stehen zwischen dem Autor und dem Zuschauer eine Reihe von zusätzlichen Interpreten und Vermittlern des geschriebenen Dramentextes. Bei einer Aufführung, an deren Entstehung der Dramatiker nicht selbst beteiligt ist, handelt es sich also um einen mehrfach durch Interpretation gebrochenen Kommunikationsprozeß. Denn der geschriebene Dramentext ist nur die Vorlage, die im Rahmen der Deutungsmöglichkeiten von Sprache Varianten der Interpretation und damit der Realisierung zuläßt. Jedes Lesen eines sprachlichen Textes ist bereits eine Interpretation und Realisierung. Jede Aufführung ist es noch mehr, da der Aufführung mehr Mittel zur Verfügung stehen, die Interpretation, d. h. die Deutung der sprachlichen Textvorlage und damit ihre Realisierung, darzustellen und dem Zuschauer zu vermitteln.

Die Deutungsmöglichkeiten von Sprache können rezeptiv und produktiv gesehen werden. Die rezeptive Deutung von Sprache ist das stille Lesen. Das laute Lesen, vor allem das Vorlesen und noch mehr das Vorsprechen, sind bereits produktive Formen der Deutung von Sprache, denn Intonation und Betonung erlauben Varianten der Deutung. Diese produktiven Deutungsformen von Sprache werden immer komplexer, je mehr Vermittlungsformen von Bedeutung, je mehr Kommunikationskanäle und Codes einbezogen werden. Denn Sprache ist nur eine Form der Vermittlung von Bedeutung, außersprachliche Formen sind Mimik, Gestik und alle anderen Mittel visueller und auditiver Bedeutungsvermittlung, die einer Aufführung im Theater, im Fernsehen oder im Film zur Verfügung stehen.

Mit der Komplexität und Vielschichtigkeit der Darstellung wächst auch die Schwierigkeit, eine einheitliche, in sich geschlossene und überzeugende Aufführung zu inszenieren. Thornton Wilder hat in „Some Thoughts on Playwriting" hervorgehoben, daß „the theatre is an art which reposes upon the work of many collaborators".[6] Als wichtigsten unter diesen Mitwirkenden stellt er als Dramatiker noch vor dem Regisseur die Schauspieler hervor.[7] Wer von beiden einflußreicher ist, vor allem, wenn der Regisseur nicht gleichzeitig Schauspieler ist, hängt von der Intensität ihrer Darstellungskraft ab.

Der Regisseur entwirft aufgrund einer Gesamtinterpretation des Textes das Gesamtkonzept der Inszenierung und gibt ihr, je nach dem Stil seiner Regie, seine Prägung. Er bestimmt, wie weit er der Vorlage des Textes folgen und wie er ihn dem zeitgenössischen Publikum präsentieren will. Dabei verfolgt er, genau wie der Autor, bestimmte Absichten, steht wie jener in einer bestimmten Tradition und wird von seiner Zeit beeinflußt. Er ist also der Vermittler eines Kommunikationsprozesses zwischen Autor, Text und Publikum, genauso wie der Initiator und Gestalter eines Kommunikationsprozesses zwischen der Aufführung und dem Publikum.[8]

Im Rahmen der Inszenierung als Gesamtinterpretation des Textes bestimmen die Schauspieler als Darsteller der dramatischen Figuren und als handlungstragendes Element die Vermittlung des Textes. Schon durch ihre Erscheinung, ihr Wesen und ihre Kleidung vermitteln sie außersprachliche Bedeutung und rufen im Zuschauer bestimmte, bewußt gesteuerte Einstellungen und Haltungen hervor. Jede dramatische Figur erscheint als menschliche Gestalt mit Eigenschaften, die ihrer Rolle, d. h. ihrer Funktion im Gesamtkonzept, entsprechen. Dazu gehören Alter, Haarfarbe, Typ, Größe und Gestalt genauso wie Bewegung, Mimik und Gestik. So wird aufgrund der unterschiedlichen Funktion die Darstellung des Orlando in *As You Like It* anders erfolgen müssen als die Darstellung des Silvius. Auch die Unterscheidung der beiden Brüderpaare und ihrer verschiedenen Charaktere kann bereits durch ihre äußere Erscheinung und durch ihr Wesen angezeigt werden. Allerdings bringt es die Schwierigkeit der Darstellung einer Rolle mit sich, daß jede Darstellung in jeder Inszenierung verschieden ist. Zwar werden die Schauspieler vom Regisseur ausgewählt und müssen sich seinem Inszenierungskonzept unterordnen, doch haben sie als Sprecher des Textes und als Darsteller der Handlung einen eigenen Interpretationsspielraum. Dabei ist die Antwort auf die Frage nach dem Primat von Handlung und Figur hier unwesentlich, da die enge Verknüpfung dieser beiden Elemente nicht infrage gestellt werden kann.[9] Ohne dramatische Figuren ist Handlung nicht möglich, und ohne Handlung, die allerdings sehr verschiedene Formen haben kann, ist eine Aufführung nicht denkbar. Raymond Williams hat vier Kategorien dramatischen Handelns unterschieden, das durch die Schauspieler sprachlich und außersprachlich dargestellt werden muß.[10]

(a) *Acted Speech:* ... Here, the drama is conceived, and the literary work is written, in such a way that when, in the known conditions of performance, the words are enacted, the whole of the drama is thereby communicated. ...
(b) *Visual Enactment:* ... Here, an action exactly prescribed by the literary form, but not directly accompanied by speech, is separately performed. ...
(c) *Activity:* ... Here, there is no direct unity of speech and movement; but the moment, usually arranged in a pattern of exciting events, is primary, and the dramatic speech exists mainly to give the cue for these events, to explain them, and to punctuate them by simple cries of alarm, warning, shock and so on. ...
(d) *Behaviour:* the kind of action, ... where the words and movement have no direct and necessary relation, but derive, as it were separately, from a conception of ‚probable behaviour' in the circumstances presented. ...

Diese Ausdrucksformen dramatischen Handelns weisen schon auf den Interpretationsspielraum hin, den der Schauspieler selbst im Rahmen eines Regiekonzepts in der Verwendung sprachlicher und außersprachlicher Kommunikationsmittel hat. Auch wenn dieser Spielraum bei Shakespeare aufgrund der sprachlichen Dichte seiner Dramentexte nicht so groß ist wie bei der Aufführung moderner Dramen, so ist er doch, wie noch zu zeigen sein wird, gerade bei der Charakterdarstellung groß genug.

Der Bühnenbildner und der technische Leiter sind an der Aufführung und damit an der Interpretation des Textes ebenfalls maßgeblich beteiligt. Trotz der Feststellung von Peter Brook, „I can take any empty space and call it a bare stage",[11] ist doch bei den meisten Aufführungen das Bühnenbild eine Ergänzung der dramatischen Handlung, mit dem Ziel, dem Zuschauer die Situation zu zeigen oder zumindest anzudeuten, in der die dramatische Handlung stattfindet. Das Bühnenbild suggeriert die Illusion situativer Realität und bildet damit einen wesentlichen Teil der Interpretation, wobei die Spanne von einer naturalistischen bis zu einer symbolischen Gestaltung reicht. Anhand eines Vergleichs der Bühnenbilder verschiedener Aufführungen eines Dramas läßt sich leicht die unterschiedliche Wirkung nachweisen, die von dem szenischen Hintergrund ausgeht, den sie erstellen.

Die Wirkung des Bühnenbilds darf jedoch nicht isoliert gesehen werden. Peter Brooks Hinweis auf den leeren Raum als Bühne verweist sogleich auf das Zusammenspiel der Wirkungen, die von den einzelnen Elementen ausgehen. Wie die Strukturanalyse des literarischen Dramentextes, so darf sich auch die einer Aufführung nicht auf die Analyse einzelner Elemente beschränken, sondern muß die Beziehungen zwischen den Elementen und ihre intendierte Wirkung auf den Zuschauer untersuchen. Wenn Peter Brook auf einer leeren Bühne inszeniert, so bedeutet dies, daß die anderen Elemente einer Aufführung, Handlung und Rede, umso stärker betont und hervorgehoben werden. Das gleiche gilt für das Verhältnis von Handlung und Rede, von Bewegung und Rede, von sprachlichen und außersprachlichen Ausdrucksmitteln. Peter Brooks Inszenierung von *King Lear*, mit der er 1964 seine Welttournee in Berlin begann, ist ein gutes Beispiel dafür, wie durch ein Minimum an Bühnenausstattung die Handlung und Rede hervorgehoben werden und wie durch ein Unterspielen der Handlung die Wirkung der Rede als illusionstragendes Element betont wird. Ein gutes Gegenbeispiel ist Peter Steins Inszenierung von *As You Like It* durch die Schaubühne am Halleschen Ufer in Berlin (1977), bei der die Bühne die Schauspieler, und die Schauspieler den Text zurückdrängten.

Eine Aufführung verfügt also über mehr und vielseitigere Mittel, im Zuschauer die Illusion eines Wirklichkeitserlebnisses zu erzeugen, als die literarische Vorlage, die Aufführungspartitur. Eine Verwirklichung dieser Partitur im Sinne einer Aufführung kann zwar auch durch die Leserezeption erfolgen, bei der die aufführungsgemäße Ergänzung in der Vorstellung des Lesers beim Lesen des literarischen Textes vorgenommen wird, doch setzt dies eine entsprechende Schulung voraus.[12] Wir wissen noch zu wenig, um genau sagen zu können, wodurch sich die Leserezeption von den verschiedenen Formen der Aufführungsrezeptionen unterscheidet, außer daß es unterschiedliche Realisierungsprozesse sind.[13] Einige vorsichtige Anmerkungen seien dennoch erlaubt.

Der literarische, rein sprachliche Text ermöglicht die Deutung, die seine sprachliche Form zuläßt. Aufgrund des symbolischen Charakters von Sprache kann er mehrschichtiger und vielseitiger gedeutet werden als eine Aufführung. Er ist damit offener, ist allerdings auch anspruchsvoller, da das Deuten von Sprache, vor allem von vielschichtig verdichteter Sprache, die Fähigkeit voraussetzt, sprachlich abstrakt formulierte Darstellung mit Hilfe der Vorstellungskraft zu realisieren. Nach Reinhard Zobel „fanden signifikant mehr Besucher in den Theateraufführungen als beim Leseversuch die Texte verständlich".[14] Die Popularität von Comics bestätigt dies; nicht nur im Mittelalter ersetzte die Bildgeschichte das Lesen. Andererseits ermöglicht das Lesen eines literarischen Textes die Rekurrens, das wiederholte Lesen einer Textstelle, und begünstigt damit die Entwicklung einer kritischen Distanz zum Text und die Fähigkeit, über das Gelesene nachzudenken.

Eine Aufführung vermittelt Bedeutung zwar plurimedial, aber dafür auch geschlossener. Sie ist eine Deutung des literarischen Dramentextes, die dadurch, daß sie diese bildlich erstellt und bei der Darstellung optische und akustische Mittel in vielfältiger Weise einsetzt, den Zuschauer fesselt und ihn auf ihre Realisierung des Textes festlegt. Allerdings ist eine Aufführung, je nach dem Stil der Inszenierung, auch suggestiv und verweisend und erwartet, daß „the audience completes the steps of creation",[15] doch kann die Ergänzung nur in der durch die Aufführung vorbereiteten Richtung erfolgen. Der visuell anschauliche Eindruck wirkt zudem ansprechender als der akustisch sprachliche, „people still flock to *see*, not to hear plays".[16] Laurence Oliviers Darstellung hat das Hamlet-Bild einer Generation geprägt und damit zugleich die potentiellen Deutungsmöglichkeiten des Textes präjudiziert. Abgesehen von der Intensität des visuellen Eindrucks verfügt die Theateraufführung zusätzlich noch über die psychologische Wirkung des unmittelbaren Kontakts zwischen den Schauspielern und den Zuschauern.[17] Es ist ein Verhältnis gegenseitiger Anregung, das durch das kollektive Bewußtsein der Zuschauer noch intensiviert wird.

Eine Film- oder Fernsehaufführung verfügt nicht über diese Mittel. Der Film versucht den Zuschauer durch die Kameraführung und durch den Einsatz technischer Mittel zu fesseln, die einen willkürlichen Umgang mit Raum und Zeit zulassen. Nicht nur der Schauplatz der

Handlung kann beliebig gewählt und verändert werden, auch der chronologische Verlauf der Handlung kann durch Rückblende oder durch ein Verweilen bei Gegenständen oder Landschaften beliebig verändert werden. Die Kameraführung erlaubt wechselnde Perspektive und zwingt den Zuschauer zur Sicht durch das Kameraauge, das somit gleichsam die Funktion eines Erzählers übernimmt. Denn die Kamera präsentiert selten das Gesamtbild der Szene wie die Bühne, sondern löst es in Ab- und Ausschnitte auf, in wechselnde Nahaufnahmen, die dem Zuschauer eine eigene Auswahl und Perspektive nicht ermöglichen. Zudem kann durch den Einsatz technischer Mittel, wie Trickaufnahmen und Montage, eine andere bzw. intensivere Illusionsbildung und -steuerung erreicht werden als im Theater. In der Steigerung der Mittel zur Illusionsbildung von dem sprachlichen Text über das Theater bis zum Film liegen also Möglichkeiten wie Gefahren, wobei die größte Illusionsbildung im Film eine Intensivierung der Wirkung vor allem auf den naiven, unkritischen Zuschauer erzielt und zugleich durch die Festlegung des Zuschauers die größte Einengung der Bedeutung mit sich bringt.

2. *Funktionen und Lernziele der rezeptiven Aufführungskomponente*

Zur Beantwortung der Frage, welche Funktion die Einbeziehung der Aufführungskomponente in die Behandlung eines Shakespeare-Dramas im Unterricht angesichts der aufgezeigten Problematik haben kann, ist wiederum von dem genannten vorrangigen Erziehungsziel auszugehen, Verständnis und Interesse zu wecken für Shakespeares Dramen als einer der umfassendsten, dramatisch verdichteten Darstellungen von zentralen Aspekten menschlicher Existenz. Dieses Ziel impliziert Verständnis für Shakespeare wie für Drama, und beides kann sich nach den angestellten Überlegungen nicht allein auf eine Analyse und Interpretation des literarischen Dramentextes beschränken, sondern muß die Aufführungskomponente des Textes aufzeigen und Aufführungsbeispiele in den Unterricht einbeziehen.

Zwei Funktionen kann diese Erweiterung erfüllen, die Funktion

- der Motivierung der Schüler,
  durch die Anschaulichkeit der Darstellung und
  durch die Abwechslung der Arbeitsweise, und
- der Interpretationshilfe,
  durch die bildliche Darstellung einer Interpretation,

durch den Vergleich von Dramentext und Aufführung, und
durch das Aufzeigen der Deutungsmöglichkeiten eines literarischen Textes.

Von diesen beiden Funktionen dient die eine dem Vermittlungsprozeß und die andere den Lernzielen, die bereits aufgestellt wurden und die nun aufgrund der Erweiterung ergänzt werden müssen, wobei wiederum von dem Prinzip der didaktischen Progression ausgegangen werden soll.[18] Durch den Einbezug der Aufführungskomponente können folgende Ziele erreicht werden,

1. Verständnis von Dramentext als Aufführungspartitur,
2. Verständnis einer Aufführung als einer Interpretation des Dramentextes durch eine Gruppe von Interpreten,
3. Kenntnis der Zeichenelemente der verschiedenen Aufführungsformen,
4. Einsicht in den Funktionszusammenhang dieser Zeichenelemente,
5. Einsicht in die Formen und Bedingungen der verschiedenen Kommunikations- bzw. Rezeptionsprozesse.

ad 1. Nach dem Prinzip der didaktischen Progression kann das Verständnis der Schüler geführt werden, von dem bloßen Wissen um die Tatsache, daß der literarische Dramentext als eine Aufführungspartitur gesehen werden kann, bis hin zu einer Kenntnis der Inszenierungsanweisungen und -hilfen im Haupt- und Nebentext.[19] Da gerade bei Shakespeare implizite Inszenierungsanweisungen und -hilfen vorherrschen, die für den geübten Leser nicht leicht zu erkennen sind, wird es die Aufgabe des Lehrers sein, anhand einiger Beispiele auf diese Technik hinzuweisen. So kann in Verbindung mit der ausführlichen Analyse und Interpretation der Exposition von *As You Like It* auf die drei Zeilen von Adam und Orlando nach dem Eröffnungsmonolog von Orlando eingegangen werden.

Adam. Yonder comes my master, your brother.
Orlando. Go apart, Adam, and thou shalt hear how
He will shake me up. (I. 2. 26. 28)

Nicht nur wird der Auftritt Olivers durch Adam angekündigt, Orlandos Gegenrede bestimmt gleichzeitig die Art, wie Oliver aufzutreten hat, seine Haltung und Einstellung den beiden Anwesenden gegenüber. Diese Technik läßt sich wiederholt in *As You Like It* nachweisen, und wenn sie einmal aufgezeigt ist, können die Schüler leicht parallele Stellen finden.[20] Des weiteren lassen sich implizite Inszenierungsanweisungen und -hilfen zur Handlungsweise und Darstellung der Figuren im

Text aufdecken. Ein gutes Beispiel für ersteres ist der tätliche Angriff Orlandos auf seinen Bruder Oliver (I. 1. 52-65), da keine der Bühnenanweisungen in der Folio-Ausgabe enthalten ist, und für letzteres der Hinweis auf Orlandos Haarfarbe (III. 4. 7-14) sowie die bereits genannten widersprüchlichen Angaben zu der Größe der beiden Mädchen, Celia und Rosalind (I. 2. 272 und I. 3. 115).

Von diesen, mehr direkt gegebenen impliziten Hinweisen ist es ein kleiner Schritt zur Diskussion der indirekten sprachlichen Vorgaben des Textes zur Charakterisierung der dramatischen Figuren und des Interpretationsspielraums, der sich daraus für die Aufführung ergibt. Die Darstellung der dramatischen Figuren ist zugleich ein geeigneter Ansatz, um das Verhältnis von Dramentext als Aufführungspartitur und einer Aufführung aufzuzeigen, und kann mit Fragen nach dem vermutlichen Alter und nach den Charaktereigenschaften der Figuren eingeleitet werden.

ad 2. Um das Verständnis für eine Aufführung als *eine* Interpretation des Dramentextes durch eine Gruppe von Interpreten zu vermitteln, kann am besten von einem Vergleich zwischen dem Dramentext und einer Aufführung ausgegangen werden oder besser noch von einem Vergleich mit zwei verschiedenen Inszenierungen. Das Ziel ist dabei doppelt zu sehen. Die Aufführung muß als eine Deutungsmöglichkeit der Textvorlage analysiert und interpretiert werden, und es muß gleichzeitig die Beteiligung und das Zusammenwirken der beteiligten Interpreten aufgedeckt werden.

Da eine Aufführung zuerst als Gesamteindruck wirkt und wirken soll, als Gesamtinterpretation jedoch nur mit großer Schwierigkeit nach der Aufführung analysiert und interpretiert werden kann, empfiehlt es sich, die Arbeit am Dramentext und den Einbezug der Aufführungen sinnvoll miteinander zu koordinieren und für die Analyse wie für den Vergleich Kriterien zusammenzustellen. Aus literaturdidaktischer Sicht liegt der Vorzug einer Aufführung gegenüber dem literarischen Text eines Shakespeare-Dramas darin, daß die Aufführung eine Gesamtinterpretation bietet, die in einer Sitzung durch den Zuschauer aufgenommen und verstanden werden kann. Sie kann also die Wirkung des Gesamteindrucks vermitteln, die E. A. Poe für die Kurzgeschichte gefordert hatte, „the immense force derivable from totality".[21] Die Spannung, die von einer solchen Gesamtwirkung ausgeht, kann für die Textarbeit dadurch genutzt werden, daß die Aufführung der Textarbeit vorangestellt wird und somit der Textarbeit als Bezugsinterpretation dienen kann.

Der Nachteil dieses Verfahrens liegt darin, daß eine Aufführung nur eine Interpretation des Dramentextes ist und, vor allem, wenn sie eindrucksvoll ist, die Interpretation des sprachlichen Dramentextes präjudizieren kann. Außerdem kann über die ausführliche Analyse und Interpretation der Aufführung die gründliche Arbeit am sprachlichen Dramentext zu kurz kommen. Der Lehrer wird sich dieser Vor- und Nachteile der möglichen Verfahren bewußt sein müssen, wenn er unter Berücksichtigung der Ausgangssituation des Unterrichts sein Verfahren wählt. Bei den heutigen Möglichkeiten des Einsatzes audio-visueller Medien im Unterricht lassen sich Aufzeichnungen von Schallplatten und Fernsehaufführungen ohne große Schwierigkeiten in den Unterricht und damit in die Arbeit am sprachlichen Dramentext einbeziehen. Schwieriger ist es mit Theateraufführungen, da diese vom Spielplan der örtlichen Bühnen abhängen. Ein rechtzeitiger Kontakt mit der Theaterleitung kann jedoch zu einer Koordinierung der Planung des Unterrichts und der Planung des Theaters führen. Auf Einzelheiten einer Zusammenarbeit zwischen Schule und Theater soll hier nicht eingegangen werden. Erwähnt sei nur, daß über die Kooperation der Planung hinaus vielseitige Möglichkeiten bestehen, von der Teilnahme an Proben und Diskussionen mit Regisseur und Schauspielern bis hin zu der gemeinsamen Erarbeitung einer Aufführung. In jedem Fall wird die Form der Zusammenarbeit von den örtlichen Gegebenheiten abhängen, von der Bereitwilligkeit der Beteiligten zur Zusammenarbeit und von der Zeit, die zur intensiven Arbeit an der Textvorlage von den Schülern aufgebracht werden kann.

Zu zeigen, daß eine Aufführung nur eine mögliche Deutung des literarischen Dramentextes darstellt, ist relativ einfach, vor allem, wenn die Möglichkeit des Vergleichs verschiedener Inszenierungen besteht. Schwieriger ist es, den Interpretationsspielraum der Schauspieler aufzuzeigen, da ihre Wahl schon eine Interpretation ist. Dennoch wird man bei der Analyse der Aufführung im Unterricht am leichtesten von der Darstellung der einzelnen dramatischen Figuren ausgehen, da sie als Träger der Handlung dem Zuschauer eine Identifizierung erlauben und ihn so affektiv in die Handlung einbeziehen. Diese affektive Beziehung zwischen Zuschauer und Schauspieler kann so als Ansatz für die Analyse der Aufführung genutzt werden, um über das Verhältnis dramatische Figur – Schauspieler – Rolle dem Zuschauer die Mittel der Beeinflussung zu zeigen. Die vergleichende Beschreibung und Charakterisierung der Figuren im literarischen Dramentext und der durch die Schauspieler dargestellten Personen können dabei helfen, eine kritische Distanz als Voraussetzung für die Analyse aufzubauen.

Von der Analyse einzelner dramatischer Figuren und ihrer Darstellung führt der Weg zur Gesamtinterpretation der Aufführung am leichtesten über die Analyse von Kernszenen, da sich an ihnen am ehesten überschaubar die szenische Darstellung als Zusammenspiel von dramatischer Figur, Handlung und Bühnenbild, als Funktionszusammenhang einzelner Elemente, aufzeigen läßt. Es kann dabei auch am ehesten die Einsicht vermittelt werden, daß diese Elemente als Zeichen zu verstehen sind, denen in dem literarischen Kommunikationsprozeß eine ganz bestimmte Funktion zukommt.

ad 3. Bei jedem Lernziel wird der Lehrer nach dem Prinzip der didaktischen Progression überlegen müssen, wie weit er unter den gegebenen Bedingungen die Schüler führen kann. Diese Überlegungen sind dann besonders wichtig, wenn wissenschaftliche Theorien zugrunde gelegt werden, wie hier die Semiotik, die zur Analyse und Interpretation der literarischen Dramentexte Shakespeares gewöhnlich nicht herangezogen werden, für die Analyse und Interpretation von Aufführungen aber wichtig sind.[22] Angesichts der für den Unterricht zur Verfügung stehenden Zeit sind Auswahl und eine Konzentration auf wesentliche Grundgedanken notwendig. So wird man sich hier darauf beschränken, das Verständnis eines Aufführungselements als Zeichen zu erklären und nach der oben angeführten Zusammenstellung die Zeichenelemente einzuführen, die in der besprochenen Aufführung wichtig sind. Dabei ist wiederum nicht die Kenntnis der Zeichenelemente an sich wichtig, sondern ihre Funktion als bedeutungstragende Elemente dieser Aufführung. Ziel ist das Verständnis der Bedeutung einer Aufführung und der Mittel, die zur Vermittlung dieser Bedeutung an den Zuschauer verwendet werden. Der Frage nach den visuellen und akustischen Elementen einer Aufführung muß also die Frage nach der Bedeutung dieser Elemente folgen.

Diese Fragen nach den Elementen und nach ihrer Funktion sind dann aufschlußreich, wenn eine Theateraufführung mit einer oder mehreren Fernsehinszenierungen verglichen und in die Interpretation des literarischen Dramentextes einbezogen wird, da damit allgemein ein rezeptionskritisches Bewußtsein zum Fernsehen und zum Film herangebildet werden kann. Allerdings darf die Entwicklung einer solchen kritischen Distanz nicht der Behandlung von Shakespeare im fremdsprachlichen Englischunterricht allein überlassen bleiben. Es ist vielmehr, wie bei allen allgemeinen Erziehungszielen, eine Zusammenarbeit mit anderen Fächern anzustreben.

ad 4. Die Einsicht in den Funktionszusammenhang dieser Zeichenelemente der verschiedenen Aufführungsformen wird aus den genannten Überlegungen auch nur begrenzt möglich sein und nur exemplarisch gezeigt werden können. Eine Beschränkung auf den Zusammenhang von Sprache und Handlung (insbesondere von Gestik) bietet sich an und kann wiederum am ehesten an der Darstellung dramatischer Figuren und an Kernszenen aufgedeckt werden. Als Beispiele bieten sich einmal die Hauptfiguren an, zu deren Charakterisierung der Dramentext zahlreiche Anweisungen gibt, zum anderen aber auch die Nebenrollen, die meist nicht näher charakterisiert werden als durch ihre Handlung und Sprache und deshalb einen größeren Deutungsspielraum bieten. So ist die Darstellung des Le Beau interessant, der einmal als Hofschranze verspottet wird (I. 2. 92-148), der sich dann aber dem Orlando gegenüber als ehrlicher Ratgeber erweist (I. 2. 261-286).

Ausgehend von Sprache und Handlung bei der Darstellung einzelner dramatischer Figuren läßt sich der Funktionszusammenhang der Aufführungselemente dann ebenfalls an dem Verhältnis von Handlung und Raum, von Rollendarstellung und Bühnenausstattung darlegen. Wie noch zu zeigen sein wird, kann dies bei jedem Auftritt, jeder Szene und jeder Inszenierung geschehen, besonders gut aber dort, wo ein Funktionszusammenhang nicht erreicht wurde, wie bei der Inszenierung von Peter Stein an der Schaubühne in Berlin.

Mit diesem Ziel, Einsicht in den Funktionszusammenhang der verschiedenen Elemente einer Aufführung zu vermitteln, wird zugleich die Vermittlung zweier weiterer Ziele vorbereitet. Es wird einmal eine Überleitung erreicht werden können zu dem Anspielen von Szenen, den eigenen Darstellungsversuchen der Schüler, zum anderen wird durch den Vergleich der verschiedenen Aufführungsformen im Theater, Fernsehen und Film die Einsicht in die Formen und Bedingungen der verschiedenen Kommunikations- bzw. Rezeptionsprozesse gefördert.

ad 5. Dieses Lernziel, das wiederum nach dem Prinzip der didaktischen Progression als Richtziel zu verstehen ist, ist eine Erweiterung des zuletzt genannten Lernziels einer Strukturanalyse und Interpretation des literarischen Dramentextes.[23] Wie weit dieses Ziel zu erreichen ist, hängt von den Gegebenheiten der Unterrichtssituation ab. Was jedoch nach den Vorschlägen, die unter den Zielen 1—4 gemacht wurden, mindestens vermittelt werden kann, ist die Einsicht, daß es sich bei den verschiedenen Aufführungs- und Vermittlungsformen um unterschiedliche Prozesse der Kommunikation und Rezeption handelt, daß die Kommunikationsmittel der Medien Film und Fernsehen die Rezeption anders beeinflussen als die des Theaters, und daß sich die Lese- und Hörrezeption von einer Aufführungsrezeption unterscheidet. Waren die bisherigen Erläuterungen der Lernziele allgemein auf Aufführungen von *As You Like It* bezogen, so soll nun noch besonders auf zwei Fernsehaufführungen eingegangen werden.

3. *Zur Analyse zweier Fernsehinszenierungen von* As You Like It

Noch 1972 konnte Günther Erken von *As You Like It* sagen, daß dieses Drama Shakespeares deshalb vermutlich kaum verfilmt wurde, weil es zu den theaterbeliebten Komödien Shakespeares zähle.[24] Seither hat das Fernsehen ein wachsendes Interesse an der Aufzeichnung und Sendung von Theateraufführungen gezeigt. Im Mai 1975 wurde *As You Like It* in einer Inszenierung von Otto Schenk und im April 1979 in einer Inszenierung von Peter Stein ausgestrahlt.[25] Beide ähneln Theateraufführungen, sind mit diesen jedoch wegen des unterschiedlichen Mediums der Vermittlung und wegen der unterschiedlichen Rezeptionsbedingungen nicht gleichzusetzen.

Im Falle von Peter Steins Inszenierung an der Berliner Schaubühne zeigte die Fernsehinszenierung sogar deutliche Abweichungen von der Theateraufführung. Es muß also differenziert werden. Unter dem Aspekt der Produktion gleicht bzw. ähnelt die Fernsehverfilmung der Theateraufführung. Unter dem Aspekt der Rezeption gleicht die Fernsehsendung jedoch der Filmvorführung. Da Fernsehsendungen wie Filme zwar veralten, aber nicht wie Theateraufführungen vergänglich sind und zudem durch die neuere Technik der Videobandaufzeichnung leicht gespeichert und wieder abgespielt werden können, eignen sie sich für die Verwendung im Literaturunterricht. Die Frage ist folglich nicht so sehr ob, sondern wie Fernsehaufzeichnungen in den Unterricht einbezogen werden können, wobei verschiedene Überlegungen bereits generell bezogen auf Aufführungen in Verbindung mit den genannten Lernzielen diskutiert wurden.

Die erste Frage, die sich dem Lehrer in diesem Zusammenhang stellt, ist die nach dem Platz der Fernsehaufführung bei der Behandlung des Shakespeare-Dramas im Unterricht. Denn es muß davon ausgegangen werden, daß die Analyse und Interpretation des dramatischen Textes im Mittelpunkt der Behandlung eines Shakespeare-Dramas im Unterricht zu stehen hat und nicht die Fernsehaufführung. Es wird weiterhin davon ausgegangen, daß der Einbezug zweier Aufführungen aufschlußreicher ist als der Einbezug einer, weil jede Aufführung nur eine Interpretation ist. Damit ist die eingangs gestellte Frage nach dem Platz zugleich eine Frage nach der zur Verfügung stehenden Zeit. Setzt man für die Behandlung eines Shakespeare-Dramas in der Sekundarstufe etwa 25 Stunden an, dann bleibt kaum Zeit, den literarischen Dramentext in der Fremdsprache zu besprechen und darüber hinaus noch zwei Fernsehaufführungen. Man wird also für das Abspielen der Fernsehaufzeichnungen als ganzes auf außerschulische Zeit ausweichen müssen.

Geht man nun davon aus, daß dem Lehrer zwei Fernsehaufzeichnungen zur Verfügung stehen und daß es möglich ist, diese außerhalb der 25 Unterrichtsstunden zu zeigen, dann bleibt die Frage nach dem geeigneten Zeitpunkt, ob zu Beginn, am Ende oder im Verlauf der Arbeit am literarischen Dramentext. Sieht man von dem Zeitfaktor ab und hält an der Funktion fest, die diese Aufführungen als Bezugsinterpretationen erfüllen können, so bietet sich als Antwort an, diese Inszenierungen zu Beginn oder zumindest recht früh zu zeigen, wobei der genannte Nachteil der Präjudizierung der Interpretation des Dramentextes dadurch vermieden wird, daß es sich um zwei verschiedene Inszenierungen handelt. Die Erschließung des literarischen Dramentextes entwickelt sich dann aus dem Vergleich der beiden Aufführungen miteinander und mit der eigenen Interpretation des Dramentextes durch den Leser. Der Vorteil der Videobandaufnahmen liegt zudem darin, daß auch Ausschnitte, also Szenen und Auftritte, wiedergegeben werden können. Auf die zusätzliche Verwendung von Tonbandaufnahmen war bereits verwiesen worden, etwa in der Form, daß die Sprecher einer Schallplattenaufzeichnung das jeweilige Lesen von Textstellen vor der gemeinsamen Analyse und Interpretation übernehmen.[26] Es kann also der für die Textanalyse und -interpretation vorgeschlagene Weg beibehalten werden, mit der genauen Besprechung der Exposition zu beginnen und sich dann auf wichtige Szenen und Auftritte zu konzentrieren, wobei die Verknüpfung durch themenbezogene Überblicke erfolgt. Die Aufführungen können dabei die genannte, doppelte Funktion voll erfüllen, die Schüler zu motivieren und ihnen als Interpretationshilfe zu dienen.

Die nun anstehende Frage nach der Auswahl der Szenen und Auftritte für die genauere Interpretation muß begleitet werden von der Frage nach ihrer besonderen Funktion, denn die genannte, allgemeine Funktion der Motivierung und der Interpretationshilfe reicht nicht aus, um eine besondere Auswahl zu rechtfertigen. Ein weiteres Problem liegt darin, daß die Auswahl von Szenen und Auftritten für eine Interpretation des Dramentextes nicht unbedingt mit der Auswahl aus einer Aufführung übereinstimmen muß und daß jede Aufführung möglicherweise eine unterschiedliche Auswahl nahelegt. Denn die Auswahl von Textstellen wird unter dem Gesichtspunkt ihrer Funktion für die Entwicklung der Themen erfolgen, während die Auswahl von Aufführungsszenen von dem Aspekt des Funktionszusammenhangs der einzelnen Aufführungselemente, wie Sprache und Handlung, bestimmt sein wird, da es zu zeigen gilt, wie die szenische Gestaltung die Textvorlage interpretiert. Ein Beispiel dafür ist der Ringkampf in dem vierten Auftritt von I. 2. Für die Entwicklung der Themen ist er unwichtig, für ein Verständnis des dramaturgischen Konzepts dagegen aufschlußreich.

Ein weiteres Prinzip bestimmt die Auswahl, nämlich das der didaktischen Progression. Die Frage an die Schüler, welche Szenen sie warum besonders beeindruckt haben und welche Szenen sie warum für wichtig erachten, wird zeigen, daß der ungelernte Leser und Zuschauer nach anderen Gesichtspunkten auswählt als der gelernte. Diese Spanne der didaktischen Progression muß der Lehrer überschauen und muß, um sie zu überbrücken, den Einstieg aus der Perspektive der Schüler wählen, die dazu zwingt, von den dramatischen Figuren und der Handlung auszugehen.

Beide Auswahlaspekte kommen dramendidaktischen Überlegungen entgegen. Nur im ersten Teil von *As You Like It*, in der Welt am Hof, erscheint eine stringent entwickelte Handlung. Im Wald von Arden dagegen löst sich, auch zur Charakterisierung des dortigen Lebens, die Stringens in eine lockere Folge von teilweise austauschbaren Szenen und Auftritten auf, und es wird die Entwicklung der Themen betont. Die Exposition wiederum ist aus dramendidaktischer Sicht wichtig, unabhängig von der Frage, wie weit sie reicht, da durch sie Figuren, Handlungen und Themen eingeführt werden. Der erste Teil von *As You Like It* muß also vollständiger besprochen werden als der weitere Verlauf des Dramas, bei dem — unter den hier zugrunde gelegten Bedingungen — stärker nach der Entwicklung der Themen selektiert werden kann.

Die bisherigen Überlegungen führen zu folgender Gegenüberstellung, bei der einmal die Szenen und Auftritte zusammengestellt sind, die für eine Analyse und Interpretation des literarischen Dramentextes nach dem strukturalistischen Ansatz auszuwählen wären.[27] Auf der anderen Seite sind Szenen und Auftritte angeführt, die sich für eine genauere Analyse der Aufführungskomponente anhand der beiden Fernsehinszenierungen besonders eignen. Beide Aufstellungen sind Vorschläge. Die endgültige Auswahl wird der Lehrer aufgrund der Ausgangsbedingungen treffen müssen, von denen der Zeitfaktor sicherlich das größte Problem darstellt.

Auswahl der Szenen und Auftritte aus *As You Like It* für die

Textanalyse	Aufführungsanalyse
I. 1.	I. 1.
I. 2. (ohne den letzten Auftritt, Orlando – Le Beau)	I. 2. (ohne letzten Auftritt, Orlando – Le Beau)
I. 3. (ohne den letzten Auftritt, Celia – Rosalind)	I. 3. (nur der Verbannungsauftritt)
II. 1.	II. 1. bzw. II. 4. (Wald von Arden)
II. 4.	
II. 7.	
III. 2.	III. 2. (nur der Auftritt Rosalind – Orlando)
III. 3.	
III. 5.	
IV. 1.	
IV. 3.	
V. 1.	V. 1.
V. 2.	V. 2.
V. 4.	V. 4.

Betont werden soll noch einmal, daß eine Beschränkung der genaueren Analyse auf ausgewählte Szenen und Auftritte nur sinnvoll ist, wenn eine Kenntnis des gesamten Textes und der gesamten Aufführung zugrundegelegt werden kann. Je genauer die Kenntnis des gesamten Textes ist, desto intensiver kann anhand der Auswahl die Gesamtinterpretation durchgeführt werden, wobei die Besprechung der ausgewählten Textstellen im Verlauf der Behandlung des Dramas zunehmend von wiederholenden Überblicken auszugehen hat, die auf die Entwicklung der Themen ausgerichtet sind. Je genauer die Kenntnis des gesamten Textes ist, desto genauer kann also diese Entwicklung der Themen verfolgt werden.[28]

Definiert man mit Manfred Pfister die Exposition als „die Vergabe von Informationen über die in der Vergangenheit liegenden und die Gegenwart bestimmenden Voraussetzungen und Gegebenheiten der unmittelbar präsentierten Situationen" und unterscheidet man mit E. Th. Sehrt zwischen dem „dramatischen Auftakt" und der Exposition, so zeigt ein Vergleich der beiden Fernsehaufführungen miteinander und mit der Textvorlage unter diesem Aspekt sehr deutlich die unterschiedlichen Interpretationsmöglichkeiten der literarischen Vorlage.[29] Während die Inszenierung von Otto Schenk der Textvorlage genau folgt und durch ein naturalistisches Bühnenbild die Illusion einer fiktiven Realität und damit die Glaubwürdigkeit der Handlung zu begründen sucht, versucht Peter Stein diese Illusion dadurch zu schaffen, daß er das gesamte Geschehen in der Welt des Hofes in einen schmalen, sehr hohen, schlicht weiß gestrichenen Raum legt, der von einer ehemaligen Filmstudio-Halle abgeteilt war. Auf halber Höhe der einen Längsseite und der beiden Schmalseiten führt ein Laufsteg entlang, der über offene Rundbögen in der Wand und über Stufen zugänglich ist. Aus der Mitte des Raumes ragt eine hölzerne Plattform hervor, als Schauplatz für den Ringkampf. Bei der Theateraufführung stand das Publikum während der Dauer des ersten Aktes dicht gedrängt in diesem Raum, umgeben von dem Geschehen, das mehr oder weniger gleichzeitig ringsherum stattfand.

Die Absicht ist offenkundig, der Zuschauer sollte in das Geschehen einbezogen werden, was dadurch noch unterstrichen wurde, daß zwei Höflinge mit dem Dialog „What's the new news at the new court?", abweichend von der Textvorlage, durch die Zuschauermenge schritten. Zuschauer und dramatische Figuren waren somit die Welt des Hofes und alles, was sie darstellen sollte. Dieser willkürliche Umgang mit der Textvorlage Shakespeares (die zeitliche Folge wurde durch Gleichzeitigkeit ersetzt und Textstellen wurden anderen Sprechern zugeteilt) zeigte, daß die Aufführung nicht so sehr den sprachlichen Text als das Inszenierungskonzept gestaltete und daß der Akzent von der Wirkung des sprachlichen Textes auf die Wirkung des Schauspiels bis an die Grenze des Spektakels verlagert wurde. Dem Konzept entsprechend wurde auch der Ringkampf hervorgehoben, nicht nur räumlich durch die zentral in Augenhöhe plazierte Plattform, sondern auch durch die zeitliche Dehnung dieses Pantomimen-Spiels, dessen Publikumswirksamkeit noch dadurch unterstrichen wurde, daß ein Berufsringer (oder -catcher?) die Rolle des Charles majestätisch, aber sprachlos (seine Worte in dem Auftritt mit Oliver in I. 2. wurden stark verkürzt von einem anderen Höfling gesprochen) gemimt wurde. Der Versuch, den unmittelbaren Bezug zur Gegenwart herzustellen, wurde wiederum sichtbar.

Was der Theateraufführung durch den Einbezug der Zuschauer noch gelang, war der Fernsehaufzeichnung, die ohne Zuschauer erfolgte, nicht möglich. Denn das Kameraauge konnte dem Fernsehzuschauer, selbst bei wechselnder Perspektive verschiedener Kameras, weder das Gefühl der unmittelbaren Beteiligung am Geschehen, noch das des Betroffenseins vermitteln. Die räumliche wie zeitliche Distanz zwischen dem Zuschauer und dem Geschehen, die das Fernsehen gegenüber der Theateraufführung schafft, verlagert und konzentriert die Aufmerksamkeit des Zuschauers auf die handelnden Figuren, die ihm das Kameraauge vorführt. Da die Exposition in die Handlung durch die handlungstragenden Figuren einführt und da diese die Hauptaufmerksamkeit der Zuschauer auf sich konzentrieren, hängt von ihrer Darstellung und Rezeption auch ein Großteil der Interpretation der Handlung ab. Dabei geht es nicht nur um Sympathielenkung, sondern überhaupt um Glaubwürdigkeit der Personen und der Handlung.[30]

Es können nun hier nicht alle Figuren einem Vergleich unterzogen werden, als Beispiel sollen nur Orlando, Rosalind und der Herzog Frederick dienen. In der Inszenierung von Otto Schenk wird Orlando getreu dem naturalistischen Grundkonzept gleich vom ersten Auftritt an als ein ungeduldiger, ungestüm aufbrausender, aber gleichzeitig in seiner ungeschliffenen, etwas bäuerlich linkischen Art sympathischer Jüngling eingeführt, dessen nachfolgende Handlungsweise, sein verbaler und tätlicher Angriff auf den älteren Bruder, als folgerichtig erscheint. Schenk folgt damit dem Dramentext, nach dem Orlando im Einführungsmonolog bereits die entsprechende Selbstdarstellung gibt,

> he keeps me rustically at home (I. 1. 7)
> stays me here at home unkept (I. 1. 8–9)
> His horses are bred better (I. 1. 11)
> the spirit of my father ... begins to mutiny against this servitude (I. 1. 23–24)
> I will no longer endure it, though yet I know no wise remedy how to avoid it. (I. 1. 24–25)

Auch die Anrede „boy", die der ältere Bruder Oliver nach Orlandos erstem längeren Vorwurf wählt (I. 1. 52) und die sowohl „a servant, esp. one in a humble position" bedeutet als auch „like *fellow*, as a vague term of abuse for a male person, and to an inferior" als auch für „a male child" gebraucht wird (SOED), rechtfertigt diese Gestaltung, genauso wie die Darstellung, die Oliver am Ende der ersten Szene in der Form einer ehrlich gemeinten Selbstrede dem Zuschauer gibt.

> Now will I
> stir this gamester. I hope I shall see an end
> of him; for my soul (yet I know not why) hates
> nothing more than he. Yet he's gentle, never school'd
> and yet learned, full of noble device, of all sorts
> enchantingly belov'd, and indeed so much in the
> heart of the world, and especially of my own
> people, who best know him, that I am altogether

mispris'd. But it shall not be so long, this wrastler
shall clear all. Nothing remains but that I kindle
the boy thither, which now I'll go about. (I. 1. 163–173)

Auch die Darstellung Orlandos beim Ringkampf, der bei Schenk burlesk-spielerisch in die Handlung eingeflochten wird, während er bei Stein als realistisch-ernste Unterhaltungsschau den Höhepunkt des ersten Aktes bildet, paßt in dieses Gesamtkonzept, genauso wie seine späteren Auftritte im Wald von Arden. Dort erscheint er erst als Beschützer Adams (II. 6. und II. 7. 88-135) und erzwingt sich hitzköpfig (Jaques nennt ihn „cock", II. 7. 90) bei falscher Einschätzung der Sachlage das Essen, dann als überschwenglich blind Verliebter, dessen Begabung und Erziehung nicht ausreichen, um gute Verse zu schmieden oder um derart geistreiche Wortspiele zu treiben, wie Rosalind und Celia gleich zu Beginn ihrer Einführung und Charakterisierung (I. 2. 1-56 und I. 3. 1-39). Somit wird auch der schwierigste Teil seiner Darstellung glaubhaft, die Tatsache, daß er weder das Rollen- noch das Erziehungsspiel durchschaut, das Rosalind mit ihm treibt.

In der Inszenierung von Peter Stein, bei der durch den Raum die Handlung und durch die Handlung die Sprache zurückgedrängt werden, haben die Darsteller der dramatischen Figuren einen schweren Stand. Schon im ersten Teil, der Welt des Hofes, werden ihre Auftritte durch die Größe des Raumes und durch die Gleichzeitigkeit verschiedener Handlungen verkleinert. Weit mehr geschieht es im zweiten Teil, im Wald von Arden, zu dem bei der Theateraufführung Schauspieler wie Zuschauer durch einen langen, sich windenden Gang gelangen, der mit Hilfe von solchen Requisiten wie einem Skelett und feuchtem Fels die Wildnis des Waldes verkörpern soll. Am Ende des Gangs überrascht die Zuschauer ein riesiger Raum, mit einer riesigen Buche, die genauso echt ist wie der angelegte Teich und das Gestrüpp, das sich um die Zuschauerbänke herum an drei Seiten bis zur halben Höhe der Halle emporzieht, wo, wie im ersten Teil, ein Rundlauf entlangführt. Auch hier wieder findet die dramatische Handlung, episodenhaft aufgeteilt, an verschiedenen Stellen dieser übergroß wirkenden Szenerie, teilweise auch gleichzeitig, statt. „Eine Bühne gegen die Schauspieler", wie Benjamin Henrichs in *Die Zeit* schrieb.[31]

Der Zuschauer wird durch die Vielseitigkeit der Eindrücke verwirrt und von der eigentlich dramatischen Handlung abgelenkt, zumal zahlreiche Gags das Schauspiel begleiten: eine Kräuterfrau läuft zwischen den Zuschauern herum und erklärt ihnen ihre Kräuter; eine Gestalt wie Robinson Crusoe mit Fellmantel und Fellschirm durchschreitet die Halle und ruft laut nach Freitag; eine Wandrerin in modernen Wanderdress kommt irgendwoher, setzt sich in die Mitte der Halle, vespert und wandert wieder hinaus. Ein solches Konzept, das auf einen unterhaltsamen Gesamteindruck abzielt, überschattet die dramatischen Figuren und mit ihnen die Bedeutung des Handlungsablaufs. Es zerfällt in eine Fülle von Einzeleindrücken, die von allen Seiten auf den Zuschauer einwirken und ihn einbeziehen. Der Zuschauer selbst wird zum Eindruck, zur Kulisse. „Wie es euch zerfiel" nannte Henning Rischbieter seine Besprechung in *Theater heute*.[32] Damit schwindet auch die Möglichkeit, Handlung durch Charakter zu begründen. Warum Orlando seinen Bruder attackiert, tritt genauso in den Hintergrund wie die Begründung seiner Handlungsweise im Wald von Arden. Die dramatische Figur verliert ihre Funktion.

Die Fernsehaufführung hat durch die Kameraführung diese ungleiche Gewichtung der Aufführungselemente zugunsten der dramatischen Figuren wieder ausgeglichen und somit eine gewisse Einheitlichkeit der Handlung hergestellt, zumal die Gags gestrichen wurden. Dennoch bleibt die in dem Inszenierungskonzept angelegte Diskrepanz zwischen einer naturalistischen Figuren- und Charakterdarstellung und einer primär bildhaft wirkenden, aber dennoch intellektuellen Gesamtgestaltung, die stark mit visuellen, als verweisende Zeichen zu verstehenden Mitteln arbeitet.

Sehr viel stärker als bei Orlando zeigt sich die Möglichkeit unterschiedlicher Interpretationen des Dramentextes durch verschiedene Schauspielerinnen bei der Darstellung der Rosalind. Neben Viola in *Twelfth Night* ist es wegen des Spiels im Spiel die reizvollste aber auch schwierigste Rolle in Shakespeares Komödien, vor allem, wenn man bedenkt, daß zu Shakespeares Zeit die Mädchen- und Frauenrollen von Knaben gespielt wurden. „Das Verkleidungsspiel ist hier", wie Jan Kott schreibt, „ein doppeltes, es spielt quasi auf zwei Ebenen: der Knabe verkleidet sich als Mädchen, das sich als Knabe verkleidet ... Es ist die Realisierung des ewigen Traums vom Überschreiten der Grenze, die der eigene Körper, das eigene Geschlecht darstellen."[33] Gleichzeitig ist es die Aufgabe, die in dem Rollenspiel angelegten inneren Konflikte zwischen Gefühl und Vernunft, Zuneigung und Distanz, Selbstsicherheit und Verzweiflung, Betörung und Erziehung, Spiel und Ernst nicht nur anmutig, sondern auch überzeugend darzustellen.

Auf eine knappe Formel gebracht, ist damit auch schon der Unterschied der beiden Darstellungen aufgezeigt. In der Inszenierung von Otto Schenk wird die Rosalind sehr anmutig, betörend-weiblich von Sabine Sinjen gespielt, die im ersten Akt, am Hof des Herzogs, zusammen mit Celia als kindlich-verspielter Backfisch erscheint, eng verbunden mit ihrer Cousine („never two ladies lov'd as they do" I. 1. 112; „whose loves are dearer than the natural bond of sisters" I. 2. 275-276), die im Wald von Arden dagegen, als Ganymed verkleidet, die Knabenrolle nicht aufrichtig genug annimmt, um Orlando und den Zuschauer zu überzeugen. Zwar weiß der Zuschauer, daß Rosalind sich als Ganymed verkleidet hat, doch muß er sehen, daß Orlando es nicht weiß, es nicht merkt und nicht merken kann.[34] Der Dramentext sagt nur, daß es so ist; wie es gemacht werden muß, überläßt er der Darstellung.

Im Dramentext wird Rosalind zuerst von Oliver erwähnt, der sich nach dem Verbleib der Prinzessin erkundigt, ohne daß der Leser den Grund erfährt (I. 1. 105-106). Er hört auch keine direkte Charakterisierung, außer daß sie „no less beloved of her uncle than his own daughter" sei (I. 1. 111). Ihre indirekte Charakterisierung durch Selbstdarstellung erfolgt erst bei ihrem ersten Auftritt in I. 2., wo sie als treue Tochter erscheint, die um ihren verbannten Vater trauert, als geliebte Cousine, die von Celia, des herrschenden Herzogs Tochter, das Herzogtum versprochen bekommt, das ihr Vater ihrem Vater weggenommen hat, als eine, die zu Spielen aufgelegt ist („From henceforth I will, coz, and devise sports." I. 1. 24-25), die als erste vom Verlieben als Zeitvertreib spricht (I. 1. 25) und die im übrigen geistreiche Dialoge über die Herrschaft von *fortune* und *nature* im geschliffenen Stil des Euphuismus zu führen versteht (I. 2. 30-55).

Ihre erste Begegnung mit Orlando, bei der sie und nicht Celia ihn zuerst anredet (I. 2. 68-69), zeigt, wie sich ihr Mitleid („pray heaven, I be deceiv'd in you!" I. 2. 197-198) über Bewunderung ("O excellent young man!" I. 2. 213) und unter dem Einfluß der väterlichen Zuneigung („My father lov'd Sir Rowland as his soul" I. 2. 235) zu Mitgefühl

> Gentleman,
> Wear this for me: one out of suits with Fortune,
> That could give more, but that her hand lacks means.
> (I. 2. 245-247)

und Liebe entwickelt (u. a. „Let me love him for that, and do you love him because I do." I. 3. 38-39). Der Herzog bezeichnet sie zwar als gerissen und glatt,

> She is too subtle for thee, and her smoothness,
> Her very silence, and her patience
> Speak to the people, and they pity her. (I. 3. 77-79)

doch ist diese Beschreibung eher seiner mißtrauischen Veranlagung zu-

zuschreiben als ihrem Wesen, zumal Le Beau kurz davor noch Orlando gesagt hat, daß „the people praise her for her virtues, / And pity her for her good father's sake“ (I. 2. 280-281). Der Dramentext läßt also einen breiten Interpretationsspielraum zu, wie die beiden hier verglichenen Fernsehaufführungen zeigen.[35]

Die Schwierigkeit der Darstellung liegt, wie bei keiner anderen Rolle, in der Entfaltung von einer höfisch artigen Prinzessin zu einem schelmenhaft spielerischen, sehr bestimmt die Handlung führenden Ganymed, mit all den genannten inneren Konflikten der Doppelrolle. In der Inszenierung von Otto Schenk wird diese sich entfaltende Veränderung der Rosalind kaum sichtbar. Die ausgeprägt weibliche Persönlichkeit der Sabine Sinjen beherrscht durchgängig die beiden Rollen, und die Verkleidungsrolle erscheint als jugendliches Gesellschaftsspiel, das sowieso keiner ernst nimmt. So sehr sie – im Rahmen der Inszenierung – im ersten Teil überzeugte, so wenig gelang ihr die Verwandlung in Ganymed.

In der Fernsehinszenierung von Peter Stein, in der die dramatischen Personen stärker herausgestellt wurden als bei der Theateraufführung, wirkte dieser Wechsel überzeugender. Dem Inszenierungskonzept entsprechend hatte Jutta Lampe als Rosalind im ersten Teil wenig Möglichkeit, ihrer Rolle Profil zu geben. Von ihrem elisabethanischen Kostüm verdeckt und vom Raum überschattet, konnte sie weder außersprachlich noch sprachlich Charakterzüge herausstellen. Im Wald von Arden dagegen gelang ihr – im Rahmen der Möglichkeiten dieser Inszenierung – umso mehr die Entfaltung als auch die Überbrückung der Konflikte.

Als drittes Beispiel sei Herzog Frederick genannt, eine Nebenrolle, an der sich dennoch sehr gut zeigen läßt, wie durch die bildliche Darstellung des Charakters die im sprachlichen Text nur skizzenhaft angelegte Handlungsbegründung untermauert werden kann. Abgesehen davon, daß er als böser Herzog eingeführt wird, der seinen älteren Bruder verbannt und Adlige ins Exil getrieben hat, liebt er doch seine Nichte nicht weniger als seine Tochter und hat sie um der Tochter willen bei sich behalten (I. 1. 111), eine Handlung, die auch später mit seiner Reue begründet wird (I. 3. 70). Er ist also – wie die meisten Bösewichte bei Shakespeare – nicht völlig und unmotiviert böse. Dennoch spricht selbst Celia, seine Tochter, von „My father's rough and envious disposition“ (I. 2. 241) und Le Beau beschreibt ihn Orlando gegenüber mit ähnlichen Worten,

Albeit you have deserv'd
High commendation, true applause, and love,

Yet such is now the Duke's condition
That he misconsters all that you have done.
The Duke is humorous – what he is indeed
More suits you to conceive than I to speak of. (I. 2. 262-267)

Die Schwierigkeit in der Darstellung dieser Rolle liegt darin, die plötzliche Verbannung der Rosalind überzeugend darzustellen. Zwar erfolgen zwei Verweise im Text, einmal indirekt durch die Art, wie er mit dem Sieger Orlando verfährt, was Celia zu der Frage veranlaßt, „Were I my father, coz, would I do this?" (I. 2. 231), und einmal direkt durch Le Beau,

But I can tell you that of late this Duke
Hath ta'en displeasure 'gainst his gentle niece,
Grounded upon no other argument
But that the people praise her for her virtues,
And pity her for her good father's sake;
And on my life his malice 'gainst the lady
Will suddenly break forth. (I. 2. 277-283)

Dennoch kommt die Verbannung gleich darauf sehr plötzlich und wird den beiden Mädchen gegenüber auch nur unzulänglich begründet, mit

Let it suffice thee that I trust thee not. (I. 3. 55)

und mit

Thou art thy father's daughter, there's enough. (I. 3. 58)

In der Inszenierung von Otto Schenk wurde das Problem dadurch gelöst, daß der Herzog bereits außersprachlich, durch Mimik und Gestik, als leicht erregbarer und aufbrausender Choleriker eingeführt wurde, der sein Gefolge ständig mit unvorhersehbaren Bewegungen und Handlungen überraschte. Dadurch verlor er an Würde, gewann aber – innerhalb des leicht burlesken, gefühlsbetonten Gesamtkonzepts – an Überzeugung. In der Berliner Inszenierung an der Schaubühne thronte der Herzog würdevoll über der Welt des Hofes, unterstützt von einem kühl stilisierten Raum, und erschien als kalt berechnender Despot, dem der Zuschauer eine launische Handlung nicht abnahm.

Eine Aufführung erscheint also, genau wie der Dramentext, als eine Struktur, deren Elemente nicht nur an sich, sondern auch in ihrer Beziehung zu den anderen Elementen untersucht werden müssen. Jedes Element hat seine Funktion in dem Bezugssystem der Struktur. Das Problem einer Aufführungsanalyse liegt nun darin, daß diese Bezugssysteme der Textstruktur und der Aufführungsstruktur nicht nur in sich, sondern auch miteinander korreliert werden müssen. Ein Aufführungselement, wie es eine dramatische Figur ist, steht also in einem zweidimensionalen Bezugssystem, einmal zur Aufführung und einmal zum Dramentext.

4. *Entwicklungsmöglichkeiten der produktiven Aufführungskomponente*

Der Ausgangspunkt dieses Aufsatzes war das Verständnis des literarischen Dramentextes als Aufführungspartitur, das dazu zwingt, die Besprechung des literarischen Dramentextes im Unterricht auf seine Aufführungskomponente auszudehnen. Die Aufführung des Dramentextes kann dabei als fertiges Produkt gesehen werden, das vom Schüler als Zuschauer zu rezipieren ist, oder als ein Prozeß, an dessen Entstehung der Schüler als Produzierender zu beteiligen ist. Die Entwicklung dieser produktiven Aufführungskomponente von Drama führt konsequent zur Diskussion von Schulaufführungen, was an anderer Stelle dieses Sammelbandes getan wird. Was hier im Anschluß an die bisherige Diskussion gezeigt werden soll, ist der Weg, wie ein Verständnis für diesen Aspekt von Drama als Aufführungspartitur geweckt und entwickelt werden kann.

Der Ausgangspunkt ist dabei die Überlegung, daß hier von der fremdsprachlichen Behandlung eines Shakespeare-Dramas auf einer fortgeschrittenen Stufe des fremdsprachlichen Englischunterrichts gesprochen wird und daß Drama Eigenschaften hat, die in Beziehung gesetzt werden können zu den Lernzielen und -verfahren des fremdsprachlichen Englischunterrichts allgemein. Diese Lernziele betonen die kommunikative Funktion von Sprache als Handlungsspiel, und dieser Zielsetzung entsprechend gehören szenische Dialoge und Rollenspiel zu den Übungsformen im Englischunterricht der Unter- und Mittelstufe. Szenische Dialoge und Rollenspiel sind jedoch auch Aufführungselemente von Drama, denn Drama ist Schauspiel und Handlungsspiel. Es bietet sich also zur Analyse und zur Darstellung von szenischen Dialogen und von Rollenspiel an, nicht um an einem Shakespeare-Drama das kommunikative Handlungsspiel englischer Umgangssprache zu lehren, sondern um generell das Verständnis für diesen Aspekt von Drama auf dem Weg über die persönliche Erfahrung zu vertiefen. Denn im Gegensatz zur theoretischen Analyse von Handlung, wie es bei der Analyse des Dramentextes geschieht, führt die eigene Handlung, selbst bei einem Rollenspiel, zur eigenen Erfahrung und setzt eigene Erfahrung voraus.

Brian Way hat diese Funktion von Drama sehr anschaulich beschrieben.[36]

> The answer to many simple questions might take one of two forms – either that of information or else that of direct experience; the former answer belongs to the category of academic education, the latter to drama. For example, the question might be ‚What is a blind person?‘ The reply could be ‚A blind person is a person who cannot see‘. Alternatively, the reply could be ‚Close your eyes and, keeping them closed all the time, try to find your way out of this room.‘ The first answer contains concise and accurate information; the mind is possibly satisfied. But the second answer leads the inquirer to moments of direct experience, transcending mere knowledge, enriching the miagination, possibly touching the heart and soul well as the mind. This, in over-simplified terms, is the precise function of drama.

Er steht damit in der Tradition von John Deweys bekannter Forderung nach „Learning by Doing“, deren Bedeutung für die Didaktik und Methodik des modernen Fremdsprachenunterrichts unbestritten ist. Aber auch generell hat dieser Aspekt der Theatralität von Drama in dem vergangenen Jahrzehnt stärkere Betonung gefunden, nicht nur in der Shakespeare-Forschung sondern auch, vor allem in England, bezogen auf Drama im Unterricht.[37]

Nachdem bisher die Komplexität einer Aufführungsanalyse diskutiert wurde, scheint es vermessen, nun zusätzlich zur genauen Analyse und Interpretation einzelner Szenen auch noch deren szenische Darstellung, gerade bei einem Shakespeare-Drama, vorzuschlagen. Dem kann entgegnet werden, daß zum Erreichen der folgenden Ziele nur ein Anspielen nötig ist, das sich auf ganz kurze Dialogpassagen beschränken kann. Nicht die Beherrschung sprachlicher und außersprachlicher Spielformen zwischenmenschlicher Kommunikation kann unmittelbares Ziel sein, sondern das durch persönliche Erfahrung geschärfte Bewußtsein der Komplexität dieses Prozesses und der Notwendigkeit, ihn durch Üben zu erlernen.

Im einzelnen lassen sich folgende Lernziele festhalten:

1. Einsicht, daß Sprechen interpretiert wird;
2. Einsicht, daß Bedeutung sprachlich und außersprachlich vermittelt wird;
3. Einsicht in das Zusammenspiel von Sprechen, Bewegen und Handeln;
4. Einsicht in die Bedingungen der szenischen Darstellungen eines Dialogs, und damit letztlich
5. Einsicht in die „Grundfaktoren medialen Spiels ...: Raum, Körper, Bewegung, Sprache“.[38]

Diese Ziele sind wiederum progressiv angeordnet und betonen, der Zielsetzung des fremdsprachlichen Englischunterrichts entsprechend, die Verwendung sprachlicher und außersprachlicher Mittel zwischenmenschlicher Kommunikation. Daß damit nur einige Aspekte schauspielerischer Darstellung angesprochen sind, ist offensichtlich. Die Hauptschwierigkeit bei der schauspielerischen Darstellung einer Rolle liegt nicht in dem Zusammenspiel von Sprechen, Bewegen und Handeln, sondern in der Verkörperung dessen, was Sprechen, Bewegen und Handeln verursacht. In *Building a Character* schreibt Constantin Stanislavski, der wie kein anderer die Schauspielkunst dieses Jahrhunderts beeinflußt hat,

> There should never be any soulless or feelingless words used on the stage. Words should no more be divorced from ideas there than from action. On the stage it is the part of the word to arouse all sorts of feelings, desires, thoughts, inner images, visual, auditory and other sensations in the actor, in those playing opposite him and through them together in the audience.
> This suggests that the spoken word, the text of a play is not valuable in or of itself, but is made so by the inner content of the subtext and what is contained in it. This is something we are prone to forget when we step on to the stage.

Der Begriff des Subtextes, der von ihm entwickelt wurde,

> is the manifest, the inwardly felt expression of a human being in a part, which flows uninterruptedly beneath the words of the text, giving them life and a basis for existing. ... It is the subtext that makes us say the words we do in a play.[39]

Nun kann es nicht Ziel des Anspielens einer Szene bei der Behandlung eines Shakespeare-Dramas sein, diese Voraussetzungen für sprachliche Darstellung eines dramatischen Textes zu üben. Was jedoch geleistet werden kann, ist die Einführung dieses Begriffs als Beurteilungskriterium für Aufführungen, was wiederum voraussetzt, daß die Schwierigkeit der so geforderten Darstellung eines Charakters an einem ausgewählten Beispiel, bezogen auf die genannten Lernziele, erprobt wird. Es ist offensichtlich, daß diese Versuche nicht in jeder Unterrichtssituation durchgeführt werden können, sondern daß die für die Behandlung eines Shakespeare-Dramas genannten Voraussetzungen dafür erneut überprüft werden müssen.[40] Zudem wird dieses Anspielen dann umso leichter möglich sein, wenn im Englischunterricht der Unter- und Mittelstufe szenische Dialoge und Rollenspiel bereits eingeführt und geübt wurden und wenn die Schüler, bevor sie zu Shakespeare kommen, diese Art von Sprechaktübungen bereits an einem modernen Drama erprobt haben.

Da es hierbei primär um das Bewußtsein und nicht um die Beherrschung einer Fähigkeit geht, reicht als Beispiel eine begrenzte Auswahl kurzer Textstellen, wobei eine Steigerung der Schwierigkeit nicht ausgeschlossen ist. Neben Kürze ist auf die relative Einfachheit sowohl der sprachlichen Form als auch des Gehalts zu achten. Auftakte und Abschlüsse von Auftritten werden sich deshalb besonders eignen, vorausgesetzt, daß der Kontext gründlich besprochen wurde. Auch wird man eher früh mit einer kurzen Interaktionseinheit beginnen und später anhand einer anderen Einheit die Übung wiederholen, um die gewonnene Einsicht für die weitere Besprechung des Dramas nutzen zu können.

Aus *As You Like It* eignet sich unter den genannten Bedingungen der Abschluß des zweiten Auftritts der ersten Szene des ersten Aktes (I. 1. 81-84). Nachdem Oliver von Orlando tätlich angegriffen, gedemütigt und nach Zugeständnissen wieder losgelassen wurde, wendet er sich gegen Adam mit den Worten, „get you with him, you old dog."

Über verschiedene Fragen läßt sich der Subtext zu diesem Sprechakt erarbeiten:

– Welche Verweise und Aussagen enthält der vorangegangene Auftritt zu Olivers körperlicher Erscheinung und zu seinem Alter?
– Welche Haltung und Einstellung hat Oliver seinem Bruder Orlando gegenüber zu Beginn des Auftritts?
– Was wirft ihm Orlando vor?
– Wie reagiert Oliver auf diese Vorwürfe?
– Was bewirkt diese Reaktion in Orlando?
– Was denkt und fühlt Oliver als er von Orlando angegriffen wird?
– Warum macht er Orlando Zugeständnisse?
– Was denkt und fühlt er, nachdem er diese Zugeständnisse gemacht hat?
– Welche Haltung und Einstellung hat er Orlando gegenüber am Ende dieses Auftritts?
– In welchem Verhältnis steht Adam zu Orlando?
– In welchem Verhältnis steht Adam zu Oliver?
– Welche Einstellung und Haltung hat Adam Oliver gegenüber im Verlauf des Auftritts?
– Welche Einstellung und Haltung hat Oliver Adam gegenüber zu Beginn des Auftritts, im Verlauf und am Ende?
– Was bedeutet „you old dog" als Ausdruck dieser Einstellung?
– Warum wendet sich Oliver überhaupt noch an Adam?
– Welche Funktion hat dieser Satz?
– Wie läßt sich diese Funktion außersprachlich ausdrücken?
– Wie läßt sich die Haltung und Einstellung Olivers Adam gegenüber in dieser Situation außersprachlich ausdrücken?
– Wo findet dieser Auftritt statt?
– Wie läßt sich dieser Ort auf der Bühne darstellen?

– Welche Gegenstände passen in diesen Handlungsraum?
– Steht, sitzt oder liegt Oliver am Ende der Auseinandersetzung mit Orlando?
– Wo befindet sich Orlando und wo Adam?
– Welche Bewegungen machen Oliver, Orlando und Adam?
– Wie also läßt sich dieser Sprechakt Olivers sprachlich und außersprachlich ausdrücken?

Diese Interaktionseinheit, die mit diesem Satz Olivers beginnt und mit der nachfolgenden Reaktion Adams endet, ist deshalb gut geeignet, weil das Thema dieses Auftritts, der Streit zwischen Brüdern verschiedenen Alters, unter einer Reihe von Schülern vermutlich auf besonderes Verständnis stößt. Die Gedanken und Gefühle der handelnden Personen können deshalb aufgrund der persönlichen Erfahrung intensiv nachempfunden werden.

Die Antwort des Adam kann mit einer entsprechenden Folge von Fragen genauso entwickelt werden. Wenn eine Aufführung des Dramas vor der Besprechung dieses Auftritts und dieser Übung bereits gesehen wurde, würden die Schüler schon eine gewisse Vorstellung von der Darstellung dieses Sprechakts haben, was der Besprechung und dem Darstellungsversuch nur dienlich sein kann. Bei einer wiederholten Vorführung läßt sich dann die Szene sehr viel genauer analysieren.

Eine etwas längere Textstelle zum Anspielen ist der Anfang des ersten Auftritts des Herzogs (I. 2. 149-164), bei dem mehr Personen beteiligt sind, bei dem also auch die Probleme der szenischen Gestaltung größer sind. Je schwieriger die Anforderungen, desto genauer müssen die einzelnen Schritte unter dem Aspekt der didaktischen Progression geplant werden. Vom ersten Lernziel, der Einsicht in die Interpretation von Sprache durch Sprechen, läßt sich die Planung über folgende Schritte zu den weiteren Lernzielen führen,

– lautes Lesen
– Vorlesen vom Platz aus
– stehendes Vorlesen vom Platz aus
– stehendes Vorlesen vor der Gruppe
– adressatengerechtes Vorsprechen mit Hilfe der Textvorlage
– adressatengerechtes, freies Vorsprechen
– Gestaltung außersprachlicher Mittel der Kommunikation
– räumliche Zuordnung der Sprechpartner
– Bewegung der Sprechpartner
– Verbindung sprachlicher und außersprachlicher Ausdrucksmittel
– Verbindung von Sprechen, Bewegen und Handeln
– szenische Darstellung eines Sprechakts.

Über diese Schritte kann das Anspielen zum Spielen ganzer Auftritte und Szenen führen, vorausgesetzt, die äußeren, schulischen Bedingungen dafür sind gegeben.

Die umfangreiche Literatur, die in den 70er Jahren zu dem Problembereich zwischenmenschlicher Kommunikation erschienen ist, zeigt, wie schwer es ist, ein Gefühl für die genannten Grundfaktoren des medialen Spiels: Raum, Körper, Bewegung und Sprache, zu entwickeln, die zugleich Faktoren zwischenmenschlicher Kommunikation sind. Gelingt es, diese Einsicht nicht nur theoretisch bei der Analyse zu vermitteln, sondern auch praktisch, durch persönliche Erfahrung zu vertiefen, dann ist die Verbindung zwischen den speziellen Fachlernzielen und den allgemeinen Erziehungs- und Bildungszielen hergestellt.

Anmerkungen

1 Susanne K. Langer, *Feeling and Form* (London, 1953), p. 306.
2 Constantin Stanislavski, *Building a Character* (London, 1950, 1979), p. 114.
3 Roman Ingarden, *Das literarische Kunstwerk*, 2. Aufl. (Tübingen, 1960), p. 220 und Manfred Pfister, *Das Drama* (München, 1977), p. 24.
4 Manfred Pfister, op. cit., pp. 25–29.
5 Tadeusz Kowzan, *Littérature et spectacle dans leurs rapports esthétiques, thématiques et sémiologiques* (Warszawa, 1970), zitiert nach Aloysius van Kesteren/Herta Schmid, eds., *Moderne Dramentheorie* (Kronberg, 1975), p. 50.
6 Thornton Wilder, „Some Thoughts on Playwriting“ (1941) in Toby Cole, ed., *Playwrights on Playwriting* (New York, 1961), p. 106.
7 Thornton Wilder, op. cit., p. 109.
8 Cf. Ralph Berry, *On Directing Shakespeare*, Interviews with Contemporary Directors (London, 1977) und auch Elke Platz–Waury, *Drama und Theater* (Tübingen, 1978), Kapitel 2.2 „Die Partner in der Theatersituation“.
9 Cf. Manfred Pfister, op. cit., p. 220.
10 Raymond Williams, *Drama in Performance*, 1954, rev. ed. 1968 (Harmondsworth, 1972), pp. 171–173; cf. auch Roman Ingarden, op. cit., pp. 404–405.
11 Peter Brook, *The Empty Space* (Harmondsworth, 1976), p. 11.
12 Cf. Ronald Hayman, *How To Read A Play* (New York, 1977).
13 Cf. Diskussionsreihe „Rezeptionsästhetik – Zwischenbilanz“ in *Poetica*, 7. Bd., Jg. 1975 f.; Jürgen Kreft, *Grundprobleme der Literaturdidaktik* (Heidelberg, 1977); sowie die Bibliographie in Gunter Grimm, *Rezeptionsgeschichte* (München, 1977).
14 Reinhard Zobel, *Der Dramentext – Ein kommunikatives Handlungsspiel* (Göppingen, 1975), p. 219.
15 Peter Brook, op. cit., p. 142.

[16] E. G. Craig, „The Art of the Theatre – The First Dialogue" in Eric Bentley, ed., *The Theory of the Modern Stage* (Harmondsworth, 1976), p. 116.

[17] Ein gutes Beispiel für das Verhältnis Schauspieler – Zuschauer gibt Peter Brook, op. cit., pp. 25–26.

[18] Zum Prinzip der didaktischen Progression cf. meinen Aufsatz oben, „Der strukturalistische Ansatz bei der Interpretation von Shakespeares *As You Like It*", pp. 493–516.

[19] Zu den Inszenierungsanweisungen und -hilfen cf. Jörg Hasler, *Shakespeare's Theatrical Notation: The Comedies* (Bern, 1974).

[20] Weitere Beispiele im 1. Akt sind I. 2. 91–92; I. 2. 147–148; und I. 3. 39–40.

[21] E. A. Poe, „Twice–Told Tales. By Nathaniel Hawthorne" in James A. Harrison, ed., *The Complete Works of Edgar Allan Poe,* vol. XI (New York, 1902, 1965) p. 106.

[22] Cf. Ekkat Kaemmerling, *Semiotik des Dramas und Theaters* (Frankfurt, 1975) und Christian Metz, *Semiologie des Films* (München, 1972).

[23] Cf. Peter Funke, loc. cit., pp. 506 ff.

[24] Günther Erken, „Shakespeares Dramen im Film" in Ina Schabert, ed., *Shakespeare–Handbuch* (Stuttgart, 1972), p. 826.

[25] Die Inszenierung Otto Schenks von *Wie es euch gefällt* wurde am 8. Mai 1975 von der ARD (Bayerischer Rundfunk) gesendet und war eine eigens eingerichtete, theatergetreue Inszenierung des Österreichischen Fernsehens aus dem Jahre 1958. Die Inszenierung von Peter Stein wurde am 15. April 1979 vom ZDF ausgestrahlt und basierte auf der Aufführung der Berliner Schaubühne, die in *Theater heute,* Jg. 18, Heft 11, 1977, pp. 11–16 besprochen wurde.

[26] Schallplattenaufnahmen von *As You Like It* wurden von The Marlowe Dramatic Society in Zusammenarbeit mit The British Council gemacht und von The Shakespeare Recording Society. Sie sind von der British Central Library, 5000 Köln 1, Hahnenstraße 6 auszuleihen oder durch die Firma Polyglotte, 4000 Düsseldorf 23, Postfach, zu erwerben.

[27] Cf. Peter Funke, loc. cit., pp. 506 ff.

[28] Zur Entwicklung der Themen cf. Peter Funke, loc. cit., pp. 506 ff.

[29] Manfred Pfister, op. cit., p. 124 und E. Th. Sehrt, *Der dramatische Auftakt in der elisabethanischen Tragödie* (Göttingen, 1960).

[30] Zur Sympathielenkung cf. Werner Habicht / Ina Schabert, eds., *Sympathielenkung in den Dramen Shakespeares* (München, 1978).

[31] Benjamin Henrichs in *Die Zeit*, 30. 9. 1977.

[32] *Theater heute*, Heft 11, 1977.

[33] Jan Kott, *Shakespeare heute*, 2. erw. Auflage (München, 1970); zitiert nach Jan Kott, „Bitteres Arkadien" in *Theater heute,* 8. Jg., Heft 12, 1967, p. 14.

[34] Zur Darstellung des Orlando im Wald von Arden cf. H. J. Olivers „Introduction" zu seiner Ausgabe von *As You Like It* (Harmondsworth, 1968), pp. 28–32.

[35] Zu den Darstellungen der Rosalind cf. Richard Knowles, ed., A New Variorum Edition of Shakespeare *As You Like It* (New York, 1977), „Stage History", pp. 629–642; Agnes Latham, ed., The Arden Edition of the

Works of William Shakespeare *As You Like It* (London, 1975), „Introduction", pp. lxxxvi – xci. Zu deutschen Darstellungen K. H. Ruppel, „Rosalind und Rosalinde" in *Theater heute*, 9. Jg., Heft 7, 1968, pp. 25–26.

[36] Brian Way, *Development through Drama* (London, 1967, 1977), p. 1.

[37] Neben dem genannten Buch von Brian Way, das in 10 Jahren 13 Auflagen erfuhr, sei vor allem auf folgende Literatur verwiesen: Richard Courtney, *Play, Drama and Thought* (London, 1968); John Hodgson, ed., *The Uses of Drama* (London, 1972); R. N. Pemberton–Billing/J. D. Clegg, *Teaching Drama* (London, 1965); John Seely, *In Context* (London, 1976); sowie auf Klaus Göbel, ed., *Das Drama in der Sekundarstufe* (Kronberg, 1977).

[38] Enrico Otto, „Szenische Realisierungsperspektiven des Dramas in der Schule" in Klaus Göbel, op. cit., p. 105.

[39] Constantin Stanislavski, op. cit., p. 113–114.

[40] Cf. Peter Funke, loc. cit., pp. 506 ff.

JÜRGEN BENEKE

Möglichkeiten der Schulaufführung

1 *Ausgangspunkte*

Die folgende Darstellung von Möglichkeiten der Schulaufführung greift auf Erfahrungen zurück, die an der Universität Münster mit Studenten und Schülern gewonnen wurden. Die *English Drama Group* (Leitung Paul Willin) hat zwei Komödien (*Twelfth Night* und *A Midsummer Night's Dream*) inszeniert und vor Studenten und Schülern der näheren und weiteren Umgebung Münsters aufgeführt. Die „Initialzündung" ging aus von Wochenendseminaren, auf denen der Verfasser den Versuch gemacht hat, Studienanfänger auf der Basis völliger Freiwilligkeit außerhalb des üblichen Seminarbetriebs mit induktiven Methoden an ein Drama Shakespeares heranzuführen.[1] Bestimmend war von vornherein der *workshop*-Charakter und eine heitere, angstfreie Atmosphäre; beides blieb auch erhalten, als sich die schon bestehende *Drama Group* des Projekts annahm.

Die Inszenierungen standen in der Tradition des englischen *educational drama* das in Deutschland kein Pendant hat. Es soll deshalb hier kurz vorgestellt werden, wobei ich mich vor allem auf G. Fairclough beziehe.[2] Im Gegensatz zum Schulfach *Drama*, das es bei uns ebenfalls nicht gibt – Dramen werden im Rahmen des jeweiligen sprachlichen Faches behandelt – geht es dem *educational drama* in erster Linie um schülerzentrierte, primär erzieherische Ziele. Aus dem Katalog von Zielen, den Fairclough gibt, sind die folgenden am wichtigsten:

(2) To inspire the class with the joy of creative work.
(3) To encourage a relaxed, enjoyable, industrious atmosphere.
(5) To encourage maximum oral participation.
(6) To develop logical thinking by encouraging well thought out improvisations.
(7) To stimulate the children by the quality of each other's imagination and to develop confidence in the power of their own.
(8) To develop the children's confidence in their own verbal ability.
(10) To make the class aware of the flexibility and expressiveness of the human voice.

(11) To consider the expressiveness of physical movement and develop through practice a greater physical awareness.
(12) To reveal defects in the children's power of observation and thus stimulare a greater awareness of things about them.
(13) To study character and to develop the quality of empathy.
(14) To understand the factors that contribute to realistic characterization.
(16) To explore the range of human emotions and to be able to control and understand these forces.
(17) To explore social situations with a view to acquiring the skills and understanding to deal objectively with social problems.
(18) To develop greater creative sensitivity to a variety of stimulus.
(19) To give ‚imaginary' but ‚real' experience that would be of great value in other creative work such as art and creative writing.[3]

Wenn auch nicht alle diese Ziele in gleichem Maße wichtig für den Englischunterricht sein mögen, so wird man Fairclough's folgender Formulierung beipflichten:

> Briefly, we are trying, through the medium of drama, to develop a sensitive, tolerant, imaginative, and intelligent being, able to communicate with some degree of accuracy his thoughts and deepest sensibility.[4]

Sicherlich wird man im Unterricht der Sekundarstufe II dem Faktor des primär intellektuellen Verstehens größere Aufmerksamkeit schenken, doch können derartige Überlegungen dazu dienen, die Frage im Bewußtsein zu halten, warum man überhaupt so große Anstrengungen unternimmt, ein Stück von Shakespeare zu „erarbeiten". Empathie und Kreativität sind nicht die schlechtesten Begründungen, und die starke Berücksichtigung physischer Aktivitäten kann darauf hinwirken, nicht nur die intellektuelle Seite der Schülerpersönlichkeit zu sehen.

Im Mittelpunkt dieser Darstellung soll die methodische Seite der produktiven Umsetzung Shakespeare'scher Texte in erfahrbare Wirklichkeit der Schüler stehen. Dazu werden Vorschläge aus der englischen dramendidaktischen Literatur unter Berücksichtigung des oben geschilderten Erfahrungshintergrunds referiert, auf ihre Verwertbarkeit im fremdsprachlichen Kontext geprüft und durch eigene Überlegungen ergänzt.

2 *Fremdsprachiger Text und Alltagserfahrung*

Die Alltagswelt der Schüler wird eigensprachlich konstituiert, erlebt und sozial geregelt. Demgegenüber scheint es mir ein Faktum zu sein, daß fremdsprachige Texte für den Schüler (und in eingeschränktem Umfang auch für den Lehrer) ein gewisses Maß an „Unwirklichkeit" aufweisen. Darunter soll hier der Verbindlichkeitsgrad verstanden werden,

den sie für das kommunikative Handeln der Schüler besitzen. Anstößige, im zielsprachlichen Kontext tabuierte Wörter beispielsweise werden von Nicht-Muttersprachlern wesentlich unbefangener verwendet als sie dies mit deutschsprachigen Entsprechungen täten. Flüche, Schimpfwörter, Beleidigungen haben kaum die Schärfe, die im authentischen Zusammenhang normal wäre. Man denke an „bloody" im Munde deutscher Sprecher und an die immer neuen Überraschungen darüber, was alles von Engländern als „rude" qualifiziert werden kann. Im einsprachig geführten Englischunterricht werden die sozialen Beziehungen der Schüler untereinander so gut wie nie ernsthaft in der Fremdsprache geregelt.

Aber nicht nur feindselige oder aggressive Äußerungen erscheinen als vermindert „wirklich", auch alle anderen werden in ihrer vollen Bedeutung nur schwer erfaßt. Die konnotative Bedeutung von Wörtern muß oft mühsam und künstlich in Lehrerkommentaren vermittelt werden, und Untertöne von Äußerungen, etwa scherzhafte, ironische, spielerische oder drohende, sind ebenso schwer erkennbar wie das Altmodische, Klischeehafte oder Bombastische einer Redeweise. Erst eine langdauernde Eingliederung in voll entwickelte Lebensbezüge der Zielsprachenkultur kann dazu führen, daß die stilistischen Valeurs in ihrer sozialen Funktion erkennbar werden und die Sprache „wirklich" wird.

Hier nun muß die praktische Theaterarbeit mit Shakespeare einsetzen. Was so generell für die Wahrnehmung fremdsprachiger Texte zu gelten scheint, muß zunächst für die Rezeption historisch älterer Texte noch hinderlicher erscheinen. Dieser Vorbehalt gilt jedoch nur, solange die Methoden der Textverarbeitung darauf nicht abgestellt sind. Jeder dramatische Text ist auf *Ver-wirklichung* auf der Bühne angelegt (Lesedramen können hier ausgenommen bleiben). Der gedruckt vorliegende Text ist aufzufassen als unfertige Vorlage; wir können ihn als Textnotat bezeichnen. Dieses Textnotat, die Vorlage, wird umgesetzt in „Text in Aktion". Dieses Produkt wollen wir als kommunikativen Text bezeichnen. Für Shakespeares Dramen gilt, daß sie, mehr noch als etwa modernere, einen „offenen" Charakter haben, insofern sie weniger durch Bühnenanweisungen festgelegt sind. Zwar enthält der Text zahlreiche Hinweise auf begleitende Handlungen, Gestik und Mimik („Aufführungssignale"), zum Beispiel in Wörtern wie "thus", das wegen seines „deiktischen" (hinweisenden) Inhalts etwas konkret Gegenständliches oder sinnlich Faßbares erwarten läßt:

> whiles you, doing thus,
> To the perpetual wink for aye might put
> This ancient morsel, this Sir Prudence. (*The Tempest*, II. 1. 284-286)

Thus wird begleitet von der Handlung des Degenstoßes, der Gonzalo (= this Sir Prudence) nur knapp verfehlt. Aus dem Dialog lassen sich Rückschlüsse auf die vom Autor gewollte Sprechweise und Redeabsicht ziehen, doch bedarf es einer besonderen Schulung, diese Signale zu erkennen.

Dieser anscheinende Mangel des Textes, seine weitgehende Unbestimmtheit, läßt sich didaktisch in einen Vorteil verwandeln; denn in dem Maße, wie der Text „offen" ist, bildet er die ideale Vorbedingung für die Aktivierung schöpferischer Eigentätigkeit der Schüler. Die neuere literaturwissenschaftliche Diskussion betont die aktive Rolle des Lesers; erst im lesenden Bewußtsein realisiere sich der Text, und sinngemäß gilt dies auch für das Drama. Daß diese Erkenntnis jedoch nicht gänzlich neu ist, können wir Shakespeares Werk selbst entnehmen, wenn er beispielsweise im Prolog zu *Henry V* an die schöpferische Mitwirkung des Zuschauers appelliert:

> And let us (...)
> On your imaginary forces work.
> Suppose within the girdle of these walls
> Are now confin'd two mighty monarchies,
> (...)
> Piece out our imperfections with your thoughts;
> Into a thousand parts divide one man,
> And make imaginary puissance;
> Think, when we talk of horses, that you see them
> Printing their proud hoofs i' th' receiving earth;
> For 'tis your thoughts that now must deck our kings,
> Carry them here and there, jumping o'er times,
> Turning th' accomplishment of many years
> Into an hour-glass. (*Henry V*, Prologue, 17-31)

Zwar ist auch das Lesen schon eine imaginative Umsetzung, eine Bewußtseinsleistung, doch der dramatische Text ist zur vollen Verwirklichung angewiesen auf die sinnlich greifbare Mitwirkung von Stimmqualität, Stimmführung, Pausen, Mimik, Gestik, Kleidung, Position im Raum, die sich wiederum darstellen als Ergebnis einer Gesamtdeutung des Textes.

Die Aufführung eines Theaterstücks ist als Resultat einer schrittweisen Überführung des Textnotats in einen kommunikativen Text aufzufassen. Diese Überführung kann bei ausreichender Schulung auch durch ein hochorganisiertes Lesen im Sinne eines „theatre of the mind", eines geistig vorgestellten, „inneren Theaters" geschehen. Leichter zu erreichen ist es jedoch durch den Einsatz auch der dinglich-körperlichen Ausdrucksmittel.

Kommunikativ sind die Texte zunächst textintern, in der fiktiven Welt des Dramas. Dort nämlich „bedeuten" sie den Figuren etwas, denn durch sie treten sie ein in Interaktionsprozesse. Das Textnotat wird also zunächst überhaupt bedeutsam, indem es zum Träger von Äußerungsabsichten wird. Zugleich werden dadurch die Charaktere „hergestellt", denn sie sind nicht einfach vorhanden, sondern entstehen im Prozeß der Bedeutungszuweisung, und zwar im hier betrachteten Falle durch die aktive Mitwirkung der Schüler-Schauspieler-Regisseure. Diese von den Schülern mitgeschaffenen Charaktere haben nunmehr einen Bezug zur Lebenswirklichkeit der Schüler, insofern sie ihre Geschöpfe sind, jedenfalls zu einem Teil.

In einem weiteren Sinne werden die Texte kommunikativ, indem der Autor nämlich durch die so „hergestellten" Charaktere hindurch mit den Beteiligten kommuniziert, und schließlich leitet der Prozeß der Erstellung einer kommunikativen Fassung des Dramas vielfältige Kommunikationsprozesse der Beteiligten untereinander ein. Wir wollen die Analyse hier abbrechen; das Gesamtbild ist noch komplizierter. So ist beispielsweise die Überwindung der historischen Ferne in diesem Prozeß noch nicht ausreichend reflektiert.

Ein ängstlicher Purist mag nun vielleicht Anstoß nehmen an einer Auffassung, die den Autor anscheinend beinahe zur Randfigur werden läßt und seine Dramen nurmehr zum Vorwand von Kommunikation. Derartige Befürchtungen sind unbegründet. Die Befragung der an der Aufführung Beteiligten hat vielmehr ergeben, daß sich anfängliche Reserven gegenüber Shakespeare – auch und gerade nach der schulischen Behandlung eines Stückes – erst durch die Theaterarbeit in eine positive Einstellung zu Shakespeare verwandelt haben. Über einige Aspekte der Einstellungsänderung soll hier kurz berichtet werden.

Wenn man den Bezug von Texten zur Alltagswelt der Schüler in eine Skala einträgt, so ergibt sich eine Gradierung in Richtung auf eine zunehmende Alltagsferne in folgender Abstufung: Texte ihres unmittelbaren sozialen Bezugsfeldes – muttersprachliche literarische Texte – fremdsprachige literarische Texte – Shakespeare. Bevor sinnvoll mit Shakespeare gearbeitet werden kann, muß erst einmal die Ausgangslage zur Kenntnis genommen werden. Dazu gehört ganz wesentlich die Einstellung der Schüler zu diesem Autor. Diese wiederum ist das Produkt von Lese- und anderen Wahrnehmungsgewohnheiten und vielfältigen sonstigen sozialen und kulturellen Erfahrungen. Die Befragungen, die zwar nicht quantitativ repräsentativ sind, wohl aber qualitativ verwertbare Aussagen enthalten, ergeben folgendes Shakespeare-Bild im Bewußtsein von Schülern und Studenten der Anglistik (!):

- Man „macht“ Shakespeare notgedrungen, weil er zum Stoff gehört.
- Shakespeare hat entweder blutrünstige Tragödien oder alberne Komödien geschrieben.
- Man kann sich nicht vorstellen, daß Shakespeare interessant sein kann.
- Man glaubt zwar, Shakespeare sei ein Klassiker, aber gerade deshalb sei er unzugänglich.
- Man kann sich Aktualität, Modernität und Spaß in Verbindung mit Shakespeare nicht vorstellen.
- Man hat Befürchtungen, daß seine Sprache altmodisch und unverständlich sei („altenglisch“).
- Als bedrückend wird empfunden, daß überwiegend oder fast ausschließlich Tragödien behandelt werden.

Auf die Frage, wie er auf den Vorschlag, ein Shakespeare-Stück zu inszenieren, reagiert habe, antwortet ein Student zum Beispiel: „I didn't like it at all, because (!) we had done it (d. h. Shakespeare) at school.“

Es gibt selbstverständlich auch positive Erwartungen, die sich an die bevorstehende Beschäftigung mit Shakespeare knüpfen; diese richten sich etwa auf die poetische Qualität der Sprache und auf das Eindringen in eine fremdartige geistige Welt. Insgesamt jedoch scheint die Erwartungshaltung skeptisch-abwartend, bestenfalls ambivalent zu sein.

Das Shakespeare-Bild der Schüler bedarf demnach dringend der „Aufhellung“. Wenn auch nicht klar ist, wie die Vorstellung von der Blutrünstigkeit der Tragödien als dominierendem Eindruck – um nur ein Beispiel herauszugreifen – zustandekommt (Sind es Fernseherlebnisse oder Provinz-Polanskis, die es geprägt haben?), so zeigt sich dennoch eindeutig, daß Shakespeare den Schülern überhaupt erst zugänglich gemacht werden muß. Dies kann nachweislich durch praktische Theaterarbeit geschehen, und zwar sowohl bei den unmittelbar beteiligten Schauspielern als auch den Schülern, die das Stück „nur“ als Zuschauer erleben. Wenn Schüler vorgeführt bekommen, daß andere Schüler den Text spielen können und sie selber ihm (auf Englisch!) folgen können, so ist Shakespeare in ihre Reichweite gerückt. Man kann geradezu sagen, das übrige besorgen die Texte selber mit ihrem Reichtum an Witz, Dramatik und poetischer Qualität. Hierin liegen demnach in erster Linie die Möglichkeiten der Schulaufführung.

In dem beschriebenen Projekt wurden *alle* negativen Einstellungen in ausdrücklich positive verwandelt, im Zuge der Entwicklung der Inszenierung. Wesentlich an dieser positiven Entwicklung beteiligt war die Tatsache, daß es sich um Komödien handelte. Die unmittelbar zugängliche Situationskomik war der Ausgangspunkt; am Ende wurden auch die zarteren, lyrischen Elemente wahrgenommen und geschätzt. Lassen wir noch einmal zusammenfassend einen Studenten zu Wort kommen:

At first I couldn't imagine what it (the text) would be like on the stage, but then I saw it and I saw how it developed and I saw the situation in which it was played and what my part in it was. This made me like the play and I was really surprised at the effect it had on me, because it really changed my attitude towards Shakespeare.

3 *Möglichkeiten einer* English Drama Group

Die im folgenden vorgeschlagenen Verfahren der Theaterarbeit eignen sich im wesentlichen für Arbeitsgemeinschaften auf freiwilliger Basis. Der Gewinn daraus wäre also zunächst auf den Kreis der unmittelbar Mitwirkenden beschränkt. Eine *Drama Group* kann jedoch auch einbezogen werden in die Vorbereitung und Durchführung regulärer Leistungskurse, etwa derart, daß sie eine Hinführung zum Text speziell für diesen Kurs entwickelt und durchführt. Weiterhin können in Abstimmung mit den Kursteilnehmern einige zentrale Szenen in verschiedenen Varianten gespielt werden und die implizite Interpretation mit den Teilnehmern des Kurses diskutiert werden. (Näheres zur variablen Interpretation wird weiter unten ausgeführt.) Darüber hinaus kann eine *Drama Group* mit einem Shakespeare-Workshop für die gesamte Schule (und günstigenfalls für weitere Schulen im Umkreis) eine generell hinführende Aufgabe übernehmen, indem sie das Interesse an Shakespeare weckt und vorführt, daß er nicht nur dem Verstehen zugänglich ist, sondern daß es auch lohnend ist, sich mit seinen Dramen zu beschäftigen. Und schließlich erfüllt eine vollständige Inszenierung sowohl die hinführende Aufgabe und ist in sich für Beteiligte und Zuschauer wertvoll.

4 *Arbeitsmethoden*

4.1 Ausgangspunkte

Ausgangspunkt sind die in 3 genannten Einsatzmöglichkeiten einer *Drama Group*. Dabei ist zu beachten, daß – im Sinne des *educational drama* – die letztlich erreichte (und erreichbare) Qualität nicht alleiniger Bewertungsmaßstab sein kann. Der Weg hin zur Aufführung vor einem außenstehenden Publikum hat seinen Wert in sich dann, wenn die Stufen zur Realisierung der Textintention und deren Vermittlung mit den von den Schülern eingebrachten Deutungskonzepten bewußt gemacht und gesichert werden. Dazu empfiehlt sich die Verwendung eines *production diary*, in dem alle wichtigen Vorgänge und Entscheidungen festgehalten werden.[5]

Erfolgreiches Arbeiten ist von der Beachtung einiger wesentlicher Punkte abhängig. Die Atmosphäre sollte angstfrei und gelockert, aber intensiv sachorientiert sein. Die Rolle des Lehrers und Anleiters muß sorgfältig überdacht werden; so muß unter allen Umständen vermieden werden, daß der Lehrer seine eigene Konzeption durchsetzen will. Dies kann nur auf Kosten der eigenschöpferischen Aktivitäten der Schüler gehen. Er soll vielmehr durch vielfältige Anregungen die Ideenproduktion der Schüler stimulieren. Seine eigenen Ideen soll er möglichst als Vorschlag formulieren; in sachlicher und sprachlicher Hinsicht wird er sich als Auskunftgeber und Berater verstehen.

4.2 Arbeitssprache

Zu Beginn der Arbeit muß eine Reihe von Fragen geklärt werden, die sich aus der besonderen Situation der Arbeit mit fremdsprachiger Literatur ergeben. Zunächst muß entschieden werden, ob die Arbeitssprache Deutsch oder Englisch sein soll. Im Sinne eines möglichst großen, auch sprachpraktischen, Gewinns für die Teilnehmer sollte man sich für das Englische als Basissprache entscheiden, ohne allzu rigoros zu sein, denn oft werden sehr komplizierte Sachverhalte zu erörtern sein, für die das dazu nötige Repertoire noch nicht zur Verfügung steht. Befürchtungen, ein hierfür passendes Repertoire sprachlicher Mittel wäre im Hinblick auf spätere Anwendungssituationen des Englischen eine Fehlinvestition, sind unbegründet. Man muß vielmehr im Gegenteil sagen, daß das Redenkönnen über Personen, deren charakteristische Merkmale und die Beziehungen zwischen Personen zu den ganz wichtigen und im herkömmlichen Englischunterricht nicht systematisch entwickelten Fertigkeiten gehört. Zum anderen liegt ein kaum hoch genug einzuschätzender Vorteil der Verwendung des Englischen darin, daß auf diese Weise in der Schule eine Situation geschaffen werden kann, in der die Fremdsprache *funktional*, d. h. mit ernstgemeinter Kommunikationsabsicht, verwendet wird. Während nämlich im Literaturunterricht die sprachlichen Aktivitäten fast ständig durch den Lehrer in Gang gehalten werden müssen und oft so gelenkt werden, daß der Schüler zu Kommentaren genötigt wird, die er *von sich aus* gar nicht machen will, ergibt sich bei der Gestaltung einer Passage die *Notwendigkeit*, Fragen zu stellen, Ideen und Anregungen zur Diskussion zu stellen, Klärungen zu erbitten usw. Der Lehrer wird also die entsprechenden Redemittel verfügbar haben müssen und sie nun nicht in Form einer eigens angesetzten Unterrichtseinheit (denn das wäre ja wieder Unterricht und störend für die Freiwilligkeit und Spontaneität) einbringen, sondern ad hoc, je nach Bedarf, so, wie sie gerade für den Fortgang der Arbeit benötigt werden. Dies sollte taktvoll und indirekt geschehen. Am Beispiel einer Personencharakterisierung ließe sich etwa folgendermaßen vorgehen:

Es geht um die Beschreibung und Charakterisierung des Duke Orsino in *Twelfth Night*. Die Teilnehmer haben die Anweisung bekommen, sich eine Vorstellung vom Aussehen des Duke zu machen. Sie haben dazu in Kleingruppen von zwei bis drei Schülern eine vorher festgelegte Zeit gearbeitet. Die Ergebnisse werden dann gesammelt und zur Diskussion gestellt. Dann könnte der Lehrer fragen:
How do you think we should picture the Duke? What does he look like? Is he young? middle-aged? What does the text say? Is he handsome? What colour is his hair? Curly? Would the colour of his hair be important? What complexion is his face? What expression does it have? Do we imagine him to look rather pale or healthy and sun-tanned? Is he melancholy, sad or merry?

Wenn man die „kontrollierte Imagination" fortsetzt, lassen sich weitere Impulse aus der kontrastierenden Betrachtung der Figuren gewinnen, so zum Beispiel aus einem Vergleich von Orsino und Sir Toby. Für Sir Toby wird man spontan ganz andere Angebote bekommen, etwa "ruddy-faced" und "middle-aged". Allmählich entsteht auf diese Weise eine Vorstellung von der Figur, die jedoch nicht endgültig ist, sondern im Laufe der Arbeit verändert werden kann. Die Ergebnisse und Konzepte werden jeweils im *production diary* festgehalten, in diesem Fall unter dem Oberbegriff „Talking about looks and appearances".

Ausgehend von der Beschreibung des äußeren Erscheinungsbildes, das auch die Kostümierung einbezieht, werden in ähnlicher Weise wichtige Redemittel und Wortfelder zusammengestellt, die möglichst plakativ an Stellwänden, sichtbar für alle und jederzeit verfügbar, angebracht werden. So entstehen Kataloge zum „Ton" einer Passage (merry; spoken in merriment; pleading; sarcastic; witty; bantering; conciliatory; with pathos; in a joyful mood; light-hearted), zu Gesten und Bewegungen (he stalks off the stage; he makes a gesture commanding respect; his movements are awkward, brisk, nimble; absent-mindedly, he fumbles his chain of office), zur Mimik (angry, stern, bewildered look; amused, frightened, sad expression), zur Stimme und Redeweise (sonorous, shrill, hissing voice; agitated, faltering, hesitant, calm manner of speaking).

Man wird sich nicht an explizite und spezifische Ausdrücke gebunden fühlen müssen, sondern kann auch mit anschaulichen Beispielen arbeiten: The way he moves reminds me of a stork; it looks as if he was trying hard to push something; her movements are controlled, dignified, almost as if she was a statue. Man kann mit der Phantasie der Schüler rechnen, denen viele andere Vergleichsmöglichkeiten einfallen, wenn sie dazu stimuliert werden.

So werden im Laufe der Arbeit Kataloge entstehen zu folgenden Aspekten:

Beschreibung von Personen: äußere Erscheinung, Gestalt; psychische Befindlichkeit
Beschreibung und Bewertung von Handlungen
Beschreibung und Bewertung von Beziehungen
Bewegungen, Musik, Gestik
Position und Positionsveränderung im Bühnenraum

Aus einer in dieser oder ähnlicher Weise geführten Besprechung über den allmählichen Aufbau der Konzeption einer Figur können sich beachtenswerte Interpretationshilfen ergeben. Wenn zum Beispiel Orsino als "middle-aged" gesehen wird, erscheint seine Liebe in der Tat so, wie sie oft in der Kritik dargestellt wird, als sentimentale Anwandlung eines Mannes, der verliebt ist in die Liebe, nicht in Olivia. M. M. Mahood kennzeichnet die Bühnentradition des "middle-aged romantic" so:

> Fifty years ago, Orsino was a part for the greying matinée idol, and even Harley Granville-Barker, who did so much to free Shakespeare production from its nineteenth-century conventions, spoke of him as ‚your middle-aged romantic'. True, Olivia thinks Orsino no match for her in years, but at eighteen or so – and Olivia should be no more – five or six years constitute a great gap. Elsewhere she speaks of his ‚fresh and stainless youth'. (...) The trend in productions at the present is away from a straight to a satiric playing of Orsino. Unfortunately in the process he has sometimes been transformed into what one critic calls the Moony Duke. A little absurd he must be; but his absurdity can well consist in his eagerness, the zest with which he plays the role of the romantic lover. (6)

Wie Auszüge aus der Sekundärliteratur verwendet werden können, wird weiter unten noch ausgeführt. Hier ging es zunächst darum, daß die für das Spielen notwendige klare Konzeption einer Rolle zum Nachdenken über Dinge führen kann, die sonst leicht übersehen werden.

Bewußt sollte der unkritische Gebrauch des Begriffs „Charakter" in der Diskussion zurückgedrängt werden, um nicht wieder zurückzugehen zu der Tradition der „character portraits" des 19. Jahrhunderts. Gerade an Verschiebungen und Inkonsistenzen der Figuren kann deutlich gemacht werden, daß „Charakter" im Drama eine von den Gesetzen der Form abhängige Größe ist und daß die Vorstellung eines durchgängig konsistenten Charakters eventuell relativiert werden muß. Deswegen wird in obigem Katalog „psychische Befindlichkeit" gesagt, denn diese ist situationsabhängig und wandelbar.

4.3 Anknüpfen an die Alltagserfahrung der Schüler

Jede Beschäftigung mit Shakespeare wird sich hinsichtlich der Aktualität ihren Standort suchen müssen zwischen zwei extremen Positionen. Die eine betont in unzulässig ahistorischer Weise das Zeitlose, allgemein Menschliche in Shakespeares Dramen; hierfür ist – nach dem Titel des bekannten Buches von Jan Kott – die Formel „Shakespeare, unser Zeitgenosse" im Gebrauch. Die andere hebt gerade die historische Differenz zwischen Shakespeares und unserer Welt hervor, einem Welterleben, von dem uns nicht nur fast 400 Jahre trennen, sondern auch gewaltige Umbrüche in der geistigen und materiellen Kultur.

Wenn hier nun vorgeschlagen wird, an die Alltagserfahrung der Schüler anzuknüpfen, so soll das nicht bedeuten, Shakespeare im vordergründigen Sinne zu aktualisieren und ihn damit in ein oberflächliches Bild einzupassen, in dem die Spannungen zwischen dem eigenen (und noch unfertigen) Welterleben der Schüler und dem in modellhafter Form vorliegenden Welterleben der Shakespeare-Zeit durch harmonisierende Deutungsschemata überbrückt werden. Diese Spannungen sollten vielmehr sichtbar gemacht werden und der Bewußtmachung eigener Positionen dienen. Daß dabei eine Veränderung vorheriger Auffassungen eintreten kann, ist nicht nur nicht zu verhindern, sondern erwünscht.

Das Konzept eines Shakespeare-Workshops geht davon aus, mit einer Reihe von Szenen oder Ausschnitten aus dem Shakespeare-Kanon experimentierend zu arbeiten, um Facetten eines anderen Weltbildes, dessen Ähnlichkeit *und* Andersartigkeit, erkennbar werden zu lassen und Interesse für eine weitergehende Auseinandersetzung mit seinem Werk zu wecken. Diese Ausschnitte sollten *erstens* gut spielbar sein. Für eine Laienbühne bedeutet das einen hohen Anteil szenisch-gestischer Elemente, und dies schließt die großen Reflexionsmonologe zunächst aus. *Zweitens* sollten die Passagen um eine klar erkennbare zentrale Vorstellung herum organisiert sein, ein Thema haben.

An dieser Stelle ist zu berichten über zwei Publikationen aus der englischen dramendidaktischen Literatur, die bei Berücksichtigung der anderen Voraussetzungen fremdsprachiger Literaturdidaktik als Fundgrube nützlicher Ideen dienen können.

David Adland stellt *The Group Approach to Shakespeare* anhand von *Twelfth Night* vor.[7] Für jede einzelne Szene dieses Stückes werden zahlreiche, gut durchdachte und erprobte Vorschläge gemacht, die alle die praktische, „spielende" Auseinandersetzung mit dem Text fördern. Den Szenen werden in vielfältiger Weise improvisierte oder halbfertige Texte zugeordnet, durch die der Schüler in Zweiergruppen in die Thematik und Stimmungslage des Originals eingeführt wird. Dieses wird vorwegnehmend beleuchtet, und damit wird die Aufmerksamkeit des Schülers vorstrukturiert. Diese vorgeschalteten Szenen, *Conversations for Two*,

> introduce each section by offering short situations related to the characters, the ideas, the action of the plot, the Elisabethan background, the mood, and the themes. (...)
> Some Conversations suggest modern situations in which *you, as yourself* are involved.[8]

Sie können in wenigen Minuten von den Kleingruppen mit geringem Aufwand parallel einstudiert und im Plenum diskutiert werden. Für den deutschen Schüler dürften sie jedoch eine recht anspruchsvolle Aufgabe darstellen, weil sie ihm abverlangen, nach einer knappen Situations- und Handlungsskizze einen passenden Dialog zu erfinden. Positiv daran ist die Verbindung der eigenen Wirklichkeit der Schüler, modernem Englisch in den selbstgeschaffenen Dialogen und Shakespeares Texten.

Weiter enthält das Buch gutausgewählte Zitate aus der Bühnengeschichte des Stückes, die unter der Überschrift „Talking about Acting" Anregungen zur eigenen Gestaltung geben und überdies Lehrern und Schülern dabei helfen können, ein Repertoire von Redemitteln zur Bühnenarbeit (vergl. oben, Kap. 4.2) aufzubauen. Ein Beispiel für eine *Conversation for Two:*

> ‚What great ones do, the less will prattle of'. There is, as the captain suggests, plenty of idle gossip about the Duke and Olivia. Two Illyrian villagers, Elizabeth and Mary, go over every detail with relish: Olivia's bereavements, the Duke's first meeting with Olivia, his unsuccessful attempts to see her. Does she love the Duke? Does she, perhaps, love someone else?[9]

Daneben gibt es Anregungen für unterschiedliche Formen der Darstellung, z. B. eine pantomimische Darstellung des Schiffbruchs, oder Textkollagen mit eigenen Dialogen des Autors, „halbfertigen" Skripten, mit Ausschnitten aus Texten anderer Autoren, z. B. Ionescos *Die kahle Sängerin,* in denen das Original in oft überraschender Weise verfremdet wird. Ziel dieser Textmanipulationen ist es, das jeweils Spezifische des Originals profiliert hervortreten zu lassen. Die Diskussion wird angeregt mit Fragestellungen wie diesen:

> How effective do you find this presentation of a modern play-text alongside that of Shakespeare's? Does it help to make clear Shakespeare's construction of the end of his play? Should this recognition scene be funny or touching because brother and sister are reunited? How do you think the Elizabethans reacted to this scene?[10]

Für die schauspielpraktische Seite werden zahlreiche Übungsvorschläge gemacht, die zugleich mehr sind als bloße Stimmübungen, denn in der Setzung der Pausen oder der Stimmführung realisiert sich jeweils eine andere Auffassung einer Passage. So lautet eine Arbeitsanweisung für *pair work:*

> Learn or closely improvise Malvolio's entrance speech, with your partner as Sir Toby making a good deal of drunken noise. End with Sir Toby's reply. Imagine or improvise Malvolio's nightgown, nightcap and candle, and experiment with the actual moment of your entry. Do you come roaring in? Look around in horror? Snatch away Sir Toby's glass? Remain in the doorway, or strut amongst the disarray? And the speech itself: do you splutter with barely suppressed fury? Begin with an angry belloy? Take the whole thing at a furious gallop, or impress with ominous pauses? Or begin on a note of whispered incredulity and rise to a climax of outraged propriety?[11]

In diesem Vorgehen wird das Prinzip der variablen, kontrastierenden Interpretation verwirklicht, wie auch in der folgenden Anweisung:

> Study Maria's entrance. Your partner can be Sir Toby, singing ‚Hold thy peace'. How disapproving is she? Experiment with various shades of reproof and warning, from the stern to the mocking and light-hearted. She probably comes in with a jug of wine, which Sir Toby called for earlier, and this indicates her business and her attitude.[12]

Abgesehen von ihrer primären Funktion, eine überzeugende, stimmige Interpretation des Textes zu finden, sind derartige Übungen von hohem sprachpraktischen Wert, weil daran die kontrollierte Variation der Intonation in sinnvollen Kontexten geübt wird.

Hervorzuheben ist schließlich eine Methode, die Adland *Building Scene* nennt. Sie dient der In-Bezug-Setzung des Textes mit der Alltagswirklichkeit der Schüler, indem Shakespeares Text umgesetzt wird in modernes Englisch. Dies kann mit Hilfe von „Themensätzen" (Adland nennt sie *Line Titles)* geschehen, in denen jeweils ein Textabschnitt zusammengefaßt wird.[13] Die Themensätze enthalten den Kern der Aussage und werden anschließend in halbfreier Improvisation zu vollständigen Äußerungen „entfaltet". Dieser Ansatz, Originaltext einen „Zwischentext" vorzuschalten, lag auch der Arbeit mit den Studenten in Münster zugrunde. Er hat sich dort und auch bei Adams und Gould sehr bewährt. (Genaueres in 4.4).

Adams und Gould[14] präsentieren in ihrem Buch ein Modell, das vor allem geeignet ist, im Rahmen eines Shakespeare-Workshops Interesse für viele unterschiedliche Facetten der Dramen zu wecken. Es basiert auf pointiert ausgewählten Textausschnitten aus insgesamt 12 Dramen, die in einen vorweg gegebenen Orientierungsrahmen gestellt werden, der sich aus Elementen der Alltagserfahrung der Schüler konstituiert. Auf diese Weise bleibt die Wahrnehmung der Texte nicht diffus, sondern wird vorstrukturiert.

Am Beginn steht eine Reflexion über das Theaterspielen anhand des Laienspiels „Pyramus and Thisbe" in *A Midsummer Night's Dream.* Der Bezug zu den gegenwärtigen Aktivitäten der Drama Group ist also unmittelbar gegeben. Auch bei Adams und Gould ist die Arbeitsform die Gruppenarbeit im Wechsel mit Plenumsbesprechungen. Ziel ist die Herstellung unterschiedlicher Realisierungen einzelner Passagen und deren Besprechung im Vergleich mit anderen Beispielen.

Weitere Anknüpfungspunkte ergeben sich auf vielfältige Weise, teils durch Illustrationen, teils durch leitende, organisierende Fragen. So wird etwa Malvolios Auftritt mit dem von Maria gefälschten Brief („the gulling of Malvolio", *Twelfth Night,* II. 5.), der zu einer Selbstoffenbarung seiner Eitelkeit führt, unter das Thema *A Pompous Ass* gestellt. Nach der Aktivierung der Vorstellungen über derartige Menschen und ihr Gebaren durch Illustrationen und Leitfragen wird zu Shakespeare übergeleitet:

4 Have you ever been made to look ridiculous in the eyes of others? Why? By whom? Under what circumstances? How did you react at the time and what was your attitude afterwards?

5 What do you understand by the expression ‚a pompous ass'? Have you ever encountered someone whom you might describe in this way?

Shakespeare

Shakespeare wrote a comedy called *Twelfth Night* in which such a pompous ass appears. He gave him the name of Malvolio which means, ‚evil-wisher'. (Es folgt eine kurze Orientierung über den Zusammenhang, in dem die Szene steht.)[15]

Die Erfassung der Figuren wird gesteuert und bewußt gemacht durch Fragen, die sich an die Aufführung (intern in der Gruppe, mit wechselnden Besetzungen) anschließen. Ein Beispiel:

Some questions about the characters

1 Are we ever meant to feel sorry for Malvolio in this scene? Is there anything cruel about the way he is treated?
2 Can you find moments in the scene where he displays (a) snobbery (b) vanity?[16]

Die weitere Verarbeitung des Textes geschieht mit einer nach-schaffenden Eigenrealisierung, die ansetzt bei Fragen der Position im Bühnenraum sowie den begleitenden Bewegungen und über eine pantomimische Version („as if it were a silent film") hinführt zu einer Version in modernem Englisch: „Repeat the scene, but this time put your own words to it."[17]

Daran schließen sich Vorschläge zur Improvisation dieses Typs an:

1 Improvise the scene which caused Maria and her fellow-conspirators to plan this revenge on Malvolio. They are having a good time, drinking, singing and making merry. Malvolio appears and stops their fun. (...)
2 Now imagine and act out the scene which follows the letter affair: Malvolio, outlandishly dressed and smiling ridiculously presents himself to the sorrowing Olivia. What will her reactions be and how will he behave when he begins to guess what has happened? (...)

Both of these scenes appear in *Twelfth Night. You might care to look them up when you have finished your improvisations* and see how Shakespeare manages them.[18]

Die Eigenrealisierungen und Improvisationen werden erst hinterher mit den Originalszenen verglichen, was sicher den Blick schärft für dramatische Technik und die Qualität des vorliegenden Textes.

Die weiteren Ausschnitte werden unter folgende Themen gestellt:

Put to the test.	*Alltagserfahrung:* Wie ein Mensch „ausgelotet" wird auf seine charakterlichen und sonstigen Qualitäten. *Shakespeare:* Malcolm „prüft" Macduff auf seine Loyalität (*Macbeth*, IV. 3. 1-139).
Discrimination.	*Alltagserfahrung:* Bezugnahme auf gegenwärtige Beispiele für Diskriminierung (Frauen, Farbige, Einzelgänger). *Shakespeare:* Shylocks Selbstverteidigung ("I am a Jew ..." (*The Merchant of Venice*, III. 1. 22–130).
Plots and Conspiracies.	*Alltagserfahrung:* Gunpowder Plot, Attentat vom 20. Juli auf Hitler, Verrat des Judas, Auszug aus Sueton (Ermordung Caesars). (Hier sollte man vielleicht besser von Aktivie-

rung und Verarbeitung früher erworbener Kenntnisse und Vorstellungen statt von „Alltagserfahrung“ sprechen.)
Shakespeare: Julius Caesar, Treffen der Verschwörer im Hause des Brutus (86-229).
Shakespeare: Julius Caesar, die Ermordung Caesars (III. 1. 1-95).

Es folgen weitere Ausschnitte aus *1 Henry IV* (Thema: *Showdown*, Falstaff und Prince Hal), *Richard II* (Thema: *Authority?*, Verbannung von Bolingbroke und Mowbray), *Romeo and Juliet* (Thema: Familienfehde, *A plague o' both your houses)*, *Much Ado About Nothing* (Thema: *Constables and Watchmen)*, *3 Henry VI* (Thema: *This fell war)*, *The Taming of the Shrew* (Thema: *Such a mad marriage never was before)* und *King Lear* (Thema: Beziehung zwischen Eltern und Kindern).

Ausgehend von diesem Ansatz, lassen sich weitere und andere thematische Beziehungen herstellen, zum Beispiel:

Politische Macht *Richard II:* Abdankungsszene	Bezugspunkte: Tagesereignisse, Watergate Affäre.
Formen der Liebe *As You Like It:* Rosalinds „Heilung“ des Orlando (III. 2. 347-435; IV. 1. 30-218) *The Tempest:* Mirandas Liebeserklärung an Ferdinand (III. 1) *Twelfth Night:* Liebeserklärung Olivias gegenüber Viola (I. 5. 280-311; II. 1. 104-164)	Bezugspunkte: Überlegungen zum Rollenverhalten der Geschlechter

Eine Einheit sollte auch relativ fremdartige, dem heutigen Schüler in ihrem Absolutheitsanspruch vielleicht schwer nachvollziehbare Vorstellungen präsentieren, zum Beispiel das Problem der Bewahrung der Keuschheit in *Measure for Measure* und Isabellas Weigerung, ihren Bruder dadurch vor dem Tode zu retten, daß sie sich Angelo hingibt. Der Bezugspunkt ist hier die Diskussion über Sexualmoral und die spezifische Lösung in *Measure for Measure*, wo Keuschheit die Unverletzlichkeit der leiblichen *und* seelischen Integrität bedeutet.

Die Einordnung des jeweiligen Textausschnittes in den Zusammenhang des Stückes läßt sich durch Lehrervortrag oder Schülerreferat vornehmen.

4.4 Stufen der sprachlichen Annäherung

Bewährt hat sich sowohl in der eigenen Praxis als auch nach Aussagen der zitierten Literatur eine stufenweise Annäherung an den Text durch das allmähliche Erkennen der Äußerungsabsicht. Zunächst wird *Shakespeares Text* gesprochen, ohne daß man sich von den unverstandenen sprachlichen Details irritieren läßt. Es geht nur darum, die wesentlichen Informationen herauszuhören, was in der Regel durch den sprachlichen und situativen Kontext unterstützt wird. Auch der Rhythmus der Verse kann behilflich sein, die Hauptakzente einer Äußerung zu finden.

Daran schließt sich eine *Paraphrase in modernem Englisch* an, ausgelöst durch einen Stimulus des Lehrers oder auch der Schüler untereinander, etwa in dieser Form:

> What are *you* trying to say here? Are you angry? Bewildered? And what is he/she trying to say? (usw.)

Die Aufgabe besteht also darin, eine eigene Version zu finden, die einerseits eher zur Identifikation führt und andererseits die gelegentliche Fremdheit der Diktion Shakespeares überwinden hilft. Bei der Paraphrasierung werden anstehende Sprachprobleme im Gespräch zwischen Lehrer und Schüler gelöst. Im übrigen läßt die Paraphrase häufig die besonderen Qualitäten des Originals deutlich werden. Adland hat für dieses Verfahren die Methode der Themasätze (*Line Titles*, s. o.) vorgeschlagen: „The aim is to get as close as possible to the text by using modern spoken English."[19] Adams und Gould schlagen die freie Nachschöpfung der vorher geprobten Szenen mit eigenen Worten vor.[20]

Aus der Probenarbeit in Münster ist zu berichten, daß auf diese Art höchst interessante und oft amüsante Zwischenstufen entstehen, die Shakespeares und den eigenen Text mischen, zum Beispiel in einem mit viel Gusto und gespielter Entrüstung vorgetragenem „Dost thou think because you are a good man we should have no more fun, no more cakes and ale?" Diese spontane „Kreolisierung" des Originals ist ein Beleg für die Identifikation des Sprechers mit seiner Rolle und damit für die Herstellung eines kommunikativen Textes.

In einem dritten Schritt wird dann der *Originaltext* auf einer höheren Verstehensebene wieder erreicht; er wird nunmehr unter Berücksichtigung der kommunikativen Absicht gesprochen.

4.5 Textverarbeitung

Die oben geschilderten Verfahren der Textverarbeitung können während der Proben durch Auszüge aus der Bühnengeschichte und der Sekundärliteratur ergänzt werden. An diesen läßt sich die eigene Version überprüfen. Weitere Möglichkeiten der Textverarbeitung sind in internen und schulöffentlichen Diskussionen, eventuell durchgeführt als *panel discussions* mit Lehrern, Zuschauern, Theaterleuten und den beteiligten Schauspielern, gegeben, die sich an eine Schulaufführung entweder eines Stückes oder eines Shakespeare-Workshops der geschilderten Art ergeben können.

Schließlich wäre noch der Vergleich mit dokumentierten anderen Realisierungen wie Schallplattenaufnahmen und Filmen sowie, weiter ausgreifend, mit Adaptationen zu nennen. Auch läßt sich an eine Medienkollage denken, derart, daß Teile eines Stückes in einer Hörspielfassung, andere in pantomimischer Form mit konventionell dramatischen Darbietungsformen gemischt werden.

Die praktische Arbeit wird jedem, der sich auf sie einläßt, weitere Möglichkeiten eröffnen.

Anmerkungen

1 Vergl. den Kurzbericht in *Shakespeare–Jahrbuch* 1980.

2 G. Fairclough, *The Play is NOT the Thing* (Oxford, 1972). Fairclough bietet eine ausführliche Bibliographie, so daß hier auf weitere Angaben verzichtet werden kann.
Empfehlenswert im Zusammenhang mit dem Einsatz des Dramas für Zwecke des Fremdsprachenlernens ist A. Maley, Alan Duff, *Drama Techniques in Language Learning* (Cambridge, 1978).

3 Fairclough, op. cit., 5–6.

4 Ibid., p. 6.

5 Anregungen für verschiedene Formen eines *production diary* finden sich in R. Adams, G. Gould, *Into Shakespeare. An introduction to Shakespeare through drama* (London, 1977), passim und D. Adland, *The Group Approach to Shakespeare. Twelfth Night* (London, 1973), 31.

6 M. M. Mahood, „Introduction". *The New Penguin Shakespeare: Twelfth. Night* (Harmondsworth, 1968), p. 31.

7 Adland, op. cit.

8 Ibid., XVI–XVII; Hervorhebung J. B.

9 Ibid., p. 3.

10 Ibid., p. 128.

11 Ibid., p. 47.

12 Ibid., p. 48.

13 Ibid., p. 37 u. ö.

[14] Adams, Gould, op. cit.
[15] Ibid., p. 16.
[16] Ibid., p. 22.
[17] Ibid., p. 23.
[18] Ibid., p. 24; Hervorhebung J. B.
[19] Adland, op. cit., p. 37.
[20] Adams, Gould, op. cit., p. 23.

WILHELM HORTMANN

Theaterschocks bei avantgardistischen Shakespeare-Inzenierungen

Didaktische und hermeneutische Vorüberlegung

Dramatische Texte haben ein anderes Leben als epische. Sie weisen über den handlungsmotivierenden Zusammenhang ihrer Wortgestalt hinaus auf die Aufführung. Erst in der Verleiblichung durch den Schauspieler und in der Darstellung durch die vielfältigen optischen und akustischen Möglichkeiten des Bühnenapparats gelangt der Text als Partitur zur sinnlichen Erscheinung. Die Übersetzung des Textes in das Medium Theater ist ein komplizierter ästhetischer Vorgang, in dem der Text einen anderen Stellenwert erhält als in der Lektüre. Das ist unvermeidlich, denn das Theater ist ein Ausdrucksmittel eigener Art: in der Entwicklung seiner Konzeptionen und Darstellungsformen ist es stärker für Gegenwartseinflüsse offen als die Lektüre mit ihrer Tendenz zum Eintauchen in die historische Vergangenheit. Nun wird auch die gegenwartsbewußte Lektüre — und Shakespeare-Unterricht versteht sich als solche — versuchen, in der Interpretation die zeitgenössischen Bedeutungskorrelate aufzuzeigen. Dennoch läßt sich damit nicht die Andersartigkeit von Lektüre und Aufführung überspielen. Shakespeare-Lektüre in der Schule und Shakespeare auf dem Theater sind zwei verschiedene Dinge. Der Shakespeare-Unterricht sollte diese Diskrepanz nicht auf sich beruhen lassen, sondern versuchen, sie klar ins Auge zu fassen und erkenntnisfördernd in den Unterricht einzubeziehen. Dadurch erhält er die Chance, den Schüler an einem zentralen Punkt an den gegenwärtigen Kulturprozeß heranzuführen, welcher in der Umsetzung des geschichtlichen kulturellen Erbes des Textes in die besonderen Seh- und Darstellungsweisen des modernen Theaters seinen ästhetisch wie zeitkritisch deutlichen Ausdruck findet.

Die bewußte didaktische Aufarbeitung der Verschiedenartigkeit der beiden Komponenten von Text und Theater ist heute besonders geboten, da die Theateraufführung nicht mehr ohne weiteres als Illustration des im Unterricht erarbeiteten Textes eingesetzt werden kann. Häufig genug vollzieht sich auf der Bühne auch nicht entfernt jene lektüreverstärkende Textaufbereitung, die sich Lehrer und Schüler nach all den Mühen der Erschließung des Originals wünschen. Treffen sie auf eine prononciert avantgardistische Inszenierung – und nur von solchen soll im nachfolgenden die Rede sein – so erscheint ihnen das, was sie sehen, als etwas völlig Neues und Unerwartetes, als gewaltsamer, vielleicht sogar gewalttätiger Eingriff in eine ihnen vom Original her vertraute und schlüssig erscheinende Sprach- und Sinnstruktur. Das Theater – so stellen sie fest – konfrontiert sie mit Erscheinungen, die sie nicht einordnen können und frustriert vielfach die von der Lektüre geweckten Erwartungen. Das ist eine bedrückende Erfahrung, dazu angetan, dem Lehrer wie dem Schüler die Shakespeare-Lektüre, den Theaterbesuch oder gar beides zu verleiden. Sie stellt sich aber unweigerlich ein, solange den Beteiligten die Voraussetzungen fehlen, um die bei modernen Inszenierungen nie auszuschließenden, bei manchen Regisseuren vorprogrammierten Theaterschocks aufzufangen und in eine sinnvolle Beziehung zum Text zu bringen. Dazu sollen die folgenden Ausführungen am Beispiel von Shakespeare-Inszenierungen der letzten Jahre eine erste Einführung bieten.

Zunächst einige grundsätzliche ästhetische Überlegungen zur Rezeption klassischer Werke auf dem Theater. Selbstverständlich gibt es auch heute noch „werktreue" Inszenierungen, die sich dem Geist wie dem Buchstaben des Originals verpflichtet fühlen und mit einem Minimum an Streichungen, Änderungen und Aktualisierungen auskommen. Hinter dem Gebot der Werktreue steht unausgesprochen die Auffassung, daß die im Werk aufgehobene Sinnstruktur über die historische Bedingtheit ihrer Entstehung hinaus weiter wirksam und von Belang sei. Genau das ist auch die hermeneutische Voraussetzung für die Lektüre Shakespeares in der Schule. Zwar ist die Distanz, die uns vom elisabethanischen Zeitalter trennt, weder theoretisch noch faktisch aufholbar. Wir lesen Shakespeare immer als Heutige, als Menschen des ausgehenden 20. Jahrhunderts. Aber durch historisch informierte und wachsame Lektüre ist sie überbrückbar. Insofern haben Lehrer und werktreuer Regisseur das gleiche Interesse: Vergegenwärtigung und Verlebendigung der historischen Sinngestalt des Shakespeareschen Werkes. Für beide gilt, daß wir zwar unter veränderten Umständen leben, die menschlichen Grundkonstellationen jedoch dieselben geblieben sind und wir uns weiterhin mit denselben Problemen abmühen. Nur deshalb kann der im historischen Werk vorgestellte Ausgleich zwischen Ich und Welt, zwischen Charakter und Schicksal, zwischen Selbstbestimmung und Notwendigkeit als heute noch gültig betrachtet werden.

Allerdings spricht auch vieles für die gegenteilige Anschauung. Sie besagt, daß unser Leben keineswegs mehr nach den alten Mustern abläuft. Unsere Normen, Verhaltensweisen und Erwartungen sind andere als zur Zeit Shakespeares. Die Vorstellungen von Gehorsam, Vaterautorität, Königtum, Ehre, Heldentum und Herrschaft haben sich ebenso verändert wie unsere Einstellung zu Keuschheit, ehelicher Treue und romantischer Liebe. Radikal verändert hat sich auch unsere physische und geistige Umwelt, man braucht nur an Stichworte wie Urbanisierung, Motorisierung, Mobilität, Medien- oder Informationsgesellschaft, globale Kommunikation, Wissenschaftsgläubigkeit und Geschichtsverlust zu erinnern. Es handelt sich hierbei um tiefgreifende, wesensmäßige Veränderungen, nicht allein um gewandelte Erscheinungsformen des ewig gleichen Substrats, um bloße Fragen des Kostüms. Wir stecken nicht nur in anderen Kleidern, wir sind andere geworden. Hamlet im Frack ist deshalb keine Lösung. Die Shakespeare-Rezeption – so argumentieren und empfinden die Theatermacher – müsse dieser neuen Ausgangslage Rechnung tragen. In unserer heutigen Welt ließen sich für die meisten Shakespeareschen Wertvorstellungen keine objektiven Korrelate mehr finden. Deshalb lasse sich der Text auch nicht mehr einfach abspielen. Er müsse vielmehr übersetzt, umgeschmolzen, in ein neues System von Korrelaten einverwandelt werden, wenn seine Wiedergabe auf dem Theater nicht ins Museale abgleiten solle.

„Ein Versuch am falschen Objekt", lautet das oft gehörte Gegenargument. „Soll doch der Regisseur selbst ein neues Stück schreiben oder ein zeitgenössisches Stück aufführen, wenn er zeitkritisch wirken will". Die Antwort darauf ist einfach. Das zeitgenössische Stück ist gegenwartsgerichtet und enthält Geschichte zumeist nur implizit. Die Bearbeitung eines Klassikers hingegen bringt Vergangenheit und Gegenwart in unmittelbar anschauliche Opposition und prüft unser Selbstverständnis im Hinblick auf seine historische Perspektive. Das geschichtliche und kulturelle Erbe ist ein unabweisbarer Teil unserer Sozialisation. In den konkreten Zeugnissen der hohen Literatur stellt es uns immer wieder vor die Frage, wie wir es in unsere Gegenwart einbeziehen wollen. Wir können es antiquarisch bewahren. Wir können es verlebendigen, d. h. das geschichtlich Vergangene wieder erlebbar und anschaulich machen. Wir können aber auch das Erbe be- und verarbeiten, mit ihm als Material umgehen, es neu zusammensetzen, wobei es freilich – vom Standpunkt traditionsbewußter Kulturpflege aus gesehen – sich selbst entfremdet erscheint. Ebenso wie wenn der Bauer aus dem Hof seiner Väter eine Reitschule, eine Landkommune oder eine agrarwissenschaftliche Versuchsanlage macht. Vieles spricht dafür, das Erbe zu pflegen und seinen Bestand zu wahren. Die Welt braucht jedoch auch jene, die den ererbten Bestand in eine neue Unternehmung investieren. Allerdings, man kann dabei scheitern oder gar sein Gold gegen Falschgeld eintauschen.

An deutschen Bühnen – und nicht nur dort – ist jedenfalls eine wachsende Zahl von Regisseuren bereit, das Wagnis einer Umwandlung des klassischen Erbes einzugehen. Sie wollen damit jene Spannungen aufzeigen, denen die gegenwartsorientierte Existenz ausgesetzt ist, wenn sie die eigene widerspruchsvolle Daseinsweise mit den Normen der Vergangenheit zusammendenkt. Dabei kann es geschehen, daß die „produktive Spannung" dieser dialektischen Vermittlung von Vergangenheit und Gegenwart „zum bloßen Konflikt" herabsinkt, wie der Regisseur Otomar Krejča warnend betont hat. In einem solchen Fall sei die Theatervorstellung „eine vertane Kommunikationsmöglichkeit, ein Bote, der sein Ziel nicht erreicht, ein Gewerbe, das aus Unfähigkeit bankrott geworden ist."[1]

Der radikal inszenierende Regisseur agiert beständig am Rande eines solchen Bankrotts. Er kann total scheitern und unverständlich werden, was seinem traditionsverhafteten Kollegen nie widerfahren kann. Er gibt trotzdem nicht auf, weil Scheitern und Unverständlichkeit keine Schande mehr sind angesichts einer Existenz, die sich – global gesehen – über Abgründen des Aberwitzes von „overkill", Zerstörung der Umwelt, Verschwendung der Ressourcen, Bevölkerungsexplosion und Massenschicksale in der dritten Welt bei gleichzeitigem exzessiven Individualismus in den westlichen Industrienationen usw. abspielt. Der Widersinn ist eine von uns selbst geschaffene Realität geworden, dem weder in der Politik noch in der Wirtschaft, weder in der Wissenschaft noch in der Kunst mit traditionellen Mitteln beizukommen ist.

Natürlich lassen sich diese prinzipiellen Widersprüche unserer gewandelten historischen Situation nicht permanent aushalten und bearbeiten, weder auf dem Theater noch in der Politik. Sie sind jedoch latent vorhanden. Von ihnen ist auch unsere Rezeption der Klassiker betroffen, denn sie vermögen den Sinnzwang aufzubrechen, der vom klassischen Werk ausgeht, jene scheinbar unerschütterliche Annahme, daß eine metaphysisch wie real sinnerfüllte Existenz möglich und erreichbar sei, welche die Voraussetzung der großen Literatur der Vergangenheit ausmacht. Die Radikalinszenierung spielt die Sinndefizite der gegenwärtigen Situation voll aus, anstatt sie zu verdrängen. Sie spielt gegen den Bedeutungszwang an, indem sie Heterogenes zusammenkoppelt, Normenordnungen zerbricht, Vorstöße ins Unbewußte, Irrationale und Surreale unternimmt, Brüche nicht nur als gelegentliche Stilmittel einsetzt, sondern zur Norm erhebt, kurz: indem sie eine disjunktive, nicht selten sogar disruptive Spielweise an die Stelle der normativen setzt. Sie verstößt gegen Tabus der Gesittung und des Geschmacks und begeht fortlaufend Sakrilegien gegen den Geist, Buchstaben und die Tradition des

Originals. Ob der Zuschauer sich je an eine solche Spielweise gewöhnen und ausschließlich darauf einschwören lassen wird, ist zweifelhaft. Die avantgardistische Inszenierung bezweckt zudem nicht, traditionelle Darstellungen zu ersetzen. Ihre Aufgabe besteht vielmehr darin, das Bewußtsein der einmal erfolgten und nicht wieder rückgängig zu machenden Schizoisierung unseres Weltbewußtseins und der Disruption unseres kulturellen Gefüges in Bildern der Diskontinuität lebendig zu halten.

Was hat der Shakespeare-Unterricht mit alledem zu schaffen? Nichts, sofern er sich nur mit dem Original beschäftigt. Befaßt er sich aber zusätzlich mit einer modernen Bearbeitung oder stellt er sich der Probe einer radikalen Inszenierung, so wird er nicht umhin können, sich mit den Diskrepanzen auseinanderzusetzen, die dabei ins Blickfeld treten. Dazu sind weniger theaterwissenschaftliche Spezialkenntnisse nötig, als vielmehr eine Einstellung, die es Lehrer und Schüler erlaubt, die ungewohnten Eindrücke zu verarbeiten und einzuordnen und die neue ästhetische Erfahrung überhaupt erst zu machen.

Vielleicht kann ein Blick auf analoge Erscheinungen in der bildenden Kunst die Einstiegsschwierigkeiten relativieren. Hier ist nämlich ein ähnlicher Bruch mit der Tradition vollzogen worden. Die Absage an den Zwang zur Wiedergabe realer Gegenständlichkeit in der modernen Malerei und Skulptur, die Reduktion – vor allem in der abstrakten Kunst – auf die Grundelemente bildnerischen Ausdrucks, die Zerschlagung der gewohnten Symbolisierungskonventionen mit dem Ziel der Freisetzung neuer Klassen von Ausdrucksqualitäten haben die bildende Kunst in ebenso grundlegender Weise verändert wie die Revolution auf dem Theater. Disjunktion der konventionellen materialen Zuordnungen und Kompositionsformen, Disruption der tradierten Sehgewohnheiten auch hier. Im *Action Painting* und in der informellen Kunst unterläuft die Malerei sogar auf noch konsequentere Weise den „Gestaltzwang" und präsentiert bildnerische Chiffren unbewußter psychischer Vorgänge, die – *mutatis mutandis* – im Bereich des Theaters vergleichbar sind mit Experimenten in Körpertheatralik oder den aktionistischen Übungen freier Gruppen. Diese Art von Kunst nimmt einen radikalen Materialwechsel vor und läßt sich nicht mehr im herkömmlichen Sinne aufnehmen. Das an Werken gegenständlicher Malerei gewonnene Bewertungssystem mit seinem eingefahrenen Spiel von Gegenstand, Form, Farbe und Atmosphäre und den entsprechenden Empfindungen funktioniert hier nicht mehr. Erforderlich ist vielmehr ein Gefühl für abstrakte Bildqualitäten wie Masse, Dichte, Leichtigkeit, Schwere und für Kompositionsqualitäten wie Ausgewogenheit, Dynamik oder Spannungszustände. Das *Informel* verlangt sogar eine noch weniger fixierte Aufnahme unterhalb jeder Gestalt oder Komposition, ein freies, schweifendes, fließendes Sehen, wie es der englische Psychoanalytiker und Kunsttheoretiker Anton Ehrenzweig in seiner Studie *The Hidden Order of Art* (London, 1967) beschrieben hat.[2] Ehrenzweig interpretiert Veränderung in den Künsten, vor allem innerhalb von Stilen, als eine dauernde dialektische Bewegung von gestalteten und gestaltfreien Elementen, als Aufstand der gestaltfreien Expressivität gegen die Formiertheit des eingefahrenen Stils. Mit diesem Denkschema lassen sich auch – *mutatis mutandis* – einige der Entwicklungen der jüngsten Theatergeschichte verstehen.

Das Aufbrechen des Sinnzwanges

Wie die Ästhetik der gegenständlichen Malerei auf dem Gestaltzwang, so beruht die Ästhetik traditioneller Theateraufführungen auf dem Sinnzwang. Sinnzwang bedeutet, daß die dramatische Handlung einer möglichen oder denkbaren Handlung in der realen Welt nachgebildet sein muß, also mimetisch oder nachahmend verfährt, wie Aristoteles zuerst gefordert hat. Nun haben nahezu zweieinhalb Jahrtausend Theatergeschichte zwar die unterschiedlichsten Darstellungsformen hervorgebracht, doch ist das nicht-aristotelische, nicht-mimetische Theater, sieht man einmal von mittelalterlichen Mysterienspielen und Allegorien ab, erst in jüngster Zeit entstanden. Brecht begann als erster, den Illusionscharakter des dramatischen Spiels systematisch aufzubrechen, indem er epische und dramatische Strukturen vermischte und durch gezielte Verfremdungseffekte den Respons seiner Zuschauer vom identifikatorischen Mitfühlen auf kritisches Mitdenken umlenkte. Aber auch die Brechtsche Dramatik unterwirft sich noch weitgehend dem Sinnzwang mit seiner Voraussetzung der Identität oder Unverwechselbarkeit von Person, Charakter, Handlung, Raum und Zeichen. Diese ist erst in den letzten beiden Jahrzehnten aufgehoben worden und hat Spielweisen geschaffen, die zu Recht als skandalös empfunden wurden, weil sie die Fundamente theatralischer Kommunikation erschütterten. In ihnen wurde der im mimetischen Verfahren angelegte Konsens über Zeichen und Bedeutung verweigert. Damit wurde eine auf Einverständnis und Übereinkunft abzielende Kommunikation unterbunden. Denn diese braucht das Moment des Wiedererkennbaren und Wiederholbaren. Gerade das jedoch fehlte, so daß der Zuschauer sich dem Schock des Einmaligen, Disparaten, Unfixierbaren ausgesetzt sah.

Untersuchen wir nun im Detail, wie in den einzelnen Bereichen und Komponenten des theatralischen Spielgeschehens der Konsens mimetischer Darstellungs- und Kommunikationsweisen aufgehoben wurde. Grundsätzlich verläuft die Bewegung dabei von Identität zur Nicht-Identität. Welche Form das jeweils annahm, sei im folgenden erläutert.

1. Die Person

Die Person ist definiert durch Name, Geschlecht, Alter, Aussehen, Herkunft, Beruf, Stellung usw. Erwartet wird, daß die theatralische Realisation die Einheit der Person bewahrt, daß also eine Person nur eine ist und nicht zwei, oder mehrere Personen nicht ein- und dieselbe, was keinesfalls mehr gewährleistet ist. Erwartet wird auch, daß Person und Merkmale übereinstimmen, z. B., daß der König cin Mann und keine Frau ist. Die heutzutage immer häufiger vorkommende Besetzung von Männerrollen mit Frauen und umgekehrt ist ein Zeichen dafür, daß diese Konventionen nicht mehr unbefragt gelten. Was die Vertauschung von Frauen- und Männerrollen jeweils zu bedeuten hat, muß am Einzelfall untersucht werden. Oft lassen sich solche und andere Abweichungen auch gar nicht einer festen Bedeutung zuordnen, sondern beziehen sich ganz allgemein auf bestimmte Zeiterscheinungen, im vorliegenden Falle etwa auf Wandel in der Mode (Männerkleidung für Frauen), Transvestismus, die Verweigerung der traditionellen männlichen Führungsrolle durch den Feminismus, Ablehnung geschlechts-spezifischen weiblichen Rollenverhaltens oder gar dessen Umkehrung in Erscheinungen wie dem „Hausmann" oder dem „Vaterschaftsurlaub". Zur Identität der Person im traditionellen Bühnenkontext gehört ferner, daß die Merkmale der Person auch repräsentiert werden, daß der Schauspieler etwa einen alten König nicht wie einen jungen Angestellten spielt und umgekehrt. In modernen Inszenierungen wird diese Art von Rollentypik jedoch häufig aufgehoben. Wenn der junge Josef Kainz gern die Rollen alter Männer spielte, so bemühte er sich, durch Stimme, Gestik und Mimik, unterstützt vom Maskenbildner, um rollentypische Darstellung. Heute machen weder Maskenbildner noch Schauspieler den ernsthaften Versuch um merkmalsgerechte Erscheinung und Darstellung. Bei der Aufhebung des Gebots zur illusionistischen Nachahmung von Wirklichkeit kann Hamlet nicht nur faktisch älter sein als seine Mutter, sondern auch so erscheinen. Die optische Diskrepanz bewirkt, daß das Spiel dann weniger auf nachahmende Darstellung abgestellt ist als auf Vorführen und Zeigen.

2. *Der Charakter*

Der Charakter ist definiert durch bestimmte Charaktereigenschaften wie Gutmütigkeit, Offenheit, Edelmut, Jähzorn, Argwohn, Gier, Hochmut usw. sowie durch ein besonderes Mischungsverhältnis solcher Eigenschaften. Geprägt durch ererbte Anlagen, frühkindliche Entwicklung, Lebenserfahrung und äußere Umstände, bildet der Charakter die innere Einheit der Person. Aus dieser inneren Einheit oder Identität entspringen die dem Charakter gemäßen Verhaltensweisen, an denen wir ihn überhaupt erst erkennen. Der Charakter ist jedoch keine statisch feste Größe. Er kann sich entwickeln und bis in sein Gegenteil verkehren. Shakespeares Tragödien haben oft diese Selbstentfremdung des Charakters des Helden zum Gegenstand. Ihr Wert beruht auf der Bedeutung, die herkömmlicherweise der freien und eigenverantwortlichen Entscheidung des Charakters zu sich selbst beigemessen wird, der damit sein Schicksal bestimmt.

Verneint man jedoch die Möglichkeit der Selbstbestimmung – und das ist zumindest angesichts der massiven Fremdsteuerung, der wir heute unterworfen sind, eine nicht von der Hand zu weisende Annahme – so verliert auch das Ringen des Charakters um Identität an Bedeutung. Er erscheint dann eher als Opfer und Werkzeug denn als treibende Kraft. Er wird manipulierbar. Die Sprengkräfte, die in ihm latent vorhanden sind und ihn zum Ichverlust treiben, brauchen dann nicht mehr durch eine konsequent motivierende Handlungsführung freigesetzt zu werden, sondern können als gleichberechtigt koexistierend vorausgesetzt werden. Der in Hamlet latent angelegte Wahnsinn muß dann nicht mehr unter dem Druck unsäglichen Leidens hervorgepreßt werden, wie im Original, sondern kann gleich schon in die Figurenkonzeption Eingang finden. Hamlet tritt dann von vornherein schon als gespalten, wahnsinnig oder in Doppelung auf. Präsentiert wird nicht mehr der dem gerade erreichten Entwicklungsstand des Helden angemessene Ausdruck, sondern eine aus vergangenen, gegenwärtigen und zukünftigen Entwicklungsstadien zusammengesetzte Erscheinungsform. Sie spricht zwar unseren gängigen Vorstellungen von psychologischem Realismus Hohn, verweist aber auf die Gleichzeitigkeit der dem Charakter eingegebenen Möglichkeiten.

Mit einer solchen Auflösung des Charakters in seine Bestandteile fällt auch der für die mimetische Darstellung gültige Zusammenhang von Wesen und Erscheinung als Indiz für eine bestimmte Identität. Zwar wußte auch Hamlet, daß einer lächeln und trotzdem ein Schurke sein kann, doch fand er das immerhin so bemerkenswert, daß er den Satz in seinem Notizbuch vermerkt. Und Jago hält es für nötig, uns zu sagen „ich bin nicht, der ich bin". Aber im Umgang mit anderen Personen unterdrücken Claudius und Jago ihr wahres Wesen und verstecken es – der mimetischen Forderung nach Wahrscheinlichkeit gehorchend – hinter einer trügerischen Erscheinung. Sie ahmen ein Wesen nach, das sie in Wirklichkeit nicht besitzen. Mit der Aufkündigung des mimetischen Kommunikationsvertrages ist eine solche Verstellung nicht mehr nötig. Claudius kann jetzt von Anfang an den Schurken spielen, der er ist, und Jago ebenso. Die Möglichkeit, durch Gestik und Mimik den Bruch mit der mimetischen Forderung der Wahrscheinlichkeit anzuzeigen, wird ausgiebig genützt. Wenn in Zadeks *Othello*-Inszenierung Jago vor Beginn des Stückes – damit gewissermaßen im Vorgriff auf das kommende Geschehen ein deutliches szenisches Zeichen setzend – seinen Herrn wie einen dummen August am Ohr über die Bühne zerrt und ihn wie eine Gliederpuppe verrenkt oder wenn in Heymes *Hamlet*-Inszenierung Claudius von vornherein Verschlagenheit und Feigheit bekundet, so wird deutlich, wie weit das übliche Verhältnis von Charakter, Rolle und Erscheinung bereits aufgelöst ist.

Die Reduktion des Helden von der treibenden Kraft zum manipulierten Opfer und die dadurch bewirkte Minderung des Interesses an seiner psychologischen Entwicklung läßt Raum für die Nebenfiguren. Sie gewinnen an Eigengewicht und wachsen über ihre dramaturgische Funktion hinaus, so daß selbst Horatio zu einer prominenten Figur werden kann. Die Auflösung des traditionellen Charakterbegriffs bewirkt Verschiebungen der dramatischen Struktur, und diese wiederum bedingt tiefgreifende Veränderungen in der gesamten theatralischen Instrumentierung.

3. Die Handlung

Der Handlungsverlauf ist vom Text vorgegeben und in seinen einzelnen Schritten genau vorgezeichnet. Vom Schauspieler nach Belieben auszufüllende Freiräume sind nicht vorgesehen, nicht einmal in den Rüpelszenen. Shakespeare maßregelt unmißverständlich die Narren, die sich Freiheiten gegenüber der Vorlage herausnehmen. Handlungsführung bei Shakespare besteht aus einer kunstvollen Verschlingung von Haupt- und Nebenhandlung mit einer kontrapunktischen Zuordnung verschiedener thematisch relevanter Motive und deren Einbettung in die einzelnen Handlungsstränge. Im Mittelpunkt der Handlung steht das Thema oder Problem, nicht im Sinne eines Thesenstücks, sondern eingebunden in die oppositionelle Konstellation der Hauptfiguren und ausformuliert in Parallelität zu deren Entwicklung. Die spezifische Handlungsstruktur der Shakespeareschen Dramen, wie sie in vielen Strukturanalysen herausgearbeitet worden ist, ihr Abweichen vom Schema Gustav Freytags mit der häufig festzustellenden Besonderheit eines doppelten Höhepunktes, eines dramatischen im dritten und eines emotionalen im vierten oder fünften Akt, spielt in den avantgardistischen Inszenierungen kaum noch eine Rolle. Wichtig für die in ihnen vorgenommenen Änderungen ist allein die allgemeine Formel, nach der Shakespeares Handlungskompositionen aufgebaut sind. Allgemein gesprochen läßt sich die Struktur der dramatischen Handlung bei Shakespeare in Formeln fassen, die für eine Vielzahl klassischer Dramen gelten, Formeln wie: Problem — Problemausweitung/Problemverschärfung — Lösung; oder: ausgeglichener Zustand — Störfaktor(en) — Umwälzung der Verhältnisse unter dem Einfluß der Störfaktoren — neuer Zustand des Ausgleichs; oder, gültig etwa für Tragödien wie *Macbeth* oder *Othello* und in moralischen Kategorien ausgedrückt: glücklicher Zustand — Versuchung — Fall — moralische Entartung — Zerstörung; oder, gültig etwa für *Maß für Maß*, die theologische Formel: Prüfung — Fall — Strafe — Gnade; oder, in moraltheologischen bzw. philosophischen Begriffen: Ordnung — Auflehnung gegen die Ordnung bzw. ihre mutwillige Gefährdung — faktische oder scheinbare Zerstörung der Ordnung — Rechtfertigung und Wiederherstellung der Ordnung.

Der Grundgedanke hinter allen nach diesen Mustern aufgebauten Handlungskompositionen lautet: es gibt Ordnungen gesellschaftlicher, moralischer, politischer, metaphysischer Art, die dem einzelnen in seinem Drang nach Selbstentfaltung vielleicht unbequem oder gar unerträglich erscheinen mögen, die aber nichtsdestoweniger gesittetes und sinnerfülltes Gemeinschaftsleben überhaupt erst möglich machen. Sie sind deshalb auf jeden Fall zu bestätigen, und sei es auch unter schweren Opfern. Auflehnung gegen sie ist schuldhaft und muß gesühnt werden, frevelhafte Überhebung über sie als Hybris bestraft, ihre kecke Herausforderung (in den Komödien) gezügelt werden. Die dramatische Handlung ist nicht um ihrer selbst willen da, sondern um der Bestätigung der Ordnung willen. Deshalb kann sie auch keine beliebigen Ausschnitte bieten (wie Fortsetzungsserien im Fernsehen), sondern ist eine genau berechnete Komposition zum Zwecke der spielerischen und im Falle der Komödien „verspielten“ Rechtfertigung von Norm und Ordnung.

Wie aber, wenn sich der Glaube an Norm und Ordnung als trügerisch, diese selbst sich als Todesfallen und ihre Verfechter sich als Narren, Popanze oder Teufel erwiesen haben, wofür die Geschichte des 20. Jahrhunderts genügend Beispiele liefert? Wenn ich mit Heiner Müller Duncan für einen Schlächter halte, dann ist Macbeths mörderische Auflehnung gegen ihn auch keine Zerstörung einer metaphysisch sanktionierten Ordnung mehr, sondern ein machtpolitischer Betriebsunfall, der von anderen Machtpolitikern, sobald sie dazu die Mittel besitzen, pragmatisch behoben wird. Ein Rechtfertigungsspiel zur Bestätigung einer religiös untermauerten hierarchischen Ordnung kann *Macbeth* dann nicht mehr sein. Das kunstvolle Handlungsgefüge ist dann auch nicht mehr verbindlich und läßt sich nach anderen Maßgaben ummontieren. Wenn Richmond aus dem gleichen Holz geschnitzt ist wie sein todbringender Gegenspieler, dann verliert die Rechtfertigungsmoralität *Richard III* nicht nur ihre metaphysische Dimension mit den entsprechenden Konsequenzen für den Gehalt des Stückes, sondern läßt sich zum Beispiel als Kampf verschlagener und gewissenloser Mafiabosse sehen. Das wiederum hat Konsequenzen nicht allein für die Kostümierung, sondern auch für die Handlung, denn es gestattet dem Regisseur den Einbau von dezentrierenden Handlungselementen unterschiedlicher Art. Laurence Oliviers *Hamlet*-Version begibt sich mit der Streichung der Fortinbras-Rolle der politischen Dimension und verliert – dergestalt privatisiert – an Handlungskomplexität und Bezugsreichtum. Interpretiere ich radikaler wie Zadek und Heyme und betrachte – aufgrund welcher zeitgenössischer Einsichten oder Sensibilisierungen auch immer (Stichwort: Mitscherlichs Beschreibung der vaterlosen Gesellschaft) – Hamlets bedingungslose Verehrung für seinen Vater als unrealistisch oder gar als lächerlich, so fällt damit eines der Ordnungsprinzipien des ganzen Stückes. Wird der Geist zudem wie in beiden Inszenierungen von einer Frau gespielt, so ergeben sich daraus burleske oder befremdende Wirkungen, die auch in die übrigen Szenen ausstrahlen. Diese Beispiele mögen genügen um aufzuzeigen, wie die Auflösung oder Relativierung der Normenordnung auf die Handlung durchschlägt. Die dem Original eigene, zwingende Dramaturgie seines Handlungsgefüges erhielt ihre besondere Ausprägung eben durch die Konzentrierung auf das Normengefüge. Wird sie angetastet – das zeigen moderne Inszenierungen sehr deutlich – dann zerbricht die Klammer, die die einzelnen Handlungsteile zusammenzwang. Dennoch bleibt der Gang der Handlung zumindest in seinen groben Zügen erhalten. Mit dem Zerfall der Vorstellung vom in sich konsistenten Charakter und der ganzen oder teilweisen Aufhebung der Normenordnung wird jedoch eine intrikat verschachtelte Handlungsführung überflüssig, die auf den Aufbau einer in jedem Detail überzeugenden Intrige, einer schlüssigen psychologischen Motivation und eines konventionellen thematisch-gehaltlichen Sinngefüges abzielte. Es entstehen nun Handlungsfreiräume, die von anderen Handlungselementen besetzt werden, welche die dezentrierende Wirkung weiter verstärken. Solche Leerstellen werden selten durch Textzusätze ausgefüllt. Häufiger findet sich schon die Einführung nichtsprechender Figuren mit zum Teil pantomimischen Aufgaben. Beispiele dafür sind etwa der Bühnenarbeiter, der in Zadeks *Hamlet*-Version mit einer asthmatischen Nebelmaschine dem Geist nachschleicht und diesen gehörig einwölkt und damit – gleich ob albern oder nicht – eine Aufführungskonvention persifliert; oder Claudius' Leibwächter, ein sonnenbebrillter, stoppelbärtiger Gorilla; der Strandphotograph in Zadeks *Othello*; der Molch, der Wahnsinnige, die Negerin und der Hund in seiner Inszenierung des *Wintermärchens*. Zadeks Besetzungszettel sind immer länger als Shakespeares *dramatis personae*. Heyme hingegen füllt solche Leerstellen nicht durch zusätzliches Personal, sondern durch Körpertheatralik der Figuren des Stückes selbst, etwa wenn Hamlet am Ende der Begräbnisszene, starr ins Publikum blickend, mit ausgestrecktem, heftig zuckendem Arm, von rechts nach links sein Enzephalogramm mit Kreide auf den eisernen Vorhang zeichnet, eine beklemmende, vielschichtige Handlungssequenz, völlig konsequent ist Heymes Konzeption, aber nur möglich im Rahmen der Dezentrierung, die das Stück im Gefolge der Auflösung der Normenordnung erfahren hat.

Die dezentrierte Handlungsstruktur bietet sogar Raum für den Einbau von Happenings. Das Happening ist eine Handlung, die sich vom Sinnzwang losgesagt hat, die nicht Ordnung, sondern Chaos zelebriert. Happening ist Protest gegen Kulturkult, Stil und die glatte Korrespondenz zwischen Zeichen und Bezeichnetem, die Revolte des Es gegen das Überich. Das zentrierte, mimetische Handlungsgefüge des klassischen Dramas hat in der dezentrierenden, unmimetischen Aktion des Happenings seinen absoluten Gegenpol. Für die geschlossene Sinnfigur des mimetischen Dramas ist logische wie szenische Kohärenz erforderlich. In der offenen Sinnfigur post-mimetischer Inszenierungen wird diese Kohärenz aufgebrochen und in ihre Bestandteile zerlegt. Sinnbezogene Aktionen stehen unvermittelt neben sinnfreien Akten, das Integrierbare dicht neben dem Unintegrierbaren, die strukturierte und logisch motivierte Sequenz unmittelbar neben dem unbegründeten und unstrukturierten Happening.

Avantgardistische Inszenierungen der post-mimetischen Art sind nach einem vorläufig nur negativ (aber nicht pejorativ) als „dezentriert" zu bezeichnenden Strukturprinzip aufgebaut oder arrangiert. Diese Dezentrierung ist mehr als willkürlicher Affront berechtigter Erwartungen. Eine gewisse Beimischung solcher Momente ist bei dem für Modeströmungen empfänglichen und sich auch in Provokationen gefallenden Medium Theater natürlich nie ganz auszuschließen. Verständlich werden die oben beschriebenen Erscheinungen jedoch erst, wenn man sie als Ausdruck nicht schierer Exzentrik, sondern eines neuen Formprinzips versteht, des *Dezentrismus*. Er zeigt sich auf allen Ebenen und in zahllosen Details: auf der Ebene des Textes in Umstellungen, Zuweisung von Textstellen an andere Personen und an gelegentlichen Einschüben; auf der Ebene der Diktion an einem nicht textgerechten Vortrag, an Verstärkung idiosynkratischer Diktionsgewohnheiten einzelner Schauspieler, die damit gegen die Rollentypik und das Gebot der Verständlichkeit anspielen, an unerklärbarem Tempowechsel (etwa wenn in Heymes *Hamlet* der Sein oder Nichtsein-Monolog in rasender Geschwindigkeit und dazu noch von zwei Schauspielern asynchron gesprochen wird); auf der Ebene der Handlung an happeningartigen Einlagen, an voll ausgespielten Clownerien (etwa der fünfminütigen Balgerei und Schubserei zwischen Leontes, Polixenes und dem Sohn des Schäfers am Schluß von Zadeks *Wintermärchen*), an kurzen Gags (in Palitzschs *Othello* landet Roderigo an einem gelb-rot gestreiften Fallschirm auf der Insel Zypern), ferner an den oft anzutreffenden Simultanhandlungen, bei denen die Aufmerksamkeit von dem gerade gesprochenen Text und der ihn begleitenden Handlung durch gleichzeitig ablaufende pantomimische Aktionen auf einem anderen Teil der Bühne abgelenkt wird. Der Dezentrismus durchwirkt ferner den gesamten optischen Bereich, von rollenuntypischer Gestik und Mimik bis hin zu Kostümierung und Requisiten. Völlig aberwitzige Kostümierungen (ein Hering als Schulterstück auf Laertes' Uniform, eine Handvoll Taschenuhren auf dem Revers von Horatios Jackett, Gertrude in ihrem Schlafgemach in Knobelbechern und mit fischbesetzter Kindertrommel – in Heymes *Hamlet*; Zadeks Kostümbildner sorgt für farbenfrohere, aber nicht weniger frappante Ablenkungen) und ebenso seltsame untypische Requisiten weisen in die gleiche Richtung. Sie verstärken den dezentrierenden Effekt. Daß es sich hierbei um eine neue und nicht zufällige Form von theatralischem Arrangement nach einem eigenen – nichtmimetischen – Kompositionsprinzip handelt, dürfte nach dem oben Gesagten einsichtig geworden sein.

4. Der Raum

Shakespeare hat seine Dramen für eine nicht-illusionistische Bühne geschrieben. Die unmittelbare Nähe zum Schauspieler, der auf drei Seiten vom Publikum umgeben war, und das Fehlen von Bühnendekoration ließen den Gedanken an einen Wirklichkeit nachahmenden Raum nicht aufkommen. Seine Bühne war eine neutrale Spielfläche, auf der durch wenige Requisiten der jeweilige Spielort bei Bedarf angedeutet werden konnte. Die Freiheit vom Zwang zur illusionierenden Simulierung des Spielorts ebenso wie die für seine Zeit noch nicht verbindlichen Einheiten des Orts, der Zeit und der Handlung hatten entscheidenden Einfluß auf seine Dramaturgie. Sie ermöglichten schnellen Szenenwechsel, zeitliche Ausdehnung des Geschehens, Auffächerung der Handlung in mehrere Handlungsstränge, d. h. eine dialektisch-dynamische statt einer auf große Konfrontationsszenen zugeschnittenen Handlungsführung. Die neutrale Spielfläche konnte jedoch nicht als szenisches oder ästhetisches Gegenüber benutzt werden. Das wurde erst möglich, nachdem aus der planen Spielfläche ein dreidimensionaler Bühnenraum geworden war und der Zuschauer der Vorführung nicht mehr in unmittelbarer Nähe beiwohnte, sondern sie von jenseits des Orchestergrabens aus der Distanz verfolgte. Die nunmehr gegebene Möglichkeit zur optischen Illusionsgestaltung wurde in den 300 Jahren ihres Bestehens reichhaltig und in der unterschiedlichsten Weise genutzt. Sie hat das Material zu einem aufschlußreichen Kapitel der Theatergeschichte geliefert. Die optische Illusionskunst des Bühnenbildners und Bühnendekorateurs trat an die Seite der Schauspielkunst. Der Schauspieler agierte nun in einem ästhetisch vorgeprägten Ambiente, und die Handlung spielte an einem als eindeutig bestimmt gedachten Ort anstatt auf der ästhetisch wie topographisch unbestimmten Spielfläche der Shakespearebühne. Die Ausweitung szenischer Möglichkeiten hatte auch negative Folgen. Die steigenden Anforderungen an den Bühnenapparat zur Suggestion immer realitätsnäherer Illusionen machte diesen schwerfällig und erforderte zunehmende Eingriffe in den Text, bedingte den Wegfall vieler kleiner Szenen und brachte die dynamisch-dialektische Dramaturgie des Originals in übergroße Abhängigkeit zum Dekorativen, zu naturalistischer Detailtreue oder zu zirzensischen Schaueffekten von Großrauminszenierungen und ihren Massenszenen. Im expressionistischen Bühnenbild der 20er Jahre befreite sich das Theater von diesem Hang zum Spektakel, ebenso wie vom Voyeurtheater der Guckkastenbühne. Schon vorher hatte es Schritte in Richtung auf Vereinfachung und Stilisierung gegeben. Unter Regisseuren wie Leopold Jeßner und seinem Bühnenbildner Emil Pirchan wurde die Bühne als Imaginationsraum ausgestaltet, dessen optisch frappante Imaginationshilfen die Konzentration wieder auf die zentrale, vom Schauspieler und seinem Wort verkörperte innere Handlung lenkten. Die übersteigerten, leidenschaftlich erregten, das Geschehen ins Überlebensgroße projizierenden Bühnenbilder des Expressionismus ließen den abstrakten Raum als eine eigene ästhetische Größe fühlbar werden, als eine Bühne, auf der existentielle Entscheidungsspiele inszeniert werden konnten. Der Graben zum Publikum blieb weiterhin unüberbrückt. Das absurde Theater brachte schließlich den leeren Raum, als Symbol für eine sukzessiv ihrer sozialen, moralischen, geschichtlichen und religiösen Wegemarken beraubte Welt. Im entleerten Raum fühlen wir uns verloren und sind gezwungen, ihn in irgendeiner Weise zu nutzen, sei es für eine neue Art von Spiel, sei es zur Auffüllung mit neuen Gegenständen, wobei die Rückkehr in vertrauten und traulichen Realismus ausgeschlossen ist. Das Theater der letzten beiden Jahrzehnte benutzt den Bühnenraum in zunehmendem Maße als Spielfläche für eine neue Art von Spiel, bei dem wir nicht der Simulation realer Begebenheiten zuschauen, sondern einer von Schauspielern für Mitbürger gemachten Vorführung. Der Zuschauer soll nicht mehr der Voyeur sein, sondern Mitspieler oder zumindest Mitbetroffener. Wir leben alle – Schauspieler oder Zuschauer – in *einem* Raum, in der gleichen Gegenwart. Logischerweise mußte dafür die Trennung zwischen Bühne und Zuschauerraum aufgehoben werden. In vielen Inszenierungen wurde deshalb der Orchestergraben überbaut und die Spielfläche bis hart ans Auditorium vorgerückt, teilweise bis ins Auditorium hineingeschoben. Agiert wurde oft an der Rampe, ja auch im Zuschauerraum selbst. Keine Mühe mit Dekorationsmitteln wurde gescheut, um die Einheit von Auditorium und Bühne zu verdeutlichen. So ließ Peter Palitzsch für seine Inszenierung des *Othello* Bühne und Zuschauerraum des Frankfurter Schauspielhauses mit den gleichen blauen Neonröhren einfassen, die Sitze mit den gleichen weißen Tüchern belegen, die auch den Bühnenboden der auf Zypern spielenden Akte bedecken und die, im 4. Akt zusammengefaltet, das Bett ergeben, auf dem Desdemona den Tod erleidet, auf dem gleichen Stoff, auf dem auch der Zuschauer sitzt. Die Symbolik ist unverkennbar. In Zadeks *Wintermärchen* wird bis hinauf in die Logen agiert; in seinem *Othello* erfolgten einige Auftritte vom Zuschauerraum und Othello selbst nahm einige Male im Parkett Platz. Für seine *Hamlet*-Inszenierung zog er aus dem Bochumer Schauspielhaus in eine alte Fabrikhalle nach Bochum-Hamme um, wobei mitten im Publikum agiert wurde. Einen ähnlichen Exodus von der Kulturbühne vollzog Peter Stein, der für seine 9-stündige, philologisch inspirierte Mammutschau *Shakesepare's Memory* und *Wie es euch gefällt* von der Schaubühne am Halleschen Ufer in alte Filmstudios nach Berlin-Spandau umsiedelte. Auch hier wurde in engster Nähe zum Publikum gespielt. Die seit einigen Jahren unternommenen Versuche, Straßentheater zu etablieren, zeigen den Endpunkt dieser Entwicklung an. An ihm schlägt die produktive Spannung zwischen dramatischer Aktion und ästhetisch gestaltbarem Raum um in die Flucht aus dem Raum an den beliebigen Platz. Verkannt wird dabei, daß nur in der Abschirmung eines abgezirkelten Raumes das spannungsgeladene Beieinander von Zuschauer und Schauspieler stattfinden kann, daß nur hier der Funke überspringen kann. Dessen sind sich auch die avantgardistischen Theatermacher bewußt. Sie nutzen den entleerten, an sich sinn- und geschichtslos gewordenen Raum nunmehr für die Erprobung einer antiillusionistischen, dezentrierten Spielweise, für eine disjunktive Theatersprache, die nur mit Beteiligung des Zuschauers gelingen kann. Für sie ist eine beliebig verfügbare, aus dem Zwang zur Wahrscheinlichkeit entlassene, oft nahezu leere Bühne erforderlich, welche ihre Apparaturen nicht mehr verbirgt, sofern offen und für jedermann erkennbar in Aktion setzt, nach dem Motto: „Seht her, wir simulieren nichts, wir versetzen euch in keine Kulturhypnose mehr noch betreiben wir zeremonielle Totenerweckung; wir, die euch bekannten Schauspieler, die ihre persönlichen Eigenheiten nicht mehr verstecken, probieren mit (und an) euch aus, was für uns alle als gegenwartsalertes Ensemble (und Publikum) an Shakespeare noch lebendig ist.“ Das ist sicherlich ein gewagter Bruch mit einer sicherlich ebenfalls sinnvollen Tradition. Über die Bewertungsmaßstäbe wird noch zu reden sein. Aber über die innere Logik dieser Theaterentwicklung kann kein Zweifel bestehen. Möglich ist das Experiment nur, wie wir sahen, in einer besonderen Art von theatralischem Raum, der vor allem durch die negativen Qualitäten der Realitätsfreiheit, Verfügbarkeit und Abstraktheit ausgezeichnet ist. Nur dadurch wird der Spielraum offen für den angestrebten ästhetischen Schock, für die neuen, Diskontinuität mit der Tradition signalisierenden Zeichen: den Mercedes in Heymes Version des Römerdramas *Epicharis* des Barockautors Daniel Casper von Lohenstein, den Fallschirm und die wie um einen Boxring aufgestellten Lampen in Palitzschs *Othello*, das Fahrrad des Herolds in Zadeks *Othello*, die Cameras und die TV-Monitoren in Heymes *Hamlet*.

Erst die abstrakte Bühne wird verfügbar als Spiel-Raum für die Gemeinschaftsindividualität des Ensembles. Nur im frei verfügbaren Raum, den es nach Belieben ausstaffieren, modeln und für die disparatesten Schau- und Bewegungseffekte einsetzen kann, dem auch die letzte Spur konventioneller Illusionstheatralik ausgetrieben ist, kann sich seine kollektive Phantasieleistung entfalten. Was damit gemeint ist, sei im nachfolgenden Exkurs angedeutet. Nach dem allmählichen Abflauen des Regietheaters[3] entscheidet heute das Gruppenbewußtsein und die kollektive ästhetische Sensibilität des Ensembles wesentlich häufiger als noch vor 10 Jahren darüber, welche Form ein Stück schließlich annimmt. Auch diese Entwicklung ist konsequent, denn die dezentrierende, disjunktive Spielweise ließ sich nicht auf Dauer vom Regisseur aus unter bloß funktionalem Einsatz und funktionaler Beteiligung der Schauspieler dirigieren. Der Dezentrismus als Stilnorm mußte auch auf die Regiearbeit übergreifen. Der Regisseur besitzt kein Phantasiemonopol mehr. Die 1968-72 propagierte, aber nicht durchgeführte Demokratisierung des Theaters hat inzwischen auf künstlerischer Ebene stattgefunden und dabei die kreative Phantasie und Sensibilität freigesetzt. Solche Theater werden, wie Otomar Krejča es in anderem Zusammenhang formuliert hat, im Gegensatz zu den Theater-„Betrieben" der Stadttheater zu schöpferischen Werkstätten, „an denen die Probleme des Zusammenwirkens auf prinzipielle und skrupulöse Weise bei einer jeden Inszenierung von neuem gelöst werden" müssen.[4] An einem solchen Theater bildet das Ensemble eine höchst lebendige kollektive Psyche heraus. Dem Regisseur fällt die Aufgabe zu, die kollektive Phantasieleistung des Ensembles zu entfalten und mit der seinen zu verschmelzen. Auch diese Entwicklung ist konsequent: Nach dem Wegfall des sinn- und ordnungsbestätigenden Zentrismus als oberster Regiemaxime bleibt dem avantgardistischen Theater nur die solipsistische Norm der gebündelten Phantasieleistung des eigenen Ensembles als Fixpunkt, auf den die Aufführung bezogen werden kann. Daher die krassen Unterschiede von Realisierungen des gleichen Stücks durch verschiedene Ensembles. Die Ensembles und ihre Regisseure haben die Ausprägung ihrer Besonderheit bewußt vorangetrieben, da diese für sie nach dem Zerfall verbindlicher Aufführungsstile die einzig tragfähige Arbeitsbasis, das einzige stilstiftende Ordnungssubstrat ist.

Das Problem der Bewertung

Die Leistung avantgardistischer Shakespeare-Inszenierungen zu bewerten, ist äußerst schwierig und in hohem Maße abhängig von einer bestimmten Einstellung des Zuschauers. Deshalb wird zuerst über diese zu reden sein. Solange er sich nämlich noch gegen die Verformung sträubt, die sein Klassiker in diesen Inszenierungen unweigerlich erfährt, fehlt ihm die Voraussetzung, das überhaupt wahrzunehmen, was auf der Bühne geschieht. Andererseits wird er sich verständlicherweise dagegen wehren, seine bisherigen Maßstäbe ohne weiteres aufzugeben und sich orientierungslos Eindrücken zu überlassen, die – wie es ihm scheint – samt und sonders sein Stilgefühl verletzen. Das Impasse erscheint komplett. Aufzubrechen ist es nur, wenn er sich von vornherein klarmacht, daß er hier nicht die mimetische Textverkörperung seines in der Lektüre aufgearbeiteten oder ihm aus anderen Aufführungen bekannten Klassikers erlebt, sondern etwas anderes. Deshalb muß er sich, so eigenartig die Forderung auch erscheinen mag, vom Original lösen. Er braucht es nicht völlig zu verdrängen – wer könnte das schon? – aber er darf es auch nicht, bildlich gesprochen, als Filter vor seinem geistigen Auge haben, durch den er die Aufführung wahrnimmt und dann mit Sicherheit falsch wahrnimmt. Erforderlich ist vielmehr ein Rezeptionsverhalten – zugegebenermaßen eines von erklecklicher Akrobatik und auch nicht beim ersten Mal zu erreichen – in welchem er seine Kenntnis des Originals zeitweilig storniert, sie gewissermaßen für den Verlauf der aktiven Wahrnehmung außer Kraft setzt, bzw. sie als frei verfügbares und verkombinierbares Material bereithält.

Der Zuschauer in Radikalinszenierungen muß sich also bewußt von seinen auf Mimetik ausgerichteten Rezeptionsgewohnheiten lösen, ebenso wie er als Betrachter abstrakter Kunst sich vom gegenstandsorientierten Sehen freigemacht hat. Nun ist die Stornierung vertrauter Wahrnehmungsgewohnheiten im rein optischen Bereich der bildenden Kunst entschieden einfacher und gefahrloser als die Aufgabe mimetischer Erwartungen im Sprach-, Handlungs- und Sinnbereich der theatralischen Darstellung. Hier sind die Erwartungszwänge unvergleichlich stärker ausgebildet, denn schließlich hängt das Wohl und Wehe unseres gesamten gesellschaftlichen und privaten Lebens davon ab, daß der Code sprachlicher und außersprachlicher Zeichen intakt ist, von allen anerkannt und identisch gedeutet wird. Sozialisation ist nichts anderes als das Erlernen dieser komplexen Zeichensprache. Auch nur einen Teil davon zeitweilig – und sei es auch nur im abgeschirmten Raum des Theaters – aufzugeben, setzt tiefste und berechtigte Ängste frei: die Angst vor der babylonischen Sprachverwirrung, vor der Gefährdung gesellschaftlicher und ethischer Normen, die Angst vor dem Spiel mit dem Chaos, das dem Aberglauben gemäß auch dann die Strafe herbeizieht, wenn es nur mutwillig oder völlig unverbindlich eingegangen wurde. Subjektiv und unbewußt rührt die Aufgabe des konventionellen Codes an die Angst vor dem Wahnsinn (denn was anderes ist Wahnsinn als der Verlust der gemeinsamen Sprache?) und vor der Selbstaufgabe. Nur so ist die empörte und von diesem Standpunkt durchaus ernstzunehmende Fluchtreaktion so mancher Zuschauer zu verstehen.

Die Existenz und relative Häufigkeit von antimimetischen Darstellungen besagt jedoch nicht, daß wir unsere mimetischen Erwartungen auf dem Theater auf Dauer preisgeben müßten. Die entsprechenden mimetischen Realisationen auf der Bühne existieren nämlich weiter und bleiben in der Überzahl. Radikalinszenierungen sind Abweichungen vom mimetischen Code, die ohne das Vorhandensein und die weiterbestehende Gültigkeit einer mimetischen Theatersprache ins Leere stießen und unverständlich wären. Sie gefährden also nichts. Vielmehr setzen sie im Zuschauer ästhetische und intellektuelle Energien frei, sofern er bereit ist, sich auf den veränderten Code einzulassen.

Wir haben mit diesen Erörterungen weit ausholen müssen, um die zu erwartenden Widerstände zu analysieren und damit vielleicht abbauen zu helfen. Bis zur Bewertung ist noch ein langer Weg. Dazu braucht der Zuschauer reichhaltige und unterschiedliche Theatererfahrung. Aber er kann – in Erkenntnis seiner Widerstände – nun zumindest anfangen, diese Erfahrung zu machen. Was also soll der Zuschauer bei einer Radikalinszenierung konkret tun, worauf soll er achten und wie sich einstellen? Er soll, seine Textkenntnis in der Hinterhand haltend, offen und wach sein für Überraschungen, soll Brüche, Disjunktionen und Illusionszerstörungen registrieren, auf Distanz gehen und dennoch beobachtend mitgehen, mitgehen allerdings nicht in der Form der Identifikation mit dem Schicksal der Helden, sondern im Sinne aufmerksamer Verfolgung des Geschehens *und* der dazu eingesetzten Mittel, stets gefaßt auf Verqueres, auf emotionale Wechselbäder oder bewußte Provokation. Er soll den Blick schweifen lassen, Eindrücke speichern, ohne sie gleich verstehen oder einordnen zu wollen. Er muß bereit sein zum Mit- und Umdenken, zum blitzschnellen Umschalten des Erwartungsprogramms auf neue Situationen, vom Tiefsinn auf Platitüden, vom mimetisch gestalteten Gefühl auf die Disruption, vom großangelegten Effekt auf Gags und Tricks. Er wird dann ein Gespür entwickeln für die plötzlichen Verdichtungen, wo Text und Handlung zusammenfallen, für die großen szenischen Tableaus, wo der Text sekundär wird oder verstummt, Tableaus, die er auf sich wirken lassen und auskosten soll. Er soll achtgeben auf die gelegentlichen Bilder und Gesten abgründiger Traurigkeit oder Komik, die unvermittelt entstehen, dem Text und der traditionellen Ausdeutung der Szene möglicherweise vollkommen widersprechen und dennoch viel aussagen. Ihre Wirkung spüren wird er nur, wenn er sich durch den Widerspruch zum Text oder zum momentanen Stand der Handlung, durch den Anachronismus oder sonstigen Stilbruch nicht irritieren läßt. Dann kann er vielleicht verstehen, warum am Ende der ersten Szene des ersten Aktes in Zadeks *Othello*-Inszenierung Roderigo auf Brabantios Schoß sitzt und Brabantio dabei auch noch vom verkleideten Othello gespielt wird: alle drei sind oder werden sie um ihre Hoffnungen betrogen, und als Geprellte, ihr Schicksal vorwegnehmend, hocken sie trostsuchend zusammen. Er wird dann ein Auge haben für den Herold in der gleichen Inszenierung, dargestellt von einem kleinen munteren Männchen, das sein Fahrrad auf die Bühne schiebt, umständlich die Proklamation hervorholt und sie mit heller, klarer Stimme vorträgt: der selbstzufriedene, fröhlich gestimmte Rentner, stolz auf sein Ehrenpöstchen als Stadtausrufer, die arglose Unschuld in Person, inmitten einer Welt von Krieg, Haß, Hurerei und Leidenschaft. Er wird erkennen, wie in Palitzschs *Othello*-Inszenierung die Abhängigkeit Othellos von Jago in der ersten Szene des vierten Akts nicht besser ausgedrückt werden könnte als dadurch, daß der in amerikanischer Kampfuniform gekleidete Jago seinem auf dem Boden sitzenden General von seinem Joint zu rauchen gibt: gierig saugt Othello das tödliche Gift, das Jago ihm gibt und kann, wie ein durstiges Baby, nicht genug davon bekommen: Jago ist seine (böse) Ziehmutter geworden und kann mit dem zum willenlosen Kind Regredierten ein sadistisches Spiel treiben. Das alles sind optische und gestische, kaum noch der Sprache bedürfende Metaphern, deren Bedeutung im Augenblick ihres Ablaufs diskursiv nicht erfaßbar ist, aber dennoch im angegebenen Sinne ausstrahlt.

Hat der Zuschauer sich die Grundzüge dieser Bildersprache angeeignet, wird er von selbst anfangen, den Bildern Bedeutungen zuzuordnen und versuchen, sie zu einer Interpretationsformel zusammenzufassen. Hierbei ist Vorsicht geboten. Der Blick, der in Radikalinszenierungen ständig irgendwelche allegorischen Entsprechungen findet, geht fehl. Alles von dem, was er sieht, wirkt. Aber nicht alles bedeutet auch etwas in einem diskursiv faßbaren Sinne. Vieles steht unverbunden nebeneinander und sollte als extrarationales Moment nicht in ein rationales Interpretationskonstrukt gezwängt werden. Das Schauspiel spricht in (sprachlich unterlegten) Metaphern, in Übertragungen, nicht im Diskurs. Deshalb ist auch wenig Interpretationshilfe aus dem Programmheft zu erwarten. Die Regie kann Arbeitsmaterialien und Protokolle veröffentlichen. Transparenter wird ihr Produkt dadurch kaum. Im letzten kann die Regie ihre Arbeit nicht interpretieren. Versucht sie es dennoch – was selten vorkommt – so sind ihre Äußerungen für den Zuschauer ebenso wenig maßgebend wie die subjektive Meinung eines Kritikers. Die Frage, was Schauspieler und Regisseur „sich dabei gedacht haben", geht ins Leere. Wird sie ausnahmsweise beantwortet, wie es gelegentlich bei Regisseuren mit einer vermeintlichen politischen Botschaft geschieht, dann nützt das wenig und interessiert bestenfalls im Hinblick auf den Verfasser. Die wahre Antwort liegt in der Inszenierung, in all den sprachlichen und außersprachlichen Zeichen, in jeder

Geste, in jeder stimmlichen Modulation, in den Bewegungsabläufen, den Kostümen, der Beleuchtung, dem Bühnenbild, dem Einsatz von Musik – dem ganzen Arsenal der dem Theater verfügbaren Mittel, seinem gesamten mimisch-optischen Ausdruckspotential. Diese Komposition gilt es aufzunehmen und, so gut es bei Radikalinszenierungen geht, zu deuten. Dieses Deuten geschieht für den furchtsamen Interpreten immer vor dem Hintergrund des Verdachts, zum Narren gehalten zu werden und im Verein mit neuerungssüchtigen Kritikern des Kaisers neue Kleider zu bewundern. Solcher Argwohn ist nicht unbegründet, sollte aber im ästhetischen Bereich des Theaters nicht mehr Gewicht haben als im täglichen Leben auch, wo wir auch oft genug intellektuellen Trugbildern nachlaufen. Absolute Sicherheit ist weder hier noch dort zu erlangen.

Trotz aller Ungewißheiten stehen wir auch der seltsamsten Radikalinszenierung nicht völlig hilflos gegenüber. Zur Bewertung werden wir fragen nach der Qualität und Ergiebigkeit der Phantasie, die in die Inszenierung eingegangen ist und die sich in Form erhellender Einblicke, prägnanter Bilder und produktiver Assoziationen im Zuschauer umgesetzt hat. Zu fragen sein wird ferner, ob trotz aller Disjunktionen ein konsistenter Regiegedanke erkennbar ist. Ergiebige avantgardistische Inszenierungen sind nicht willkürlich, sondern folgen immer einem bestimmten Spielprinzip oder einer bestimmten Idee. Häufig wird zu diesem Zweck die glättende mimetische Tradition des Originals in Opposition zu einem diese Tradition negierenden Ideenkomplex gebracht. Das Spiel ist dann auf weite Strecken die schauspielerische Ausgestaltung dieser Diskrepanz. Ist dem Zuschauer diese Grundformel aufgegangen – und sie ist zumeist nicht schwer zu entdecken – so lösen sich zumindest große Teile des Spielgeschehens aus ihrer Verrätselung. An zwei Beispielen sei aufgezeigt, wie man zu einer solchen Formel kommt und damit eine Leitlinie für seine Deutung gewinnt.

Das erste Beispiel (*Wie es euch gefällt* in der Regie von Petricia Ionescu, Bochum 1974) ist relativ einfach. Das Bühnenbild bietet eine Mischung aus Männerbad und Schlachthalle mit abgerissenen Kacheln und defekten Heizungsrohren, eine Szenerie, die augenblicks an kriegszerstörte Fabrikanlagen erinnert, gleich weit entfernt vom Hof des tyrannischen Herzogs Friedrich wie vom Ardennerwald mit seinen arkadischen Assoziationen. Als nächstes fällt auf, daß alle Frauenrollen von Männern gespielt werden, allerdings nicht im Sinne des verspielten, andeutenden, selbstironischen Hermaphrodismus, der im Original selbst angelegt ist. Celia und Rosalinde sind muskulöse Burschen, die es ohne weiteres mit dem Ringer Charles aufnehmen könnten. Sie amüsieren sich über ihre Frauenkleider und lassen es an Anzüglichkeiten nicht fehlen. Sie benehmen sich wie Landser, die vor hartgesottenen Frontsoldaten Fronttheater aufführen. Sobald sich diese Assoziation einstellt, bekommen viele der Disjunktionen Kontur, wenn man sie auf etwa die folgende Regieidee bezieht: *Wie es euch gefällt*, gespielt von überlebenden Soldaten nach dem Atomkrieg. Deshalb also der erschreckend brutale, mit sadistischer Tücke ausgespielte Ringkampf, den die Umstehenden genußvoll verfolgen und an dessen Ende der besiegte Charles mit den Füßen an einem Flaschenzug aufgehängt wird. Deshalb also die Mördervisage des Herzogs, dem man es zutraut, daß er Rosalinde umbringen lassen wird. Aber die Konsequenzen der Regieidee reichen weiter als bis zu gezielten Brutalismen. Was bleibt von Ardennerwald nach dem Atomkrieg? Nur ein paar armselige Pflanzen unter einer Plastikhaube, von den Schäfern eifrig, aber vergeblich gegossen. Was bleibt von den Menschen? Eine Handvoll roher Krieger, die zum Zeitvertreib eine Komödie aufführen, die sie nicht mehr verstehen und für die auch keine Korrelate mehr existieren, denn Frauen und Liebe sind tot. Das fein abgestufte Liebesspiel des Originals wird so zum absurden, zynischen oder verzweifelten Nachvollzug ehemals sinn- und geistvollen Tuns. Es bleibt noch die Welt der Schäfer. Aber sie ist ebenso rettungslos beschädigt. Silvius, Phoebe und Corinnus haben sich (durch Genveränderung?) zu Satyrn zurückentwickelt. Sie sind verschreckte Wesen, die aus ihren Erdlöchern hervorgekrochen kommen, sich wechselseitig und ängstlich bespringen und wieder verschwinden.

Der Preis, den diese Inszenierung für das konsequente Ausspielen der Regieidee zahlt, ist hoch, nämlich den Geist, die verspielte Mokanz und die philosophische Heiterkeit des Originals. Sie gewinnt die bohrende Frage, ob nicht unsere Welt auch schon so degeneriert ist wie die der Inszenierung. Trifft das zu, so ist unsere Ein- und Ausübung von Kultur nur ebenso absurder Zeitvertreib wie die Aufführung dieser so humanen und toleranten Komödie in der inhumanen Umwelt der Atomkrieger. Aber ist unsere Welt so beschädigt? Hier scheiden sich die Geister. Was für den einen Beurteiler eine Mahnung zur Bewahrung der positiven Utopie von Shakespeares Stück ist, ist für den anderen das Ausspielen einer durch den gegenwärtigen Gesellschaftsstand nicht begründbaren Schreckensvision von Unkultur, die gerade das herbeiführen hilft, wogegen zu warnen sie vorgibt.

Das zweite Beispiel (*Hamlet* in der Regie von Hansgünther Heyme, 1979) ist wesentlich schwieriger und nicht auf eine ideologische Entscheidungsfrage zurückzuführen. Es zeigt aber, wie weit avantgardistische Inszenierungen in der Kombination von scheinbar unvereinbaren Materialien gehen.

Der optische Eindruck ist äußerst verwirrend, ein Werk des Happening-Künstlers Wolf Vostell, der auch die Ideen für die Kostüme beisteuerte. Nacktes Rohrgestänge rechts und links mit den unverdeckten Scheinwerfern. Keine Kulisse, sondern nur der anthrazitfarbene eiserne Vorhang, der knapp über dem Boden mit einem Fries von 18 Fernsehapparaten besetzt ist. Gespielt wird auf der schmalen Fläche bis zur vorgeschobenen Rampe, der eigentliche Bühnenraum wird also nicht genutzt. Nahe der Rampe auf einem Ständer eine kleine Videokamera, die je nach Bedarf von einzelnen Spielern bedient wird und deren Bilder dann auf allen 18 Monitoren erscheinen. Auf der linken Seite hängt ein ausgestopftes Pferd mit dem Kopf nach unten. Aus seinem Maul tropft rote Flüssigkeit in einen schöngeformten Glaskelch. Befremdlich wie die rätselhaften Requisiten ist auch die Kostümierung, aber dem tristen Milieu angepaßt: Hamlet, ein fleischiger Mann an der Schwelle des mittleren Alters, mit schwarzgrauem Mantel, Melone und Knobelbechern, eine Kamera vor der Brust; Claudius mit Schärpe und Zylinder, den ein ausgestopftes Wiesel schmückt, Gertrude mit einem Korsett über dem tief ausgeschnittenen Kleid. Fast alle Kostüme sind mit aufgenähten Rätselobjekten versehen, Steinen, Messern, einem Hering, Tellern, Haarsträhnen. Der Geist erscheint als alte Frau mit Blitzlichtkamera und einem Strahlenkranz von Antennen auf dem Rücken. Hier scheint nicht nur die Zeit aus den Fugen zu sein. Die physische Umwelt ist davon mitbetroffen. Auch der gesellschaftliche Rahmen ist bereits beschädigt. Der Hof gibt sich nur mühsam den Anschein von Geschäftigkeit. Claudius nimmt weniger von der drohenden Kriegsgefahr als von der erotischen Ausstrahlung Gertrudes Notiz. Polonius und seine Familie und Horatio scheinen als einzige zu normalen Beziehungen fähig. Hamlet ist ein peinlicher Fremdkörper. Er geht herum, schießt Photos, bedient die Videokamera, aber er reagiert auf nichts und niemanden, geht keine Kontakte mehr ein, nicht einmal mit Horatio. Er ist bereits weggetaucht in seine leidvolle Innenwelt, zerfallen und gespalten. In dieser Inszenierung wird die Zerfallenheit Hamlets mit sich selbst wörtlich genommen: er wird von zwei Schauspielern gespielt. Auf der Bühne agiert der Hamlet des irren Leidens, bis zur Kabinettszene sieht man nur ihn, während sein *alter ego* vom Zuschauerraum aus über Mikrophon die Monologe und große Teile der Dialoge spricht. Nun ist es aber nicht so, daß der sichtbare Hamlet pantomimisch das verdeutlichte, was der unsichtbare spricht. Im Gegenteil. Er hört sich selbst wie einem Fremden zu und er spielt nur das, was im Unbewußten seiner komplexen gespaltenen Persönlichkeit vor sich geht, die kruden sexuellen Phantasien, den Narzismus, die reduzierte Psyche, die Beschäftigung mit dem eigenen Körper, z. B. wenn er sich prüfend und verwundert vor der Kamera betrachtet und sein Gesicht verzerrt. Der unbewußte Hamlet auf der Bühne ist nahezu sprachlos. Er kann sich nur noch in Gesten äußern. Selten nur hat er lichte Augenblicke, in denen er selbst redet. Nach der Kabinettszene, in der beide Schauspieler auftreten, schreitet der Zerfall rapide voran. Nach Dänemark zurückgekehrt, erscheint Hamlet mit nackten Beinen im Hemd und mehlbestäubter Jacke und zerdrückt sich, verrückt geworden, stieren Blicks und sich nur steif bewegend, ein Weißbrot auf dem Kopf. Horatio muß ihn führen und ihm soufflierend durch die Begräbnisszene helfen. Ein solcher Hamlet kann auch keine Fechtszene mehr bestehen. Heyme packt konsequenterweise die Todeskandidaten auf fahrbare Wannen, mit den Eingeweiden obenauf, während der eiserne Vorhang hochgeht und den Blick freigibt auf hundert Fernsehapparate, auf denen die Tagesschau abläuft. Fortinbras, als schöne junge Frau im spiegelbesetzten Rennfahreranzug, Verkünderin des neuen elektronischen Milleniums, entsteigt einer gleißenden Sonne und läßt uns wissen, daß Hamlet, wäre er am Leben geblieben, sich höchst königlich bewährt hätte.

Die Verluste, wie bei allen Radikalinszenierungen, sind auch hier hoch. Zerstört ist der federnde Spannungsbogen des Originals mit der nie nachlassenden Konsequenz seiner Handlungsführung. Verloren ist die Flexibilität des chamäleonhaft sich wandelnden, alert und agil auf seine Umwelt reagierenden und in den Monologen immer wieder in sich selbst zurückkehrenden, auf sein unlösbares Problem zurückgeworfenen Hamlet. Verloren ist die komplexe, kontrastreiche und letztlich tröstliche Sinnfigur des Originals. Identifikation mit dem Schicksal des Helden, seinem Witz, seiner geistigen Beweglichkeit, seinem schürfenden Philosophieren, ist nicht mehr möglich. Weder der arme Tropf auf der Bühne noch sein *alter ego* am Lesepult im Zuschauerraum laden zum einfühlenden Mitgehen ein. Diese Verluste mag man beklagen, sie sind aber bei Radikalinszenierungen *per se* unvermeidlich.

Der Gewinn besteht zuerst einmal (vordergründig) in vielen erhellenden Bildern, wie sie zum Teil schon beschrieben wurden. Es seien einige weitere Beispiele für solche optischen Epiphanien skizziert. Am Schluß der Begegnung mit dem Geist seines Vaters, während aus dem Lautsprecher der Monolog „O schmölze doch dies allzu feste Fleisch" ertönt, zieht Hamlet seinen Mantel verkehrt herum an, dabei starr ins Publikum blickend: die Ordnung hat sich verkehrt und Hamlet mit ihr. Oder, in der Mausefalleszene wird Ophelia in einen großen Mantel gehüllt, der wie eine Betonmauer aussieht: sie ist jetzt gefangen wie in einem Gefängnis, auch sie ist in eine Falle gegangen, aus der es kein

Entrinnen mehr gibt. Ein weiteres Beispiel: Gertrude schrickt bei der ersten Begegnung mit Claudius nach dem Mord an Polonius vor den gewohnten Zärtlichkeitsgesten ihres Mannes zurück. Beide verharren einige Sekunden reglos, ohne daß es zu einer Berührung kommt, während über Lautsprecher verstärkt das unablässige Tropfen des Blutes aus dem Maul des Pferdes hörbar wird: das Blut des Polonius steht zwischen ihnen und gemahnt an das Blut des alten Hamlet, das sie bereits vergossen haben.

Das sind momentane, schlagartige Erhellungen, die jedoch in ihrer Summe keinesfalls ausreichen, die Inszenierung genießbar zu machen, wenn es nicht gelingt, den irritierenden und scheinbar unintegrierbaren Einsatz der elektronischen Medien zu deuten. Sie stellen eine ständig präsente, akustische und optische Ablenkung unserer Aufmerksamkeit dar, bieten oft läppische Details, manchmal Bilder von brutaler Direktheit, gelegentlich Verstärkungen von Eindrücken, die uns das Bühnengeschehen vermittelt. Alle Figuren auf der Bühne sind fasziniert von dem vielseitigen technischen Gerät und hantieren unablässig mit Kameras, Mikrophonen, Transistorradios, Fernsehern, Kopfhörern und Taschenrechnern, aber sie müssen auch stets gegen die Überfremdung und Tücke der Technik anspielen. So drängt sich der Gedanke auf, daß das Medienkonzept allegorischen Charakter haben könnte: wir sind, wie die Schauspieler auf der Bühne, Gefangene unserer Apparatur. Wir brauchen sie, um über Raum und Zeit zu herrschen. Aber sie beherrscht uns. Auch wenn wir dies als Regieidee erkennen, bleibt die Irritation unserer Wahrnehmung durch die aufdringliche Präsenz der Medien bestehen. Sie läßt sich nicht wegrationalisieren. Aber wir erhalten plötzlich einen Einblick in die Schizophrenie unserer Kultursituation – die Schizophrenie im Schauspielhaus nicht ausgenommen – wofür das Bühnenbild eine überzeugende Metapher ist: das Organische blutet sich langsam und dekorativ aus, während die elektronischen Roboter die Herrschaft übernehmen und uns in ihren Bann schlagen. In der entfremdeten, perfekten Medienkultur ist auch das Einmalige beliebig wiederholbar; und Geblendete, die wir sind, verfallen wir auf unserer Suche nach ästhetischer oder lebensweltlicher Erfahrung den abwegigen Reizen der technischen Reproduzierbarkeit. Der Individualismus hat ausgespielt. Die Rollenpaare Voltemand und Cornelius, Rosencrantz und Guildenstern, Marcellus und Bernardo und die beiden Totengräber werden vom selben Schauspielerpaar gespielt. Die Figuren sind austauschbar geworden und funktional beliebig verwendbar. Der einzige Unangepaßte, der Individualist Hamlet, wirkt in dieser Welt schon wie ein Anachronismus und wird endgültig vernichtet. Individualismus, so die Botschaft der Inszenierung, lebt nur noch in der Person des an dieser Welt Irregewordenen oder in der literarischen Erinnerung an große Einzelgänger. Beide Aspekte werden in der Inszenierung ausgespielt: im fortschreitenden Zerfall des Hamlets auf der Bühne und in den klar und etwas nostalgisch auskostend gesprochenen Monologen des Schlegeltextes aus dem Munde seines Gegenparts am Lesepult. Zu einer lebensvollen Gegenwart zusammenbringen lassen sie sich nicht mehr. Für die Überlebenden, die auf der Bühne und die im Zuschauerraum, bleibt am Schluß die gleisnerische Lockung des genormten Lebens aus zweiter Hand, in einem Dänemark, das nicht mehr vom starken Arm eines Fortinbras zur Raison gebracht wird, sondern in den elektronischen Umarmungen einer neuen Frau Welt Geist und Seele aufgibt.

Greifen wir zum Schluß noch einmal die Frage der Bewertung auf. Für die sichere Bewertung von Radikalinszenierungen fehlen allgemeinverbindliche Kriterien. Es ist ja nicht so, als ob es einen oder mehrere festetablierte avantgardistische Stile gäbe, in die man sich nur einzuarbeiten brauche, um für die Überraschungen auf der Bühne gewappnet zu sein. In Wirklichkeit gibt es nur fließende Stilrichtungen und -entwicklungen, eine permanente Bewegung. Auch der Stil einer einzelnen Truppe ist relativ kurzlebig und befindet sich in steter Wandlung. Zudem sind solche Inszenierungen einmalig. Sie lassen sich nicht wiederholen. Sie sind der Respons eines für Zeitströmungen höchst empfänglichen Ensembles, einer Gruppe unterschiedlichster Talente von ausgebildeter Sensibilität für das schillernde Zusammenspiel geistiger und künstlerischer Tendenzen und Widersprüche. Diese seismographisch empfindliche Kollektivpsyche, die ein Ensemble darstellt, kann in wenigen Jahren auf den Stimulus des Originals vollkommen anders reagieren. Bewerten läßt sich eigentlich nur, ob sie in ihrer Produktion bestimmte Organisationsprinzipien anerkennt — mögen diese auch antimimetischer Art sein und folglich meine Erwartungen enttäuschen — und ob sie diese intelligent und ästhetisch wirksam ins Bild setzt. Das heißt im einzelnen: ob sie der Versuchung zum platten Moralisieren und zur banalen Provokation widersteht; ob der Widerspruch, auf den sie verweist, die Bearbeitung lohnt und intellektuell ergiebige Assoziationen auslöst; ob die eingebrachte ästhetische Phantasie — gleich ob sie komischen oder tragischen Zwecken dienstbar gemacht wird — genügend Suggestivkraft und Intelligenz aufweist. Zu fragen ist nicht, ob die Inszenierung dem Werk treu geblieben ist. Zu fordern ist aber, daß sie auf ihre Weise dem vom Original ausgehenden Anspruch auf Komplexität, Fülle und Sorge ums ausgeformte Detail genüge. Letzte Sicherheit in der Bewertung avantgardistischer Produktionen ist nicht zu erlangen.

Allerdings haben auch Regisseure und Ensembles sie nicht, mag auch im Programmheft unerschütterliches Selbstbewußtsein zur Schau getragen werden. Ihre Arbeiten sind Übersetzungen ins Ungewisse, Projektionen in Ungebahntes, ständig unter der Gefahr des Umschlags in intellektuelle und ästhetische Bizarrerie. Sie stehen auf ebenso unsicherem Boden wie wir, die wir ihre Produkte betrachten. Das mag uns trösten.

Didaktische Schlußfolgerungen

Der Lehrer, der mit seiner Klasse eine avantgardistische Inszenierung besucht und im Sinne der kontrastiven Methode nutzen möchte, wird das nur mit einiger Aussicht auf Erfolg bewerkstelligen, wenn er die Aufführung selbst vorher ein- oder zweimal gesehen, sich dabei ausgiebig Notizen gemacht und anhand von eigenen Beobachtungen, Kritiken und Programmheft eine Vorstellung vom Ausmaß, von der Qualität und der Richtung der Veränderungen gewonnen hat. Falls das nicht ausreicht, ist es empfehlenswert, sich an das betreffende Theater zu wenden. Erfahrungsgemäß sind Dramaturgen und Regieassistenten (eher als die Regisseure selbst) gern zu Auskünften bereit und auch für eine Diskussion mit Schülern zu gewinnen. Der zweite Schritt wird darin bestehen, die Schüler auf den Theaterschock vorzubereiten. Dazu ist zweierlei erforderlich: erstens, eine theoretische Vorbereitung über avantgardistisches Theater zur Vermittlung einiger der vorstehend aufgeführten Kenntnisse; zweitens, eine praktische Vorbereitung in Form von Imaginationsübungen zur Weckung der erforderlichen Rezeptionshaltung von Wachheit, Distanz, Bereitschaft zum Verzicht auf Identifikation und zur beobachtenden Registrierung mimischer und technischer Effekte. Wie solche Übungen jeweils im einzelnen ausgestaltet werden, hängt vom Stück und von der Art der Inszenierung ab. Grundsätzlich müßten sie in zwei Richtungen gehen, einmal in Richtung auf den Text und die gehaltliche Interpretation unter Bezug auf die der Sinnstruktur des Originals zugrundeliegende Normenordnung; zum anderen auf die Besonderheit der dem Theater zur Verfügung stehenden Ausdrucksmittel.

Imaginationsübungen im ersten Bereich könnten von folgenden Fragen und Überlegungen ausgehen: Das Original ist in sich schlüssig nur auf dem Boden seiner eigenen, geschichtlichen Normenordnung. Von welchen seiner sinnfundierenden Normen könnte man sagen, daß sie heute nicht mehr unbefragt gelten? Für *Macbeth* etwa der Glaube an das Gottesgnadentum und die Unantastbarkeit des Herrschers; für *Heinrich V* etwa der Glaube an die Berechtigung zum feudalistischen Eroberungskrieg unter Hintansetzung der daraus resultierenden Opfer; für *Hamlet* etwa der Geisterglaube, die Vaterautorität, Blutrache, die Blutschande einer Ehe mit dem Bruder des Mannes; für *Coriolan* (wie Brecht bereits kritisch angemerkt hat) die Annahme, daß das einfache Volk wankelmütig und feige und seine Vertreter tückische Intriganten und Aufwiegler seien; für alle Tragödien ganz allgemein die Überzeugung, daß die Entscheidung des Charakters für oder gegen eine bestimmte Handlungsweise oder Norm sein Schicksal bestimme.

Gemeinsam sollte überlegt werden, welche Veränderungen das Stück erfahren muß, wenn ihm eine dieser Grundlagen entzogen wird; konkret, welche Textpassagen dann entfallen oder sinnentstellt gespielt werden müssen, welche Nebenfiguren hervorgehoben und sympathischer oder unsympathischer gestaltet werden müssen, welche Motivationen entfallen, wo die Bruchstellen zur textgerechten Deutung des Originals liegen. Durch ein solches freies Umgehen mit dem Text wird die voraufgegangene Interpretationsarbeit keineswegs zunichte gemacht. Vielmehr wird durch derartige Manipulationen und gedankliche Experimente die mimetische und normenzentrierte Konsequenz des Shakespeareschen Handlungsaufbaus erst voll sichtbar. Ohne die Folie einer verändernden Inszenierung oder einer kontrastierenden Textbearbeitung ist der Schüler eher geneigt, sie als Folge des Interpretationsgeschicks seines Lehrers denn als gehaltliche und strukturelle Notwendigkeit zu betrachten.

Bei den Komödien läßt sich ein vergleichbares Verfahren nur bedingt anwenden. Sie erweisen sich überraschenderweise als resistenter gegen Vereinnahmungen in den Gegenwartskontext. Das heißt nicht, daß sie in avantgardistischen Inszenierungen nicht tiefgreifende Veränderungen erführen. Diese sind jedoch seltener bedingt durch die Auflösung bestimmter Normen, weil die Komödien ohnehin von spielerischer Normenlockerung oder -auflösung leben. Veränderungen kommen hier eher zustande durch moderne Zweifel an der Möglichkeit echter Liebe oder durch das Ausspielen der im Original durch das Band höfischer Gesittung im Zaum gehaltenen Sexualität. Auch diese Tendenzen bieten didaktische Möglichkeiten (*Ein Sommernachtstraum* als „Komödie" der Promiskuität, *Wie es euch gefällt* als Komödie des Geschlechtertauschs und der unterschiedlich verbrämten Sexualität usw.), aber sie fallen insgesamt flacher aus. Die Nebenfiguren bieten jedoch reiche Möglichkeiten für den Einbau zeitkritischer Elemente. So würde zum Beispiel die bloße Tatsache, daß die Athener Handwerker im *Sommer-*

nachtstraum in moderner Arbeitskleidung proben und ruhrdeutschen Akzent sprechen, deutlich machen, wie sehr sich unsere Einstellung zum Bildungsgefälle in einer Klassengesellschaft im Vergleich zur elisabethanischen Zeit gewandelt hat. Die entsprechenden Szenen wären immer noch komisch, aber zugleich zutiefst beunruhigend, und der Spott der jungen Paare über die ungelenke Aufführung von *Pyramus und Thisbe* würde möglicherweise als geradezu gehässig empfunden. Es kommt im übrigen nicht darauf an, ob solche Ideen bereits auf dem Theater verwirklicht worden sind oder praktisch realisierbar wären. Sie durchzuspielen hat nur den einen Zweck, den Schüler auf stimmungsmäßige und gehaltliche Verschiebungen oder Brüche vorzubereiten und ihn dabei gleichzeitig das in sich schlüssige System des Originals besser sehen zu lehren.

Ähnliche Imaginationsübungen lassen sich zur szenisch-optischen Realisation auf der Bühne durchführen. Dabei kann selbstverständlich nur äußerst exemplarisch und selektiv verfahren werden. Als Vorbereitung auf Radikalinszenierungen wird vor allem auf szenische Mittel zur Verhinderung von Einstimmung zu achten sein. Einmal zur Suche nach Verfremdungseffekten für einzelne Szenen aufgefordert, werden die Schüler ihre Phantasie spielen lassen und zu Fragen der Beleuchtung, der Kostüme, des Einsatzes von Geräuschen, Musik, Bild- und Filmmaterial usw. eine Fülle von überraschenden (und zum Teil sicher auch grotesken) Vorschlägen beisteuern. Der Lehrer sollte sich von der dabei offenkundig werdenden Bereitschaft seiner Schüler zur Entstellung und Sinnentfremdung nicht schrecken lassen. Denn richtig eingesetzt, dienen solche Phantasiespiele nicht nur dazu, die nachfolgende Theateraufführung freier und kritischer zu beobachten, sondern eröffnen auch wichtige Einsichten in den sprachlichen, psychologischen und sinnzentrierten Aufbau des Originals sowie in den Codecharakter theatralischer Darstellungsmittel. Auf jeden Fall erfährt der Shakespeare-Unterricht durch Imaginationsübungen der beschriebenen Art intellektuelle und ästhetische Bereicherung und befreit sich vom Odium einer historischen oder werkimmanenten Pflichtübung.

Anmerkungen

[1] Otomar Krejča, „Über Theater–Regie“, Vortrag vor dem Verein für Literatur und Kunst, Duisburg. Sonderdruck der Stadtbibliothek Duisburg (1977), p. 15.

[2] Anton Ehrenzweig, op.cit., p. 39 et passim.

[3] Die Diskussion über Regie- versus Schauspielertheater ist noch keineswegs

abgeschlossen. Manche Theater werden noch nach Prinzipalmanier geführt. Insgesamt ist jedoch eine Tendenz zur stärkeren Beteiligung des Schauspielers an der Regiekonzeption unverkennbar. Cf. Benjamin Henrichs, „Die Rückkehr des Schauspielers", *Theater heute,* 13 (1976), pp. 10 ff.

[4] Otomar Krejča, op. cit., p. 19.

Verzeichnis der Mitarbeiter

Dr. Jürgen Beneke, Westfälische Wilhelms-Universität, Fachbereich 12 - Anglistik, Johannisstraße 12–20, 4400 Münster

Prof. Dr. Peter Funke, Universität Bielefeld, Fakultät Fachbereich III: Englische Sprache und Literatur, Universitätsstraße, 4800 Bielefeld 1

Prof. Dr. Albert-Reiner Glaap, Universität Düsseldorf, Anglistisches Institut, Gebäude 23.21, Universitätsstraße 1, 4000 Düsseldorf

Prof. Dr. Werner Habicht, Universität Würzburg, Institut für Englische Philologie, Am Hubland, 8700 Würzburg

Prof. Dr. Jörg Hasler, Universität Trier, Fachbereich II: Sprach- und Literaturwissenschaften. Anglistik, Postfach 3825, 5500 Trier – Standort Tarforst

Prof. Dr. Liesel Hermes, Pädagogische Hochschule Karlsruhe, Fachschaft Englisch, Bismarckstraße 10, 7500 Karlsruhe 1

Prof. Dr. Wilhelm Hortmann, Gesamthochschule Duisburg, FB 3, Sprach- und Literaturwissenschaften, Anglistik/Amerikanistik, Lotharstraße 65, 4100 Duisburg 1

Dr. Ruth Freifrau von Ledebur, Rheinische Friedrich-Wilhems-Universität Bonn, Pädagogische Fakultät, Seminar für Englische Sprache, Römerstraße 164, 5300 Bonn

Prof. Dr. Konrad Schröder, Universität Augsburg, Philosophische Fakultät II, Anglistik, Alter Postweg 120, 8900 Augsburg

Dr. Werner Sedlak, Universität München, Institut für Englische Philologie, Schellingstraße 3 RG, 8000 München 40

Dr. Friedrich Ungerer, Universität München, Institut für Englische Philologie, Schellingstraße 3 RG, 8000 München 40

Herausgeber

Prof. Dr. Rüdiger Ahrens, Universität Würzburg, Institut für Englische Philologie, Am Hubland, 8700 Würzburg